Das Buch

1947. Der letzte britische Vizekönig, Lord Louis Mountbatten, wird in Neu-Delhi inthronisiert. An seiner Seite Lady Edwina, eine der brillantesten Persönlichkeiten und sicherlich eine der emanzipiertesten Frauen der englischen Aristokratie. Nehru, die rechte Hand Gandhis im indischen Freiheitskampf, führt die Verhandlungen mit dem neuen Stellvertreter der britischen Krone über den Unabhängigkeitsprozeß. Während zahlreicher Gespräche freunden sich nicht nur der britische Vizekönig und Nehru an, auch Edwina Mountbatten und Nehru kommen einander näher. So wenig die extravagante Lady und der indische Pandit auf den ersten Blick auch gemeinsam haben mögen, zwischen den beiden entwickelt sich eine leidenschaftliche Beziehung, die Lord Mountbatten mit großzügiger Noblesse toleriert.

Als Indien schließlich in die Unabhängigkeit entlassen und Nehru zum ersten Premierminister ernannt wird, verlassen die Mountbattens nach einer kurzen Übergangsfrist das Land. Für Edwina, die den Subkontinent mit all seinen Facetten als ihre zweite Heimat liebgewonnen hat, ist dies ein schmerzlicher Abschied. Doch die innige Beziehung des ungewöhnlichen Paares dauert auch während der nächsten zwölf Jahre – bis zu Edwinas Tod – an: Einen Monat jeden Jahres verbringen sie miteinander, und täglich gehen Briefe hin und her.

Der hervorragend recherchierte historische Roman über den dramatischen Wendepunkt in der modernen indischen Geschichte ist gleichzeitig eine romantische Liebesgeschichte zweier außergewöhnlicher Menschen, die bis zum heutigen Tag in Indien legendär ist.

Autorin

Catherine Clément, Philosophin und Schriftstellerin, lebt heute in Wien. Bisher hat sie über zwanzig Bücher veröffentlicht, unter anderem auch drei weitere Romane. Während ihres vierjährigen Indienaufenthaltes hat sie sich detaillierte Kenntnisse über die indische Gesellschaft und Politik angeeignet. Ihr jüngster Roman, *Der unvollendete Walzer,* ist kürzlich auf deutsch erschienen.

CATHERINE CLÉMENT

# EINE LIEBE IN INDIEN

*Roman*

Aus dem Französischen
von Christiane Landgrebe

Deutsche Erstausgabe

WILHELM HEYNE VERLAG
MÜNCHEN

HEYNE ALLGEMEINE REIHE
Nr. 01/10005

Titel der Originalausgabe
POUR L'AMOUR DE L'INDE

*Umwelthinweis:*
Dieses Buch wurde auf
chlor- und säurefreiem Papier gedruckt.


Printed in Germany 1997
Umschlagillustration: Philippe Sohiez und Nehru Memorial Library
Umschlaggestaltung: Atelier Ingrid Schütz, München
Satz: Pinkuin Satz- und Datentechnik, Berlin
Druck und Bindung: Elsnerdruck, Berlin

ISBN 3-453-11597-X

*Für all meine indischen Freunde*

Adieu; mögen wir drei als Beispiel für das Universum
gelten
Von der zartesten bis hin zur unglücklichsten Liebe
Soll es diese schmerzvolle Geschichte bewahren.

Jean Racine, *Bérénice,* V. Akt, letzte Szene

Sich als Fremde begegnen,
mit unverstelltem Blick –
das sollten zwei Liebende.

Tiruvalluvar, *Das Buch der Liebe,* 2. Gesang

## *Champagner und Gefängnis*

*Schori-Schora, bei Gorakhpur, 4. Februar 1922*

Es geschah in einer klaren und milden indischen Winternacht. Die vom Mahatma ins Leben gerufene Demonstration ging zu Ende, ganz ruhig, ohne daß irgendwelche Parolen diese Ruhe gestört hätten.

»Hind! Hind Swaraj! Mahatma Gandhi ki jai ...« Einige schon nicht mehr hitzige Schreie ertönten noch vereinzelt, wie schwere Tropfen nach einem heftigen Monsunregen. Die Menge der Demonstranten stob in der Dunkelheit auseinander und löste sich in kleine Gruppen auf. Einige blieben mit Fackeln in den Händen auf dem Platz stehen, um noch friedlich zu plaudern. Die Luft war kälter geworden, und sie hüllten sich in ihre langen braunen Schals. Die bewaffneten Polizisten, die aufgeboten worden waren, das kleine Rathaus zu beschützen, hatten sich nicht gerührt, niemand bedrohte sie, sie hatten noch nicht einmal ihre langen Bambusknüppel heben müssen. Die Versammlung war gemäß den Anordnungen des Mahatma Gandhi verlaufen: ruhig, friedlich, ohne Gewalt. Und so sollte zwei Tage später im ganzen Distrikt von Bardoli, bei Bombay im Süden Indiens, die große Bewegung des zivilen Ungehorsams beginnen. Die Läden würden geschlossen sein, die Häuser, ihre Eingänge und die Straßen wie leergefegt. Tag für Tag würden Familien abgeschottet in ihren Innenhöfen die Zeit miteinander verbringen und beten. Im ganzen Distrikt durfte sich kein Hauch von Leben regen. Lange und stille Protestzüge sollten gebildet werden, bei denen keine einzige gewalttätige Aktion erlaubt war. Falls die Polizei angriff, würde man sich ohne Gegenrede schlagen lassen.

Die Demonstration von Schori-Schora war zunächst ein exzellentes Vorbild gewesen, aber leider hatte es damit bald ein Ende. Plötzlich hörten die Polizisten aus dem Dunkel lautes, spöttisches Lachen und einige an sie gerichtete Schimpfworte. Sie sahen sich wütend an. Als die letzten Nachzügler weit genug von dem großen Zug entfernt waren, warfen sie sich mit ihren eisenbeschlagenen Stöcken auf sie. Schreie wurden laut, ein mit Blut bedeckter Mann rannte brüllend davon, seinen Kopf zwischen den Händen haltend. Die Menge kehrte so schnell wie möglich um und randalierte. Die Polizisten waren nicht zahlreich; furcht- und haßerfüllt sahen sie um sich. Einer von ihnen schoß in die Luft, aber die Menschenmenge war nicht bereit umzukehren, sondern zog entschlossen weiter. Da schossen die Polizisten wahllos in die Menge, und die Demonstranten stoben auseinander. Die Polizisten hatten jedoch bald keine Munition mehr. Sie liefen zum Rathaus, dessen Beschützer sie waren, und verschanzten sich hinter den geschlossenen Türen und vergitterten Fenstern. Plötzlich wurde eine Fakkel auf das Dach geschleudert, dann noch eine, und das Gebäude fing Feuer. Draußen johlte die Menge vor Freude; wie auf einem Fest.

»Sollen sie doch abkratzen! Sie sind keine von uns! Sie halten zu den Engländern!« schrien die jungen Leute und reckten die Fäuste. Als die vierundzwanzig Soldaten röchelnd aus dem Gebäude kamen, warf man sich auf sie. Ihre zerstückelten und blutigen Körper wurden ins Feuer geworfen. Es dauerte bis zum Morgengrauen.

*Bardoli, südlich von Bombay, 8. Februar 1922*

»O Ram«, murmelte Gandhi erschüttert. »Das ist unmöglich. Das haben sie nicht getan!«

»Doch, Gandhi«, murmelte jemand an seiner Seite. »Sie haben es gewagt. Sie haben Blut vergossen … Jetzt werden wir beschuldigt, all dies vorbereitet zu haben. Sehen Sie die Schlagzeile auf dem Titelblatt: Gemetzel bei Gorkhpür: Polizisten während eines geplanten Angriffs bei lebendigem Leib verbrannt.«

»Ziviler Ungehorsam, einfach nicht kooperieren!« rief der kleine Mann aus. »Keine Gewalt, hatte ich ausdrücklich hinzugefügt. War das nicht deutlich genug?«

Die bei ihm versammelten Getreuen blickten zu Boden.

»Und die Parole für den Distrikt Bardoli ist erst gestern ausgegeben worden ...«, stieß Gandhi, den Finger an seiner Brille, hervor. »Also nein, für diese Grausamkeit kann ich nicht einstehen. Wir müssen aufgeben ...«

»Daran ist gar nicht zu denken, Gandhi«, warf jemand von hinten ein. »Der Aufstand hat schon begonnen – stark, hitzig und kampfesmutig. Ganz Indien schaut nur auf Bardoli. Es ist soweit ... Wir haben die Engländer in der Hand.«

»Das stimmt«, antwortete der Mahatma und sah seinen Gesprächspartner mit einem schmerzvollen Blick an. »Sie haben ja vollkommen recht, aber nichts kann das wilde Massaker an wehrlosen Männern rechtfertigen.«

»Sie hatten auf die Menge geschossen!« empörte sich der verärgerte Mann und zwirbelte seinen mit Henna gefärbten Bart. »Brutale, blutrünstige Polizisten. Wollen sie den Unterdrücker gegenüber den Unterdrückten verteidigen?«

»Trotzdem – es war ein Massaker«, seufzte Gandhi. »Sie wissen genau, daß den Polizisten die Munition ausgegangen war, als sie gelyncht wurden.«

»Gandhi, Sie merzen die Kongreßpartei aus«, zischte der Mann wütend. »Wenn Sie so einfach unsere Aktivisten bremsen, vernichten Sie unsere Hoffnungen, Sie zwingen uns in die Knie!«

»Sollen unsre Gegner sich doch unserer Niederlage rühmen. Laßt uns doch mitansehen, wie sie uns auslachen, weil sie annehmen, sie hätten uns schon besiegt. Ich weiß genau, was die Regierung Seiner Majestät sagen wird; sei's drum. Ich will nicht gegen Gott sündigen. Hinduismus bedeutet Toleranz und Sanftmut. Mein Entschluß steht fest.«

So sprach er, stand auf und reckte ungeduldig die Arme gen Himmel.

»Rede ich denn von Allah? Ich, der ich ein Moslem bin! Wir kämpfen beide in einer bekenntnislosen Partei, Mahatma; wie kommen Sie dazu, sich auf den Hinduismus zu berufen?« Sein Gegenüber konnte nicht an sich halten.

»Ich verstehe Sie gut«, murmelte Gandhi. »Die Umwälzung unseres Programms ist vielleicht politisch unklug, aber in religiöser Hinsicht ist es richtig.«

»Wenn Sie die Religion mit unserer Unabhängigkeit durcheinanderbringen, dann ...«, stieß der Moslem hervor. Wütend machte er auf dem Absatz kehrt.

»Ja«, sagte der Mahatma entschlossen. »Gewaltlosigkeit gehört zu Indien; wenn Indien sich die Doktrin des Schwertes zu eigen macht, dann kann es zwar für eine Zeitlang den Sieg davontragen, aber Indien wäre nicht mehr der Stolz meines Herzens. Ich werde Fasten, zur Reinigung der Seele. Und ich werde einen vertraulichen Brief an die Mitglieder des Arbeitskomitees der Kongreßpartei schicken. Wir machen den Befehl zum Generalstreik rückgängig. Das wäre alles.«

*Delhi 9. 2. 1922*

Erstaunt klopfte der Vizekönig des britischen Indiens auf seine Unterlagen. Vor ihm häuften sich Polizeiberichte über die Aktionen der Kongreßpartei, die für die Unabhängigkeit eintrat, und die letzten Depeschen aus London. Der Premierminister forderte die Festnahme Gandhis; aber die Polizei hielt sich zurück: Auf Anordnung Gandhis war der vorhergesehene Generalstreik in Bardoli plötzlich sehr diszipliniert abgebrochen worden.

Den Kopf in die Hände gestützt, dachte Lord Reading lange nach und rief dann seinen Ersten Sekretär.

»Eure Exzellenz?« sagte der Mann, während er eintrat.

»Sagen Sie ... wo sind im Augenblick die Hauptverantwortlichen des Kongresses?«

»Sie haben den gesamten Bericht vorliegen, Sir. Da, zu ihrer Linken«, antwortete der Sekretär und nahm eine Akte vom Stapel. »Einige der Aktivisten sind schon im Gefängnis, Sir. Dazu gehört dieser Motilal Nehru, der sein Anwaltsamt als Zeichen seiner Rebellion aufgegeben hatte, ebenso sein Sohn Jawaharlal – ein junger Mann, der sich aktiv am Boykott des Besuchs des Prinzen von Wales beteiligte. Er hat Flugblätter unter dem Vorwand der nationalen und religiösen Pflicht verteilt. Wir haben ihn im Dezember letzten Jahres verhaftet; sein Vater hat darauf bestanden, mit ihm ins Gefängnis zu gehen.«

»Daran kann ich mich allerdings erinnern«, murmelte der Vizekönig nachdenklich. »Vater und Sohn haben ihre Haft in einen Triumph verwandelt, in weißer Baumwolle gekleidet, den Kopf hoch erhoben ... Welch eine Arroganz! Die beiden Pandits, ja! Ich habe sie nicht vergessen.«

»Und der Independent brachte die Schlagzeile: ›Ewiger Ruhm für die Stadt Allahabad‹, Euer Exzellenz«, seufzte der Erste Sekretär.

»Wenn man auch noch bedenkt, daß sie bei uns studiert haben! Der Vater wurde sogar geadelt. Sagen Sie, diese Gandhi-Anhänger – wie viele von denen haben wir schon ins Gefängnis geworfen?«

»Nun, letzten Dezember zwanzigtausend, ungefähr zehntausend weitere im Januar, das wären etwa dreißigtausend, Sir.«

»In vier Tagen debattiert das Londoner Parlament über die Situation in Indien«, murmelte der Vizekönig. »Zu diesem Zeitpunkt sollte die Festnahme Gandhis erfolgt sein. Was für ein Wahnsinn!«

»Und in einigen Tagen feiern sie die Verlobung von Lord Mountbatten, dem Cousin des Kronprinzen, mit ...«, wollte der Erste Sekretär einwerfen, doch Lord Reading unterbrach ihn ungeduldig.

»Bringen Sie doch nicht alles durcheinander!« Die Verlobung wurde nicht offiziell angekündigt. Außerdem wartet Lord Mountbatten noch auf die Zusage von Miß Edwina Ashley, und wenn es wahr ist, daß sie so gut wie verlobt sind, sind wir trotzdem dazu angehalten, nichts davon zu wissen.«

»Aber Sie wollen sie beide in Viceregal Lodge unterbringen, Sir«, sagte der Beamte erstaunt.

»Nicht unter demselben Dach, mein Lieber. Zumindest einige Meter Distanz! Was würde man von uns denken? Nein, ich schließe die Augen, und basta. Der Prinz von Wales sieht sich wohlwollend diese Idylle an; wie wir erwartet er die Entscheidung der Dame; er hat mir sogar angekündigt, daß er Brautführer am Hochzeitstag sein wird – wenn die Hochzeit denn stattfinden sollte –, aber er hat mir auch ohne viele Worte zu verstehen gegeben, daß wir diskret sein müssen. Ich bitte Sie darum, sich entsprechend zu verhalten. Und lenken Sie mich nicht mit dieser Sache ab, wenn ich es gerade mit Mr. Gandhi zu tun habe.«

»Die Anwesenheit des Prinzen von Wales liegt dem Problem Gandhi durchaus nicht fern, Sir«, bemerkte der Erste Sekretär. »Er profitiert von dem offiziellen Besuch des Thronfolgers, um einen Boykott und den Widerstand der Bevölkerung zu entfesseln. Können Sie diesen großen Unruhen die Stirn bieten, während der Thronfolger sich noch in Indien aufhält?«

»Gandhi ... Sein Einfluß, seine Ausstrahlung ...! Ein einziges Wort von ihm, und wir haben die totale Katastrophe. Man sollte ihn verhaften! Zum erstenmal!«

»Nun, er revoltiert ja gegen den König, Sir«, antwortete der Erste Sekretär erstaunt. »Er rüttelt an den Fundamenten des britischen Empires!«

»Ich stimme Ihnen zu«, bekannte der Vizekönig. »Aber als er in Südafrika war, brauchte man ihn nur ins Gefängnis zu werfen, und schon hatte er seinen Kampf gewonnen ... Man will, daß ich einen Fehler mache! Und eine Ungerechtigkeit begehe, ohne Zweifel«, fügte er nach kurzem Innehalten hinzu.

»Ihre Sympathie ist eindeutig, Sir, soweit ich sehe«, stellte der Sekretär zögernd fest.

»Dieser Gandhi, den ich kaum kenne, ist ein ehrlicher und vornehmer Mensch – und ich gebe zu, daß er mich anrührt«, sagte Lord Reading nachdenklich. »Bevor er den Generalstreik ausrief, hat er mich in einem Brief sehr höflich vorgewarnt. Aber Sie können das nicht verstehen ... Nun gut. Die Verhaftung wird nach der Verlobung des jungen Mountbatten stattfinden. Einen Monat später.«

»Und wenn Miß Ashley ihn zurückweist?« fragte der Erste Sekretär, während er die Akten an sich nahm.

»Nach der Abfahrt des Prinzen, habe ich gesagt. Und jetzt sowieso nicht!« wetterte der Vizekönig.

*Delhi, 10. Februar 1922*

Miß Edwina saß auf der knallroten Brokatüberdecke und betrachtete nachdenklich die Seidenstrümpfe an ihren langen Beinen. Das Protokoll des Vizekönigs wurde dem Klima der Kolonien nicht gerecht; immer wenn der indische Winter so war wie der Anfang eines englischen Sommers, dann klebte die dünne und seidige Membran auf ihrer Haut. Sie zog ihren Faltenrock aus und streifte den ersten Strumpf über ihr weißes Knie nach unten. Der Strumpfhalter war feucht von Schweiß. Mit schnellem Griff zog sie den zweiten Strumpf aus und hakte genervt den Strumpfhaltergürtel auf. Endlich! Nackt ließ sie sich rücklings aufs Bett fallen. Nun hatte sie also Louis Mountbatten ihr Jawort gegeben. Nach den langen Wochen des Flirts hatte sie ihn schließlich diesem geistlosen Geschöpf entreißen können, in das er sich vernarrt hatte, bevor er ihr begegnet war. Edwina hatte den Lord zu atemberaubenden Tänzen verführt, die ihn heftig benebelt und zu einem unsinnigen Gedicht inspiriert hatten, das sie inzwischen auswendig konnte.

O Weibsbild, von lächerlichem Glanz,
absurd ist deine Lust zum Tanz
Doch solch Geschick im Tanz zu schweben,
hat es bislang noch nie gegeben

Sie hatte schallend gelacht, er hatte sie umarmt. Er begehrte sie, sie hatte gezögert. Sie war unermeßlich reich, er besaß nicht einen Pfennig; er hatte blaues Blut, sie war nur die Enkelin eines jüdischen Bankiers aus Koblenz, der vor kurzem in England eingebürgert worden war. Sollte sie das glänzende Leben einer verwöhnten Erbin aufgeben, sich von ihren Techtelmechteln verabschieden, Kinder kriegen und sich der Etikette unterordnen? Edwina wußte nicht, ob sie bereit war, eine fürstliche Bestimmung auf sich zu nehmen.

Mit der Grazie einer Fee hatte sie sich gewunden und war dem Heiratsantrag ausgewichen.

Und dann hatte der Prinz von Wales Louis Mountbatten zu einem offiziellen Besuch nach Indien mitgenommen. Kaum war er nicht mehr da, fehlte er ihr. Plötzlich hatte sie sich dazu entschlossen, ihre Ferien bei der Vizekönigin, einer Freundin ihrer Mutter, zu verbringen. Das war ein guter Vorwand, um ›Dickie‹ zu treffen, sein Spitzname, den ihm Königin Victoria gegeben hatte. Indien hatte sie einander nähergebracht. Dickie und sie waren zusammen ausgeritten, entlang den Ruinen alter mongolischer Festungen, er hatte ihr die verlassenen Gräber gezeigt und sie ungeschickt geküßt. Ganze Nachmittage hatten sie mit Tanzen verbracht. Dazu tönte ein Grammophon in der Wohnung ihres Komplizen, des Prinzen von Wales. Sie hatten immer die gleiche Platte abgespielt, Kalhua Blues. Dickie hatte ihr erzählt, der Astrologe des Hofes von Mysor habe ihm vorausgesagt, daß er bald heiraten würde. Schließlich hatte Miß Ashley Lord Louis ihr Jawort gegeben. Die Vizekönigin hatte ernsthafte Bedenken geäußert. »Er ist noch sehr jung, meine liebe Edwina. Ich würde es vorziehen, wenn er mit seiner Karriere schon etwas weiter wäre.« Feinfühlig hatte Edwina aus den Worten Lady Readings herausgehört, daß sie den Anwärter zu arm und seine Verlobte zu begütert fand. Edwina hielt das für lächerlich. Louis Mountbatten war zwar groß und linkisch, aber trotz seiner Ungeschicklichkeit viel schöner als sein Cousin David, der unter dem Namen Eduard VIII. den Thron besteigen sollte. Wie Edwina war auch Dickie deutscher Herkunft, ein geborener Battenberg, und ebenso wie sie liebte er wilde

Nächte. Ihr Leben würde leicht und verrückt sein, wie eine Wolke im März, die vom Wind gejagt wurde. Das Moskitonetz hob und blähte sich im Abendwind. Edwina fing es auf, wickelte sich in das weiße Musselin und lachte vor Glück. »Lady Mountbatten«, schrie sie aus Leibeskräften, »Lady Louis Mountbatten!« Plötzlich riß der dünne Schleier und fiel auf den jungen, blassen Körper.

*Delhi, 10. 2. 1922*

»Hurra!« schrien die jungen Leute, die im Frack um den Tisch saßen, wie aus einem Munde.

Louis Mountbatten, blaß vor Glück und Stolz, sah seine Gefährten überlegen an; der erste unter ihnen, der Nobelste und Eleganteste, der Prinz von Wales, sein lieber David, betrachtete ihn nicht ohne ironische Regung. Miß Ashley hatte endlich erklärt, daß sie den jungen Lord gerne heiraten wolle. Die Neuigkeit wurde geheimgehalten; aber in Viceregal Lodge gab es niemanden, der davon nicht gewußt hätte. Und während die schöne Edwina in ihrem Pavillon mitten im Park einschlief, hatten die Freunde des Verlobten ein Fest nach ihrem Geschmack organisiert. Auf dem großen Tisch aus Teakholz wartete ein riesiger silberner Kelch.

»Nun gut! Weil ich der Brautführer sein werde, Dickie, ist es wohl an mir, die ersten Worte zu sprechen, glaube ich«, sagte der Prinz von Wales mit leichtem Zögern. »Gießt Champagner ein!«

Sofort liefen die Diener in roter und goldener Uniform auf den Tisch zu, mit angelegten Ellenbogen, und respektvoll schoben sie sich zwischen die jungen Leute.

Unter Anleitung des Hotelchefs, der mit leiser Stimme kurze Befehle gab, füllten sie den Champagner der Reihe nach in den Kelch. Bald war er voll.

»Los, daß jeder trinke, bitteschön«, begann der Prinz wieder, »und so wie es sich gehört, werde ich der letzte sein.«

Der Kelch war so schwer, daß die jungen Leute ihn zu

mehreren anheben mußten und dabei wie die Holzfäller ächzten. Der Jüngste duckte sich mit offenem Mund, und der Champagner spritzte auf seine Kleidung. Die Runde nahm ihren Lauf, bald wurde der Kelch immer leerer.

»Siebenundsechzig, achtundsechzig«, zählte Prinz Eduard. »Neunundsechzig … Ah! Jetzt bin ich dran. Heben Sie den Kelch für den Siebzigsten, meine Herren …«, und königlich führte er die Lippen zum Silberrand. Als er sein Quantum Champagner getrunken hatte, war der Kelch noch zur Hälfte voll.

»Mein lieber Dickie«, sagte der Prinz und wandte sich seinem Cousin zu, »der zukünftige Verlobte muß alles austrinken, was übrig ist, eine Frage der Ehre – und ein Befehl!

Louis Mountbatten nahm den Kelch in beide Hände und hob ihn unter absoluter Stille an seine Lippen. Siebzig aufmerksame Blicke musterten ihn eindringlich; seiner Ehre gebührend, tat er es. Er trank alles bis auf den letzten Tropfen, lange und in kleinen Zügen. Als er den Kelch absetzte, war er noch blasser.

»Er hat es getan. Es lebe Louis Mountbatten!« tönte eine Stimme. Die Hand auf der Stirn, den Kopf nach unten, taumelte er. Die siebzig Augenpaare kreisten wie Sterne, schienen jetzt Tausende. Es war hinreißend; eine surrende Fliege quälte hartnäckig sein linkes Ohr, und die Decke fing an langsamen Walzer zu tanzen. Er hatte Schluckauf vor Freude und fiel seinem königlichen Cousin in die Arme, die ihn liebevoll umfingen.

»Deshalb brauchen wir die Verlobte nicht«, hörte man eine Stimme in dem dunklen Himmel sagen, da wo die Engel mit den schwarzen Haaren lachten. »Gott weiß, wie sich wohl die schöne Edwina verhalten hätte!«

*Gefängnis von Lucknow, am 19. Februar 1922*

Auf einem elenden Feldbett, das mit Ketten an der Mauer der Zelle festgemacht war, hatte sich der alte Motilal Nehru niedergelassen. Er würde auch nicht von der Stelle weichen.

Sein Sohn, der ihm zu Füßen saß, faltete den Brief wieder zusammen, den er soeben vom Mahatma persönlich erhalten hatte.

»Dieser Mann ist wahnsinnig!« rief Motilal Nehru wütend. »Er vernichtet nicht nur die Bewegung, die uns zum Sieg geführt hätte, er entschuldigt sich auch noch schriftlich bei dir.«

Der junge Jawaharlal sah seinen Vater mit tränenerfüllten Augen an und antwortete nicht. Hinten im Korridor hörte man, wie die Wachen schrien; Bauern gleich, die Schakale aus dem Dorf verjagen, mit brutalem Johlen und Fluchen.

»Lies mir das noch einmal langsam vor, Jawahar«, sagte der alte Mann und wickelte sich in seinen Schal.

Der junge Mann faltete den Brief auseinander und seufzte: »Ich bin auf Ihrer Seite, mein Herz ist bei Ihrem Vater ...«

»Pfft!« zischte Motilal.« Er hat gut reden, er ist frei!«

»Das kann nicht andauern«, sagte Jawahar, »er wird bestimmt bald festgenommen. Und sie wissen, daß er auf das Gefängnis wie auf eine Weihe wartet.«

»So habe ich das auch gemacht, und schau mal, jetzt sitzen wir so richtig fest!« schimpfte der alte Mann und mummte sich fester ein. »Fauliges Wasser, zerfressene Wände, ein Gaunerdasein – und die Kleidung dreckig und verfleckt! Lies weiter ...«

»Aber ich weiß, daß auf den ersten Schock wegen der von mir befohlenen Zurücknahme echtes Verständnis für diese Situation folgen wird ...«

»Nichts da!« schimpfte Motilal. »Ich verstehe deinen Gandhi nicht. Und du, Jahawar, hast mich ja auf ihn gebracht! Du hast mich davon überzeugt, wieder ein asketisches Leben zu führen, ohne Auto, ohne Strom, ohne Alkohol ... Ich lebte das Leben eines Herrn, deine Schwestern fuhren in der Karosse, sie trugen sogar breitkrempige Hüte mit Spitzen, vor dir lag eine glänzende Zukunft als Anwalt, ich hatte dich bestens verheiratet, wir aßen gutes Fleisch, ich genoß alle Vorzüge des Lebens, und dann habe ich alles aufgegeben. Wozu? Um zwischen diesen vier Wänden zu verschimmeln, während dein Mahatma vor dem Feind schlappmacht?«

»Und Sie waren es, der mich ins Gefängnis begleiten wollte Vater«, murmelte der junge Mann.

»Kannst du dich noch an die Ansprache erinnern, die ich vor der Menge gehalten habe?« fragte Motilal mit leichtem Lächeln. »Was für ein schöner Morgen!«

»Daran kann ich mich noch gut erinnern«, entgegnete der junge Mann und nickte. »Sie standen auf dem Balkon über der Menge, hoben die Arme und sprachen mit solch einer Begeisterung ...«

Nachdem ich euch so gut ich konnte hilfreich war, habe ich jetzt das Privileg, dem Vaterland zu dienen, indem ich mit meinem einzigen Sohn im Gefängnis sitze.«

»Niemand hat das vergessen, vor allem ich nicht, Vater ...«

»Mach weiter, Sohn. Sag mir, was er noch zu erzählen hat, dein großer Mann.«

»Vor allem«, fuhr Jawahar fort, »ganz gleich, was ihr auch tut, ekelt euch nicht vor dem Spinnrad ... Ihr und ich, wir dürfen niemals bereuen, daß wir so viele Baumwollfäden für unser Vaterland gesponnen haben ...«

»Ha!« lachte Motilal. »Albernheiten. Und wirst du wieder anfangen zu spinnen, Jawahar?«

»Nein!« rief der junge Mann aus. »Das, was Gandhi getan hat, ist unzumutbar! Nein, ich werde nicht mehr spinnen. Wie soll man denn Gewalt beim Kampf verhindern? Er hätte Verständnis haben müssen, vorangehen müssen, einmal die Augen schließen sollen, wenigstens in diesem einzigen unbedeutenden Fall ...«

»Immerhin vierundzwanzig Gelynchte, mein Sohn, das ist nicht nur ein einziger unbedeutender Fall«, murmelte er, »und dann auch noch lebend verbrannt ...«

»Wie viele Tote gab es denn, als der englische General in Amritsar ohne Vorwarnung in die Menge schoß? Mehr als fünfhundert!« schrie Jawahar. »Das Blut von so einigen müßte fließen.«

»Vielleicht. Wer weiß?« brummte der alte Mann. »Nun gut, das ist noch nicht alles, oder?«

»Das Schicksal unserer Zeit bedeutet, das Spinnrad zu spinnen«, ergänzte der junge Mann und ließ das Blatt fallen.

Sie wurden still. Beide Männer senkten den Kopf. Unwillkürlich nahm Jawahar das auf dem Boden liegende Spinnrad zur Hand und brachte es gedankenlos zum Drehen.

»Dein Faden ... Du hältst den Faden nicht, Jawahar«, seufzte Motilal Nehru. »Ist ja egal. Weißt du, was ich auf eines deiner Kinderfotos geschrieben habe? König von Indien.«

*Ahmedabad, den 10. März 1922*

Die Nacht war auch über den Ashram von Sabarmati hereingebrochen, dort wo Gandhi mit seinen Schülern wohnte. Der Fluß am Fuße der kleinen Schlucht war so ruhig, daß man hätte schwören können, er sei ausgetrocknet wie im schrecklich heißen Sommermonat Juni; in den Sträuchern raschelten Tiere, die am Fluß ihren Durst stillten.

Die Frauen, die vor der Hütte des Mahatmas saßen, warteten schweren Herzens. Gandhi spann wie üblich im Licht einer Öllampe; sein bißchen Gepäck stand bereit. Am Vorabend hatte er das Geschehnis in der *Young India* bekanntgegeben: »Ich bin verhaftet.«

Die heulende Sirene des Polizeiautos hörte man von weitem; Kasturba, Gandhis Frau, hob den Kopf und schlug den Saum ihres Saris nach vorn. Plötzlich hörte der Lärm auf, als ob die Polizei zögerte. Ein Mann in Uniform erschien am Feldrain, ein Polizeioffizier mit steifem Schritt und gesenktem Kopf, seinen Knüppel unter dem Arm. Er blieb vor dem Haus stehen; der Mahatma hatte sich bereits erhoben, und aufrecht stehend sah er ihn an.

»Mr. Gandhi?« fragte der Offizier höflich.

»Mohandas Karamchand Gandhi, Landwirt und Weber«, sagte der Mahatma lächelnd, »der bin ich.«

»Im Namen von Lord Reading, Stellvertreter des britischen Königs in Indien, muß ich Ihnen mitteilen, daß Sie festgenommen sind; wenn Sie bereit sind zu gehen, Sir, melden Sie sich«, sagte der Offizier, schlug die Hacken zusammen und verschwand im selben Augenblick in der Dunkelheit.

»Herr Offizier!« rief ihm Gandhi zu. »Gehen Sie nicht weg! Gleich gehöre ich ganz Ihnen.«

Die Bewohner des Ashrams hatten sich um den Mahatma versammelt. Gandhi faltete die Hände und schlug vor, seine Lieblingshymne mit ihnen zu singen, die einer seiner Anhänger für ihn komponiert hatte. Gebrochene und helle Stimmen, alte oder junge, kristallklare oder heisere, alle erklangen im Dunkeln so ruhig, daß man den Eindruck hatte, es sei ein Fest im Gange; sogar die wachgewordenen Ziegen stimmten blökend mit ein. Als der Gebetsgesang zu Ende war, schloß Gandhi die Augen, umarmte noch einmal seine Frau, nahm Stock und Tasche in die Hand und holte mit schnellem Schritt den erstaunten Offizier ein.

»Wann Sie wollen, Sir«, sagte er höflich. »Ich möchte Sie nicht warten lassen, es ist ja schon spät.«

Der Offizier berührte ihn nicht; Gandhi ging an seiner Seite, und es war unklar, wer eigentlich wen abführte. Kasturba Gandhi trottete brav hinter den beiden Männern her. Als er am Tor angekommen war, drehte der Mahatma sich nach seinen Getreuen um.

»Vergeßt nicht!« rief er, »es wäre für mich eine Qual, wenn das Volk sich in meinem Namen gegen die Regierung erhöbe!« Als Antwort winkten sie ihm zu.

»Ihre Frau kann Sie begleiten, Sir, bis ans Tor ...«, sagte der Offizier leise.

»Sehr gut«, unterbrach ihn Gandhi. »Sie können versichert sein, daß sie dort, wo wir hingehen, am liebsten an meiner Seite wäre. Stimmt's, Ba?«

Kasturba Gandhi nickte nur, ohne zu antworten.

»Wissen Sie, daß Sie ins Gefängnis kommen, Sir?« fragte der Offizier, als sie alle ins Auto gestiegen waren.

»Daran zweifle ich nicht«, antwortete Gandhi mit einem breiten Lächeln. »In meiner Heimat ist es das erstemal, aber in Südafrika war ich es gewohnt.«

»Ihr Prozeß beginnt in einer Woche. Haben Sie einen guten Anwalt?« fragte der Offizier.

»Den brauche ich nicht«, sagte der Mahatma. »Ich bin selbst Anwalt; und Sie wissen auch, daß ich ein Rebell bin und jeglichen Kompromiß ablehne.«

»Ihnen können lange Jahre im Kerker bevorstehen«, murmelte der Offizier betroffen.

»Ich will die härteste Strafe«, antwortete der Mahatma und machte es sich im Auto bequem. »Und ich werde auf schuldig plädieren.«

# 1

# Zwischen zwei Welten

## *Zweiundzwanzig Jahre später*

*Poona, Residenz von Yeravda, am 10. Februar*

Im Schatten einer Terrasse dösten die englischen Soldaten, die Waffen zu ihren Füßen. Ihr berühmter Gefangener würde nicht ausbrechen. Als der Weltkrieg schon in vollem Gange war, hatte er die Unvorsichtigkeit besessen, den absoluten Aufstand gegen die englischen Aggressoren zu befehlen. Mahatma Gandhi war darauf der Residenz im Palast des Aga Khan zugewiesen worden: Das war vor zwei Jahren. Am Tage nach seiner Verhaftung hatte seine Frau Kasturba den Protestfeldzug weitergeführt. Sie war auch festgenommen worden und nun bei ihm.

Der Mahatma war seit seinem letzten Todesfasten noch schwächer geworden. Er hatte 1943 aus Protest damit begonnen und nur auf die dringende Bitte seiner Frau widerwillig abgebrochen, ohne irgendwelche politischen Ziele erreicht zu haben. Der alte Mann war so knapp dem Tode entronnen, daß die Sandelholzzweige für seine Einäscherung immer noch im Hinterhof aufgestapelt waren. An diesen Ort hatten die Brahmanen sie gelegt, als die britischen Behörden sie gebeten hatten, alles vorzubereiten. Im übrigen war vom Kommandanten bis zum einfachen Soldaten jedem klar, daß der Mahatma das königliche Recht respektierte und rechtschaffen kämpfte, ohne Waffen. Es gab kein Fluchtrisiko. Aber der politische Sturm, der über die ganze Welt fegte, hatte auch England in den Krieg gegen die Nazis geführt, und Churchill hatte sich auf eines versteift: Widerstand zu leisten, unablässig Widerstand zu leisten – den deutschen Bombardierungen auf das verwüstete London, den Invasionsversuchen, den irreführenden Versprechungen der Nazis und den Separatfriedensangeboten zu widerstehen. Seinem Volk hatte er Schweiß, Blut und Tränen versprochen, aber letztlich auch den Sieg. Die Unabhängigkeit Indiens stand nicht auf dem Tagesplan; und selbst wenn auch nur ein alter Mann das Ansehen des Empires in Frage stellte, wurde er als Feind angesehen. Churchill hatte in nichts nachgegeben, im Gegenteil, er hatte sich den Tod seines alten Gegenspielers gewünscht.

Ein Jahr war vergangen, seitdem der Mahatma das Fasten aufgegeben hatte. Er lebte immer noch: eingesperrt in den geräumigen, leeren Sälen des Palastes, und allmählich ging es ihm besser. Churchill hatte gerade den jungen und hervorragenden Lord Louis Mountbatten zum Obersten Befehlshaber der Streitmächte von Südostasien ernannt. Dieser richtete sich in seinem Hauptquartier in Delhi ein. Dem neuen Kommandanten wurde die schwere Verantwortung übertragen, die japanischen Truppen zu bekämpfen, die in Birma schon siegreich waren und jetzt Kalkutta bedrohten. Den Mahatma zu bewachen war nicht schwierig; es hieß nur, einen alten, störrischen Mann daran zu hindern, sich auf den Straßen herumzutreiben. Der andächtige Greis machte keinen Krach; er las viel, schrieb mit einem Bleistift sparsam auf beide Seiten gebrauchter Umschläge, empfing ab und zu Besuch und ging mit schnellem Schritt, zuckendem Arm und traurigem Blick in dem großen Park spazieren. Seine liebe Kasturba, die er zärtlich *Ba*, Mutter, nannte, begleitete ihn. Soeben gingen sie langsam die Treppe hinunter, der eine auf den anderen gestützt, sie war in ihren einfachen Sari aus weißer Baumwolle gehüllt, und er trug seinen strahlendweißen Schal. Ihre Gesichter waren schwächlich und vom Alter gezeichnet.

Auf der letzten Stufe fing Kasturba so stark an zu husten, daß sie sich hinsetzen mußte.

»Du bist erkältet, Ba«, murmelte der Mahatma vorwurfsvoll. »Ich muß für dich einen Umschlag aus Lehm machen.«

»Es ist … nicht schlimm«, brachte die alte Dame schwer atmend hervor. »Meine Bronchitis, laß uns weitergehen.«

Gandhi half seiner Frau wieder aufzustehen; sie machte zwei Schritte und sank an der Seite ihres Mannes nieder.

»Ich kann nicht«, hauchte sie. »Ich glaube, daß ich Fieber habe.«

»Als ich gefastet habe, hast du Tag und Nacht bei mir gewacht, und jetzt nimmt diese Bronchitis einfach kein Ende mehr«, sagte der Mahatma streng. »Das ist nicht verwunderlich. Wir gehen wieder nach oben. Jetzt bin ich an der Reihe und pflege dich.«

Und er nahm sie fest in die Arme. Die Soldaten kamen zu Hilfe und trugen die alte Frau Stufe um Stufe nach oben. Gandhi runzelte die Stirn und hörte aufmerksam auf ihren pfeifenden und heiseren Husten.

*Delhi, Haus Faridkot, am 10. Februar 1944*

Der harte Tag des Obersten Kommandanten ging zu Ende. Lord Louis Mountbatten, der liebevoll *Supremo* genannt wurde, machte es sich in einem Ledersessel bequem und versuchte, sich zu entspannen. Er war sicher, daß die alliierten Kräfte spätestens in einigen Wochen Birma zurückerobern würden, das in die Hände der Japaner gefallen war. Der Supremo hatte sich auf die medizinische Versorgung und die Aufrechterhaltung der Truppenmoral konzentriert, da die Leute schmähliche Niederlagen erlitten hatten. Bald würden sie Imphal an der birmanesischen Grenze angreifen. Alles war bereit für den Sieg, außer der Mitteilung, die der Supremo an seine Soldaten schicken mußte, um sie zu ermutigen. Aber nach der kurzen indischen Dämmerung überkam ihn eine drückende Einsamkeit, gepaart mit Sorgen und Angst.

Mountbatten war mit jugendlichem Ungestüm und manchmal blindem Mut in den Krieg gegangen; mit seinem lieben Destroyer, der *Kelly*, hatte er Pleiten wettgemacht; Torpedos hatten den Rumpf durchbrochen, und das hatte viele Menschenleben gekostet. Im Jahre 1942 war ihm die Eroberung von Dieppe mißglückt, und er war für diesen gewichtigen Fehler scharf kritisiert worden. Aber er engagierte sich mit Inbrunst im Kampf gegen die, die er aus Respekt für das Heimatland seiner Eltern nie die Deutschen, sondern immer nur die Nazis nannte; Churchill gewann ihn lieb. Im Krieg reifte der hitzige junge Mann, und Churchill hatte ihm schließlich eine ihm angemessene Aufgabe anvertraut.

Die Sätze, die man ihm in London bei seiner Abfahrt mitgegeben hatte, wirbelten in seinem Kopf herum. »Vergessen Sie nicht das Epitaph, das Kipling einmal auf ein fiktives Grab geschrieben hat: Hier ruht ein Verrückter, der ganz Asien erschüttern wollte ... Sie haben alles in der Hand, die Marine, die Infanterie, die Luftwaffe, alles, junger Mann ...« Den Kopf voll von energischen Ratschlägen und das Herz noch ganz in Beschlag von den Kämpfen auf seiner *Kelly*, war der junge Admiral aus London nach Delhi aufgebrochen. Und seine Frau Edwina war in London geblieben.

Großer Gott, schon zweiundzwanzig Jahre Ehe und zwei Töchter, trotz der Streitigkeiten, der Seitensprünge und der Skandale. Seit Beginn des Krieges hatte sich Edwina frenetisch und mit der ihr eigenen Hartnäckigkeit der Schwesternschaft der St. John's-Ambulanz angeschlossen. Der offizielle Liebhaber Edwinas, Bunny, hatte nach der Abreise Louis' auf sie aufgepaßt, aber auch er war aufgebrochen zu irgendeinem Schlachtfeld in Südostasien.

»Im Grunde ist mir dieser Gedanke gar nicht zuwider«, dachte Louis Mountbatten mit einem leichten Lächeln. Der gute alte Bunny ... Seine Gegenwart wird mir helfen, auch aus der Ferne.«

Er schrak auf. Bedurfte es des Liebhabers seiner Frau, damit er sie nicht vergaß? Seine schöne Edwina, fein und geschmeidig, sein schwarzer Engel mit hellem Blick und blasser Haut, seine Fee, die er nicht hatte halten können ... Wo waren ihre sanften Gesten, wo war die schöne Zeit der Eroberung geblieben? War es nicht hier in Delhi gewesen, als sie ihm lachend ihre Hand versprochen hatte? Er hatte sie in der Dämmerung geküßt, am Fuße einer alten romantischen Festung, und jetzt grübelte er hier allein in seinem Hauptquartier, während sie in London war.

»Genau!« rief er aus. »Der zehnte Februar.«

Er lief zu seinem Büro und kritzelte eifrig: »Liebesgefühle im Gedenken an unsere Verlobung vor zweiundzwanzig Jahren«, las er mit lauter Stimme. »Das ist gut. So und jetzt die Mitteilung. Möge mich doch die Seele meiner lieben *Kelly* dabei inspirieren ...«

Er schrieb es mit einem Schwung. »Mut, ihr werdet Geschichte machen.« Es war kurz, nobel, direkt, groß. Zufrieden rief Lord Louis seine Ordonnanz.

*London, am 11. Februar*

Wie versteinert stand Edwina in ihrem langen schwarzen Pelz da und hatte Tränen in den Augen.

»Er hat sich erinnert! Wie hat er das wohl gemacht?« murmelte sie, das Telegramm in der Hand. »Ich hatte es vergessen. Stimmt, er lebt ja in Delhi ... Nun, es ist lieb. Ich muß ihm antworten.«

Sie warf einen Blick auf die Uhr und biß sich auf die Lippen. Sie hatte keine Zeit; man holte sie ab. Sie schnappte sich eine schwarze Mütze und rückte sie mit einem Griff auf dem Kopf zurecht. Es war soweit; ein großer Amerikaner machte gemächlich die Tür ihres Zimmers auf, mit einer Champagnerflasche unter dem Arm.

»Bereit, Darling?« fragte er fröhlich. »Sie sehen heute so verträumt aus.«

»Ja, kann sein«, gab sie zu und runzelte die Stirn. Was sollte dieser Gelegenheitsliebhaber schon verstehen? Ihr Liebster, der treue Bunny, war gerade erst nach Asien aufgebrochen, da hatte Edwina Bill Paley getroffen, Attaché von Präsident Eisenhower und verantwortlich für den Rundfunk, der in die von den Nazis besetzten Länder sendete. Bill liebte Frauen, er brachte ihnen aus Amerika Orangen, Zitronen oder Strümpfe mit; besonders versessen war er auf Edwina, der er seine Lieblingsparfums mitbrachte, seltene Schätze zu Kriegszeiten. Er lächelte strahlend und einnehmend; Edwina fühlte sich elend. Bestürmt von deutschen Bomben, lag London in Ruinen und lebte mutig das tägliche Grauen. Edwina betrog ihren Mann, sie betrog ihren Liebhaber, sie betrog die ganze Welt, es war Krieg. Würde es eines Tages ein Leben ohne Lügen geben?

»Keine Traurigkeit zwischen uns beiden!« rief Bill. »Ich habe für nachher Champagner mitgebracht. Sie werden uns doch nicht die Laune verderben wollen!«

»Champagner«, murmelte Edwina mit niedergeschlagener Stimme. »Wirklich. Ich glaube, ich habe kein Eis.«

»Ich stelle ihn auf den Balkon«, sagte Bill und machte das Fenster auf. »Kommen Sie, lächeln Sie, meine Schöne!«

Edwina wandte sich ab.

»Ich werde Sie schon aufheitern. Gehen wir. Ihr Pelz, Liebling«, sagte der Amerikaner und nahm den Mantel vom Bett.

»Ja«, seufzte Edwina. Manchmal muß man das Denken vermeiden.

*Gefängnis von Amnadghar Fort, am 18. Februar 1944*

Die Sonne kletterte langsam an den Gefängnisgittern empor; in der Ferne sangen die Frauen, die sich zum Brunnen aufmachten, um ihr tägliches Wasser zu holen; die Papageien kreischten auf den Ästen der Bäume, ein Esel iahte energisch. Indien erwachte.

In der Zelle Nummer acht führte Jawaharlal Nehru, den Kopf nach unten und die Füße in die Luft, seine morgendlichen Yogaübungen aus. Das Blut strömte ihm in den Kopf und erfüllte seine Ohren mit einem leichten Klopfen; aber der Gefangene vernahm die wohlbekannten Geräusche der Freiheit direkt unter der Mauer seiner Zelle. Den gelben Kopf der Papageien, die Kupferkrüge auf den Köpfen der Frauen, den Esel mit erhobenem Schwanz und geschürzter Schnauze und den dampfenden indischen Winternebel auf dem Hochplateau des Deccan. Nichts davon hatte er vergessen, alles konnte er sich vorstellen. Aber wozu? Das achte Jahr seines Lebens im Gefängnis war noch nicht vorüber; er mußte noch bis zum Ende dieses unaufhörlichen Krieges warten.

Dann ...

Oh! Dann! dachte der Gefangene und ließ die Füße auf den Boden sinken. Würde er wieder in sein großes Anwesen in Allabahad zurückkehren, wo seine Tochter und seine beiden Enkel ihn erwarteten? Dann mußte man es darauf ankommen lassen. Wenn der Mahatma noch lebte, galt es ihm klarzumachen, daß sein geistiger Sohn, sein geliebter Nehru, ihm von jetzt an nicht mehr gehorchen würde. Schluß mit den Winkelzügen und den Loyalitätsbekundungen gegenüber den britischen Besatzern; Schluß mit dem Zögern in bezug auf den günstigen Zeitpunkt der Unabhängigkeit: Man mußte sie ihnen sofort entreißen, sofort bei seiner Freilassung, um jeden Preis. Vor allem Gandhi mußte vor den Kopf gestoßen werden.

Seit Anfang des Krieges hatte der alte Mann seine Stützen verloren; und während er die Nazis verurteilt und die Wahl zwischen den Alliierten und dem Feind sogleich getroffen hatte, so hatte Gandhi bei der Strategie um die Unabhängigkeit gezögert. Bis zu diesem Tag, im Jahre 1942, als er mit seinem friedlichen Stimmchen eine Forderung geäußert hatte, der zu Kriegszeiten unmöglich entsprochen werden konnte; er hatte den Abzug der Briten gefordert, und zwar den sofortigen Abzug. Das Ergebnis hatte nicht lange auf sich warten lassen, Nehru saß wieder im Gefängnis. Der Mahatma, seine Frau Kasturba ebenso. Und wenn er am Ende des Krieges tot sein sollte ...

Nehru erzitterte. Das wäre nicht abzusehen; trotz seines zerbrechlichen Äußeren war Gandhi robust, ewig, unverwundbar. Plötzlich erschienen ihm schemenhaft Aufnahmen des Mahatmas, mit denen sämtliche Fotografen der Welt ihn unsterblich gemacht hatten. Die Beine zur Seite hin ausgestreckt, auf einer weißen Matratze sitzend, um mit reiner Stimme eine seiner Reden zu halten, die die Gemüter erregten. Schnell gehend, den Zeigefinger auf die

Menge gerichtet, unter dem zitternden Rhythmus der Zurufe, mit nackter Brust und leicht hervortretenden Rippen, dem wulstigen, riesigen Mund, verzogen zu einem zahnlosen Lachen … Nehru traten Tränen in die Augen.

»So«, murmelte er, »hör auf mit den griesgrämigen Grübeleien. Jetzt mußt du deiner Tochter schreiben.«

Er numerierte seine Briefe, um zu prüfen, ob sie abgefangen wurden. Von ihr hatte er schon drei Wochen lang keine Post mehr erhalten; in der Stadt Allahabad, in der sie wohnte, seit sie aus dem Gefängnis gekommen war, mußte es wohl kalt sein. Sie wohnte in dem großen, noblen Haus, das sein Vater Motilal gebaut hatte und das er Anad Bhawan genannt hatte, Haus der Glückseligkeit. Es war weiß, hatte feingearbeitete Balkons, mogulische Türmchen, Gärten und Brunnen. Seine Tochter war im Paradies. Seine kleine Indhira, Indu …

All die Jahre seines Lebens, die ihm im Kerker vergällt worden waren … Wenn er wenigstens seine Frau Kamala besser kennengelernt hätte, er hatte gerade mal Zeit gehabt, sie in ein Schweizer Sanatorium zu begleiten, wo sie völlig ausgezehrt an der Tuberkulose gestorben war. Er sah ihr eckiges Gesicht, ihr willensstarkes Kinn, ihre lebhaften Augen hinter der runden Brille und ihre Haare, die sie trug wie Jeanne d'Arc, die Lieblingsheldin seiner Enkeltochter Indhira … Kamala auf ihrer Bahre, in ihrem Krankenbett, plötzlich jünger geworden, als der Tot näherrückte, hatte er sie geliebt? Streng und geheimnisvoll, war sie an seinem Leben, an ihm vorübergegangen. Einige flüchtige, schon lange vergessene Liebschaften hatte er gehabt, als er nicht im Gefängnis war. Aber wußte er überhaupt noch, was eine Frau war? Seit 785 Tagen hatte er keine einzige mehr gesehen; er hatte es genau nachgezählt. Wie sahen sie aus? Wie redeten sie? Er konnte sich nicht mehr an ihre Art zu gehen erinnern, außer an die ländlichen Königinnen, die mit Krügen auf dem Kopf zum Brunnen gingen. Unvergeßlich.

Er vergrub seinen Kopf zwischen den Händen. Nein, er hatte nicht unrecht gehabt. Seit des schrecklichen Tages, an dem er die blutigen Spuren des von General Dyer befohlenen

Massakers in Amritsar gesehen hatte, hatte er den Waffen nicht mehr abgeschworen. Der Feind würde für immer das Gesicht General Dyers haben, kalt wie England und identisch sein mit den Schüssen seiner Gewehre. Das war im Jahre 1919. Seitdem hatte Jawaharlal Nehru sich geschworen, die Engländer zu bekämpfen. Er hatte Lust, französische Bücher zu lesen, von Paul Morand, oder die Gedichte Verlaines, die er liebte. Oft rezitierte er leise die wenigen Verse, die Verlaine im Gefängnis geschrieben hatte, der Himmel über dem Dach, so blau, so ruhig, und der Palmenzweig des Baumes, den er durchs Fenster sah. Frankreich hatte er, angeregt durch seinen irischen Hauslehrer, seit seiner Kindheit liebengelernt, Frankreich, das jetzt von einer unbändigen Tyrannei besetzt war, Frankreich auf den Knien ... Aber er mußte auch Urdu lernen, die Sprache, der in Indien lebenden Moslems; er wollte Platon lesen ... Nun gut, Französisch sollte noch warten. Er seufzte und nahm den Kugelschreiber zur Hand. Es sollte der achtundsechzigste Brief werden.

*Poona, Residenz von Yeravda, am 20. Februar 1944*

Zusammengekauert und mit hitzig fiebrigen Augen, schnappte Kasturba Gandhi nach Luft. Ständig krümmte sie sich von dem schrecklichen Husten, wurde am ganzen Körper geschüttelt. Der Mahatma kniete an ihrem Bett und feuchtete ihr die Lippen mit einem nassen Handtuch. Die Tür öffnete sich; der britische Arzt trat in das große Zimmer, mit einer Tasche in der Hand.

»Ach, da sind Sie ja endlich, Sir«, sagte Gandhi ungeduldig. »Es geht ihr sehr schlecht; sehen Sie, sie erstickt.«

Der Arzt bettete die Kranke der Länge nach hin, untersuchte das Gesicht und berührte die Stirn, er machte sich gar nicht die Mühe, sie abzuhorchen. Wortlos und mit strengem Gesicht öffnete er seine Tasche und entnahm ihr eine Spritze und eine Kapsel.

»Was ist das, Sir?« fragte Gandhi beunruhigt.

»Das ist ganz einfach Penicillin, Mr. Gandhi. Machen Sie

sich keine Sorgen, ein oder zwei Kapseln, und wir kriegen sie gesund.«

»Aber, wenn ich richtig verstehe, wollen Sie ihr eine Spritze geben«, sagte Gandhi langsam.

Verdutzt blickte der Arzt auf seine Spritze. »Sie wird es gar nicht spüren«, sagte er lächelnd.

»Darum geht es nicht«, antwortete Gandhi. »Aber ich bin ernsthaft gegen Behandlungen durch Spritzen, sie sind nicht natürlich und schädlich für die Menschheit.«

»Wie bitte?« rief der Arzt. »Sie werden doch diese Spritze nicht ablehnen wollen!«

Der Mahatma sah ihn durchdringend an. Der Arzt senkte den Kopf. Die Sonne war untergegangen; Schatten breiteten sich im Zimmer aus und versenkten das Gesicht der Kranken im Dunkel der Nacht.

»Sir, möchten Sie mit mir auf die Terrasse kommen?« fragte der Arzt leise und nahm Gandhis Arm. Der alte Mann stand auf und folgte ihm in die Dunkelheit.

»Ohne Penicillin wird sie nicht überleben, Mr. Gandhi, ich muß Sie ausdrücklich darauf hinweisen«, murmelte der Arzt. »Übrigens, Ihr Sohn Devadas verlangt diese Behandlung.«

»Gott muß entscheiden, Sir, nicht Sie, nicht er,« erwiderte Gandhi leise.

»Mr. Gandhi! Seien Sie doch vernünftig! Ihre Frau wird sterben!«

»Wenn es so ist, dann ist ihre Stunde gekommen«, seufzte der alte Mann eigensinnig.

»Das kann ich nicht akzeptieren!« rief der Arzt wütend und lief ins Zimmer zurück. »Sie muß es selbst bestimmen.«

»Sehr gut«, sagte der Mahatma und folgte ihm. »Tun Sie es. Fragen Sie sie.«

Die beiden Männer knieten am Kopfende des Bettes von Kasturba. Sie hatte die Augen geschlossen und atmete ruhig. Mit einer geschickten und sanften Bewegung hob Gandhi den Kopf der Kranken.

»Ba ... Hör zu. Um dich zu retten, ist eine Injektion mit Penicillin nötig, mit einer Spritze. Stimmst du zu?« Mühevoll öffnete Kasturba die Augen. »Mit einer Spritze?« murmelte sie. »Du magst das nicht?«

»Aber du mußt entscheiden, Ba«, hauchte der Mahatma und küßte ihr die Stirn. »Du allein, meine Liebe.«

Kasturba runzelte gequält die Stirn und wurde von einem heftigen Hustenanfall erschüttert. Der Arzt richtete sie auf und strich ihr mit ängstlichem Blick über den Rükken.

»Das, was du willst, ist gut für Kasturba«, wimmerte sie und holte Luft. »Ich sage nein.«

Niedergeschlagen und völlig entsetzt blickte der englische Arzt Gandhi an. Der Mahatma sah ihn mild und verzweifelt an; hinter seiner Brille bildeten sich dicke Tränen, die über seine Wangen liefen. »Ich werde sie heilen«, flüsterte er und wischte sich die Augen ab.

»Sie haben noch einen Sohn, Mr. Gandhi, nicht wahr?« rief der Arzt heftig. »Lassen Sie ihn kommen, schnell.«

*Poona, Residenz von Yeravda, am 22. Februar 1944*

Kasturbas Kopf ruhte auf den Knien des Mahatma. Er streichelte ihr die Stirn, wischte ihr die feuchten Schläfen ab und hob sie ein bißchen an, wenn sie einen Hustenanfall hatte. Der heisere und pfeifende Atem verstummte ab und zu, setzte wieder ein und hielt erneut inne. Ab und zu goß er ihr mit dem Schnabel einer kleinen Milchtasse ein bißchen Wasser zwischen ihre vertrockneten Lippen. Mitten im Zimmer neben Devadas, dem jüngsten Sohn Gandhis, saßen ihre Mitgefangenen und sangen mit leiser Stimme monotone indische Gesänge, die Lieblingslieder von Kasturba. Ihr ältester Sohn, Haribal, war von den britischen Behörden benachrichtigt worden und abends zu ihnen gestoßen. Aber wie üblich, schwankte und brüllte er, er war betrunken. Kasturba hatte geschluchzt und nach Atem gerungen, sie hatte sich vor Schmerz gegen die Stirn geschlagen; Haribal war weggelaufen, und seitdem sprach seine Mutter kein Wort mehr. Kasturba hielt ihre Hände auf der Höhe ihrer Brust und klammerte sich schwach an die Falten ihres von Schweiß durchnäßten Saris. Gandhi beugte sich vor, nahm ihre Hände und umschloß sie mit seinen langen Fingern, wie um sie zu schützen. Kasturba öffnete die Augen und erblickte ihren über sie gebeugten Mann; auf ihren geschwollenen Lippen zeichnete sich ein Lächeln ab. Dann schloß sie die Augen. Der Atem schien sich zu beruhigen, Kasturba war eingeschlafen.

»Sie wird leben, ich will es«, murmelte Gandhi. »Sie täuschen sich alle.«

Plötzlich spitzte er die Ohren. Ihr Atem geriet ins Stokken, wurde rauh und ruckartig. Die Gefangenen hörten auf zu singen.

»Ba, bleibe bei mir ...«, murmelte der Mahatma. Mitten in diese Stille hinein öffnete sich der Mund der Sterbenden ganz weit. Der Kiefer fiel zusammen, und der leblose Körper glitt aus den Händen des Mahatma. Ohne sich zu bewegen, strich er die zerzausten Haare glatt und die Falten des Sari zurecht, dann schloß er ihren Mund und die welken Augenlider. Die Begleiter des Mahatma zogen sich leise zurück. Gandhi verharrte, den Kopf der Toten auf den Knien, während der Körper steif wurde. Er hatte sich in seinen weißen, großen Schal gehüllt. Bei Morgengrauen, als der Arzt in das Zimmer trat, sah der Mahatma ihn sanft an.

»Wenn ich das Penicillin gestattet hätte, hätten Sie sie auch nicht gerettet«, sagte er.

Der Arzt schwieg.

»Wir haben zweiundsechzig Jahre zusammengelebt, und sie ist auf meinen Knien gestorben. Könnte es besser sein?« fragte der Mahatma und erwartete Zustimmung.

Der Arzt antwortete nicht.

»Ich kann mir ein Leben ohne sie nicht vorstellen, sehen Sie ...«, murmelte Gandhi mit Tränen in den Augen.

Der Arzt tat einen Schritt nach vorn. Die Vorschriften für die Einäscherung waren sehr streng und duldeten keinen

Aufschub. Der Reisig lag schon im Hof bereit. Er mußte dem Mahatma die Tote entreißen.

»Ich bin trotzdem sehr glücklich«, sagte Gandhi und küßte sie auf die eisige Stirn. »Nehmen Sie sie.«

*Poona, Residenz von Yeravda, am 6. Mai 1944*

Eine kleine Gruppe von Indern wartete ungeduldig und ging im Park auf und ab. Alle trugen Anzüge aus handgewebter Baumwolle, den Khadi, den Gandhi zum Wahrzeichen des Widerstandes gegen die englische Besatzung gemacht hatte. Eine pausbäckige Dame mit einem Paket in der Hand, die königlich eingehüllt war in einen violetten Sari, bestickt mit prallem Rot, und als einzige die Regel der weißen Baumwolle durchbrach, versuchte vergeblich, sie zu beruhigen.

»Kommt, jetzt stört doch nicht die Freilassung unseres Mahatmas. Meint ihr denn, daß ihm dieser Tumult gefallen wird? Er braucht seine Ruhe!«

»Solange er nicht draußen ist, werden wir nicht ruhig sein«, sagte ein junger Kämpfer mit feurigem Auge.

»Wer weiß, was die Engländer ihm wieder für eine Falle stellen. Wissen sie das, Mrs. Naidu?«

»Bah!« sagte sie abfällig. »Unser Little Man hat schon ganz anderes erlebt! Wenn man ihn noch ein bißchen dabehielte, wäre das nicht tragisch!«

»Aber seine Gesundheit, Mrs. Naidu, seine Gesundheit! Die letzte englische Mitteilung war besorgniserregend!« entgegnete ein anderer aufgeregt.

»Deswegen läßt man ihn ja frei, stellt euch vor!« rief die alte Dame genervt. »Regt euch ab, denn wir wären wohl sonst kaum hier, um auf ihn zu warten! Da ...«, fügte sie plötzlich mit Rührung in der Stimme hinzu, »da ist er.«

Gestützt auf zwei Krankenschwestern mit weißen Hauben und gefolgt von seinen Begleitern in der Haft, erschien der Mahatma, in seinen weißen Schal gehüllt, oben auf den Stufen und winkte.

»Mahatma Gandhi ki jai ...«, murmelten seine Freunde im Chor. Er lebt!«

Der alte Mann brauchte lange, um die Stufen hinabzusteigen; er schwankte. Mit verblüffender Schnelligkeit lief die alte Mrs. Naidu auf ihn zu und verbeugte sich tief vor ihm.

»Sie sind gekommen, meine liebe Naidu«, sagte der Mahatma und hielt ihr die Hände hin. »Immer treu ...«

»Mein lieber Mickey Mouse«, murmelte sie ihm zärtlich zu, »ich habe so oft an Sie gedacht und an unsere liebe Kasturba ...«

Ein Schatten vernebelte den strahlenden Blick Gandhis.

»Nun ist alles gut«, sagte er und hob den Kopf. »Und jetzt werden wir den Kampf wiederaufnehmen.«

»Warten Sie ...«, sagte die alte Frau und öffnete das Paket, das sie in ihren Händen hielt. »Bewegen Sie sich nicht, ich muß Ihnen etwas übergeben.«

Gandhi warf ihr einen strengen Blick zu. Die alte Dame stellte sich feierlich vor ihn hin und gab ihm einen Geldbeutel aus rotem Samt.

»Im Namen der indischen Nation«, begann sie mit lauter Stimme, »habe ich die Aufgabe, Ihnen dieses Geld zu übergeben, das für Sie gesammelt wurde und eine Summe von acht Millionen Rubel ausmacht. Unsere Mitstreiter haben ihr ganzes Herz dareingelegt.«

Benommen sah der alte Mann auf die Geldbörse.

»Dieses ganze Geld? Alles für mich? Aber ich brauche es doch nicht!« hauchte er.

»Lassen Sie sie nur, sie sind so stolz auf ihr Geschenk.«

Der Mahatma faltete die Hände und verbeugte sich langsam und lächelnd.

»Ich danke euch allen«, sagte er mit erhobener Stimme. »Ich bin gesund. Mein zweitausenddreihundertsechsunddreißigster Gefängnistag ist zu Ende. Es ist der letzte, meine Freunde, denn dieser Krieg wird bald zu Ende sein, und wir sind endlich frei!«

## *Das Ende des Weltreichs*

*Gefängnis von Amnadghar Fort, am 15. Juni 1945*

Kurz vor acht Uhr öffnete der Kerkermeister weit die Zelle; sein Gefangener war eingeschlafen. Respektvoll tat der Mann einen Schritt und kratzte sich am Kopf.

»Muß dich schon aufwecken; ach Pech!« sagte er. »Sir! Nehru! Nehruji! Panditji!«

Jawahar hob die Augenlider. Draußen war es schon hell; die Augen des Soldaten leuchteten im Halbdunkel des Gefängnisses, eine Hand schüttelte seine Schulter, aber sachte, der Befehlston war ohne Brutalität. Er richtete sich angstvoll auf.

»Ich wollte Ihnen Bescheid sagen ... Stehen Sie auf!« sagte der Mann.

»Aber wieviel Uhr ist es denn?« murmelte Nehru. »Bin ich wieder eingeschlafen?«

»Es ist fast acht Uhr, Sir«, antwortete der Kerkermeister. »Bereiten Sie sich vor! Sie werden nachher freigelassen.«

»Wie das? Haben Sie einen schriftlichen Befehl?«

»Ich habe es im Radio gehört, Sir«, sagte der Mann verlegen. Alle Vorsitzenden des Kongresses werden heute zu einer Konferenz in Si... freigelassen, in Siem..., wie heißt noch mal die Stadt, die auf -la endet?«

»Simla?« fragte Nehru verwundert. »Das ist die Sommerresidenz des Vizekönigs.«

»Eben, Sir, es ist der Vizekönig, der Sie ruft. Also habe ich gedacht, daß Sie und ihre Freunde das Los trifft ...«

»Aber warum jetzt?«

»Man sagt, daß der Krieg aus ist. Die wollen ein Indien, ich habe nicht ganz verstanden, nur Indien allein, oder irgend so etwas. Sie müssen darüber mit ihnen reden. Sie sollten sich lieber fertigmachen, Sir«, sagte der Wärter und klopfte ihm auf die Schulter.

Nehru stand mit einem Ruck auf. Frei! Hatte der Wärter sich geirrt? Wenn er es mißverstanden hatte? Er hatte keine Zeit nachzudenken. Schritte hallten auf dem dumpfen Steinboden des Gefängnisflurs. Der Hauptwächter hielt ihm ein Schreiben hin. Alles war wahr.

Er warf einen letzten Blick durch die Gitterstäbe. Die warme Morgenröte des unerträglichen Sommers war schon entflohen; die Sonne färbte bereits die ersten Monsunwolken rosa. Weit draußen auf dem Land muhte eine Kuh; der ›Sänger der Wolken‹, der winzig kleine Vogel, der den Regen ankündigte, schrie sich aufdringlich heiser. Er sollte freigelassen werden und das Leben wiedersehen? Zur Ehre Indhiras würde er eine Rose an seinem Hemd tragen. Und er würde als Andenken einen Baum in den Gefängnishof pflanzen.

»Wenn Sie Rajah von Indien sind, werden Sie mich doch nicht vergessen, oder?« fragte der Wärter demütig.

*Singapur, am 18. März*

Lady Mountbatten saß vor ihrem Spiegel und betrachtete die kleinen Fältchen rund um ihren Mund. Sie hob ihre Haare ein wenig an, nahm drei Haarnadeln und ließ ihre Hand wieder fallen. Edwina fühlte sich erschöpft. Innerhalb von drei Wochen hatte sie die Gefangenenlager von Siam und Saigon besucht, wo sie die sanitäre Ausrüstung inspiziert hatte, außerdem hatte sie einige Tage in Delhi, im Palast des Vizekönigs, verbracht, wo sie an einer Konferenz des roten Kreuzes teilgenommen hatte. Schon zwei Jahre hielt sie sich auf den Schlachtfeldern auf, um sich um die Gesundheit von Soldaten und Kriegsgefangenen zu kümmern; zwei Jahre des wahnsinnigen Laufs durch eine Welt in Flammen, zwei Jahre übermäßigen Grauens und Vergessens. Seit einem bestimmten Wochenende im August 1944 hatte sich ihr Leben völlig verändert. Bunny, ihr ewiger Liebhaber, war von der Front zurückgekehrt und hatte ihr verkündigt, daß er heiraten werde. Obwohl sie ja ihren jungen Amerikaner hatte, hatte sich Edwina schamlos verlassen gefühlt; sie hatte in einem Nichts von Angst geschwommen. Es war kein Liebhaber, den sie da verlor, es war ihr zweiter Mann. Der erste, nach dem sie hieß, Lord Mountbatten, war ganz einfach perfekt gewesen; er hatte sie tapfer getröstet, hatte sie ›meine Schöne‹ genannt, wie in den besten Tagen. Dann hatte die dritte Armee die Seine erreicht, Paris war befreit worden, das Leben hatte wieder begonnen. Außer für Edwina. So hatte sie angefangen, sich bei der humanitären Hilfe zu engagieren, um zu vergessen. Der Sieg der Alliierten über die Nazis war von nun an eine Tatsache; die Atombomben hatten den Feind grausam ausradiert, aber man mußte noch vom Krieg gesunden.

Seit letztem Herbst lebte Dickie in Singapur; dort hatte er das Hauptquartier des Obersten Kommandeurs errichtet; im September 1945 hatte er die Kapitulation der japanischen Armee Südostasiens überwacht, einer Armee von anderthalb Millionen Soldaten. In London hatte die Regierung gewechselt; im Zuge eines eindeutigen Wahlsieges der Arbeiterpartei mußte der alte Churchill seinen Platz für Clement Attlee, den neuen Premierminister, räumen. Der Krieg ließ eine Kette von Elend und Entbehrungen zurück, sowohl in Europa als auch in Asien. Der Supremo mußte lediglich noch die Demobilisierung leiten; aber Edwina wurde immer noch von den Schreien der ohne Narkose operierten Verletzten heimgesucht, von den leblosen Augen der halbverhungerten Gefangenen, jenen gespenstischen Augen, und von ihrem schwachen Lächeln, wenn sie ihnen die eingefallenen Backen gestreichelt hatte.

Als sie wieder zu Louis zog, mußte sie zuallererst die offiziellen Pflichten der Gattin des Supremo erfüllen! Ein Inder, der gerade aus dem Gefängnis entlassen worden war, kam zu Besuch, und sie mußte sich anziehen, kämmen und ihn empfangen, wo es doch so schön gewesen wäre, sich zu entspannen und in der faden Schwüle des Abends zu träumen … Nein!

»Beeilen Sie sich, meine Liebe!«* rief Louis Mountbatten und riß blitzartig die Tür auf. »Gleich wird dieser Nehru kommen. Wenn Sie uns, wie vorgesehen, in der Young Men Christian Association begrüßen wollen, müssen Sie vor uns dasein, und der Club ist am anderen Ende der Stadt; sie sollten schon fort sein. Lassen Sie ihre Haare, sie sind perfekt. Los!« fügte er genervt hinzu.

»Aber ...«, antwortete Edwina, den Mund voller Haarnadeln. »Wenn er schon so früh kommt, kann er nicht etwas warten? Sie haben Ihr Einverständnis gegeben, daß er sich bezüglich der Lage der Inder in Malaysia erkundigen darf, erweisen ihm jede Ehre, den roten Teppich, Ihre Befehlshaber haben beinahe gemeutert, und warum drängen Sie mich jetzt so? Warum so viel Rücksicht für einen indischen Anführer? Sie sind Oberkommandeur der Armee, Dickie!«

»Und er ist der Präsident der Panindischen Konferenz, verantwortlich für die Übergangsregierung!« ereiferte sich Lord Louis. »Wissen Sie, daß die Zukunft Indiens in erster Linie von Nehru abhängt? Ohne ihn gibt es keinen Kompromiß mit den Moslems, keinen Bürgerfrieden in Indien. Und es ist meine Idee. Warum, glauben Sie, habe ich ihm Verhandlungen zugestanden, die einem Staatschef vorbehalten sind? Ohne die Unterstützung dieses Mannes sind London die Hände gebunden ... In einer Stunde werden Sie ihn feierlich mit den Indern von Singapur empfangen. Meine Offiziere werden noch vor Wut ersticken; sie haben noch nicht begriffen, wie sehr sich die Welt gewandelt hat«, fuhr Louis bestimmt fort.

»Regen Sie sich nicht so auf. Er kann auch nichts ohne London tun«, erwiderte Edwina trocken.

»Ja«, bestätigte Lord Louis. »Aber der Premierminister

* Im französischen Original reden sich die Mountbattens in der zweiten Person Plural an, wie das in Adelskreisen auch üblich war. In der deutschen Übersetzung wurde entsprechend die dritte Person Plural in den Dialogen zwischen Edwina und Louis Mountbatten gewählt, obwohl es diese Anrede im Englischen nicht gibt. (Anm. d. Verl.)

will, daß wir Indien verlassen; das Empire löst sich mit dem Krieg auf, so ist es. Sie haben bei der Wahl der Arbeiterpartei gejubelt, Sie sollten sich schließlich darüber freuen, daß Sie mit diesen indischen Anführern zusammentreffen können, die gerade aus unseren Gefängnissen entlassen worden sind ... Ich verstehe Sie nicht; Sie, wo Sie doch so zärtlich zu Elenden und Rebellen sind, immer bereit, den Erstbesten zu retten ... Sind Sie immer noch nicht fertig? Ich gehe nach unten. Wir werden uns im großen Salon aufhalten, bevor wir in mein Büro gehen. Und geben Sie acht, daß er Sie nicht sieht!«

»Wo werden Sie sein?« rief Edwina erschöpft.

»Im großen Salon, Edwina! Wachen Sie auf!« rief Lord Louis und entfernte sich. Edwina kam immer zu spät, wenn es um Dinge ging, die sie nicht selbst bestimmte.

Dickschädel, dachte er. Launenhaftes, unbändiges Persönchen. Der Krieg hatte ihren unzähligen Seitensprüngen kein Ende gesetzt; er hatte sie lediglich in eine barmherzige Schwester verwandelt, hatte ihre Leidenschaften aufgesaugt wie ein Löschblatt die Tinte, aber ihr Charakter hatte sich nicht verändert. Unverbesserlich.

Edwina ließ sich Zeit. Die Luft war zu feucht, und ihre Haare klebten an ihrem Hals, ihre Haut juckte, und außerdem hatte sie auch noch einen roten Fleck auf der Stirn. Eine Flechte? Eine Mücke? Diese Moskitonetze in Singapur waren zu nichts nütze; sie hatte keine Kraft mehr. Flüchtig sah sie auf das Blatt, das an das offizielle Programm geheftet war. Jawaharlal Nehru, siebenundfünfzig Jahre alt, ehemaliger Präsident der Kongreßpartei, aus britischer Gefangenschaft 1945 entlassen – wenige Monate zuvor. Anwalt in der Londoner Anwaltskammer, ehemaliger Schüler in Harrow, Cambridge und – Pandit: ein Gebildeter, ein Brahmane aus der höchsten der indischen Kasten. Geistiger Sohn des Mahatmas. Aus welcher Provinz denn? Es stand nicht auf dem Blatt. Vielleicht aus einem Königreich? War es nicht eben dieser Nehru, der versucht hatte, die verbotene Grenze von Kaschmir zu überschreiten, indem er mit einer Eisenstange kämpfte? Doch, er war zweifellos aus Kaschmir. Im Jahre 1921 wurde er von der britischen königlichen Verwaltung vier Monate lang gefangengenommen, 1922 neun Monate, 1923, 1930, 1931, 34, 40, 42 ... Die Liste war so lang, daß die Zahlen vor ihren müden Augen zu tanzen begannen. Sie versuchte, sich an die Fotos zu erinnern, aber nichts tauchte in ihrem Gedächtnis auf. Nur das weiße Käppi, das sie tief in die Stirn gedrückt trugen: das ewige Käppi der Gefangenen Südafrikas, das der Mahatma zum Symbol der Kongreßpartei gemacht hatte. Ein aggressiver Inder, der Englisch sprechen, dabei den Kopf hin und her wiegen und das ›r‹ rollen würde. Freund oder Feind? Das wußte sie nicht. Man wußte es nicht mehr.

Unten an der Treppe hörte man Stimmen. Er war angekommen. Mit unruhiger Hand steckte sie drei Nadeln in ihre aufgerollten Haare, damit sie im Nacken hielten, fuhr mit dem Kamm über beide Seiten des Scheitels und strich ihr Kleid glatt, das durch die Feuchtigkeit zerknittert war. Sie hatte keine Zeit mehr, um ihren Hut zurechtzurücken. Pech! Jetzt mußte sie sich beeilen. Gegenüber vom Rauchsalon war die Tür aus Teak geschlossen. Edwina ging leise zur Schwelle und eilte hinunter zu ihrem Auto. Sie hatte kaum mehr eine Viertelstunde Zeit, um den YMCA zu erreichen. Und der Hut saß einfach nicht.

Auf der Freitreppe des Regierungspalastes lächelten zwei Männer den Fotografen zu. Der Oberbefehlshaber trug eine khakifarbene Uniform und ein Hemd mit kurzen Ärmeln, der indische Präsident hatte eine braune Tunika aus Flockseide an. Auf der Brust Lord Mountbattens prangten seine Abzeichen; Nehru hatte im dritten Knopfloch seines Jacketts eine rote Rose aus Bombay. Der Engländer trug eine Marinekappe und der Inder das Käppi der Gefangenen. Das lange Auto des Supremo wartete schon, strahlend neu. Der Chrom blitzte. Der Wagen hatte einen neumodischen Rückspiegel und große runde Scheinwerfer, die wie Katzenaugen wirkten. Mit freundlicher Geste wies Lord Louis dem Inder den Platz an seiner Seite. Vorsichtig setzte sich Nehru und achtete darauf, nicht die englische Hose mit den perfekten Falten zu zerknittern.

Braun gegen Khaki, dachte er, meine Tunika ist nicht militärisch, aber dafür ist sie aus Seide.

Die offene Limousine fuhr durch das monumentale Gittertor, und die Wache salutierte. Der Supremo grüßte, und auch Nehru hob zum erstenmal in seinem Leben leicht die Hand, als sie die Soldaten passierten.

Dann kostete er das Gefühl, an der Seite des Supremo im offenen Auto zu fahren. Ein politischer Sieg; dem würde die Kongreßpartei zustimmen. Die Fahrt in einer Staatslimousine war gleichbedeutend mit der zukünftigen Anerkennung der indischen Nation. Nehru grübelte über seinen Vortrag beim YMCA nach, als das Auto anhielt. An beiden Straßenseiten drängten sich Inder, die gespannt die Ankunft Nehrus erwarteten.

Vor dem Club wartete eine kleine offizielle Gruppe mit Blumengirlanden über den Armen. Nehru erblickte den Repräsentanten der Kongreßpartei, Chettur, dessen Nachfolger er war; er winkte ihm zu. An seiner Seite stand eine große Frau im geblümten Kleid, die mit ihrer behandschuhten Hand einen weißen Hut hielt; eine schlanke Engländerin mit durchsichtiger Haut, Lady Mountbatten. Tausende von schwarzen Blicken musterten ruhig das Auto des Supremo. Nehru stieg als erster aus. Edwina tat einen Schritt nach vorne. Er sah die Klarheit ihrer Augen, den roten Fleck auf ihrer Stirn; sie warf ihm einen kurzen Blick zu, erkannte das Käppi und wollte ihm zulächeln, aber plötzlich stürmte die Menge mit Freudenschreien auf den Bürgersteig und umringte Nehru von allen Seiten, eine Girlande flog in die Luft und legte sich um seinen Hals, und noch eine und noch eine. Bald reichten sie ihm bis zum Kinn. Nehru erstickte fast vor lauter indischen Nelken und riß sich lachend los. Edwina wurde in den Saal zurückgedrängt und entfernte sich, so gut sie konnte. Lord Louis war in der glücklichen Menge untergegangen.

Am Ende des mit Kreppapier und Blumen geschmückten Saals warteten zwei Throne auf sie. Die offiziellen Begleiter Nehrus bahnten ihm den Weg zum Podium; der Supremo folgte so gut es ging.

»Schnell, setzen wir uns«, hauchte Nehru, »sonst geraten sie ganz außer Rand und Band.«

»Wo ist meine Frau?« fragte der Supremo leise. »Sie hat draußen auf uns gewartet, und ich sehe sie nicht mehr ...«

Kaum hatten sie sich gesetzt, begrüßten Schreie und Bravorufe den Obersten Befehlshaber der Südostasienarmee und Vicomte von Birma, an der Seite des geistigen Erben des Mahatmas, jener Nehru, der eben erst aus dem Gefängnis entlassen worden war: der Engländer und der Inder, versöhnte Feinde. Für die Gattin des Supremo war nur ein einfacher Sessel vorbehalten, doch er blieb leer: Lady Mountbatten war nicht wieder aufgetaucht. An der Seite stand eine Bronzelampe, deren Dochte noch nicht brannten; Nehru stand auf und nahm das Streichholz, das man ihm hinhielt ...

Er hatte noch nicht einmal den ersten Docht entflammt, als die draußen drängelnde Menschenmenge den Club stürmte und mit frenetischem Gebrüll auf ihren Helden zurannte, um ihn zu umarmen. Junge Leute rissen die Wandbehänge nieder, zertrampelten die Sitze und schrien vor Glück; Tausende von Händen reckten sich nach oben, ergriffen die aufgehängten Girlanden, Kinder brüllten, alte Frauen riefen um Hilfe ... Plötzlich erblickte Nehru Lady Mountbatten, die brutal von einer Gruppe hin und her geschubst wurde, im Handumdrehen war sie wieder im Chaos verschwunden.

»Ihre Frau«, schrie Nehru, »Ihre Frau. Los!« und nahm Mountbatten beim Arm.

Mühsam bahnten sie sich einen Weg bis zur Tür hindurch. Edwina war nicht da. Entsetzt blickte Nehru über seine Schulter und sah nichts. Mountbatten fürchtete, Edwina niedergetrampelt wiederzufinden, die Füße der Wilden hörten nicht auf mit ihrem zügellosen Tanz ...

»Dickie!« schrie eine hohe Stimme am anderen Ende des Saales.

»Ich bin hier! Kommt hierher.«

Edwina saß auf einem Tisch und fuchtelte mit den Armen. Ihre Kleidung war zerrissen, die Haare zerzaust, und ihre Wangen glühten. Die beiden Männer liefen auf sie zu; Nehru nahm sie bei der Taille.

Mit geröteten Wangen und mit nackter Schulter blickte sie ihn lachend an, kleine Fältchen bildeten sich auf der feinen Haut um die Augenlider. Sie schmiegte sich an ihn und schnupperte an der Rose am dritten Knopfloch, der roten Rose aus Bombay.

»Danke«, hauchte sie. »Sie sind Mr. Nehru.«

»Eigenartige Weise, sich kennenzulernen, finden Sie nicht?« sagte Nehru und zog sachte seinen Arm zurück.

Die Menge hatte sich nicht beruhigt; ein wirres und gewaltiges Murren tönte von der Straße, eine wildgewordene Horde versuchte sich in den überfüllten Saal zu drängen. Nehru wandte sich um: Die unzählige Meute verfolgte sie noch immer.

»Schnell, ehe sie uns zertreten. Schnell weg!«

Und er brachte sie zu einer rußbeschmutzten Ecke, wo dampfende Kessel standen.

»Hier?« fragte Nehru zögernd.

»In der Küche, warum nicht?« fragte Lord Louis phlegmatisch. »Helfen Sie mir, Nehru; wir kippen diesen Tisch, er ist eine gute Barrikade.«

Es geschah gerade zur rechten Zeit. Die Menge war bereits da. Von hinten stieg Nehru schnell auf einen Tisch und streckte die Arme aus.

»Brüder! Ich grüße euch im Namen unseres Landes!«

Leidenschaftlicher Beifall antwortete ihm. Dann wurde es still. Niemand bewegte sich mehr.

»Ich bin als Vertreter der Übergangsregierung hierhergekommen, um euch zu sagen, daß die Freiheit naht, Brüder!« Er beugte sich zu Mountbatten und murmelte: »Ich bitte Sie, zeigen Sie sich nicht allzusehr.«

»Ich verstehe eure Begeisterung, denn unser Kampf war lang und hart. Aber er ist noch nicht zu Ende; und wenn wir gute Verhandlungen wollen, dann darf es keinen Aufruhr geben. Erinnert euch an die Lehren unseres allseits geliebten Mahatmas: Suche nach der Wahrheit bedeutet Respekt für den anderen und duldet keine Gewalt. Bald werden die Anführer der Parteien sich zu einer Konferenz unter der Obhut des Vizekönigs zusammenfinden ...«

Protestgeschrei erhob sich bei der Nennung Lord Wavells, des Vizekönigs von Britisch-Indien; die Menge rumorte.

»Nein, Brüder, nein, keinen Haß! Wir werden die Unabhängigkeit nur erreichen, wenn wir mit der Regierung in London verhandeln; und ich habe im Supremo eine würdige Persönlichkeit der britischen Ritterlichkeit gefunden. Vergeßt nie die Ritterlichkeit, Brüder; auch das hat euch Gandhi beigebracht. Wir müssen den Feind achten, vor allem, wenn er Lord Louis Mountbatten, Vicomte von Birma, heißt!«

Er nahm die Hand Lord Louis', und die Menge applaudierte.

»Jai Hind! Es lebe das freie Indien!« schrie er, und sein Ruf wurde begeistert aufgenommen und hallte langsam wider. Allmählich kehrte wieder Ruhe ein. Nehru tupfte sich die Stirn ab.

»Bravo, Sir«, sagte Lord Louis nur. »Ich kannte Ihren Ruf als Redner, und auch wenn ich nicht alles verstanden habe, bin ich glücklich, dessen Zeuge gewesen zu sein; man hat mir nicht zu viel versprochen.«

»Ach, das ist nicht schwer. Nach zwanzig Jahren nichts als Reden auf dem indischen Land«, sagte Nehru glücklich und half Edwina, über die Sperre, den Tisch, zu klettern.

»Es freut mich, daß Ihnen nichts passiert ist, Madam«, fügte er hinzu und entfernte eine Schale, die an ihrem geblümten Seidenkleid klebte. »Und Ihr Hut? Er ist in dem Krawall verlorengegangen.«

»Das macht nichts«, sagte Edwina und lachte laut. »Er ist weggerollt, als ich auf dem Boden herumgekrochen bin.«

»Um Gottes willen, hat man jemals eine Vicomtesse von Birma herumkriechen sehen?«

»Im Krieg schon, Mr. Nehru«, erwiderte sie graziös. »Und davon habe ich reichlich mitbekommen, wissen Sie?«

Sie gingen Arm in Arm durch die beruhigte Menge zum Saal zurück.

»Der Pandit weiß noch nicht, daß Sie eine Heldin sind, meine Liebe«, sagte Mountbatten und klopfte den Staub von seiner Uniform. »Wir werden das alles heute abend erzählen, denn Mr. Nehru wird doch sicherlich zum Abendessen unter uns sein?« fragte er hoffnungsvoll.

Diese wahnsinnigen Wilden haben alles zerstört«, brummte Lord Louis, rot vor Ärger, als sie wieder im Auto saßen. »Und wie konnten meine Offiziere das nur zulassen? Kein Ordnungsdienst, keine Disziplin, kein Sperrgürtel, um uns den Weg zu bahnen, das ist eine Unverschämtheit! Sprechen wir nicht über das Protokoll, das ist besser … es ist unerhört! Haben Sie gesehen, was sie aus dem Auto gemacht haben? Der rechte Flügel ist völlig zerkratzt; er muß ganz neu lackiert werden. Oh! Ich werde Maßnahmen ergreifen. Man wollte mich lächerlich machen, es war ein Aufstand!«

Edwina schwieg. Wenn Dickie sich aufregte, war es besser, ihn in Ruhe zu lassen. Und wenn das Auto etwas abgekriegt hatte, dann würde er sich lange nicht abregen.

»Schlamperei, Unordnung, Nachlässigkeit, Meuterei! Sagen Sie bloß nichts! Ordnung und Disziplin, darüber machen Sie sich sowieso nur lustig!«

»Ich bin kein Soldat, Dickie«, murmelte Edwina, »und der YMCA ist nur ein karitativer Verein.«

Lord Louis wandte sich ab und biß die Zähne zusammen. Als sie am Gouvernment House ankamen, warf er das Tor zu, nahm beim Hinaufgehen immer vier Stufen auf einmal und schloß sich in seinem Büro ein. Edwina rief einen Bearer und bestellte einen trockenen Whisky für ihren Mann, sie nahm ihm das Glas aus der Hand und ging ruhig hinein.

»Nehru war offensichtlich entzückt«, sagte sie und stellte das Glas neben ihn.

»Das ist zu viel! Ich trinke nicht so viel Alkohol«, knurrte Lord Louis. »Wie können Sie nur so fantasieren? Entzückt, Nehru, mit dieser unbändigen Meute, eine Rede in der Küche, inmitten der Gerüche von Curry und Tandoori? Kommen Sie! Er wird wahrscheinlich denken, daß ich ihn beschämen, erniedrigen wollte. Ein Desaster! Und der Kotflügel des Autos ...«

»Hören Sie auf, an dieses Ding zu denken!« rief Edwina. »Ich versichere Ihnen, daß er zufrieden war, ich habe es gesehen, er hat gelacht ...«

Lord Louis sah sie mit verträumten Augen an und trank doch seinen Whisky.

»Er hat wirklich gelacht? Sie sind sicher?«

»Dickie, dieser Mann ist an indische Menschenmassen gewöhnt. Ihn stört Unordnung nicht. Im Gegenteil, sie ist ihm genehm. Sie haben gesehen, wie er sie beruhigt hat ... Mit ausgestreckten Händen und ein oder zwei Sätzen. Und außerdem war es lustig ...«

»Das finde ich nicht ...«, sagte Lord Louis erregt. »Sehr lustig! Sie in einer Küche hinter einem Tisch verbarrikadiert?«

»Dickie ...«, murmelte sie und streichelte ihm die Wange.

Beruhigt küßte er ihr die Hand.

»Wir werden es nachher sehen, beim Abendessen. Es stimmt, daß Sie über solche Dinge besser Bescheid wissen als ich«, fügte er lächelnd hinzu. »Der Mann ist ohne Zweifel aufrichtig; seine flammende Rede hat die Herzen berührt. Was meinen Sie?«

Edwina antwortete nicht. Noch nie hatte sie eine so lebhafte und kunstvolle Rede gehört; die Worte aus dem Munde Nehrus ähnelten der Rose im Knopfloch. So offen und graziös machten sie ihr unstillbare Lust, die seidigen Blüten zu öffnen und an das unsichtbare Herz der Blume zu gelangen. Sie hatte seine Augen nicht gesehen, als er gesprochen hatte, aber sie hatte das Lächeln auf seinen fleischigen Lippen und das kaum merkliche und erleichterte Zittern gespürt, als er ihr aufzustehen geholfen hatte.

»Liebling! Was halten Sie davon?« wiederholte Lord Louis.

»Oh, Nehru ist in der Tat aufrichtig, auch wenn er ein

guter Redner ist, sagte sie vorsichtig. »Ich verstehe jetzt besser, warum Sie ihn wie einen zukünftigen Präsidenten behandeln.«

»Ich bin glücklich, daß er Ihnen gefällt, meine Liebe«, sagte Lord Louis, »und daß Sie mir endlich recht geben.«

Nehru ging mit großen Schritten auf sein Zimmer, nahm einen Wasserkrug und besprenkelte sich das Gesicht. Mountbatten gefiel ihm; noch ein junger Mann, geradeheraus, mit freimütigem Blick, ehrlich und ein mutiger Soldat. Ja, mit so jemandem wie Mountbatten war ein Dialog möglich. Seine Frau war auch nicht schlecht. Sehr englisch, mit einem leuchtenden Lächeln, einer Feenstimme und so blauen Augen, daß man sich darin ertränken konnte. Eine schmale Taille und einen zarten Körper. Ein schönes Gesicht, ein wenig viereckig, mit einem energischen Kinn. Er erinnerte sich dunkel an Fotos, die in einem malaysischen Gefangenenlager gemacht worden waren. Lady Mountbatten in Khaki gekleidet, ein Käppi auf dem Kopf, kleiner Soldat mit dem Lächeln eines Engels. Und an andere, weit entfernte Bilder aus jenen englischen Magazinen, die manchmal in Indien umgingen und die Aristokraten bei mondänen Abendveranstaltungen zeigten. Lady Edwina in ägyptischem Kleid, mit einem Goldschmuck auf der Stirn und weiten Ärmeln, wie die Flügel eines Käfers ...

Die gute alte Naidu, die leidenschaftliche Kämpferin für die Unabhängigkeit, glühende indische Feministin und rechte Hand des Mahatma Gandhi, erwähnte ab und zu die schöne Edwina, deren Mutter sie schon seit ihrer Jugend kannte. »Eine wirklich schöne Frau, mit einem unmöglichen Charakter und einer Lebensweise, die ich Euch nicht zu erzählen wage ...«, sagte sie mit geheimnisvollem Blick. Frau Naidu ging niemals weiter. Lady Mountbatten war sicher einmal hinreißend gewesen, aber diese purpurroten Flekken auf ihrer weißen Haut ...

Nehru nahm sein Käppi ab und benetzte seine Haare. Vollkommen grau, dachte er und sah in den Spiegel. Wie alt mochte sie wohl sein? Achtunddreißig? Fünfundvierzig?

Bei diesen großen, schlanken Frauen konnte man sich nie so sicher sein. Die Haut ganz schön mitgenommen ... vielleicht auch nur die tropische Hitze.

Ach, schimpfte Nehru. Es ist unwichtig. Eine Lady, was sonst? Habe ich etwa die Muße, mir Frauen zu betrachten? Dann setzte er seine Brille auf, zündete sich eine Zigarette an und fing an, seine Aufzeichnungen zu lesen. Chettur, der Repräsentant der vorläufigen indischen Übergangsregierung, hatte gut gearbeitet. Und abgesehen von der Drängelei am Anfang, war das Treffen ganz gut verlaufen. Der wirkliche Grund für seine Reise war aber ein anderer: Nehru wollte beim Supremo für die Offiziere eintreten, die für die indische nationale Armee gekämpft und von dem Bengalen Subras Chandas Bose auf der Seite der Deutschen und der Japaner aufgestellt worden waren und die man in Kalkutta eingesperrt hatte. Eine böse Geschichte: Aus Haß gegenüber den Engländern hatte Bose Göring den Treueeid geschworen, der jetzt vom internationalen Tribunal in Nürnberg wegen Kriegsverbrechen und Verbrechen gegen die Menschlichkeit verurteilt wurde. Zum Glück war Bose während eines Flugunglücks am Ende des Krieges verschwunden. Es blieben nur seine Soldaten, die der Kongreß für unschuldig hielt, während die Engländer sie als Kriegsverräter verurteilen wollten. Um ihre Freilassung zu erwirken, mußte er auf jeden Fall heute abend beim Abendessen im Gouvernment House verhandeln.

Der Blick Nehrus fiel auf eines der Schriftstücke zur Vorbereitung seines Besuches, das Chettur verfaßt hatte. Die Notiz des Repräsentanten der indischen Regierung in Singapur besagte, daß der britische Offizier, der mit dem Protokoll beauftragt worden war, es ablehnte, den Präsidenten des Kongresses in einem offiziellen Wagen zu befördern. Aber der Oberkommandierende hat mich in seinem eigenen Auto fahren lassen, das ist doch viel besser! Nehru lachte. Die Zeiten ändern sich. Wer hätte mir vorausgesagt, daß ich einst im Auto des Supremo fahren würde? Kein Vergleich mit jenem Engländer in Birma, diesem Dorman-Smith, der mich als Vorbestraften behandelt und sich weigert, mich zu empfangen. Dieser Louis Mountbatten ist anders. Ein würdiges und nobles Exemplar des britischen Imperialismus. Sie allerdings auch, das spüre ich …

Verträumt überflog er einige Abschnitte seines Dossiers. Es würde nicht leicht sein; London hatte nicht so schnell vor, die bengalischen Offiziere, die sich schuldig gemacht hatten, als sie mit dem Feind kollaborierten, freizulassen. Nehru hatte sein Möglichstes getan, um sie zu verteidigen, er hatte sogar seinen Beruf als Anwalt wiederaufgenommen, um für sie vor Gericht zu plädieren, aber vergeblich. Zwischen Bengalen und England rumorte schon lange eine Wut, gemischt mit enttäuschter Liebe – eine lange Leidenschaft, die von gegenseitiger Bewunderung und Gereiztheit genährt wurde. Die Engländer waren am Ende, aber immer noch arrogant. Ohne Ausnahme.

Diese Teufelin mit der blassen Haut gefiele bestimmt dem Mahatma … dachte Nehru und nahm seine Brille ab. Sie hat etwas von seiner englischen Tochter, dieser blonden Madeleine Slade, die er auf so eigenartige Weise adoptiert hat. Im Grunde verabscheut Bapu die kantigen Engländerinnen nicht.

Er räkelte sich und legte sich auf den Boden. Dann hielt er die Luft an und versuchte, seine Füße über den Kopf zu heben, in der Position des Birnbaums. Aber er fiel schwerfällig zurück.

Das war's, ich war schon wieder zu schnell. Ich bin müde. Er stand mühsam wieder auf und rieb sich den Rücken. Ich habe mir weh getan. Ich werde gehen wie ein alter Mann, gerade jetzt, wo ich stark erscheinen muß. Du weißt es doch allzugut, haderte er mit sich selbst, daß Yoga ohne Vorbereitung unmöglich ist … Ach, dafür war das Gefängnis bequem! Du hast zu wenig Zeit für das Leben, und du wirst wahrscheinlich nie mehr welche haben … Er blickte auf die kleine Pendeluhr, die auf dem Tisch stand, und seufzte. Jetzt war nicht einmal mehr Zeit, sich ein bißchen hinzulegen. Er durfte nicht zu spät kommen, diese Beleidigung verdiente der Supremo nicht. Die dunkle Rose, die er zufällig an den dritten Knopf seiner

Jacke gesteckt hatte, war aufgeblüht; er zögerte, die Blume in der Hand.

Ich weiß nicht, warum ich sie im Knopfloch haben wollte, brummte er. Sollte ich sie heute abend tragen? Ich mag diese Rosen aus Bombay so gerne. Na los, lassen wir sie ihr kurzes Leben an meiner Brust zu Ende leben. Und er steckte die Rose wieder in das Knopfloch.

Es blieb noch eine Stunde bis zum Abendessen. Wie immer nach panischen Augenblicken war Edwina erschöpft. Sie hatte in der wilden Menge keine Angst empfunden; noch nie hatte sie ein Gespür für die Gefahr gehabt. Aber wenn sie eine Belastung überstanden hatte, dann war sie im nachhinein plötzlich völlig ausgehöhlt; eine eigenartige Müdigkeit lähmte ihr Arme und Beine. Sie schleppte sich zu ihrem Schminktisch, um sich die Nadeln aus dem Haar zu ziehen.

Der Spiegel ihrer Frisierkommode führte ihr das gerötete Gesicht vor. Der Fleck auf der Stirn hatte sich bis zu den Wangen hin ausgebreitet, ihre feuchten Haare hingen an den Seiten hinunter, und sie hatte Ringe unter den Augen.

»Dabei habe ich schon seit gestern keinen Alkohol zu mir genommen«, murmelte sie beunruhigt. »Mein Gott, was wird wohl dieser indische Pandit von mir gedacht haben? Ich sehe furchterregend aus. Und meine Migräne fängt wieder an ... Vorhin diese Menschenmenge, so gewalttätig. Was ist da für ein Unterschied zwischen Wut und Freude? Sie hätten mich zertreten, ohne es zu merken ... Das war wirklich wie ein Aufstand ...«

Sie zwang sich, sich ein in Flammen stehendes Dorf vorzustellen; die Frauen zu Tode erschrocken, die Kinder erschlagen, das Blut, die Beile und die Messer, die Schreie, aber nur das Donnern der über London herfliegenden Bomber und das Pfeifen der Bomben vor der Explosion kamen wieder in ihr hoch.

Mit einem Seufzen schlüpfte sie aus ihrem Kleid, öffnete ihren Kleiderschrank, zögerte einen Augenblick und griff automatisch nach einem langen, weißen Kleid; die Migräne wurde immer heftiger, dieses Abendessen würde ein Alptraum werden.

»Warum diese Mätzchen?« murmelte sie, als sie sich wieder kämmte. »Glaubt man etwa, daß wir einen Weltkrieg hinter uns haben? Und glaubt man wirklich, daß wieder Friede ist?«

Es klopfte; der Butler murmelte, der Gast sei da. Sie mußte in den Salon hinuntergehen, wo die beiden Männer sie erwarteten.

Sie öffnete die schwere Tür und entschloß sich einzutreten. Lord Louis und Nehru saßen auf dem Sofa und musterten sie beide mit dem gleichen strahlenden Blick aus dem Halbdunkel. Nehru sprang auf, faltete die Hände und verbeugte sich vor ihr. »Madam, es ist mir eine Ehre«, sagte er erfreut.

Edwina hielt ihm peinlich berührt ihre Hand hin. Nehru lächelte, nahm sie und drückte sie herzlich. Glaubte sie, daß er ihr die Hand küssen würde? Diese hochnäsigen englischen Ladys, die man in Indien spöttisch memsahibs nannte ...

Sie zog ihre Hand schnell zurück, als ob er sie beleidigt hätte. Sie mußte sich wieder an diesen indischen Gruß gewöhnen, mit gefalteten Händen; wie hatte sie das nur vergessen können, wo sie es doch schon so oft auf ihren Indienreisen getan hatte?

»Meine Liebe, darf ich Ihnen den Präsidenten der Panindischen Konferenz, den Pandit Nehru, den berühmten Anführer der indischen Kongreßpartei vorstellen, sagte Lord Louis gewichtig. »Sie haben ihn vorhin kaum gesehen, unter diesen Umständen! Wir sind gerade noch davongekommen und seine Geistesgegenwart ...«

Ein Bearer trat ein und trug ein Tablett mit Drinks. Nehru nahm, ohne zu zögern, ein Glas.

»Wie Sie wissen, Sir, sind wir Inder an Menschenmengen gewöhnt«, sagte Nehru ironisch. »In Indien kennt der Enthusiasmus keine Grenzen; ich kenne solche Situationen, weil ich ihnen oft auf dem Lande mit unseren Bauern begegnet bin.«

Er rollte fabelhaft das ›r‹, aber er wackelte nicht mit dem Kopf. Sein Englisch war sehr korrekt, und seine sanfte Stimme hatte etwas Weibliches. Überrascht blickte Edwina auf sein flatterndes Hemd aus weißer Baumwolle, die kurze Jacke aus Flockseide, die plissierte Hose, die schwarzen Sandalen und fühlte sich unwohl in ihrem langen Kleid. Er wirkte so lässig! Seine Kleidung schlackerte um ihn herum. Lord Louis schwitzte in seinem tadellosen Smoking; Nehru schien mit Behagen in der Luft zu schweben.

»Wie steht es mit den Moslems, Mr. President?« begann Lord Louis.

»Schlecht, Sir«, antwortete Nehru, und seine Lippen zitterten. »Gefährlich. Wir haben Aufstände in Bihar, in Kalkutta, auch Bombay ist angesteckt worden. Vor allem Kalkutta! Mr. Jinnah, der vorgibt, die Moslems in Indien mit seiner Moslem-Liga zu vertreten, weigert sich, die Moslems, die dem Kongreß angehören, zur Kenntnis zu nehmen. Er träumt immer noch von seinem Land der Reinen, diesem Pakistan, gesäubert von Hindus; Mr. Jinnah ist verrückt geworden!«

»Wir haben oft mit dem Anführer der Moslem-Liga verhandelt, Mr. Nehru«, sagte Lord Louis schnell.

Nehru zog die Augenbrauen hoch und sah ihn fest an.

»Sicherlich«, sagte er durch die Zähne. »Währenddessen saßen wir übrigen Kämpfer des Kongresses in den Gefängnissen Ihres Empires, auf Befehl Ihrer Regierung. Seit 1942, das sind vier satte Jahre. Mr. Jinnah war frei, und er glaubte besondere Befugnisse zu haben, London hat ihn dazu ermuntert. Wegen England wird es ein Blutbad geben, Sir …«

Edwina versuchte, dem Angriff zu folgen. Lord Louis war erstaunt über die plötzliche Heftigkeit seines Gesprächspartners, senkte den Kopf und begann seine Uhr zu mustern. Nehrus Gesicht zuckte vor Zorn, und er saß nun ganz aufrecht; sowohl bei dem Inder als auch bei dem englischen *Raj* hatten die alten Wunden zu bluten begonnen.

Von Mohammed Ali Jinnah kannte Edwina nur das elegante Bild eines Anführers in kariertem Anzug, das Monokel vor dem Auge und einen Krückstock in der Hand; für London ein perfekter Verhandlungspartner, aber eiskalt, doch der alte Churchill schätzte ihn wegen seiner britischen Vornehmheit und seiner perfekten Kleidung. Während sein Gegner, dieser Hindu, dieser Nehru in Hemd und Weste mürbe schien von Jahrhunderten des Wartens; da saß er auf dem Sofa, hob kaum die Stimme an. Wirklich ein wichtiger Mann?

»Wieviel Zeit haben Sie im Gefängnis verbracht, Mr. Nehru?« unterbrach Edwina mit klarer Stimme das Schweigen.

Lord Louis begann, auf und ab zu gehen. Nehru wandte den Kopf mit einer Art erstaunter Gleichgültigkeit und warf ihr ein flüchtiges Lächeln zu.

»Etwas mehr als neun Jahre, Madam. Acht Festnahmen, hundertdrei Monate meines Lebens.«

»Mein Gott«, murmelte Edwina, »aber was kann man in dieser ganzen Zeit im Gefängnis tun?«

»Edwina!« rief Lord Louis verärgert.

»Lassen Sie nur«, sagte Nehru nachdrücklich. »Gewöhnlich fragen Ihre Landsleute nicht danach. Was ich getan habe? Ich habe ein Buch geschrieben, ich habe Französisch gelernt, Persisch, ich habe viel gelesen ... Ach, und dann habe ich gesponnen, gut zwanzigtausend Meter Baumwollfaden. Mit meinem streitbaren Spinnrad.«

»Baumwolle gesponnen«, sagte Edwina betreten. »Wirklich?«

»Nein, nicht wie eine Frau das in ihrem Land tut, Madam«, lachte Nehru, »sondern wie unser Mahatma. Ohne das Spinnrad wäre ich wahnsinnig geworden, beraubt vom blauen Himmel und der Sonne ...«

Lord Louis war stehengeblieben, die Stimme Nehrus verriet die wiederkehrende Sanftheit.

»Sie haben viel gelitten ...«, seufzte Edwina.

»Nein!« rief Nehru, »auch wenn es im Gefängnis hart ist ... Wir stellten uns vor, daß das Gefängnis unser Paradies ist; so wollte es Gandhi. Das war übertrieben, aber das Gefängnis hat auch seine Vorzüge. Ich habe gelernt zu denken, zu träumen; ich habe Gedichte aufgesagt … Ich habe unter Hunger und Hitze gelitten, unter Mücken und Malaria … und mehr darunter, nicht dieses kleine blaue Zelt zu sehen, wie die Gefangenen den Himmel nennen …«

»Was für ein Poet!« unterbrach Edwina ungestüm. »Und wann haben Sie angefangen, an der Seite Gandhis zu kämpfen?«

Nehrus Gesicht verfinsterte sich wieder; ein heftiger Blitz durchzuckte seinen Blick.

»Als ein englischer Offizier ohne Warnung das Feuer auf eine Gruppe wehrloser Demonstranten eröffnete«, sagte er schwermütig. »Erinnern Sie sich … Hunderte von Tote. 1919.«

»Der Garten von Jallianwalla, in Amritsar …«, sagte Edwina leise.

»Ich bin kurz danach dort gewesen. Ich habe eine Gewehrkugel gefunden, ein schwarzes Stück zerbeulten Stahls, ich habe es aufgehoben. Die Blutspuren waren immer noch auf der Mauer zu sehen. In einem Garten umringt von einer hohen Mauer! Es gab keinen Ausgang!«

»Aber wir haben General Dyer verurteilt, Mr. Nehru«, wandte Lord Louis beschämt ein. »Er hat vor dem Militärtribunal gestanden.«

»Und was ist ihm passiert? Er verbringt glückliche Tage, mit einer Pension, die in Indien ansässige Engländer für ihn gesammelt haben, Sir!« rief Nehru wütend. »Sehen Sie, dieser Mann ist ein grauenhafter Verbrecher. Als ich aus Amritsar weggefahren bin, nahm ich den Nachtzug nach Delhi. Im Abteil hörte ich, wie jemand sich damit brüstete, Indern in einer Sackgasse eine Falle gestellt zu haben; dieser Mann freute sich, wie er sagte, besonders darüber, ein gutes Beispiel abgegeben zu haben. Er war entzückt davon, daß er die Inder gezwungen hatte, auf allen vieren über die Bürgersteige zu kriechen, um sie zu bestrafen. Und weshalb? Weil sie Inder waren! Er machte keinen Hehl daraus …«

»Ich gebe zu, daß …«, murmelte Lord Louis.

»… und als der Zug im Bahnhof von Delhi ankam, stieg General Dyer – denn er war dieser Mann – in seinem Schlafanzug mit rosa Streifen aus und malträtierte seine Kulis. Ich habe keinen Augenblick mehr gezögert und habe mich demjenigen angeschlossen, den Tagor zum Mahatma ernannt hatte.«

»Sie hatten recht!« rief Edwina unbesonnen.

Lord Louis runzelte die Stirn und klopfte nervös auf die Lehne eines Sessels; Nehru lächelte.

»Sprechen wir nicht mehr davon«, fügte er schnell hinzu und zündete sich eine Zigarette an. »Das einzige, was noch zählt, ist die Gefahr, die England heraufbeschworen hat, weil es den Machenschaften Jinnahs und der Moslem-Liga freien Lauf gelassen hat, als wir im Gefängnis saßen.«

Lord Louis schien verlegen.

»Gandhi wollte, daß wir Indien sofort verlassen«, entgegnete er langsam.

»1942! ›Quit India! Verlaßt Indien!‹, sagte er. Dieser Befehl war unrealistisch. Mr. Nehru, mitten im Krieg, das war eine Provokation! Aber jetzt ist der Krieg zu Ende; Sie und die Ihrigen sind befreit worden, und die Führer der Kongreßpartei sind von nun an imstande, mit uns an der neuen Weltordnung zu arbeiten. Wir haben einen neuen Premierminister, und Sie wissen, wieviel Mr. Attlee an der Freiheit Ihres Landes liegt. Wir werden Indien verlassen, in völligem Einvernehmen mit Ihnen, dessen bin ich mir sicher.«

»Man sollte keine Spaltungen schüren«, sagte Nehru leise.

»Sehen Sie«, begann Lord Louis, wieder geduldig. »Möchten Sie die Verhandlungen für eine autonome Regierung wiederaufnehmen? Bald organisieren wir eine nationale Konferenz unter der Obhut des Vizekönigs Lord Wavell; ich zweifle nicht daran, daß der Vizekönig sein Bestmögliches dafür tut, damit sie gut verläuft. Aber Sie müssen sich mit Mr. Jinnah einigen; denn dies obliegt nicht der Verantwortung Londons. Wie denkt der Mahatma darüber?«

Nehru hatte sich hinter seinem Schweigen verschanzt und betrachtete den Rauch seiner Zigarette.

»Ja, erzählen Sie uns, wie Gandhi darüber denkt!« fiel Edwina lächelnd ein.

Nehru wandte sich ihr sogleich zu.

»Gandhiji will keinen Konflikt zwischen uns und der Moslem-Liga.«

»Gandhiji?« wunderte sie sich.

»Bei uns fügt man ein ›ji‹ hinzu als Zeichen der Ehrerbietung«, erklärte er und lächelte ihr sanft zu. »Gandhiji, Neruhji ...«

»Ich hieße dann Edwinaji?« fragte sie geradeheraus.

»Edwina ist Ihr Vorname?« antwortete Nehru. »Ja dann Edwinaji. Aber Indien nennt Gandhi jetzt *Bapu*, Großvater. Er ist ja auch nicht mehr der Jüngste ...«

»Was wollen Sie damit sagen, Nehru?« unterbrach Lord Louis beunruhigt. »Ohne die Hilfe des Mahatmas ...«

»Oh, unser Mahatma ist bei klarem Verstand«, betonte er und unterdrückte ein Lächeln. »Seine Energie ist ungebrochen, ebenso seine Ideen. Bis dahin, daß ...« Nehru hielt plötzlich inne.

»Ich verstehe«, schloß Lord Louis. »Aber er hat keine Kontakte mehr zu Jinnah, nicht wahr? Sie müssen ihn davon überzeugen, sie wiederaufzunehmen.«

»Das ist nicht nötig«, sagte Nehru kopfschüttelnd, »denn er ist besessen von dem Gedanken der Aussöhnung mit der Liga. Mr. Jinnah verweigert die Verständigung. Wie Sie wissen, ist der Mahatma dazu immer bereit.«

»Und seine Gesundheit?« fragte Edwina höflich.

»Stabil, trotz seines letzten Fastens. Gandhi ist ein unerschütterlicher Felsen. Um das Volk zu beruhigen, fährt er mit seinen heiligen Büchern durchs Land. Die Lehren Jesu Christi, der Koran ...«

Edwina schrie beinahe: »Die Prinzipien Jesu!«

»... und die Bhagavadgita, das Gedicht der Morgenröte. Sie sehen erstaunt aus.«

»Es ist ... ja ...«, sagte Edwina verwirrt. »Ich glaubte Ihr Land zu kennen, Mr. Nehru, aber ich merke, daß das überhaupt nicht stimmt ...«

»Vielleicht werde ich es Ihnen eines Tages zeigen, wer

weiß? Aber ich würde auch gerne über Subras Chandas Bose sprechen, über diesen indischen Nationalisten; die Verurteilung der moslemischen Soldaten seiner Armee hat Kalkutta in Flammen getaucht und die Aufstände ...«, sagte er und wandte sich Mountbatten zu.

»Augenblick«, unterbrach Lord Louis ihn kalt. »Sie wissen, daß ich Ihr Programm in Singapur in keinster Weise eingeschränkt habe, mit Ausnahme der Zeremonie für diesen Verräter, diesen Nazi, den Sie einen indischen Nationalisten nennen. Meine Liebe, ich bitte Sie, würden Sie uns einen Augenblick allein lassen?«

Edwina stand auf, und plötzlich überkam sie Traurigkeit. Die große Ausstrahlungskraft des Mahatmas drang ihr ins Gedächtnis. Sein Schädel, der aussah wie der eines aus dem Nest gefallenen Vogels, seine Segelohren, sein zahnloses Lächeln, sein weißer Schurz und seine langen, knorrigen Beine, so wie ihn die unzähligen Fotos auf der ganzen Welt zeigten. Warum sollte sie ausgerechnet dann gehen, wenn es interessant wurde?

»Nun gut, Nehru...ji«, sagte sie zögernd, »ich hoffe, wir werden gute Freunde sein.«

»Daran zweifle ich nicht, Edwinaji, wenn es erlaubt ist?« antwortete Nehru und erbat die Zustimmung des Supremo.

»Sie dürfen, lieber Freund. Auf uns warten harte Zeiten, es ist immer gut, Bekanntschaft zu schließen«, willigte Lord Louis ein und warf seiner Frau einen erzürnten Blick zu.

Edwina faltete die Hände und stellte sich besonders aufrecht vor Nehru auf, der sich verbeugte und sie dabei lebhaft ansah. Sein Blick war schön und warm, sein Teint elfenbeinfarben; seine leicht zitternden Lippen ließen ein bewegtes Leben erahnen. Und dazu diese bäuerliche Art!

Plötzlich sah sie einen dunklen Fleck auf seiner Jacke. Die rote Rose.

War sein Benehmen bäuerlich? Oder eher intellektuell? Als sie die Treppe hinaufging, überlegte Edwina, wie sie Nehrus Verhalten deuten sollte. Linkisch? Nein, seine natürlichen Gesten ließen diese Kritik nicht zu. Schüchtern? Nein, er hatte mit der Sicherheit eines freien Mannes gesprochen. Unterwürfig? Im Gegenteil, stolz und widerstandsfähig, ja voller Widerstandskraft. Die langen Gefängnisjahre vielleicht?

Das Gefängnis! Das war es, daran war nicht zu zweifeln. Diese Art, durch einen Raum zu gehen, als ob er sich ohne Mühe bewegte. Dieser ... Ja, dieser Mut.

Aber er ist nicht wirklich schön mit seiner Glatze, dachte Edwina, als sie in ihr Zimmer kam. Zum Glück gibt es die Rose. Als sie die Tür schloß, begannen wieder die Migräneschübe.

»Meine Liebe«, sagte Lord Mountbatten, als er plötzlich die Tür öffnete. »Sie müssen sich daran gewöhnen, daß Nehru ein echter Pandit ist. Ich habe zum Vorwand gesagt, daß ich etwas vergessen hätte, um mit Ihnen zu reden, bevor wir zu Tisch gehen. Wissen Sie, was das heißt? Er ist ein Gelehrter, ein Gebildeter! Sie dürfen ihn nicht bei seinem Eigennamen nennen. Neruhji! Das ist unerhört. Panditji, wenn sie wollen, aber Neruhij!«

Lord Louis prüfte seine Manschettenknöpfe. Präzise, pingelig, ordentlich, unzufrieden. Und dann wußte er sogar einmal über etwas Bescheid.

»Dickie, es ist so warm ... Ich habe Migräne«, jammerte Edwina.

»Sie haben immer Migräne, meine Liebe. Und Sie werden Nehru mit seinem Titel anreden!« schimpfte Lord Louis.

»Aber ich weiß doch, was ein Pandit ist, Dickie ... Und sein Vorname, wie ist der doch gleich?«

»Jawarlal. Warten Sie! Nein ... Jawahalal. Ich bringe es durcheinander.«

»Wie sagen Sie?«

»Lassen Sie mich nachsehen ...«, antwortete er und nahm einen Zettel aus seiner Tasche. Har lal mit einem ›r‹ und einem ›l‹. Ja-wa-harlal. Ich rate Ihnen nicht zu dem Vornamen, Sie werden es nicht herausbringen.«

»Ach, dann nenne ich ihn eben Jawahar, und damit basta«, sagte Edwina und stand auf. »Außerdem fährt er ja nach dem Essen wieder ab. Wir werden ihn wahrscheinlich sowieso nicht wiedersehen.«

Lord Louis schob sie ungeduldig zur Tür.

»Liebling, Seien Sie vorsichtig und schockieren Sie diesen Mann nicht, und auch keine anderen unserer indischen Freunde.«

»Vertrauen Sie mir doch ein wenig, Dickie«, sagte Edwina genervt. »Noch eine Sekunde. Dieser Subras Chandas Rose, von dem er eben sprach, ist das der, der sich Göring angeschlossen hat und den sie Netaji nennen?«

»Sich Göring angeschlossen! Noch viel schlimmer als das!« rief Lord Louis. »Er hat die berüchtigte indische Armee für diesen Schuft aufgestellt. Er hat sich ihm gegenüber der Treue verpflichtet und ist Nazi geworden, aus bloßem Haß, er, ein Schüler des Mahatmas! Er hat das Dritte Reich dem Vereinigten Königreich vorgezogen, später dann Japan ... Und als wir seine Partisanen verurteilt haben, hat es in seinem Heimatland Bengalen-Aufstände gegeben. Wenigstens haben wir mit dem Kongreß nicht solche Scherereien gehabt; der alte Mahatma war scharfsinnig genug, um sich der richtigen Seite anzuschließen. Sogar vom Gefängnis aus.«

»Und Nehru?«

»Zweifelsohne hat er vom Gefängnis aus nichts vom Weltkrieg mitbekommen ...«, antwortete Mountbatten mit Nachsicht. »Stellen Sie sich vor, bei dem Prozeß wollte er die indischen Soldaten, die in diese Sache verwickelt waren, unbedingt selbst verteidigen.«

»Als Anwalt der Londoner Anwaltschaft?«

»Natürlich, wie Gandhi. Nehru kennt England gut. Er hat auch dort studiert; Cambridge, Oxford, wie Sie sehen, perfekt ... Aber keiner der indischen Anführer hat weder die Bildung Nehrus noch sein Format. Er sieht nicht so aus, aber er ist sehr britisch ...«

Ja, dachte Edwina sofort, ohne es sich erklären zu können. Dieser Mann hatte etwas Vertrautes. Der Ausdruck seiner Lippen, seine geschmeidigen Gesten, die Feinheit seiner Züge, sein Blick, der in den des anderen eindrang, das war Indien. Aber diese unübertriebene Höflichkeit, diese kaum merkliche Zurückhaltung, das war England. England oder die Rebellion gegen England? England oder der Haß? Und welche Frau sorgte für Nehru?

»Ich finde diesen Mann außergewöhnlich«, fuhr Lord Louis fort, »freundlich, herzlich, intelligent ...«

Aber seine Eleganz ist indisch, dachte Edwina, die gar nicht zuhörte. Seine Eleganz! Was für ein eigenartiges Wort für eine simple Rose ... In seinen karierten tadellosen Anzügen war Dickie immer elegant. Totlangweilig.

»Kommen Sie jetzt? Sie werden sich natürlich für das Zuspätkommen entschuldigen müssen.«

Die Stimme schien aus der Ferne zu kommen. Lord Louis warf einen Blick auf seine Abzeichen, von denen bei offiziellen Anlässen keines fehlen durfte. Natürlich.

Edwina richtete ihr Haar.

»Sagen Sie, wie ist seine Frau?« fragte sie plötzlich.

»Wer? Ah! Er hat eine Tochter, Indhira, an der er sehr hängt; beide haben während des Krieges eine Zeitlang im Gefängnis gesessen und auch sein Schwager. Nehru ist schon lange Witwer. Ich glaube, seine Frau ist an Tuberkulose gestorben.«

»Das ist es also!« rief Edwina.

»Was, das?«

»Nichts, diese Einsamkeit.«

## *Die blutige Lehre von Kalkutta*

*London, am 17. Mai 1946*

Der Premierminister, Clement Attlee, beendete seine Mitteilung an das Parlament über die Verhandlungen mit den indischen Führern.

Im März und April war eine Gesandtschaft der Regierung mit genauen Anweisungen nach Delhi gereist: Ihre Aufgabe war es, die Selbstbestimmung des neuen Indien in Gang zu bringen, eine konstituierende Versammlung vorzuschlagen und zwischen den Repräsentanten der politischen Parteien und der religiösen Gemeinschaften zu vermitteln; und, schließlich, sicherzustellen, daß Indien im Commonwealth verblieb. Von britischer Seite war man prinzipiell davon ausgegangen, daß die Moslem-Liga die Moslems Indiens vertrat. Diesen entscheidenden Punkt hatten die im vergangenen Jahr in Simla geführten Gespräche ins Wanken gebracht. Und auch jetzt war man zu keinem Ergebnis gekommen: Denn der Kongreßpartei gehörten – auf der Basis einer rigorosen Trennung von Religion und Staat – Vertreter aller Religionen Indiens an; darunter waren auch viele Moslems, die sich durch die Ansichten Londons mißachtet fühlten. Anfang Mai hatte Lord Wavell, der Vizekönig, festgestellt, daß die Arbeit der Konferenz gescheitert war.

Auf einem grünen Lederbänkchen saß der alte Churchill und überflog unaufmerksam Zeitungsausschnitte: Artikel über den Appell des Vizekönigs in Indien an das indische Volk, die Modalitäten über seine Unabhängigkeit selbst zu wählen, allerdings mit der Verpflichtung, im Commonwealth zu bleiben; einen Bericht über die Pressekonferenz Lord Pethick-Lawrence', des Chefs der Gesandtschaft der Regierung, der einen Monat lang beharrlich versucht hatte, die Kongreßpartei und die Moslem-Liga zu einer Einigung zu bringen. Auf der Konferenz von Simla waren viele Führer zusammengekommen, darunter auch Nehru und Jinnah, sowie Baldev Singh von der Gemeinschaft der Sikh; niemand hatte auf die Ermahnungen des alten Gandhi gehört, der als Beobachter gekommen war. Zwischen dem Führer der Moslem-Liga und der vorläufigen Regierung war kein Konsens möglich gewesen: Nehru und Jinnah haßten einander. Unvermeidlicherweise.

Ein Reinfall auf ganzer Linie, dachte der alte Löwe mürrisch. Niemals würde man den alten Jinnah und den jungen Nehru, der diesem nackten Fakir, diesem unseligen Gandhi zu Füßen lag, zu einer Einigung bringen. Oh! Indien würde seine Unabhängigkeit bekommen, aber in einem Blutbad … Man wird uns verantwortlich machen, und wir werden es sein! Wir werden es sein! Man hätte die Pforte zur Autonomie gar nicht erst öffnen sollen!

Er war jetzt an der Reihe zu reden. Mühsam hob er seinen klobigen Körper und begann seine Rede in der erwartungsvollen Stille.

»Keiner von uns, meine Herren, würde die Verrücktheit begehen, die lange Liste zu kommentieren, die die Gesandtschaft den indischen Parteien unterbreitet hat, ein interessantes Dokument, aber wie melancholisch ist es doch! Der Premierminister hat es mir freundlicherweise zugesandt, ich habe es heute früh gelesen. Bleibt festzustellen: Es hat keinen Konsens zwischen den einzelnen Gruppen gegeben, trotz Eifer und Aufrichtigkeit der Verhandelnden …«

Zustimmendes Murmeln aus den Reihen der Konservativen kam ihm zu Ohren. Churchill, mit gehobenem Kinn und zitternder Lippe, war in der Stimmung, die Zukunft zu prophezeien.

»Diese einfache Tatsache«, bekräftigte er mit seiner gewaltigen Stimme, sollte als Lektion verstanden werden, nicht nur für die Lage in Indien, sondern für die ganze Welt, für die Zukunft. Denn wir haben Verpflichtungen gegenüber den Minderheiten, wie auch gegenüber den neunzig Millionen Moslems, der großartigsten Rasse des indischen Subkontinents, und den sechzig Millionen Unberührbaren – ohne die Maharadschas und ihre Königreiche außer acht zu lassen!«

Arthur Henderson, der zuständige Staatssekretär für indische Angelegenheiten, hielt die Luft an. Er hatte noch vor einige Tagen die Anzahl der Moslems nach der Volkszählung von 1941 nachgeprüft: kaum achtzig Millionen. Aber kaum hatte der alte Führer gesprochen, so hatte er recht.

Und außerdem, was ändert das, dachte Arthur Henderson verzweifelt. Bald werden sie sich sowieso massakrieren … Eine, zwei, fünf oder zehn Millionen mehr oder weniger, zählt das? Sie haben bereits begonnen, sich gegenseitig zu töten. Wir sitzen in der Falle.

Der Führer der Opposition glaubte ebenfalls, daß seine Rede nichts bringen würde. Clement Attlee war zum Tod des indischen Empire entschlossen; die Regierung der Arbeiterpartei würde davon nicht abrücken.

*Kalkutta, am 16. August 1946*

Die schwülen Dämpfe der Morgendämmerung waren kaum verflogen, als die ersten flüchtigen Schatten, die Waffen unter dem Hemd versteckt, an den Häusern entlangglitten. Zu dieser frühen Stunde pickten nur die schwarzen Krähen frech die Rasen; hoch oben flogen zwei oder drei Milane über die Stadt. Alles war still. Hinter den Jalousien schnarchten die schlafenden Händler; aus der Ferne hörte man ab und zu ein von der Hitze gepeinigtes Kind schluchzen. Die Sonne würde nicht lange auf sich warten lassen und die Welt erdrücken.

Der Gespensterzug hielt vor einem Friseurladen; der alte Mann lag auf einem Kissen, mit herunterhängendem Kopf schlief er tief und fest. Hinter ihm wachte ein frommes Bild über seinen Schlaf: eine scheußliche Göttin mit Grimasse, einer Kette aus abgehauenen Köpfen und einer schwarzen Zunge, die zwischen den Zähnen heraushing.

»So, dieser hier, das ist einer«, murmelte ein Mann mit rotem Bart. »Er hat die Göttin über seinen Kopf gehängt. Zweifellos ist er ein Hindu. Außerdem sieht er reich aus. Irgendwo müssen wir anfangen!«

»Der andere neben ihm auch«, flüsterte ein anderer. »Dasselbe. Erst diese beiden, und dann viele andere mehr. Einen Tag lang vollen Einsatz, hat unser Jinnah gesagt. Einen Tag, um die Macht der Moslems zu beweisen. Mit den Plünderungen werden wir dem anderen einen Dienst erweisen, dem Chef der Mafia; das ist auch so eine Sache. Hat man nicht oft, solche Gelegenheiten.«

»Da liegt ein Mädchen neben dem Alten«, bemerkte ein dritter interessiert. »Eine Göre. Was sollen wir tun? Fangen wir an?«

»Wir warten auf das Signal«, sagte der erste.

Sie setzten sich auf den Bürgersteig, kniffen die Augen zusammen, denn die Sonne ging auf. In allen Tempeln der Stadt begannen die Gongs und Glocken zum Morgengebet zu läuten. Die Moscheen blieben erstaunlich ruhig. Plötzlich erschollen Trommelschläge am unsichtbaren Horizont der Stadt.

Mit taubem Grollen griffen sie den Himmel an. Fein und beharrlich verschwanden sie, um wiederzukommen, wie vom Wind getriebene Wolken. Ein wildes Donnern und plötzlich gar nichts mehr. Schreie ertönten in der Weite. Die Trommeln näherten sich. Ein junger Schatten schlich sich zur Straßenecke; man hörte einen schrillen Pfiff, gefolgt von Todesgeschrei. Die drei Moslems standen auf.

Wie ein Monsunsturm hatten die Trommeln nach und nach die Stadt eingenommen.

»So«, murmelte der erste Moslem. »Und jetzt?«

»Willst du Pakistan? Dann töten wir!« schrie der zweite. »Allah O Akbar!«

»Ja«, sagte der letzte, »und vergessen wir nicht, das Geld mitzunehmen. Ein Aufstand muß sich lohnen. Allah O Akbar, heute für die Moslems, Jai Hind, morgen für die Hindus, dafür werden wir bezahlt ...«

Der Alte öffnete entsetzt die Augen, als er die Axt erblickte. Vom ersten Schlag getroffen, sank er in sich zusammen. Als sie das Mädchen an den Haaren ergriffen, heulte sie kurz auf, aber der Schrei erstickte im sprudelnden Blut. Der Leib des Nachbarn war schon von oben bis unten gespalten, seine Eingeweide quollen hervor. Auf der anderen Straßenseite hatten die Händler den Erkennungsschrei gehört, das blutige »Allah O Akbar« der wütenden Plünderer; sie ließen ihre Jalousien herab und riefen um Hilfe; aber die Aufständischen fingen sie systematisch, einen nach dem anderen, und schnitten ihnen die Kehle durch. Kein einziger

Polizist war erschienen. Auf der ersten Straße herrschte vollkommene Stille.

»Gut!« sagte der Anführer und wischte seine Axt an der Tunika eines Toten ab. »Zuerst plündern wir, und dann brennen wir alles ab. Befehl von oben! Laßt uns von der Demonstration profitieren und uns beeilen! Wir haben nur einen Tag der direkten Aktion! Los!«

Und im Handumdrehen hatten die verwüsteten Läden den Plünderern ihre mageren Schätze ausgeliefert; der Anführer zählte das Geld und ordnete es sorgfältig. Am Ende eines Gäßchens verbarg ein kleines Mädchen seinen Kopf und schluchzte; kurz danach lag sie mit offenem Bauch da und war tot. Dann ging die Straße in Flammen auf. Ein Menschenzug erschien, sie schwenkten eine Fahne in den Farben der Moslem-Liga, grün und weiß.

»Es lebe Pakistan!« schrien die Demonstranten und liefen durch das Feuer. Eine Frau im Sari lief aus ihrem Haus, verfluchte die jungen Männer, indem sie aus vollem Halse brüllte. Einer der Aufständischen lief zu ihr, er faßte brutal ihren Kopf, sah den roten Punkt auf ihrer Stirn, das scharlachrote Puder auf dem Scheitel ihrer grauen Haare …

»Eine Hindu!« schrie er. »Eine Alte! Darf ich?« Und ohne eine Antwort abzuwarten, zerschmetterte er ihren Schädel.

*Delhi, am 17. August 1946*

»Tausende von Toten!« murmelte Jinnah bedrückt. Der Führer der moslemischen Liga hatte sich in seinem Schaukelstuhl aufgerichtet. Mit fiebrigem Blick und zitterndem Mund studierte er die Telegramme aus Kalkutta, die ihm sein Sekretär ehrerbietig hinhielt.

»Auf der Straße sind Tote aufgestapelt worden! Leichname schwimmen im Fluß! Und fünfzigtausend Menschen sind schon aus der Stadt, geflohen!« rief er wütend. Seine langen, feinen Hände hielten eine bernsteinerne Zigarettenspitze.

»Das wollte ich nicht!« sagte er. »Man hat mich verraten!«

»Aber, Sir, die Moslem-Liga lehnt Anwendung von Gewalt doch nicht ab«, bemerkte der Sekretär schüchtern.

»Schweigen Sie! Sie wissen nicht, was Sie sagen!« rief Jinnah wütend. »Ich hatte mich klar ausgedrückt: Ordnung und Disziplin. Ich habe das am vierten August gesagt, als ich den Tag der direkten Aktion angekündigt habe. War das nicht deutlich genug?«

Plötzlich hielt er inne. Das Echo der verlorenen Zeit ... Man hatte ihm die Szene beschrieben. Das gequälte Gesicht Gandhis in jenem Augenblick 1922, als er sich dazu entschieden hatte, den Generalstreik zu unterbrechen – und das wegen eines einzigen Aufstandes und einigen Toten. Der Mahatma hatte wütend gesagt: »War das nicht deutlich genug?« Gandhi hatte alles annulliert ... Jetzt war er an der Reihe. Die Aufstände von Kalkutta hatten schon fünftausend Tote und mehr als zwanzigtausend Verletzte gekostet, und damit war es nicht zu Ende. Jinnah zündete sich nervös eine Zigarette an.

»Hier ist noch etwas, Sir«, sagte der Sekretär und hielt ihm eine andere Depeche hin. »Eine Mitteilung der Regierung von Bengalen.«

»Fünftausend Tote. Eine Mörder- und Plündererorgie«, las Jinnah leise. Aber was tun? Was tun?

»Mr. Nehru hat eine Botschaft geschickt, Sir. Er schlägt einen Appell vor, der von Ihnen beiden unterschrieben wird«, fügte der Sekretär skeptisch hinzu.

»Ah!« sagte Jinnah und streckte seine endlos langen Beine aus. »Jetzt hat er mich! Wenn ich ja sage, sieht es so aus, als würde ich seinen Erpressungen nachgeben; man wird behaupten, daß ich bereit bin, mich seiner provisorischen Regierung anzuschließen. Und wenn ich ablehne ... Aber nein, ich kann nicht ablehnen. Ich würde als Monster gelten, aber ich bin kein Monster!«

»Was werden wir ihm sagen, Sir? Nehru verlangt eine sofortige Antwort.«

Jinnah rückte sein Monokel zurecht.

»Nein«, entschied er und zeigte mit seinem von Nikotin befleckten Zeigefinger in die Luft. »Aber sagen Sie ihm, daß ich zur gleichen Zeit meine eigene Bekanntmachung herausgebe. Schreiben Sie!

›Diejenigen, die sich eines mit nichts zu rechtfertigenden Verhaltens und der Räuberei schuldig gemacht haben, sollen gemäß geltenden Rechts behandelt werden; sie haben gegen verbindliche Befehle der Moslem-Liga verstoßen und nur ihren Feinden gedient.‹ So, das ist alles.«

»Nichts über die Brüderlichkeit?«

»Die Kämpfer von Kalkutta, die des Kongresses und meine haben schon eine gemeinsame Stellungnahme über den Bruderkrieg herausgegeben. Das reicht«, bestimmte Jinnah launisch.

»Und für die provisorische Regierung?«

»Das lehne ich ab. Ich werde mich nicht den Exzessen der meinigen beugen! Sie massakrieren, aber ich lasse mich nicht von meinem Weg abbringen«, entgegnete Jinnah kalt und klopfte seine Weste ab. »Die Verhandlungen mit Gandhis Partisanen, die Kompromisse der Briten und ihre Manöver, um mich in einem honiggetränkten Netz zu fesseln. Davon will ich nichts wissen! Wir kriegen unser Pakistan! Sonst werden diese Aufstände kein Ende nehmen!«

*London, am 18. Dezember 1946*

Die Mountbattens saßen an einem großen Tisch beieinander und unterschrieben Karten zum Jahresende, die sie gewöhnlich ihren Freunden auf der ganzen Welt schickten. Die ersten Karten zu Friedenszeiten, seitdem Lord Louis aus Singapur zurückgekehrt war.

»Diese Weihnachtskarten, was für eine Unannehmlichkeit!« sagte Lord Louis. »Beeilen Sie sich, ich möchte gerne bis heute abend fertig sein.«

»Sie lassen mir keinen Platz, Dickie! Das reicht nur für eine winzige Unterschrift!« entgegnete Edwina giftig.

»Beschweren Sie sich ruhig … Sie haben jetzt wenigstens etwas zu tun«, meckerte er und unterschrieb frenetisch einen ganzen Stapel.

Das Telefon klingelte. Beide stürzten sie los. Dickie war als erster dran; Edwina setzte sich wütend wieder hin. Der Anruf war nicht für sie. Dickie umschlang den Hörer mit beiden Händen, als wäre er ein Schatz; er sprach respektvoll, fast mit leiser Stimme. Zweifelsohne ein wichtiges Gespräch.

»Der Premierminister will mich sofort sehen«, sagte er mit gereizter Miene. »Ich werde mich sogleich aufmachen.«

Edwina signierte die letzten Karten ganz bedächtig, sie ließ sich Zeit. Dickie war noch nicht aus der Downing Street wiedergekommen, und niemand hatte für sie angerufen. Seitdem Lord Mountbatten nach London zurückgekehrt war, war der Krieg wirklich zu Ende, Edwina hatte ihre Wohltätigkeitsmissionen beendet. Überall führte der Frieden die Liebenden zusammen, erweckte brennende Leidenschaften; Dickie hatte seine Freundinnen wiedergefunden, neue Sprosse entstanden aus der Asche, und selbst wenn man Hunger hatte, tanzte man wie versessen; nur Edwina hatte den Geschmack am Leben verloren. Nach Jahren eifrigen Engagements stand sie plötzlich ohne Beschäftigung da, so verloren wie ein entlassener Soldat. Aber ein Soldat kehrte in sein Heim zurück, und sie?

Dann war Malcom Sargent gekommen. Er war Dirigent, berühmt, wurde vergöttert und war umgeben von Verehrerinnen, die Schlange standen und auf der Straße: Malcom! Malcom! schrien, um ein Autogramm zu erhalten. Es war ihm gelungen, daß das Publikum der Albert Hall, darunter sogar das königliche Paar, im Chor mitsang, es war ein Konzert voll brennender Emotion gewesen, für das man ihn überschwenglich gelobt hatte. Das Leben war unbarmherzig mit ihm gewesen: seine Tochter war tot, seine Frau wollte die Scheidung. Stimmungen von tiefer Depression bis hin zu begeisterter Geschäftigkeit wechselten sich ab. Edwina hatte sich ihm zu Füßen geworfen und ihm all ihre Zeit gewidmet, mit so viel Hingabe, als wäre er ein bedeutender Kriegsversehrter. Aber an diesem Abend rief Malcolm nicht an.

Dicki trat mit geschäftigem Schritt ein, sein Gesicht war sehr blaß.

»Was wollte Mr. Attlee?« fragte Edwina zerstreut.

»Mich zum Vizekönig von Indien ernennen«, antwortete er seufzend.

Vor lauter Überraschung ließ Edwina ihren Kugelschreiber fallen.

»Das ist nicht wahr … Haben Sie angenommen?« murmelte sie.

»Ich bin doch nicht verrückt!« rief er. »Dem Empire ein Ende bereiten und Indien zur Unabhängigkeit führen, ohne Blutvergießen? Nach dem Gemetzel von Kalkutta im letzten August? Jetzt gerade, wo Bengalen und Bihar sich gegenseitig zerreißen, wenn die Hindus den Moslems und die Moslems den Hindus in den kleinsten Dörfern die Kehle durchschneiden? Unmöglich.«

»Unmöglich vielleicht, aber man weiß doch sehr wohl, daß nach den Aufständen von Kalkutta England einen neuen Vizekönig von Indien braucht«, murmelte Edwina nachdenklich.

»Es stimmt«, bestätigte Lord Louis. »Wir kommen jetzt in eine Welt, in der Königreiche nicht mehr zeitgemäß sind. Es wird eine neue internationale Ordnung geben, aber es ist nicht meine Aufgabe, sie einzurichten. Ich bin Seemann und dabei bleibt's.«

»Es wird doch wohl jemanden geben müssen, der die Verhandlungen über die Unabhängigkeit führt!« rief Edwina. »Was haben Sie ihm denn genau geantwortet?«

»Ich habe unerfüllbare Bedingungen gestellt«, gab Lord Louis stolz zu. »Ich habe absolute Vollmachten verlangt und einen festgelegten Zeitpunkt, an dem unsere Truppen das Land verlassen sollen; ich habe gefordert, daß Indien im Juni 1948 frei sein soll. Attlee kann das nicht akzeptieren.«

»Das glauben Sie!« sagte Edwina und richtete sich auf.

»Einen festen Zeitpunkt, begreifen Sie doch, Edwina! Und die absolute Vollmacht, die noch nie ein Vizekönig erhalten hat! Nein, ich bin ganz ruhig. Er wird sicher schon an jemand anderen denken.«

Edwina sank auf das Sofa nieder. Dickie hatte keinerlei politisches Gespür, und Attlee würde alles akzeptieren. Sie mußte also London und Malcolm verlassen und wieder nach Indien fahren, den Prunk und die Unerbittlichkeit der königlichen Zeremonien durchstehen, jeglicher Freiheit und Liebe abschwören …

»Das macht nichts, Darling«, murmelte Lord Louis zärtlich. Sie wäre sicher eine ideale Vizekönigin geworden.

*Distrikt von Noakhali, Bengalen, am 17. Dezember 1946*

Mit blinzelnden Augen blickte der alte Mann auf die Sonnenstrahlen, die rötlich durch den Türspalt schimmerten; das Gestirn stieß bereits durch die schweren Blätter des Bananenbaums. Zu beiden Seiten des Mahatmas schliefen Abha und Manu, die Adoptivenkelinnen des Mahatmas, die geweckt werden mußten. Gandhi setzte behutsam seine Brille auf, räumte die drei Affen aus Elfenbein, die er immer bei sich trug, und seine Gebetsbücher in seinen Tuchbeutel, dann streichelte er die beiden schwarzhaarigen Köpfe. Abha schlug sogleich die Augen auf, Manu drehte sich jammernd um.

Gandhi stand ruhig auf und ging aus dem Haus. Die Nacht war ohne Zwischenfälle vorübergegangen; dieses Dorf hatten die Aufstände dem von Jinnah befohlenen *Tag der direkten Aktion* Hunderte von Toten gekostet, dieses Mörderdorf hatte ihn ohne viel Aufhebens empfangen. Der ganze Distrikt von Noakhali hatte sich am 10. Oktober rot gefärbt; nur Gandhi allein konnte die Bauern beruhigen. Schon seit zwei Monaten durchlief er die verwüsteten Dörfer, und dieses war auch nicht schlimmer zugerichtet als die anderen. Am Anfang hatten sich die Bauern, als sie ihn ankommen sahen, aufgeregt; aber weil er wie sie auf der bloßen Erde saß, ohne Waffen, mittellos und mit ihnen voller Humor und Eifer verhandelte, hatte der Mahatma sie mit der Zeit etwas beruhigen können. So sehr, daß er gefragt hatte, ob jemand ihn aufnehmen könne. Der, der sich bereit erklärt hatte, schlief außerhalb seines baufälligen Hauses auf einer alten Decke. Niemand hatte protestiert, niemand ihn angegriffen. Eine Nacht ohne Leichen und Brände, eine Nacht des Friedens. Seine Begleiter hatten Unterschlupf in anderen Häusern gefunden. Den Tuchbeutel auf dem Rükken, wartete der riesige Ghaffar Khan und fuhr sich durch den Bart. Man nannte ihn schon lange den ›Gandhi aus dem afghanischen Grenzgebiet‹. Bald würden alle bereit sein. Seufzend kehrte Gandhi ins Haus zurück und rüttelte die beiden jungen Mädchen wach. Sie mußten weiter, um neue Dörfer zu besänftigen.

Kurz darauf setzte sich der Zug in Bewegung. Der Mahatma ging an der Spitze, eingehüllt in seinen weißen Schal, einen Stock in der Hand und barfuß in seinen Sandalen; hinter ihm folgten die jungen Mädchen, dann der Afghane und schließlich der Rest der kleinen Gruppe. Sie gelangten an den Rand eines Reisfeldes; die Sonne war hinter den Bergen verschwunden, und dunkle Wolken bildeten sich am Himmel. Der Weg führte an den glänzenden Feldern vorbei, auf denen der Winterreis wuchs. Plötzlich blieb der Mahatma stehen. In die aufgeweichte Erde hatte jemand Glasscherben gesteckt, mit der Spitze nach oben, um die bloßen Füße des alten Mannes zu verletzen. Darüber war eine Tafel angebracht: »Gandhi murdabad!« »Gandhi soll sterben!«. Und darunter stand ungeschickt geschrieben: »Akzeptiere Pakistan!«

Mit der Spitze seines Stockes entfernte der alte Mann eine Scherbe nach der anderen. Als er das ruhig zu Ende brachte, flog ein Schwarm weißer Kraniche über den schwarzen Himmel, wie ein weißer Schal während eines Sturmes.

# 2

## »Wir werden den Mond vom Himmel ernten ...«

### *Der erste Frühling des Morgens der Welt*

*Delhi, am 22. März 1947*

Die ehrwürdige Mrs. Naidu raffte die leichten Falten ihres Saris zusammen und setzte sich ruhig in das Auto. Sie brauchte ungefähr eine Viertelstunde, um Purana Qila zu erreichen, das alte Fort auf dem Hügel; sie wollte den Aufbau der Shamiana kontrollieren, das große traditionelle Zelt. Sie wollte sichergehen, daß die Stützen stabil waren, das Anbringen der Girlanden und des Blumenschmucks überwachen. Sarojini Naidu war damit beauftragt worden, die erste panasiatische Konferenz zu organisieren, deren Präsidentin sie war. Die Delegierten waren aus ganz Asien gekommen und sollten bald eintreffen; die alte Dame nahm einige Blätter aus ihrer Tasche, las sich noch einmal sorgfältig ihren Vortrag durch und faltete sie wieder brummend zusammen. Wie immer würde sie sie kaum benutzen.

Mit einer unwillkürlichen Bewegung betastete sie ihre Ohrgehänge, überprüfte die Befestigung ihrer Kette, befühlte ihren Dutt und rückte ihre Emailarmbänder, die mit indigofarbenen Rosen verziert waren, zurecht.

Wenn der Mahatma mich so sähe! dachte die alte Dame. Er würde sich über mich lustig machen, wie er das auch tat, als wir im Gefängnis waren ... Tja, ich kann weder von meinem Schmuck lassen noch von diesem Sari aus Dacca. Was soll's! Bapu ist irgendwo in einem kleinen Dorf in Bihar, ich habe den Vorsitz. Pech für Little Man. Musselin ist so angenehm zu tragen. Die Zeit der Widerstandsbaumwolle ist vorbei ...

Das schwere Auto schaukelte über die Schlaglöcher der

Straßen und fuhr eine mit vertrocknetem Gras bewachsene Böschung hinauf. Zu so früher Stunde war es noch nicht sehr heiß, und die alte Dame blickte fröhlich auf die Wipfel der noch grünen Bäume, die ersten blauen Büschel der Jacarandas.

Der neue Vizekönig, dieser junge Mountbatten, wird gerade die Schweiz überfliegen, oder vielleicht schon Griechenland. Er kommt nachher an; morgen wird er inthronisiert, vielleicht der letzte Vizekönig Indiens ... Im Bauch seines Flugzeuges bringt er die Kleine mit, die Tochter meiner Freundin Maudie Ashley, diese Edwina, die ich wahrscheinlich gar nicht wiedererkenne ... Wann habe ich ihre Mutter zum erstenmal gesehen? Das war in Koblenz ... 1899? Nein, vorher wahrscheinlich. Maudie ist zehn Jahre später gestorben, und ich habe durchgehalten. Ist es nicht komisch, daß ich die letzte unserer Vizeköniginnen damals als Kind gekannt habe? Ich bin alt und schwerfällig; aber vielleicht werde ich mit ein bißchen Glück ein freies Indien erleben. Vielleicht mit diesem jungen Mann. Nehru bewundert ihn, er ahnt, daß er loyal ist, und er wird uns sicher nicht behindern, sondern eher Jinnah ...

Das Gesicht der alten Dame verfinsterte sich. Das Bild ihres alten Freundes ging ihr durch den Kopf. Mohammed Ali Jinnah, als er noch jung war. Eine Zigarettenspitze zwischen den Fingern, im Dreiteiler von tadelloser Eleganz und Gamaschen über den weißen Lederschuhen; seine zurückhaltende, fast schon hohe Stimme, sein gutes Englisch und sein grenzenloser Charme, als sie zusammen mit den indischen Studenten in London gekämpft hatten. Er war nur um eine Sache verlegen: Er konnte die moslemische Sprache Indiens nicht. Stimmt, lachte sie in sich hinein, er schlägt sich für sein Pakistan und beherrscht noch nicht einmal die Sprache seiner Moslems. Nehru spricht Urdu, aber nicht Jinnah ...

Jinnah, der zugleich so fern und so nahe war, Jinnah, der sich so elegant durch sein nach hinten gekämmtes Haar fuhr, der sein Monokel abnahm, um ihr etwas zuzuflüstern.

Der eigensinnige, unermüdliche Jinnah, der seine Gefühle hinter seiner furchtbaren Kälte verbarg, eine Pharaomaske, sein inniges Leiden … Sein ganzes Leben hatte er Seite an Seite mit anderen gekämpft, ein Leben voll von aufrichtiger Freundschaft, um wohin zu gelangen? Gandhi und Jinnah sprachen nicht mehr miteinander; seit der Konferenz von Simla war es ihr nicht mehr gelungen, bei dem einen für die Sache des anderen zu plädieren; sie war gealtert, Jinnah auch. In Simla schien er so zerbrechlich, abgemagert, sein karierter Anzug schlabberte; zum erstenmal hatte er ihr nicht zugelächelt, und als sie sich außer Atem und überraschend an seiner Seite wiedergefunden hatte, hatte er sie irgendwie beängstigt angesehen.

»Meine liebe Sarojini, Sie sollten vorsichtig sein!« hatte er gesagt, ohne genauer darauf einzugehen.

Sie hatte ihm mit einem ihrer Scherze geantwortet, so etwas wie: »Als wir im Gefängnis waren, hatten wir genug Zeit vorsichtig zu sein.« Aber das hatte ihn noch nicht einmal zum Lächeln gebracht. Er hatte sich auch nicht ihre berühmten Saris angesehen. Gespannt wie die Sehne eines Bogens. Verkrampft wie noch nie. Sie hatte ihn genau beobachtet, und auch wenn er ihr nichts anvertraut hatte, hatte sie plötzlich den Eindruck gehabt, daß Jinnah schwer krank war. Selbstverständlich würde er nicht nach Purana Qila kommen. In einem offiziellen Kommuniqué hatte er herablassend mitgeteilt, daß die Moslem-Liga den von der ›Kongreßpartei kaum verschleierten Versuch, sich als den Führer der Völker Asiens auszugeben‹ nicht unterstützen werde. Er wußte aber doch nur zu gut, daß sie die Präsidentin war … Der unmögliche Jinnah, der ihr den Kopf verdreht hatte und sich in ihre Träume einschlich. Würde sie ihn jemals wiedersehen? Konnte sie mit gutem Gewissen diese verrückte Idee mit Pakistan gutheißen?

Denke an etwas anderes, Sarojini … sagte sie sich und kniff vorsichtig ihre Lippen zusammen. Denke an deine Delegierten. Und wie wirst du einen Araber von einem Ägypter unterscheiden? Und den Delegierten aus Kasachstan, den aus Usbekistan und den aus Kirgisien, was wirst du ihnen sagen? Lösche diesen Jinnah aus deinem Gedächtnis, vergiß, vergiß, Mädchen …

Aber ständig wurde das Bild des jungen Jinnah in ihrem alten Herzen wach. Oh! Sie wußte besser als alle anderen, wie häßlich sie war, mit ihrer riesigen Nase und der dunklen Haut. Jinnah war wahrscheinlich zu schön für sie; aber wie alle anderen war er ihrer List erlegen. Ihren glänzenden Augen, dem Charme ihrer Stimme, ihrem bitteren Humor und vor allem ihrer lyrischen Sprache. Sprechen, unterhalten, singen, das war alles, was sie konnte …

Die hellen Gemäuer des alten Forts erschienen im heißen Dampf wie Tau aus Stein. Das Auto fuhr jetzt über die große Allee den Hügel hinauf. Das Gestrüpp war einigermaßen entfernt worden, und der Ordnungsdienst war in Bewegung. Aber man hatte nicht verhindern können, daß einige Sadhus, Asketen in Lumpen, sich mit Messingtöpfen und ihren zerzausten Haaren auf Matten niedergelassen hatten: Die einen hatten auf ihrer Stirn das große V aus weißem Puder, sie beteten den Gott Vischnu an, die anderen waagerechte Streifen, sie waren Anhänger von Schiwa. Zwischen Schiwaiten und Vischnuiten gab es ständig Rangeleien. Die alte Dame warf ihnen einen forschenden Blick zu. Das Auto hielt vor einem großen gezackten Tor, das azurfarben emailliert mit einer großen Willkommensbanderole geschmückt war.

Naidu quälte sich mühevoll von ihrem Sitz hoch und ging zu dem riesigen Garten, den lauter Ruinen umgaben. Die Luft war weiß und duftig, es würde heiß werden.

Teppiche, Matratzen, Sitze, alles schien bereit. Handwerker legten noch einmal Hand an das gefaltete Feston des weißen Zeltes, der Schamiana. Dort, vor der Reihe der Ehrensitze – schwere Kolonialstühle aus Mahagoni – waren Mikrofone aufgestellt. Im hinteren Teil des Zeltes hing eine riesige Asienkarte, die so lang war wie das Zelt breit. Auf ihr waren die Grenzlinien der niedergegangenen Reiche eingezeichnet und jene der freien Länder. An der Seite warteten Musiker und Sänger, die auf kleinen Teppichen knieten.

Der Verantwortliche für den Aufbau der Schamiana ging mit erhobenen Händen auf Mrs. Naidu zu und zeigte ihr die Anlage.

»Wer sind diese Sadhus auf dem Weg?« fragte sie. »Weiß man das?«

»Mrs. Naidu, nein«, sagte der Verantwortliche respektvoll. »Sie sind nachts angekommen und ...«

»Ach«, sagte sie lachend, »sie sind ja auch Asiaten. Und das, was wir den Büschen des Weges weggeschnitten haben, findet sich in ihren dicken Mähnen wieder. Sehen Sie zu, daß sie sich nicht prügeln. Oh! Die Abzeichen, wo sind denn die Abzeichen?«

»In diesem Karton, Madam«, antwortete ein junger eifriger Mann. »Und hier ist Ihres«, fügte er hinzu und hielt ihr eine riesige Kokarde mit ihrem Namen hin.

Sarojini befestigte das Button an ihrem Sari, auf der Höhe des Herzens.

»Es ist häßlich«, brummte sie. »Schade ... Hängt diese Girlande an der Seite auf, sie stört den Gesamteindruck. Und die Zeremonienlampe, wo ist die Lampe?«

Die hohe Lampe aus Bronze wurde in einer Ecke gefunden, sauber geputzt, sie wurde mit Öl gefüllt, die Baumwolldochte hineingesteckt, und schließlich stellte sie jemand an der Seite des Podiums auf. Es wurde Zeit; die ersten Delegierten tauchten schon an der Schwelle der Festung auf. Sie wurden angeführt vom Vizepremierminister Indiens in schwarzer Tunika: Jawaharlal Nehru, der vor kurzem zu diesem höchsten Posten erhoben worden war; das machte ihn zum unbestrittenen Führer des zukünftigen Indien.

Sarojini stand breitbeinig auf einer Erhebung des Rasens und beobachtete freudig die Ankunft der Delegierten. Djellabhs, Kaftane, schwarzweiß karierte Kefiehs, große afghanische Turbane und seidene, gestreifte *Gos* aus Bhutan, strenge Anzüge und arabischer Prunk, tibetische Lamas und kleine elegante Siamesen, Koreaner und Türken, Vietnam und China, Präsidenten und Könige, Rebellen und Herrscher, ganz Asien kam nach Purana Qila. Die großen ausladenden Mäntel der Araber kontrastierten mit den nüchternen Uniformen der sowjetischen Repräsentanten, die Majestäten drängten sich zusammen mit Revolutionären; die buddhistischen Mönche in ihren pflaumenfarbenen Kutten, eingehüllt in ihre gelben Schals, lächelten dem hellen Morgen, den Raubvögeln und dem bläulichen Nebel über der Stadt zu. Sarojini schüttelte unzählige Hände, verbeugte sich vor den Würdenträgern, die sich hinter ihren schwarzen Brillen versteckten, für jeden hatte sie ein Willkommenswort auf den Lippen; mit den sowjetischen Repräsentanten hielt sie sich etwas länger auf. Auf Anweisung Nehrus. Der Pandit hatte am anderen Ende der Wiese schon genug zu tun.

Einer der Delegierten mit einer kleinen Kappe auf dem Hinterkopf wartete schweigend. Sarojini sah ihn von der Seite an, ohne zu wissen, woher dieser Bärtige mit weißer Haut inmitten so vieler sonnenverbrannter Gesichter kam.

»Mr. President, ich repräsentiere die Universität Jerusalem«, sagte der Mann ehrerbietig.

Sofort drehte sich Sarojini um, als suche sie jemand anderen.

»Die Repräsentanten Palästinas stehen ganz nah bei Ihnen, Madam«, sagte der Delegierte. »Genau hinter Ihnen.«

»Wenigstens seid ihr alle da!« rief sie mit lauter Stimme. »Während Mr. Jinnah, er …« Sie sprach nicht weiter.

Der jüdische Delegierte hatte seine eigenen Sorgen, auch war es überhaupt nicht nötig, die indischen Konflikte in der Öffentlichkeit auszubreiten. Alle hatten sich nun gesetzt; man gab ihr ein Zeichen, auch sie sollte Platz nehmen. Ein Musiker begann die Felle seiner Trommel zu streicheln; mit einem Hammer aus Stahl klopfte er auf die Schnüre, die um die Trommel gespannt waren, um sie einzustimmen; ein anderer öffnete das Harmonium; ein dritter brachte die Saiten seiner Zitter zum Schwingen. Unter dem Rhythmus der Tablaklänge erhob sich eine Frauenstimme. Um den Geist des Mahatmas, des großen Abwesenden des Tages, wenigstens zu beschwören, wurden die Lieblingslieder Gandhis gespielt, die Gesänge von Mirabai.

Danach mußten wie üblich alle Dochte der Zeremonienlampe angezündet werden. Sarojini liebte dieses Ritual. Ein warmer Windstoß hob den Schoß ihres Saris; die ersten Flammen flackerten an den Dochten, aber die alte Dame wurde mit dem Wind fertig und erfüllte ihre Aufgabe.

An dem schnurlosen Mikro des Chigagoer Rundfunks, das größer war als alle anderen, begann Nehru mit seiner sanften und lyrischen Stimme seine Rede. Seine wie ein Flügel erhobene Hand schien ein unsichtbares Orchester zu dirigieren, und seine Sätze, die vom Murren eines Ventilators begleitet wurden, rollten wie Steine in einem klaren Bach. Beifall brauste auf.

Sarojini war die nächste Rednerin. Sie holte ihr Manuskript hervor, legte es hin, glättete es mit dem Handrücken, und ohne auch nur noch einmal einen Blick darauf zu werfen, wandte sie sich mit ihren funkelnden Augen ihrem Publikum zu.

»Sie fragen sich bestimmt, warum eine einfache Frau wie ich ausgewählt wurde, um heute den Ehrenvorsitz zu übernehmen. Die Antwort ist einfach: Indien hat seit jeher seine Frauen geehrt. Ich bin zutiefst gerührt von diesem Ereignis, alle Nationen Asiens vereint zu sehen. So gerührt, daß ich fast gar nicht sprechen kann. Aber nur fast, denn es ist schwer, eine Frau zum Schweigen zu bringen. Mein Bruder, mein Führer, der Held Indiens, der Pandit Nehru hat alles, was zu sagen war, hervorragend formuliert. Ich frage mich meinerseits: Ihr, die ihr über Bergpässe gereist seid, über die großen Bäuche der Meere geschaukelt seid, ihr, die ihr unter den Wolken des Morgengrauens und der Nacht gewandert seid, versteht ihr, daß wir hier im Herzen Indiens sind? Diese alte Festung, diese denkwürdige Ruine, diese zerbrochenen Bögen, was bedeuten sie? Die Morgendämmerung unserer Geschichte, längst vergessener Zeiten. Hier ist die Geschichte Indiens, Asiens ...«

Ihre Armbänder klirrten, ihre goldene Stimme schien die Sonne zum Scheinen zu bringen, so berauscht vergaß sie Jinnah, und man vergaß völlig ihre Häßlichkeit ...

Wie schön sie sein kann, dachte Nehru. Ich wundere mich nicht mehr über ihre ganzen Liebesaffären.

»Hier ist also der Frühling des Morgens der Welt!« fuhr Sarojini fort und erhob die Stimme. »Da die Vögel singen, da die Gewässer unter dem Himmel erstrahlen, da die Frischverliebten sich Blumenkronen in die Haare stecken und die Kinder sich Girlanden basteln ... Da ihr euch auch an die erinnert, die nicht mehr sind. Ich grüße euch«, sagte sie feierlich. »Kommt heraus aus euren Gräbern, ihr Toten! Ich grüße euch, seid doch die Barden eines ewigen Frühlings!«

Die Menge der Delegierten hing geradezu an ihren Lippen; die Stille um sie herum schien zu erzittern.

»Laßt uns zu den Sternen gehen!« rief sie und reckte majestätisch ihre fülligen Arme in die Luft. »Die Vögel haben gesagt: Warum sucht ihr weinend den Mond? Wir suchen den Mond ohne zu weinen. Wir werden ihn vom Himmel pflücken und ihn wie ein Juwel auf das Diadem der Freiheit Asiens setzen!«

Sie lies die Arme fallen, grüßte und hob den Kopf unter einem Donner von Applaus. Nehru lächelte: Das war die schönste Rede der alten Dame.

Sobald Sarojini sich gesetzt hatte, würde die lange Abfolge der Delegiertenreden beginnen. Der neue Vizekönig würde am frühen Nachmittag landen; gerade überflog er Bagdad. Vielleicht auch schon Teheran.

## *Irrenhaus*

*Delhi, Flughafen Palam, am 22. März 1947*

Unter den Tragflächen des Flugzeuges tauchten weiße Terrassen, rote Mauern und dunkle Mangoblüten auf der wilden Erde hervor.

»Wir kommen an«, murmelte Lord Louis. »Erkennen Sie diese Kuppeln?«

»Die Gräber«, sagte Edwina und beugte sich vor. »Letztes Jahr hat man mir gesagt, wie viele es sind, mehr als zweihundert.«

»Und da unten, glaube ich, ist der Palast. Unsrer. Der hat nichts gemein mit dem Viceregal Lodge, in dem wir 1922 gewohnt haben. Es ist ein herrliches Bauwerk, hundertmal zu groß. Sehen Sie die blaue Kuppel?«

»Vielleicht unser Grab«, sagte Edwina mit einem kurzen trockenen Lachen. »Hier beginnt unsere indische Saga; ich kann nicht behaupten, daß ich davon entzückt bin.«

»Seien Sie doch ruhig«, sagte er mit einem Blick auf seine Tochter.

»Aber diese Stadt ist immer noch ein Garten!« fuhr Edwina fort. »Sehen Sie, die Bäume blühen ...«

Die Maschine kreiste über den ausgedorrten Feldern. Als sie landete, erblickte Edwina auf dem lichten Gras einen schwarzweißen Kranich mit offenem Schnabel. Durch die Hitzewellen nahm sie scharlachrote Uniformen, Soldaten in Schottenröcken mit Turbanen, funkelnde Ophikleide und eine Armee von Fotografen wahr. Ein Blasorchester, ein Regiment, die Presse und sogar den roten Teppich ... Sie inspizierte, ob das Kleid und der weiße Hut ihrer Tochter Pamela saßen, und dann betastete sie unwillkürlich ihre aufgerollten Haare, bog ihre Hutkrempe zurecht und schlüpfte in ihre Handschuhe.

Die Tür öffnete sich, und sofort spürte sie die heiße Glut. Edwina erkannte den eigentümlichen Duft der Luft, Honig und Rauch, Weihrauch und Kuhfladen. Die Treppe wurde herangeschoben; Lord Louis stieg hinab und nahm eine stramme Haltung an.

Am Ende der Stufen wartete Lord Wavell, der noch für einige Stunden Vizekönig war, in Marschallsuniform. In Indien wußte man, daß ein einäugiger König das Ende einer Dynastie ankündigte. Lord Wavell war einäugig. Dieser verschlossene Soldat hatte die Achtung der indischen Führer gewonnen. Für das Volk ein Hoffnungsträger, weil ein Einäugiger den Abzug des Besatzers bedeutete. Archibald Perceval Wavell war es nicht gegeben, ohne Vorbehalte zu verhandeln: Er war gescheitert, er ging. Lord Louis verspürte Mitleid.

Edwina erkannte seine Frau. Sie war ihr vor zwei Jahren

in Simla auf einer Konferenz des Roten Kreuzes begegnet – mit einem Strohhut, einer Orchidee am Kragen der Bluse und langen weißen Handschuhen, die bis zum Ellenbogen reichten. Um Lady Wavells Lippen spielte immer ein großmütterliches Lächeln. Nehru verzog in dem sandigen Wind sein Gesicht, er hielt sich etwas abseits, neben ihm ein beleibter Mann in strenger schwarzer Tunika mit dicken, großen, runden Brillengläsern in schwarzem Rahmen. Lord Louis ging vorwärts; Edwina sah, wie die vier Männer sich die Hände schüttelten. Sie mußte hinuntergehen. Nehru erblickte sie und kam auf sie zu.

»Ist Euer Exzellenz nicht schrecklich müde?« fragte er und faßte sie am Arm. »Kommen Sie mit mir. Es ist mir eine Freude, Sie wiederzusehen. Ich habe Getränke bestellt. Oh! Wir haben hier keinen Flughafen, der viel hermacht, aber immerhin wird das Wasser frisch sein.« Seine fleischigen Lippen zitterten wie ein Jahr zuvor, und sein herzlicher Blick leuchtete vor Freude.

»Dies ist Liaquat Ali Khan, Euer Hoheit. Der Wortführer der Moslem-Liga«, sagte er und wies auf den dicken Mann.

»Und Ihre Tochter?« fragte er und blickte hinter sie.

»Pamela«, murmelte Edwina und schob ihre Tochter nach vorne, damit sie Nehru die Hand drücken konnte. Pamela verbeugte sich lieb und trat nur soweit vor ihre Mutter, wie sie mußte, sie war ein schüchternes Mädchen. Edwina bemerkte nicht, wie sich ihnen eine feine Silhouette in blauem Sari näherte, die in ihren winzigen Armen eine aus Rosen, Nachthyazinten und gelben Nelken geflochtene Girlande hielt und eine etwas weniger aufwendige und kürzere für Pamela.

»Die Blumen Indiens, Madam. Würden Euer Exzellenz ein wenig den Kopf senken?« murmelte Nehru.

Die junge Inderin legte schüchtern die Girlande um Edwinas Hals, murmelte unverständliche Worte, faltete die Hände und verbeugte sich zu einem langen Gruß, nur noch der weiße Scheitel ihrer schwarzen Haare war zu sehen.

»So«, sagte Nehru rasch. »Küssen Sie die Girlande und

nehmen sie sie sofort ab. Sie sollten sie in den Händen halten. Schnell, der Vizekönig muß jetzt die Truppen inspizieren.«

Edwina gehorchte, sie war von der drückenden Hitze völlig erschlagen. Beim Geruch der wilden Nelken verzog sie unwillkürlich das Gesicht. Nehru hatte sie schon verlassen, um sich um Lady Wavell zu kümmern; der Regimentskapitän der Marineinfanteristen gab seine Anweisungen, die Blaskapelle begann *God save the King* zu spielen, bevor sie einen absurd klingenden Marsch mit eigenartigen Sagaklängen in Angriff nahm ... Lord Louis stand regungslos neben seinem Nachfolger vor dem Union Jack und sah aus wie eine Statue, wie immer.

Aber in dem bescheidenen Flughafengebäude war das Wasser tatsächlich sehr frisch und die Mangos reif. Die Männer setzten sich in einen Winkel des Salons, und ein Diener geleitete die Damen zu einem abseits stehenden Sofa.

»Euer Hoheit sollten vorsichtig mit dem Wasser sein«, mahnte Lady Wavell leise. »Ich habe mich nicht vergewissern können, ob es gefiltert und abgekocht wurde. Selbst die Mango ...«

»Die Mango?« fragte Edwina. »Man schneidet sie entzwei, öffnet sie, und die Lippen berühren die Haut nicht einmal! Ich kenne Indien, zum Teil habe ich das ja Ihnen zu verdanken. Wissen Sie noch, unsere Arbeit in Simla«, fügte sie hinzu und lächelte strahlend. Diese Art zu lächeln verwandelte sie in eine Göttin.

»Gott behüte mich davor, Ihre Aufenthalte in Indien zu vergessen«, rief Lady Wavell und errötete vor Scham. »Sie werden hier großes Aufsehen erregen, da bin ich ganz sicher.« Die alte Dame lächelte so freundlich, daß Edwinas innere Spannung nachließ.

»Aber Sie werden mit dem Wasser vorsichtig sein, nicht wahr?« beharrte Lady Wavell mütterlich.

Edwina öffnete eine Mango und biß beherzt in das Fruchtfleisch.

»Geben Sie mir doch bitte eine Serviette, wenn ich Sie darum bitten darf«, sagte sie redselig, nachdem sie die

Frucht verschlungen hatte. »Ah! Und dann brauche ich mein Kleid, um mich umzuziehen. Haben Sie meinen Koffer gesehen? Soll ich Ihnen eine Mango schälen? Sie sind ausgezeichnet. Aber wegen des Wassers will ich doch sichergehen. Verehrter Panditji!« rief sie spontan. Lady Wavell zuckte zusammen. Nehru machte sich von der Männergruppe los und ging auf das Sofa zu.

»Wissen Sie, ob das Wasser trinkbar ist?«

»Das Wasser?« fragte er und warf einen Blick auf Lady Wavell. »Natürlich, ich trinke selbst nur abgekochtes und gefiltertes Wasser.«

»Und was haben Sie mit der Rose in Ihrem Knopfloch gemacht, Panditji?«

Nehru sah sie verständnislos an und blickte auf seine Tunika. »Meine Rose?«

»In Singapur ...«

»Ach«, sagte er und schlug sich gegen die Stirn, »ich hatte es ganz vergessen.«

»Das stand Ihnen gut«, entgegnete Edwina lächelnd.

»Danke für Ihr Kompliment und Ihr Gedächtnis. Wenn Sie mich entschuldigen wollen, meine Damen ...« Er entfernte sich mit seinem sanften Gang.

»Nun, sehen Sie«, sagte Edwina und nahm ihr Glas.

»Ich sehe, daß Euer Hoheit mit dem Vizepremierminister schon wohlbekannt ist«, stellte Lady Wavell seufzend fest.

»Wer ist das?« fragte Edwina verwirrt. »Ach so, Mr. Nehru! Wir haben ihn vor etwas mehr als einem Jahr in Singapur empfangen, als er noch Präsident der Panindischen Konferenz war. Ich bin entzückt von seiner Ernennung, überrascht jedoch nicht. Ist er nicht charmant?«

»Es ist noch gar nicht allzu lange her, da war er noch im Gefängnis, Euer Hoheit«, fuhr Lady Wavell fort. »Nun ist der Krieg zu Ende, und alles hat sich eben geändert. Wir haben unser Bestes getan, aber die Inder töten sich gegenseitig, und sie werden danach noch mehr töten ... Nach uns. England vermag nichts gegen diesen unbändigen Haß; wir sind dafür nicht verantwortlich. Mein Mann hat verzweifelt versucht, die letzte Konferenz von Simla zu retten, vergeblich ...«

Lady Wavell wollte nicht mehr aufhören zu reden.

»Indien wird nur durch das Empire zusammengehalten; das Empire ist nicht mehr gefragt, und alles, was wir zusammengehalten haben, fällt auseinander. Wir können nichts dafür! Sie werden auch dieses grausame Gefühl von Machtlosigkeit kennenlernen, und vielleicht werden Sie Mr. Nehru mit anderen Augen sehen. Endlich, zum Glück reisen wir ab.«

»Es stimmt, daß ...«, unterbrach Edwina trocken, »daß der Vizepremierminister ein bemerkenswerter Mann ist, ohne ihn könnte mein Mann niemals seine Mission erfüllen«, betete sie Wort für Wort ihre Lektion herunter. »Aber ich weiß, daß Lord Wavell das Unmögliche versucht hat. Übrigens haben ihm die führenden Inder aller Richtungen ihre Ehre erwiesen, nicht wahr?« fügte sie liebevoll hinzu.

Lady Wavell seufzte tief.

»Ich kann meinen Koffer nicht finden«, murmelte Edwina. »Ah, hier ist er ja. Man hat ihn zur Seite geräumt, das ist gut.« Und dann sah sie zu den Männern hinüber.

Der kleine Raum war mit billigen Gardinen aus rotem Stoff verhängt. Offiziere mit Turbanen und langen schwarzen Bärten traten ein, außerdem Würdenträger, die ganz in Weiß gekleidet waren und recht unzugänglich wirkten. Alle flüsterten, wie im Zimmer eines Kranken. Nehru blickte nervös auf seine Uhr.

»Entschuldigen Sie nochmals, Madam, aber wir müssen gehen«, sagte er.

»Um Gottes willen!« rief Edwina. Aber ich muß mir für den Zug ein anderes Kleid anziehen! Da, hinter dieser Tür, oder?«

Sie nahm ein Gepäckstück und verschwand. Nehru lächelte Lady Wavell zu und begann, die Hände auf dem Rükken, auf und ab zu gehen. Bald erschien Edwina strahlend in einem weißen Kleid und einem Blumenkranz aus Margeriten im Haar. Nehru warf ihr einen beifälligen Blick zu und wies ihr mit der Hand den Weg. Lord Louis holte sie ein, und die drei gingen im gleichen Schritt nebeneinander.

Auf dem Sandboden vor dem Gebäude lag Blumenschmuck. Spiralen aus fleischroten Blüten als Willkommensgruß. Man mußte auf diese Pracht treten, um in die königliche Kutsche einzusteigen. Die Regimenter warteten unter den großen staubigen Bäumen auf sie. Eine Armee von Wimpeln, Lanzen und behandschuhten Fäusten, eine ruhige Schar von Uniformen, die auch im Staub des Nachmittages glänzten. Ein Diener in Gold und Rot mit königlichem Wappen auf seiner Brust stand vor dem Trittbrett. Auf einen kurzen Befehl stürzten die Lanzer los und stellten sich um die Kutsche.

Lord und Lady Wavell warteten, bis Lord und Lady Mountbatten sich in die schwarze Kutsche gesetzt hatten, und gingen zögernd zu ihrem Auto. Es war noch nie vorgekommen, daß sich zwei Vizekönige, der Alte und der Neue, in Delhi trafen; normalerweise fuhr der Alte vor der Ankunft des Neuen ab. Für diesen ungewöhnlichen Umstand gab es kein Protokoll. Man brachte die Tochter des zukünftigen Vizekönigs zu einer Limousine. Die sechs Pferde trabten vor der wappenverzierten Kutsche im Trott davon.

Lord Louis streckte den Arm aus und zeigte auf das riesige Tor unter den Bäumen: »Dort drüben ist das Grab Humayuns, des glücklichen Sultans, er war Astronom und opiumsüchtig, glaube ich.« Dann fiel ihm ein: »Und da wollte der letzte Sultan von Delhi ruhen« und »Der Poloplatz, auf dem ich mit David während seines offiziellen Besuchs gespielt habe, als er noch Prinz von Wales war, ich weiß noch, das war 1922 … Wir waren beide ganz schön schlechte Spieler!« Manchmal deutete er auch auf malvenfarbene Blüten an den Wipfeln einer Baumgruppe, riesige knallrote Blumen, die an den Zweigen der Bäume wuchsen. Sein Gesicht strahlte. Aber Edwina saß mit der Girlande da und sah nur den Rücken des Kutschers auf einem der schwarzen Pferde, Männer und Frauen, die langsam durch eine Sandwolke gingen. Mit gleichgültigem Gesicht und wie von einer unsichtbaren Kraft gelenkt, wandten sie kaum den Kopf, um den Zug des letzten Vizekönigs vorbeigehen zu sehen.

Dann hörte man nur noch das klare Schlagen der Pferdehufe. Plötzlich ertönte vom Himmel der Schrei eines Milans. Auch auf der großen Avenue aus gelbem Gras, die zu dem gewaltigen Palast führte, ging eine Menschenmenge, langsam und friedlich. Ihre Gesichter zeigten eine wage Neugier, ohne Leidenschaft oder Feindseligkeit. Ein Rikschakuli hielt am Rande des Zuges an und stieß ein rohes »Ooh« aus, um sein Fahrzeug anzuhalten. Die dicke Frau, die auf dem Bänkchen saß, fiel vor lauter Schreck herunter; plötzlich purzelte noch ein Kind hinterher und rollte zwischen die Füße der Pferde; Edwina legte die Hand auf den Mund. Ab und zu erschienen auch weißhäutige Gesichter, es waren Neugierige, Engländer oder Pressefotografen, die alsbald wieder verschwanden und sich in dem undurchdringlichen Fluß in Luft auflösten.

»Erwartet man feindselige Demonstrationen?« fragte Edwina mit ruhiger Stimme.

»In Indien kann man nie wissen«, sagte Louis gedämpft. »Die Polizei hat alles kontrolliert, aber wir sitzen auf einem Pulverfaß. In Delhi verschlechtert sich die Lage, ständig gibt es Aufstände. Wir sind fast da.«

In dem Augenblick, als die Kutsche sich auf die Gitter des Palastes zubewegte, warf sich ein dunkelhäutiger Mann mit halbentknotetem Turban gegen das Auto und schrie: »Jai Hind!« Lord Louis erbleichte und hielt schützend seinen Arm vor Edwinas Gesicht.

»Es ist nichts, Darling«, sagte Lord Louis. »Haben Sie keine Angst.«

»Danke, Dickie«, murmelte sie. »Ich habe keine Angst. Was sagte er?«

»Nichts Schlimmes. Er hat geschrien: ›Es lebe Indien‹, glaube ich.«

»Er sah aber doch zornig aus.«

Lord Louis nahm seinen Arm wieder herunter.

»Vielleicht, vielleicht auch nicht. Man kann es nicht wissen. Ihre Girlande … sie ist heruntergefallen. Hier …«, sagte er und beugte sich zu ihren Füßen.

»Die Blumen sind schon verwelkt; Ihre Handschuhe werden voller Flecken sein.«

Edwina warf einen Blick auf ihre Hände; die Handschuhe waren staubig, aber daran waren nicht die Blumen schuld. Die Kutsche fuhr jetzt durch den großen Eingangsbogen. Sofort ertönten Trompeten oben auf der Treppe aus rosafarbenem Sandstein. Die Garden des königlichen Regimentes in Nachtblau und tintenfarbigen Turbanen schritten auf die Kutsche zu. Und mit ihrem langsamen Schritt im Dreivierteltakt begleiteten sie den Weg des Vizekönigs zu seinen Gemächern. Stufe um Stufe stieg Edwina die Treppe aus rotem Stein hinan; in einer Stille, die von den Absätzen schwerer Stiefel skandiert wurde.

Alles war gut verlaufen. Blieb noch die Krönung des letzten indischen Vizekönigs am nächsten Morgen. Und am selben Abend noch eine Unterredung mit Lord Wavell, bevor er Indien verließ.

»Nun Lord Wavell, wer hätte uns wohl gesagt, daß wir uns in einer solchen Situation wiederfinden würden?« begann Mountbatten respektvoll. »Wissen Sie, daß ich mit unserer Unterhaltung gegen das Protokoll unserer Monarchie verstoße? Das ist anscheinend noch nie vorgekommen.«

»Sie sagen es, Mylord«, antwortete Wavell verlegen. »Ich hatte nicht das Glück, mit meinem Vorgänger Lord Linlithgow zu sprechen. Allerdings hätte er mich mit seiner zehnjährigen Erfahrung als Vizekönig sicher gut beraten können. Na ja! Gut beraten, oder auch nicht … Denn ich wüßte nicht, wie man heute einem Vizekönig von Indien behilflich sein könnte, Sir. Und in meiner Rundfunkansprache werde ich kein Wort über meine wahren Gefühle sagen; um ehrlich zu sein, wären Sie der erste, der daran verzweifeln müßte.«

Mountbatten spürte die Traurigkeit des alten Marschalls und seufzte. Wavell müßte ihm dennoch einige nützliche Hinweise geben. Jetzt nur nicht das Scheitern der Konferenz von Simla erwähnen! Und nicht auf Juni 1948 zu sprechen kommen, den Termin, zu dem Clemence Attlee Indien unabhängig sehen wollte. Er mußte ihn zuerst über die Menschen befragen.

Diese dunklen, trostlosen Holzvertäfelungen in bedrückendem Grün, dachte Lord Louis um sich blickend; das würde er nicht überleben. Hellgrün. Er würde sie hellgrün anstreichen lassen. In der Farbe der Hoffnung.

»Wissen Sie, was ich König George in bezug auf die Zusammenarbeit zwischen dem Kongreß und der moslemischen Liga gesagt habe?« fragte Lord Wavell nach einer Pause. »Daß das Ähnlichkeit mit einem meiner Kinderspielzeuge hat, einer kleinen Schachtel, die mit Glas bedeckt war, das wiederum mit drei oder vier farbigen Marmorschichten überzogen war. Um die Schachtel zu öffnen, mußte man eine der Schichten ganz langsam verschieben, aber genau dann, wenn man es fast geschafft hatte, verrutschten auch die anderen Schichten.«

»Aber Sie kennen diese Männer gut«, sagte Mountbatten.

»Sprechen Sie von den Führern der Parteien? Ich kenne Nehru und Jinnah, die nichts einander näherbringen könnte. Sie kennen ersteren: feinfühlig, manchmal heftig, überaus freundlich, ein überzeugter Sozialist, so sehr, daß er nach Spanien gefahren ist, um sich auf die Seite der Republikaner zu stellen, und das mitten im Bürgerkrieg. Jinnah ist unnachgiebig, tyrannisch. Gott weiß, daß es ihm nicht an Charme fehlt, Sie werden selbst sehen. Aber seine Art zu reden ist hochnäsig, und er verhält sich wie ein Sultan. Man sieht ihm keine Gefühlsregung an, er kehrt alles nach innen; man könnte nicht eigensinniger sein, ein radikaler Idealist …«

»Nehru auch«, bemerkte Mountbatten.

»Ja, aber er ist nicht verrückt. Das Schlimme ist, daß die moslemischen Massen vom Wahn Jinnahs befallen sind. Und wie kann man ihnen jetzt noch ihren Traum wegnehmen? Jinnah wird nicht lockerlassen, sein Haß ist zu groß. Und jetzt hat der Kongreß die Provinzen gewonnen, in denen mehr Hindus wohnen, während die Liga sich diejenigen gerafft hat, in denen die Moslems dominieren. Ich sehe keine Lösung. Gar keine!«

»Und was hat Ihnen Gandhi gesagt?«

»Ich habe ihn zweimal getroffen. Das erstemal in Kalkutta während seiner Reise nach Bengalen. Und das zweitemal in Simla, auf der berühmten Konferenz, die … nun …, die die indischen Führer zum Scheitern gebracht haben. Oh! Gandhi ist ein ausgezeichneter Redner. Er redet vor allem lange und kommt zu keinem Schluß. Das ist ein Mann, der einem ausweicht und einem nichts Konkretes vorschlägt. Ich habe mich sogar schon gefragt, ob er das Vertrauen, das man ihm einräumt, überhaupt verdient hat.«

»Aber wann haben Sie ihn hier in diesem Palast zum letztenmal gesehen?«

»Ich war nicht berechtigt, ihn hier zu empfangen. Die Regierung …«

»Berechtigt? Sie meinen, daß Sie dafür die Erlaubnis der Regierung brauchten?«

»Aber Sie glauben doch nicht, daß ich das getan hätte, ohne darüber Bericht zu erstatten!« sagte Lord Wacell empört. »Man hat nicht gewollt, daß ich Gandhi offiziell empfange. Denken Sie an die Worte Churchills, vor nicht langer Zeit …«

»›Der halbnackte Fakir?‹ Oder: ›Ich hasse die Inder. Das ist ein bestialisches Volk mit einer bestialischen Religion‹, zitierte Lord Louis. 1942, meinen Sie das?«

»Genau das. Ohne zu weit gehen zu wollen, muß ich zugeben, daß Gandhi mir manchmal den Eindruck vermittelt hat, wie soll ich sagen, ein Scharlatan zu sein … Nun ja, meine Eindrücke zählen nicht viel. Man gestattete es mir nicht. Was hätten Sie an meiner Stelle getan?«

Mountbatten dachte bei sich, daß er Gandhi empfangen und erst danach Bericht darüber abgestattet hätte. Aber der Marschall war zu treu und zu gehorsam.

»Ich habe das Glück, in einer deutlich stärkeren Position zu sein, und ich glaube, kein Mitglied der Regierung kann daran zweifeln, daß ich diesen Posten nicht wollte. Jeder weiß das«, vertraute ihm Mountbatten an.

»Und Sie haben die Freiheit erhalten, nicht Bericht zu erstatten«, fügte Lord Wavell hinzu. »Ich weiß. Sie haben auch die Bedingung ausgehandelt, daß die Unabhängigkeit im Juni 1948 gewährleistet sein soll ...«

»Ohne diesen Termin würde niemand daran glauben, und wir kämen keinen Schritt weiter«, unterbrach Lord Louis.

»Ich weiß«, sagte Lord Wavell wieder. »Haben Sie Ihre Maßnahmen auch gut durchdacht? Wissen Sie, daß ein Jahr sehr wenig ist?«

»Wenn ich die Führer empfangen werde, werden auch sie wissen, daß unser Abzug nahe ist. Dann werden sie vorwärtskommen müssen. Aus Dringlichkeit werden sie zur Vernunft kommen. Die Lösungen ergeben sich von allein.«

Lord Wavell erhob sich und sah Mountbatten schwermütig an.

»Sir, ich habe nur zwei Lösungen gefunden. Die erste habe ich ›Irrenhaus‹ getauft. Wir werden uns aus Indien zurückziehen, Provinz um Provinz. Zuerst Frauen und Kinder, dann die Verwaltung und Zivilisten, schließlich die Armee. Sonst, und das wäre die zweite Lösung, müssen wir unsere tapfere indische Armee kräftig verstärken und uns darauf vorbereiten, hier noch fünfzehn Jahre zu regieren.«

Er scheint ja wirklich verrückt zu sein, dachte Mountbatten entsetzt. Wie viele Millionen von Toten wird es nach unserem Abzug geben? Der alte Mann hat den Verstand verloren!

»Sie glauben, daß ich von Sinnen bin«, sagte Wavell mit einem traurigen Lächeln. »Überzeugen Sie sich selbst. Keine einzige Regierung würde eine dieser Lösungen anerkennen. Meine Operation ›Irrenhaus‹ ist unmöglich, aber Sie werden sehen, genau dazu werden Sie gezwungen sein. Entmutigend, nicht wahr?«

»Eher entmutigt, Sir«, entgegnete Mountbatten.

»Kein Lichtblick«, murmelte Wavell und setzte sich wieder. »Ich habe nicht den kleinsten Funken Hoffnung.«

Der erste, den ich treffen muß, ist Gandhi, dachte Mountbatten. Er muß noch in Bihar sein. Übermorgen werde ich ihm mein Flugzeug schicken und ihn nach Delhi zurückbringen.

## *Die letzte Krönung des Empires*

*Delhi, am 23. März 1947*

Der alte Fotograf stand, die Hände auf dem Rücken, neben dem Stativ, wo auch seine Geräte warteten. Eine Stunde sollten die offiziellen Fotoaufnahmen dauern, bevor die Würdenträger zur Zeremonie erscheinen sollten. Der neue Vizekönig hatte bereits jetzt den Ruf, jemand zu sein, der es immer eilig hatte. Wie sollte man einen Admiral, einen Helden, der es gewohnt war, im Krieg Truppen zu kommandieren, dazu bringen, stillzuhalten? Wenn er wenigstens so steinalt wie Lord Wavell gewesen wäre. Oder wenn die Vizekönigin wie eine Großmutter ausgesehen hätte. Aber nein! Zwei Exemplare, die modischer nicht sein konnten. Zwei Snobs aus der höchsten Aristokratie; die Mondänsten der königlichen Familie. Hatte man so etwas schon einmal im Palast des Vizekönigs gesehen?

»O Dickie!« rief eine fröhliche Stimme. »Die Decken sind wunderbar!«

Eine Fee in elfenbeinfarbenem Brokatkleid drang plötzlich in den Thronsaal ein, den man ›Durbar Hall‹ nannte, eine eigenartige Mischung aus Mogul und England. Die Fee hielt ein Armband in einer ihrer behandschuhten Hände, sie trug ein langes Band quer über den Oberkörper, und ihre runden weißen Schultern waren nackt. Die Fotografen waren wie versteinert vor Bewunderung, ließen die Arme sinken; sie blickte nur nach oben auf die Züge der auf dem Gewölbe tanzenden Elefanten und bemerkte gar nicht, daß ein Mann sie stumm beobachtete.

Sie glitt lautlos über den Marmor, und die Diamanten ihres Armbandes warfen Funken auf ihren Handschuh aus

Ziegenleder. Hinter ihr drängten sich an den Türen der Durbar Hall zahlreiche lautlose Diener, die sie mit Würde beobachteten.

»Dickie!« rief die Fee ungeduldig und versuchte mit einer Hand ihr Armband festzumachen ... Ich schaffe es nicht. Was macht Dickie denn? Wird er sich endlich entschließen zu kommen? Wahrscheinlich hat er Schwierigkeiten mit diesem schweren Mantel. Oder er überprüft wie immer seine Abzeichen. Also dieses Armband ist wirklich unmöglich.

Plötzlich fiel ihr Blick auf den alten, wie verloren dastehenden Fotografen.

»Oh! Sie waren die ganze Zeit hier, und ich habe Sie nicht gesehen ... Würden Sie mir bitte das Armband schließen?« fragte sie und hielt ihm ihr Handgelenk hin.

»Und das Diadem, wir müssen noch einmal überprüfen, ob es auch hält, mir scheint, daß es zu locker sitzt«, fügte sie hinzu, während der Fotograf ihrer Aufforderung nachkam. Sie kniete sich hin, und über sie gebeugt, berührte der alte Mann zögernd das schwere glänzende Schmuckstück. Einer der Diener kam herein und blieb plötzlich wie versteinert stehen. Aber mit einem schnellen Griff fing die Fee das Diadem auf.

»Es hält wirklich nicht«, sagte sie und stand wieder auf. »Wir müssen uns beeilen und es vor der Zeremonie noch mit einigen Nadeln feststecken. Für ein Foto wird es auch so gehen, oder? Wohin soll ich mich setzen? Auf diesen roten Thron da?«

Und schon breitete sie ihre langen, gleitenden Brokatfalten aus. Schritte hallten auf den Marmorplatten; in Hermelin und Samt kam der Vizekönig herein.

»Es stimmt doch, daß ich einen anständigen Vizekönig hermache?« sagte er und wandte sich majestätisch nach allen Seiten um.

»Wirklich«, antwortete die Fee seufzend. »Vor allem die Pompons«, sagte sie und zeigte auf die schweren Goldtroddeln, die seinen Mantel schlossen.

»Nein, Dickie, ich mache nur Spaß. Glänzend. Königlich.

Sie sind wie geboren für diesen Mantel. Wie finden Sie mich?«

Der Vizekönig antwortete nicht, statt dessen kniete er zu den Füßen der Fee nieder.

»Die letzten Augenblicke der Freiheit. Sie werden nie schöner sein. Wo ist der Fotograf? Schnell, mein Herr, bitte.«

Dann stellte er sich neben die Fee, einen Schritt weiter zurück, auf die letzte Stufe, und hielt ein Bein leicht gebeugt. Der Fotograf lief zu den Scheinwerfern und stellte das Licht nach dem Glanz des silbernen Kleides ein. Dann ging er feierlich auf das königliche Paar zu und legte den Mantel Falte um Falte zurecht. Noch nie hatte er zwei so junge Personen den Schmuck des Empires tragen sehen.

»Würden Euer Exzellenz sich vielleicht hinstellen?« fragte der Fotograf leise.

»Aber ich stehe doch«, entgegnete Lord Louis.

»Ich meine mit geschlossenen Beinen«, sagte der Alte stotternd.

»Damit ich wie ein Zinnsoldat aussehe? Nein!« widersprach Lord Louis.

»Aber sehen Sie ...«

»Los!« sagte der Vizekönig ungeduldig, ohne die erwünschte Position einzunehmen.

Die Fee legte graziös ihre gefalteten Hände auf die rechte Seite und wartete auf den ersten Auslöser. Der Fotograf blickte durch das Objektiv und faßte das ideale Bild der beiden jungen Herrscher ins Auge. Mit verträumten Augen, eine Hand auf den Pompons, in der anderen lässig einen weißen Handschuh und das Bein nachlässig nach hinten gestellt, sah der zwanzigste Vizekönig Indiens wie ein junger Kinostar aus.

»Jetzt sind Sie allein dran«, sagte Louis nach einigen Posen. »Machen Sie viele Bilder von ihr; die Vizekönigin verdient all Ihre Aufmerksamkeit. Edwina, Ihre Spitzen ... sie sind etwas zu weit unten.«

»So müssen sie sein,« sagte die Fee eigensinnig. »Etwas unterhalb der Befestigung des Bandes. Sie können fortfahren, wenn Sie wollen.« Die Fee mimte gekonnt ein eisiges Lächeln.

»Sind Sie jetzt fertig, mein Lieber?« murmelte sie nach einigen Minuten, ohne sich zu bewegen. »Ich bin müde. Dikkie, Sie sind dran.«

Und wirklich, plötzlich entspannten sich ihre wunderbaren Züge, ihre Schultern wölbten sich leicht, und die Fee wurde wieder zur Frau. Ihr Lächeln war verschwunden, und in dem einfallenden Licht wirkte ihre Nase etwas groß.

»Sie gehen als erster hinein«, sagte sie und nahm ihr Diadem ab.

»Nach den Garden. Sie folgen mir. Alle stehen auf. Ich gehe auf den Thron zu; Sie setzen sich hin. Ich bleibe stehen, und Sir Patrick Spens, der Generalstaatsanwalt, kommt zu mir. Sie stehen wieder auf, wenn ich den Schwur ablege.«

»Ich weiß, aber ...«

»Sie setzen sich wieder, wenn ich anfange zu sprechen. Weil ich gleich sprechen werde, wissen Sie das?« unterbrach sich Lord Louis und setzte sich auf den Thron. »Anscheinend ist das nicht üblich. Kaum entscheide ich irgend etwas, sagt man mir: Das wurde noch nie so gemacht. Na und, dann wird es eben heute so gemacht. Sie werden sehen, es ist eine hervorragende Rede. Die erste und letzte dieser Art. Ah!« sagte er und wandte sich zum Fotografen. »Sie wissen, welcher Ihr Platz während der Zeremonie ist: auf dem Podium, dort, wo auch Presse und die Kameras sind.«

»Man hat es mir ausgerichtet, Euer Exzellenz«, sagte der Fotograf ehrerbietig. »Das ist noch nie so gehandhabt worden.«

»Hören Sie Edwina? Das ist noch nie so gehandhabt worden!« rief Louis glücklich.

Aber die Fee hörte schon nicht mehr zu; sie ging hinaus und hielt das Diadem gegen die Hüfte, wie einen mit Brunnenwasser gefüllten Tonkrug.

»Ich komme hinterher!« rief er ihr nach.

Die Zeremonie würde gleich beginnen. Das Königspaar stand im Flur vor dem Eingang zur Durbar Hall; Edwina biß sich auf die Lippen, damit sie etwas röter erschienen. Lord Louis zog seine bunte Weste gerade und rückte seinen schweren Samtumhang zurecht.

Und dann nahm er plötzlich Edwinas Hand und führte sie an seine Lippen.

»Die königlichen Garden sind so groß, daß man uns nicht sehen wird, meine Zarte ...«, sagte er und stellte sich mitten unter die Soldaten, die alle Turbane trugen. »Gehen wir.«

Aus dem großen Saal klang wirres Murmeln zu ihnen herüber: Der Korridor war nicht lang, aber man mußte in kleinen, langsamen Schritten vorwärtsgehen, um den feierlichen, im Dreivierteltakt gehaltenen Marsch der unerschütterlichen Garde nicht zu stören. Als die Zuschauer sahen, daß sie eintraten, erstarrten sie.

Es blieben noch vier Stufen bis zu den beiden Thronen unter dem roten Baldachin. Lord Louis drehte sich ein wenig, um den langen Hermelinmantel auf den ersten Stufen auseinanderzufalten. Edwina ließ die schweren, glänzenden Wogen ihres elfenbeinfarbenen Brokates mit einzigartiger Grazie auf den Sitz gleiten. Ohne den Kopf zu bewegen, überflog sie mit einem Blick die Menge der Würdenträger. Unter diesen stachen besonders die Maharadschas hervor in ihrem funkelnden Königsschmuck, bedeckt mit Perlen und Federkronen und ihren zahlreichen Diamanten auf der Brust. Alle indischen Herrscher, die der britischen Krone die Treue geschworen hatten, waren zugegen. Sie waren den Ritualen treu, die das britische Empire erfunden hatte, um ihr Verlangen nach Königtum und Prunk zu befriedigen. Auch die Engländer hielten diesem ersten Blick mit ihrer gebräunten Haut und ihren blauen Augen stand. Und nicht zuletzt die Kämpfer der Kongreßpartei mit ihren weißen Käppis und ihren einfachen Anzügen. Sie sahen aus wie Vögel, oder wie jene eigenartigen grauschwarzen Kraniche, die immer auf der Lauer liegen, kühn und wachsam.

In der ersten Reihe saß Nehru mit finsterem Blick. Jinnah war nicht da.

Langsam ging der Generalstaatsanwalt auf Lord Louis

zu, der die rechte Hand hob, um den Treueeid zu schwören. In dem Augenblick, in dem die Stimme Mountbattens verstummte, widerhallten von draußen die zum Ritual gehörenden Kanonenschüsse, die die Lüster erzittern ließen und die Umgebung betäubten. Einunddreißig Salven. Dann kehrte die Ruhe, der Frieden ein.

Die Ältesten der Zuschauer bereiteten sich schon auf den Abzug des Vizekönigs vor, als Lord Louis einen Schritt nach vorn ging und seine Rede begann. Die Maharadschas, die mit der Zeremonie gut vertraut waren, sahen einander erstaunt an. Die Reporter, die sich auf ihrem hohen Podium eingerichtet hatten, brachten ihre Fotoapparate wieder in Stellung.

»Eure Exzellenzen, Majestäten, Herr Generalstaatsanwalt, meine Damen und Herren«, begann Louis sicher. »Es ist kein normales Vizekönigtum, das ich antrete …«

Die Inder des Kongresses erstaunten. Nehru legte seine Hände auf den Rücken und lächelte.

»Die Regierung Seiner Majestät hat entschieden, dem unabhängigen Indien die Macht bis spätestens Juni 1948 zu übergeben«, fuhr der junge Vizekönig fort, »und von nun an müssen neue Verfassungsgrundlagen geschaffen, die zahlreichen und komplexen Verwaltungsfragen gelöst werden; und zwar in den nächsten sechs Monaten. Jeder politische Führer Indiens spürt, wie ich glaube, die Dringlichkeit der Aufgabe, die uns erwartet. Ich hoffe, bald enge Beratungen mit Ihnen führen zu können, und ich stelle Ihnen all meine Hilfe zur Verfügung. Unterdessen muß jeder von uns sein Bestes geben, um jedes Wort und jede Tat, die zu noch größerer Bitterkeit führen und die Zahl der unschuldigen Opfer vergrößern könnten, zu vermeiden …«

Diese netten Worte müßten doch an Jinnah gerichtet sein, dachte Nehru. Er wendet sich an Jinnah, obwohl dieser abwesend ist! Und sein Blick kreuzte den Edwinas. Diese schenkte ihm ihr anmutigstes Lächeln.

»Ich habe viele indische Freunde«, fuhr der Vizekönig fort. »Manche seit fünfundzwanzig Jahren.«

Nehru war kurze Zeit unaufmerksam. Neben ihn setzte

sich eine alte, ganz außer Atem geratene Dame in knisternder Seide. Sarojini Naidu im smaragdgrünen Sari im Stil von Benares und klimperndem mogulischem Schmuck, warf der Vizekönigin ein diskretes Lächeln zu und winkte ihr.

Frau Naidu, dachte Edwina. Ist sie das? Ohne meine Brille sehe ich so schlecht ... Wie alt und dick sie geworden ist ... Nahezu plump. Man könnte meinen, sie sei ein Krieger.

»Es wäre nicht angebracht, Lord Wavell zu folgen, der so viel für ...«, sagte der Vizekönig.

Das sind also unsere romantischen Helden, dachte Sarojini, als sie das königliche Paar betrachtete. Charmanter könnten sie nicht sein. Ihr Aussehen ist perfekt, und Lady Louis sieht aus wie eine Märchengestalt. Sie sieht ihrer Mutter jetzt gar nicht mehr ähnlich; die Nase vielleicht, aber sie ist nicht so rund. Herrisch ist sie, das sieht man. Aber wirklich schön.

Plötzlich wandte sich Sarojini voll böser Ahnung zu ihrem Nachbar um. Ein verzücktes Lächeln umspielte die Lippen Nehrus, der völlig hingerissen die Vizekönigin Indiens betrachtete.

Nein, o nein. Nicht das, Jawahar ... Ich kenne diesen Ausdruck auf deinem Gesicht, ich sehe ihn ..., dachte Sarojini erschüttert und kniff Nehru fest in den Arm, um ihn aus seinem Traum zu erwecken. Aber er merkte nichts. Jetzt blickte er mit derselben Bewunderung auf den Vizekönig.

Mein Gott, er verliebt sich in beide zugleich, dachte Sarojini erleichtert. Du Unverbesserlicher, verschenkst dein Herz so leicht. Er wird sich nie ändern. Ich bin nicht mehr jung genug, habe schon zu viel erlebt. Jawahar, Vorsicht, diese beiden sind noch unsere Herren ... Vorsicht! dachte sie und konzentrierte sich mit ganzer Seele auf Nehru, der den Kopf zu ihr wandte und flüsterte: »Sind sie nicht fantastisch jung? Wir haben die historische Chance.«

Aber ja ... Du hast sie schon erobert, glaube ich. Und Jinnah hat diese Chance verpaßt, sagte sich Sarojini betrübten Herzens. Niemals wird er Nehru einholen können. Jinnah wird sich noch mehr versteifen, und es wird ein Pakistan geben …

»Ich mache mir keine Illusionen über die Schwierigkeiten meiner Aufgabe«, sprach Louis und hob die Stimme. Ich werde auf die Besten unter Ihnen angewiesen sein und verlange heute von Indien Aufgeschlossenheit und guten Willen.«

Es wurde ein wenig, wenn auch schüchtern, geklatscht, denn ein gekrönter Vizekönig mußte eigentlich stumm bleiben.

Lord Louis sah auf die Menge; vor ihm saßen seine Partner. Prinzen und Panditen, Offiziere und Kämpfer, Hindus, Moslems, Sikhs, Frauen und Männer, die wohl verstanden – verstanden sie es wirklich? –, daß sie eine solche Vorstellung niemals wieder erleben würden. Er mußte kurz an seinen alten Freund Churchill denken, der diesen Moment mit seiner konservativen Gehässigkeit verachten würde. Aber das Herz in Hochstimmung, verwischte der Vizekönig dieses Bild und warf Nehru einen Blick voll Einvernehmens zu.

Alle seine Partner waren da außer Gandhi und Jinnah. Die Maharadschas verließen, ohne eine Miene zu verziehen und mit dem majestätischen Selbstverständnis lebendiger Götter, feierlich den Saal. Die englischen Offiziere standen solange in Stellung, bis der Vizekönig sich dazu entschloß, mit der Vizekönigin an der Hand die Stufen des Thrones herunterzusteigen. Ein wirrer Menschenzug machte sich auf den Weg zu den Gärten. Aber die Mitglieder des Kongresses konnten sich noch nicht von der Bedeutsamkeit dieses Augenblickes lösen; ihre Augen verrieten eine Mischung aus Angst und Hoffnung.

»Er ist ohne Umschweife auf das Wesentliche zu sprechen gekommen!« rief Nehru. »Er ist ein stolzer Soldat mit weitem Herzen.«

»Aber Engländer«, brummte Sarojini. »Du mußt Abstand halten. Zu allen beiden. Bis du ihre Schwächen erkannt hast. Ihre vor allem; ich kenne sie schon lange. Eine sehr verführerische Person, aber ohne viel Moral …«

»Wirklich!« rief Nehru erstaunt. »Haben Sie noch mehr Klatsch zu verkünden?«

»Man munkelt, daß auf der Südsee die ganze Mannschaft eines Schoners, auf dem sie sich eingeschifft hatte ...«

»Na und! Was ist mit der Mannschaft?« unterbrach Nehru sie genervt.

»Sie und die Matrosen abwechselnd ...«, flüsterte Sarojini.

Nehru tat, als habe er nichts gehört. Wie ein halbverdurstetes Tier bahnte er sich schon seinen Weg zum königlichen Paar und versuchte, sie einzuholen.

»Aber alle Zeitungen haben doch darüber berichtet!« schrie Sarojini inmitten des Tumultes.

Die Tore öffneten sich zu den Brunnen, als das Westminster-Glockenspiel, das für alle Ewigkeit im Thronsaal eingebaut war, unerschütterlich das Ritornell der zwölf Mittagsschläge begann.

Gut! dachte Sarojini. Es sind zu viele Leute da. Ich werde nicht in dieser mit diamantenbehangenen Menge auf die Vizekönigin zurennen; ich werde ein privates Treffen abwarten. Nehru ist ein Naivling.

*Delhi, am 30. März*

Diesmal war ihr Sari seidig weiß, mit einer Borte aus Gold und Zinnober. In ihren Ohren baumelten drei Goldkugeln wild hin und her. Sarojini hatte nicht lange gewartet; schon am Tag nach der Krönung hatte sie eine Einladung vom Vizekönig und Lady Louis zu einem Empfang in den Gärten des Palastes erhalten, zu Ehren aller Delegierten der panasiatischen Konferenz und der Mitglieder der legislativen Versammlung, die über das zukünftige Schicksal Indiens entscheiden sollte.

Ein Pluspunkt, dachte sie. Nie hätte Lady Wavell sich getraut, so viele Inder auf einmal einzuladen. Bisher sind hier nur die Maharadschas empfangen worden. Gut so.

Mit ihr kamen auch die Delegationen, aber langsamen

Schrittes, als ob die Repräsentanten Asiens zögerten, Fuß auf feindliches Gebiet zu setzen.

Los! Beeilung, dachte sie. Wie wirken wir denn mit unserem schüchternen Gehabe? Man könnte ja meinen, sie hätten Angst.

Und so schnell es ging, trabte sie auf den Garten zu, den sie noch nie gesehen hatte. Auf dem Rasen waren Sonnenschirme aufgestellt worden, und hie und da Sofas; die Fontänen rauschten in den Brunnenbecken aus rotem Sandstein, und die Diener in scharlachroter Uniform und mit passendem Turban, liefen von Tisch zu Tisch und trugen große Silberplatten, bedeckt mit Süßigkeiten. Sarojini schielte auf die Mandel- und Pistazienpaste, von Silberblättern umlegt, ihre Leidenschaft.

»Es ist zwar nicht Saison dafür, aber dennoch ein weiterer Pluspunkt für diese Kleine«, dachte sie. »Wer hat sie wohl so gut beraten?«

An der Seite bereiteten die Musiker einer Kapelle ihre Instrumente vor; der Dirigent wartete mit seinem Stab in der Hand. Die Gäste verteilten sich zwischen Bäumen und Rosensträuchern, Sarojini erkannte erfreut das Asien ihrer Träume in dem Palast des Vizekönigs.

Nehru war auch da, er trug die traditionellen Pantoffeln.

»Hast du gesehen?« fragte er überwältigt. »Nicht ein Maharadscha. Sieh nur! Kein Federkranz, kein Paradespeer, kein bißchen Schmuck!«

»Doch meiner«, sagte die alte Dame und zeigte auf ihre Ohren.

Plötzlich begann die Kapelle *God Save the King* zu spielen; die Besucher erstarrten; verwirrt verstummten die Delegierten nach und nach. Das königliche Paar betrat den Garten.

Diesmal gehe ich hin, fuhr es Sarojini durch den Kopf. Schließlich bin ich ja die Präsidentin der Konferenz.

Und sie ging stolz in der Mitte der Allee voran.

Der Vizekönig, im dunklen Anzug, blieb einige Schritte weiter stehen und flüsterte seinem Presseattaché ein paar Worte zu. Die Vizekönigin in langem, blumigem Kleid, musterte die alte Inderin mit höflicher Gleichgültigkeit.

Mein Gott …, dachte Sarojini wütend. Sie ignoriert mich! Die Tochter von Maudie zeigt mir die kalte Schulter.

»Mrs. President, Seien Sie willkommen«, begann der Vizekönig mit breitem Lächeln. »Ich bin besonders erfreut darüber, daß unser erster Empfang den Delegierten Ihrer Konferenz gilt.«

»Danke, Euer Exzellenz«, murmelte Sarojini und sah Edwina von der Seite an. »Ich glaube, die Vizekönigin erkennt mich nicht wieder«, fügte sie zerknirscht hinzu.

»Edwina, meine Liebe, das ist Mrs. Naidu«, sagte Lord Louis und schob seine Frau nach vorn.

Die Augen Edwinas weiteten sich; ein Lächeln erschien auf ihren Lippen, und sie breitete die Arme aus.

»Mrs. Sarojini, mein Gott …«, sagte sie und küßte sie.

»Sie haben mich also nicht gesehen?« fragte die alte Dame mißtrauisch.

»Sie dürfen mir das nicht übelnehmen«, flüsterte ihr Edwina ins Ohr. »Ohne meine Brille erkenne ich niemanden … Ich bin so kurzsichtig!«

Der Zorn Sarojinis schmolz sofort dahin; sie sah die Vizekönigin gerührt an. Von nahem hatte Edwina denselben verlorenen Blick wie Maudie.

»Jetzt finde ich Ihre Mutter in Ihnen wieder, mein liebes Kind. Sie wissen doch, wie sehr ich sie geliebt habe, oder?«

»Ja, Mrs. Naidu, ich habe es nicht vergessen«, sagte Edwina. »Aber es ist so lange her.«

»Und Sie werden unsere letzte Vizekönigin sein; ich bin zufrieden. Sagen Sie, meine Liebe, wessen Idee war es denn, so viele der Unsrigen einzuladen? Alle diese Rebellen in Ihrem Garten …«

»Es war meine«, antwortete Edwina lebhaft. In einem Jahr wird dieser Palast Ihnen gehören. Warum warten?«

»Ah!« seufzte Sarojini und hörte ihr Herz höher schlagen.

»Ich habe schon angeordnet, daß man immer ebenso viele Inder wie Engländer einlädt«, fuhr Edwina fort.

»Wirklich, das ist gut«, wiederholte Sarojini und vergaß ihre Vorbehalte. »Aber Ihre Landsleute werden sich ärgern.

Es gibt noch so viele Orte, an denen immer noch das furchtbare Schild ›Für Eingeborene verboten‹ hängt ...«

»Na, Pech für diese britischen Personen!« rief Edwina. »Diese Rasen werden von jetzt an Indien gehören ... Und ich habe auch beschlossen, sparsamer zu essen. Wir können uns doch nicht vollstopfen, wenn dieses Land an Hunger stirbt!«

Die Kapelle spielte nostalgische Walzer; die indischen Gäste hatten es endlich gewagt, sich auf die Gartenstühle zu setzen, knabberten Süßigkeiten und unterhielten sich leise wie brave Kinder.

»Sehen Sie sie an«, murmelte Sarojini mit Tränen in den Augen. »Keiner von ihnen war jemals hier. Und viele kommen gerade aus dem Gefängnis ... Das ist ein schöner Tag, mein Kind.«

## *Ein Chamäleon namens Gandhi*

*Delhi, am 31. März 1947*

Edwina blickte lange prüfend über die Terrasse. Die Fotografien des Königs und der Königin auf dem kleinen runden Tisch am Eingang, die ihrer beiden Töchter, die Bibel auf dem Tisch, die Blumen in den Vasen – Gott sei Dank gab es noch einige Knospen an den Rosensträuchern des Palastgartens –, die Deckchen auf den Platten, die überflüssigen Pistazienpasteten mit Silberblättern umwickelt, das Kardamom auf einem Teller, einige Stücke Betel ... Ihre Informationen waren widersprüchlich. Dem ersten Haushofmeister zufolge aß Gandhi gerne Betel, Nehru zufolge niemals. Edwina streckte die Hand aus, nahm die kleinen pudrigen Stückchen, legte sie wieder hin.

»Gut, ich lasse sie liegen. Man wird schon sehen«, sagte sie und warf noch einen Blick rundherum. »Der alte Mann wird es sowieso machen, wie er will.«

Sie setze sich und klopfte ihren Rock ab. Die Dekoration war fertig. Ihr kam plötzlich etwas Unerhörtes in den Sinn:

ihr Chamäleon! Das kleine vertraute Tier mit den hervortretenden, sanften Augen, das sie bei einer Zwischenlandung auf einem asiatischen Markt gefunden und das sie ohne Bedenken Gandhi getauft hatte, mein Gott … Wie könnte sie dem Blick des Mahatmas begegnen, ohne an das Chamäleon zu denken?

Sie seufzte tief und dachte angespannt an die berühmten Fotografien des alten Mannes. Wie er im Distrikt von Noakhali marschierte, den Stock in der Hand und mit über der Schulter wehendem Schal. Wie er sich 1931 am Strand von Oman beugte, um eine Hand Salz aufzuheben. Damit verletzte er das englische Gesetz, das die Förderung allein den Briten vorbehielt. Und mit dieser einfachen Geste hatte er das Signal für die größte Widerstandsbewegung gegeben, gegen die das britische Empire je hatte kämpfen müssen. Einige Monate später hatte er schüchtern, aber mit sicherem Blick unter den britischen Würdenträgern während der Londoner Konferenz gesessen? Oder laut lachend, mit schiefem Mund. Dann während des englischen Winters nur im Schurz und zitternd vor Kälte, mit nackten Beinen, als er in Begleitung seines weißen Schafes durch die Arbeitervororte von Birmingham zog. Wie er sein Spinnrad drehte, die Beine zur Seite und den kahlen Kopf über das Weberschiffchen gebeugt, mit dem winzigen Schatten eines Schnurrbarts über den Lippen. Gegen das nicht aus dem Sinn zu verbannende Bild des lieblichen Reptils mit der schuppigen Haut, der Stock, der Schal, die mit Eisen gerahmte Brille, das berühmte zahnlose Lächeln … Die Zartheit. Die Größe. Die Frauen an seiner Seite, sanfte und zarte Mütter in Seidenschleiern … Das paßte.

Als sie sich in diese ihr noch unbekannte Welt hineinversetzte und in Gedanken an den Mahatma versunken war, ging sie schnell nach draußen, durch die langen Korridore, durch die leise die Bearer in rotgoldener Uniform glitten. Ein riesiger Gardeoffizier stieß, ohne mit der Wimper zu zucken, seine Hellebarde auf den Marmorboden, Lord Louis kam von der anderen Seite auf sie zu.

»Bei allem Respekt, Darling, den *Namasté,* Sie wissen,

den indischen Gruß mit gefalteten Händen, vergessen Sie ihn nicht«, flüsterte er ihr ins Ohr. »Er ist da.«

Am Fuße der Stufen, neben der Limousine des Vizekönigs, die ihn zum Palast gebracht hatte, sah der alte Mann sie wegen der Sonne mit blinzelnden Augen an. Ein kleiner Greis, kahlköpfig und mager, gehüllt in einen weißen Schal, mit nackten Beinen und einem Stock. Er stützte sich auf die Schulter eines jungen Mädchens, die dieselbe Brille trug wie er. Genau wie auf den Fotos. Edwina begann zu zittern.

»Aber man muß ihm helfen, er wird es nie schaffen, hinaufzukommen, er ist so schwach und zerbrechlich ...«, dachte sie und lief die Treppe in großen Sprüngen hinab.

Aber der Mahatma erklomm die Treppe bereits mit festem Schritt, die Hand hatte er noch immer auf die Schulter seiner Enkelin gelegt. Mit spontaner Geste hielt Edwina ihm die Hände hin, denen der Mahatma mit einem Lächeln auswich.

»Euer Exzellenz, erlauben Sie mir, Ihnen Ehre zu erweisen«, sagte er mit kindlicher Stimme, und seine Brille glänzte in der Sonne. »Noch einige Stufen, und ich werde auf Ihrer Höhe sein«, fügte er lächelnd hinzu.

Der *Namasté*! Sie hatte den *Namasté* vergessen! Sie erstarrte vor Scham. Edwina faltete schnell die Hände und wartete auf den alten Mann, der immer noch lächelte. Als er bei ihr war, faltete auch er die Hände und murmelte schnell: »*Namasté*, namasté Euer Exzellenz. Seien Sie willkommen in meinem Land.« Und dann tauchte er seinen strahlenden Blick in Edwinas Augen.

Der Schatten eines Chamäleons huschte im Gedächtnis der Vizekönigin vorbei und verschwand.

Lord Louis ging ebenfalls hinunter, und der alte Mann wandte sich ihm feierlich zu, ohne seine Haltung zu verändern.

»Erlauben Sie mir, den letzten Vizekönig Indiens zu begrüßen, Euer Exzellenz. Der letzte, aber der Kühnste«, fuhr er lächelnd fort.

»Kommen Sie, Sir«, sagte der Vizekönig respektvoll. Die Hitze ist extrem, es ist besser, wir gehen hinein.«

»Oh! Euer Exzellenz!« sagte er schelmisch. »Ich kenne diese Treppe auswendig, und als ich sie zum erstenmal hinanstieg, war Ihr damaliger Vorgänger bei weitem nicht so freundlich wie Sie ...

Ich möchte Ihnen dafür danken, daß Sie mir vorgeschlagen haben, mit dem Flugzeug zurückzukehren. Ich reise dritter Klasse, seit ich nach Indien zurückgekehrt bin. Seit 1915.«

Plötzlich geriet er ins Schwanken. Edwina sprang sofort herbei und hielt ihn am Arm fest.

»Danke, Madam. Ich hatte vergessen, wie groß diese Treppe ist. Aber schließlich bin ich von dem vorherigen Vizekönig nicht empfangen worden, und ich war dreißig Jahre jünger, als ich diese Stufen kennenlernte ...«, sprach die alte, heitere Stimme.

»Der Tee wartet auf uns, Bapuji«, sagte sie langsam.

»Aber ich habe noch nie so eine charmante Vizekönigin gesehen«, sagte Gandhi und sah sie aufmerksam an. »Wer hat Ihnen gesagt, daß man mich so nennt?«

»Der Vizepremierminister«, antwortete Edwina und errötete wie ein junges Mädchen.

»Er wird sich nie ändern. Mr. Nehru ist das Juwel Indiens, Euer Hoheit, das Juwel Indiens. Ich will Sie nicht warten lassen. Ah! Ich habe Ihnen meine Enkelin Manu nicht vorgestellt. Darf sie im Garten spazierengehen?«

»Selbstverständlich«, antwortete Louis eifrig.

Aber Manu senkte die Augen und bewegte sich nicht.

»Der Garten gehört Ihnen«, ermunterte Louis sie, während er sich der Kleinen zuwandte. »Der Palast auch. Alles das gehört Ihnen; wir sind nur die Aktionäre. Wir sind nur hergekommen, um es Euch wiederzugeben«, fügte er lächelnd hinzu.

»Das ist gut«, murmelte der Mahatma. »Geh, Manu. Geh in den Garten Indiens.«

Die letzten Stufen stieg er in einem beeindruckenden Tempo hinan. Aus der Nähe war er groß und kräftig, aber seine starke Erschöpfung konnte er nicht verbergen. Als er den Vorplatz mit den Säulen erreicht hatte, sah er Edwina so strahlend an, daß sie innehielt. Die Zeit auch. Und dann lächelte der Mahatma ihr zu, ging schneller und senkte den Kopf, um den Zauber zu brechen. Der Palast interessierte ihn nicht.

Als sie auf der Terrasse angelangt waren, setzte sich Gandhi vorsichtig auf den Rand eines Korbsessels, ohne sich anzulehnen. Der Bearer reichte das Tablett.

»Tee«, sagte er zurückhaltend. »Ausgezeichneter Tee! Vielleicht auch etwas Wasser?«

Edwina hatte nicht an Wasser gedacht.

»Ich werde meine Lippen hineintunken«, fügte er nach kurzem Schweigen hinzu, »um Ihre Ankunft zu feiern.«

Wie vorherzusehen war, lehnte er die Kekse ab und nahm auch nichts von dem Betel. Aber aus einer Baumwolltasche zog er vorsichtig eine kleine Schale aus Messing, der man die Spuren der Jahre ansah, eine alte, mit einem Draht dürftig ausgebesserte Gabel und einen geschlossenen Topf, den er öffnete.

»Entschuldigen Sie meine Schamlosigkeit, Madam«, brummte er mit verstohlenem Blick. »Diese Leckereien hier sind gewiß exquisit ausgesucht, aber ich ziehe meine Gewohnheiten und meinen Yoghurt vor, ein Geschenk unserer Mutter, der Kuh. Man ißt immer zuviel«, fügte er bedauernd hinzu.

Dann goß er den Yoghurt in die Schale, benutzte dabei geschickt die Gabel und verzehrte genüßlich und ruhig die klumpige weiße Masse.

»Die Schale habe ich noch von meinen Gefängnisaufenthalten in Südafrika«, sagte er. »Möchten Sie ein bißchen von meinem Dahi?« fügte er hinzu und hielt ihnen seine Schale hin.

Mit einer diskreten Geste der Abneigung lehnte Lord Louis ab. Aber Edwina nahm sich einen Silberlöffel und tunkte ihn in die Schale des Mahatmas. Es schmeckte bitter und frisch, leicht cremig und roch stark nach saurer Milch.

»Schmeckt er Ihnen?« fragte der alte Mann leicht ironisch.

»Aber ja«, sagte Edwina höflich. »Er ist hervorragend.«

»Gehen Sie in die Dörfer, dort werden Sie ihn überall finden«, rief er beglückt.

Fasziniert merkte sich Edwina jede Einzelheit der Komödie und wunderte sich, wie nebensächlich das alles war. Was bedeutete schon Betel oder Yoghurt? Mit dem Mahatma war die Herrlichkeit in ihr Leben getreten. Als Gandhi seine Vesper aufgegessen hatte, wischte er sich sorgfältig die Lippen ab und seufzte.

»Eure Hoheit ist sicherlich informiert über den schweren Konflikt zwischen dem Kongreß und der Liga. Es muß alles getan werden, um sie zu versöhnen«, begann er.

»Ich weiß, welchen Mut Sie in Nokhali bewiesen haben, Sir. Ihre Aktion in den Dörfern beweist auf beeindruckende Weise den Nutzen der Gewaltlosigkeit ... Das ist Grund genug für den schönen Namen Große Seele, bei dem Ihre Landsleute Sie schon lange rufen«, sagte Lord Louis und verneigte sich leicht.

Der alte Mann entfaltete seine langen Hände und hob die Hand.

»Die Gewaltlosigkeit, Euer Hoheit ... Die Parteien beginnen sie zu vergessen. Meine Freunde im Kongreß scheinen von dem langen Kampf erschöpft zu sein; die letzten Jahre haben sie ungeduldig gemacht. Ich erwarte von Ihnen eine politische Lösung.«

»Und was kann London tun, Sir?« sagte Lord Louis.

»Oh! Nicht in London entscheidet sich das Schicksal Indiens, Euer Hoheit, sondern hier in Delhi. Ich glaube zu wissen, daß Mr. Attlee Ihnen freie Fahrt gegeben hat, solange Sie Indien bis zum Juni des nächsten Jahres zur Freiheit führen, nicht wahr? Haben Sie nicht alle Vollmachten?«

»Das ist richtig, Sir. Aber ich sehe nicht, wie man hier eingreifen soll, zwischen den Moslems und den anderen«, antwortete der Vizekönig vorsichtig.

Die Brille Gandhis blitzte, und seine feinen Hände begannen zu zittern. Er hielt lange den Kopf gesenkt, und als er ihn wieder hob, waren seine glänzenden Augen naß vor Tränen.

»Euer Hoheit, so viele meiner Kinder sind in Kalkutta

gestorben. So viele Moslems sind in Bengalen massakriert worden; in Bihar sind so viele Frauen bei lebendigem Leibe in die Brunnen geworfen worden … Ich habe viele meiner Brüder voller Haß gesehen, und das wird sich nicht ändern, wenn man sich keine Mühe gibt, sie zu versöhnen … Es muß ein Einverständnis gefunden werden.«

»Sie kennen Mr. Jinnah besser als ich, Sir«, entgegnete Louis reserviert.

»Sicherlich!« seufzte Gandhi, »seit mehr als dreißig Jahren. Er ist ein unzähmbarer, scharfsinniger Mensch und von bemerkenswerter Sturheit. Er hat die Tapferkeit der ermordeten Seelen, ich verstehe ihn gut …«

»Aber er will sich nicht an der Regierungskoalition beteiligen. Er lehnt jeglichen Kompromiß mit dem Kongreß ab. Das wissen Sie.«

»Mr. Jinnah hat seinen Stolz, Euer Hoheit. Aber ich weiß, wie man ihn entwaffnen kann. Er muß Premierminister der indischen Regierung werden«, sagte Gandhi und sprach dabei deutlich jedes einzelne seiner Worte aus.

»Jinnah?« fragte Mountbatten erstaunt.

»Mohammed Ali Jinnah, ja«, insistierte der Mahatma.

»Mr. Nehru wird das nie akzeptieren«, murmelte Lord Louis.

»Ich werde ihn überzeugen«, sagte der Mahatma mit sanfter Stimme. »Er muß einwilligen, sonst ist Indien verloren. Verloren, Euer Hoheit! Die Liga wird von neuem für ihr Pakistan kämpfen, mit der Zeit werden Sie nachgeben und …«

Der alte Mann bedeckte mit einer Hand die Augen.

»Dann werden es nicht mehr Tausende von Toten sein, sondern Millionen, Euer Exzellenz. Millionen!«

»Sind Sie sicher?« fragte Edwina schüchtern.

»Madam, in jedem indischen Dorf werden Sie einen Tempel und am anderen Ende der Straße eine Moschee finden. Wie wollen Sie mein Land teilen? Wie wollen Sie die sechshunderttausend indischen Dörfer teilen? Können Sie sich vorstellen, daß man alle Moslems zusammenführt, indem man sie weit weg von ihrem Heimatort deportiert? Seit

Jahrhunderten leben sie mit den Hindus, ihren Brüdern, zusammen; es gibt keinen Grund, warum sie sich plötzlich hassen sollten! Es sei denn, man bringt sie dazu!«

»Aber sie töten sich doch gegenseitig im ganzen Land, Sir«, wandte Lord Louis ein. Nicht nur in Bengalen und Bihar. Ich habe auf meinem Tisch entsetzliche Berichte gefunden; es scheint so, als ob in jeder Stadt und in jedem Dorf die Hindus die Moslems töten und die Moslems die Hindus massakrieren. Sehen Sie, in Lucknow, in Rajkot, Ihrem Heimatland, in Jaipur und in Bihar geht es auch weiter ...«

Als Gandhi ›Bihar‹ hörte, reckte er die Arme zum Himmel.

»In Bihar, natürlich, armes Bihar ... Aber nicht im Süden! Nicht überall! Noch schlimmer wäre es, unsere Mutter Indien zu teilen«, murmelte der alte Mann bedrückt. »Man muß alles tun, um dieses Unglück zu vermeiden. All India, ganz Indien, ganz Indien muß frei sein und nicht nur drei blutige Teile desselben Körpers. Sollte ich etwa mein ganzes Leben für ein kaputtes Land gekämpft haben, das von beiden Seiten und in der Mitte amputiert ist? Begehen Sie dieses Verbrechen nicht! Öffnen Sie nicht die Tür zur Gewalt!«

»Werden Sie uns helfen?« fragte Edwina ängstlich.

»Madam, ich kann ohne die Unterstützung Englands gar nichts tun«, sagte der alte Mahatma. »Ich habe fast alle Ihre Vorgänger mit loyalen Mitteln bekämpft, ich habe mein Leben für die Freiheit gegeben, und heute bin ich bereit, um die Hilfe des letzten Vizekönigs des Empire zu bitten. Ist das nicht unglaublich? Ich schäme mich nicht einmal. Sie werden mir helfen«, sagte er und sah Edwina an.

»Ich? Aber wie?« fragte sie sich verwundert.

»Frauen können solche Dinge. Man muß jede Wurzel der Gewalt ausreißen. Jede Wurzel, jeden Tag, unablässig. Es gibt keine Unvermeidbarkeit; und wenn man sich unbewaffnet in die Dörfer begibt, mit ausgestreckten Händen, dann gewinnt man den Kampf. Denn es ist ein Kampf! Mit dem Wort und der Hilfe Gottes wirkt man Wunder; man braucht nur Zeit ... Und Ihre Regierung läßt uns keine, Euer Exzellenz«, sagte er ärgerlich und wandte sich Lord Louis zu. »Gewinnen Sie Zeit für uns ... Lassen Sie mich Nehru überzeugen.«

»Das Juwel Indiens, sagten Sie ...«, sagte Lord Louis. »Warum nennen Sie ihn so?«

»Es ist nicht nur wegen seines Vornamens«, erklärte Gandhi, »denn Jawahar bedeutet ja Juwel, Euer Exzellenz, wie Sie sicherlich wissen ... Es ist, weil er der Nobelste ist. Der Mutigste. Der Intelligenteste, oh, wie intelligent er ist. Aber ...«, der alte Mann sprach nicht zu Ende.

»Aber?« fragte Edwina eindringlich.

»Aber, Madam, Mr. Jinnah und er sind zu stolz. Sehen Sie, Nehru hätte niemals beim Vizekönig um Hilfe gebeten. Ich tue es. Ich fühle mich nicht nur als Hindu. Alle, die Inder, die Moslems, Parsis, Sikhs, Jainas, Christen, Juden, alle sind sie meine Kinder ... Vor allem die Moslems!«

Der alte Mann neigte den Kopf.

»Sie sind so arm. So mittellos. Eine solche Übermacht, die ihnen gegenübersteht, das wäre ein Massaker!« sagte er und sah Mountbatten durchdringend an.

»Ich werde Mr. Jinnah so schnell wie möglich sprechen«, antwortete der Vizekönig sogleich.

»Er ist ein Mann, der viel gelitten hat, Euer Exzellenz, vergessen Sie das nicht ... Vor allem dürfen Sie ihn nicht demütigen«, murmelte der alte Mann.

»Können Sie in mein Büro kommen?« fragte Lord Louis. »Sie sind der Einigungsfaden, der die einen mit den anderen verbindet. Wir werden uns um den Tisch setzen und arbeiten.«

»Glauben Sie an Gewaltlosigkeit, Eure Exzellenz?« fragte der alte Mann plötzlich.

Lord Louis zögerte. Aber man konnte den Mahatma nicht belügen.

»Ich bin Soldat, Sir, Sie wissen das. Nein, ich glaube nicht an Gewaltlosigkeit. Sie war jedenfalls nicht das geeignete Mittel, mit Hitler fertig zu werden!«

»Das wundert mich nicht«, sagte Gandhi lachend. »Und glauben Sie an Gott?«

»Ja!« antwortete Lord Louis mit fester Stimme. »Ich glaube auch an die Befehle meines Gewissens, das mir mein Handeln diktiert.«

»Lassen Sie uns bald mit der Unterredung beginnen, Sir«, sagte Gandhi und stand auf.

Er ging drei Schritte und wartete, bis Edwina auch aufgestanden war. Und dann stellte er sich ganz so, als wäre es immer so gewesen, hinter sie, stützte sich auf ihre Schulter, und ohne ein Wort zu verlieren, trottete er neben Edwina durch die geräumigen Korridore, während die Garden ihre Waffen präsentierten.

Als er im Büro Dickies verschwunden war, überkam Edwina plötzlich eine tiefe Einsamkeit. Sie erblickte die kleine Manu, die bedächtig durch die Parkanlagen ging, diskret gefolgt von einem Diener in roter Uniform. Wie hatte man nur auf den Gedanken kommen können, daß der Mahatma dieses Kind mißbrauchte, nachts, wenn sie nebeneinander schliefen? Wer unter den Indern hatte ein so schändliches Herz, sich so etwas auszudenken? Die Kleine wandte den Kopf und schaute zum Palast herüber; in ihrem ernsten Gesicht war kein Ausdruck fröhlicher Jugend zu sehen.

Sie geht spazieren, aber sie läuft nicht, dachte Edwina. Gott weiß, was diese traurigen Augen in Noakhali gesehen haben. So jung, und schon muß sie sich ganz ihrem berühmten Großvater widmen …

Und plötzlich merkte sie, wie in ihre Hüften der Dämon des Tanzes stieg. Der alte Dämon, der schon seit so vielen Jahren schlief, da, genau da, als der Mahatma …

»Nein, der alte Mann täuscht sich, ich bin nicht geschaffen für eine Heilsmission«, sagte sie laut. »Ich, ihm helfen? Ich will ihm gerne meine Schulter reichen, aber umherlaufen und, wie er sagte, jede einzelne Wurzel des Hasses herausziehen? Hält er mich für eine dieser verrückten Engländerinnen im Sari, die Keuschheit geloben?«

Sie tanzte eine Pirouette und ließ sich auf einem Schaukelstuhl nieder: Es war zu heiß. Gandhi hatte keine einzige Falte. Soll die Sonne sie ruhig verbrennen. Man mußte versuchen zu widerstehen, um zu erkennen; nicht schummeln.

Wie machten das die Millionen von Inderinnen bloß jeden Tag? Es ist nicht gerecht, dachte sie. Ich kann immer hineingehen, wenn ich will. Wann ich will, in meinen Palast, ins Kalte. Wann ich will …

Ein leises Geräusch weckte sie aus ihrer Benommenheit. Manu lief herbei und heftete ihren Blick auf den Mahatma, der sich zum Gehen bereitmachte. Die erste Unterredung war beendet.

»Erlauben Sie mir, mich zu verabschieden«, sagte er und faltete die Hände. »Es ist Zeit zu beten. Man erwartet mich … Meine Kinder warten auf mich. Und Gott«, fügte er hinzu und lächelte wieder. »Wollen Sie mir noch ein wenig behilflich sein, Madam?« fragte er und wandte sich Edwina zu.

Ohne eine Antwort abzuwarten, streckte er den Arm aus und legte ihn wieder auf Edwinas Schulter, als wäre es eine alte Gewohnheit.

»Bapuji, oder? Es ist eine gute Idee, mich so zu nennen«, sagte er mit seiner Kinderstimme. »Euer Hoheit wird, wie ich annehme, mein Land bereisen? Erlauben Sie mir, Ihnen vorzuschlagen, mit den Dörfern zu beginnen. Irgendeinem Dorf. Dort werden Sie die Seele Indiens finden.«

Als der Mahatma unten an der Treppe angelangt war, legte er eine Hand an die Stirn und mit der anderen winkte er zum Abschied. Der Diener, der die Tür zur Limousine weit geöffnet hielt, konnte sich den militärischen Gruß nicht verkneifen; darauf faltete der Mahatma feierlich die Hände und grüßte mit solch einer Würde, als wäre er ein König.

## *Das Dorf der Vizekönigin*

*Delhi, am 1. April 1947*

»Ein Dorf«, murmelte Edwina. »Er hat recht. Ich bin schon durch viele gefahren, wenn ich hier war, aber ich habe mir noch nie eins angesehen. Wo finde ich ein Dorf? Ach! Ich brauche nur ein Auto und muß die Stadt verlassen.«

Sie nahm ein weißes Kleid, zögerte, hängte es wieder in den Schrank und entschied sich für ein sandfarbenes. Sandalen mit Riemen und Absätzen, eine Umhängetasche, sie war bereit. Sie ging zum Privatsekretär und richtete ihm kurz aus, daß sie spazierenfahre, und machte sich so schnell davon, daß er gar nicht erst die Zeit hatte, nach ihrem Ziel zu fragen. In Wirklichkeit wußte sie es auch selbst nicht. Dem Chauffeur warf sie ein Wort zu, das sie zufällig auf der Landkarte gesehen hatte: ›Gurgaon‹.

Kaum war man aus der Stadt heraus, da tauchten die Zelte aus khakifarbenem Stoff auf und Familien, die am Straßenrand saßen: Die Wäsche trocknete an den Ästen der Bäume, und auf den Öfen wurden angeschwärzte Töpfe erhitzt. Kauernde Soldaten beobachteten sie von ferne. Die Mütter seiften ihre kleinen Kinder ein, die Männer hockten auf dem Boden und guckten mit hohlem Blick auf die Straße; hier und da sah man ein Mädchen, das mit geschickten Bewegungen ihren Zopf einölte. Einige Kinder streiften mit ihren Ziegen umher, und kleine schwarze Schweine liefen schnüffelnd um sie herum. Die Frauen trugen rote Röcke mit silbernen Punkten bestickt und zitronenfarbige Schleier. Die Männer hatten riesige rosafarbene Turbane auf dem Kopf. Mit ihren aufgezwirbelten Schnurrbärten und den funkelnden Augen strahlten diese Bauern eine unnahbare Würde aus.

Wieviel Schönheit, dachte Edwina. Mein Gott, wie kann ich nur so denken? Sie sind so elend. Alle Memsahibs von Britisch-Indien müssen die gleiche erschrockene Scham empfunden haben …

»Wer sind diese Leute?« fragte Edwina mit erstickter Stimme.

»Diese da kommen aus Rajasthan, Eure Hoheit.«

»Woher wissen Sie das?«

»Man kann es an den Röcken ihrer Frauen erkennen und an den Turbanen. Dieses Jahr werden sie immer zahlreicher; sie kommen aus der Wüste Thar. Sie fühlen sich in der Hauptstadt sicherer, und außerdem ist zu dieser Jahreszeit die Ernte schon vorbei. Auf dem Lande gibt es nichts zu tun; dann kommen sie, um in der Stadt zu arbeiten, bis zum Monsun.«

»Kommen Sie auch von dort?«

»Ich komme aus dem Pandschab, Euer Hoheit«, verkündete der Chauffeur stolz. »Aus Ludhiana.«

»Dann sind Sie ein Sikh?«

Der Chauffeur antwortete nicht.

»Sie sind ein Sikh, oder?« insistierte Edwina sicher.

»Euer Hoheit, ich bin Hindu. Nicht alle Pandschabis sind Sikhs ...«

Edwina biß sich auf die Lippen. Sie würde es nie lernen.

»Gurgaon, Euer Hoheit«, sagte der Chauffeur und bremste.

Aber Gurgaon war mit seinen kolonialen Gebäuden und Stacheldrähten schon kein Dorf mehr, sondern ein größerer Ort.

»Fahren Sie weiter! Wir müssen Gurgaon durchqueren.«

Der Fahrer drehte das Lenkrad und fand den Weg durch einen riesigen Wagen mit einer stark geblähten Plane versperrt, der von einem Gespann weißer Ochsen gezogen wurde. Aus der Richtung kam ein Kamel, das vor eine Kutsche gespannt war, und diese wurde wiederum von einer Schafsherde eingekesselt, die ein kleiner Junge vergeblich zusammenzutreiben suchte. Der Chauffeur drückte auf die Hupe und ließ sie nicht mehr los.

»Mein Gott, da können Sie nichts machen«, sagte Edwina entmutigt.

»Nur einen kleinen Augenblick, Euer Hoheit«, sagte der Chauffeur ruhig. Plötzlich fuhr das Gespann an den Straßenrand, das Kamel trat würdevoll zur Seite, die Herde verschwand, und es war genug Platz, um durchzufahren. Die Straße war frei.

»Und jetzt, Euer Hoheit?« fragte der Chauffeur respektvoll.

»Ich möchte gern ein Dorf sehen«, sagte Edwina schüchtern. »Irgendein Dorf.«

Der Chauffeur bog sogleich von der Straße ab und fuhr

entschlossen auf einen sandigen Weg; von allen Seiten geschüttelt, erkannte Edwina von weitem einen See, hohe Bäume, eine kleine Hütte und hinter einer Kurve einen Weiler. Der Chauffeur hielt das Auto an dem See an. Edwina stieg aus.

Zwischen den blühenden Seerosen ragten die Köpfe der Büffel heraus, ihre Augen kniffen sie wegen der Sonne zu und streckten die Mäuler aus dem glatten Wasser. Die Kühe, die um den See herumstanden, warteten, bis sie an der Reihe waren, ein grauer Vogel saß auf den Rücken einer Kuh; Krähen pickten an ihren Krallen. Es war so ein ruhiger Ort, daß Edwina sich der Welt entrückt fühlte. Einige Kilometer von der Hauptstadt des Empire entfernt, nur zwei Schritte von einem überfüllten Ort befand sich dieser paradiesische See, in dem Büffel badeten.

Sie ging einige Schritte und kam zu den Brunnen, an denen die Frauen mit ihren Messingkrügen auf dem Kopf und bis zu den Hüften hochgerafften Röcken standen und schwatzten. Als sie Edwina erblickten, verstummten sie und bedeckten ruhig mit den Zipfeln ihrer Schleier das Gesicht, so daß nur noch ein Auge zu sehen war. Edwina blieb stehen. Sie musterten sich gegenseitig. Ein nackter Junge machte sich von der Frauengruppe los, lief auf Edwina zu und sah sie neugierig an; dann zog er an dem Riemen ihrer Tasche, riß sie schnell von der Schulter der Memsahib und rannte mit seiner Trophäe davon. Die Frauen begannen zu schreien, und eine von ihnen, ein junges Mädchen in einem staubigweißen Sari, lief dem Kleinen hinterher. Edwina tat einen Schritt, und die Frauen kamen näher. Sie sprachen alle durcheinander, wiesen mit dem Finger auf eine kleine Straße, ab und zu lüfteten sie ihre Schleier und zeigten ihre Augen und ihr schüchternes Lachen. Sie sprachen immer wieder ein Wort, ›Angrez, Angrez‹, das das Lächeln auf ihren Lippen verschwinden ließ. Wenig später luden sie Edwina mit großen Gesten ins Dorf ein.

Aber sie traten nicht in eine jener Hütten, die die Häuser flankierten und deren Mauern so aussahen, als seien sie aus

Blüten dunkler Erde und zerhacktem Stroh. Sie gingen auf einen winzigkleinen weißgekalkten Tempel zu. Davor flatterte ein Fähnchen aus roter Baumwolle an einem Mast aus Bambus; gleich hinter dem Mast war ein Emblem aus Eisen aufgestellt, eine Art Lilie mit drei Blüten. Ein hohes Bett auf vier Beinen und mit einer Bespannung aus geflochtenen Riemen diente gleichzeitig als Stuhl, Salon und Thron. An seinen Holzfüßen schlief ein gelblicher Hund, dessen weißer Bauch unter dem Ansturm der Fliegen erzitterte.

Wie durch ein Wunder erschien auf einem Ledertablett der Tee in Tonschalen. Edwina zögerte. Abgekochtes Wasser, gefiltert? Nein. Aber ablehnen ...? Sie drehte und drehte die rote Schale zwischen ihren Fingern. Die Frauen ermutigten sie lächelnd. Der Mahatma hatte gesagt ... Plötzlich überwand Edwina ihre Angst und ihre Bedenken und führte die Tasse an die Lippen. Der Tee, so süß, mit Milch verrührt und dem leichten Beigeschmack von Tonerde, war ein Getränk, das gut zu diesem Dorf paßte. Die Frauen fingen wieder an, glücklich zu schnattern, und ihre unverständlichen Worten versprühten Freude über dieses Ereignis.

Edwina aber konnte den Inhalt ihres Gespräches nicht verstehen und bewunderte deshalb die silbernen Sterne, die auf die Baumwollschleier aufgestickt waren, die verzierten Leibchen und die schweren Armbänder aus rotgefärbtem Elfenbein, die sie am Handgelenk trugen; eine von ihnen merkte, daß Edwina sie ansah, streifte ihren Schmuck vom Arm und hielt ihn Edwina hin. Die Hand der weißen Frau paßte nicht durch den Armreif. Die Dorfbewohnerinnen prusteten vor Lachen: Die Besitzerin des Reifs wollte Edwinas Hand hineinpressen, aber vergebens. Edwina gab das Armband geschlagen zurück. Eine alte Dame in Weiß nahm plötzlich einen mahnenden Gesichtsausdruck an, der tiefe Mißbilligung verriet; die Frauen zuckten enttäuscht mit den Achseln, hörten dann aber nach und nach mit dem Spielchen auf.

Auf dem palmengesäumten Sträßchen war plötzlich eine Frau zu sehen, die das Geschehen von weitem beobachtete, ohne näherzukommen. Ihr Gesicht war verschleiert, und in der Hand hielt sie einen Krug.

Edwina lächelte und winkte ihr freundlich zu.

Die Dorfbewohnerinnen fingen an zu schreien, als ob der Schatten mit dem unbekannten Gesicht sich irgendwie schuldig gemacht hätte. Eine schlechte Frau? Eine Prostituierte? Edwina dachte an Magdalena aus der Bibel. Sie stand auf und wollte auf sie zugehen; aber der Schatten floh laufend davon und verschwand. Die Bäuerinnen beruhigten sich; nur ihre wütenden Blicke verrieten noch ihren Zorn.

Der Chauffeur beobachtete sie von weitem. Edwina machte ihm ein Zeichen, um ihn auch zu dem Fest einzuladen, aber er schüttelte ablehnend den Kopf.

Sie mußte in alle Häuser treten. Sie nahm alle Haushaltsgeräte wahr, die auf der glattgeklopften Erde lagen, das Geschirr aus geschwärztem Zinn, das bemalte Tongeschirr, der große Kessel und die konkave Platte, auf der man Waffeln backen konnte. Vor jedem kleinen Hausaltar sollte sie niederknien und jede kleine Bronzestatue mit dem *Namasté* ehren. Sie stellten rätselhafte Gottheiten dar, deren Gesichter vor Alter schon ganz abgenutzt aussahen. Zur Ehre der Götter waren die Statuen mit Blüten, einem Weihrauchstab und Früchten umgeben. Die winzigen Götter musterten Edwina mit ihrem metallenen Blick und steckten graziös ihre zahlreichen Arme aus; Edwina fühlte sich lächerlich und glücklich zugleich. Hin und wieder bat man sie, sich zu setzen, und dann sahen alle sie belustigt, aber mit Zuneigung an, schließlich konnten sie ja auch nicht mit ihr sprechen. Die Frauen berührten flüchtig Edwinas weiße Haut und strichen staunend über den Stoff ihres Rockes. Und immer wieder sagten sie dieses ›Angrez‹, das sich anhörte wie ein Vorwurf. Man wollte ihr eine heiße Suppe einflößen, aber sie lehnte ab. Mit der Angst der Weißen vor den Dingen der Eingeborenen knabberte sie an ein paar Körnern, das Wasser lehnte sie so höflich sie konnte ab. Und als sie sich alles angesehen hatte, wollten die Frauen sie immer noch nicht gehen lassen und ihr noch das Vieh zeigen …

Etwas weiter oberhalb des Dorfes, an einer unsichtbaren Grenze, bedeuteten sie ihr umzukehren. Das Dorf schien aber noch ausgedehnter zu sein; ein Häuserblock aus Strohlehm war am Rande eines Bambuswäldchens zu sehen; und noch ein anderer weiter hinten.

Zwischen den beiden Teilen des Dorfes war ein Brunnen; Edwina näherte sich ihm und beugte sich über den Rand. Da fingen die Frauen plötzlich an zu schreien; ob ängstlich, überrascht, vielleicht auch wütend, es war nicht auszumachen. Sie zogen Edwina am Arm, ließen sie wieder los und umringten sie.

Sie wollte gehen. Die Frauen schauten traurig. Sie deutete auf den Chauffeur, das unsichtbare Auto und auf die ferne Stadt. Sie sahen sie an, dabei verschwand ihr Lächeln. Edwina faltete die Hände, grüßte die Frauen und machte kehrt. Ein Murmeln verfolgte sie, wie eine leise Klage. Und als sie zum Auto kam, tauchte das nackte Kind auf, das von seiner Mutter zu ihr hingeschoben wurde. Es hielt die Tasche in der Hand, die Edwina schon vergessen hatte. Außer diesem Lausbübchen, hatte Edwina keinen einzigen Mann getroffen.

Als sie zurückfuhren, kam das Auto an der anderen Seite des Dorfes vorbei, an einer winzigkleinen Moschee, deren gezackte Tür ganz in Grün angestrichen war. Ein alter Mann mit einem weißen Käppchen öffnete die Tür. Als er Edwina sah, legte er seine Hand schnell an den Kopf und dann auf sein Herz. »Salaam«, murmelte er leise. Edwina wußte nicht, was sie tun sollte und nickte mit dem Kopf.

Genau neben der Moschee saß ein Schuster und haute munter auf sein Leder; ein Frauengesicht, mit einem bestickten Schleier aus Baumwolle, der alle ihre Haare verbarg, erschien an der Tür eines Hauses und verschwand sogleich wieder. Die Zeit war zu schnell vergangen; sie mußte diesen heiligen Ort jetzt wirklich verlassen.

Als sie sich noch einmal nach dem Dorf umdrehte, sah sie einen Silberreiher am Ufer des Flusses, der mit weitem Flügelschlag davonflog.

Lord Louis lag auf seinem Bett, zu erschöpft, um sich auszuziehen.

»Mein Gott, Darling, mir war noch nie so heiß, wie bei den Gesprächen an diesem Nachmittag«, seufzte er. »Die Klimaanlage wird morgen eingebaut. Die Hitze ist furchtbar, nicht wahr?«

War ihr im Dorf heiß gewesen? Sie hatte noch nicht einmal daran gedacht.

»Dickie, ich habe heute ein Dorf besichtigt!« sagte sie fröhlich.

Lord Louis hob ein Augenlid.

»Ein Dorf? Und wer hat Sie begleitet?«

»Niemand, oder besser gesagt mein Chauffeur, Mohan.«

»Wie bitte? Sie sind verrückt! Ohne Leibwächter, ohne Eskorte … Sie können doch nicht …«

»Darling, es ist nichts passiert. Es ist ein Weiler, ein einfacher Weiler einige Meilen von Delhi entfernt. Ich weiß noch nicht einmal, wie dieses Dorf heißt. Aber wenn Sie wollen, bringe ich Sie hin.«

»Glauben Sie, dazu hätte ich Zeit, also wirklich,« brummte Louis etwas sanfter. »Haben Sie Moslems gesehen?«

»Einen alten Mann vor einer kleinen Moschee, einen Schuster … Und eine Sekunde lang auch eine Frau, die sich schnell versteckt hat.«

»Also, dann waren die anderen Hindus?«

»Zweifellos, aber wie soll ich sicher sein, es war ja mein erstes Dorf!«

»Haben Sie einen Tempel gesehen?«

»O ja, in der Tat. Einen weißen Tempel, er war wahnsinnig klein. Sie haben Recht, es müssen Hindus gewesen sein.«

»Sie scheinen nicht sehr viel über dieses Dorf zu wissen, meine Liebe. Es kommt mir so vor, als hätten Sie nur diesen alten Moslem auf der Schwelle seiner Moschee getroffen …«

»Aber nein! Ich habe mit den Frauen Tee getrunken, und ich habe ein Kind gesehen. Der See war so schön, Dickie, so …«

»Die Seele Indiens, ist es das? Sie sind den Ratschlägen Gandhis gefolgt?« sagte er gerührt.

Lord Louis hatte richtig geraten.

»Meine Liebe, in Zukunft wäre ich Ihnen sehr dankbar, wenn Sie mir vorher ausrichten würden, wenn Sie ein Dorf besichtigen. Scht... Ich weiß sehr wohl, daß Sie mit meinem Sekretär so kurz gesprochen haben, daß er außerstande war, mir zu sagen, wohin Sie verschwunden waren. Jeder beliebige Fanatiker, sei es Hindu, Moslem oder Sikh könnte uns umbringen. Jeder beliebige Verbrecher könnte Sie vergewaltigen.«

»Mich vergewaltigen? Ich hoffe, Sie scherzen! Wollen Sie mir etwa von Thugs oder irgendwelchen anderen Ammenmärchen erzählen? Glauben Sie zufällig an die Kaste der geheimnisvollen Würger, die die Engländer im letzten Jahrhundert zu ihren Schreckgespenstern gemacht haben?« sagte sie trocken.

Lord Louis faßte seine Frau bei den Handgelenken.

»Ich hänge an Ihnen, meine Liebe. Wir sollten wenigstens zusehen, daß wir uns nicht verlieren. Wir haben uns gegenseitig große Freiheiten gestattet, aber nicht jene, alleine zu verschwinden und umgebracht zu werden ...«

»Ach, eine Predigt,« unterbrach Edwina kühl.

»Seien Sie ruhig!« schrie er. »Ich habe Ihre Abenteuer ertragen, und ich bin nicht eifersüchtig. Sie haben Ihre Wünsche befriedigt, meine Liebe!«

»Und Sie Ihre, so viel ich weiß«, brüllte Edwina unbeherrscht. »Muß man Sie noch an Violaine erinnern, Ihre liebe Freundin?«

»Sie haben als erste damit angefangen ...«, schimpfte Lord Louis. »Wie wagen Sie es? Sie haben mich mit der ganzen Welt betrogen, Sie haben mir Violaine zugestanden, sie hat Ihnen gefallen, und was haben Sie getan? Sie haben sie mir ein ganzes Jahr lang geraubt, ein ganzes Jahr war ich alleine und unglücklich und Sie beide sind gereist, zur Kur, überallhin, nur nicht dahin, wo ich war ... Und ich möchte lieber nicht fragen, was zwischen Ihnen beiden vorgefallen ist!«

»Und Sie, Sie haben versucht, das gleiche mit Bunny zu tun«, entgegnete Edwina bitter. »Streiten Sie es nicht ab, oder ich zerschmeiße etwas.«

Es war eine Zeitlang ruhig. Edwina sah Dickie mit haßerfüllten Augen an; er drehte ihr den Rücken zu.

»Sie vergessen, daß ich mit eigenen Ohren habe hören müssen, mein Herz«, sagte er und senkte die Stimme, »Edwina Mountbatten, meine Ehefrau, eine Matrosendirne!«

»Ich habe Ihnen schon gesagt, daß es nicht stimmt, Dikkie,« antwortete sie verstimmt. »Es ist nichts auf dem Schoner passiert, oder so wenig ...«

»Wirklich«, sagte er und faßte sie an den Schultern. »Und Sie wollen, daß ich Ihnen das glaube ...«

Sie blickte ihn trotzig an, ohne sich loszumachen. »Glauben Sie, was Sie wollen, mein Lieber. Aber meinen Sie nicht, daß wir etwas Besseres zu tun haben? Ich habe unsere Kämpfe satt. Und das alles ist schon so lange her ... Hatten wir nicht einen Nichtangriffspakt geschlossen? Wir haben zusammen den Krieg erlebt, Dickie«, sagte sie erschöpft.

Als ob er aufwachte, zog Lord Louis die Hände zurück und ließ seine Frau frei.

»Sie haben recht« sagte er gequält und geschlagen. »Entschuldigen Sie. Aber ich kenne Sie, Sie mögen das Risiko, Edwina ... Ich will gerne glauben, daß Sie mit dem Ihnen eigenen Talent einen Ort gefunden haben, in dem kein Aufstand droht. Aber es gibt nicht nur Aufstände. In unstabilen Zeiten kann alles passieren. Indien ist so voll von Plünderern, die Dörfer überfallen und die Frauen vergewaltigen, wie überall. Vergessen Sie das nicht.«

»Ich werde dieses Dorf wiederfinden und es Ihnen zeigen«, murmelte Edwina versessen. »Und Sie werden sehen, daß Sie umsonst Bedenken haben. Zum Beispiel hätte ich gerne, daß man mir erklärt, was ich gesehen habe. Die Gottheit dieses Tempels und dann dieses Bett ...«

»Fragen Sie die Maharani von Jaipur, die neue, die dritte Frau unseres Freundes Jai, wir müssen uns mit ihr unterhalten. Der Pandit und Patel, der eines schönen Tages Innenminister sein wird, bestehen wirklich darauf; ich weiß nicht, was sie im Kopf haben, aber wir können nicht ohne die Unterstützung der Königsfamilien auskommen …«

»Eine Maharani! Aber Sie haben sie doch gesehen. Die haben sich nur für die Pariser Mode interessiert!«

»Sie werden die Maharani fragen, wenn Sie sie besuchen. Und wenn Sie mehr über die Dörfer wissen wollen, dann wenden Sie sich an diesen Major Williams, der hier schon seit dreißig Jahren dient; man hat mir gesagt, daß es nichts gibt, was er nicht über Indien weiß. Oder fragen Sie Nehru, er wird sich geschmeichelt fühlen.«

Lord Louis hatte sich umgedreht und war bereits eingeschlafen.

»Dickie! Schlafen Sie doch nicht in Kleidern! Als ob es mich nicht mehr gäbe! Wie nervtötend er ist …«

Sie klingelte. Der Adjudant klopfte, und Edwina ging hinaus in ihr Zimmer.

Ich frage den Pandit. Oder den Mahatma. Aber wann kommt er wieder? dachte sie und entknotete ihre Haare. »Ich werde noch andere Dörfer besuchen … und die Maharani. Angeblich ist sie die schönste Frau ihrer Zeit. Werde ich ja sehen«, sagte sie und lächelte in den Spiegel.

*Delhi, am 2. April 1947*

Wütenden Blickes kam Nehru hektisch aus dem Büro.

»Das, was Sie verlangen, ist unmöglich, Sir. Der Kongreß kann nicht zustimmen. Der Moslem-Liga Posten abtreten! Wir haben die Wahlen gewonnen, und Sie wollen, daß wir unsere Vorteile verlieren!«

»Überlegen Sie, Sir. Ist es Ihnen lieber, Indien in zwei Länder aufzuteilen?«

»Ach«, sagte Nehru heftig. »Das Land hat diese ewigen Querelen satt, Sir. Ich werde mich mit meinen Freunden beraten.«

»Genau, gehen Sie zu Ihren Freunden. Aber denken Sie an die Frist.«

»Euer Hoheit, seit Ihrer Ankunft erinnern Sie mich immer an die Frist, und wir kommen nicht voran. Muß denn wirklich jeder Versuch scheitern?«

Nehru wirkte gequält. Er ließ sich auf einen Hocker im Flur fallen und nahm seinen Kopf zwischen beide Hände.

»Los, Nehru«, sagte Mountbatten und faßte ihn freundschaftlich am Arm, »entspannen Sie sich. Wir haben alle zu wenig Schlaf, und ich wette, daß Sie vor lauter Müdigkeit noch umfallen. Wir gehen jetzt lieber zur Vizekönigin, die sich in den Kopf gesetzt hat, Sie über die Dörfer auszufragen.«

Nehru hob erstaunt den Kopf hoch.

»Die Dörfer?«

»Meine Frau ist gestern auf gut Glück weggefahren und hat dann in einem Dorf haltgemacht, dessen Namen sie noch nicht einmal weiß«, sagte Lord Louis. »Ohne Eskorte.«

»Ohne Eskorte? Ist sie ...«

»Das habe ich ihr gesagt, mein Lieber. Jetzt gehen wir, ihre Fragen werden Sie ablenken.«

Edwina las. Die Tür der Bibliothek öffnete sich, und die beiden Männer kamen leise herein.

»Bestimmt ein Buch über Indien, oder?« fragte Lord Louis liebevoll.

»Mal sehen ... Genau. *Mother India.* Ein Klassiker.«

»Ein sehr schlechtes Buch. Diese Frau Mayo verdient einen Prozeß wegen Verleumdung. Wir werden da wie schmutzige Affen beschrieben, wie Wilde ohne Seele und Herz ... Ein rassistisches Werk!«

»Machen Sie es sich bequem, lieber Nehru«, unterbrach Lord Louis und ließ sich in einem Sessel nieder. »Edwina, legen Sie das bitte weg; ich bringe Ihnen unseren Freund, damit er Ihre Fragen über das Dorf beantworten möge.«

Dabei sah er beide abwechselnd neugierig an. Nehrus Lippen zitterten noch, er hatte sich auf einen Stuhl gesetzt und die Arme verschränkt; Edwina legte ihre Brille ab und senkte verlegen den Kopf.

»Es ist ein kleines Dorf in der Nähe von Gurgaon. Zur rechten Seite eines Sandwegs«, begann Edwina schüchtern.

»In der Nähe von Gurgaon? Ich kenne es nicht«, sagte Nehru zögernd.

»Ein Dorf mit einem See!« sagte Edwina. »Und einem Tempel und einer kleinen Moschee … mit einer grün angestrichenen Tür. Ein Dorf wie so viele andere, Panditji.«

»Es gibt tatsächlich Hunderttausende von Dörfern, die so aussehen wie Ihres, Madam«, sagte Nehru mild. »Sagen Sie mir lieber, was Sie wissen wollen.«

»Der Tempel. Ich würde gerne den Gott des Tempels kennenlernen. Ich konnte die Statue nicht erkennen.«

»Und wie war dieser Tempel?«

»Weiß, ganz klein, mit einem großen Bambusmast …«

»Ah! Und eine rote Fahne? Und ein metallener Dreizack?«

»Ja, ein rotes Fähnchen. Nun ja, die Farbe war schon etwas verblichen, sehen Sie …«

»Das war wohl ein Schiwatempel«, sagte Nehru mit Genugtuung.

»Den Dreizack haben Sie gesehen?«

»Einen Dreizack! Ja, stimmt! Aber ich habe ihn für eine Blume gehalten!«

»Und im Inneren des Tempels befindet sich der Lingam.«

»Der Lingam …«, murmelte Edwina nachdenklich. »Den habe ich nicht gesehen.«

»Aber Sie wissen anscheinend, daß es ihn gibt.«

Edwina sah ihn an.

»In der Tat kenne ich diesen Fetisch«, sagte sie und errötete leicht.

»Das, was Sie Fetisch nennen, ist das Symbol des Lebens selbst«, antwortete Nehru. »Man begießt ihn mit Honig und Milch, und übrigens existiert er nicht ohne seine Ergänzung, der …«

»Ich weiß«, unterbrach Edwina ihn. »Also im Tempel; wenn ich wieder hinfahre …«

»Sie werden nicht allein dorthin zurückkehren! Ich werde mit Ihnen gehen und Ihnen den Lingam zeigen.«

»Herr Vizepremierminister, das war genug über den Tempel«, sagte Edwina erhaben. »Sprechen wir lieber über das Bett.«

»Nun gut! Dann sprechen wir über das Bett,«, sagte Nehru und verkniff sich ein Lächeln. »Was war denn mit diesem Bett?«

Edwina biß sich auf die Lippen. Dieser Teufelsmann hatte sie in die Falle gelockt.

»Dieses Bett hatte vier Beine und Gurte.«

»Ah! Das ist sehr einfach. Wir nennen das ein Tcharpoi. Es ist nur ein etwas größeres Bett. Was noch?«

»Ich weiß nicht ... doch! Die Hütten neben den Häusern, aus Strohlehm und Erdblüten ...«

»Das sind Hütten für Samenkörner, und die Blüten sind aus Kuhfladen und Stroh. Die Frauen kneten sie, und die Blüten sind Abdrücke ihrer Hände.«

»Oh!« sagte Edwina. »Ich erinnere mich jetzt, das hatte ich 1922 schon kennengelernt. Mit den Händen, wirklich.«

»Sie machen auch Briketts, die im Winter als Brennstoff dienen; nichts von der Kuh geht verloren, wie Sie sehen. Es gibt auch eine Art heiliges Getränk, das aus allen Bestandteilen der Kuh gemacht wird ... Darüber reden wir später. Was haben Sie noch gesehen, Madam?«

»Ich denke, ich habe Ihnen von allem erzählt, was ich gesehen habe. Aber sie haben immer ein Wort auf Hindi gesagt, *Angrez*. Wissen Sie, was das ist?«

Nehru fing an zu lachen.

»Das waren Sie, Madam. *Angrez* bedeutet Englisch. Es ist kein schmeichelndes Wort.«

»Danke«, sagte Edwina. »Es war ja nur ein Hindustan-Dorf, das ist alles ...«

Nehru nahm ihre Hände und küßte sie, ohne zu überlegen.

»Sie haben eine schöne Seele«, murmelte er, »und ich merke, daß dieses Dorf Ihnen die Türen zu meinem Land öffnet.«

»Herr Vizepremierminister, möchten Sie eine Zigarre?« fragte Lord Louis. »Edwina, meine Liebe, wenn Sie keine weiteren Fragen mehr haben ...«

Edwina zog ihre Hände zurück und lächelte.

»Wie lächerlich ich bin mit meiner ausländischen Neugierde, Panditji.«

»Sie müssen noch andere Dörfer besuchen, damit ich Ihnen mehr erzählen kann. Ich werde dessen bestimmt nicht müde. Erlauben Sie mir, Sie Edwina zu nennen wie in Singapur?«

Machte er sich über sie lustig? Aber seine Augen lachten nicht mehr. Nahm er sie ernst? War das etwa möglich?

Sie stand auf. Nehru auch. Die Pause war zu Ende.

*Delhi, am 3. April 1947*

Der Mahatma kam zu den täglichen Verhandlungen mit dem Vizekönig und wollte gerade in das klimatisierte Büro eintreten. Als er Edwina sah, blieb er stehen, faltete die Hände und warf ihr ein strahlendes Lächeln zu.

»Bapuji«, sagte Edwina zögernd, wenn Sie Ihre Unterredung beendet haben, kommen Sie doch zum Tee. Ich habe mir ein Dorf angesehen, wie Sie es mir vorgeschlagen haben«, fügte sie begeistert hinzu.

Der alte Mann nahm seine Brille ab und putzte sie mit dem Ende seines Lendenschurzes. Dann sah er Edwina belustigt an.

»Wirklich, das haben Sie gemacht? Ich wette allein, oder?«

»Ja«, antwortete sie fröhlich. »Und es war … es war …«

»Tiefer Friede?« sagte Gandhi traurig. »Nun! Wissen Sie, dieselben Leute werden eines Tages trunken vor Blut sein.«

»Das ist es ja gerade, Bapu. Ich wüßte gerne, wie sie es schaffen, sie zu zähmen.«

»O Ram!« murmelte der alte Mann und faltete die Hände. »Wenn ich sie bloß daran hindern könnte, überhaupt anzufangen … Aber ich komme nachher zu Ihnen, Euer Hoheit. Für einen kleinen Augenblick.«

Der unerschütterliche Bearer wartete, bis der Mahatma durch die Tür getreten war.

Sie mußte warten. Edwina musterte alle Gegenstände, die um sie herumstanden und das Wohnzimmer bevölkerten. Es waren Bronzestatuen mit lauter Armen und starren Augen. Bemalte Wandbehänge aus Stoff, auf denen Frauen in ausladenden Röcken einen Kreis bildeten und um eine Gruppe von blauhäutigen Männern mit Gold- und Federkronen tanzten. Aus hellem Stein gemeißelte Köpfe, die ein unbewegliches Lächeln auf den Lippen hatten; Gandharas, dachte sie, ein Wort, das aus dem Meer des Vergessenen wieder aufgetaucht war. Riesige Masken aus dunklem Holz mit barbarischen Verzierungen, sicherlich afrikanische, und üppig bestickte Fächer mit Gold und Silber und roten Mustern hingen an der Wand. Eine Welt, von der sie gar nichts kannte und die mit aller Kraft nach ihr zu rufen schien.

Nur die Tigerfelle an den Wänden richteten die leeren Glaspupillen auf sie, in denen England wiederzuerkennen war.

Seufzend begann sie, die Statuen zu studieren. Diese mit der Lanze in der Hand und den offenen Haaren, oder jene da, eine seltsame Figur, die von oben bis unten zweigeteilt war, halb Frau, halb Mann, mit kurviger Hüfte auf der einen, und gerader Hüfte auf der anderen Seite.

Schließlich fiel ihr auch wieder der Name des Gottes mit dem Elefantenhaupt ein. Sie streichelte den kleinen, gebogenen Bronzerüssel und sagte mehrmals ›Ganescha, Ganescha‹, als ob das göttliche Tier mit dem molligen Körper ihr freundlich antworten würde; aber der Gott schwieg beharrlich. Lange betrachtete sie eine Gottheit, die munter im Zentrum eines vollkommenen Kreises tanzte; ihre vier Arme hielt sie elegant ausgestreckt, als bewegte sie sich zu einer imaginären Musik; und weil dieser Gott ihr auch nicht zulächeln wollte, döste sie ein.

Die Tür öffnete sich mit einem leisen Quietschen. Der Mahatma!

»Oh! Ich habe Sie geweckt, Madam«, sagte er mit seiner klaren Stimme.

»Keineswegs. Ich habe Sie erwartet. Ich wollte Ihre Götter zum Sprechen bringen. Ich bitte Sie, bleiben Sie.«

Er setzte sich auf den Rand eines Sessels und drückte die Knie fest zusammen, sein Blick wurde ernst.

»Die Götter Indiens ergänzen sich zu dem einen, der für alle derselbe ist, wie auch immer der Name lautet, den man ihm gibt«, sagte er.

Dann schlug er seinen Schal über die Brust und zitterte. Er neigte den Kopf, und sein Gesicht wurde grau. Edwina erschrak: Er würde doch nicht hier vor ihren Augen sterben!

»Mr. Gandhi! Geht es Ihnen gut? Antworten Sie mir doch!« schrie sie.

»Es war sehr kalt in diesem Büro; ich bin das nicht gewohnt«, sagte der alte Mann zähneklappernd.

Die Klimatisierung! In seiner Modernisierungsmanie hatte Dickie nicht daran gedacht, daß sein berühmter Besuch nur sehr wenig Kleidung trug; typisch für ihn. Schnell lief Edwina zum Sofa und holte eine dicke Wolljacke.

Der Mahatma hatte sich in seinen Sessel verkrochen und den Schal ganz über seinen kahlen Kopf gezogen, man sah nur noch den Schnurrbart und die Brille. Behutsam breitete Edwina die Strickjacke über seinen Schultern aus, nahm die Ärmel, die ihm bis zu seinen Beinen reichten und versuchte vergeblich, vor ihm kniend, seine Beine einzuhüllen.

»So, Bapuji, jetzt wird Ihnen gleich warm werden. Eine Tasse heißen Tees ...«

»Ich würde lieber heißes Wasser trinken«, hauchte Gandhi. »Danke. Sagen Sie, was war das für ein Dorf, das Sie besichtigt haben?«

»Ich weiß es nicht. Mr. Nehru auch nicht. Ein Weiler in der Gegend von Gurgaon. Ich weiß, daß da ein Schiwatempel ist, und ich habe auch eine Moschee gesehen; ich habe den einzigen Mann des Dorfes getroffen, glaube ich!«

»Aber Sie haben natürlich Frauen gesehen. Das ist das Wichtigste«, sagte Gandhi. »Die Frauen Indiens sind ein nie versiegender Reichtum, Euer Exzellenz. Haben die Frauen Sie gut empfangen? Oh, ich sehe an Ihrem Gesichtsausdruck, daß sie es getan haben. Das wundert mich nicht. Aber sagen Sie, Sie haben doch bestimmt Witwen gesehen?«

»Witwen?« fragte Edwina überrascht. »Woran sollte ich sie denn erkannt haben? Ich verstehe ihre Sprache doch nicht.«

»Das ist nicht schwer, sie tragen weiße Saris.«

»Dauert die Trauer lange?«

»Leider ihr ganzes Leben!« murmelte der alte Mann. »Versuchen Sie mal, sich zu entsinnen ...«

»Ich glaube, daß ich tatsächlich zwei Frauen im weißen Sari gesehen habe. Eine Alte und die andere ... Aber nein, das ist unmöglich. Die andere war noch nicht einmal fünfzehn.«

Gandhi seufzte tief.

»Das ist genau das, was ich zu hören befürchtete! Sehen Sie, Euer Exzellenz, das ist ein furchtbarer Brauch, gegen den ich schon seit einigen Jahren ankämpfe: Man verheiratet Kinder, und wenn der Bräutigam verschwindet, dann muß das junge Mädchen sein ganzes Leben den weißen Sari tragen und die Last einer Witwe auf sich nehmen. Stellen Sie sich vor, keine Feste, keinen Schmuck, keine Gewürze, noch nicht einmal Salz, eine Existenz, die nur aus Elend und Knechtschaft besteht ... Wenn sie einen weißen Sari trug, dann ist dieses Mädchen verloren.«

»Aber sie verbrennen nicht mehr lebend auf den Scheiterhaufen ihrer toten Männer ...«

»O nein!« unterbrach der Mahatma. »Das nicht. Man hat diesen Brauch schon seit gut einem Jahrhundert verboten, das wissen Sie bestimmt ...«

Edwina nickte.

»Aber das Schicksal, das man ihnen bestimmt, ist auch nicht besser als der Tod. Ich weise darauf hin, so oft ich kann. Und vielleicht haben Sie auch einen Brunnen gesehen?« fügte er nochmals seufzend hinzu.

»Aber ja, natürlich!« rief Edwina. »Die Frauen haben geschrien, als ich mich über ihn gebeugt habe, um in das Wasser zu schauen.«

»Das ist ein Brunnen der Brahmanen, und der darf nur von ihnen benutzt werden«, brummte Gandhi. »Stellen Sie sich vor, in meinem Land lehnen die Brahmanen es ab, das

Wasser mit den Unberührbaren zu teilen ... So eine Schande!«

Sie schwiegen eine Weile. Der alte Mann nahm seine Brille ab, putzte sie und setzte sie mit trauriger Miene wieder auf die Nase.

»Diese Brunnen ...«, murmelte er. »Manchmal werfen sich Frauen in die Brunnen, wenn sie glauben, daß sie entehrt sind. In unseren Dörfern war das immer der Ort, an dem die Frauen Selbstmord begingen. Und jetzt, in dieser Zeit von Aufständen und Terror, kehren sie zu den grausamsten Traditionen zurück. Wollen Sie wissen, was ich in den Dörfern mache? Nun gut! In Noakhali kam ich zu Fuß mit meinen Gefährten an, wir waren zu viert oder zu fünft, also der liebe Ghaffar Khan, mein großer, zarter Pathan und nicht zuletzt meine beiden Enkelinnen. Wir gingen in die Häuser und fragten, ob sie uns für die Nacht beherbergen könnten; und den, der zustimmte, baten wir, wenn er Hindu war, einen Moslem für eine gemeinsame Nachtwache zu finden, oder wenn er Moslem war, einen Hindu zu überzeugen. Und dann haben wir angefangen, zusammen zu beten, und das Dorf blieb die ganze Nacht ruhig, das ist alles.«

»Das ist alles! Aber man hat Sie doch verfolgt! Man hat ihnen Scherben vor die Füße gestreut, man hat Barrikaden aus Ästen gebaut, um Sie am Weitergehen zu hindern, man hat sogar ...«

»Man hat auch Exkremente gestreut, ja«, fuhr Gandhi sanft fort, »das tut nichts zur Sache.«

Er hob den Kopf und begann ein Lied zu summen.

»Das ist mein Lieblingslied«, sagte er, als er zu Ende gesungen hatte. »Rabindranath Tagore hat es komponiert. Die Worte sind sehr einfach: ›Wenn man auf Deinen Ruf nicht hört, dann gehe allein. Gehe allein ...‹«

Der alte Mann verstummte, dann lächelte er mit strahlenden Augen.

»Um ein gutes Leben zu führen, bedarf es nicht viel«, sagte er unvermittelt. »Ich bin mir sicher, daß Sie zu viel essen. Nüsse wegen der Proteine und Lipide, Trockenfrüchte, Yoghurt, eine frische Frucht, das ist meine Kost. Und aufgrund eines Gelübtes auch noch Ziegenmilch, obwohl Milch ein Aphrodisiakum ist«, fügte er verlegen hinzu. »Ich versichere Ihnen, daß das besser ist. Und außerdem selbstverständlich das Fasten.«

»Und das nur, um den Aufständen ein Ende zu bereiten?«

»Ah! Ich rede nicht vom Todesfasten«, sagte er, als spräche er über etwas ganz Einfaches. »Nein, es geht um das Fasten aus bestimmten Anlässen: Wenn man sehr große Angst hat. Wenn man Fieber hat. Wenn man unglücklich ist. Wenn man einen geliebten Menschen verliert. Und außerdem, wenn man zu glücklich ist ...«

»Zu glücklich! Aber warum ...«

»Warum das Glück beenden, nicht wahr?«

Der alte Mann streckte seine langen Beine aus und holte seine Taschenuhr hervor.

»Euer Exzellenz, die Gefahr eines zu großen Glücks, darüber sprechen wir ein andermal. Entschuldigen Sie, daß ich Sie jetzt verlasse, aber ich habe es eilig. Dieses Dorf ... hinter Gurgaon, haben Sie gesagt? Ich muß dorthin fahren.«

Er stand auf, um zu gehen.

»Bapu ... Ich kann Ihnen nicht genug danken«, sagte Edwina und lief vor die Tür.

Der alte Mann hob die Hand und streichelte ihr sanft die Wange.

»Mein liebes Kind ... ich meine, Euer Exzellenz. Ich spüre, daß wir uns gut verstehen werden. Begleiten Sie mich doch bitte bis zur Eingangshalle.«

Gerade, als sie Gandhi beim Arm nahm, kam plötzlich Nehru aus dem Büro des Vizekönigs.

»Immer noch hier, Bapu!« rief er. »Ich dachte, Sie wären schon lange weg.«

»Es ist meine Schuld«, wandte Edwina ein. »Ich habe Mr. Gandhi aufgehalten, damit er mir ein paar Dinge erklärt.«

»Es ist eine Tatsache, Madam, daß unser Mahatma von englischen Damen umringt lebte, die seine besten Schülerinnen sind. Er hat sogar die Tochter eines englischen Admirals adoptiert!« sagte Nehru leise lachend.

»Ja«, sagte Edwina, »Madeleine Slade, ich weiß. Ich erinnere mich an die Fotos mit Ihrer Ziege. Sie hat Sie nach London begleitet, und Sie haben sie Mirabu genannt?«

»Nicht Mirabu. Mirabehn, Euer Hoheit. Wie die umherirrende, verarmte Prinzessin, die Liebeslieder für den Gott Krishna sang, Madam«, unterstrich Gandhi und sah sie eindringlich an. »Mirabehn ist meine Tochter, eine meiner Lieblingstöchter.«

»Seien Sie vorsichtig, Edwina«, sagte Nehru. »Aus Euer Exzellenz wird er noch eine neue Mira machen wollen. Eine bettelnde und mystische Hoheit, Sie werden sehen ...«

»Machen Sie sich nicht darüber lustig«, bat Edwina. »Ich kann so viel von Mr. Gandhi lernen.«

Der alte Mann lächelte ihr freundlich zu.

»So, meine Kinder. Es wird Zeit. Bringen Sie mich jetzt zum Eingang.«

Plötzlich erschien Mountbatten.

»Meine Liebe, Sie rauben Mr. Gandhi zu viel Zeit!«

»Das stimmt nicht. Gespräche mit Frauen sind eine der Freuden meines Lebens, Euer Exzellenz. Übrigens ... Dürfte ich Sie um einen Gefallen bitten? Eine der besten Mitstreiterinnen des Kongresses, Mrs. Sarojini Naidu, eine mutige Dame, die Sie sicher schon kennen, ist eine alte Freundin von Mr. Jinnah. Ich wäre Ihnen dankbar, wenn Sie sich mit ihr unterhielten.«

»Ist Sie moslemisch?« fragte Louis schnell.

»Hindu, Sir, das ist es ja. Mrs. Naidu ist eine große Dichterin ... Die Nachtigall Indiens!« sagte Gandhi und hob den Finger. »Empfangen Sie sie, Sir. Besser als jeder andere kann Sie sie über Jinnah unterrichten.«

Er schritt langsam vorwärts und ließ sich von beiden Seiten stützen. Doch die scheinbare Schwäche paßte nicht zu seinem festen Gang. Lord Louis folgte ihnen.

»Kommen Sie zu meinem Abendgebet?« sagte er unvermittelt und sah Edwina an.

Sie nickte stumm.

Sie traten über die Schwelle des Palastes. Die Sonne stach

plötzlich auf sie ein, und der alte Mann blinzelte leicht. Edwina und Nehru ließen ihn los.

»Wartet ...«, sagte Mountbatten. »Ich rufe den Fotografen.«

Und er flüstere der Garde etwas ins Ohr, die laut die Hacken zusammenschlug und sofort losrannte.

Dann kam Lord Louis zu ihnen und stellte sich neben Gandhi. Der Fotograf eilte mit seinen Apparaten herbei.

»Sultan Louis, Sultanin Edwina, ihr Wesir und der Fakir«, sagte der alte Mann feierlich.

Nehru schaute Edwina an und prustete vor Lachen. Lord Louis blieb ernst und sah den Bewegungen des Fotografen zu, aber Edwina drückte eine Hand gegen die andere, um nicht auch loszuprusten. Gandhi zeigte glücklich sein berühmtes zahnloses Lächeln. Man hörte den Auslöser des Fotoapparats.

»Ah, aber man muß auch fasten, wenn man zu glücklich ist!« sagte Gandhi mit ausgestrecktem Zeigefinger und wandte sich Nehru zu.

Edwina konnte ihr Lachen nicht mehr zurückhalten. Lord Louis zog verdutzt die Augenbrauen hoch.

»Ich wette, Euer Hoheit, daß der Mahatma Ihrer Gattin eine kleine Lektion über das Fasten erteilt hat«, erklärte Nehru immer noch lachend.

Der Fotograf winkte ihnen; er schrie, daß das Foto nicht geworden sei und daß man Mr. Gandhi nicht sehe.

»Um so besser« sagte der Mahatma. »Man wird Sie auf dem Foto sehen, und das ist gut so. Denn ihr drei verkörpert die Zukunft Indiens, aber ich ...«

Der Himmel vergoldete die rosafarbenen Steine, und die Papageien flogen wie dunkle Pfeile mit berstenden Schreien durch die Lüfte. Lord Louis überkam auf einmal ein Glücksgefühl, das er gar nicht fassen konnte, und lächelte ebenfalls. Nehru, mit auf dem Rücken verschränkten Händen, lachte immer noch. Edwina fühlte sich von einer unerklärlichen Ruhe übermannt. Die Zeit schien stillzustehen.

»Ich komme zu spät, meine Freunde«, seufzte schließlich

der Mahatma und zog unwillkürlich seine Taschenuhr hervor. »Lassen Sie mich diesem schönen Augenblick ein Ende bereiten.«

Und er stieg die Stufen herab, dabei hielt er seinen Schurz.

»Sehen Sie, wie er ist«, flüsterte Nehru und folgte ihm mit den Augen. »Sein kindlicher Frohsinn. Manchmal vergesse ich durch ihn das vergossene Blut und ...«

»Scht ...«, sagte Edwina leise. »Stören Sie nicht die Stille.«

Der Mahatma drehte sich um und stieg in die Limousine. Der Himmel verdunkelte sich, und plötzlich wurde Edwina kalt.

»Was würden wir ohne ihn tun?« sagte sie, ohne sich zu bewegen.

»Mr. Nehru, ich habe vergessen, Ihnen zu sagen, daß die Regierung in London einen kompetenten Juristen sucht«, sagte Lord Louis plötzlich, als erwache er aus einem Traum.

»Einen Juristen? Aber wozu?« fragte Nehru.

»Um den möglichen Verlauf der Grenzen zu eruieren«, antwortete Mountbatten und hüstelte leicht. »Falls eine Teilung unvermeidbar sein sollte.«

Nehru senkte den Kopf.

»O Ram«, murmelte er. »Der Mahatma darf keinesfalls davon erfahren.«

*Delhi, am 4. April 1947*

Major Williams stand im Wohnzimmer und schlug kaum hörbar die Hacken zusammen. Soeben war die Vizekönigin in einem leichten hellen Rock eingetreten.

»Entschuldigen Sie, Major, daß ich Sie habe warten lassen. Ich wollte Sie nicht stören, aber der Vizekönig ...«

»Ich bin Euer Exzellenz zu Diensten«, sagte der Major und verbeugte sich. »Euer Exzellenz möchte wissen, was das für ein Dorf in der Nähe von Gurgaon ist, nicht wahr?«

Edwina setzte sich seufzend hin. Wußte sie nicht schon

alles? Sie fühlte sich, als ob man ihr ihr eigenes Gedächtnis nehmen wollte. Welche Frage konnte sie noch erfinden, um den alten Soldaten nicht zu kränken?

»Ich habe auf die Karte gesehen«, sagte er ohne ihre Antwort abzuwarten.

»In diesem Dorf gibt es sowohl Hindus als auch Moslems. Es gibt dort einen Schiwatempel und eine Moschee am anderen Ende. Im Tempel sieht man ...«

Er sprach langsam, aufrecht stehend und kaute dabei an seinem Schnurrbart, der noch ein paar rote Strähnen aufwies. Edwina hörte ihm kaum zu, der Major brachte ihr nichts Neues bei. Plötzlich merkte sie, daß er nicht Platz genommen hatte.

»Aber ich bitte Sie, setzen Sie sich doch«, forderte sie ihn auf und wies auf einen Sessel.

»Die Dorfbewohner sind Mitglieder mehrerer Kasten, die Brahmanen haben Sie bestimmt nicht gesehen; Ihr Blick hätte sie vergiftet«, fuhr der Major fort, als habe er sie nicht gehört. »Und ein bißchen weiter befinden sich die Häuser der Parias, die nicht zu den Kasten gehören. Euer Exzellenz haben Sie sicher bemerkt.«

Edwina spitzte die Ohren. Nein, sie hatte nichts gesehen. Unberührbare?

»Die Häuser sehen alle gleich aus, Major«, antwortete sie. »Die Frauen des Dorfes haben mir das ganze Dorf gezeigt.«

»Ganz?« fragte der Major.

»Nein, nicht ganz, einige Straßen ... Ja, stimmt, an einer bestimmten Stelle wollten sie, daß ich umkehre.«

»Da haben wir's«, sagte der Major. »Sie konnten in ihrer Begleitung nicht in das Viertel der Parias gehen. Sehen Sie.«

Edwina dachte auf einmal an den lautlosen Schatten, den die Frauen verjagt hatten.

»Hm, sagen Sie, gibt es Prostituierte im Dorf? Oder Ehebrecherinnen?«

»Oh! Prostituierte?« wiederholte der Major. »Ich weiß nicht. Warum?«

»Eine Frau, die aussah wie die anderen, erschien von

weitem, und die Dorfbewohnerinnen haben nicht zugelassen, daß sie näherkam. Ich habe mich gefragt, was sie ihnen getan hat.«

»Das war bestimmt eine Unberührbare, Euer Hoheit. Es gibt keinen anderen Grund. Sie haben womöglich gedacht, daß sie sich in ihrem Brunnen Wasser holen will, und das ist nicht erlaubt. Das gibt es nicht.«

»Das gibt es nicht!« rief Edwina.

»Dafür gibt es den See. Aber nicht die Brunnen. Das Wasser ist zu kostbar in diesem Land, Euer Hoheit. Und die Unberührbaren sind keine Menschen ... zumindest für die Hindus«, fügte er schnell hinzu.

»Aber nennt der Mahatma sie nicht Kinder Gottes, um sie zu rehabilitieren?« sagte Edwina verwirrt.

»Mr. Gandhi nennt sie *Harijans*«, brummte der Major.

»Na und?«

»Mr. Gandhi glaubt, er könne die Ordnung verändern, Euer Hoheit. Aber man kann das Dharma eines Unberührbaren nicht abschaffen, und er weiß das sehr genau. Wenn das nicht mehr Teil der kosmischen Ordnung sein soll, dann würde die ganze Gesellschaft befleckt. Mr. Gandhi wird darauf keinen Einfluß haben!« sagte er mit unerwarteter Heftigkeit.

»Sie glauben nicht an das Wirken des Mahatmas?« fragte sie überrascht.

»In den Augen der Orthodoxen ist Mr. Gandhi eine Art Ketzer«, wich er aus, ohne auf ihre Frage zu antworten.

»Und für Sie?«

»O ich, Madam, ich zähle doch nicht. Ich habe dreißig Jahre lang in Indien gedient, das ist alles. Aber ich verstehe die Eingeborenen, als wäre ich einer von ihnen«, sagte er ohne Bitterkeit.

»Major, wir werden dieses Land verlassen, das wissen Sie doch ...«, murmelte Edwina mitleidig.

»Vielleicht, Euer Hoheit«, sagte er nach kurzem Schweigen. »Vielleicht wirklich.«

»Wie vielleicht? Auf jeden Fall!« erwiderte Edwina bestimmt.

»Euer Hoheit kennt Indien nicht. Ohne uns wird es nicht mehr existieren können.«

Die Worte von Lady Wavell. Die von Churchill.

»Aber dieses Land will frei sein!« insistierte sie.

Der Major zwirbelte seinen Schnurrbart.

»Was ist Freiheit für die Hindus? Sie kennen diesen Begriff nicht. Es gibt nur das Dharma, die Ordnung der Welt. Nein, Madam, sie brauchen keine Freiheit. Sie brauchen Reis und Weizen, und daß man sie in Frieden läßt.«

»Sie sprechen nur von den Hindus, Major. Und die Moslems?«

»Das sind fast alles konvertierte Unberührbare. Auch die Sikhs, außer den Jats, die aus einer noblen Kaste stammen«, sagte der Major leidenschaftlich. »Nein, Indien ist ein Land der Hindus. Haben Sie schon den Arti miterlebt? Oder die Morgengebete?«

Edwina machte eine ausweichende Bewegung. Major Williams war viel eher Hindu als Nehru.

»Den Arti? Nein ... Ich weiß nicht«, sagte sie mühsam.

»Das Abendopfer. Der Priester führt unter dem Läuten der Glöckchen einen Feuerkreis vor die Statue. Wenn Sie wollen, können wir zum Tempel von Hanuman gehen, hier in Delhi selbst. Und nach dem Monsunregen, im Vollmond des Herbstes, das große Fest des Dusserah ...«

»Natürlich«, sagte Edwina und stand auf. »Gewiß, Major. Ich möchte Ihnen für diese interessante Lektion danken.«

Der Major stieß respektvoll die Hacken zusammen, aber sonst bewegte er sich nicht.

»Euer Hoheit kennt den Wert der Statuen dieses Zimmers«, sagte er eifrig. »Hier sehen Sie Nataraja, der Gott Schiwa im Todestanz; und da ist er nochmal, in seiner weiblichen und männlichen Zwitterausführung, Hardanarishwara; und da liegt Durga auf ihrem Löwen, die große Göttin Bengalens.«

Der Major machte einen Schritt und, ohne auf das Protokoll zu achten, streichelte er die Füße einer grauenhaften Figur, die ihre bedrohlichen Zähne zeigte und die Zunge herausstreckte.

»Diese hier, Euer Hoheit, ist Kali, die sanfteste und die furchtbarste. Die Schutzmutter …«, sagte er voller Verehrung.

Edwina sah den alten Soldaten an und traute sich nicht, ihn zu stören.

»Kali, unsere Mutter …«, fuhr er fort, als wolle er sich vor ihr niederwerfen.

»Major«, sagte Edwina leise.

Er hörte sie nicht.

»Major Williams!« wiederholte sie lauter.

Der alte Mann drehte sich betroffen um.

»Entschuldigen Sie, Euer Hoheit. Ich habe zu Hause einige solcher Statuen, aber sie sind nicht mit diesen Schätzen zu vergleichen. Verzeihung …«

Und er ging mit steifem Schritt und einem kurzen Gruß hinaus.

Nach dem Monsun, das große Fest von … Was hat er gesagt? fragte sich Edwina nachdenklich. Dieser Mann lebt in seinem Traum: Nach dem Monsun werden wir vielleicht schon weg und Indien wird unabhängig sein, und wir werden wahrscheinlich nicht mehr das Fest des Dub… Duss… Ich weiß nicht einmal, wovon er redet.

Nach dem Monsun. Weg. War es möglich, daß ihr Aufenthalt nur den Sommer über dauern würde?

# 3

# Das Schweigen des Kaisers Humayun

## *Ein unerbittlicher Jinnah*

*Neu Delhi, am 5. April 1947*

Das Auto, das den Vorsitzenden der Moslem-Liga zum Palast des Vizekönigs brachte, fuhr gemächlich durch die Alleen Neu-Delhis. Jinnah hatte gewartet, bis der Vizekönig den Mahatma empfangen hatte, um schließlich die Einladung Lord Mountbattens anzunehmen. Damit war er der letzte, und die Bedeutung seines Besuchs wurde hervorgehoben.

Unwillkürlich prüfte Mohammed Ali Jinnah den Sitz seiner Hosenfalte. Der neue Vizekönig war auch ein Soldat wie Lord Wavell; und er würde sicher ein Gespür dafür haben, was realistisch war. Aber er war so jung … Siebenundvierzig Jahre! England mußte schon sehr geschwächt sein, um einem Admiral solche Vollmacht zu geben, der zwar brillant, aber so schlecht über die indischen Angelegenheiten unterrichtet war! Er durfte ihm nicht eine Atempause lassen: Vom ersten Augenblick an mußte er seine Forderungen geltend machen und zeigen, wo die Grenze des Kompromisses lag.

Nehru kannte Mountbatten seit Singapur; Nehru hatte ihn am Flughafen empfangen; Nehru war bei der Krönung anwesend gewesen. Und zweifellos hatte Jawahar bereits eine Kostprobe seiner Verführungskünste gegeben, seiner Sensibilität, seiner gebildeten Rhetorik, dieses unangebrachten Feuers eines gealterten Jugendlichen. Mountbatten hatte Gandhi schon sechsmal empfangen; dieser alte Besserwisser war sicher in seiner Pariaverkleidung gekommen, fast nackt, mit seinem Stock und seiner alten Brille; mit der ganzen Ausrüstung eines Heiligen …

Ach! Es war zum Verzweifeln! Als könne sich Mohandas Gandhi nicht wie jeder andere kleiden, mit Anzug, Weste, Schuhen und einer Krawatte! Wenn man mit den Briten verhandelte, mußte man ihnen dann nicht an Eleganz voraussein? Aber nein, der alte Mann wollte mit aller Hingabe Inder sein. Inder? Der alte Mohandas war doch nur ein Hindu und sonst nichts.

Wenn es stimmt, daß Mountbatten den größten Wert auf den Schnitt seiner Uniform legt, dann wird er überrascht sein, wenn er mich sieht. Ich müßte es eigentlich schaffen, mich mit ihm zu verstehen. Er ist ein mutiger, reiner, integrer Mann. Ja! Wir sind aus demselben Holz geschnitzt, ich brauche keine Bedenken zu haben, sagte sich Jinnah.

Das Auto fuhr in den Hof; der Chauffeur beschrieb eine vollendete Kurve, bevor er am Fuße der Stufen anhielt. Der Anführer der Moslem-Liga stieg behutsam aus, um seine weißen Schuhe nicht zu beschmutzen, und richtete sich zu seiner ganzen Größe auf.

»Ein Moderelief«, murmelte Edwina, als sie ihn sah. »Seine Haare sind weiß wie Schnee … Wie groß er ist!«

»Seien Sie leise, meine Liebe. Ist der Fotograf fertig? Wir werden sofort mit ihm auf die Terrasse gehen. Sie müssen das Lächeln an sich verkörpern«, sagte Lord Louis, fast ohne seine Lippen zu bewegen.

Der alte Mann, der langsam die Stufen hochstieg, schien kaum jünger als der Mahatma; wie jener wirkte auch er so schwach, daß ein jäher Windstoß ihn hätte umblasen können; und wie der des Mahatmas strahlte dieser lange Körper eine unbändige Energie aus, eine Art von gebändigtem Feuer. Lord Louis streckte ihm die Hand entgegen und schob ihn sachte zu Edwina. Das Lächeln Jinnahs erlosch plötzlich.

So eine milchige Haut, dachte er blitzartig. Eine so weiße Frau, so fein … So durchsichtig wie meine Ruttie, als sie noch lebte … Meine Frau, mein tote Liebe! Auch sie hatte dieses spitze Lächeln.

Ich darf mir vor allem nichts anmerken lassen.

Seine Hände begannen zu zittern, er legte sie übereinander. Der Biß der Schlange brannte in seiner Lunge; er bekam nicht genug Luft. Er grüßte Edwina mit einem kurzen Nikken und folgte dem Vizekönig in den Palast.

Der Fotograf auf dem Rasen war bereit. Lord Louis plazierte Jinnah zwischen sich und seine Frau. Das Gesicht Jinnahs blieb verschlossen; unfähig zu lachen, schob er eine Hand in die Tasche. Der entblößte Hals Edwinas berührte leicht seinen Ärmel. Jinnah bekam plötzlich keine Luft mehr und war einer Ohnmacht nahe.

»Welch ein Freude, Sie endlich zu sehen, Mr. Jinnah«, sagte sie lächelnd. »Wir haben lange auf Sie gewartet …«

Jinnah ging nicht darauf ein. Er hatte sich freundliche und gewichtige Worte voller Anspielungen zurechtgelegt, Galanterien, die ihm früher so leicht von der Zunge gegangen waren, aber er hatte sie vergessen; er blieb stumm, versteinert, weil er seine Gefühlsregung zurückzuhalten versuchte. Er durfte dieser Frau nicht in die Augen blikken.

Aber dann fiel ihm sein Kompliment wieder ein. Etwas mit einer Rose und zwei Stacheln … Ja! Der Fotograf traf die letzten Vorbereitungen, die Fotografie würde die Vizekönigin in der Mitte zwischen den beiden Männern zeigen, wie immer, den britischen Regeln gemäß. Und ohne zu merken, daß er zwischen Edwina und ihrem Mann stand, sagte Jinnah mutig:

»Hier haben wir also eine Rose zwischen zwei Stacheln.«

Die Mountbattens sahen sich erstaunt an.

»Sind Sie die Rose, Mr. Jinnah?« fragte Edwina kokett. »Und ich ein Stachel?«

Das Kompliment war zur Beleidigung geworden. Jinnah preßte die Lippen zusammen.

»Die Rose hat den Platz getauscht, sie hätte in der Mitte sein müssen …«, murmelte er verlegen.

»Sehr gut!« unterbrach Louis. »Ich schlage vor, daß unsere Rose während der Unterredung einen anderen Platz einnimmt. Und was die Stachel betrifft, darum kümmere ich mich, nicht wahr, meine Liebe?«

Unter bedrückendem Schweigen gingen sie zum Büro des Vizekönigs; Edwina verabschiedete sich höflich.

»Nun, Mr. Jinnah, jetzt ist endlich die Gelegenheit gekommen, Sie kennenzulernen«, begann Lord Louis mit einem breiten Lächeln. »Vergessen Sie doch den Ausrutscher mit der Rose.«

Jinnah hob seine silberfarbenen Augenbrauen. Lord Wavell hatte sich nie darum bemüht, persönlichen Kontakt mit ihm zu pflegen. Er antwortete nicht.

»Ich glaube, daß wir, bevor wir über gewichtigere Dinge sprechen, wissen sollten, wer wir sind, finden Sie nicht?«

»Sie sind der Vizekönig von Indien, und ich bin der Anführer der Moslem-Liga«, antwortete Jinnah mit eisiger Höflichkeit.

»Ich allein repräsentiere die Stimme der Moslems Hindustans, ehe sie endlich in Pakistan vereinigt sein werden. Ich wüßte nicht, was ich Ihnen sonst noch zu sagen hätte, Sir.«

»Um das herauszufinden, hätte ich Sie nicht empfangen müssen, Mr. Jinnah!« antwortete Lord Louis lachend. »Aber ich kann Ihnen meinerseits erzählen, daß ich mich in Ihrem Land aufgehalten habe, als Sie noch ein erhitzter Kämpfer der Kongreßpartei waren, ein eifriger Anhänger der Einheit zwischen Moslems und Hindus.«

»Wann war das?« fragte Jinnah kalt.

»1922. Oder irre ich mich?«

Jinnah rutschte unruhig in seinem Sessel hin und her. Diese Art, die Dinge anzugehen, weckte schlechte Erinnerungen bei ihm.

»Sir«, antwortete er mißmutig, »ich habe im Jahre 1937 begriffen, was der hinduistische Despotismus bedeutet, den die Kongreßpartei verbreitet. Seitdem bin ich nicht mehr davon abgekommen. Ich bin hier, um Ihnen einen Plan über das Gebiet Pakistans, meines zukünftigen Landes, vorzustellen. P wie Punjab, A für die afghanische Grenze des Nordwestens, K für Kaschmir, S wie Sind, und das Tan von Beluchistan, Pakistan«, insistierte der alte Mann. Und nicht zu vergessen der Osten, Bengalen, wo in der Mehrheit Moslems wohnen.«

»Mr. Jinnah, ich möchte nichts über Pakistan hören, bevor ich nicht absolut sicher sein kann, daß es keine andere Lösung gibt, seien Sie sich darüber im klaren. Wie ein Mann Ihres Formates, ein so distinguierter Moslem Vorsitzender der Kongreßpartei sein konnte, bevor er die Macht in der Moslem-Liga übernahm, das würde ich gerne verstehen.«

»Das ist Zeitverschwendung«, murmelte Jinnah. »Wir haben etwas Besseres zu tun.«

»Glauben Sie?«

»Ja«, sagte Jinnah, und seine Augen funkelten. »Wenn Sie weitere Blutbäder vermeiden wollen, dann ist Pakistan die einzige Lösung.«

»Aber schließlich ist die Idee Pakistan doch die Ihrige. Sie, der an der Seite der Hindus, der Sikhs und der Parsi gekämpft hat ...«

Als Jinnah das Wort Parsi hörte, begann sein Gesicht zu zucken; mit einer vornehmen Bewegung nahm er ein Tuch heraus und wischte sich über die Schläfen.

»Die Idee Pakistan ist in London im Hirn eines Dichters geboren, Sir, der Rahmat Ali heißt. Ich habe mir in aller Bescheidenheit erlaubt, sie weiterzuentwickeln; und ich habe nicht, wie Sie sagen, die Macht übernommen, sondern die Moslems Hindustans haben mir ihr Vertrauen ausgesprochen, das ist ein Unterschied.«

»Aber im Schoß des Kongresses gibt es auch Moslems ...«

Jinnah wischte das Argument mit einer Handbewegung weg.

»Nun ja, immerhin! Maulana Azad zum Beispiel, oder Ghaffar Khan ...«, insistierte Lord Louis.

»Erinnern Sie sich an den Tag der direkten Aktion. Kalkutta im letzten Jahr. Fünftausend unnötige Tote.«

»Ich würde mich hüten, das zu vergessen! Sie haben so viel angerichtet ...« Louis hielt inne. Es war besser, den alten Mann nicht zu verurteilen. »In der Tat haben Sie Ihre

Stärke bewiesen«, sagte er an sich haltend. »Aber erzählen Sie doch etwas über sich; ich bin sehr neugierig darauf, zu erfahren, warum Sie so großen Einfluß haben.«

»Das ist nicht nötig«, sagte Jinnah.

»Aber, Mr. Jinnah, wie sollen wir denn mit unserer Arbeit beginnen?« rief Lord Louis empört.

»Indem wir Pakistan definieren, Sir«, antwortete Jinnah. »In Bengalen und Pandschab gibt es genügend Moslems, um die Bildung meines Landes zu rechtfertigen; das ist der ausschlaggebende Punkt meines Vorschlags.«

»Und was machen Sie mit den Hindus? Sicherlich sind sie weniger zahlreich; aber wie wollen Sie sie behandeln?«

»Natürlich nach islamischem Recht, Sir, es ist tolerant. Sie werden bestimmt besser behandelt werden als die Moslems unter der Herrschaft der Hindus!« sagte Jinnah, dessen Züge lebhafter wurden.

»Mr. Jinnah, ich wiederhole, daß ich zu diesem Zeitpunkt keine Teilung Indiens möchte. Sagen Sie mir ehrlich, was trennt Sie von Mr. Gandhi?«

»Sir, ich kenne ihn schon seit zu vielen Jahren. Sein Ruf macht seinen berechnenden und gerissenen Geist vergessen ...«

»Berechnend, der Mahatma?« rief Lord Louis in vorwurfsvollem Ton.

»Ich sehe, daß der Vizekönig schon dem unwiderstehlichen Charme dieses Hindupredigers erlegen ist«, murmelte Jinnah mit einem Lächeln. »Das wundert mich nicht. Ich kenne seinen Zauber. Aufgrund seiner Vorträge über Indien hielten die Moslems sich so lange zurück.«

»Mr. Jinnah, wie können Sie behaupten, daß Gandhi ein Hindu ist, wenn er so mutig die Moslems von Kalkutta verteidigt hat?«

»Und die Hindus von Bihar!« erwiderte Jinnah kalt. »Nein, Sir, ich kann nicht mehr mit dem Mahatma verhandeln ... ich meine mit Mr. Gandhi. Die Brücken sind abgebrochen.«

»Und wenn ich Sie darum bitte, sie zu reparieren?«

»Die einzige Lösung ist Pakistan, Sir«, wiederholte Jinnah und blickte zur Decke. »Sie können das Ausmaß der Unterdrückung der Moslems in Hindustan nicht ermessen. Man läßt sie ihre Religion nicht ausüben, man treibt Schweine zu den Eingängen der Moscheen, man organisiert prunkvolle Hindufeste während des Ramadans, man stört ihr tägliches Fasten, und während des Freitagsgebets wird mit listiger Freude die Trommel geschlagen ... Hindus und Moslems haben absolut nichts gemeinsam. Nichts!«

»Und wie denken Sie über Nehru?«

Jinnah sah Lord Louis mitleidig an. Dieser junge Mann hatte ein naives Gemüt; er hatte sich schon von der Idee des ewigen Indien verführen lassen. Er hatte eine Geschichtslektion nötig; was konnten ihm schon die Moslems Indiens bedeuten, deren ruhmreiche Vergangenheit er nicht kannte – und deren schrecklichen Niedergang? Oh! Es war allzu klar! Der Vizekönig gehorchte den Führern der Kongreßpartei. Gandhi und Nehru. Ein Mann, der unter ihrem Einfluß stand.

»Was ich über Mr. Nehru denke ...«, sagte er langsam. »Daß sein Platz wohl eher in einem der Colleges wäre, an denen er Literatur studiert hat, Sir; er ist ein Träumer. Peter Pan! Und er dreht und wendet sich in alle Richtungen, nicht ohne Schwung, das gebe ich zu, aber er hat nichts von einem Staatsmann.«

»Sie sind streng«, bemerkte Louis.

»Ich sage das, was er verdient hat, Sir«, sagte Jinnah mit dem Schatten eines Lächelns. »Sie wissen nicht, wie ein Brahmane aus Kaschmir ist. Diese Arroganz, die er durch sein modernistisches Auftreten zu verbergen sucht, diese Art, mit der er jetzt dem Sozialismus huldigt ... Der Sozialismus, Sir! Ist das etwa im Augenblick ein Problem? Und glauben Sie, daß er den Forderungen der Moslems nachgeben wird? Niemals. Er ist viel zu westlich.«

»Mein Gott, wie mir scheint, tragen Sie eine Kleidung, die gar nichts Moslemisches an sich hat, Mr. Jinnah«, bemerkte Lord Louis lächelnd.

Jinnah nahm aus seiner Jacke eine Zigarettenspitze aus weißer Jade und steckte sich eine Zigarette an.

»Ah! Das stimmt. Ich gebe es zu«, lächelte er und stieß den Rauch aus. »Aber unter diesem Anzug, der auch der Ihre ist, Sir, schlägt mein Herz nur für Pakistan. Haben Sie nicht auch für Ihr Land gekämpft?«

»Für mein ganzes Land, und mein Land war nicht allein, mein Herr. Ich habe gegen den Nazismus gekämpft, das ist etwas ganz anderes«, antwortete Lord Louis bestimmt.

»Nun gut! Und ich kämpfe gegen den Hinduismus, die Unterdrückung. Ich bin auch nicht erpicht darauf, Blut zu vergießen, Sir«, sagte er und sah den Vizekönig eindringlich an. »Sehe ich aus wie ein blutrünstiger Tyrann? Sehen Sie mich an; glauben Sie, daß ich um jeden Preis Hindus massakrieren will?«

»Nein, Sir, Sie sind nicht einer von dieser despotischen Sorte. Das versteht sich von selbst«, räumte Lord Louis ein. »Aber warum wollen Sie dann diese Teilung? Sie wird eben jene Massaker, die Sie nicht wollen, nach sich ziehen ...«

»Im Gegenteil!« rief Jinnah plötzlich erregt. »Wir trennen uns und werden das Erbe teilen, und dann werden wir die besten Freunde sein. Was gibt es Einfacheres? Es ist ein chirurgischer Eingriff; man entfernt einen Abszeß, es ist schmerzhaft, aber der Körper ist geheilt. Ich schlage Ihnen nichts anderes vor. Ich bin mir sicher, daß ich, wenn Pakistan einst anerkannt ist, zu Nehru die besten Kontakte haben werde. Selbst mit dem Mahatma, stellen Sie sich vor ...«

»Wissen Sie, daß er vorschlägt, Sie zum Regierungschef des unabhängigen Indiens zu machen?« unterbrach Lord Louis ihn unwirsch.

Jinnah zog an seiner Zigarette und schloß die Augen.

»Wer? Gandhi? Ich Premierminister? Sie meinen doch sicherlich Minister? Das hat er mir schon vor einiger Zeit vorgeschlagen, ich habe abgelehnt.«

»Nein, Mr. Jinnah, Sie haben richtig gehört: Premierminister. Die Politik der Hindus wird ganz von Ihren Entscheidungen abhängen.«

Jinnahs Gesicht verkrampfte sich; sein Geist arbeitete fieberhaft. Sein Herz klopfte zum Zerspringen, und er merkte, daß er den Tränen nahe war. Was für ein unerträgliches Gefühl ... Nachgeben, sich dieser Ehre hingeben, von der er gar nicht mehr zu träumen gewagt hätte? Er, ein Moslem, an der Spitze Hindustans? Die Seinen verraten? Oder mit offenen Armen annehmen?

»Ah, der alte Fuchs«, murmelte er. »Wie listig er ist! Ich weiß nicht, was sich hinter diesem Vorschlag verbirgt, Sir ...«

»Wollen Sie es mit Ihrer ganzen Seele und nach bestem Gewissen erwägen?« fragte Lord Louis.

»Ich bin nicht sicher, ob ich es will«, murmelte der große alte Mann, wie zu sich selbst. »Hätte ich dazu die Kraft?«

»Sie sind dafür bestimmt, hundert Jahre alt zu werden«, versicherte Lord Louis ihm herzlich.

»Wer kann über die Zukunft richten, Sir?« murmelte Jinnah mit kaum hörbarer Stimme. »Ich möchte nicht sterben, ohne Pakistan ins Leben gerufen zu haben«, fügte er hinzu und legte unwillkürlich die Hand auf die Brust.

»Bevor Sie diese Lösung ins Auge fassen, sollten Sie über meine Idee nachdenken.«

»Die Mr. Gandhis«, berichtigte ihn Jinnah vorsichtig. »Möchten Sie wissen, was mein Gefühl darüber sagt? Nehru würde das niemals akzeptieren.«

»Aber wenn er es doch täte?«

»Er kann es nicht, Sir«, antwortete Jinnah mit einem liebenswürdigen Lächeln. »Er ist Bramahne. Und die Zeit drängt.«

In Windeseile lief Lord Louis in den Salon, in dem Edwina lesend auf ihn wartete.

»Gott im Himmel! Bisher habe ich gedacht, ich könne meinen Auftrag erfüllen, aber jetzt sehe ich, daß es unmöglich ist!« sagte er und ließ sich in einen Sessel fallen.

»Er wird in nichts nachgeben, nicht wahr?« sagte Edwina, ohne ihr Buch wegzulegen.

»Woher soll ich das wissen? Der Mann ist unerbittlich. Er weicht nicht von seinem Pakistantraum, und wenn ich einen Schritt vorwärts mache, dann macht er sich nicht einmal die Mühe zu antworten. Er bleibt ungerührt, eingezwängt in seinen Dreiteiler, seine Zigarettenspitze zwischen den Fingern, ohne eine Regung ...«

»Ich kann einfach nicht glauben, daß Sie ihn nicht aufgeheitert haben«, bemerkte Edwina, ohne den Blick zu heben. »Wenn Sie wollen, können Sie doch eine angreifende Kobra zähmen!«

»Aber eine Kobra lebt! Während Jinnah an einen lebendigen Toten erinnert ... Nein, meine Liebe, ich weiß nicht, ob ich zum Ziel gelange. Aber was für einen Eindruck hat er denn auf Sie gemacht?«

»Zerbrechlich, Dickie«, sagte Edwina und blätterte um. »Dieser alte Mann, der so groß ist und sich so gerade hält, ist nicht so resistent, wie er aussieht.«

»Es würde mich freuen, wenn Sie recht hätten, Darling ...«, seufzte Lord Louis und stützte seinen Kopf in die Hände. »Er hat mich angestrengt. Hören Sie«, sagte er und stand plötzlich auf. »Lassen Sie dieses verdammte Buch und kommen Sie mit mir. Wo ist Pammy?«

»Ach, das weiß ich nicht. Ich glaube, sie ist in der Stadt«, antwortete Edwina, ohne sich zu beeilen. »Wo bringen Sie mich hin?«

»Irgendwohin. Wir werden sehen. Ich brauche Luft«, sagte er.

Das Auto hatte gerade die große Avenue verlassen, an der ersten Kurve zögerte der Chauffeur: »Wohin soll ich fahren, Euer Hoheit?«

»Zu Lodi Garden ... Nein! Fahren Sie zum Grab von Humayun«, sagte Lord Louis zerstreut.

»Dort werden wir Ruhe haben«, dachte er. »Er hat immerhin den Vorschlag Gandhis nicht abgewehrt ... Nehru würde ablehnen? Unmöglich, er ist zu großzügig. Wenn Gandhi ihn darum bittet, kann er nicht ablehnen. Das ist es, man muß Gandhi gegen seinen geistigen Sohn ins Spiel bringen. Nun, denken wir nicht mehr daran. Dieser teuflische Mann bringt mich zur Weißglut.«

Der Chauffeur hielt vor der sandigen Allee; weit entfernt erhob sich das erste mogulische Tor. Lord Louis und seine Frau gingen an den großen, eingefallenen Gemäuern entlang bis zu den hohen Stufen. Ein alter Moslem in einem schwarzen Kaftan begrüßte sie, er legte die Hand ans Herz und murmelte leise *salaam;* dann trottete er mit schlurfendem Schritt zu den schweren Holztüren. Der Durchgang war so dunkel, daß Edwina beinahe gestolpert wäre, der Alte stieß die Tür auf. Jenseits dieser Dunkelheit erhob sich plötzlich in überwältigend strahlendem Licht das riesige Grabmahl aus rosafarbenem Stein. Es war so hell, daß Edwina sich schützend die Hand vor die Augen hielt. Sie wurden von der Stille ergriffen und standen regungslos da. Mit der Zeit gewöhnten sie sich an die blendend weiße Kuppel, in der es von Tauben nur so wimmelte. Sie erkannten auf dem roten Stein die Bilder aus weißem Marmor, dann die Rosette aus grünem Email, schließlich, kaum wahrnehmbar, die schwarzen Voluten mit dem Namen Allahs über den Säulen des Grabes. Ganz oben auf einem goldenen Mast glättete ein Milan sein Gefieder.

»Was für ein Frieden«, flüsterte Edwina.

»Wie majestätisch ...«, sagte Lord Louis. »Das ist wirklich ein würdiges Grab für einen Kaiser!«

Plötzlich durchbrach ein krächzender Schrei die Stille des Gartens; der Kopf eines Pfaus erschien hochnäsig über einem Mäuerchen; dann setzte er verächtlich einen Fuß vor den anderen, hob seinen langen Schweif und maß den Horizont. Der Vogel musterte sie, wandte zwei- oder dreimal mit abrupten Bewegungen seinen azurfarbenen Hals hin und her und flog dann geräuschvoll mit gespreizten Federn davon, als ob er ihnen kein bißchen Macht über sein Reich zugestehen wollte.

»Der Herr dieser Stätte«, sagte Edwina lachend. »Wir haben ihn gestört.«

»Das Wappentier Indiens hat schließlich das Recht, sich zu Hause heimisch zu fühlen. Aber sehen Sie nur, die echten Herren sind anderswo.«

Und er zeigte auf einen großen Zedrachbaum, dessen

eine Seite ganz ausgetrocknet war. Auf den entblößten Zweigen wachte eine Schar Raubvögel über das Grab.

»Oh, ich mag diese Vögel nicht«, sagte Edwina angewidert.

»Kommen Sie«, sagte Dickie, »setzten wir uns doch auf den Rand dieses Beckens dort.«

Der Rasen war übersät mit Elstern und Spatzen; sie sprangen überall umher, ein eifriger Wiedehopf pickte wie besessen die Erde zwischen den Gräsern. Im Schatten des großen Grabes lebte eine ganze beflügelte Welt.

»Sehen Sie, sie sind uns doch ähnlich«, sagte Edwina plötzlich. »Sie picken, sie tun alles mögliche, manchmal fliegen sie davon, und nichts um sie herum ändert sich, nur das Grabmal im Morgenlicht.«

»Sie fliegen davon«, beobachtete Lord Louis. »Hören Sie, der Gesang des Muezzin ... Die Moschee ist ganz nah. Gleich wird der Himmel rot sein. Die Schlangen kommen aus ihren Höhlen hervor, und wir werden von der Düsternis eingehüllt. Glauben Sie, daß Nehru Jinnah seinen Posten überläßt?

»Wie bitte?« fragte Edwina erschrocken.

»Sie waren doch dabei, als Gandhi diesen unsinnigen Vorschlag machte, daß Jinnah Premierminister werden soll. Kann Nehru das akzeptieren?«

»Dickie, hören Sie doch auf ...«, antwortete Edwina verärgert.

»Dieses Paradies läßt Ihre Fragen so lächerlich erscheinen.«

»Sie haben recht, meine Schöne«, gab Lord Louis zu. »Ich frage mich, was der Herrscher, der hier ruht, wohl dazu sagen würde. Oh! Das war kein Kriegsheld. Wenn man bedenkt, daß er sich den Hals gebrochen hat, als er die Stiegen seines Observatoriums hinaufstieg. Er betrachtete die Sterne und rauchte Haschisch. Ja, was würde er dazu sagen?«

»Fragen Sie ihn doch, Dickie«, sagte Edwina und deutete auf das Grabmahl. »Schließlich hat doch ein mogulischer

Kaiser ein Wörtchen über das Schicksal der Moslems zu sagen, oder?«

»Oooh!« rief Lord Louis durch seine zu einem Trichter geformten Hände. »Wenn Du mich hörst, Kaiser Humayun, dann antworte mir! Wird Mr. Jinnah Premierminister von Hindustan?«

Die Spatzen schwiegen auf einmal, und der Wiedehopf flog davon. Von dem Schrei gestört, hob einer der Raubvögel seine riesigen Flügel.

»Sie bringen mich wirklich dazu, die einfältigsten Dinge zu machen, meine Liebe«, sagte Lord Louis. »Und dieser Kaiser bleibt ruhig. Wissen Sie, wie Jinnah Nehru nennt? Peter Pan! Er findet ihn zu englisch ...«

»Englisch!« sagte Edwina empört. »Wie arrogant! Und Jinnah wagt das zu sagen mit seinem Anzug und seinen Gamaschen!«

»Er haßt Nehru von ganzem Herzen. Und deswegen glaubt er, daß Nehru es ablehnen wird, ihm seinen Posten zu überlassen. Sie haben mir vorhin nicht geantwortet.«

»Aber wie soll Nehru das denn dem Kongreß erklären? Wie soll er ihnen klarmachen, daß man ihm ihren Hauptgegner vorzieht? Selbst wenn Nehru wollte, könnte er das nicht!« rief Edwina heftig.

»So glauben Sie also, daß Jinnah der Hauptfeind des Kongresses ist«, stellte Lord Louis fest. »Ich hätte gedacht, es sei London ...«

»Sagen Sie mir nicht, wo Ihre Sympathien liegen, Dickie, ich würde es Ihnen nicht glauben«, rief Edwina. »Sie mögen Nehru auch lieber als Jinnah!«

»Das stimmt«, bestätigte Lord Louis. »Man verlangt von mir, neutral zu bleiben; ich stelle fest, daß das unmöglich ist. Aber ich muß diesen Jinnah um jeden Preis überzeugen, an die Teilung möchte ich gar nicht erst denken ...«

»Und wenn Nehru akzeptiert und Jinnah Ministerpräsident ist, glauben Sie nicht, daß die Hindus dann revoltieren?« rief Edwina.

»London ist weit weg«, murmelte Lord Louis, ohne ihre

Frage zu beantworten. »Der Premierminister hat mich gebeten, das Empire da herauszuziehen, ohne selbst zu wissen wie … Kommen Sie, wir sollten hier nicht nach Sonnenuntergang bleiben.«

Schon bedeckten Schatten das halbe Grab, und entlang der Kuppel zeichnete die Sonne ihre letzten Strahlen. Die Vögel verließen das blaue Gras, und die letzten Raubvögel kehrten mit lautem Flügelschlag in ihre Nester zurück. Eng aneinandergeschmiegt, gingen Lord Louis und seine Frau auf Zehenspitzen durch die dunklen Alleen; plötzlich schlängelte sich eine Schlange leise raschelnd an Lord Louis vorbei und verschwand im Gebüsch.

»Eine Kobra!« sagte Edwina und zeigte mit dem Finger in die Richtung, wohin sie verschwunden war.

»Ich bin sicher, daß es eine Kobra war.«

»Mein Gott, ich habe ihr angst gemacht. Man sollte glauben, daß Sie recht hatten, als Sie sagten, daß ich diese heiligen Tiere erschrecken kann«, sagte Lord Louis lachend. »Was die Anführer Indiens anbelangt, ist das leider nicht der Fall!«

»Dickie, es ist schon Nacht«, murmelte Edwina. »Wir müssen gehen; man erkennt nicht einmal mehr einen Spatzen vor dem Gesicht.«

»Kein bißchen Licht«, sagte Lord Louis. »Wavell hatte recht. Ich sehe auch kein bißchen Licht, um das Schlimmste zu verhindern. Und der Kaiser Humayun benimmt sich genauso wie Mr. Jinnah: Er schweigt.«

## *Die Nachtigall Indiens*

*Delhi, den 10. April 1947*

Lord Ismay, Direktor des Kabinetts des Vizekönigs, wartete im Ehrenhof des Palastes auf die alte Dame vor dem Haupttor. Sie ging mit schnellen Schritten, mit erhobenem Kopf und blickte nach allen Seiten, um nichts von dem Spektakel zu verpassen.

So sieht also dieser Palast aus, dachte Sarojini. Nie werde ich genug davon kriegen, ihn anzusehen. Wenn man bedenkt, daß er uns seit seiner Erbauung im Jahre 1922 verhöhnt ... Und wenn man bedenkt, daß wir darin bald zu Hause sein werden. Wenn Gott will. Wenn es Gott gibt. Und wenn Jinnah sich dem nicht in den Weg stellt.

Und weil sie nicht auf ihre Schritte achtete, stieß sie an einen Stein und stolperte. Lord Ismay lief sofort herbei und hielt sie am Arm.

»Das war knapp, Sir«, sagte sie mit dem breiten Lächeln, mit dem sie die Herzen eroberte. »Fast hätte der Vizekönig auf diesen Termin verzichten müssen.«

»Er erwartet Sie, Madam«, sagte Lord Ismay. »Er erhofft sich sehr viel von dieser Unterredung.«

»Bah, was kann er schon von einer so alten Frau wie mir erwarten?« sagte sie ungezwungen und schlug den Zipfel ihres Sari über die Schulter.

»Die Erfahrung, Madam, und Sie kennen die Anführer Ihres Landes doch schon sehr lange ...«

»Sagen Sie lieber, schon immer, Sir,« antwortete sie. »Selbst der Mahatma ist kaum älter als ich!«

Als Sarojini durch die langen Gänge ging, konnte sie nicht anders, als jeden einzelnen der Garde ernsten Blickes zu mustern. Auch nicht einer würde die Augen senken. Keiner würde der alten Inderin seine Aufmerksamkeit schenken, dabei sind sie doch Inder, so wie ich ... Neugierig musterte sie die Hellebarden, Büffelhandschuhe und Turbane, aber nichts außer dem leichten Geklimper ihrer Glasarmbänder antwortete ihr.

Am Ende eines Korridors stand Edwina und erwartete sie.

»Das ist zuviel der Ehre«, sagte die alte Dame und faltete die Hände zum Gruß.

»Liebe Mrs. Naidu«, antwortete Edwina und führte sie gleich weiter.

»Wir wissen, was Sie für dieses Land bedeuten.«

»Ja, wirklich?« stotterte Sarojini und trottete neben ihr her.

»Die Nachtigall Indiens, nicht wahr?«

Die alte Dame blieb stehen und hielt ihre Hand gegen die Brust. Diese junge Vizekönigin ging wirklich ganz schön schnell.

»Wie sagen Sie? So nennt mich Gandhi und nur er!« rief sie.

»Er ist es ja auch, der mir von Ihnen erzählt hat«, antwortete Edwina lächelnd. »Habe ich Sie vor den Kopf gestoßen?«

»Nein, nein«, sagte Sarojini und ging weiter.

Sie gefällt Gandhi. Aber was Nehru anbelangt ... das male ich mir lieber nicht aus. Ich muß sie mir mal ganz aus der Nähe betrachten, dieses Kind. Sie ist keine gewöhnliche Engländerin, keine Memsahib. Man muß wirklich zugeben, daß sie hübsch ist, ohne Zweifel. Es ist sicherlich angenehm, schön zu sein, ging der alten Dame immer wieder durch den Kopf, während sie an Edwinas Arm ging.

Im Salon erwartete Lord Louis sie, der Mrs. Naidu die Hand mit breitem Lächeln entgegenstreckte.

»Mrs. Naidu, die indische Nachtigall.«

Sarojini lachte laut auf. Sie hatten sie schon für sich eingenommen.

»Also wirklich, Sie nehmen sich gegenseitig das Wort aus dem Mund! Lady Louis hat schon ...«

Sie ließ sich in einen Sessel fallen. Diese beiden jungen Leute waren sehr verführerisch.

»Wissen Sie«, fuhr sie fort, »daß es in Indien keine Nachtigall gibt? Unser Gandhi mochte meine armseligen Gedichtlein; er hat diesen Spitznamen erfunden, ich weiß nicht warum, er ist an mir haftengeblieben. Ich kann nichts dafür ...«

»Aber wenn es gar keine Nachtigall gibt?« fragte Edwina enttäuscht.

»Na und! Das englische Wort ist so schön, *nightingale*, das Geheimnisvolle der Nacht und doch so sternenklar, das hätte ihm gefallen. Es ist ja so, daß unser Mahatma ein hervorragendes Englisch spricht, wissen Sie? Ich mag dieses

Wort sehr gerne; es erinnert mich an Shakespeare, die Nachtigall, und nicht die Lerche, meine Liebe …«

Fasziniert hörte Edwina zu, wie die alte Dame Romeo und Julia beschwor. Eine sanfte und bittere Stimme mit tiefen Klängen.

»Das Schlimme ist«, sagte Sarojini lachend, »daß unser Bapu ein miserables Hindi spricht.«

Lord Louis beugte sich über den Rand seines Sessels.

»Wirklich? Wie macht er das dann bei seinen Reden?«

»Er spricht Hindi, aber mit einem furchtbaren Akzent, der aus seiner Muttersprache, dem Gujarati, herrührt. Aber das ist nicht wichtig; selbst wenn er Chinesisch spräche, würde er Indien bezaubern. Sie kennen ihn, nicht wahr?«

»Ja«, sagte Edwina begeistert. »Er ist unwiderstehlich.«

»Unwiderstehlich, das ist das richtige Wort. Und sehr unglücklich, so wie wir es alle heute in unserem Hindustan sind. Sie wollten mit mir reden, Sir«, wandte sie sich an Lord Louis.

»Man sagt mir, daß Sie Mr. Jinnah gut gekannt haben, Madam.«

Die alte Dame senkte schweigend die Augen und drehte an ihren Armbändern.

Darum geht es also, sagte sich Sarojini. Was soll ich Ihnen sagen? Sie würden es nicht verstehen. Sie werden ihn nicht mögen, Jinnah ist nicht mehr liebenswürdig wie früher. Aber wenn es noch eine Chance gibt, eine einzige …

Lord Louis und seine Frau sahen einander an. Die alte Frau war ganz in ihren Träumen versunken. Hatte sie seine Worte wohl gehört?

»Ich sprach über …«, begann Lord Louis peinlich berührt.

»Sehr wohl«, unterbrach ihn Sarojini und hob wieder den Kopf. »Ich weiß. Sie haben ihn schon empfangen, nicht wahr?«

»Das stimmt. Mr. Jinnah schien mir nicht sehr zugänglich. Er beharrt auf seinen Vorstellungen, und wir sind auch nicht ein Stückchen weitergekommen. Er will sein moslemisches Land. Und wenn ich mit ihm über den Kongreß reden möchte, macht er sich noch nicht einmal die Mühe zu antworten.«

»Euer Exzellenz«, begann Sarojini gequält, »der Jinnah, den ich damals gekannt habe, war ein Kämpfer des Kongresses, ein junger Mann mit außergewöhnlichem Enthusiasmus und besonderer Anziehungskraft. Einer der leidenschaftlichsten Vertreter der Einheit zwischen Moslems und Hindus. Und ich kann einfach nicht glauben, daß in seinem Herzen keine Spur mehr von diesem Geist geblieben ist.«

Ein tiefer Schmerz lag in ihrem Ausdruck.

»Nein, ich kann es einfach nicht glauben«, wiederholte sie.

»Sie kennen seine Einstellung«, sagte Lord Louis.

Die alte Dame hob bedrückt die Hand.

»Wissen Sie, welche Gründe dieser Sinneswandel hat?« fuhr Lord Louis fort.

»Ach! Wenn ich sie kannte ... hätte ich alles getan, um dem entgegenzuwirken!« rief Sarojini. »Es ist nicht an einem Tag passiert. Er hat gelitten, hat Stein um Stein ein Gefängnis gebaut, schließt sich darin ein, und keiner von uns hat den Schlüssel.«

»Er hat gelitten, sagen Sie, Mr. Gandhi hat das auch gesagt«, sagte Lord Louis betroffen. »Wie gelitten?«

Du bist zu jung, Vizekönig von Indien, dachte Sarojini. Das Leben hat dir alles gegeben, und du hast eine Frau an deiner Seite. Du kennst kein Leid.

»Ich kann es Ihnen nicht erklären«, murmelte Sarojini.

»Ist es persönliches Leid?« fragte plötzlich die helle Stimme Edwinas.

Sarojini drehte sich schwerfällig um und musterte Edwina zornig, ohne ihr zu antworten.

»Gut!« schloß Lord Louis. »Aber Sie kennen Mr. Nehru gut.«

»Seit 1917, Sir«, sagte Sarojini erleichtert. »Er hat das mutige Herz behalten, das er auch damals schon hatte, unsere Hoffnung. Aber ich glaube, es gibt nichts, was ich Ihnen sagen könnte, das Sie nicht schon wüßten.«

»Wir wissen längst nicht alles!« protestierte Edwina.

»Sie kennen seine Tochter, oder? Sie ist seine einzige Liebe«, sagte Sarojini, ohne Edwina aus den Augen zu lassen. »Als er im Gefängnis war, haben sie sich jeden Tag geschrieben, zumindest fast jeden. Eine solche Anhänglichkeit zwischen Vater und Tochter hat es noch nie gegeben. Keine Frau könnte sich jemals zwischen sie stellen, keine ...«

»Aber Indhira Nehru ist doch mit diesem anderen Mr. Gandhi verheiratet, dem Parsen«, bemerkte Lord Louis.

»Und Mutter eines kleinen Rajiv, ja. Aber in Indien leben alle unter einem Dach, und die junge Indhira teilt das Leben ihres Vaters. Während der Gefängnisjahre hatten sie kaum die Möglichkeit zu familiärer Nähe und Vertrautheit, wie sie in Indien gepflegt wird. Aber wie können Ihnen solche Details helfen?«

»Alles ist wichtig, Madam«, antwortete Lord Louis. »Jede Einzelheit kann den Kompromiß begünstigen. Aber da Sie nicht über Mr. Jinnah reden wollen ...«

»Ich kann etwas über den Mahatma erzählen,« rief Sarojini. »Vielleicht von unserer ersten Begegnung? Das war ... Mein Gott! In London, am Vorabend des ersten Weltkrieges. Er war gerade aus Südafrika gekommen, umgeben vom Ruhmesglanz wegen seines Sieges über General Smuts, der gezwungen war, die Rechte der indischen Gemeinschaft anzuerkennen. Ich irrte durch Kensington auf der Suche nach einem Zimmer und stieg gerade abgetretene Stufen in einem alten, verkommenen Haus hoch, und schließlich sah ich durch den Türrahmen einen kleinen Mann mit rasiertem Kopf, der auf einer Gefangenendecke saß und ein schreckliches Gemisch aus zermatschten Tomaten und Olivenöl aß. Aus einer Holzschüssel, Gefängnisgeschirr, wahrscheinlich ...«

Die Augen von Sarojini blitzten derart, daß Edwina die kleine Figur fallen ließ, mit der sie gerade spielte.

»Was haben Sie getan?« murmelte Lord Louis.

»Ich habe gelacht, so laut, daß er die Augen hob und mir mit einem Lachen geantwortet hat: ›Ah! Sie sind Mrs. Naidu! Wer sonst auf der Welt könnte sich über mich lustig machen? Kommen Sie, essen Sie mit mir!‹«

»Dieser Vorschlag wurde uns auch schon einmal unterbreitet«, sagte Edwina, »aber es war Yoghurt.«

»Das wundert mich nicht!« rief Sarojini. »Little Man ist zu allem fähig. Bei der Vorstellung, seinen Brei essen zu müssen, standen mir alle Haare zu Berge! ›Nein Danke‹, habe ich ihm geantwortet, zweimal kräftig geschluckt und die Nase gerümpft. Was für ein gräßliches Zeug!«

»Genau in diesem Moment sind wir Freunde geworden. Das hat ihn nicht daran gehindert, mich dreißig Jahre lang in den Dienst für das freie Indien einzuspannen, sehen Sie ...«

Lord Louis und seine Frau tauschten einen kurzen Blick aus; die alte Mrs. Naidu hatte endlich ihre Reserviertheit verloren.

»Sie kannten auch seine Frau«, sagte Edwina sanft.

»Wir waren zusammen im Gefängnis, alle drei, in Yeravda. Und als sie an dieser Lungenentzündung gestorben ist, da Little Man nicht wollte, daß die Engländer sie behandeln, bin ich befreit worden, ach ...«

Die alte Dame schien sehr ergriffen. Edwina wollte gerade den Mund aufmachen, aber mit einer Handbewegung gab Lord Louis ihr zu verstehen, daß sie schweigen solle.

»Nun ja«, fuhr Sarojini fort und unterdrückte ihre Tränen, »sie war eine vom unbändigen Märtyrergeist gezeichnete Frau.«

»Wie hieß sie noch?« fragte Edwina.

»Kasturba. Sie hatte kein einfaches Leben mit ihrem furchtbaren Mann. Über ihre Querelen während der Jugend hat sie nie gesprochen. Denken Sie nur, mit Dreizehn war sie verheiratet worden.«

»Der Mahatma macht niemandem das Leben leicht«, sagte Lord Louis mit einem Lächeln. »Beispielsweise, wenn er dritter Klasse reist, wie beschützt man ihn dann?«

»Ah!« rief Sarojini und prustete vor Lachen. »Das können Sie sich nicht vorstellen. Glauben Sie, daß wir ihn allein fahren lassen, wenn er von allen Seiten bedroht wird? Jedesmal müssen ein paar unserer Kämpfer sich als Unberührbare verkleiden und sich in seinen Waggon setzen, ohne daß er es weiß. Eine unvergleichliche Komödie. Und in Delhi, wenn er sich darauf versteift, in seinem Elendsviertel zu wohnen, mitten in einer Unberührbarensiedlung, sind in den benachbarten Häusern Hunderte weiterer Kämpfer postiert. Er hat keine Ahnung davon. Sein Wille, in Armut zu leben, was das den Kongreß gekostet hat, mein lieber Lord Louis, davon können Sie sich keine Vorstellung machen.«

Sie lachten alle drei von ganzem Herzen, als sich ein Offizier Lord Mountbatten näherte und ihm etwas ins Ohr flüsterte. Der Vizekönig entschuldigte sich und verschwand.

Edwina konnte nicht mehr aufhören zu lachen; entzückt nahm Sarojini ihre Hand und beugte sich zu ihr.

»Mein liebes Kind, Sie hatten recht mit dem, was Sie über Mr. Jinnah vermutet haben«, murmelte sie vertraulich. »Die Frauen erraten solches Leid besser. Er hatte eine junge Parsin geheiratet, eines dieser Geschöpfe mit mondheller Haut, wie sie die Parsifrauen oft haben. Eine so milchige Haut … Sie hieß Ruttie, war sechzehn und er älter als vierzig. Ich habe noch nie einen so verliebten Mann gesehen noch eine solche Schönheit. Provozierend bis zum äußersten, Lady Edwina. Saris aus durchsichtigem gewebtem Musselin, aber nur ein Hauch von einem Schleier, wirklich indezent … Oder enganliegende Lamékleider, wie man sie bei Ihnen trägt …, in denen sie sich wie eine Schlage bewegte … Und dann hat sie ihn verlassen, vor langer Zeit.«

»Das ist also der Schlüssel zu dem Rätsel Jinnah!« rief Edwina. »Das hätte ich nicht gedacht.«

»Das ist nicht der einzige Schlüssel, meine liebe Kleine. Es ist schlimmer. Ein Jahr, nachdem sie ihn verlassen hatte, ist sie gestorben … Das, was ich Ihnen jetzt sagen werde, wird Ihnen unglaubwürdig erscheinen. Sie ist Mystikerin geworden und hat Drogen genommen.«

»Wie ist denn das möglich!« rief Edwina.

»In Bombay ist alles möglich«, seufzte Sarojini. »Vor allem unter den reichen Leuten, die sich zu viel mit Engländern abgeben, entschuldigen Sie, daß ich Ihnen das so ohne Umschweife sage. Ruttie war schwer krank, sie brauchte

Morphium; man wird Ihnen sagen, daß sie an ihrer Krankheit gestorben ist, aber ich glaube nicht, daß das stimmt. Jinnah hat sich davon nicht erholt. Und das ist immer noch nicht alles.«

»Was wollen Sie mir denn noch verraten? Hat sie ihn betrogen?«

»Oh! Liebe Lady Louis … das versteht sich doch von selbst. Nein, es ist etwas anderes. Jinnah hatte von ihr ein Mädchen, die später einen Parsi heiratete, also einen Anhänger des gleichen Glaubens wie Rutties. Zu dieser Zeit ist Jinnah zu dem unnachgiebigen Menschen geworden, den Sie kennenlernen werden: Die Wahl eines Parsi als Gatten konnte er ihr nicht verzeihen. Der Vater und die Tochter sind seither zerstritten.«

»Aber was bleibt Mr. Jinnah dann noch? In dem, was Sie sagen, sehe ich nur Trauer und Asche, Mrs. Naidu.«

»Es bleibt ihm seine Schwester Fatima. Seine Doppelgängerin und sein Double, die sein Leben teilt. Sie werden sehen, man wird Ihnen von den Jinnahs wie von einem Ehepaar erzählen«, schloß Sarojini mit einem kleinen Lächeln.

»Was für eine unglaubliche Geschichte«, murmelte Edwina.

»Glauben Sie das nicht!« sagte Sarojini laut. »Unglaublich? Wenn Sie wüßten … Wenn man uns und andere Friedenskämpfer so von außen betrachtet, dann spricht man uns ein Leben von bewundernswerter Härte zu, ganz unter dem Eindruck, den man von unserem Mahatma hat, nicht wahr? Aber, mein Kind, wenn wir nach Monaten von Einsamkeit aus dem Gefängnis kamen, dann gaben wir uns mit dem ganzen Körper, völlig kopflos der Liebe hin … Ein gewaltiger Sturm, Lady Louis, eine Trunkenheit ohne Grenzen! Wie viele Leidenschaften sind so geboren, in der Zeit zwischen zwei Gefangenschaften, auf den Wegen der Kampfesmärsche, während der großen gewaltlosen Streiks … Wir umarmten uns so überschwenglich, als müßten wir am nächsten Tag sterben, unsere Nächte waren wie Blitze und die Tage wie der Monsun, der starke Wind der Herzen beugte uns, wie er wollte, und wir vergaßen alles, die Kämpfe, die Wahrheit, die Unabhängigkeit und sogar Indien! Während der Haft waren es die Arme Indiens, die uns umfingen; aber danach waren wir rissig wie die Erde vor dem Monsun, wir starben vor Durst, wir brauchten Wasser, das lebendige Wasser der Umarmungen und der Küsse … Und dann wurden wir wieder gefangengenommen; wir kehrten ins Gefängnis zurück, um eine Keuschheitskur zu machen. Das Leben, meine Liebe, das Leben war so mächtig!«

Die alte Dame hielt inne, atmete schwer.

»Warum Ihnen das alles erzählen? Es ist schon so lange her … Ich habe mich wie ein Kind gehenlassen«, murmelte sie und wischte sich die Stirn.

»Es muß Ihnen nicht leid tun, Mrs. Naidu«, sagte Edwina und legte ihr die Hand auf die Schulter. »Ich wußte von all dem nichts.«

»Aber niemand weiß es …«, seufzte die alte Frau. »Und wenn wir einmal frei sind, werden unsere Geschichtsbücher keine einzige dieser Liebesgeschichten bewahren, die es uns ermöglicht hatten, unsere Kämpfe fortzuführen; sie werden verschwinden. Das Gedenken an uns wird wahrscheinlich sehr ehrenvoll sein; man wird Girlanden unter unsere Porträts legen, man wird Weihrauch streuen, Reden halten, aber nichts wird von der Hitze unserer Nächte übrigbleiben … So ist das!« endete Sarojini und klimperte mit ihren Armbändern.

»Wenn Sie sagen wir, Mrs. Naidu, sprechen Sie auch von sich, oder?« fragte Edwina schüchtern.

»Bin ich denn so alt?« fragte Sarojini entrüstet. »Außer dem Mahatma und seinen treuesten Schafen haben wir diese Stürme alle empfunden.«

»Und Mr. Nehru?« fügte Edwina noch leiser hinzu.

In welchem Ton sie redet, wenn sie seinen Namen ausspricht, dachte Sarojini, ohne ihr zu antworten. Wenn sie es wissen will, dann werde ich ihr sagen, wen Nehru vor ihr geliebt hat. Meine eigene Tochter, meine Padmaja. Soll ich zulassen, daß dieses Mädchen mit der weißen Haut meinem Kind Nehru raubt?«

»Fragen Sie ihn selbst, Lady Edwina«, antwortete Sarojini bestimmt. »Nach dem Tod seiner Frau hat Nehru eine wahnsinnige Leidenschaft für eine junge Frau empfunden ... ziemlich hübsch, ich kenne sie gut. Was Jinnah anbelangt, dachte ich, wäre es gut, Ihnen von seinen Leiden zu erzählen; Sie können es dem Vizekönig sagen, wenn er wirklich den Charakter des Anführers der Moslem-Liga verstehen will. Aber Nehru, das ist nicht nötig«, fügte Sarojini hinzu und drapierte kokett ihren Sari.

## *Gipfeltreffen der beiden Alten*

*Delhi, am 15. April 1947*

Nach Monaten des Schmollens hatte Jinnah endlich akzeptiert, den Mahatma zu treffen. Und zwar in dessen elendigen Quartier, im Viertel der Unberührbaren, in Banghi Colony. Sie hatten sich seit 1946 nicht gesehen.

Wie immer hatte Jinnah sich in einen Sessel gesetzt; er hatte es nie ertragen können, sich auf den Boden zu setzen, wie die Eingeborenen es taten und die Kämpfer des Kongresses es von ihnen übernommen hatten. Diese ewige Zuneigung, dachte er, ich werde mich nicht herablassen, vor allem nicht vor dem Angesicht Mohandas Gandhis.

Zu seinen Füßen, die Beine zur Seite und mit nacktem Oberkörper, sponn Gandhi hingebungsvoll das Spinnrad, das er ja zu seinem Wahrzeichen gemacht hatte. Die Partie versprach hart zu werden, und der alte Mann ließ den gespannten Faden zwischen seinen Fingern nicht aus den Augen.

»Mein lieber Jinnah«, begann er sehr langsam. »Ich weiß, daß der Vizekönig von Indien Ihnen meinen Vorschlag ausgerichtet hat. Sind Sie damit einverstanden, Premierminister des vereinten Indien zu werden?«

»Aber ich weiß, daß Nehru dies ganz klar abgelehnt hat!« rief Jinnah. »Wagen Sie es, dies zu leugnen?«

»Sie kennen den aufbrausenden Charakter Nehrus«, sagte der Mahatma vorsichtig, »und ich lüge nie. Er hat abgelehnt, das ist richtig.«

»Und Sie haben alles getan, um ihn zu überzeugen«, fuhr Jinnah fort.

»Ich habe mich ihm sogar demütig zu Füßen geworfen«, sagte der Mahatma lächelnd.

»Nun gut! Die Sache ist damit beendet. Warum haben Sie mich kommen lassen? Ohne die Zustimmung Nehrus können Sie nicht weiterkommen.«

»Er kann seine Meinung immer noch ändern«, murmelte der Mahatma. »Das ist schon einmal geschehen … und Sie auch, mein lieber Jinnah.«

»Seit 1937 bin ich nicht von meiner Meinung abgekommen«, sagte Jinnah hochmütig. »Ich werde nicht Premierminister eines Indien, das auf ungerechte Weise erbaut wurde; ich werde nicht bürgen für das Ende der Unterdrückung durch die Hindus. Sie sind sehr zäh, Mohandas; aber dieses Mal gewinnen Sie nicht. Man muß Sie zur Vernunft bringen; ich werde mein Pakistan bekommen.«

»Ist gut«, antwortete Gandhi eilig, »ich will Ihnen im Überschwang der Leidenschaft nicht widersprechen. Ich verliere nie die Hoffnung, und ich halte an meiner Vorstellung fest.«

»Würden Sie bis zum Todesfasten gegen mich angehen? Und gegen Nehru?«

»Warum nicht?« fragte Gandhi und hob zum erstenmal die Augen.

Jinnah zuckte innerlich zusammen; der alte Mann beherrschte diese berüchtigte Waffe, die nie ihr Ziel verfehlt hatte, wirklich. Nehru würde schließlich einwilligen und ihm den Posten überlassen …

»Hören Sie zu, Mohandas«, sagte er gesetzt. »Sagen wir, Sie würden recht bekommen und Nehru würde zustimmen, Ihnen gehorchen. Stellen Sie sich vor, auch ich würde zustimmen – das ist nur eine Hypothese, Mohandas. Glauben Sie, daß ich die enttäuschten Moslems zügeln könnte? Sie würden nicht mehr auf mich hören und würden sich wie Wahnsinnige auf die Häuser der Hindus werfen. Die Hindus würden das gleiche tun, und Sie wären für das größte Massaker verantwortlich, das Hindustan je gekannt hat.«

»Sie haben gerade beschrieben, was am Tage der Teilung zwischen den beiden Ländern geschehen wird«, entgegnete Gandhi. »Um so eher werden ihre Emotionen aufgepeitscht werden, wenn man ihren Widerstand in Grenzen verbannt und dadurch bestärkt, und nichts wird sie mehr aufhalten. Wir sind beide im gleichen Alter, wir sind beide sehr alt; wir wissen das alles. Haben Sie das Recht, das Volk solch einem Risiko auszusetzen, Jinnah?«

»Aber Sie sehen doch, daß Sie schon entschieden haben! Zählt die Demokratie nicht für Sie? Die beiden Gemeinschaften ertragen einander nicht ...«

»Sagen Sie lieber, daß Sie alles getan haben, um den einen gegen den anderen aufzuwiegeln!« rief der Mahatma.

»Nein, Mohandas, ich habe mich damit begnügt, Sie anzuhören«, erwiderte Jinnah würdevoll. »Im Namen Allahs, den auch Sie beschwören, sehen Sie den Dingen ins Gesicht! Ich bin nicht verantwortlich; Nehru auch nicht. Nur Sie allein können die Lage vergiften, indem Sie zwei Gemeinschaften, die sich hassen, zwingen, zusammenzuleben.«

»Sie haben Allah beschworen«, murmelte Gandhi erschüttert, »und dabei sind Sie gar nicht gläubig ... Allerdings, wenn Sie diesen Posten annehmen ...«

»Ich schlage Ihnen vor, daß wir beide eine gemeinsame Erklärung herausgeben, gerichtet an Hindus und Moslems, mit einem Aufruf zur Versöhnung«, unterbrach Jinnah. »Auch ich fürchte die Konflikte zwischen ihnen; unsere beiden Unterschriften unter dem gleichen Appell, das wird sie entwaffnen.«

»Das stimmt«, sagte der Mahatma resigniert.

»Ich habe einen Entwurf vorbereitet«, sagte Jinnah und zog einen Zettel aus der Tasche.

»Ah!« sagte der Mahatma und sah ihn gespannt an. »Sie haben das bereits geplant.«

»Glauben Sie, daß ich Sie noch nicht kenne?«

»Sagen Sie lieber, daß wir uns auswendig kennen, mein Freund«, seufzte der Mahatma. »Seit Jahren bekämpfen wir uns jetzt schon.«

»Haben Sie vergessen, daß wir in der gleichen Gegend von Gujarat geboren sind, daß wir in unserer Kindheit die gleichen Ozeane erkundet haben? Lesen Sie meinen Vorschlag!«

Gandhi setzte seine Brille auf und nahm vorsichtig das Blatt.

»Es ist sehr gut«, sagte er und gab es zurück. »Rundherum gut.«

»Sie wollen nichts verbessern?« fragte Jinnah mißtrauisch.

»Nein«, sagte der Mahatma und nahm sein Spinnrad wieder zur Hand. »Sie haben meine Unterschrift; aber ich gehe nicht von meiner Idee ab.«

## *Grün wie der Islam*

*Peshawar, am 21. April 1947*

Der Vizekönig hatte sich entschlossen, die Grenzen Indiens in den Bergwüsten am Rande Afghanistans zu inspizieren; der Polizei zufolge hatte die Moslem-Liga dort zahlreiche Partisanen versammelt. Es war ihr gelungen, den pazifistischen Einfluß Ghaddar Khans vergessen zu machen, und nun bereiteten sie sich darauf vor, schlimme Unruhen anzustiften.

Sir Olaf Caroe, der Gouverneur der Provinz an der nordwestlichen Grenze, hatte Lord Louis bei seiner Ankunft gewarnt: Eine riesige Menge hatte sich vor den Toren der Stadt versammelt – Kämpfer der Moslem-Liga, die unbedingt Druck auf den Vizekönig ausüben wollten.

»Und es sind Pathan, Krieger«, hatte er hinzugefügt. »Bewaffnet bis zu den Zähnen.«

Am Vorabend waren sie, wie angekündigt, in den Garten

des Gouvernment House eingefallen und hatten durch die Fenster geschossen; niemand war verletzt worden. Die Polizisten waren überlastet, die Zahl der Versammelten immens und die Situation unkontrollierbar gewesen.

Die Demonstranten hatten verkündet, daß sie, unter welchen Umständen auch immer, das Gouvernment House angreifen wollten.

»Was schlagen Sie vor, Sir?« hatte Lord Louis ratlos gefragt.

»Wenn Euer Exzellenz ihnen ohne Eskorte gegenübertritt, dann haben wir eine Chance, ihren Zorn zu mildern. Wir haben keine Mittel, einen Aufstand abzuwehren ...«, hatte Sir Caroe geantwortet, ohne mit der Wimper zu zukken.

»Ich werde gehen«, sagte Edwina sogleich.

»Aber das ist sehr gefährlich, Lady Louis«, sagte Sir Caroe vorsichtig. »Wir können Sie nicht schützen!«

»Eben«, unterbrach Edwina. »Ich werde den Vizekönig begleiten. Unsere Tochter wird uns nicht folgen.«

Dieser Ton duldete keinen Widerspruch; Sir Caroe verneigte sich. »Edwina, Sie bleiben auch hier«, warf Lord Louis mit seinem autoritärsten Ton ein.

»Wirklich?« sagte Edwina und rückte ihre khakifarbene Kleidung zurecht. »Und seit wann geben Sie mir Befehle?«

»Wir gehen sofort«, sagte Lord Louis seufzend. »Sind Sie bereit? Ich nehme an, daß Sie sich für diese Übung nicht mehr umziehen?«

Sir Caroe sah sie bewundernd an: beide in grünem *battledress,* gut aufeinander abgestimmte Soldaten, der eine mit Schirmmütze, der andere mit zur Seite gerücktem Barett. Keiner hatte gezögert. Die Jeeps wurden angelassen; die Fahrt würde nicht lange dauern.

Schon waren die Schreie zu höre: »Pakistan Zindabad!« Es lebe Pakistan! schrien Tausende von Stimmen. Die Jeeps hielten an der Eisenbahnlinie, am Fuße eines Abhangs, der die Sicht versperrte; die Demonstranten standen am anderen Ende, und das Brüllen wurde lauter.

Mountbatten drehte sich nach seiner Frau um und nahm ihre Hand.

»Los«, murmelte er. »Und wenn sie anfangen zu schießen, dann legen Sie sich hin.«

Und er half ihr, den Hügel hochzuklettern.

Ihr Erscheinen löste in der Menge einen Augenblick des Innehaltens aus. Die untergehende Sonne blendete, und Edwina legte ihre Hand an die Stirn. Eine Menschenmenge von braunen Köpfen und grüner Kleidung, den Farben der Moslem-Liga, eine aufgewühlte Welle von verbotenen Fahnen mit weißer Sichel tobte wie ein stürmisches Meer; die Schreie wurden wütender, schwollen an. Am Fuße des Hügels nahm Sir Caroe im Gegenlicht nur noch zwei schwache, dunkle Silhouetten wahr, schutzlos vor der tobenden Menge.

Man wird sie abschießen wie Enten, dachte er und fächelte sich nervös mit seinem cremefarbenen Hut Luft zu.

Lord Louis ergriff Edwinas Hand und hob beider Arme empor.

Wieder verstummte die Menge, dann erhob sich ein angstvolles Murmeln.

Ein Schrei durchbrach die Ruhe, wieder derselbe: »Pakistan Zindabad!«

Ein anderer voller Wut. Noch einer, weniger mächtig. Und dann war es auf einmal still. Sir Caroe gab den Polizisten ein Zeichen; sie luden ihre Gewehre.

Als ob sie auf ein Signal antworteten, begann das Gebrüll von neuem. Lord Louis drückte die Hand seiner Frau noch fester ... »Grüßen Sie sie, gemeinsam mit mir«, sagte er. »Hören Sie nicht auf ...«

Plötzlich glaubte er etwas zu hören, das seinem eigenen Namen ähnlich war, und ihm wurde klar, daß die Schreie sich geändert hatten. Statt »Pakistan Zindabad«, schrien die Demonstranten »Mountbatten Zindabad!« Lange verharrte das Paar mit erhobenen Armen in der Sonne, und Sir Caroe verstand, welches Wunder die Menge beruhigt hatte.

»Nun, Sir Caroe«, fragte Lord Louis, als sie zurückkamen, »wie viele waren es denn?«

»Nach meiner Schätzung hunderttausend, oder mehr«, sagte Sir Caroe und wischte sich über die Stirn. »Euer Exzellenz hatte recht, Ihre Uniform aus Birma anzubehalten«, damit drückte er ihm die Hand.

»Meine Uniform? Was ist daran Besonderes?« wunderte sich Lord Louis.

»Sie ist grün, Sir. Grün wie die Fahne Pakistans; grün wie der Islam«, antwortete Sir Caroe.

# 4

# Der grosse Zorn des Pandit

## *Ein Wochenende unter Freunden*

*Simla, am 6. Mai 1947*

Die lange Autoschlange schleppte sich eine Serpentine nach der anderen hinauf, die Motoren wurden kochend heiß. Die trockenen und sich unbarmherzig ähnelnden Hügel erstreckten sich ins Endlose; sie waren bepflanzt mit verkrüppelten Bäumen. Manchmal ging ein Bauer an der Böschung entlang, gebeugt unter der Last des toten Holzes, das mit einem Riemen auf seinem Kopf befestigt war. Kein einziger Vogel mehr, nicht ein Affe, nur der gelbe Dschungel und die steile Straße waren zu sehen.

»Wann kommen wir endlich an?« jammerte Edwina und schüttelte ihre nassen Haare. »Das ist nicht mehr auszuhalten … Ist es noch weit?«

»Ich hatte in Erinnerung, daß es hier früher mehr Bäume gab«, sagte Lord Louis. »Ich weiß nicht mehr. Die Straße des Himalaya hat sich in zwanzig Jahren verändert; die Bauern haben rücksichtslos abgeholzt. Sehen Sie, hier ist eine Tanne; und noch eine; wir haben gerade Kasturi verlassen und fahren in ein anderes Tal.«

Aber das nächste Dorf bot nichts als Nadelbäume mit aschfarbenen Nadeln, an denen Schaumfasern herabhingen. Auf einmal beugte der Chauffeur sich zur Fensterscheibe und streckte einen Finger aus.

»Dort drüben, Euer Hoheit, Simla.«

Man mußte die Augen weit aufreißen, um durch den schwirrenden Nebel den Fleck zu erahnen, der etwas dunkler war als der Horizont, Simla.

»Mein Gott, aber das ist ja am Ende der Welt!« rief Edwina. »Wir werden dorthin noch Stunden brauchen!«

»Wenn Euer Hoheit erlauben ...«, sagte der Chauffeur. »Von jetzt an kann man schneller fahren. Noch bis Khairi Ghat, und dann ist es nicht mehr weit.«

Dann gab er noch mehr Gas, um eine steile Steigung zu überwinden. Auf der anderen Seite des Berges veränderte sich die Landschaft plötzlich. In der Weite tauchten blaue Täler auf. Edwina drehte schnell an der Kurbel der Scheibe. Die Luft war kühl und frisch. Und als ob er das Tor zu dem Tal des Paradieses bewachte, sprang ein Affe aus einem Wäldchen hervor und setzte sich mit spähenden Augen auf die Motorhaube.

Aus den dichter stehenden Tannen wurden Wälder; entlang der Straße erschienen hohe gelbe Blütenkronen, und die Felder waren mit lilafarbenen Blüten übersät. Bald tauchten die schwarzen Dächer der ersten Holzhäuser auf mit geschnitzten Balkonen und offenen Speichern, aus denen Bündel von getrocknetem Gras hervorschauten.

»Eine ganz andere Welt«, rief Edwina. »Das ging schnell ... Auf welcher Höhe sind wir denn jetzt?«

»Tausendfünfhundert Meter, vielleicht ein bißchen mehr«, antwortete Lord Louis. »Man denkt, man wäre in der Schweiz.«

»Aber in der Schweiz würden Sie nicht solche Gesichter sehen«, bemerkte Edwina und zeigte auf eine Frau in einem schwarzen Umhang. Sehen Sie diese Schlitzaugen, dieses flache Gesicht.«

Die Frau blieb am Rande der Straße stehen und winkte mit der Hand, dabei lachte sie etwas boshaft; hinter dem Rock versteckte sich ein schüchternes Kind, dem Rotze aus der Nase lief. Ein bißchen weiter trotteten drei kleine Pferde mit weißer Mähne, die Lasten trugen.

»Hier ist der Himalaya, meine Liebe«, sagte Lord Louis begeistert. »Und tibetische Gesichter. Jetzt sind wir wirklich in Asien. Sie werden merken, hier ist alles plötzlich ganz anders. Ich beginne zu begreifen, warum die Vizekönige diese Berge lieber mochten als das Sultanat von Delhi; hier kann man atmen.«

Die Kolonne fuhr in einen kühlen Wald. Hier wuchsen

große Bäume, umringt von gewaltigen, blühenden Rhododendren; das Purpur verflocht sich mit dem Orange zu einem unendlichem Strauß.

»Jakko Hill«, sagte Lord Louis. »Wir sind da.«

Die Spitze der Kathedrale tauchte auf. Und dann die ersten Villen, die Alleen mit schön gepflanzten Bäumen, die Rasenflächen und die Bänke an Aussichtspunkten; schließlich die große königliche Straße, die Mall mit den Boutiquen. Die Passanten drängten sich auf den Bürgersteigen, schwenkten ihre Union Jacks und nahmen ihre Strohhüte ab.

»Und hier ist England«, murmelte Edwina. »Es ist nicht zu glauben. Ich sehe nur bleiche Gesichter. Keinen einzigen Inder.«

Die Mall war für Eingeborene so lange verboten, sie sind es noch nicht gewohnt und trauen sich noch nicht, sich zu zeigen«, erwiderte Lord Louis. »Das ist normal.«

»Aber sie haben das geändert, nicht war, Dickie?«

»Lassen Sie uns erst einmal angekommen sein. Man wird meine Anordnungen nicht verstanden haben. Wenn Nehru und Menon in drei Tagen nachkommen, dann werden jedenfalls zumindest zwei Inder auf der Mall sein. Kämmen Sie sich, Darling«, sagte er, indem er die schweißnassen Haare musterte. »Auf jeden Fall sollten Sie Ihre Frisur ordnen.«

*Simla, am 9. Mai 1947*

Nehru war im Auto eingeschlafen. Krishna Menon fuhr sich durch seine lockigen Haare, nieste und berührte den Arm seines Nachbars.

»Jawahar, wach auf, wir sind schon auf der Mall!«

»Zu müde«, klagte Nehru und öffnete ein Auge. »Und außerdem mag ich Simla nicht. Ich habe zu schlechte Erinnerungen. Und du wirst sehen, daß Mountbatten meinen Vornamen immer noch nicht weiß. Manchmal Jawar, dann Jawarla, der Arme ...«

»Mach, was du willst. Wenn wir in der Residenz des Vizekönigs ankommen, wirst du vor den Fotografen wie eine Eule aussehen«, neckte der kleine Mann mit dem Profil eines Raubvogels und zeigte lachend seine weißen Zähne.

Die Wagen fuhren durch das gewaltige Portal und durchquerten den Park. Auf dem Rasen wartete eine ganze Armee von Bearern, in ihre rote Uniform gezwängt.

»Jawahar, jetzt sind wir da. Wie siehst du denn aus ... Knöpfe deine Tunika zu!«

Nehru schloß gähnend seine Knöpfe; wie viele schlaflose Nächte würden ihn diese Verhandlungen noch kosten? Und nach der Unabhängigkeit? Plötzlich stellte er sich vor, daß er für den Rest seines Lebens um seinen Schlaf gebracht würde. Eine unerträgliche Vorstellung. Er hätte vielleicht wieder die Rose an seine Jacke stecken sollen wie damals in Singapur.

Edwina hätte das gefallen, dachte er und sah sie von weitem an, leicht gebeugt und mit der für sie so typischen Geste. Ein Arm streichelte den anderen, als wiegte sie ein unsichtbares Kind.

Wie gelang es ihr nur, immer perfekt auszusehen? Schwitzte sie nicht wie jeder andere? Seit Singapur hatte er sie nicht mehr ungekämmt gesehen, ihr Kleid war nie mehr zerknittert gewesen.

Er richtete die Zipfel seiner Tunika, rückte sein Käppi zurecht und reckte die Schultern. In einigen Monaten würde er wieder nach Simla kommen und strammstehen müssen, dachte Nehru, als er Lord Louis tadellos auf der Freitreppe stehen sah. Dann würde ihm die Ehrenfanfare zuteil; dann würde er vielleicht lernen, nicht mehr die Arme hinter seinem Rücken zu verschränken. Seine Tochter Indhira würde in ihrem einfachen Sari und ihrer wachsamen Art hinter ihm stehen. Und Edwina würde wegfahren.

Lord Louis saß in einem Schaukelstuhl am Rande des Rasens und fühlte, wie er sich allmählich erholte. Hier war die Luft frisch, die Sonne erdrückte ihn nicht mehr, und die unsichtbare Leuchtkraft des ewigen Schnees schwebte über allen Dingen. Nehru und Menon schienen ganz entspannt;

Edwina lächelte, und die Dämmerung tauchte die großzügige Anlage in ein rosafarbenes Licht.

»Sagen Sie, mein lieber Nehru, wie fühlen Sie sich in Viceregal Lodge? Ich hoffe, daß Sie an diesen Aufenthalt in Simla bessere Erinnerungen haben werden, als bei der berüchtigten Konferenz mit Lord Wavell!«

»Wenn der Machtwechsel nicht so bald geschähe, dann wäre ich ein glücklicher Mann«, sagte Nehru. »Ein denkwürdiger Aufenthalt, Sir. Ich fühle mich wie bei einem Freund. Bei Freunden«, berichtigte er und lächelte Edwina zu. »Fast so, als würden wir jetzt gleich unsere Kindheitserinnerungen heraufbeschwören, Krikettspiele, unsere gemeinsamen Ausritte ... Wenn wir nicht noch diesen Plan vor uns hätten.«

»Hat Lord Ismay Ihnen die Ansichten Londons übergeben?« fragte Krishna Menon mit seiner eindringlichen Stimme.

»Nun, es sind unerhebliche Veränderungen.«

»Nichts über Bengalen?« fragte Nehru beunruhigt.

Lord Louis antwortete nicht. In dem Plan wurde Bengalen als Sonderfall behandelt; es konnte sich Indien oder Pakistan anschließen, aber auch unabhängig bleiben, wenn es wollte. Bengalen würde nicht in die Geldkatze Nehrus fallen. Natürlich hatten weder Nehru noch Menon Kenntnis von der Gestaltung der Teilung.

»Und Pandschab?« fuhr Nehru fort. »Denn Pandschab, ist, wissen Sie, das Allerwichtigste! Die Kornkammer des Landes!«

Die Vorkehrungen für Pandschab waren genau die gleichen wie für Bengalen. Lord Louis spürte, wie sich ihm die Kehle zuschnürte: Und wenn Nehru den Plan nicht akzeptierte, wenn er ihn in Händen hielt? Wenn er ihn öffentlich ablehnte? Er durfte erst gar nicht die Gelegenheit für solch positive Fragen entstehen lassen.

»Lieber Nehru, Sie haben mir Ihre prinzipielle Zustimmung versprochen. Wenn Sie mir nicht trauen, sind wir verloren!«

»… ohne die Fürstentümer dazuzuzählen«, murmelte Krishna Menon. »Darüber haben wir keine einzige Angabe. Stellen Sie sich vor, wenn London ihnen die freie Wahl läßt …«

Genau das sah der Balkanplan vor. Lord Louis fragte sich, wie er Ismay so schnell hatte nach London schicken können, um seinen Plan unumgänglich anerkennen zu lassen, mit der Versicherung, daß er die Zustimmung aller anwesenden Parteien habe. Er hatte das Fortkommen anheizen wollen und …

»Meine liebe Edwina, wollen Sie nicht eine Rose für unseren Freund holen? Ich glaube mich zu erinnern, daß er in Singapur eine trug«, sagte er in leichtem Ton. »Beunruhigen Sie sich nicht, Mr. Nehru. Sobald Ismay aus London zurückkehrt, erhalten Sie das Papier.«

Edwina stand auf, um sich die Rosen anzusehen und beobachtete dabei die drei Männer aus dem Augenwinkel. Diese Sache wandte sich zum Schlechten. Als ob Nehru sich über eine Rose an seiner Jacke Gedanken machte! Dickie hatte wieder die Miene eines schuldbewußten kleinen Jungens, die sie auswendig kannte; was hatte er nur schon wieder angestellt?

»Und wenn dieser Plan dem Kongreß nicht gefällt?« fragte Nehru.

»Sie haben uns nicht geantwortet.«

»Ja, weil ich eben nicht antworten will! Sie sind meine Gäste, und Jinnah hätte Grund, mich der Diskriminierung zu bezichtigen, wenn ich Ihnen zuviel sage!«

Das Argument war gut. Mountbatten atmete erleichtert auf. Aber die Atmosphäre hatte sich geändert. Lord Louis kannte die Ausstrahlung, die Nehru hatte, wenn ihn Angst überkam; sein Gesicht wurde lang, sein Blick erlosch, er verschränkte die Hände und knackte mit den Fingern. Menon hingegen war immer nervös.

»Edwina, Liebling, finden Sie eine Rose?« schrie Lord Louis, um sie zu zerstreuen.

Mit großen Schritten und leeren Händen kam sie zurück.

»Es ist schon zu dunkel. Ich sehe nichts mehr. Jawahar, es tut mir leid«, sagte sie und legte ihm die Hände auf die Schulter.

Nehru nahm eine ihrer Hände und küßte sie.

»Das macht nichts, Edwinaji. Ich werde ohne Rose auskommen, das ist auch nicht schlimm. Sie wissen doch, daß ich nicht immer eine trage.«

Lord Louis' Miene verfinsterte sich. Dieser verfluchte geheime Plan würde großen Schaden anrichten, und Nehru war zu sensibel, um nicht in Zorn auszubrechen, wenn er sehen würde, wer der Urheber war. Pandschab und Bengalen, abgeschnitten von Indien ... Nehru würde das nicht akzeptieren. Plötzlich faßte er einen Entschluß:

»Kommen Sie mit mir, Nehru«, sagte er in seinem Kommandoton. »Edwina wird unserem Freund Menon Gesellschaft leisten, nicht wahr?«

Nehru sah ihn erstaunt an und folgte ihm, ohne Fragen zu stellen. Manchmal überkam Dickie plötzlich ein Anfall von Zuneigung und Gewissensbissen, was ihn sehr überraschte.

Im Büro machte Lord Louis das Licht an, öffnete die Tür seines Safes und nahm eine Akte heraus, die er Nehru hinhielt, ohne etwas zu sagen.

»Was ist das?« fragte Nehru. »Ein Geheimplan von Jinnah?«

»Das ist mein Plan, lieber Freund. Der unsere.«

»Aber gerade eben wollten Sie nicht ...«

»Sagen wir, daß ich meine Meinung geändert habe. Ich empfinde viel Zuneigung für Sie, Jawarla. Vielleicht sollte ich Ihnen diese Akte nicht zeigen, aber ich übernehme die Verantwortung.«

Nehru sah ihn freundlich an und nahm das Schriftstück. Ein starkes Glücksgefühl überkam ihn; er war der erste, der die Landkarte des freien Indiens sehen durfte.

»Ich danke Ihnen, Sir«, sagte er und drückte ihm mit Tränen in den Augen die Hand. »Das ist eine Geste, die ich niemals vergessen werde. Ich nehme an, daß das unter uns bleibt?«

Lord Louis nahm Nehru gerührt bei der Schulter.

»Sie können es heute nacht durchsehen. Und mir dann als Ihr Freund Ihre Meinung mitteilen. Im Grunde wissen Sie, daß ich nichts hinsichtlich Indien ohne Ihre Zustimmung entscheide. Sie kennen meine Vorlieben, Jawarla ... Nützen Sie das nicht aus! Seien Sie loyal. London ist so gut wie bereit, diesem Papier zuzustimmen.«

»Ich habe volles Vertrauen zu Ihnen«, murmelte Nehru. »Wenn Sie erlauben, gehe ich nun und sehe es mir an.«

»Nach dem Abendessen. Edwina wäre sonst enttäuscht«, bat Lord Louis lachend. »Ich merke, daß Sie darauf brennen, den Plan zu sehen, aber warten Sie noch ein wenig. Aus Freundschaft.«

»Im Namen der Freundschaft, Sir, ganz wie Sie wollen!« rief Nehru begeistert.

Und auf einmal umarmte er den Vizekönig. »Nur noch eins, Sir, wenn Sie erlauben«, sagte er beim Hinausgehen. »Mein Vorname ist Jawaharlal. Nicht Jawarla.«

Allein in seinem Zimmer, legte Nehru die Hände auf die Akte des Balkan-Plans. Nach fünfundzwanzig Jahren des Kampfes würde er nun die Landkarte seines Landes sehen. Auch die Pakistans. Hundertmal hatte er versucht, sich Indien ohne Lahore im Westen und Dhaka im Osten vorzustellen: aber nur ein Bild kam ihm immer wieder in den Sinn. Die Zerstückelung Indiens, wie Jinnah es wünschte: ein schmales Band in der Mitte des großen Dreiecks, im Süden ein Gebiet, von dem Nehru wußte, daß es von den Territorien des Nisam von Hyderabad unterbrochen wurde. Das ergab kein Indien. Und es würde kein Indien ohne die Fürsten geben. Wie überhaupt sollte man Lahore entbehren? Und Dhaka?

Der Mahatma hatte recht. Die Teilung war ganz einfach unmöglich; eine Ungeheuerlichkeit. Nehru strich mit Widerwillen über die Akte; da verbarg sich das Monster, das er geboren hatte.

Die grundsätzliche Zustimmung, murmelte er. Dickie will Indien retten; er ist ein großzügiger Mann, der Jinnah nicht mag und der mein Freund ist. Die grundsätzliche Zustimmung; man kann sicherlich immer noch etwas verbessern. Los!

Aber warum zögerte er so, das Siegel zu brechen? Eine so einfache Bewegung ... Warum das Schlimmste fürchten? Das Abendessen war reizend gewesen, Edwina entzückender als je zuvor und Dickie so herzlich ... Es war zweifellos der Schatten Gandhis, der noch auf ihm lastete! Wenn diese Akte erst einmal offen wäre, dann würde er sie sehen, diese Karte, und könnte sich nichts mehr vorlügen ... Dann würde er sehen. Dann würde er sich durch sein Wissen mitschuldig machen. Und wenn er Gandhi traf, würde dieser sich damit begnügen, ihn mit seinem unschuldigen Blick anzusehen. Mit diesem Blick, in dem sich unsichtbar die Tränen seiner Seele zeigen würden, die nur er über die Welt ausschütten konnte. Vielleicht würde er wütend werden?

Aber nein; diese Hoffnung war vergeblich. Gandhi war nicht mehr derselbe wie in Südafrika. Vierzig Jahre der Selbstbeherrschung und Selbstkontrolle. Wie auch immer, der Mahatma würde leiden. Und er, Nehru, sein Sohn, konnte ihm dieses Leid nicht ersparen.

»Ich habe Recht. Nie mehr werden wir so gute Verhandlungsbedingungen haben. Wenn ich die Teilung ablehne, werde ich keinen Verhandlungspartner wie Dickie gegenüberstehen. Es ist richtig, diesem Plan zuzustimmen!« murmelte er mit verzerrten Lippen.

Und mit einem Ruck entfernte er das Siegel.

Die Ausführungen begannen mit nichtssagenden politischen Floskeln. Die Karte, wo war die Karte? Er blätterte frenetisch die Akte durch, bis zum Ende. Die Angst schnürte ihm die Kehle zu. Er begann von Neuem, Seite um Seite. Und plötzlich fuhr es ihm durch den Kopf, er verstand. Die Fürstenstaaten sollten ihr Schicksal selbst entscheiden. Der Text sagte nicht eindeutig, daß sie das Recht hatten, ihre Unabhängigkeit auszurufen; aber es ging zwischen den Zeilen daraus hervor.

Niedergeschlagen stützte Nehru den Kopf in die Hände. Er kannte die Karte des Raj auswendig; ohne nachzudenken, konnte er den Verlauf der von den Engländern verwalteten Provinzen nachzeichnen, die in dem Plan Mountbattens das zukünftige Indien ausmachen sollten. Das war kein Land, das war eine Ansammlung von Grenzen, von Zipfelchen und einzelnen Stückchen; nur der Gehorsam der Fürstenstaaten und feste Allianzen mit den Maharadscha hatten die britische Macht und die Ausweitung des Empires möglich gemacht. Ohne die Fürstenstaaten kein Indien. Dieser Plan besiegelte das Ende seiner Träume.

»Und Bengalen?« sagte er sich wütend. »Ich habe noch nichts über Kalkutta gesehen … Und Pandschab? Daß wir wenigstens an den Flanken geschützt sind …«

Fiebrig vertiefte er sich ins Lesen. Pandschab konnte die Unabhängigkeit wählen; ebenso Bengalen.

Von Indien blieben nur mehr Krümel.

Wütend zerknautschte Nehru das letzte Blatt und sprang von seinem Stuhl auf.

»Ich habe mich an der Nase herumführen lassen wie ein Kind! Mountbatten – ein Freund? Wie konntest du dir nur eine solche Albernheit einbilden, Jawaharlal? Man kann seine Feinde nicht ändern; und Dickie ist Engländer, Engländer, Engländer!« sagte er laut und schlug auf den Tisch.

Er würde ihn töten! Da, in seiner königlichen Residenz, er würde den Enkel der Königin Viktoria ausmerzen und Indien rächen. In drei Schritten wäre er an seiner Tür, träte unversehens ein und würde ihn erwürgen. Und sie auch, diese Betörerin, die ihm auf Befehl schmeichelte und ihn verriet … Verdammte! Ah! Es war ja auch seine Schuld; warum scheiterte er immer an seinem zu sensiblen Herzen? Unverbesserlicher Idealist! Er hatte an die Völkerfreundschaft geglaubt, an das Ende der Kolonialzeit; er hatte England vergessen, schlimmer noch, er hatte die Herkunft Dikkies ignoriert … Der Sprößling Viktorias, sein Freund? Was für eine Schande!

Kurze Zeit tauchte vor ihm ein Bild auf, er mit Handschellen an den Händen, verurteilt wegen Majestätsbeleidigung, ein triumphierender Jinnah und der verzweifelte Blick Gandhis auf seinen Sohn. Idiotisch. Nicht die Beherrschung verlieren. Er hatte seine grundsätzliche Zustimmung gegeben. Zu diesem Grauen. Wie konnte er nun sein Gesicht wahren?

Sein Wutanfall ging vorüber, wieder beruhigt, setzte er sich an den Tisch, nahm sich einen Bleistift und Papier und zeichnete die unmögliche Karte.

Bis auf Madras und Orissa war keine einzige Region intakt.

Kalkutta war verloren … Die schönste Stadt des Reiches, die die größten Schätze der Kultur barg, mit ihrem tiefen und erfinderischem Geist, alles das war weg? Die Industrie, die Zukunft des modernen Indien, Kalkutta, Lunge und Hirn auf einmal … Da hatte die echte Revolution Indiens begonnen, noch lange vor dem Mahatma, als Lord Curzon Bengalen 1905 hatte teilen wollen; die besten Anführer waren in Kalkutta geboren wie der Reis in den Sümpfen.

Nehru wurde von einem nervösen Schluckauf übermannt und warf sich auf sein Bett. Dann wurden die Schluchzer schwächer. Er stand mühsam wieder auf und benetzte sein Gesicht. Er mußte Menon benachrichtigen.

»Menon!« sagte er und rüttelte ihn an der Schulter.

Krishna Menon öffnete verschreckt die Augen. Nehrus Augen waren rot, seine Gesichtszüge verzerrt.

»Wieviel Uhr ist es? Bapu? Ein Attentat? Sag mir, Jawahar …«

»Nein, der Plan der Engländer.«

»Hast du ihn gesehen?« fragte Menon und richtete sich auf.

»Mountbatten hat ihn mir gestern abend gegeben. Es ist eine Katastrophe. Wir sind verraten worden!« sagte er schluchzend.

Auf Zehenspitzen suchte der kleine Mann seine Brille.

»Zeig mal her. Hast du eine Karte?«

»Ich habe gerade eine Stunde damit verbracht, sie zu zeichnen. Sieh mal.«

Menon setzte sich ruhig hin, nahm die Karte und sah Nehru entsetzt an.

»Jawahar, wir haben diesem Waschlappen unsere Zustimmung gegeben … Diese Schweine, sie haben uns hinters Licht geführt.«

»Kein Bengalen mehr, kein Pandschab«, seufzte Nehru. »Die Maharadschas unabhängig. Kalkutta gehört nicht mehr zu Indien, ist Hauptstadt eines autonomen Staates. Wir müssen wieder kämpfen. Gandhi benachrichtigen. Den Generalstreik ausrufen. Wieder mit dem zivilen Ungehorsam beginnen.«

»Genau so, das wär's, ja«, brummte Krishna Menon. »Und während man uns ins Gefängnis wirft, wird Jinnah uns ein ganz neues Pakistan zusammenbasteln. Bedenke, Jawahar …«

Menon dachte angestrengt nach.

»Mountbatten hat diesen Plan mit unserem grundsätzlichen Einverständnis überbringen lassen?«

»Das weißt du doch!«

»Und wenn wir bekanntmachen, daß er uns nichts davon gesagt hat?«

»Wie stünden wir dann da?« sagte Nehru zornig. »Die Vorsitzenden des Kongresses haben beschlossen, den Verrat des Vizekönigs Louis Mountbatten bekanntzugeben und ihre eigene Dummheit«, fügte er deklamatorisch hinzu.

Menon war aufgestanden, ging hin und her und schlug sich mit den Fäusten an den Kopf.

»Giftschlangen, Attentäter. Kapitalistische Hyänen. Das ist er in all seinem Glanz, der Imperialismus! Sie werden uns nie aus ihren Krallen lassen. Wir müssen die Waffen hervorholen, Jawahar …«

»Nein!« schrie Nehru. »Es ist schon zu viel Blut geflossen.«

Wieder sah er das schreckliche Bild der in Bihar massakrierten Kinder vor sich. Die Frau mit dem aus der Augenhöhle getretenen Auge, die einen blutigen Säugling mit offenem Bauch hielt. Die apathische Alte mit abgeschnittenen Händen und den schwarzen Rauch der Scheiterhaufen für die Toten … Bapu in Noakhali mit seinem Stock in der Hand, wie er entschlossen auf den Wegen des Hasses ging und ihn mit seinen einfachen Worten erstickte. Nehru hielt sich die Hände vor das Gesicht.

»Nein«, sagte er leise. »Wir müssen den Plan anfechten, jetzt, solange Lord Ismay noch in London ist. Das wird ihn aus dem Gleichgewicht bringen, und wir können wieder verhandeln.«

»Du traust ihm immer noch, Jawaharlal!« schrie Menon. »Ich werde dieses Haus noch in dieser Stunde verlassen. Wie kann man bloß unter dem Dach dieses nichtsnutzigen Dandy verweilen!«

Nehru zögerte. Das wäre eine schöne Geste. Die Freundschaft brechen mit einem gewaltigen und kurzen Schlag. Kein Dickie mehr; keine Edwina …

»Das würde nicht unbemerkt bleiben, weißt du …«, sagte er langsam. »Die Krise zwischen dem Vizekönig und der Kongreßpartei wäre eröffnet. Jinnah wird davon profitieren, und die Massaker nehmen wieder ihren Lauf, das ist sicher. Wir haben nicht das Recht dazu, Krishna. Nein, ich werde ihm schreiben.«

»Aber dann einen eindeutigen Brief, ja?«

Nehru nahm ein Blatt Papier, schrieb den Brief in einem einzigen Zug und hielt ihn Menon hin. Seine Augen blickten wieder stolz.

»Warum hast du geschrieben, daß du erschrocken bist?« fragte Menon.

»Weil es stimmt«, antwortete Nehru entschlossen. »Verschwende keine Zeit damit. Das Wichtigere steht am Ende. Lies.«

»Diese neue Vision ist ein zerstückeltes Blendwerk und führt nur zu weiteren Konflikten und Unordnung. Sie wird die Beziehungen zwischen Indien und England ernsthaft verschlechtern. Mountbatten hat es sich zur Aufgabe gemacht, Indien im Commonwealth zu behalten, das weiß ich. Er ist zu allem bereit, um das zu erreichen. Es ist die einzig wirkungsvolle Drohung. Ich werde einen Bearer aufwekken, der ihm den Brief unter der Tür durchschiebt; dann hat er ihn, wenn er aufsteht. Er wird seinen Plan zurücknehmen.«

»Das ist in der Tat möglich«, pflichtete Menon ihm bei. »Aber unsere großen Feudalherren müssen wir wohl oder übel für uns gewinnen, was auch immer geschieht. Aber, Jawahar, ich bitte dich, keine Kompromisse mehr mit den Mountbattens. Du bist zu offen und zu sehr von ihnen eingenommen. Ich hoffe, du hast die Lektion verstanden.«

»Ja«, sagte Nehru. »Ja, natürlich.«

## *Der Feind im Garten*

Lord Louis stürzte in Edwinas Zimmer, als diese noch schlief. »Edwina, ich brauche Sie«, sagte er und setzte sich ans Fußende des Bettes. »Wachen Sie auf!«

»Was ist denn jetzt schon wieder«, murmelte Edwina, das Gesicht ins Kissen gedrückt. »Es wird noch nicht einmal hell …«

»Das ist mir völlig egal. Stehen Sie auf. Möchten Sie, daß ich Ihnen einen Kaffee bestelle, statt Tee, zum Aufstehen? Sie werden ihn brauchen.«

»Jetzt, wo die Nachtluft noch frisch ist, ach, wann kann ich endlich von der guten Bergluft profitieren?« seufzte Edwina. »Was ist denn los?«

»Nehru hat die Verhandlungen unterbrochen«, sagte Lord Louis leise. »Hier.«

Und er gab ihr Nehrus Brief.

Aufgestützt auf einen Ellbogen, überflog Edwina ihn schnell. Dickie täuschte sich nicht; dieser Brief bedeutete Zerwürfnis. Ein heftiges. Der Balkan-Plan sei, schrieb er, »vom Kongreß mit Bitterkeit zur Kenntnis genommen und abgeschmettert worden«. Und die Kongreßpartei, das war Nehru.

»Das verstehe ich nicht, Dickie. Gestern war er doch noch so entspannt und vertrauensvoll … Er hat Ihnen vollkommen zugestimmt!« sagte Edwina und setzte sich aufrecht hin.

»Ja. Aber gestern abend kannte er noch nicht den Inhalt des Plans«, murmelte Lord Louis.

»Wie, er kannte ihn nicht? Sie hatten ihn ihm nicht gezeigt? Aber der Plan ist doch schon in London!«

Lord Louis strich verlegen das Laken glatt.

»Dickie, das haben Sie nicht getan ... Sagen Sie mir nicht, daß Sie Lord Ismay mit einem Plan haben fahren lassen, den die führenden Politiker nicht kennen!«

»Genug«, unterbrach Lord Louis. »Ob ich das getan habe oder nicht, das tut nicht viel zur Sache. Auf jeden Fall hatte ich die Idee, ihn Nehru gestern abend zu übergeben. Und so kann er sich nicht darüber beschweren, daß er keine Kenntnis von ihm hatte!«

»Aber er bricht die Verhandlungen ab«, entgegnete Edwina zornig. »Bravo! Was wollen Sie jetzt tun?«

Lord Louis nahm ihre Hand.

»Sie als Abgesandte schicken, mit einer weißen Fahne. Bringen Sie ihn dazu, uns wieder wohl zu wollen.«

»Ich?« empörte sich Edwina. »Und wenn London das erfährt?«

»Pech! Er wird Sie schon anhören. Gehen Sie jetzt zu ihm.«

»Jetzt? Um diese Zeit? Dickie, Sie werden allmählich verrückt. Warum sollte er mich anhören, wo ich überhaupt keinen Einfluß über den Lauf der Dinge habe?«

Lord Louis schwieg.

»Weil er verliebt ist, Darling, das wissen Sie doch genau«, sagte er endlich.

Edwina zog das Laken mit einem Ruck bis zum Kinn. Liebte Nehru sie? Das war nicht wahr. Das durfte nicht sein. Allein bei dem Gedanken wurde ihr Gesicht ganz heiß. Wie er das sagt, dachte sie, so ruhig. Nehru, ich?

»Aber nein«, schrie sie. »Dickie, in seinen Augen bin ich Engländerin! Wie sollte er mich lieben?«

»Ich sage ja nicht, daß er Sie liebt; ich sage nur, daß er verliebt ist, das ist nicht das gleiche. Unser Freund ist unheilbar romantisch. Nach all diesen Gefängnisjahren ...«

»Ah! Nur verliebt, natürlich«, seufzte sie.

»Wenn es nur eine gute Freundschaft wäre, würde mir das ebensoviel nützen«, fuhr Lord Louis fort. »Sie haben seinen Brief gelesen; er ist zornig und wird mich nicht anhören. Ich habe ihn verletzt, ohne es zu wissen; er glaubt sich verraten. Ich flehe Sie an, Darling, helfen Sie mir«, fügte er unterwürfig hinzu.

»Wie haben Sie den Plan präsentiert?«

»Ich habe London wissen lassen, daß ich die Zustimmung der politischen Führung hatte. Eine prinzipielle Zustimmung. Und daß Nehru ihm mehr oder weniger zustimme.«

»Mehr oder weniger! Wie kurzsichtig, Dickie! Und London hat diesem Märchen geglaubt!«

»Die Zeit drängte, ich habe es ein bißchen beschleunigt, das ist alles ... Vor allem hat das Kabinett die erste Version um einiges verbessert. Ach! Was macht das schon aus! Halten Sie ihn ein oder zwei Tage zurück, ich verlange gar nicht mehr von Ihnen. Stellen Sie sich vor, er fährt weg und gibt eine Mitteilung heraus ... Alles wäre verloren. Indien und meine Karriere. Meine Ehre, Edwina!«

Seine Ehre, seine Karriere, natürlich, dachte Edwina automatisch und schob ihre Füße aus dem Bett. Und Indien? Dachte er daran überhaupt?

»Lassen Sie mich allein, ich möchte mich fertigmachen«, sagte sie und wandte ihm den Rücken zu. Lord Louis küßte ihre Schulter und ging.

Dickies Ehre, Dickies Karriere, dachte sie und kämmte sich die Haare. Er an erster Stelle, im Mittelpunkt der Welt, unfähig, auf die Reaktionen der anderen zu warten. Unsensibel und eitel. Und diese Eile, mit der er die Dinge anging. Er hatte eine Frist bis Juni 48 gesetzt, das war schon zu überstürzt, und jetzt eilte er schon wieder, jetzt, wo die indischen Anführer erst einmal Zeit zur Reife brauchten ...

Und wie sollte sie Nehru ansprechen?

Nehru verliebt ... Wegen der anhaltenden Blicke, mit denen er ihr in die Augen sah? Aber er machte das gleiche bei

Dickie. Weil sie ihn zum Lachen brachte? Das allein war kein Grund. Weil er an ihrer Seite aufblühte? Aber an Dikkies doch auch.

»Nein«, murmelte sie, »mit Dickie arbeitet er. Mit mir lebt er.«

Die Bürste fiel ihr plötzlich aus der kraftlosen Hand. Durch sie erlebte Nehru wahrscheinlich die einzigen wirklich lebendigen Augenblicke seines gegenwärtigen Lebens. Dickie hatte recht.

»Gut!« sagte sie zu ihrem Spiegel. »Verliebt? Das wäre nicht der erste. Wir werden diese Sache schon regeln, meine Kleine, ganz ruhig«, sagte sie und stand auf.

Aber unter der Dusche zitterten ihre Hände, als sie sich anzog. Das Kleid wollte nicht heruntergleiten, die Sandalen sich nicht zuschnüren lassen, nichts gehorchte ihr. Sie hatte Angst.

Edwina Mountbatten haßte es, Angst zu haben. Sie puderte sich das Gesicht, schimpfte über sich selbst und betrat das Treppenhaus, um dem Feind ins Auge zu sehen.

Im Garten saß der Feind und gab sich bei den Blumen seinen Träumen hin.

Edwina näherte sich ihm. Sie mußte handeln, ohne zu zögern. Sie schloß die Augen und legte ihm den Arm auf die Schulter. Nehru schreckte hoch.

»Ach, Sie sind das«, sagte er, als er sich mit finsterem Blick umwandte. Nicht ein Anflug von einem Lächeln. Er war nicht aufgestanden, um sie zu begrüßen. Seine Züge waren verzerrt; die Ringe unter den Augen hatten sich vergrößert, er hatte geweint. Edwina fühlte sich elend.

»Dickie hat mir von heute nacht erzählt. Der Plan, Sie wollen ihn nicht, Panditji.«

Nehrus Züge verfinsterten sich noch mehr.

»Ich habe dem Vizekönig geschrieben, wie ich über all das denke, Mylady.«

»›Mylady.‹ Ich bin diese Anrede nicht gewohnt von Ihnen. Mr. Nehru, was ist es, worüber sie sich so sehr aufregen müssen …«

»Ich rege mich nicht auf!« schrie er. »Sie kennen diesen Plan nicht.«

»Können wir nicht wenigstens wie unter Freunden reden?« bat sie.

»Ich habe in meinem Land einen Mann empfangen, an den ich geglaubt habe«, antwortete Nehru bitter. »Ich habe ihm vertraut, ich habe ihn immer wie einen Freund behandelt und habe naiverweise geglaubt, daß auch er mein Freund ist. Ich habe einfach vergessen, daß er der Vizekönig Indiens ist, Euer Hoheit.«

Edwina hielt sich an der Lehne eines Sessels fest und fühlte, wie ihre Hände wieder anfingen zu zittern. Was konnte sie antworten? Nehru hatte recht.

»Jetzt schweigen Sie«, sagte er triumphierend.

»Ich habe mit Dickies Plan nichts zu tun«, murmelte sie. »Sie haben nicht das Recht, mir das übelzunehmen. Habe ich Sie beleidigt, Jawahar?«

Er sprang mit einem Ruck auf und ergriff ihren Arm.

»Sie? O nein. Aber Sie sind seine Frau und eine Engländerin, Edwina«, sagte er in so bitterem Ton, daß sie erschrak.

Worüber konnte sie nur reden, um das Gespräch in andere Bahnen zu lenken?

»Zunächst einmal bin ich nicht ganz Engländerin«, rief sie. »Mein Großvater war Deutscher!«

»Ändert das etwa den Plan?«

»Ist das meine Schuld? Sie können sich Ihren Haß gegen ihn bewahren, wenn Sie wollen, aber verschonen Sie mich ...«, flehte sie.

Wie? Ihr eigener Mund konnte solche Wörter hervorbringen? Sie, Edwina Ashley, Vicomtesse von Birma, konnte sie um die Freundschaft eines Inders betteln? Und warum sprach sie mit so krächzender Stimme?

Nehru umfaßte ihre Handgelenke noch heftiger und blickte ihr tief in die Augen.

»Lassen Sie dieses Spiel. Er hat sie geschickt, nicht wahr?« fragte er abrupt.

»Ja.«

»Will er, daß ich meine Ablehnung widerrufe?«

»Nein!« rief sie. »Er will nur die Gespräche wiederaufnehmen. Nichts ist unmöglich, Jawahar. Er ist verzweifelt.«

»Und warum kommt er nicht selbst?«

»Weil ...«

Sie hielt inne. Das war die einzige Frage, auf die sie besser nicht ehrlich antwortete.

»Weil er gedacht hat, daß Sie mich eher anhören«, sagte sie tapfer.

»Sie anhören! Und warum Sie?« spottete Nehru. »Er nutzt Sie aus, und Sie akzeptieren das, Sie! Aber Sie sind doch eine Königin! Während er ...«

Er ließ sie los.

»Sie verdienen etwas Besseres als Dickie«, seufzte er und strich sich mit den Fingerspitzen über die Lippen.

Edwina stockte der Atem, sie rannte zu einem Sessel und ließ sich hineinfallen. Sie fühlte sich wie ein Stein, den man in einen Brunnen geworfen hat.

Lieber Gott, bewahre mich ... dachte sie und preßte ihre Fäuste zusammen. Mach, daß es ein Traum ist. Ich kann diesen Mann doch nicht lieben, nicht ich, ich darf nicht ...

Nehru ging mit gesenktem Kopf auf und ab. Was hatte er getan? Wie konnte er die ausgesprochenen Worte vergessen machen? Er schluchzte vor Erregung. Für eine Ewigkeit, diese Frau mit der hellen Haut, ihr Mund an seinen Fingern, und er war irgendwo mit ihr, nur nicht auf dieser Welt. Nein. Einfach eine Nacht ohne Schlaf, ein Müdigkeitsanfall, der trunkene Affe im Kessel des Herzens ... Er seufzte tief und gewann seine Fassung zurück.

Erlauben Sie mir, Ihnen diesen Plan zu zeigen«, sagte er und kam näher. »Sie werden verstehen.«

Er nahm einen Stuhl, der neben ihr stand, und zog den Balkan-Plan aus seiner Tasche.

»Sehen Sie. Die Fürstenstaaten bleiben unverändert. Teilweise auch Pakistan. Weder Bengalen noch Pandschab wird zu uns gehören. Sehen Sie, was übrigbleibt. Sehen Sie!«

Edwina wies das Papier von sich.

»Panditji, es ist nicht an mir, darüber zu urteilen …«, sagte sie schwach. »Ich fühle mich nicht wohl.«

»Helfen Sie mir«, murmelte er. »Ich bin in demselben Zustand wie Sie. Ich habe nicht geschlafen und ich … Wenn Sie nur etwas Zuneigung zu mir haben, dann sehen Sie sich einmal diese Karte an, *my Dee*.«

Edwina warf einen Blick auf die Karte und sah einige schwarze verstreute Flecken.

»Ich verstehe nicht«, sagte sie. »Wo ist Indien?«

»Hier und da auch«, sagte Nehru und fuhr mit seinem Finger über die verschiedenen Flecken. »Und da … Sagen Sie mir, ist das ein Land?«

»Nein«, hauchte sie, »das ist nicht Indien. Das ist unmöglich.«

Nehru faltete das Blatt wieder zusammen.

»Sagen Sie dem Vizekönig, daß ich bereit bin, die Gespräche wiederaufzunehmen. Fügen Sie vor allem nichts hinzu … *my Dee*. Lächeln Sie doch einmal«, sagte er und fuhr ihr sanft mit dem Finger über die Lippen.

Vergeblich zeichnete er den Verlauf eines Lächelns.

»Sie lächeln nicht«, sagte er und beugte sich vor. »Das ist gut so.« Er war ihr so nahe, daß seine Augen sie ganz einnahmen. Der Finger verließ die Lippen und berührte flüchtig die Augenlider.

»Gehen Sie jetzt, *meri janam*, meine Königin«, murmelte er.

Edwina lief mit dröhnendem Kopf, aber leichtfüßig über den Rasen. Er hatte sie *my Dee*, meine Königin, genannt, was bedeutete das? Ganz sachte … Kannte sie das Blitzen dieses Wetterleuchtens, das bald wieder aufhören würde, nicht auswendig? Sie mußte warten und vorsichtig das Weitere erwägen.

Mein Gott, wann? Sollte es denn ein Später geben, und ihr Herz, sollte es etwa auf Kommando aufhören zu schlagen?

»Hör auf zu schlagen«, sagte sie und drückte ihre Hand

auf dies dumpfe Pochen. »Ich will dich nicht mehr, du hast mich zu oft leiden lassen, du weißt genau, daß es unmöglich ist, unmöglich, nicht er, nicht jetzt, niemals.«

Am Fuße der Treppe setzte sie sich erschöpft auf eine Stufe.

Langsam und schwer fuhr sie sich mit dem Finger über den Mund. Die Berührung mit dem Zeigefinger brachte das Gewebe ihrer Lippen zum Zittern. Ich bin verrückt, dachte sie. Das kommt von dieser Müdigkeit, oder von Indien, ich weiß nicht mehr, es ergibt keinen Sinn, dafür gibt es keine Worte ... Aber der Zeigefinger fuhr hin und her. Dickie hat sich getäuscht, dachte sie trunken. Er liebt nicht, er, er hat es nie gekonnt ...

Dickie! Er wartete. Sie lief in großen Sprüngen die Treppen hinauf; er war da, auf dem Treppenabsatz.

»Er hat eingewilligt«, sagte sie ganz erschöpft. »Er bleibt da. Gehen Sie zu ihm.«

»Wirklich?« rief Lord Louis mit einem breiten Lächeln. »Ich bin so glücklich, Darling. Ich glaubte, seine Freundschaft verloren zu haben. Wenn Sie nicht da wären, mein Herz.«

Er nahm sie in seine Arme.

»Ich haben Ihnen ja gesagt, daß er Sie anhören wird. Sehen Sie, ohne Sie vermag ich gar nichts.«

»Haben Sie schon lange auf mich gewartet, Dickie?« fragte sie und machte sich von ihm los.

»Eine Zeitlang. Ich war ungeduldig.«

»Aber Sie haben mich doch gesehen, unten an der Treppe ... Warum haben Sie mir nichts gesagt?«

Er sah sie ruhig an.

»Sie waren in Gedanken versunken, meine Liebe, ich wollte Sie nicht stören. Selten genug, daß Ihre Gedanken Sie zum Lächeln bringen. Entschuldigen Sie mich jetzt, ich gehe schnell zu ihm, um mich zu versöhnen.«

Aus ihrem Fenster konnte sie Nehru sehen, der unruhig, die Hände hinter dem Rücken, auf und ab lief.

Mountbatten ging auf ihn zu und streckte ihm seine

Hand entgegen. Nehru nahm sie nicht; dann zeigte er ihm mit ausladenden Gesten das Blatt, auf das er die Karte gezeichnet hatte. Bald setzten sich die beiden Männer nebeneinander und unterhielten sich. Das Gewitter war vorüber.

Edwina legte sich erschöpft hin. Siebenundvierzig, dachte sie, und er siebenundfünfzig! Kein Ausweg, meine Kleine, keine Hoffnung … Du wirst doch nicht Wallis Simpson nachahmen wollen! Welchen gemeinsamen Bezugspunkt gab es denn? Keinen. Nehru war kein König und sie nicht geschieden. Dummheiten!

Aber sicher, flüsterte eine gebrechliche Stimme ihr zu. Es gibt doch Parallelen. Aber ja, Nehru wird bald so etwas wie ein König sein, und Dickie hat nichts von einem Ehemann, schon lange … Jetzt bist du an der Reihe …

»Ach! Es ist zu dumm!« rief sie und riß an ihrem Gürtel.

»Was ist zu dumm, Dear?« fragte Lord Louis in der Tür. »Ich komme, um Ihnen mitzuteilen, daß wir die Gespräche wiederaufgenommen haben.«

»Sehr gut. Auf welcher Basis?« fragte sie kalt.

»Wir werden einen neuen Plan machen. Er ruht sich jetzt von seiner schlaflosen Nacht aus, und in zwei Stunden machen wir weiter«, antwortete Lord Louis und rieb sich die Hände. »Mit London werde ich schon klarkommen, machen Sie sich keine Sorgen.«

»Mir ihretwegen Sorgen machen? Sicherlich nicht.«

»Sie werden mir doch sagen, was zu dumm ist«, insistierte Lord Louis.

»Mein Gürtel ist kaputtgegangen«, sagte sie. »Wahrscheinlich auf der Treppe. Ach, ich weiß nicht, Dickie … Ich hasse dieses schreckliche Haus. Und ich bin so müde!«

Leise schloß er die Tür.

Irgendwann mußte er doch verstehen, warum er nicht eifersüchtig war. Er hatte gesehen, wie sie sich unten an der Treppe ihre Lippen gestreichelt hatte, er hatte auch die Verlegenheit Nehrus gesehen, seine offene Freude … Unglaublich! Man könnte meinen, daß ein Komet niedergegangen ist, dachte er. Und ich spüre keinen Argwohn! Das ist nicht normal. Ich würde mich auch gerne einmal verlieben. Das ist mir nicht mehr passiert seit ... Als er um Edwina angehalten hatte, hatte er da jenes glückselige Leid verspürt, das er nun auf ihren Gesichtern zu bemerken schien? Nein, sie hatten sich sogleich in ihrem gemeinsamen Leben eingerichtet, ein für allemal, trotz ihrer Verrücktheiten und Affären. Edwina war seine Frau, das war unbestritten. Er fühlte sich nicht für die Liebe geschaffen; aber es war nicht seine Schuld.

Nehru, der war gefesselt vom Leben. Genau wie Edwina.

Im Garten hatten sie zu Abend gegessen und gemeinsam die Frische der Dämmerung verspürt. Sie schwiegen.

»Fast schon Mitternacht, meine Freunde«, sagte Lord Louis plötzlich und sah auf seine Uhr. »Ich gehe hinein. Edwina, meine Liebe, bleiben Sie nicht zu lange, Sie waren heute morgen so müde, und wir brechen morgen früh auf. Kommen Sie, lieber Menon?«

Der kleine Mann mit den lebhaften Augen schreckte hoch. Warum er und nicht Nehru? Hatte der Vizekönig ihm etwas zu sagen? Unsicher stand er auf, verabschiedete sich von Edwina und folgte Lord Louis, der ihn vertraulich beim Arm nahm. Edwina blieb mit Nehru allein.

Nehru unterdrückte ein Lächeln: Dickies Schliche entgingen ihm nicht. Erschrocken sank Edwina in ihrem Sessel zusammen und wandte sich von Nehru ab.

Man hörte kaum das Rascheln der Vögel im Laub. Ab und zu durchbrach ein Schrei die Stille, Eule oder Affe, und vages Pfeifen aus der Ferne drang durch die klare Nacht. Nehru streckte die Hand aus.

»Die Sterne im Mai sind besonders schön in Indien«, sagte er.

»Sehr«, antwortete Edwina mit erstickter Stimme.

»Wir haben die Verhandlungen wiederaufgenommen«, fuhr er in sachlichem Ton fort.

»Ich weiß. Und ich bin sehr froh darüber.«

»Bengalen wird geteilt, ebenso Pandschab. Wir behalten Kalkutta. Ihr Mann entwirft einen neuen Plan.«

»Das ist gut. Und was wird London sagen, das gerade die ursprüngliche Fassung erhalten hat?« fragte Edwina bemüht.

»Lord Louis scheint dem keine Bedeutung beizumessen; er glaubt, ihnen das erklären zu können, ich weiß nicht wie.«

»Oh, wissen Sie, Panditji, Dickie verfügt über einen zähen Optimismus ...«, sagte sie und seufzte kurz auf.

»Damit kommt er doch weit, oder nicht?« bemerkte Nehru gelöst. »Ja!« sagte Edwina. »Er kennt keine Niederlagen.« Wie gelähmt wartete Edwina. Worauf? Sie wußte es nicht. Daß die Nacht dunkler wurde. Daß er ihre Hand nahm. Daß er ohne ein Wort zu sagen gehen würde. Daß sie urplötzlich verschwand ... Aber was tat er denn?

»Ich fühle mich besser«, murmelte Nehru. »Ich mag den flüchtigen Frieden nach dem Donner; man atmet auf und denkt an nichts. Nicht wahr?«

Ein Zweig brach irgendwo in der Umgebung. Edwina erzitterte.

»Warum sind Sie so traurig?« fragte Nehru und blickte in den Himmel.

»Aus keinem bestimmten Grund.«

»Sagen Sie es mir doch«, insistierte Nehru. »Darf ich es nicht wissen?«

»Sehen Sie, ich wäre gerne woanders!« antwortete Edwina erschöpft. »Sie wissen nicht, wer ich bin, Nehru ... Halten Sie mich nicht für eine Heilige. Sicher, mein berüchtigter Mut, meine karitativen Aktivitäten, meine Besuche in Gefangenenlagern ... Ich täusche meine Umgebung. Und ich träume so oft von etwas anderem: Sie wären erschrocken, wenn Sie wüßten ... Ich würde gerne eine Nacht woanders verbringen. In New York zum Beispiel, in Paris, in Wien, irgendwo. Das alles ist so schwer. Es ist so lange her, daß ich getanzt habe ...«

»Getanzt?« rief Nehru verdutzt.

»Ich liebe es zu tanzen!« rief sie. »Wußten Sie das nicht?

Hat man Ihnen das nicht gesagt? Ich liebe das Tanzen bis zum Wahnsinnigwerden, jeder weiß das. Sie merken sehr wohl, daß Sie mich nicht kennen. Können Sie tanzen, Panditji?«

Nehru lachte laut auf.

»Glauben Sie, dazu hätte ich je Zeit gehabt? Man tanzt nicht im Gefängnis!«

»Nehru, hören Sie auf ... Kann man wirklich nicht einmal über etwas anderes reden? Und als Sie in London waren, haben Sie es da nie versucht?«

»Doch, natürlich«, murmelte er. »Das ist schon Jahre her; es ist weit weg ...«

»Aber nicht für mich! Hier lebe ich nicht, ich ersticke ...«

Nehru beugte sich zu ihr und nahm vorsichtig ihren Arm.

»Kommen Sie, *my Dee*, beruhigen Sie sich. Diese Aufregung sieht Ihnen gar nicht ähnlich. Wir haben alle ein schweres Leben. Wirklich, haben Sie so gerne getanzt?«

»Oh!« hauchte sie. »Bis zum Umfallen.«

»Früher, es ist schon lange her«, begann Nehru leise, »mimte ich einen jungen englischen Mann im grauen Anzug und karierter Krawatte; ich trug einen steifen Kragen und eine Goldkette am dritten Knopf des Jacketts und weiche Hüte, wie Dickie. Einst war ich ein kleiner Ratscha in Strümpfen, einem bestickten Gewand und einem Samtbarett; ich trug ein Spitzenjabot und hatte sogar eine Schottenanzug mit einem Kilt. Ich verstand es, sowohl einen Frack als auch Strohhüte zu tragen ... Ich hatte einen irischen Erzieher, der Ferdinand Brooks hieß und mir etwas über Lewis Carroll, Mark Twain und sogar Kippling beibrachte, stellen Sie sich vor. Sehen Sie! Nichts von Ihrem England ist mir wirklich fremd. Es hat mich einige Zeit gekostet, um zu lernen, meine Anzüge mit indischer Kleidung zu vertauschen; aber als der Mahatma seinen ersten Kampf in Bihar begann und mit seinem Schurz und Stock in die Wildnis ging, habe ich mich geschämt. Ich bin meinen Fluß entlang bis zur Quelle zurückgegangen, und das ist alles. Ich konnte früher Foxtrott tanzen, *my Dee*.«

Edwina stand mit einem Ruck auf.

»Das ist zu komisch. Sie und Foxtrott. Davon glaube ich kein Wort. Sie machen sich über mich lustig. Jetzt gehe ich«, schleuderte sie ihm entgegen.

»Guten Abend.«

Nehru stand auf. Ihr nachlaufen? Das lohnte schon nicht mehr. Langsam setzte er sich wieder. Nur die Zeit konnte etwas bewirken.

## *Ein bißchen von Ihnen in der Stille*

*Delhi, am 30. Mai 1947*

Trotz der Bemühungen Ismays, konnte die Regierung die Eile, in der der junge Vizekönig den Balkan-Plan ausgearbeitet hatte, nicht gutheißen. Man hatte Gerüchte über den Zorn Nehrus gehört und Lord Mountbatten nach London berufen, um sich zu rechtfertigen. Er war dort in Begleitung Edwinas eingetroffen, hatte Schritt um Schritt verhandelt, hatte all seinen Charme und sein rhetorisches Geschick spielen lassen. Schließlich hatte er das Spiel gewonnen: Der Balkan-Plan wurde angenommen, sogar der alte Churchill hatte ihn abgesegnet.

Aber von diesem Umschwung wußte Nehru noch nichts. Der Vizekönig hatte ihm mitteilen lassen, daß er ihn nach seiner Rückkehr sofort empfangen wollte. Mit bangem Herzen fragte sich der Führer des Kongresses, ob die Unabhängigkeit noch ein weiteres Mal in Frage gestellt sein würde. Nehru ging in einem der Salons des Palastes auf und ab und wartete auf die Entscheidung Londons.

Plötzlich trat Edwina mit einem gezwungenen Lächeln ein. Sie hatten sich seit jenem Abend in Simla nicht wiedergesehen. Fünf Wochen waren vorübergegangen wie im Blitz. London war nur eine kurze Etappe gewesen. Was ging in diesem kleinen, hochmütigen Kopf der britischen Vizekönigin vor sich?

Er hielt kurz inne, warf ihr einen flüchtigen Blick zu und senkte den Kopf. So standen sie beide als Gefangene eines unausgesprochenen Gefühls da.

Edwina strich vorsichtig den Bezug eines Sessels glatt. Schließlich sah sie Nehru mutig an und sagte äußerst höflich:

»Lieber Nehru, es ist gut, daß Sie gekommen sind. Dickie hat mir aufgetragen, Sie nach unserer Rückkehr zu empfangen. Er erledigt noch ein paar Dinge und wird bald hiersein.«

»Man hat mir gesagt, daß er Hals über Kopf nach London aufgebrochen ist, Sie sind mit ihm verschwunden, und das Weitere entzieht sich meiner Kenntnis«, sagte Nehru. »Ich mache mir Sorgen. Warum diese Reise? Ich hoffe, daß der neue Plan nicht in Frage gestellt wird ... Aber sicher langweile ich Sie.«

Ungerührt, dachte Edwina; sein Gesicht drückt nur Angst aus. Er wird alles vergessen haben; schließlich ist ja in Simla auch nichts passiert. Nun gut! Um so besser. Ich bin erleichtert. Was sagte er? Der Balkan-Plan ...

»Ach ja, dieser Plan, sicher«, murmelte sie nach langem Schweigen. »Das Kabinett ist über den Vorfall in Simla informiert worden; ich habe Dickie selbst geraten, seine Vorgehensweise zu rechtfertigen; man wollte Genaueres über Ihren Streit wissen, glaube ich.«

»Sie glauben«, erwiderte Nehru. »Sagen Sie mir lieber, daß Sie es ebensogut wissen wie ich. Man hat den Balkan-Plan abgelehnt; das ist eine Katastrophe! Wenn der Vizekönig desavouiert wurde, wirft uns das um fünf, vielleicht zehn Jahre zurück!«

»Panditji, Sie kennen Dickie, Sie konnten sich selber von seiner Stärke und seiner Überzeugungskraft überzeugen. Er hat Ihren Plan verteidigt und kommt als Sieger zurück. Wollen Sie sich nicht setzen?«

Wie kühl sie ist, dachte Nehru. Keine Regung in ihren Augen. Sie hat sich wieder gefangen. Pech für mich; aber ich habe ja kaum Zeit, darunter zu leiden.

»Meine liebe Lady Louis«, sagte Nehru und setzte sich,

»alles ist von nun an in den Händen Londons. Dickie ... ich meine der Vizekönig, ist nicht mehr Herr der Lage. Was hat denn Churchill, der allem gegenüber so ablehnend ist, gesagt? Daran wage ich gar nicht zu denken.«

»Mr. Churchill mag Dickie sehr gern«, antwortete Edwina lebhaft. »Er kennt ihn schon sehr lange und hat ihn während des Krieges mit zahlreichen Missionen betraut, vor allem mit dem Oberkommando über Asien. Churchill hat sich ihm nicht in den Weg gestellt, das kann ich Ihnen versichern. Ich kenne ihn auch, wissen Sie? Als ich klein war, haben wir in seiner Begleitung Ferien gemacht, am Meer. Und außerdem ist er ja nur Vorsitzender der Opposition.«

»Wie niedlich Sie sind«, sagte Nehru lächelnd. »Man könnte annehmen, daß das Los Indiens in Ihren Augen nur von Freund- und Feindschaften abhängt und von nichts anderem. Jinnah mag mich nicht, ich ihn ebensowenig, Churchill mag Dickie, der Jinnah nicht mag, Sie haben zusammen mit Churchill mit Sandförmchen gespielt, und das war's! Wissen Sie, was Politik ist, meine liebe Lady Louis?«

»Ach! Nennen Sie mich doch nicht so, das ist verletzend!« rief Edwina. »Ausgerechnet Sie!«

»Meine Königin wird wütend«, stellte Nehru fest. »Das ist schon das zweitemal.«

»Und wann ist Ihrer Meinung nach das erstemal gewesen?« erwiderte sie scharf.

»Muß ich Sie daran wirklich erinnern?« murmelte Nehru leise. »In Simla.«

Edwina errötete und schwieg.

»Dann reden wir jetzt über Politik, wenn ich Sie mit meinen Sticheleien wütend gemacht habe«, lenkte Nehru ein und nahm ihre Hände.

»Wirklich«, sagte sie und zog die Hände schnell zurück, »glauben Sie wirklich, daß Haß und Freundschaft im Verlauf der Geschichte gar nicht zählen?«

Nehru machte sich in seinem Sessel bequem und sah sie lange an. Es war schon seltsam, in einem Salon des Palastes mit dieser hellhäutigen Engländerin zu plaudern und zu wissen, daß es die Vizekönigin von Indien war. Und wie schön, sich ohne Einschränkung gehenlassen zu können. Ein gewaltiger Drang zog ihn zu dieser Frau, die sich so reserviert gab. Sie trug ein geblümtes Kleid, Sandalen mit Keilabsätzen und gab sich wie ein ewig junges Mädchen, das unbeeindruckt von der vorübergehenden Zeit ist … Sie fühlte sich nicht wohl; ihre Fragen klangen berechnend. Welchen Gefallen sollte sie Dickie jetzt wohl wieder erweisen?

»Warum sehen Sie mich so an? Ist irgendwas Besonderes an mir?« fragte Edwina errötend und nestelte nervös in ihrem Haar. »Guckt eine Strähne hervor?«

»Ich dachte gerade, daß Dickie die schönste Frau der Welt geheiratet hat. Sehen Sie, ich war weit von unserem Thema entfernt …«

»Hören Sie auf, Nehru«, sagte sie heftig. »Sie haben mir nicht geantwortet.«

»Ich bin es manchmal etwas leid zu antworten«, seufzte Nehru und schloß die Augen. »Und zu denken. Und ständig zu irgendwelchen Verhandlungen zu rennen. Mich zu fragen, wo und wann der nächste Aufstand ausbricht. Bedenken Sie, mir bleibt nur meine Tochter, bei der ich mich ausruhen könnte; aber die ist noch mehr von Politik besessen als ich …«

»Entschuldigen Sie … Ich war sehr töricht. Worüber möchten Sie jetzt sprechen? Über Ihre Zuneigung zum Mahatma?«

»Und wenn wir einfach nicht reden würden, *my Dee*?« murmelte Nehru mit halbgeschlossenen Augen. »Nur einen Moment mit Ihnen, ohne etwas zu sagen, ganz ungezwungen, wie zwei Freunde, die sich oft genug sehen, um nicht ständig Wörter kauen zu müssen, immer Wörter …«

Edwina stand langsam auf und legte ihm die Hände auf die Schultern.

»Armer Jawahar, so müde. Reden wir nicht mehr, sehr gern. Ich werde einen Imbiß bestellen, Sie haben ja noch gar nichts zu sich genommen.«

»Nein, bleiben Sie«, sagte er und ergriff schnell ihre Hand. »Ich brauche nichts als ihre Gegenwart, ohne ein Wort. Ein bißchen von Ihnen in der Stille. Dann werde ich antworten ...«

Er ließ die Hand, die er endlich erobert hatte, nicht mehr los; er drückte sie nicht, küßte sie nicht, er hielt sie wie ein Kind im Dunkeln, das die seiner Mutter hält. Dieses Mal zog Edwina sie nicht zurück und blieb hinter ihm stehen, so nahe, daß sie mit ihrem Atem die grauen Haare über seine Schläfen hätte fliegen lassen können. Würde er eindösen? Soll er doch einschlafen, dachte sie geduldig. Soll er mich über seinen Schlaf wachen lassen ... Er sucht eine Ruhe, die er nie gehabt hat, ich kann sie ihm geben, ich ... Und sie lenkte ihren Geist auf seine Hände, um sie zu wärmen.

Nehru war in leichten Schlaf gesunken.

Zwischen zwei Augenblicken träumte er von einem Fluß und riesigen Bäumen, und er erblickte wieder die Wasser des Ganges in seiner Geburtsstadt. Ein tiefer Friede legte sich über ihn wie ein Schleier. »Shanti«, murmelte sein schläfriger Mund. »Yoga cittavritti-nirodah.«

Edwina beugte sich zu ihm, um ihm zuzuhören, und die schläferne Hand Nehrus ließ die ihre los. Er zitterte.

»Aber Sie stehen ja!« rief er und öffnete die Augen. »Ich bin zu egoistisch. Kommen Sie«, sagte er und griff wieder nach Edwinas Hand, »kommen Sie, setzen Sie sich. Sie haben mich mit Ihren Fragen überwältigt.«

»Ich?« protestierte sie. »Ich habe nur gesagt, daß Ihre Liebe zu Gandhi ...«

»Eben«, seufzte er. »Sie werden nicht gerne hören, was ich Ihnen sage. Bapu strengt mich sehr an. Seine endlosen Erklärungen, dieser gedämpfte Ton über alles und jedes, diese Art, vor allem, insbesondere vor Jinnah, zu kriechen! Genau das, was er *satyagraha* nennt, die berühmte Suche nach der Wahrheit. Das paßt mir überhaupt nicht. Diese leidenschaftlichen Proklamationen, dann Entschuldigungen, Erklärungen, Unterwürfigkeit ... Ich bin kein Heiliger, ich habe meinen Stolz.«

»Sagen Sie lieber Ihren Hochmut«, widersprach Edwina.

»Die Bezeichnung tut nicht viel zur Sache, *my Dee*. Hundertmal habe ich beschlossen, mit Bapu zu brechen. Das erstemal, das war ... also da war ich noch im Gefängnis, 1943. Ich hatte mir geschworen, wenn ich befreit wäre, ihm zu widerstehen und ihn nicht mehr wiederzusehen. Die Zeit des Handelns war gekommen, und seine Zeit war vorbei, verstehen Sie? Und dann 46 ...«

»Sie hatten nicht den Mut, nicht wahr?«

»Nein, aber das Band, das uns vereinigte, hat sich sowieso gelockert; ich fühle mich wie sein Sohn, aber ich folge nicht mehr seinen Ratschlägen. Bapu versteht die historische Chance nicht, er bleibt in seinen nebelhaften Ideen verhaftet, in seinem Handeln ohne Würde ...«

»Sie glauben nicht, was Sie sagen!« rief Edwina. »Sie sind erregt.«

»Aber mit wem soll ich denn darüber sprechen!« rief Nehru. »Wissen Sie, daß er noch alles zum Scheitern bringen kann? Ich weiß, daß er sich anschickt, den Mountbatten-Plan zu verurteilen. Er braucht während seiner Gebetssitzungen nur ein paar Worte zu predigen, er kann sogar wieder mit dem Todesfasten anfangen! In diesem Fall müßten wir nachgeben, den Plan ablehnen, und unsere Hoffnung auf Freiheit wäre für lange Zeit zunichte gemacht ... Glaubt er, daß ich die Teilung leichten Herzens hinnehme?«

»Sie tun mir weh, Panditji«, sagte Edwina und machte ihre Hände frei. »Sie sollten diese Dinge nicht aufwühlen.«

Nehru entschuldigte sich nicht. Es war ihr Schicksal, ihm zuzuhören; sie war damit einverstanden, das war von nun an selbstverständlich.

»Wir brauchen Bapus Liebe nicht«, fuhr er fort. »Wenn London seinen Plan angenommen hat, wird Dickie den Tag der Unabhängigkeit ankündigen. Wir werden kaum mehr als sechs Monate haben.«

»So wenig?« entfuhr es ihr. »Bis Juni 48 bleibt doch noch ein Jahr!«

»Sechs Monate. Das ist die Bedingung, die ich gestellt habe, um das Commonwealth zu akzeptieren«, seufzte

Nehru. Ihr Mann wird bis zum Ende seines Dienstes Gouverneur sein. Ende 47 wird Indien frei sein.«

»Und Pakistan auch«, fügte Edwina hinzu.

»Ja!« brummte Nehru. »Und wir werden alle von dem Ereignis mitgerissen. Jinnah, Nehru und sogar der alte Gandhi, spielt das eine Rolle? Nur die Zeit wird den Ausschlag geben. Dann ist es mit dem Ökumenismus des Mahatmas vorbei.«

»Sie werden ihn brauchen, das werden Sie noch sehen«, murmelte Edwina schweren Herzens.

»Der alte Herr hat mit euch noch nicht das letzte Wort gesprochen.«

»Unnachgiebig, nicht wahr?« sagte Nehru und lachte endlich.

»Stur wie ein Panzer« antwortete sie lächelnd. »Sie werden noch Gelegenheit haben, dies festzustellen.«

Nehru lehnte sich zu ihr und streichelte ihr schweigend die Wange. »Fühlen Sie sich besser?« fragte sie.

## *Gandhi gegen Mountbatten*

*Delhi, am 31. Mai 1947*

Dickie war mit grimmigem Blick aus London zurückgekehrt. Mit angespannten Zügen, hochgerecktem Kopf, ein müder Held, der sich durchgesetzt hatte. Er brauchte nicht lange, um Nehru zu beruhigen: Der Balkan-Plan sah seiner Vollendung entgegen. Der Vizekönig legte seine innere Anspannung erst am Abend ab, als er endlich vor Edwina, seinem liebsten Publikum, triumphieren konnte.

Aber sie ließ sich nicht aus ihrer eigenartigen Verträumtheit reißen.

»Meine Liebe, es ist ein vollständiger Sieg. Nehru ist beruhigt, und alle anderen auch. Wenn ich bedenke, daß Churchill sich in London auf meine Seite gestellt hat!« sagte er und ließ sich in einen Sessel fallen.

»Wie haben Sie ihn überzeugt? Das haben Sie mir noch gar nicht erzählt«, sagte Edwina gezwungen.

»Ein Kinderspiel! Indem ich ihm deutlich gemacht habe, daß beide Länder im Commonwealth bleiben, so wie ich es nach London telegraphiert hatte. Was Jinnah anbelangt, den er gut kennt, war Churchill über dessen letzte Zweifel so erstaunt, daß er ihm sogleich eine persönliche Botschaft geschickt hat ... Aber von Nehrus Zustimmung glaubte der alte Herr kein Wort. Er haßt die Sozialisten des Kongresses. Aber jetzt war es genau das Gegenteil: Jinnah lehnte ab, und Nehru stimmte zu. Für den alten Löwen war das eine verkehrte Welt. Aber ich hatte den Brief Nehrus ...

»Oh!« rief Edwina ärgerlich, die plötzlich hellwach war. »Sie deuten ihn um. Das kommt fast einer Lüge gleich, Dikkie!«

»Nein! Nehru hat die Idee schließlich angenommen. Unter der Bedingung, daß Indien vor Ende dieses Jahres frei ist.«

»Er hat es mir gesagt. Es ist Wahnsinn.«

»Wir müssen uns beeilen, Dear, wie ein Flugzeug beim Abflug. Die Geschwindigkeit zu drosseln wäre katastrophal. Ich werde der erste Generalgouverneur Indiens und Pakistans sein. Wissen Sie, daß der rechte Flügel der Tories mich als Kommunisten beschimpft?« fügte er lachend hinzu.

»Kurz gesagt, Sie haben gewonnen«, sagte Edwina nachdenklich, »zumindest glauben Sie es. Und nun?«

»In zwei Tagen, am zweiten Juni, werde ich die Führer des Kongresses und der Liga zusammenbringen. Ich werde ihnen allen ein Exemplar des Plans geben. Sie haben Zeit bis zum Abend des nächsten Tages, um ihn anzunehmen. Am Tag danach gebe ich eine Pressekonferenz, und dann gehen wir alle zusammen zum All-India Radio, um vier Ansprachen an die Völker Indiens zu richten.«

»Vier? Sie und wer noch?«

»Nehru, Jinnah und der Repräsentant der Sikhs, Baldev Singh.«

»Der Mahatma?« sagte Edwina.

»Er wird nicht dasein. Auch nicht am zweiten Juni.«

»Gott beschütze Sie!« rief sie. »Nehru hat gesagt, daß er einen öffentlichen Aufruf machen will.«

*Delhi, am 4. Juni 1947*

Auf der Pressekonferenz des Vizekönigs war das Halbrund des Parlaments völlig überfüllt: Bis zu den engen Bänken der oberen Galerien drängten sich Inder, von denen man nicht sagen hätte können, ob sie wirklich alle Journalisten waren. Mit gerecktem Hals, leuchtenden Augen, immer wieder erhobenen Händen und tausend Fragen auf den Lippen, hatten sie den langen Bericht des Vizekönigs ohne viel Unruhe angehört. Jeder hatte gemerkt, daß Mountbatten frei sprach, völlig ungezwungen; nichts konnte ihn erschüttern. Und bei jeder Frage richteten sich aller Blicke auf die ersten Ränge des Publikums, auf dem die drei wichtigsten Anführer saßen, Jinnah, Nehru und Baldev Singh. Wie vorhergesehen, hatte Lord Louis sie am 2. Juni versammelt; er hatte nicht ohne Mühe ihr Einverständnis errungen; der unberechenbare Jinnah, der behauptete, zuerst demokratisch die Instanzen der Moslem-Liga befragen zu wollen, hatte trotz seiner Vorbehalte schließlich mit einem Kopfnikken zugestimmt. Am dritten Juni hatten alle politischen Führer ein Exemplar der Akte erhalten, die die administrativen Modalitäten der Teilung enthielt, und dem Vizekönig war die Angst in ihren Augen nicht entgangen.

Bis heute hatte der Mahatma noch nicht öffentlich Stellung bezogen.

Mountbatten stützte die Hände auf die Kanten des Rednerpults. Er stand in einer Nische zwischen zwei Pilastern aus geschnitztem Holz und ermutigte sich, daß er mit ein bißchen Glück dem Ärgsten entgehen würde. Seine Strategie war gut: Auf jedes angesprochene Problem antwortete er, daß die Inder von jetzt an selbst Meister ihres Schicksals seien; es sei nicht mehr seine Aufgabe, darüber zu entscheiden. Rechts von ihm stand stolz der Mann, den der Kongreß spöttisch ›Mr. Ja-ja‹ nannte, weil er dem alten Gandhi in allem gehorchte: Valabhbhai Patel stützte die Faust in die Hüfte, hatte nachlässig einen Schal über die Schulter geworfen und blickte wie ein wütender Stier auf das Publikum. Manchmal warf Lord Louis einen Blick auf die vordere Tribüne, wo Edwina und Pammy saßen. Viele Journalisten hatten sich schon zu Wort gemeldet; nur Devadas Gandhi, der jüngste Sohn des Mahatmas, schwieg. Aber plötzlich stand er auf.

»Euer Exzellenz, habt Ihr die Zustimmung des Mahatmas?« fragte Devadas Gandhi laut.

»Bis jetzt hat er sich nicht dagegengestellt«, antwortete Lord Louis vorsichtig.

»Glauben Sie, daß er es tun könnte?« rief eine andere Stimme.

»Ich glaube nicht«, versicherte Lord Louis überzeugt.

»Sie wissen, daß der Mahatma gegen die Teilung Indiens ist«, fuhr Devadas Gandhi fort. »Wie gedenken Sie, die moslemischen Bevölkerungsgruppen zusammenzuführen? Sie leben überall verstreut.«

»Immer wenn Sie mich fragen, was ich tun werde, oder was ich zu entscheiden beabsichtige, weigere ich mich zu antworten«, äußerte Lord Louis erleichtert. »Ihr seid nun an der Reihe.«

Devadas Gandhi nahm mit finsterem Blick wieder Platz.

»Wie lange wird Euer Exzellenz hierbleiben, Eure Exzellenz?« fragte plötzlich eine hohe Stimme.

Ein lautes Murmeln ging durch die Menge. Mountbatten erzitterte, ohne sicher zu sein, ob er sich vor die Frage gestellt sah, die er so gefürchtet hatte.

»Können Sie das genau sagen?«

»Wann wird Euer Exzellenz den Titel des Generalgouverneurs annehmen?« fuhr die hohe Stimme fort.

Jetzt war es klar. Man fragte ihn nach dem Datum, an dem die Unabhängigkeit der beiden Länder proklamiert werden sollte. Aber darüber war noch nicht entschieden worden. Angetrieben von einem plötzlichen Impuls, entschied Mountbatten, sofort zu antworten. Aber was?

Er konnte sich daran erinnern, daß auf der Versammlung mit Zustimmung Nehrus und Jinnahs der 15. August ins Gespräch gekommen war. 15. August oder Oktober? Er konnte sich nicht mehr erinnern. Die Sekunden dehnten sich unerträglich.

»Das ist die schwierigste Frage«, sagte er bestimmt. »Ich bin der Meinung, daß die Machtübergabe um den fünfzehnten August 1947 stattfinden könnte.«

Der 15. August 1947! Die Worte waren seinem Mund entwischt wie die Frösche den Prinzessinnen in den Märchen. Welche böse Fee hatte ihm diese Dummheit eingeflüstert? Der fünfzehnte August; drei kleine, unbedeutende Worte, ein Datum wie jedes andere, zu dumm ... Einundsiebzig Tage, um Indien zu teilen! Lord Louis lief ein Schauer über den Rücken.

Blitzartig wurde ihm klar, daß er das Kommando in Asien an einem 15. August übernommen hatte; um so besser, er konnte diese kostbare Erinnerung wieder wachrufen. Er warf einen Blick auf die erste Reihe mit den politischen Führern.

Jinnah hatte so tiefliegende Augen wie noch nie und kämpfte mit einem Hustenanfall; Nehru biß sich schockiert auf die Lippen; Baldev Singh kratzte sich am Kopf. Mountbatten hörte, wie Lord Ismay unter ihm entsetzt flüsterte: »Das schaffen wir nie!« Auf der Tribüne hielt sich Edwina die Hand vor den Mund. Das Publikum schwieg. Und Mountbatten begegnete dem durchdringendem Blick Devadas Gandhis, der ihm eine Art Niederlage zuzusprechen schien.

Die Konferenz ging zu Ende. Edwina trat aus dem Halbrund und begegnete Nehru im Säulengang. Er nahm ihre Hände.

»Dickie ist verrückt geworden! Am fünfzehnten August? Ich traue meinen Ohren nicht!«

»Wußten Sie noch nicht, daß Dickie ein gehetzter Mann ist?« erwiderte sie. »Der Fehler ist passiert, Panditji.«

Eine Horde von Journalisten und Parlamentariern trennte sie.

Edwina traf Lord Louis am Ausgang der Tribüne.

»Was ist denn in Sie gefahren?« rief sie ihm zu.

»Wir müssen uns beeilen«, antwortete er leise. »Ich habe die Zustimmung beider Parteien.«

»Schon wieder! Sie haben auch nichts als das Wort Beeilung im Mund! Was wird Gandhi sagen?« erwiderte sie heftig.

»Das werden wir ja sehen. Ich werde ihn morgen empfangen; und morgen ist ein anderer Tag«, sagte Lord Louis verärgert.

*Delhi, am 5. Juni 1947*

Der Mahatma hatte den Vizekönig wissen lassen, daß er sein öffentliches Gebet nicht ausfallen lassen werde. Die Unterredung sollte also noch nicht einmal eine Stunde dauern.

Mountbatten stand Qualen aus. Alle seine Informationen stimmten überein: Gandhi wollte sein Abendgebet dazu nützen, den Plan über die Teilung Indiens schlechtzumachen. Gäbe Gandhi nicht nach, würde der Kongreß wohl oder übel den Plan ablehnen; man müßte wieder von vorne anfangen. Das Ansehen, das er in London weiterhin genoß, wäre verloren, sein Prestige in Indien verdorben und das Vertrauen unwiederbringlich verspielt. Nun gut! Das würde schon nicht geschehen; er mußte den alten Mann vor den Kopf stoßen; ihm seine Verantwortung klarmachen; die unvermeidlichen Massaker anführen, die Unordnung, die mit einer hinausgezögerten Vereinigung einhergehen würde; darauf hinweisen, daß Jinnah wieder einen Tag der direkten Aktion anzetteln und seine Aufständischen auf die Straßen Kalkuttas hetzen würde oder in das volkstümliche Viertel Chandni Chowk in Delhi, in Bombay, in Lahore, überall. Er mußte …

Aber für den Mahatma zählten solche Argumente nicht. Mountbatten war gerade dabei, seine Überstürztheit, die ihn in diese Sackgasse geführt hatte, zu verfluchen, als man ihm die Ankunft Gandhis ankündigte.

Edwina ging blaß vor ihm her. Lord Louis bemerkte mit Mißfallen, daß der alte Mahatma sich nicht auf die Schulter seiner Frau stützte. Er hatte die Arme über dem weißen Schal verschränkt und ging mit gesenktem Kopf, als kämpfe er gegen den Wind an. Und als er sich auf den Rand eines Sessels setzte, grüßte er nicht mit seiner gewohnten Freundlichkeit, sondern er blieb stumm. Edwina entfernte sich, ohne sich zu verabschieden.

»Lieber Mr. Gandhi«, sagte Mountbatten und erhob seine Stimme, »ich weiß, daß Sie wenig Zeit haben. Lassen Sie uns reden.«

Gandhi hob den Kopf, und Lord Louis sah, daß sein Gesicht grau war. Kein Licht war mehr in seinem Blick. Nur tiefe unerträgliche Trauer.

»Bapu!« rief Lord Louis ergriffen. »Ich bitte Sie. Seien Sie doch vernünftig ... Ich ertrage es nicht, Sie so leiden zu sehen.«

»Es ist furchtbar, Euer Hoheit, furchtbar ... Sie löschen Indien aus!« klagte der Mahatma.

»Das tue nicht ich«, protestierte Lord Louis. »Sie wissen das. Ich habe lediglich die Unversöhnlichkeit von Kongreß und Liga festgestellt ...«

»Sie haben sich damit abgefunden«, murmelte Gandhi vorwurfsvoll. »Ich begnüge mich damit nicht. Man hätte nicht nachgeben dürfen.«

»Mr. Gandhi, ich habe einen Auftrag erhalten. Mit einer Frist und darüber hinaus – einer dringlichen Erfordernis. Wie Sie kann ich den Gedanken an ein geteiltes Indien kaum ertragen; dank Ihnen kenne ich die Gefahren. Aber was hätten Sie getan?«

»Verlassen Sie uns, Sir«, sagte Gandhi, dessen Augen wieder lebhaft wurden, »überlassen Sie uns unserem Schicksal. Wir werden durchs Feuer gehen, aber wir werden dadurch gereinigt werden. Überlassen Sie dem Kongreß die ganze Macht, und Gott soll unsere Regierenden beschützen.«

»Es wäre Ihnen lieber, daß Jinnah seine Aufstände

schmiedet ... Sie ziehen das Chaos Pakistan vor«, sagte Lord Louis.

»Aber wenn Sie Pakistan gründen, werden Sie auch Unordnung schaffen, Sir«, sagte Gandhi. »Sie können dem Unwetter nicht ausweichen. Sehen Sie nicht, daß England viel gewinnen würde, wenn es uns einfach uns selbst überließe? Wenn Sie Indien verlassen, werden Sie nicht mehr verantwortlich sein; wir würden die schwere Last allein auf unseren Schultern tragen.«

»Bapu«, murmelte Lord Louis, »Sie verlangen solche Feigheit von mir?«

»Ich will nicht, daß man den Körper meiner Mutter zerteilt. Verlassen Sie uns, ich flehe Sie an ...«

Gandhi weinte. Lord Louis dachte traurig, daß der alte Mann nun seinen Befehl *Quit India* wiederholte, aber diesmal hoffnungslos und flehend.

»Der Kongreß hat doch seine Zustimmung gegeben, Mr. Gandhi. Was kann ich dafür?«

»Oh! Das weiß ich sehr wohl«, schluchzte der Mahatma. »Ich hatte Ihnen ja vom Hochmut Nehrus erzählt, und er ist nicht der einzige. Patel, Krishna, Menon, ich weiß, sie haben mich alle im Stich gelassen ... Sie hören nicht mehr auf mich.«

»Was werden Sie tun?« fragte Lord Louis furchtsam.

Gandhi sah ihn finster an und antwortete nicht.

»Mr. Gandhi, was werden Sie nachher beim Gebet sagen?«

»Das wissen Sie genau«, murmelte der alte Mann.

»Tun Sie es nicht!« rief Lord Louis erschrocken.

»Das ist meine Aufgabe, Sir«, entgegnete Gandhi schwer. »Immerhin bleibt mir noch diese Waffe.«

Mountbatten stand plötzlich auf und ging zum Fenster. Der Himmel verdunkelte sich bereits; die Zeit rann ihm aus den Händen.

»Mr. Gandhi«, sprach er und ging auf den alten Mann zu, »dieser Plan entspricht Ihren Wünschen.«

Verblüfft sah der alte Mann ihn an, ohne zu begreifen.

»Aber ja!« rief Lord Louis. »Sie möchten, daß Indien sein

Schicksal selbst in die Hand nimmt. Und wenn man diesen Plan umsetzt, dann wird genau das geschehen. Die Versammlungen werden entscheiden, ob sie sich Indien oder Pakistan anschließen. Nehmen wir an, sie gehen alle auf die indische Seite über ... Keine Teilung mehr. Es ist falsch, dieses Projekt *Mountbatten-Plan* zu nennen, man sollte *Gandhi-Plan* sagen!«

Der Mahatma sah den Vizekönig mitleidig an. Mountbatten bat so eindringlich um seine Zustimmung, daß der alte Mann nicht standhalten konnte.

»Mein armer Lord Louis«, sagte er, »glauben Sie wirklich, daß ich solch leeres Geschwätz zulassen könnte?«

»Wie das? Ich versichere Ihnen ...«, protestierte Lord Louis verwirrt.

»Halten Sie mich nicht für einen Dummkopf! Ich bin Ihnen sehr dankbar, daß Sie mir schmeicheln wollen, Sir. Denn daran liegt Ihnen doch«, fuhr der Mahatma fort.

Mountbatten zog sich das Herz zusammen, er verstand, daß der Entschluß des alten Mannes unerschütterlich war. Er hatte nicht die Wahl, er mußte ihm weh tun.

»Die Hindus sind gegen Sie«, murmelte er mit fast unhörbarer Stimme.

Der Mahatma erzitterte.

»Sie werden Ihnen nicht folgen. Danach werden Sie Ihren ganzen Einfluß verlieren und die Leute nicht mehr beruhigen können«, fuhr Lord Louis mit fester Stimme fort.

»Glauben Sie das wirklich? Sind sie alle gegen mich?« fragte Gandhi und hob seine lange knochige Hand.

Mountbatten zögerte. Die Polizeiberichte gaben an, daß viele Inder den alten Mann haßten, weil er den Tag ihrer Freiheit hinauszögerte.

»Ja, das glaube ich, Sir«, sagte er.

Gandhi senkte den Kopf.

»Ich glaube es auch, Euer Hoheit«, sagte er nach kurzem Schweigen. »Ich habe sie behandelt, als wäre ich ihre Mutter, und jetzt wenden sie sich von mir ab.«

»Nehmen Sie sie so, wie sie sind, sie werden Ihnen wieder folgen«, sagte Lord Louis eilig. »Nichts ist verloren und ...«

Der Mahatma erhob sich mühsam von seinem Sessel.

»Entschuldigen Sie, Sir. Ich muß Sie verlassen.«

Und ohne ihn auch nur eines Blickes zu würdigen, ging er fort.

Verunsichert sah Mountbatten ihm nach. In zehn Minuten würde sich alles entschieden haben. Entweder der Mahatma akzeptierte die Teilung, oder ...

# 5

# Morgendämmerung der Freiheit

## *Der erniedrigte Vizekönig*

*Neu-Delhi, am 1. Juli 1947*

»Das ist unglaublich!« rief Lord Louis außer sich und griff nach einem Aschenbecher.

Edwina steckte vorsichtig den Kopf zur Tür herein; seit er wegen des Balkan-Plans nach London berufen worden war, gehörten die Launen Dickies inzwischen zur Tagesordnung – trotz des Erfolges, den er davongetragen hatte.

»Dickie«, sagte sie entschlossen, »ich habe Sie heute noch nicht zu Gesicht bekommen, und kaum sehe ich Sie, sind Sie schon wieder außer sich vor Wut und brüllen wie ein Lastenträger ... Wenn ich nicht hereingekommen wäre, hätten Sie noch den Aschenbecher gegen die Wand geschleudert!«

»Kein Tag vergeht, ohne daß ich einen vertraulichen Brief von Nehru erhalte, der mich bittet, über die Teilung zu entscheiden. Und wenn es nicht Nehru ist, dann ist es Jinnah; man könnte das Gefühl haben, sie hätten sich abgesprochen. Gestern ging es um die Nordwestgrenze; morgen wird es der Bewässerungskanal in Pandschab sein ... Sie bringen mich noch um!«

»Wirklich jeden Tag, Dickie?« fragte Edwina ironisch.

»Ah!« fuhr er fort, ohne darauf zu antworten. »Ich verstehe, daß sie alle beunruhigt sind; aber, zum Teufel, sie haben es ja so gewollt! Sie sollen sich an Sir Radcliffe wenden! Wir haben diesen mutigen Mann als Schlichter bestimmt, einen hervorragenden Juristen, der Indien nicht kennt, nie einen Fuß hierhergesetzt hat, den ich gerade einmal von weitem grüße und den sie nicht der Parteinahme bezichtigen können ... Sollen Sie doch selbst sehen, mein Gott!«

»Er kennt das Land wirklich überhaupt nicht, Dickie«, warf Edwina ein.

»So ist es, und deshalb wird er objektiv sein.«

»Aber Sie kennen das Mißtrauen unserer indischen Freunde ... Erwarten Sie nicht das Unmögliche von ihnen, helfen Sie ihnen«, beschwörte Edwina ihn. »Helfen Sie ihnen.«

»Nein! Radcliffe wird den Verlauf der Grenzen einzeichnen; ich mische mich nicht ein. Unter keinem Vorwand. Ich habe recht. Bestehen Sie nicht darauf ...«

»Oh! Ich bestehe gar nicht darauf«, sagte Edwina gekränkt. »Wissen Sie, daß Mr. Jinnah da ist?«

»Und Sie haben mir das noch nicht gesagt?« polterte Mountbatten.

»Mein Gott, er wartet ganz brav im Salon. Er sieht sogar freundlich aus, zumindest dieses eine Mal.«

»Das paßt mir nicht«, brummte Lord Louis. »Ausgerechnet heute ist er gekommen, um mich zu bitten, Generalgouverneur von Pakistan zu werden. Seit dem elften Juni warte ich darauf, daß er in dieser Sache vorspricht.«

»Ah, das ist es«, sagte Edwina. »Nun gut! Er lächelt. Er zeigt sogar seine schadhaften Zähne.«

Lord Louis ging hinaus und schlug die Tür zu. Natürlich hatte Jinnah schlechte Zähne, wie der alte Gandhi; aber war es die Schuld der beiden Alten, nicht alle Vorzüge des Westens genossen zu haben? Edwina wurde wirklich unerträglich mit ihrer Vorliebe für Nehru.

Bevor er den Salon betrat, hielt er einen Moment inne, um sich zu beruhigen.

Jinnah wartete im Stehen, ruhig aufgestützt auf seinem Krückstock. Neben ihm stand einer seiner Mitarbeiter, aufmerksam und respektvoll.

»Guten Tag, Mr. Jinnah. Ich bin erfreut, Sie endlich zu sehen«, sagte Mountbatten mit gezwungener Herzlichkeit.

»Aber so war es doch abgemacht, Euer Exzellenz«, sagte der alte Mann graziös. »Ich habe mir erlaubt, Mr. Chaudhuri Muhammad Ali, einen meiner Oberleutnants, mitzubringen. Ich nehme an, das stört Sie nicht.«

»Es steht Ihnen frei, zu kommen, mit wem Sie wollen, lieber Freund. Setzen Sie sich doch«, sagte Mountbatten, durch das Lächeln seines Gesprächpartners entwaffnet.

Braucht er einen Zeugen, für meine Erniedrigung? Das mag ich überhaupt nicht …, dachte der Vizekönig plötzlich.

Jinnah warf einen gebieterischen Blick auf Muhammad Ali, der sich als erster gesetzt hatte; dann nahm er in einem großen Sessel Platz und zog dabei an der Falte seiner Hose.

»Euer Exzellenz«, begann er, »ich bin gekommen, um Ihnen meine Entscheidung bezüglich des Amtes des Generalgouverneurs von Pakistan bekanntzugeben. Ich versichere Ihnen, daß sie in keinem Fall einen Argwohn gegen Sie bedeutet …«

Er sagt nein, dachte Mountbatten. Er will mich nicht als Generalgouverneur. Aber wen will er dann dazu ernennen?

»Ich zweifle gar nicht daran, lieber Freund. An wen denken Sie?«

»Aber an mich, ganz einfach. Ich werde selbst Generalgouverneur«, bestätigte Jinnah lächelnd.

»Werden Sie nicht Premierminister?« fragte Lord Louis verwundert. »Das ist doch der wichtigste Posten! Sie wollen keine Macht ausüben?«

»Euer Exzellenz, in meiner Position ist das sehr einfach. Ich werde entscheiden, und der Premierminister wird es ausführen«, sagte Jinnah ruhig.

»Das ist absurd! Selbst Nehru hat seine Interessen besser zu wahren verstanden!« rief Lord Louis irritiert.

Das Gesicht Jinnahs zog sich zusammen; Mountbatten biß sich auf die Lippen. Zu spät.

»Mr. Nehru entscheidet, was er will, für Indien; wenn er wünscht, die britische Vormundschaft und Sie als Generalgouverneur zu behalten, dann ist das seine Sache«, erwiderte Jinnah kalt.

Reg dich bloß nicht auf, dachte Lord Louis. Ganz ruhig. Er provoziert mich, ich darf nicht darauf eingehen.

»Nun sehen Sie, Sir, wenn ich nicht Generalgouverneur beider Länder bin, verstehen Sie, wie gefährlich das ist?«

»Ich sehe keine Gefahr … Nicht die geringste«, bekräftigte Jinnah mit unschuldiger Miene.

»Sie werden all Ihre Trümpfe verlieren! Ich hätte mich um die finanziellen Modalitäten der Teilung zwischen den beiden Ländern kümmern können, ich wäre unparteiisch gewesen! Wissen Sie, wieviel Sie das kosten wird?«

»Oh, Euer Exzellenz«, erwiderte Jinnah traurig. »Tausende von Rupien wahrscheinlich. Ich bin dazu bereit.«

»Das wird Sie vor allem die Zukunft Pakistans kosten!« schrie Lord Louis, die Fassung verlierend.

Er stand auf, ging aus dem Salon und schlug wütend die Tür zu.

Mit zitternden Händen zündete Jinnah sich eine Zigarette an und sah Chaudhuri Muhammad Ali an, der vor Empörung kochte.

Der alte Mann hatte ernsthafte Schwierigkeiten erwartet, aber er hatte nicht vorausgesehen, daß der Vizekönig seiner Wut freien Lauf lassen würde. Im Grunde machte Mountbatten es ihm sehr einfach. Zum erstenmal hatte er sein Gesicht verloren; indem er in Zorn geraten war, hatte er die Entscheidung herbeigeführt. Jinnah begann zu lächeln und dachte an den alten Churchill; jener war wenigstens ein Staatsmann, mächtig, vielleicht brummig, aber ehrenwert. Nie hätte er es wegen Fragen der Rangordnung zu einem Eklat kommen lassen. Was für ein ungebührlicher Wutausbruch, dachte er. Dieser Mountbatten erinnert mich an Nehru. Sie sind sich ähnlich; der eine so aufbrausend wie der andere. Schlechte Verhandlungspartner. Dem Schicksal ihres Landes unwürdig. Was für eine Grobheit! Und diese Verachtung in seiner Stimme …

»Was wird nun passieren?« fragte sein Begleiter ängstlich.

»Er hat die Fassung verloren, das ist alles. Er hat sich wohl erniedrigt gefühlt. Tut mir leid, aber das geht mich nichts an.«

»Tut Ihnen das wirklich leid? Er hat Sie bedrängt, angegriffen … Es war erbärmlich.«

»Er mag mich nicht«, sagte Jinnah sichtlich betroffen. »Schon von Anfang an hat er Nehru lieber gemocht; vor allem seine Frau, die ihn nicht mehr aus den Augen läßt …«

»Worauf spielen Sie an? Sollten Lady Louis und Nehru etwa ein Verhältnis haben?« sagte Muhammad Ali entsetzt.

»Ich spiele auf gar nichts an, ich habe lediglich meine Ahnungen«, sagte der alte Anführer und wurde lebhafter. »Schon immer war sie auf der Seite der Hindus. Sie trifft sich auch mit dem Mahatma … Sie ist nicht auf unserer Seite. Aber die Frauen, wissen Sie …«

»Was werden Sie tun? Der Vizekönig kann noch Schaden anrichten«, sagte Muhammad Ali ängstlich.

»Im Gegenteil. Er wird nichts tun. Ich werde ihn als Präsident des Komitees für gemeinsame Verteidigung behalten, die Instanz, die ein Bindeglied zwischen Indien und uns bleibt«, sagte Jinnah nachdenklich. »Das wird ihn beruhigen.«

»Nun«, sagte Edwina, als sie Lord Louis kommen sah.

»Ich hatte recht. Er lehnt mich ab. Er übernimmt den Posten selbst«, stotterte Lord Louis. »Er hat mir einfach meine Abdankung bedeutet!«

Edwina war wie gelähmt. Für Dickie war das eine tiefe Erniedrigung. Das einzige, was ihn niederschlagen konnte, das einzige, was er nie erlebt hatte. Das würde er nicht aushalten.

»Und jetzt?« hauchte sie.

»Entweder ich nehme den Posten als Generalgouverneur von Indien an und werde der Parteinahme bezichtigt, oder ich lasse die Führer des Kongresses im Stich … Beide Möglichkeiten sind schlecht. Es gibt keine ehrenhafte Lösung.«

»Das stimmt«, sagte Edwina erschüttert. »Wie kommt es, daß Sie ihn nicht umstimmen konnten?«

»Ich glaube ... Ja, ich glaube, daß ich in Zorn geraten bin, weil ich zu erschöpft war«, murmelte Lord Louis. »Ich wollte zu schnell vorankommen, habe mich zu sicher gefühlt ... Ich weiß nicht mehr weiter, Darling.«

Wenn Dickie so leicht seine Fehler zugab, dann mußte er am Ende seiner Kräfte sein. Edwina ballte die Fäuste, holte tief Luft und näherte sich ihm.

»Sie sind nicht in der Lage, über sich selbst zu richten, Dickie; und die Last ist zu schwer. Haben Sie Ihre Mannschaft um Rat gefragt?«

»Sie haben mir vorgeschlagen, den Posten in Indien zu akzeptieren, um wenigstens eines der Länder für das Commonwealth zu retten«, antwortete Lord Louis. »Aber ich wäre entehrt.«

»Dann reisen Sie am fünfzehnten August ab, und zwar mit erhobenem Kopf!« sagte Edwina plötzlich. »Bringen wir es zu Ende!«

»Wirklich?« sagte Lord Louis. »Können Sie sich die Gefühle Nehrus vorstellen? Das ist eine Ohrfeige!«

»Aber wenigstens könnte Ihnen niemand die Schuld geben. Sie hätten sich nichts vorzuwerfen.«

»Ich muß mir vorwerfen, ungeschickt mit Jinnah umgegangen zu sein«, klagte Lord Louis. »Edwina, ich kann nicht mehr; am liebsten wäre ich schon fort.«

Wußte ich doch, daß er zusammenbricht, dachte Edwina und nahm seine Hand. Er wird den Posten schon annehmen, wenn man ihn darum bittet. Armer Dickie. Wer kann jetzt seinem Stolz schmeicheln?«

»Und wenn Sie in London nachfragten?« schlug sie vor und senkte die Stirn.

»Das habe ich schon getan. Ismay macht sich bereits auf den Weg«, antwortete er gähnend. Er wird dem Premierminister meine Fehler und meine Kurzsichtigkeit darlegen. Ich hätte die Zustimmung Jinnahs nicht garantieren dürfen. Jetzt ...«

»Jetzt gehen Sie mit Ihrer geliebten Tochter reiten«, sagte sie und zwang ihn aufzustehen.

Und ich werde Nehru benachrichtigen, dachte sie.

*Delhi, am 5. Juli 1947*

Alle hatten sich eingemischt. Das Kabinett, allen voran Clement Attlee; Ismay hatte den alten Churchill besucht, der seine Ansicht geäußert hatte; König Georg selbst hatte seinem Cousin geraten, den Posten als Generalgouverneur von Indien anzunehmen. Der liebe V. P. Menon, den Dickie selbst zu seinem engsten indischen Mitarbeiter gemacht hatte, hatte sich ihm zu Füßen geworfen. »Der einzige Mann, der das neue Indien zusammenhalten kann, sind Sie, Euer Exzellenz«, hatte er ihm versichert. »Wenn Sie sich zurückziehen, dann ist alles verloren, denn auf beiden Seiten hängt alles von Ihnen ab.« Menon hatte hinzugefügt, daß Nehru am Rande eines Nervenzusammenbruchs sei und alle anderen sich wie wahnsinnig gebärdeten. Aber Dickie hatte von all dem nichts hören wollen. Er war mit den Nerven am Ende, und täglich wurde er von unkontrollierten Wutausbrüchen ergriffen. Er weigerte sich, sich der allgemeinen Meinung anzuschließen. Der letzte Vizekönig des Empires würde nicht Generalgouverneur des freien Indiens sein. Bis zur Teilung der beiden Länder blieb nur noch ein Monat Zeit.

Edwina wendete und wendete ein Blatt, das sie schon zum hundertsten Mal gelesen hatte. Nehru schlug ihr vor, ihn bei einer Gebetsstunde Gandhis zu treffen, in der elenden Hütte im Viertel der Unberührbaren, die er zu seinem Wohnhaus erkoren hatte. Konnte sie dorthin gehen, ohne daß Dickie es merkte? Konnte sie dazu beitragen, seine Entscheidung zu erzwingen? Hatte sie Dickie nicht schon zu sehr zugunsten des Kongresses und Indiens beeinflußt? Es war ihr nie gelungen, die Gefühle zu verbergen, die ihr Jinnah einflößte: seine Kälte, sein Ausweichen, wenn er sie sah, seine affektierte Höflichkeit und die unbestreitbare Mißachtung, die er ausstrahlte …

Aber sie wußte schon zuviel. Zum religiösen Haß zwischen Hindus und Moslems kam der Gefahrenherd der Sikhs: Seitdem sie erfahren hatten, daß Pandschab in zwei

Teile geteilt werden sollte, hatten die Sikhs ihre Kriegstraditionen wiederentdeckt. Sie befürchteten, daß der Goldtempel von Amritsar an Pakistan fallen würde, und im Namen ihrer Religion hatten sie wieder zu den Waffen gegriffen. Die Botschaften von Baldev Singh, der sie offiziell vertrat, hatten nichts genützt, und jeder Tag brachte ein neues Maß an Plünderungen und Morden. Die britischen Offiziere hatten die Kontrolle verloren, und die Unabhängigkeit würde das Ganze unausweichlich verschlimmern. Edwina versuchte die Worte, die sie im Vorübergehen aufgeschnappt hatte, aus ihrem Gedächtnis zu verdrängen: »Drei Frauen in Ferozepur vergewaltigt und niedergemetzelt«, »ein Viertel von Gurdaspur wurde in Brand gesteckt, dreißig Kindern der Bauch aufgeschlitzt, ein Sack mit abgehauenen Köpfen wurde vor die Kaserne geworfen«; aber die Bilder drängten sich ihr immer wieder auf.

»Geh zum Teufel, Dickie«, sagte sie und faltete das Blatt wieder zusammen. Ich kann über deine Befindlichkeiten nur lachen. Was zählen sie im Vergleich zu Menschenleben? Und weil jeder überzeugt davon ist, daß du diese Schlacht führen mußt, werde ich dich dazu zwingen, sie zu retten.«

Ihr Auto wartete schon. Sie mußten aus Delhi heraus in die Vororte fahren, die Viertel der Unberührbaren, dachte Edwina bedrückt. Es wird furchtbar schmutzig dort sein, mit widerwärtigem Gestank; und der Monsun hat immer noch nicht eingesetzt, die Hitze wird das alles verschlimmern ... Sie sah nach, ob sie auch ein Taschentuch dabei hatte, und biß die Zähne zusammen. Sie schämte sich. Es würde auch nicht unangenehmer sein als in Birma während des Krieges.

Das Auto konnte nicht in die Gäßchen fahren; Edwina stieg aus. Ein Schwarm von Kindern umgab sie mit Schreien von Vögeln und begleitete sie zu dem kleinen Haus aus Strohlehm. Schon warteten die Gläubigen auf das Gebet. Auf den Dächern saßen boshaft aussehende Jungen, die sie mit blitzenden Augen anstarrten und grüne Früchte aßen; schwarze Schafe strichen an einem lehmigen Fluß entlang. Draußen buken auf großen Öfen die runden Fladen für das

Abendessen, kleine Händler verkauften orangenfarbene Süßigkeiten und Streifen sorgfältig geschnittener Mangofrucht. Ab und zu trug der Wind eine Dunstwolke aus Schweiß und Fritiertem herüber, ein mächtiger und erstikkender Geruch, den die Frauen verbreiteten, indem sie mit ihren Palmenfächern wedelten.

Das ist weder traurig noch dreckig ..., dachte Edwina verwundert. Wenn hier bloß nicht überall Fliegen wären! Und diese Krähen, die auch nie fehlen! Zebus standen in der Nähe und kauten eine Zeitung oder einen Halm; alles war trocken.

Plötzlich drehte sich unter der Schar der Gläubigen ein Mann mit weißem Käppi um. Nehru. Edwina fühlte, wie in ihr ausgelassene Freude aufstieg. Endlich ist er da, dachte sie mit Tränen in den Augen. Er ist mein Indien. Beinahe hätte sie nach ihm gerufen, hielt sich aber zurück und lief mit großen Schritten auf ihn zu.

»Da sind Sie ja endlich!« rief er, als er sie sah. »Ich dachte schon, Sie kommen nicht mehr. Er erwartet uns.«

Nehru brachte sie zu dem Zimmer, in dem der Mahatma wohnte. Er saß auf dem Boden, die Füße zur Seite, die Brille auf der Nase, und las konzentriert irgendwelche Blätter.

»Bapuji, hier ist unsere Freundin«, sagte Nehru leise und setzte sich neben ihn.

»Sie ist uns willkommen«, lächelte Gandhi und hob den Blick.

»Liebe Lady Louis, ich traue mich nicht, Ihnen anzubieten, sich zu setzen, Sie sehen, hier gibt es keine Sessel. Aber man kann dem abhelfen«, fügte er hinzu und beugte sich zu Nehru.

»Lassen Sie nur, Bapu«, sagte Edwina schnell und setzte sich ebenfalls auf den Boden. »Hier ist es sehr bequem.«

Gandhi räumte bedacht seine Blätter zusammen und sah sie forschend an.

»Ihr Geist ist beunruhigt«, stellte er fest, »das sehe ich deutlich. Stimmt es, daß unser Vizekönig halsstarrig ablehnt, unser Generalgouverneur zu werden?«

Edwina nickte schweigend.

»Das ist sehr bedenklich«, seufzte der alte Mann. »Er hat das Vertrauen des Kongresses, nicht wahr, Jawahar? Und er weist es zurück!«

Edwina rieb ihren Zeigefinger und senkte den Kopf.

»Nehru sagt mir auch, daß all seine Versuche gescheitert sind. Stimmt das?«

»Lord Louis weiß nicht, was er tun soll, Bapu«, sagte Edwina.

»Der Vizekönig befürchtet, daß man ihn, wenn er annimmt«, verdächtigt, einer der Parteien zu sehr gewogen zu erscheinen. Er hat Angst, daß man ihm das vorwirft.«

»Ich verstehe«, sagte der Mahatma. »Ich verstehe es sehr gut. Das ist eine mir bekannte Situation, die in der Tat große Spuren in der Seele hinterläßt. Er leidet bestimmt, oder?«

Edwina zögerte zu antworten; Nehru tat es an ihrer Stelle.

»Sie kennen ihn, Bapu, er hat ein nobles Herz«, sagte er.

»Und was sagt ihm dieses noble Herz? Wissen Sie das, meine liebe Lady Louis?« fragte der Mahatma weiter.

»Vor allem sein Stolz leidet, Bapu«, antwortete sie auf einmal.

»Das wissen Sie. Aber was sein Herz anbelangt, hat er schon entschieden.«

»Ist er so eingebildet wie einige meiner Freunde?« fragte Gandhi böse und wandte sich Nehru zu. »Muß ich ihn etwa auf Knien anflehen? Ich habe keinen Stolz, und ich glaube, daß Indien ihn braucht.«

»Bapu, ich bitte Sie um nichts anderes«, flehte Nehru und faltete die Hände zum Dank. »Sie wollten überzeugt werden, und ich merke, daß Sie es jetzt sind.«

»Ich werde ihn besuchen«, murmelte Gandhi. »Aber merkt euch beide: Ganz Indien braucht Lord Mountbatten. Ich werde wegen Pakistan hingehen, das ihr wegen Eurer Überstürztheit zum Leben erweckt habt. Ich werde die Moslems beschützen, weil euer Wahn keine Grenzen kennt. Ich gehe hin, weil Lord Louis traurig ist; auch wenn er Vizekönig ist, hat er Mitgefühl verdient. Jetzt ruft bitte meine Töchter, ich bitte euch.«

Die beiden Kleinen plazierten sich so, daß er sich auf sie stützen konnte, während sie ihm zu der weißen Matratze, die man vor seine Tür gelegt hatte, begleiteten.

Auf dem Boden sitzend warteten seine Getreuen mit glänzenden Augen; manche hoch oben auf den Dächern der Häuser, andere blieben ganz hinten stehen, starr wie Steine. Ein blasser Sonnenstrahl stach durch die dunklen Wolken und verstärkte die glühende Hitze, eine Sonne von brennender Hoffnungslosigkeit. Ein leidenschaftliches Murmeln begrüßte den Mahatma, Frauen legten sich der Länge nach vor ihm hin und legten ihre Hände auf seine Füße, um ihre Hingabe zu bekunden.

»Er hat nie zugelassen, daß man ihn wie einen Gott behandelt«, murmelte Nehru. »Sehen Sie diese Bewunderung? Bei uns ist das unvermeidlich.«

»Was ist an ihr ungesund?« fragte Edwina.

»Alles und nichts; sie verherrlicht, sie entwaffnet; sie nimmt jedem seine Verantwortung. Dabei hat er sich immer bemüht, nicht ihr Guru zu werden.«

»Er ist es trotzdem«, stellte Edwina fest.

»Kommen Sie hierher, er spricht jetzt«, sagte Nehru und führte sie mit sich. »Ich hoffe, daß heute alles gutgeht.«

»*Namasté* ... Ich möchte Euch fragen, ob Ihr einverstanden seid, daß ich einige Verse aus dem Koran vorlese«, sagte der alte Mann mit seiner klaren Stimme.

Edwina erzitterte; Nehru legte seine Hand auf ihren Arm.

In die gespannte Stille rief jemand: »Nein!«

»Das ist das drittemal diese Woche«, flüsterte Nehru. »Er hat Briefe gekriegt, die an Mahomet Gandhi adressiert waren.«

»Wer sagt nein? Wer sind Sie? Wollen Sie mir Ihre Einwände erklären?« fuhr Gandhi mit klarer Stimme fort.

»Nieder mit den Moslems! Sie haben Hindustan verraten!« sagte der unsichtbare Gegenspieler. »Und Ihr anderen, die ihr gar nichts sagt«, fuhr die Stimme Gandhis fort, ohne sich zu erregen, »habt Ihr gegenüber demjenigen, der den Koran zurückweist ungute Gefühle?«

»Nein, nein!« riefen einige Leute in der ersten Reihe.

»Ich wende mich an den, der nicht zustimmt. Würdest du laut protestieren, wenn ich euch diese Verse vorlese?«

Im Publikum wurde es unruhig. Man erregte sich, aber der Protestierende schwieg.

»Dann fange ich an. Wieso sollte es eine Sünde sein, den Namen Gottes auf Urdu zu feiern? ›Ihr, die Ihr glaubt, sucht eure Zuflucht in Ausdauer und Gebet, denn Gott ist mit den Ausdauernden. Sagt nicht, daß die, die auf den Wegen Gottes getötet werden, tot sind. Nein. Sie leben unter uns, und zweifelt nicht daran ...‹«

»Er hat gewonnen«, seufzte Nehru erleichtert. »Eines Tages wird ihm einer dieser Leute noch sein Messer ins Herz stoßen. Sehen Sie, der, der geschrien hat, geht jetzt verärgert davon ... Kommen Sie, ich muß mit Ihnen reden.«

»Aber ich will zuhören!« beschwerte sich Edwina.

»Dazu haben Sie nachher Zeit. Glauben Sie, daß Dickie Gandhi nein sagen kann?«

»Es gibt so einige Hindus, die es bereits tun«, antwortete sie bitter.

Nehru wurde bleich und drückte ihre Hand. »Der Monsun hat Verspätung; die Hitze erregt die Gemüter. In Pandschab schlachtet man sich ab. Kalkutta wird zum Pulverfaß. Sogar Delhi wird gefährlich. Und in Lahore ...«

»Lahore wird zu Pakistan gehören«, unterbrach ihn Edwina.

»Ah! Stimmt«, sagte er entmutigt, tun Sie dennoch Ihr Möglichstes«, fügte er dringlich hinzu.

»Ich bin schließlich hierhergekommen«, betonte sie.

»Das war das Beste, was sie tun konnten, *my Dee*«, sagte er und sah sie eindringlich an. »Und das ist nicht das letzte.«

Edwina erzitterte. Die Erinnerungen an die Soldatenlager stiegen wieder in ihr auf. Tausenden von Blicken standhalten, sich für die Rettung Sterbender einsetzen, vielleicht ... Blitzartig wurde ihr klar, daß Nehru recht hatte.

»Gehen wir zurück und hören dem Mahatma zu«, forderte sie ihn auf. »Ich dürste danach.«

*Delhi, am 6. Juli*

Gandhi war am nächsten Morgen gekommen. Als Edwina ihn empfing, grüßte er sie mit einem listigen Blick und streichelte ihr liebevoll die Hand.

»*Namasté*, meine liebe Lady Louis. Ich bin Ihr ergebenster Diener ...«

Dann machte er sich mit erstaunlichem Eifer auf den Weg durch die langen Flure.

Als er in seinem Sessel saß, faltete er die Hände und musterte Lord Louis durch seine Brille. Mountbatten hatte angespannte Züge; seine Oberlippe zitterte, er war dünner geworden. Aber sein lebendiger Blick schien von Hoffnung erfüllt. So, sagte sich Gandhi, das wird nicht allzuschwer werden. Die Wunde wird schnell verheilen.

»Euer Exzellenz, Sie haben Ihre Zustimmung gegeben, Generalgouverneur zu werden, nicht wahr?«

»Nein!« rief Mountbatten verdutzt.

»Aber ja«, unterbrach Gandhi, in dessen Blick es auf einmal aufblitzte. »Sie werden der Teilung Indiens nicht noch weiteres Leid zufügen. Wenn Sie uns verlassen, werden sie sich bis zum letzten Mann abschlachten.«

»Sie sind übertrieben pessimistisch, Mr. Gandhi. Die Teilung kündigt sich einigermaßen ruhig an. Abgesehen von einigen Unruhen im Pandschab ...«

»Einige Unruhen«, jammerte der Mahatma. »Bin ich denn der einzige, der ahnt, was für ein gewaltiger Blutstrom bald in diesem Land fließen wird? Wenn es sein muß ...«, fügte er seufzend hinzu. »Euer Hoheit, ich bin gekommen, um Sie feierlich zu bitten, den Posten anzunehmen.«

Lord Louis fühlte, wie sich der Knoten löste. Tränen stiegen ihm in die Augen; war es wirklich nötig, daß sich der alte Kämpfer vor einem britischen Admiral erniedrigte? Sein Herz klopfte so stark, daß er eine Hand auf seinen Anzug legte und so tat, als ob er die Tasche zurechtrückte. Ich bin immer noch Vizekönig, zum Teufel, dachte er, und dieser kleine Mann kämpft schon seit einem guten halben Jahrhundert gegen mein Land! Aber er konnte nicht anders als zu lächeln, und er wäre fast auf den in seinem Sessel verschanzten alten Herrn zugelaufen, um ihn wie einen hilflosen Säugling zu umarmen.

»Sie nehmen es natürlich an«, sagte Gandhi feierlich.

»Selbstverständlich«, entfuhr es Lord Louis, ohne nachzudenken. »Übrigens habe ich diese Entscheidung schon seit einiger Zeit getroffen und ...«

»Daran zweifle ich nicht im geringsten, Euer Exzellenz«, sagte Gandhi und lächelte. »Nun gut«, fuhr er unvermittelt fort, »da dies jetzt geregelt ist, würde ich gerne noch über zwei, drei kleine Dinge reden.«

Lord Louis erschrak: Wenn der Mahatma ›kleine Dinge‹ sagte, handelte es sich immer um die allerausgefallensten Ideen. Aber wie auch! Es wäre töricht gewesen, ihn als Übermittler eines einzigen Wunsches zu betrachten; was würde er jetzt aus seinem Giftbeutel hervorholen?

»Zuerst möchte ich Ihnen gerne erzählen, welche Person ich mir für den Posten erträumt habe, den Sie gerade angenommen haben«, begann Gandhi.

»Wie bitte?« fragte Mountbatten erstaunt.

»Die heutige Zeit erlaubt das nicht«, fuhr Gandhi fort, ohne sich irritieren zu lassen, »aber vielleicht wird Indien ja einmal einen Präsidenten haben, der ihm zusteht. Ein Harijanmädchen.«

»Eine Unberührbare?« rief Lord Louis.

»Ein Gotteskind, ja, Sir. Zwanzig Jahre alt, gewöhnt an unwürdige Arbeit, dreckige Hände, aber mit reinem Herzen und unbestechlich. Ein Kristall«, sagte er begeistert.

»Das ist eine großzügige Idee, sehr liebenswürdig. Glauben Sie, daß Indien dazu bereit wäre?« fragte Mountbatten vorsichtig.

»Indien denkt gar nicht daran«, gab der Mahatma zu. »Aber eines Tages wird man sich daran erinnern, daß ich darum gebeten habe; das wird vielleicht zwanzig, dreißig Jahre dauern; ich weiß nicht, ob wir beide dann noch leben, Sir.«

»Wir werden sehen, mein lieber Gandhi. Die andere Sache?«

»Dieser Palast ist ganz schön groß«, seufzte der Mahatma und wischte mit der Hand durch die Luft. »Jedesmal, wenn ich Sie besuchen komme, wenn ich durch diese unendlichen Gänge gehe, dann sehe ich all diese überflüssigen Räume und sage mir, daß es absurd ist, ein Gebäude an einen einzigen Mann zu verschwenden.«

»Da kann ich Ihnen nur recht geben«, lachte Mountbatten. »Auch ich finde das unangemessen.«

»Nicht wahr?« sagte der Mahatma und zwinkerte mit dem Auge.

»Nun gut, wenn wir uns einig sind, warum ziehen Sie dann nicht in eine dieser schönen Kolonialvillen mit den prächtigen Säulenreihen in Neu-Delhi um, auf einer dieser baumbestandenen Avenuen? Sie hätten immer noch genug Platz, und wir könnten diesen Palast in ein Krankenhaus verwandeln.«

»Sie spaßen«, sagte Lord Louis.

»Solange Sie noch Vizekönig sind«, der Mahatma hob etwas die Stimme, »steht es mir nicht zu, Ihnen meine Ansichten über Ihre Lebensweise mitzuteilen. Aber wenn Sie Generalgouverneur sind, dann müssen Sie sich vor Millionen von indischen Bürgern verantworten, deren offizieller Vertreter Sie sind. Geben Sie ein Beispiel! Ziehen Sie in eine Villa um, verzichten Sie auf Diener, und Sie werden in die Geschichte eingehen!«

»Bapu«, sagte Mountbatten und hielt sein Lachen zurück. »Ich verstehe Ihre Gefühle. Dieser Palast verkörpert in Ihren Augen eine Zeit, die zu Ende geht.«

»Das ist eine Beleidigung für Millionen von Bauern, Sir. Für die, die in Häusern aus Strohlehm wohnen, ohne Licht, ohne Wasser, ohne jene Vorrichtungen, die künstliche Kälte erzeugen, ohne all das! Sie müßten sich nur entschließen ...«

»Mr. Gandhi, ich bleibe nicht länger als bis Juni 1948, was auch geschehen mag«, verkündete Mountbatten. »Bis dahin wäre ein Umzug ein unsinniger Luxus. Und vor allem ein Zeitverlust.«

»Ah«, murmelte Gandhi betroffen, »das stimmt. Daran hatte ich nicht gedacht.«

»Es wird die Aufgabe meines Nachfolgers sein, diesen Palast in ein Krankenhaus zu verwandeln; er kann sogar Kühe im Garten weiden lassen, wenn es ihm gefällt«, sagte Lord Louis. »Ich kenne Ihre Ansichten über die industrielle Welt, deren Gegner sie sind.«

»Sir, unsere alten Werkzeuge, der Pflug und das Spinnrad, haben die Ausgewogenheit und Weisheit unserer Traditionen bestimmt. Die Leute wollen zu viel auf einmal! Autos, Radios, jetzt auch noch Instrumente, um kalte Luft zu blasen, und was noch? Sie werden nie zufrieden sein. Der menschliche Vogel lebt ohne Rast; er verlangt immer mehr ... Diese ganze Verschwendung ...«

»Lieber Mr. Gandhi, wir haben andere dringende Aufgaben«, erwiderte Lord Louis, der dem Gespräch ein Ende bereiten wollte.

»Ich habe noch einen Bericht zu schreiben. Wenn Kalkutta unglücklicherweise wieder das Opfer von Aufständen wird ...«

»O weh!« seufzte Gandhi. »Das ist unvermeidbar.«

»Wir werden das dank Ihrer verhindern. Haben Sie nicht bewiesen, daß ein einziger Mann Blutvergießen versiegen lassen kann? Sie gehen nach Kalkutta.«

»Das ist nicht meine Absicht«, protestierte Gandhi.

»Dann nehme ich an, daß Sie am Tage der Unabhängigkeit in der Hauptstadt sind«, begann Mountbatten, »aber ...«

»Auf gar keinen Fall!« rief der kleine Mann. »Ich werde sicherlich nicht da sein.«

Mountbatten wunderte sich immer mehr. Der Mahatma wollte am 15. August nicht in Delhi sein? Unvorstellbar. Wollte er seinem Volk die Freude nehmen, ihn zu sehen?

»Ich reise nach Noakhali, zu den Dorfbewohnern, meinen Freunden«, fuhr Gandhi entschlossen fort. »Dorthin und sonst nirgends. Ich werde die Nacht und den Tag mit Fasten und im Gebet verbringen. Sie werden doch nicht erwarten, daß ich diesen Unglückstag fröhlich feiere?«

»An dieser Stelle, Mr. Gandhi ...«, setzte Lord Louis resigniert an.

»Fasten und beten, in einem Dorf«, sagte der Mahatma stur. »Sie werden es verstehen, alle.«

»Tun Sie das gleiche in Kalkutta«, bat Mountbatten.

»Nein!« rief Gandhi. »Ich muß mich jetzt verabschieden.«

Und mit einem Ruck und einem zornigen Blick stand er auf.

»Mr. Gandhi, bleiben Sie!« rief Mountbatten.

»Ist es nicht schon genug, daß ich gezwungen war, England um Hilfe zu bitten?« murmelte der alte Mann gequält.

## *Letzte Vorbereitungen*

In Lahore hatten sich die Führer der Sikhs mit ihren blauen Turbanen, auf denen eine riesige silberne Sichel und daneben der Säbel abgebildet war, heimlich in einem modernen Hotel versammelt. Man kannte noch nicht das Verhandlungsergebnis der Kommission, die von Sir Radcliffe geleitet wurde, aber zweifellos würde Lahore an Pakistan gehen, während Amritsar weiterhin zu Indien gehören sollte. Lahore war die schönste Stadt des Pandschab, aber Amritsar war die Hüterin des Goldenen Tempels, das Wunder aller Wunder, das Herz der Religion der Sikhs. Mit dem Segen der Hindus auf der einen und dem der Moslems auf der anderen Seite würde das Pandschab entzweigeschnitten werden. Die religiösen Regeln des letzten lebenden Gurus befahlen allen Sikhs, ihren Glauben zu verteidigen, und zwar mit den dazu notwendigen Waffen. Für die, die sich bereits versteckten, war die Verteidigung zur dringenden Notwendigkeit geworden.

Schon viele Monate hatten die Sikhs im Namen ihrer Religion heimlich Waffen in ihren Tempeln angehäuft, die der

Polizei nicht zugänglich waren. Die Heiligtümer der Sikhs, herrliche weiße Gurdwaras, daneben die heiligen Becken, verbargen in ihren Bäuchen ganze Arsenale. Ein Anführer erschien, ein alter Lehrer mit geschmücktem Bart, den alle ›Meister‹ nannten. Meister Zangh Singh war einäugig und stützte sich majestätisch auf einen hohen Krückstock mit Silberknauf; er war ein glühender Patriot. Im März hatte er von sich reden gemacht, als er mit einem Säbel die grüne Fahne der Moslem-Liga zerschlagen hatte. Denn obwohl die Religion der Sikhs genau an der Schnittstelle von Hinduismus und Islam entsprang, obwohl der sanfte Guru Nanak, Wahrzeichen für Toleranz und Ökumene, nach seinem Tod sowohl von den Moslems als auch von den Hindus beansprucht wurde, war es eher der Moslem, wenn man einen Feind wählen mußte. Meister Tara Singh predigte das Wiederfinden der Khalsa, des Gesetzes der Sikhs, und das forderte Blut.

Wenig später gesellte sich zu der Gruppe um Meister Tara Singh eine nationalistische Hinduvereinigung hinzu, Rashtriya Swayam Sewak Sangh, die im Jahre 1925 gegründet worden war, um den Hinduismus durch Disziplin und Gebet zu erneuern.

Die extremistischen Fraktionen von Sikhs und Hindus hatten sich mühelos zusammengefunden, denn sie stammten aus demselben Strom, den großen Strom des Hinduismus. Die Sikhs sprengten Züge, in denen Reichtümer nach Pakistan überführt wurden, zu diesen Reichtümern zählten auch Menschen. Die Hindus des RSSS hingegen hatten die Aufgabe, Bomben in Karachi zu legen und Mohammed Ali Jinnah während seiner ersten offiziellen Spazierfahrt im offenen Auto zu ermorden, die in Begleitung des zukünftigen Generalgouverneurs von Indien, Lord Mountbatten, vorgesehen war.

Die britischen Geheimdienste hatten dieses Komplott aufgedeckt und berichteten Lord Louis davon, der Jinnah und seinen zukünftigen Ministerpräsidenten Liaquat Ali Khan zu sich berief. Es war unmöglich, die religiösen Anführer der Sikhs, die sich mit ihren Waffen in den heiligen Eingängen ihrer Tempel verbarrikadierten, zu besänftigen. Niemand traute sich dorthin, weder die von den Unruhen bezüglich der angekündigten Teilung stark angeschlagene Armee noch die Polizei. Die Sikhs schienen unverwundbar. Liaquat Ali Khan erklärte, daß er ohnmächtig sei, er habe nicht die Macht einzuschreiten; schließlich bleibe Amritsar ja in der Hand Indiens, nicht Pakistans. Lord Louis verkündete, er habe weder die Absicht noch die Mittel, eine gefährliche Polizeiaktion durchzuführen. Es gab keinen Ausweg.

Jinnah schloß seufzend die Augen; das Schicksal würde entscheiden.

Lord Mountbatten wollte sich an das offizielle Programm halten; er werde in Karachi – wie abgemacht – an der Seite des politischen Anführers von Pakistan sein, behauptete er kühl.

Währenddessen fuhr man im Pandschab fort, Waffen zu horten.

Die Arbeiten des Juristen Radcliffe gingen ihrem Ende zu. Besser als jeder andere wußte er im voraus, welchen Zorn die Teilung nach sich ziehen würde, für die er juristisch verantwortlich war. Die Beisitzer der Hindus und Moslems, die ihm der Vizekönig zu Seite gestellt hatte, waren sich über die Grenzen nicht im geringsten einig. Hatte er die Religionen und Bräuche und die heiligen Stätten berücksichtigt und blieb ihm kein anderes Kriterium mehr, dann zog Sir Radcliffe die Grenzen nach ökonomischen Gesichtspunkten. Dabei konnte unmöglich vermieden werden, daß Familien auseinandergerissen wurden; manchmal verlief die Grenze sogar zwischen Haus und Stall, zwischen Mauer und Garten. Radcliffe war fast fertig; Logik und Klarheit erforderten es nun, den beiden zukünftigen Regierungen den Grenzverlauf zu zeigen.

Aber Lord Louis zögerte.

Die Arbeiten Radcliffes zu verkünden bedeutete, daß man bereites Truppen an den heiklen Stellen zusammenziehen könnte, sagte der eine, die Gewalt würde eskalieren, so daß die Proklamation der Unabhängigkeit verhindert würde, meinte der andere. Vielleicht am Abend des 14. August, während der Euphorie der ersten Freiheit? schlug ein dritter vor.

Lord Louis wußte nicht, was er von all dem halten sollte; der Abend des 14. schien ihm zu dicht an dem Unabhängigkeitsdatum. Ausgerechnet er, der sonst immer für Eile plädierte, begann die Dinge zu verzögern. Bis zu dem Tag, an dem er beschloß, den beiden Anführern den offiziellen Grenzverlauf ihres Landes am 16. August bekanntzugeben, dem Tag nach der Unabhängigkeit. Die Freiheit sollte ohne genaue Details verkündigt werden.

Wie zu erwarten war, gingen Gerüchte um. Patel, der ›Mr. Ja-ja‹ des Mahatmas, erfuhr, daß die Hügel von Chittagong am Rande Nordbengalens an Pakistan gehen sollten. Dort siedelten vor allem Buddhisten und Ureinwohner, die dem Animismus anhingen; warum also an Pakistan? Vallabhbhai Patel, der bis dahin unerschütterlich wie ein Fels und ruhig wie ein Elefant gewesen war, explodierte fast vor Aufregung und schickte Lord Mountbatten einen bitterbösen Brief. Das war das erstemal, daß sich sein echter Charakter öffentlich zeigte, in all seiner Heftigkeit.

Lord Louis war erschüttert. »Der einzige Mann, den ich für einen echten Staatsmann gehalten habe«, klagte er, »mit beiden Füßen auf dem Boden, ein Ehrenmann, wird jetzt genauso hysterisch wie die anderen!«

Schon malte er sich ein apokalyptisches Bild vom 15. August aus: ein die Feierlichkeiten boykottierender Nehru, ein vom RSSS ermordeter Jinnah und er, Dickie, von einer Bombe in die Luft gejagt. Der Mahatma ohnmächtig, gestorben während eines weiteren Fastens. Pandschab wäre unabhängig unter der furchtbaren Herrschaft des Meisters Tara Singh. Die Extremisten des RSSS an der Spitze eines Hindu-Reiches. Indien würde in Tausende von Splittern zerbersten und die Erde mit Blut bespritzen ... Daran dachte er, während er sich einen oder zwei Whiskys am Tag gönnte. Aber weil er im allgemeinen wenig trank, erinnerte ihn ein erbärmlicher Kater verworren an die beständigen Gefahren, die sowieso unvermeidbar waren.

Das ist nicht vergleichbar mit einer militärischen Operation, grübelte er. Am 6. Juni 1944 in der Normandie, am Tag J, da sind wir an der Küste gelandet ... Blieb nur noch der Rhein zu überqueren. Jetzt, hier in Indien ist es, als ob wir den Rhein noch vor dem 15. August überqueren müßten. Nach dem fünfzehnten August 1947 werden uns die Nachkriegsprobleme ebenso groß vorkommen, wie sie danach in Europa waren. Der Feind hat immer einen Fußtritt übrig!

Aber der Feind waren nicht die Nazis; der Feind war überall und nirgends und sammelte seine Degen.

Am 18. Juli luden der Vizekönig und Lady Louis aus Anlaß ihrer Silbernen Hochzeit neunzig hochrangige Gäste ein. Gandhi kam nicht, aber er schickte der Vizekönigin einen liebevollen Brief, in dem er sie ›Meine liebe Schwester‹ nannte.

Die Jinnahs kamen; er ganz blaß, in einer Jacke und mit einer Krawatte aus grauer Seide, seine Schwester Fatima an seinem Arm, wie eine strenge Glucke, so hart wie ihr Bruder und wie er von ungeheurer Würde. Die Maharadschas, die sich einige Tage feierlich versammeln sollten, um über das Schicksal ihrer Königtümer zu bestimmen, erschienen wieder in ihren seidigen Musselins und mit ihren Aigretten. Die letzten Würdenträger des britischen Empires folgten der Einladung sowie einige Diplomaten, darunter ein neuer, ein Amerikaner.

Nehru war gekleidet wie immer; er schien so traurig wie der Tod.

»Was haben Sie?« flüsterte Edwina, als sie ihn auf der Schwelle zum Rosengarten empfing. »Ich habe Sie schon oft wütend gesehen, aber niemals diesen bleiernen Ausdruck!«

Er wandte sich ab und drückte ihre Hände, dann ging er schweigend davon und senkte den Kopf; sie folgte ihm mit den Augen und sah, daß er sich etwas abseits hinsetzte. Die letzten Gäste waren angekommen, die sie noch begrüßen mußte, gleich danach lief sie zu Nehru.

»Jawahar ...«, sagte sie und legte ihm die Hand auf die

Schulter. »Warum sind Sie so in Gedanken versunken? Kommen Sie zu mir.«

»Lassen Sie mich«, erwiderte er und machte sich barsch von ihr los. »Ich dürfte nicht hiersein, wenn im Pandschab schon die Dörfer brennen. Sehen Sie, diese Abendkleider, die feierlichen Saris, diese Uniformen, die Lichter und später die Tänzerinnen! Einen Monat vor unserer Freiheit, wenn die ganze Wut sich entladen wird!«

»Wenn Sie Premierminister sind, werden Sie auch gezwungen sein, sich dem Publikum zu zeigen«, antwortete sie schnell. »Das ist ein Beruf, von dem Sie keine Ahnung haben! Nicht die geringste!« fügte sie hinzu und machte auf dem Absatz kehrt.

»Warten Sie ...!« rief er und ergriff ihre Hand. »Sie wissen nicht ...«

Er schwieg auf einmal, nur seine Hand deutete eine matte Geste an.

»Was?« fragte sie. »Unsere Silberne Hochzeit geht Ihnen auf den Geist?«

»O Ram«, seufzte Nehru. »Daran habe ich schon gar nicht mehr gedacht. Ich dachte, daß die Prophezeiungen Bapus nicht mehr abzuwenden sind. Es ist zu spät, *my Dee* ... Und diese Regenfälle, die nicht kommen wollen, dieser Monsun, der auf sich warten läßt! Ich werde Sie brauchen. Sehr.«

Sie setzte sich schweigend neben ihn. Die ersten Trommelschläge ertönten auf der Estrade der Tänzerinnen; eine Frauenstimme erhob sich, schwer und geschmeidig.

»Panditji, ich muß jetzt an meinem Platz zurück«, murmelte sie. »Dickie wartet auf mich.«

»Ich auch«, seufzte er. »Aber ich kann Ihnen keinen Tanz anbieten. Nichts als das Leid, *mere pritam*, meine Liebe.«

Mit einem Lächeln begleitete Lord Louis das Wirbeln der rosafarbenen Röcke der Tänzerinnen und ließ stolz den Blick über seinen Garten wandern. Tausende von Öllämpchen strahlten matt in der Dunkelheit, in der seine Gäste prominierten, die Prinzen der Vergangenheit und der Zukunft, die Maharadschas, die immer noch in aller Pracht strahlten, und die Kämpfer des Kongresses in ihren Baumwollkleidern. Er erblickte Edwina neben Nehru; sie ging mit dieser unvergleichlichen Geschmeidigkeit, die ihn auf der Yacht der Vanderbilts so ins Herz getroffen hatte. Als sie neben ihm gestanden hatte, war es dieses strahlende Lächeln, das ihn immer noch anrührte. Sie verließ Nehru und ging auf eine Frau mit strengem Gesicht und einem schwarz bestickten Sari zu, Prinzessin Amrit Kaur, Tochter eines Radschas und Unabhängigkeitskämpferin, die am 15. August Gesundheitsministerin werden sollte. Während ihres kurzen Aufenthaltes in London, einige Wochen zuvor, hatte Edwina in Begleitung Dickies zwei Schachteln aus Perlmut gekauft; eine für Fatima Jinnah, die andere für Amrit Kaur. Die beiden langen Gestalten entfernten sich in die Nacht; der Zipfel des Saris glitt vom Kopf der Inderin, und man hätte glauben können, daß sie Schwestern seien, so ähnlich waren ihre Silhouetten mit der gleichen Kopfhaltung, dem gleichen geraden Rücken, der gleichen Zartheit.

»Was für ein tolles Fest, nicht wahr, Nehru?« fragte Lord Louis begeistert.

Nehru zuckte die Achseln. Noch nie in der Geschichte hatte man eine Revolution gesehen, die mit solch einer Grazie vonstatten gegangen war; niemals hatte man den Gefahren so wenig Bedeutung beigemessen wie an dem Abend der Silbernen Hochzeit des Vizekönigs.

Die Astrologen hatten sich versammelt und hatten ihm eine feierliche Bittschrift überreicht: Ihren Rechnungen zufolge war der 15. August ein schlechter Tag. Nichts wurde ohne ihren Rat beschlossen, keine Hochzeit, kein Geschäft; niemand wäre das unerhörte Risiko eingegangen, gegen die Ergebnisse einer tausendjährigen Wissenschaft vorzugehen. Der 15. August war ein verwunschener Tag, Nehru konnte das nicht ignorieren. Und auch wenn er kein Mann war, der diesen irrationalen Albernheiten frönte, so mußte er doch die kollektive Angst im Blick haben, die das auserwählte, furchtbare Datum für die Unabhängigkeit Indiens auslöste. Dieser strahlende Vizekönig, dieser junge Mann würde wohl niemals einsehen, daß man den Tag verlegen mußte.

Benahm er sich nicht wie ein Herrscher inmitten eines geschäftigen Hofes, als ob dessen Herrschaft niemals zu Ende gehen würde?

Am 25. Juli versammelte sich das Gremium der Prinzen unter der Führung des Vizekönigs in dekorierter Uniform. Lord Louis versuchte, sie davon zu überzeugen, ihre beiden Länder zu vereinigen, vor allem Indien. Wirtschaftlich wäre das ein enormer Vorteil, ihre Privilegien würden respektiert, und ihre Vermögen blieben dennoch unberührt. Wenn sie die Zustimmungsakte nicht unterschreiben wollten, dann könne er für nichts garantieren. Manche Maharadschas waren schwer zu überzeugen, der taubste war der aus Kaschmir, dem Königreich, aus dem Nehru stammte. Der Nizam von Hyderabad, der über einen großen, mehrheitlich von Moslems bewohnten Staat im Süden Indiens regierte und den die Franzosen unterstützten, träumte noch immer von der Unabhängigkeit; drei oder vier Königlein begriffen immer noch nicht die Wichtigkeit der Wettbewerbsfähigkeit. Aber trotzdem sollte es nicht allzu schwer werden, vor allem, weil Edwina sie einen nach dem anderen mit ihren Maharanis empfangen würde – falls diese bereit waren, den traditionellen Pardah zu verlassen, den abgeschlossenen Bereich, in dem jede angesehene Frau zu wohnen hatte. Immer mehr Hoheiten wollten sich modern geben; deren Frauen würden also zum Tee kommen.

Am selben Abend waren die Geschwister Jinnah zum Essen eingeladen. Der Anführer der Moslem-Liga gab sich besondere Mühe; er erzählte endlose Geschichten, die er lustig fand und die Edwina langweilten; Jinnah erschien ihr größenwahnsinniger denn je. Der alte Mann bemerkte es und verabschiedete sich früher, als es sich schickte. Am nächsten Tag war Nehru an der Reihe, mit ihnen zu Abend zu essen; er kam in Begleitung seiner Schwester, seiner Tochter Indhira und seines Schwiegersohns Feroze Gandhi; es war fast ein Familienessen.

Sobald Edwina sich der Aufgaben entledigt hatte, die sie als nebensächlich erachtete, schien sie auffallend eilig bemüht, die Koordination zwischen den unzähligen Gesundheitsdiensten zu übernehmen, der Kinderhilfe, der Hilfe für Enterbte, Behinderte und Kranke. Die Ahnungen Gandhis und auch Nehrus hätten sie dazu veranlaßt zu erwirken, daß in der letzten Minute noch ein Gesetz über die Ausbildung von Krankenschwestern verabschiedet wurde. Dieses Gesetz war schon seit 1943 vorbereitet, aber wie immer hatte der langsame Gang der Dinge die Verabschiedung verzögert. Prinzessin Amrit Kaur half ihr bei diesem Unternehmen, sie wäre fast gescheitert. Edwina rief Nehru zur Hilfe, und das Gesetz kam durch. Immerhin war die Vizekönigin vorbereitet auf das, was sie sich noch nicht vorzustellen wagte und vage ›Die Folge der Ereignisse‹ nannte.

Das Büro Dickies war immer so stark klimatisiert, daß man einen Pelz oder Pullover anziehen mußte, wenn man es betreten wollte.

Edwina haßte diese kalte und eisige Luft, sie haßte den Dickie der letzten Tage, der sich benahm wie ein mittelalterlicher Herr, der alles selbstherrlich bestimmte, weder die Angst seiner indischen Freunde noch den Zorn der Vorsitzenden der Moslem-Liga erkannte, keine Kritik annahm und seine Frau wie eine Dienerin behandelte. Außer Dickie in seinem Gefrierfach, wo er den Oberbefehlshaber spielte, wartete ganz Indien erdrückt vor Hitze auf den Monsun, der nicht kam, als ob das von den Astrologen vorhergesagte Desaster durch den ausbleibenden Regen vorweggenommen wurde.

Es blieben nur noch einige wenige Tage. Auf beiden Seiten der Grenze Pandschabs verließen Hindus und Moslems ihre Dörfer und begaben sich in das heillose Durcheinander auf den Straßen. Die Hindus wurden in dem Camp einquartiert, das das erste Flüchtlingslager werden sollte. Der Mahatma wollte es mit Nehru besuchen. Zweiunddreißigtausend Elende darbten dort in der heißen Sonne, erstickten im

Staub, ohne jegliche Ausrüstung, nur abgesehen von den Blechdosen, um das kostbare Wasser zu holen.

Den Kopf mit einem nassen gefalteten Tuch bedeckt, hatte Gandhi den ganzen Tag damit verbracht, Latrinen zu graben. Er war ganz versessen darauf, eine Hütte zu bauen, die eine Krankenstation werden sollte, ausgestattet mit Verbandsmaterial und Tonerde, die man auf die Wunden hätte legen können. Gandhi weinte oft. Als sie am Auto angelangt waren, das sie nach Delhi zurückbrachte, schlief Gandhi erschöpft ein. Sorgsam massierte Nehru ihm die Füße.

Der Mahatma hatte schon seine Habseligkeiten gepackt, um nach Noakhali zu fahren, sein erwähltes Dorf in Bengalen, als der Moslemführer Bengalens, Suhrawardy, ihn um Hilfe bat. Einzig der Mahatma könnte die Moslems in Kalkutta am Tag der Unabhängigkeit beschützen. Suhrawardy war der zweite, der diese Bitte aussprach. Der erste war Lord Mountbatten gewesen, dem Gandhi seinen Wunsch ausgeschlagen hatte.

Gandhi stellte zwei Bedingungen: eine Sicherheitsgarantie für die Hindus und die ständige Anwesenheit Suhrawardys an seiner Seite in dem allerelendsten Viertel der Stadt. Suhrawardy war ein eleganter Geschäftsmann, ein Schlitzohr und ein notorischer Händler, er liebte Prostituierte und Festessen. Er hatte eine Bande von Gaunern in der Hand, die am von Jinnah ausgerufenen Tag der direkten Aktion fünftausend Menschen getötet hatten. Suhrawardy akzeptierte die beiden Bedingungen ohne zu zögern, und Gandhi ließ ihn wissen, daß er der Bitte zustimmen werde. Das, was der Mahatma dem Vizekönig abgeschlagen hatte, das gestand er einem berüchtigten moslemischen Mafioso zu.

Jinnah besuchte noch einmal das Grab seiner Frau Ruttie, um sich dort zu sammeln, bevor er Indien auf immer verlassen sollte.

Dann – zum erstenmal in strohgelber Tunika und mit der

moslemischen Haube von Astrakhan – bestieg er das Flugzeug nach Karachi, seiner zukünftigen Hauptstadt; dort würde er den ruhmreichen Titel des Quaid-I-Azam annehmen, großer Führer. Es war der 6. August 1946. Als das Flugzeug über der Stadt niederging, war die Ebene ein Meer weißer Gewänder: das zukünftige Pakistan. Hoch oben auf einem Panzer, den Blumengirlanden in einen Triumphwagen verwandelt hatten, geschützt von einem handgearbeiteten Baldachin, der einem Herrscher würdig war, bewacht von drei Wachen, die ganz in Schwarz gekleidet hinter ihm standen, und mit einer langen Girlande um seinen abgezehrten Hals, hielt der Quaid-I-Azam unter großem Jubel Einzug in Karachi. An seiner Seite trottete ein weißes Pferd, auf dem ein dickbäuchiger Polizist mit einem Schnäuzer und einem Musselinturban saß, und die Menge hochmütig zur Seite drängte.

Jinnah betrachtete die Menge, die Stadt, den Polizisten, die grünen Fahnen mit dem Stern und der Sichel, den okerfarbenen Himmel und die Milane, die sich hoch über ihm drehten. Er staunte. Wider allen Erwartungen hatte er es geschafft. Von nun an nur noch eine kurze Woche, dann würde es Pakistan geben und er, Mohammed Ali Jinnah, der frühere Verfechter der Einheit zwischen Hindus und Moslems, wäre der eigentliche Urheber.

14. August in Karachi: Pakistan sollte zur Welt kommen.
15. August in Neu-Delhi: Nun sollte auch Indien geboren werden.

## *Der Triumph des Quaid-I-Azam*

*Karachi, am 14. August 1947*

Schüchtern beugte sich Oberst Birnie zum Vizekönig, um ihm etwas ins Ohr zu flüstern.

»Ich muß Sie warnen, Sir«, begann er verlegen, »die Straßen von Karachi waren bei der Ankunft des Quaid-I-Azam vor ein paar Tagen brechend voll. Geradezu eine Flut von Menschen …«

»Perfekt«, sagte Lord Louis und tupfte sich elegant die Stirn ab. »Das finde ich entzückend. Es ist besser, als wenn Mr. Jinnah kühl empfangen worden wäre.«

»Natürlich, Sir. Aber gerade … als ich gekommen bin, um Sie abzuholen, habe ich auf der Straße zum Flughafen festgestellt, daß heute etwas weniger Leute da sind.«

»Ein bißchen weniger?« sagte Mountbatten und zog an seinen Manschetten.

»Um ehrlich zu sein, Sir, habe ich vor allem Ihre Armee gesehen. Nun, ich meine, die frühere Armee Indiens … zumindest bis morgen abend«, sagte er und geriet in Verlegenheit.

»Ich bin nicht besonders überrascht darüber. Kommen Sie, Edwina?« rief Mountbatten und schlug gegen die Tür, bei der er saß. »Die Hitze ist erstickend hier. Machen Sie schnell …«

»Während die Vizekönigin sich fertigmacht, Sir … Ich will nicht, daß sie das hört. Aber ich muß Sie auf eine große Unannehmlichkeit aufmerksam machen«, sagte Oberst Birnie halblaut.

Lord Louis sah ihn aufmerksam an, nahm ihm beim Arm und führte ihn außer Hörweite.

»Man hat hier ein Komplott gegen den Generalgouverneur aufgedeckt, Sir«, flüsterte Oberst Birnie.

»Morgen soll, während der Parade, eine Bombe auf das Auto Jinnahs geworfen werden? Ist es das?« fragte Mountbatten.

»Ja, Sir«, bestätigte Birnie steif.

»Das ist also das Komplott, von dem man mir in Delhi berichtet hat«, murmelte Mountbatten. »Die Sikhs des Meisters Tara Singh, die sich mit den extremistischen Hindus zusammengetan haben.«

»Genau, Sir. Die Polizei hat sich für ohnmächtig erklärt.«

»Das wissen wir schon«, sagte Lord Louis. »Was sagt der große Anführer, der Quaid-I-Azam?«

»Er hat mir eine Maßnahme zu Ihrer Sicherheit aufgetragen, aber er ist bereit, dem Programm ohne einer Änderung zu folgen, wenn der Vizekönig ebenfalls damit einverstanden ist«, sagte der Oberst und betonte jedes Wort.

»Wir werden also Seite an Seite in der offenen Limousine und ungeschützt vor den Bomben sitzen«, sagte Mountbatten lächelnd. »Guter Jinnah. Sagen Sie dem Quaid-I-Azam sofort, daß er bloß nichts an den vorgesehenen Umständen ändern soll.«

»Aber Sir!« rief Birnie.

»Gehen Sie! Ich werde zusehen, daß die Vizekönigin in einen anderen Wagen steigt. Sie soll bloß nichts erfahren. Und jetzt treten Sie ab!« sagte Mountbatten in einem Ton, der keine Widerrede zuließ.

»Zu Ihren Diensten, Sir«, sagte Birnie und schlug die Hacken zusammen.

Nun gut, ob ich morgen sterben muß, werden wir ja sehen, sagte sich Mountbatten mutig. Jedenfalls sehe ich nicht, wie ich einen Rückzieher machen könnte. Jinnah wäre nur zu froh, mich noch einmal zu entwürdigen; man würde die Parade absagen und besonders betonen, daß der Vizekönig der Gefahr nicht ins Auge sehen wollte ... Es ist egal, er wollte Generalgouverneur werden, es wäre zu komisch, wenn er mich in den Tod reißen würde. Ich werde Edwina sagen ...

Da war sie endlich, dünner als je zuvor in ihrem weißen hautengen Kleid und dem Hut in der Hand.

»So, ich bin fertig, bis auf den Hut. Gefällt er Ihnen, Dickie?«

»Ja«, bestätigte Mountbatten, ohne hinzusehen. »Setzen Sie ihn auf und lassen Sie uns gehen; das Programm ist schrecklich überladen.«

Edwina legte vorsichtig ihre Kopfbedeckung aus weißen Blüten auf ihre lockigen Haare und lächelte.

»So, wie ist das, Dickie?«

»Was für eine Erscheinung«, sagte Dickie sehr ergriffen. »Das breite Band paßt sehr gut zu diesem hellen Kleid. Gehen wir hier hinaus.«

Die große offene Limousine machte sich auf den Weg zum Palast des Generalgouverneurs, zu dem großen Volksführer, dem Vater Pakistans, Mohammed Ali Jinnah. Birnie hatte recht: Hinter dem Spalier, welches die indischen Soldaten in britischer Uniform bildeten, die, sobald die Armee geteilt wäre, Pakistanis würden, saß eine magere Menge, verstreut auf Böschungen und Pfählen, und blickte auf die beiden britischen Figürchen, die vor lauter Weiß nur so strahlten; die eine hob die Hand am Ende ihres langen Ärmels und die andere grüßte militärisch die Regimenter, die die Waffen präsentierten. Nur die Schreie der Hauptleute und das Klirren der Waffen begleiteten das Surren des Motors.

Jinnah trug ein Barett, das ihm ein ganz anderes Aussehen verlieh, dazu eine schwarze Tunika und eine enge Hose. Er lächelte nicht. Mit finsterem Blick und eisigem Gesicht empfing er den Vizekönig und drückte ihm fest die Hand. Ein Mann, der bereit ist zu sterben, dachte Mountbatten.

Das Bankett nahm kein Ende; man hatte die traditionellen Gerichte des indischen Islam gereicht und versäumte es nicht zu unterstreichen, daß der Biryani, Lamm, mit Safran gewürzt und mit Reis serviert, ein Rezept aus dem Sultanat von Hyderabad sei, ein noch immer unabhängiger Staat, dessen Einwohner jedoch überwiegend Moslems seien; man erwähnte auch, daß es sich bei dem gedünsteten Lamm um ein Rezept aus Lucknow handelte, das bei der Teilung unwiederbringlich Indien zugesprochen worden war. Die Anwesenden, alle von feinster Eleganz, gehörten der moslemischen Elite Britisch-Hindustans an. Lord Louis hatte man zwischen die Schwester Jinnahs und die vornehme Begum Raana, die Frau Ali Khans, gesetzt, die einen luftigen weißen Sari trug. Dickie ist bester Laune, dachte Edwina, als sie ihn lachen hörte.

»Diese Hindus sind unglaublich«, sagte die Begum Raana. »Stimmt es, Euer Exzellenz, daß Mr. Nehru Sie öffentlich gebeten hat, die Stunde der Unabhängigkeit auf Mitternacht des vierzehnten August vorzuverlegen, und das wegen der Vorhersagen der Astrologen?«

»Der Druck war so stark, daß er Auswirkungen auf die öffentliche Meinung befürchtete«, antwortete Lord Louis. »Ich verstehe ihn; ich habe oft bedauert, daß ich nie einen Astrologen in meiner Mannschaft hatte, und um ehrlich zu sein, habe ich sogar aufs Geratewohl einen unter meinen Offizieren dazu auserkoren!«

»Wirklich? Da sehen sie einmal – der Hinduismus«, spottete Fatima Jinnah. »Eine Ansammlung von überholtem Aberglauben. Wissen Sie, daß alle Industriellen, alle politischen Anführer, alle wichtigen Männer Astrologen für jede wichtige Entscheidung um Rat fragen?«

»Nicht Mr. Gandhi«, unterbrach Edwina am anderen Ende des Tisches.

»Oh, der ...«, sagte Fatima. »Er hat dafür seine eigenen Marotten, die sind seine Astrologie. Aber Nehru sagt, daß er Atheist sei, sogar Materialist! Das ist nicht ernst zu nehmen. Können Sie sich einen englischen Staatsmann vorstellen, der sich von diesen Diktaten irreführen ließe? Mein Bruder, möge Allah ihn beschützen, hat sich nie dieser Volksverdummung hingegeben.«

»Verstehen Sie jetzt, daß wir mit den Hindus nichts zu schaffen haben?« fuhr die Begum Raana fort. »Wir gehorchen nicht der gleichen Vernunft oder besser gesagt, wir folgen dem Verstand, während sie ...«

»Ich glaube zu wissen«, unterbrach der Vizekönig in leichtem Ton, daß Mr. Jinnah für gestern ein offizielles Mittagessen vorgesehen hatte, ist das richtig?«

Die beiden Frauen sahen einander erschrocken an und antworteten nicht.

»Wenn ich richtig informiert bin, ist dieses Essen wegen des Ramadans verlegt worden? Denn der Ramadan ist doch noch nicht zu Ende, soviel ich weiß?« fuhr Lord Louis fröhlich fort.

Gut gekontert, Dickie, dachte Edwina.

Die Begum Raana senkte den Kopf über ihren Teller.

»Euer Exzellenz sind tatsächlich bemerkenswert gut informiert, wie immer«, antwortete Fatima mit süßsaurem Lächeln. »Wir hatten zu viele Sorgen, um an alles zu denken, Sir. Aber der Ramadan duldet keine Ausnahme, selbst bei der Geburt des ersten moslemischen Staates auf dem Subkontinent.«

»Sie werden doch wohl eine zivilisierte Religion nicht mit astrologischem Aberglauben vergleichen wollen, Sir?« fragte die Begum Raana, die wieder Mut gefaßt hatte.

»Gott behüte mich!« antwortete Lord Louis. »Aber wie es sich für zwei verantwortliche Staatsoberhäupter gehört, berücksichtigen Mr. Jinnah und Mr. Nehru die öffentliche Meinung, das ist alles ...«

Der strenge Blick des Quaid-I-Azam unter seinen buschigen Augenbrauen folgte beunruhigt der Unterhaltung. Nichts sollte die Beziehungen zwischen Pakistan und England trüben. Der Moment für die offizielle Rede war gekommen. Jinnah erhob sich und ließ den Blick über den langen Bankettisch schweifen.

Das Protokoll hat meine Ansprache nicht vorgesehen, dachte Lord Louis ärgerlich. Ich muß die offizielle Antwort improvisieren.

Oberst Birnie hatte sich dem Vizekönig diskret genähert, von weitem beobachtete Edwina ihn neugierig.

»Haben Sie dem Genaralgouverneur meine Botschaft ausgerichtet?« fragte Lord Louis schnell.

»Ja, Sir. Er ist Ihnen sehr dankbar und läßt Ihnen ausrichten, daß er sich sehr geehrt fühlt. Er besteht auf dem offenen Wagen«, flüsterte Birnie.

»Ah!« sagte Mountbatten bloß. »Haben Sie auch an das zweite Auto für die Schwester des Generalgouverneurs und die Vizekönigin gedacht? Haben Sie keine Neuigkeiten über die Urheber des Attentats? Achtung, kein Wort ...«

Edwina stand neben ihm.

»Was haben diese Versteckspielchen zu bedeuten, Dikkie?« fragte sie. »Sie haben über mich gesprochen ...«

»Sie spionieren mir nach!« rief er und verbarg seine Erregung.

»Ich hasse dieses Benehmen! Wir haben über die Organisation der Parade gesprochen. Wirklich, meine Liebe, das ist unerträglich!«

Edwina antwortete nicht.

»Dickie«, murmelte sie dann. »Sie haben von einem Attentat gesprochen. Ich habe das sehr wohl gehört. Ich werde mit Ihnen einsteigen, in Ihr Auto.«

»Das kommt gar nicht in Frage, meine Liebe«, antwortete Lord Louis leise.

»Sie werden mich nicht daran hindern«, fuhr sie fort und wandte sich ab.

»Aber nein«, seufzte er. »Der Rolls ist nicht groß genug. Sie können Fatima Jinnah doch nicht so beleidigen.«

»Ich habe also nicht geträumt, Dickie?« sagte sie und nahm seine Hand. »Ein Komplott wurde aufgedeckt?«

»Ich wüßte nicht, warum wir beide draufgehen sollten«, sagte er, »und glauben Sie nicht, daß Sie mir mit Ihrer Sturheit helfen!«

»Ich gehe mit Ihnen«, insistierte sie.

»Das reicht!« sagte er unwirsch und entzog ihr seine Hand. »Erschweren Sie meine Aufgabe nicht ... Ihr Chauffeur wird weit hinter dem Rolls herfahren. Das ist ein Befehl, Edwina, und Sie gehorchen mir.«

Nein, dachte sie im stillen. Ich werde dir nicht mehr gehorchen. Ich lasse dich nicht allein dieser Gefahr in die Augen sehen. Du mit Jinnah, der sicher nicht dein liebster Begleiter auf deiner letzten Reise ist ... Nein!

Lord Louis sah, wie sie wütend auf ihren Handschuh biß. Sie ist imstande, im letzten Moment noch unvermittelt einzusteigen. Sie ist zu allem fähig und denkt nicht nach, dachte Lord Louis und legte seiner Gattin den Arm um die Schulter.

»Dickie, ich bitte Sie, lassen Sie mich doch mit Ihnen kommen ...«, flehte sie.

»Nein, Darling«, sagte er leise.

Jinnah lud den Vizekönig mit einer Geste ein, in den Rolls zu steigen. Edwina sah, wie Dickie sich umdrehte und ihr zulächelte. Fatima Jinnah wartete ebenfalls, daß Edwina in das Auto einsteigen würde, resigniert setze Edwina sich in die geschlossene Limousine; der Umzug durch die Straßen Karachis begann.

Er hat die Herausforderung also angenommen, dachte Jinnah bei sich, mutiger Mann. Werden wir sterben? Ja, ohne Zweifel. Das Komplott ist gut vorbereitet; die Sikhs sind an meinem Verschwinden interessiert, und die extremistischen Hindus noch viel mehr. Die Polizei hat keinen einzigen gefangen, und wir fahren in einem offenen Wagen. Ich könnte den Rolls schneller fahren lassen ... Aber wir werden enge Straßen passieren, in denen sich so dicht die Menge drängt, daß wir kaum vorwärts kommen. Ja, es wäre ein Kinderspiel. Irgend jemand, im Vorrübergehen, von einem Fenster oder von einem Pfosten aus, vielleicht ein etwas größerer mit starken Armen. Jedenfalls ist alles geplant. Die bilden sich ein, daß Pakistan mit mir sterben wird ... Daß sie seine Geburt verhindern können. Zu spät. Die Unabhängigkeit ist ausgerufen; ich habe meine Aufgabe erfüllt, mein Werk ist vollbracht, ich kann sterben, Liaquat Ali Khan weiß, was er zu tun hat. Es ist schmerzloser, blitzartig zu sterben, getroffen vom Schlag einer Bombe. Der Arzt hat mir nicht genau gesagt, wie viele Tage ich noch zu leben habe; er sprach von einigen Monaten. Jeden Abend fühle ich meine erdrückten Lungen, es fehlt mir Luft, und jede Nacht werden meine Erstickungsanfälle schlimmer. Es wird bald soweit sein. Ich weiß, was mich erwartet; ich sterbe, ich ersticke, wie ein Fisch im Sand mit trockenem Mund und zersprungenem Herzen ...

Ich hätte diesen Festzug absagen, einen geschlossenen Wagen vorsehen, die Route ändern können, ich hätte ... Aber ich weiß, warum ich diese Herausforderung gewollt habe; am Tage der Geburt Pakistans bei einem Attentat zu sterben, ya Allah! Ewiger Ruhm! Wenn ich hingegen in meinem Bett sterbe, vernichtet von dem Skorpion, der an meiner Brust nagt, bin ich nur ein modernes Staatsoberhaupt, ein politischer Führer wie Nehru ... Und er, dieser Vizekönig, der meinen alten Hindufeind so gerne hat, sagte er sich und warf einen flüchtigen Blick auf den unerschütterlichen

Mountbatten, warum hat er sich wohl darauf eingelassen, den Tod mit mir zu teilen? Er ist jung, schön, alles gelingt ihm, er wollte Admiral der Flotte und Herr des Meeres werden, all das, um in Begleitung eines Mannes, den er haßt, verkrüppelt zu enden? Und wenn er mich doch nicht haßt? Ich hätte niemals geglaubt, daß ich die Geburt Pakistans erlebe, und jetzt bin ich der Quaid-I-Azam; ich dachte, daß Louis Mountbatten schließlich doch noch eine List gefunden hätte, um sich mir in den Weg zu stellen, aber er hat es nicht getan. Ah! Ich bin doch zu böse; ich liebe niemanden. Man jubelt ihm zu, man feiert ihn; das Volk ist ihm dankbar, und ich ... Warum habe ich gewollt, daß dieser junge Mann an meiner Seite stirbt?

Lord Louis' wachsamer Blick richtete sich unablässig auf die Pfeiler und Häuser, er lächelte zu den Rufen der Menge und winkte zur Antwort, als ob er die Bedrohung vergessen hätte.

Dieser Jinnah, immer noch so eisig, dachte er, aber mutig. Der alte Mann ist aus hartem Holz geschnitzt; für einen schönrednerischen Anwalt ist das überraschend. Gandhi hatte mir schon im voraus gesagt, daß Jinnah mehr wert ist, als die Lästermäuler des Kongresses behaupten; wie immer hatte er Recht ... Was würdest du, alter Mahatma sagen, wenn du auf der letzten Reise an meiner Seite säßest? Du würdest mir zulächeln und die Lücken zwischen deinen Zahnstummeln zeigen, und dir würde irgendein heiliger Spruch über das Schicksal einfallen ... Außerdem ist es ja gar nicht sicher, daß sie diese Bombe werfen. Es herrscht Krieg, er ist im Jahre 1945 mit der Teilung der Welt in Jalta nicht zu Ende gegangen, das ist alles. Was hat mir dieser idiotische Astrologe gesagt? Daß mein Leben in einer Explosion enden würde? Geschieht das etwa jetzt? Da, dieser Mann, der seinen Arm unter einem Schal versteckt? Oder der, der ein Paket unter dem Arm trägt? Auf jeden Fall kann ich nichts dagegen tun; wenn ich sterbe, muß Nehru einen anderen Generalgouverneur finden, aber morgen um Mitternacht wird Indien deswegen nicht weniger frei sein. Edwina … Hoffentlich befolgt sie meine Befehle. Soll ich mich umdrehen? Nein, sie würde durchdrehen. Wenn ich ein Geschoß sehe, dann könnte ich Jinnah mit mir auf den Boden reißen, um das Schlimmste zu verhindern. Ich bin zu sehr an den Krieg gewöhnt, ich spähe, spähe umsonst … Natürlich, es würde auch von der Stärke der Bombe abhängen. Wenn Edwina mir nicht gehorcht, gehen sie auch beide in die Luft. Nun gut! Dann soll sie auch sterben! Dann ist das ihr Schicksal. Für Edwina und mich gibt es ein Staatsbegräbnis in Westminster. König Georg in der ersten Reihe, er dürfte nicht einmal seine Trauer zeigen; David, mein Kindheitsfreund, mein lieber David, den ich seit seiner Abdankung nicht mehr gesehen habe, die werden ihm wohl doch gestatten, nach England zurückzukehren, ohne Wallis Simpson … Aber unsere Töchter? Pakistan Zindabad, wie sie das hier alle schreien, Pakistan Zindabad, ja Pakistan soll leben, und wir, seine Hebammen, werden es mit unseren Gedärmen und Hirnen bespritzen! Ah, Jinnah, alter, besessener Mann, du hast nichts mehr zu verlieren … Wenn ich es überlebe, vergebe ich es dir nicht. Wenn ich es überlebe, dachte er in immer größerer Erregung, erzähle ich den Kindern meiner Mädchen von dieser Fahrt … Edwina wird sich wie üblich über mich lustig machen. Sehe ich etwa so aus wie ein ruhiger Großvater, der friedlich in seinem Bett stirbt? Auf dem Balkon, da ist einer, der läßt sich … Nein, er schreit. Sie sind so glücklich. Selbst wenn ich hier sterben muß, habe ich diesen Krieg gewonnen. Sie sind frei. Moslems und Hindus, frei meinetwegen. Ich kann verschwinden, der Ruhm ist auf meiner Seite.

Edwina klopfte dem Chauffeur heftig auf die Schulter.

»Ich habe Sie darum gebeten, schneller zu fahren!« schrie sie.

»Ich habe Befehle erhalten, *mem s'aab*«, stotterte der Chauffeur bestürzt.

»Wir haben keine Verspätung«, warf Fatima Jinnah ein. »Warum wollen Sie, daß wir dem Rolls so dicht folgen?«

»Es ist … ich weiß nicht!« sagte Edwina erschöpft. »Ich

mag diese auseinandergezogenen Umzüge nicht. Das dauert ja ewig!«

»Haben Sie Angst?« fragte Fatima ironisch.

»Ich und Angst!« rief Edwina. »Natürlich nicht! Ich habe nie Angst.«

»Aber Sie sehen ängstlich aus, Mylady. Aber sehen Sie, es sind friedliche Moslems, die nicht im geringsten bösartig sind, sie sind fröhlich, und was sie schreien, ist ›Pakistan Zindabad, es lebe Pakistan‹.«

»Danke, das ist mir auch klar!« unterbrach Edwina sie.

Friedlich, dachte sie. Und eines dieser Schäfchen hält eine Bombe in der Hand. Sie weiß nichts; unnötig, sie zu warnen. Dickie dreht sich nicht um! Niemals ist er perfekter als in der Gefahr. Unsere verpfuschten Leben, diese blutigen und leichtsinnigen Streitereien vor dem Krieg, diese erbarmungslose Trennung und das Geheimnis zwischen uns, mein leeres und verlassenes Herz und mein Körper, der mit seinen Migränen und Hitzeanfällen altert, wie traurig ... Ich will nicht sterben. Er grüßt mit der Hand. Er lächelt. In der Öffentlichkeit kann er lächeln. Jinnah schweigt. Aber sie wissen doch beide um die Gefahr des Attentates, warum?

»Wir sind da, Lady Louis«, sagte Fatima Jinnah und berührte ihre Hand. Edwina schreckte hoch.

Schon? dachte sie und legte erschöpft ihren Nacken in die Kissen.

»Sie sind müde, Mylady, das sieht man«, sagte Fatima Jinnah und nahm vertraulich ihren Arm. »Ich werde mich um Sie kümmern, denn Ihr Tag ist erst um Mitternacht zu Ende, wenn Sie wieder in Delhi sind.«

Am Kopf der Kolonne durchfuhr der Rolls das Tor. Mountbatten hörte auf zu lächeln und seufzte tief. Plötzlich fühlte er, wie jemand sein Knie berührte. Erstaunt stellte er fest, daß die magere Hand Jinnahs auf seiner Hose lag, der sich zu ihm beugte, wie ein Vater zu seinem Kind.

»Allah sei Dank, ich habe Sie lebend zurückgebracht, Sir«, sagte der alte Mann mit einem strahlenden Lächeln.

Gerührt nahm Mountbatten die alte durchsichtige Hand

und drückte sie lange. Also schlägt doch ein Herz in seiner Brust, dachte er. Das hätte ich nie für möglich gehalten. Jinnah hat sich meinetwegen Sorgen gemacht.

»Es scheint mir viel wichtiger, daß Sie noch am Leben sind, Mr. Generalgouverneur. Was würde aus Pakistan ohne seinen Gründervater?« sagte er.

Das Lächeln Jinnahs zitterte wie eine Flamme im Wind und erlosch. Pakistan muß schon lernen, ohne mich auszukommen, dachte er.

»Kehren Sie schnell nach Delhi zurück, mein lieber Lord Louis, die Hindus warten auf Sie«, sagte er leise. »Dort werden Sie kein Risiko eingehen, denn Sie wissen, daß man Sie mag. Sie haben Sie selbst gewählt.

Edwina wartete, bis der Lärm des Motors erlosch. Lord Louis sah sie verstohlen an; sie war blaß, ihre Augen waren niedergeschlagen, wie unter Schock.

»Dickie«, sagte sie, »wie kommt es, daß nichts passiert ist? Ich hatte solche Angst.«

»Keine Ahnung. Vielleicht sind sie vor der Tat zurückgeschreckt, als sie mich neben Jinnah gesehen haben«, sagte er lachend.

»Immer noch so eitel!« schrie Edwina ihm ins Ohr. »Fatima Jinnah wußte von nichts, ich dachte, ich sterbe vor Angst, Dickie. Wie hat sich der Grand Leader verhalten?«

»Sie werden es nicht glauben, Darling; als wir angekommen sind, hat er mir die Hand aufs Knie gelegt und sich beglückwünscht, daß er mich heil zurückgebracht hat.«

»Aufs Knie! Jinnah! Was haben Sie geantwortet?«

»Daß ich ihn heil zurückgebracht habe!« sagte Lord Louis.

»Das glaube ich Ihnen nicht«, murmelte Edwina. »In einem solchen Moment.«

»Sie haben recht, ich habe es nicht gesagt. Aber das werde ich erzählen, das schwöre ich Ihnen«, sagte Lord Louis trotzig. »Man wird nicht behaupten können, daß der Generalgouverneur des unabhängigen Indien seinen Gefühlen nachgegeben hat; Nehru würde mir das nicht verzeihen.

»Er muß fiebern«, sagte Edwina. »Sie warten auf die Nacht ... Und Mrs. Naidu, werden wir sie nicht sehen?«

»Sie übernimmt heute ihren Posten als Gouverneur von Lucknow und bereitet sich darauf vor, ihre erste Aufgabe zu erfüllen: den Union Jack der Residenz mitzubringen, meine Liebe; ich habe darum gebeten, ihn behalten zu dürfen. Ich möchte ihn König Georg schenken. Sie wissen schon, die Fahne anläßlich der Belagerung von Lucknow, 1857 ... Es ist die der englischen Widerständler gegen die aufständischen Inder«, sagte Mountbatten nachdenklich.

# 6

# Indien, meine Mutter mit dem Dach aus Schnee

## *Warten*

*Lucknow, am 14. August 1947*

Die Gärten warteten auf den Monsun; der Rasen war trokken wie Stroh, und die Bäume trugen nur noch ein paar staubbedeckte Blätter. Auf der höchsten Erhebung der Ruinen, die seit der Revolte von Cipayes treu bewahrt worden waren, verlebte der Union Jack der Residenz von Lucknow seine letzten Stunden.

Sarojini ließ den goldbestickten Saum ihres schönsten Saris im Wind flattern. Ich kann ihn noch nicht einmal dazu benutzen, um meine Tränen zu stillen, ärgerte sie sich, und man wird meine Tränen fließen sehen. Pech! Sie wollten eine Frau als ersten Gouverneur von Uttar Padesh, sollen sie sie haben, aber die Tränen bekommen sie auch. Ich werde dort stehen, ganz aufrecht; man wird die berühmte englische Fahne abnehmen, und ich werde zusehen, wie unsere gehißt wird. Hier haben wir unsere erste Revolte geführt, hier haben unsere Soldaten zum erstenmal dem Imperialismus getrotzt. Alle die Engländer, die in dieser Mausefalle belagert wurden, ihre kraftlosen Frauen und Kinder und unsere aufständischen Cipaye, die ihnen den Hals durchschnitten. Denk nicht daran, Mädchen, du fängst nur an zu weinen. Hier sieht alles ganz in Ordnung aus; kehr in den Gouverneurspalast zurück. Dort gibt es zu tun. Sarojini nahm die Enden ihres Saris zusammen, um dem Matsch auszuweichen, und trottete zu ihrem Auto. Die Nacht war schon angebrochen.

»Ach, warum habe ich diesen Posten angenommen!« brummte sie. »Ich verstehe nicht mehr, daß ich mich in diesen Käfig habe einschließen lassen. Mein lieber Freund, der herzensteure Bidhan Roy, hatte schon angenommen, dann wollte er nicht mehr; er hatte den Posten des Gouverneurs von Uttar Pradesh doch akzeptiert, er hatte mir doch versprochen, daß ich ihn nur vertreten sollte und nicht lange in Luckow zu bleiben bräuchte. Und jetzt! Er ist nicht gekommen, und ich bin Gouverneur. Ich habe ihnen ganz offen gesagt, was Sache ist: ›Ihr setzt einen wilden Vogel in einen Goldkäfig‹; ich habe sie gewarnt. Da haben sie gelacht. Ich bringe sie immer zum Lachen. Schließlich ... in ein paar Monaten kommt Bidhan Roy aus den Vereinigten Staaten wieder; dann werde ich frei sein! Bis dahin, Mädchen, mach deine Arbeit.«

Keuchend und schwer atmend riß sie die Tür des Palastes auf und war sogleich von Mitgliedern ihres Kabinetts umgeben.

»Kommen die Sänger?« fragte sie.

»Fast alle, Mrs. Naidu. Es fehlen noch die Buddhisten und die Christen. Die anderen sind da«, antwortete man ihr respektvoll.

»Die Sikhs auch? Achtet auf ihr Wohlergehen und denkt an den Tee. Vergeßt nicht, daß sie ohne ihn nicht singen. Ah! Hat man an das Menü für die Jainas gedacht? Keine Wurzeln und keine Eier. Vorsicht!«

»Alles ist fertig. Aber wir haben Ärger mit einem der Christen, Madam. Er besteht darauf, im europäischen Anzug zu kommen.«

»Ich habe schon nein gesagt!« schimpfte sie »Kein einziges europäisches Kleidungsstück heute abend. Schon gar nicht in Lucknow. Übrigens steht das auch auf den Einladungen: Kann er etwa nicht lesen?«

»Aber Ma'am, dieser Mann ist Anglo-Inder, und er verfügt nicht über die einheimische Kleidung Hindustans ...«

»Geben Sie ihm einen Kurta-Pyjama! Ich schenke ihn ihm, aber laßt mich endlich damit in Ruhe!« rief sie. »Wie sieht das Liedprogramm aus?«

»Genau, wie Sie es sich vorgestellt haben. Ungefähr zehn Minuten für jede Religion; die Sikhs könnten etwas länger brauchen. Die Hindus wollen einen Auszug aus dem Raymayana singen, denn in ihrem Staat spielt ja die Geschichte des Gottes Ram ...«

»Nein!« bestimmte sie. »Das ist zu kriegerisch. Ich mag lieber die Gedichte aus Tagor. Bitten Sie sie um *Geh deinen Weg*, die Hymne des Mahatmas, und auch die Lieder von Mirabai, die er so vergöttert«, sagte sie mit finsterer Miene.

Wenn ich bedenke, daß ich in der Stunde unserer Freiheit von Bapu getrennt bin, sinnierte sie. Mein armer Mickey Mouse, der in Kalkutta inmitten der Unberührbaren schmollt und nichts von den Festlichkeiten der Unabhängigkeit wissen will ... Schließlich hat er trotz seiner Vorbehalte doch eingewilligt, nach Kalkutta zu gehen; nach Noakhali wollte er, und wo ist er gelandet: in Kalkutta! Im Grunde muß ich ihm recht geben. Wenn Kalkutta in Flammen steht, wird niemand dieses Feuer aufhalten können. Ich frage mich, was er macht, wenn es zwölf schlägt ... Wahrscheinlich wird er ruhig schlafen, das sähe ihm ähnlich. Ich nicht, Gott weiß, wie lange das Bankett dauert. Ich bin stolz auf meine ökumenischen Gesänge; das wird meinen Auftrag mit Sinn erfüllen, und ich werde mich besser fühlen.«

»Was bleibt jetzt noch zu tun?« sagte sie schweren Herzens.

»Die Delegationen zu empfangen«, antwortete ihr Sekretär.

»Schon? Mein Gott. Es fängt an«, seufzte sie und nahm Haltung an.

*Kalkutta, am 14. August*

Der Mahatma hatte den ganzen Tag gefastet und den ganzen Tag gebetet, während um ihn herum seine Anhänger sangen.

Suhrawardy war nicht von seiner Seite gewichen; er hatte sogar auch angefangen zu fasten. Die Stadt war ganz ruhig; die Dächer der überfüllten Tempel wurden angestrahlt, im Palast des Gouverneurs wimmelte es von Gästen, die Straßen quollen über vor Bengalen, die vor Freude schrien, aber nicht wie bei Attentaten, sondern ganz ohne Aggression. Der Mahatma hatte sich für seinen Aufenthalt ein Elendsviertel ausgesucht, Hydari Mansion in der Belaghiata-Straße, und von da aus beschützte er unsichtbar Kalkutta vor seinen bösen Geistern.

Bei Tagesanbruch hatten sich einige Gruppen von jungen Leuten und Mädchen in leichten Saris zu einer Prozession zusammengeschlossen. Moslems und Hindus hielten sich feierlich bei den Händen.

Der Mahatma hatte sich gefreut, als er sie sah, und sie mit melancholischer Heiterkeit empfangen.

Als die Sonne unterging, nahm er seine Taschenuhr und fand, daß es Zeit sei, zu schlafen. Langsam zogen die jungen Leute sich zurück, und Gandhi legte seinen Kopf auf das harte Kissen am Ende seiner Matte aus Nadelpalmzweigen.

Steigt nur in mir allein die Angst hoch, oder glaube ich zurecht, daß morgen das Schlimmste passiert? dachte er. Ich habe den Kampf verloren, Pakistan ist geboren, der Körper meiner Mutter zerrissen. Die Wunde war scharf und schneidend, der Schlag zu schnell, so daß die Wunde noch gar nicht offen ist ... Aber das Blut wird fließen, meine Mutter schreit schon! Die Stadt allerdings ist ruhig und diese Kinder so brüderlich! Sogar Mr. Suhrawardy! Er, der Moslem, hat wie wir Tag und Nacht gefastet, ohne an die Regeln des Ramadans zu denken! Wenn er, den jeder fürchtet und haßt, mich nicht gebeten hätte, hätte ich mich nie bereit erklärt, nach Kalkutta zu fahren. Aber wenn der Häscher sich einmischt, dann kann auch ich nicht weniger tun als Jesus ... Und wenn ich mit meinen Befürchtungen Unrecht hätte? Wenn diese Teilung den Fanatismus milderte? Meine besten Freunde sagen es. Haben sie mich verraten, oder können sie die Dinge besser vorhersehen als ich? Nein, ich weiß es, ich habe recht. Ich spüre den Haß wie den Geruch von Aas; meine Nasenflügel sind zu gut trainiert, ich täusche mich nicht. Sie sind blind und noch zu jung ... Patel war der erste, der mich in Bombay empfangen hat, als ich aus Südafrika wiederkam, dieser Vallabhbhai, der so sanftmütig war und jetzt so hart ist. Und Nehru, mein Lieblingssohn, weigert sich, auf mich zu hören! Er wird wieder ganz Brahmane, mein Juwel, mein Stein mit den schneidenden Kanten! Als ich ihn kennenlernte, war er nur ein eleganter Geck mit einem verworrenen Enthusiasmus, ich erinnere mich, eine Art Hindu-Jinnah, der zu einer britischen Politikerkarriere bereit war ... Oh! Ich muß sagen, daß er sich sehr verändert hat. Von allen meinigen ist er der würdigste, der ernsthafteste. Trägt er jetzt nicht sogar den handgewebten Khadi? Niemals hat er gegen die Regeln der Gewaltlosigkeit verstoßen, er hat sich ohne Widerstand festnehmen lassen, war in zahlreichen Gefängnissen, sein Mut ist unerschütterlich. Aber der Verführung durch die alten Herrscher ist schwer zu widerstehen. Außerdem, als wir arrogante Würdenträger als Vizekönige hatten, war es einfach, den Feind zu bestimmen; mit diesem jungen Mountbatten, der so temperamentvoll und so großzügig ist, ich muß zugeben, daß sich alles geändert hat. Ich mag diesen Lord Louis, er hat ein großes Herz, aber durch Jinnah und Nehru ist er schließlich zum Nachgeben gezwungen worden. Zu eilig! Seinetwegen und weil sie sich ähnlich sind, hat Nehru sich zum erstenmal von mir entfernt; und wenn ich nicht mehr bin, dann wird gerade er die aufrichtigsten Tränen weinen, das weiß ich. Aber er ist auch zu eilig. Sie konnten der Verlockung der Unabhängigkeit nicht widerstehen ... Aber was sage ich? Die Unabhängigkeit, eine Verlockung? Mohandas, kämpfst du nicht seit bald vierzig Jahren für diese Freiheit? Schon breitet sie ihre Flügel aus, fliegt los, und in fünf Stunden wird sie sich auf das Dach des Palastes des Vizekönigs in Neu-Delhi setzen; in fünf Stunden; in Lucknow wird Naidu, meine Nachtigall, die älteste Fahne Englands abnehmen und die indische wird emporsteigen. Und du willst das nicht mehr? Komm zu dir. Diese Freiheit ist nicht der Vogel, den du wolltest; es ist nicht der schöne Storch mit den strahlendweißen Flügeln, von dem du geträumt hast; es ist eine häßliche gakkernde, ungezügelte Krähe, aber sie ist es immerhin, freue dich, nur eine Minute, bevor du im Schatten Rams einschläfst …

Mit geschlossenen Augen versuchte der alte Mann zu lächeln und drehte sich heftig auf die andere Seite.

Das Lächeln will dir einfach nicht über die Lippen, nicht wahr, alter Mohandas? Bereite dich vor, meine Seele, der Haß tut desgleichen. Du weißt noch nicht, welchen Boden Indiens er umgräbt, aber du bist dir sicher, daß es so ist, nicht wahr? Dieser freie Vogel, das ist noch nicht einmal eine Krähe, es ist ein Geier, und er stinkt. Irgendwo brennt schon ein Haus, erschrockene Inder sind eingeschlossen und brüllen, erhobene Messer, blutende Augen, und morgen ruft man dich mit Angst im Bauch. Du mußt bestimmen wie immer, Mohandas, deinen Stock nehmen und vielleicht auch fasten. Diesmal wirst du es nicht überstehen. Du bist zu alt für das Todesfasten. Du wünschst es dir, wie? Du willst gerne sterben, wenn du für den Frieden fastest? Das ist dein einziger Schatz, dein geheimes Vermögen, niemand kann es dir nehmen. Ja, das lohnt sich wenigstens. Dieses alte Gerippe, das du so vielen Härten ausgesetzt hast, ist noch nicht mit den Kräften am Ende. Noch kann es öffentlich sterben und den Frieden retten. Es wird sich noch nützlich erweisen …

Mit dem Schlaf kam das Lächeln des Mahatmas.

*Delhi, am 14. August 1947*

»In zehn Minuten, Dickie«, murmelte Edwina und sah auf ihre Uhr. »Die Wanduhr geht nach. Es ist nicht zwanzig vor zwölf.«

»Ich weiß«, sagte Lord Louis. »Alles ist so ruhig hier, ausnahmsweise. Ich habe mein Büro seit Monaten wieder einmal aufgeräumt. Wenn der Monsun nur käme.«

»Aber hören Sie nicht dieses Rumoren in der Stadt«, sagte sie voll Begeisterung. »Sie warten, sie sind bereit … Ich habe gesehen, wie Familien mit Krachern und Feuerwerk vom Basar gekommen sind; die Jugendlichen schlendern schon mit ihren Fahnen umher. Die Hotels, die Häuser, alles ist angestrahlt ... Millionen von Kerzchen auf den Dächern, Millionen von Lichterketten, die überall aufgehängt werden, bis zu den Palmen! Wie schade, daß wir in diesem eisigkalten Büro ausharren müssen.«

»Sie wissen, daß sich die konstituierende Versammlung auflösen und daß Nehru anschließend seine offizielle Erklärung verlesen wird, und zwar genau hier, gegen ein Uhr morgens«, seufzte Mountbatten.

»Nun! Das ist wunderbar! Das wollten Sie doch schließlich!« rief Edwina. »Sie hatten Angst vor Entehrung, und jetzt werden Sie die großartige Ehre haben, von Indien adoptiert zu werden!«

»Meine Liebe, Sie werden mir doch einen Augenblick Andacht zugestehen, um das Ende einer Epoche zu beweinen ... Das habe ich bisher nicht getan, ich hatte keine Zeit. Noch sieben Minuten Empire, Edwina. Sieben Minuten, um ihm noch einmal Ehre zu erweisen.«

»Ich finde, daß Sie auf einmal sehr traurig sind, Dickie«, sagte sie. »Sie haben es geschafft. Ihre Mission endet ruhmreich, und eine neue, ebenso aufregende beginnt. Eine unmögliche Aufgabe haben Sie erfüllt, eine wahre Heldentat!«

»In der Tat, eine unmögliche Aufgabe. Was das Heldentum angeht, das haben wir, fürchte ich, noch vor uns. Lassen wir's gut sein.«

Sie saßen beide da, untätig und stumm. Durch die halboffene Tür hörte man Gesprächsfetzen der Unterhaltung der Berater des Vizekönigs, die widerhallten wie in einem Grab.

»Noch fünf Minuten«, sagte Lord Louis in die Stille. »Der Mann mit der Muschel bereitet sich vor, gleich wird er im Halbrund des Parlamentes einen neuen Ton erklingen lassen ...«

»Einen dreitausend Jahre alten!« berichtigte Edwina. »Ich habe dieses Muschelwerk gesehen; es ist wunderbar rosa und weiß, poliert wie ein Diamant, ein bewundernswertes Stück!«

»Was tut das zur Sache«, brummte Lord Louis heftig. »Vier Minuten.«

»Nehru wird Tränen in den Augen haben«, sagte sie verträumt.

Nehru hat gerade erfahren, daß die alten Viertel Lahores brennen, dachte Lord Louis bitter, er hat mir eine Nachricht geschickt. Er wird Angst haben und einen zugeschnürten Hals. Wird er seine Rede überhaupt halten können, wo das alte Indien schon brennt? Hatten wir das Recht, es wie mit einer Rasierklinge durchzutrennen?

Plötzlich erhob sich draußen Lärm; Knallen, Hupen, es wimmelte von Geräuschen und Aufruhr; ein Schrei übertönte das Getöse: »Jai Hind!«

»Jetzt ist Mitternacht«, murmelte Edwina und stand auf. »Indien ist geboren, Dickie!«

»Willkommen im Konzert der Nationen, Indien!« sagte Lord Louis lächelnd. »Das Empire Indien ist verschwunden. Der alte Churchill wird wohl gerade genüßlich einen Kognak schlürfen und seine Offiziersvergangenheit und den verblaßten Ruhm wiederaufleben lassen. Wir brauchen nur noch auf Nehru zu warten.«

»Und auf den Monsun, Dickie, der sich immer noch nicht zeigen will ...«, sagte Edwina nachdenklich.

## *Die zwölf Mitternachtschläge*

»Wenn der letzte Schlag ertönt, während die Welt schläft, wird Indien zu Leben und Freiheit erwachen. Heute setzen wir einer Unglückszeit ein Ende, und Indien wird sich selbst entdecken. Vor dieser Geburt haben wir eine harte Arbeit geleistet, und unsere Herzen sind schwer, wenn wir an diese Mühen zurückdenken. Aber die Vergangenheit ist tot, und die Zukunft steht uns von nun an offen!« Nehru sprach vor der konstituierenden Versammlung.

»O Welt der freien Nationen, am Tage unserer Freiheit beten wir für Eure Zukunft. Unser Freiheitskampf war eine Heldentat, die sich über Jahre hingezogen und viele Leben dahingerafft hat. Ja, es war ein Kampf, ein grandioser

Kampf. Ein Kampf der Frauen, der durch ihre Liebe veredelt wurde. Es war ein Kampf von Jungen, die sich plötzlich in Mächtige verwandelten, der Kampf von jung und alt, reich und arm, von Analphabeten und Gebildeten, Schwachen, Unberührbaren, Leprakranken und Heiligen«, verkündete Sarojini vor der Versammlung in Lucknow.

»Der Tag ist gekommen, der Tag, der vom Schicksal festgelegt wurde. Indien steht nach einem langen Weg des Kampfes endlich aufrecht. Es erwacht, lebendig und lebhaft, unabhängig. Wir wünschen allen Völkern der Erde das Beste und setzen uns dafür ein, mit ihnen für den zukünftigen Frieden zu arbeiten, für Freiheit und Demokratie. Der Ehrgeiz des größten Mannes unserer Generation, unseres geliebten Mahatmas, war es, alle Tränen zu trocknen, die aus unseren Augen rinnen. Vielleicht ist diese Zeit vorbei, aber solange das Leid noch Weinen heraufbeschwört, wird unsere Arbeit nicht zu Ende sein. Wir alle sind geprägt von dem großen Sohn Indiens, durch seinen wunderbaren Glauben, seine Stärke und seine so mutige Demut. Wir werden nie zulassen, daß der Docht der Freiheit erlischt, wie stark Sturm und Winde auch sein mögen. Ein Stern ist geboren, der Freiheitsstern Asiens. Er soll niemals untergehen und die Hoffnung nie Verrat kennen«, fuhr Nehru in Delhi fort, und die Delegierten brachen in Tränen aus.

»Heute werden wir neu geboren, unser Leiden ist vorüber. O Nationen der ganzen Welt, ich grüße euch im Namen Indiens, meiner Mutter, meiner Mutter mit dem Dach aus Schnee, mit Mauern aus lebendigen Meeren, meiner Mutter, die euch ihre Tore und Arme öffnet. Ich schenke der ganzen Welt Indiens Freiheit, die unsterblich, unzerstörbar, die Welt zum Frieden führen wird!« rief Sarojini in Lucknow, die Arme gen Himmel gerichtet.

Auf der anderen Seite der unsichtbaren Grenze kannten die Häuser des Pandschab alles andere als Frieden. Eilig häufte man Matten, vom Feuer geschwärzte Töpfe, Kleidung, irdenes Geschirr, die Koffer und die Hacken auf die Wagen.

Man band Ziegen und Schafe an den Wagen, und auf den Haufen der kleinen Holzmöbel band man den Tscharpoi, mit den Füßen nach oben. Die Hindus schickten sich an, Pakistan zu verlassen, die Moslems ließen Indien hinter sich. Und mitten in der Furt sahen die Sikhs verzweifelt zu, wie die Welt zusammenbrach, die sie nach so vielen Jahrhunderten hatten anerkennen müssen. Hindus oder Moslems, oft wußte man nicht wer, brannten ihre Tempel mit den weißen Zwiebeldächern nieder, die Gurdwaras, Herberge des größten aller Bücher, des Granth Sahib, des heiligen Textes des Sikhsvolkes. Im Land der fünf Flüsse, das Land mit den großen Pappeln und den fruchtbaren Weizenfeldern, wo die Frauen einen stolzen Blick haben, wo das Leben so sanft und die Lieder so harmonisch sind, im Paradies des Pandschab machte sich eine rasende Wut in den Herzen der Sikhs breit. Noch immer nicht war der Monsun gekommen: Zeichen dafür, daß der Himmel zornig war und den Menschen das Glück der Fruchtbarkeit verweigerte. Wen mußte man beschwören? Den ersten ihrer Gründungsväter, den zarten Guru Nanak, oder den letzten der Gurus, der sie für einen ewigen Krieg rüstete? Was mußte man in dieser Nacht der Freiheit hervorziehen, das Buch oder den heiligen Säbel? Sollte man die Arme öffnen oder töten, um zu überleben?

Gegen zwei Uhr morgens erwachte in einem Haus in Kalkutta der alte Mann. Mit steifen Gliedern und verschlafenen Augen, setzte er unwillkürlich seine Brille auf und sprach das erste Gebet des freien Indien.

»Von den Kreaturen bin ich der Anfang, das Ende und die Mitte, die Wissenschaft des Selbst unter den Wissenschaften, unter den Doktrinen derjenige, der die richtige Doktrin verkündet. Ich bin der Tod, der alles zu sich nimmt, und zugleich die Quelle der Zukunft. Ich bin der Ruhm, das Glück, das Wort, die Intelligenz, die Festigkeit, die Geduld. Unter den Betrügern bin ich das Würfelspiel, der Glanz, der Verführer, der Sieg, die Entscheidung, die Tugend, sagt der glückselige Herr.

O Herr, ich wie bin der Kämpfer vor der Schlacht, der zurückweicht; ich habe Angst. Ich bin wie jener zögernde Held, den du zum Kampf zwingst und der dir nicht glauben will, ich habe Angst. Wie er denke ich nach, und wie er zweifle ich und frage mich: Wer verlangt dieses Abschlachten? Ich habe Angst. Bevor ich meine Lenden umgürte, verlange ich Stärke und daß du mir Gerechtigkeit widerfahren läßt, Herr. Bevor die Freiheit zuläßt, daß Blut vergossen wird, bitte ich, Herr, laß mir Gerechtigkeit zuteil werden, nimm mir die Angst, sie ist deiner nicht würdig. Wenn du das Würfelspiel bist, verhindere die Schicksalsschläge, wenn du das Wort bist, hilf mir zu überzeugen.

Wenn du aber der Tod bist, dann sei willkommen, Herr. Denn vor diesem, deinem Gesicht, habe ich keine Angst.«

## *Safran, grün und weiß*

*Delhi, am 15. August 1947*

Von seinen Leuten umgeben, wartete Mountbatten auf Nehru. Um zwanzig nach zwölf erschien er in Begleitung Rajendra Prasads, des Präsidenten der konstituierenden Versammlung, eines alten Kämpfers, dem die Tränen über seinen weißen Schnurrbart liefen. »Herr Premierminister, ich möchte Ihnen ganz herzlich gratulieren!« rief Lord Louis und breitete die Arme aus.

»Indien ist frei, Sir, Sie sind nicht mehr Vizekönig«, antwortete Nehru und drückte ihm die Hand. »Sie wissen, warum wir zu Ihnen kommen.«

Lord Louis nickte.

»Sir, im Namen der konstituierenden Versammlung«, begann der Präsident stammelnd, »habe ich Ruhm ... nein! Ich meine die Ehre, Ihnen vorzuschlagen ...«

»Der erste Generalgouverneur Indiens zu werden«, fuhr Nehru mit fester Stimme fort.

»Ich nehme an, Herr Premierminister. Und Sie, Herr Präsident«, sagte Lord Louis und drehte sich zu Rajendra Prasad, »können der Versammlung meine Antwort mitteilen. Und jetzt, meine Herren, werden wir das Ereignis feiern.«

Als ob plötzlich eine Sitzung beim Fotografen beendet wäre, wurden alle munter; die innere Anspannung der Mitglieder des Kabinetts ließ nach, Sektkelche erschienen wie durch ein Wunder, und der fröhliche Tumult im Palast des Generalgouverneurs gesellte sich zu dem Lärm von draußen.

Edwina trat aus dem Schatten und ging auf Nehru zu.

»Panditji, jetzt bin ich dran, Sie zu beglückwünschen«, sagte sie leise.

»Sie waren da?« wunderte er sich.

»Sie haben geweint«, stellte sie fest, »Sie sind erschöpft.«

»Schweigen Sie, *my Dee*«, flüsterte er und drückte ihr die Hand. »Sieht man das so stark? Reden Sie nicht so laut, ich darf jetzt nicht mehr müde sein.«

Lord Louis sah beide verdutzt an. Nicht die Fröhlichkeit machte sie munter, nein. Auf ihren beiden Gesichtern war eine unerträgliche Angst zu lesen.

»Nehru, sagen Sie schnell, haben Sie noch weitere Informationen aus Lahore?« fragte er, als er an ihm vorbeiging.

»Nein!« erwiderte Nehru. »Aber in Kalkutta schläft alles ganz friedlich.«

»Der kleine Mann hat es geschafft«, sagte Lord Louis. »Das ist unglaublich. Sehen Sie, alles wird gutgehen!«

»Lahore liegt fast an der Grenze, Dickie«, sagte Nehru leise. »Ich weiß nicht, wie man die Ausbreitung der Unruhen verhindern kann.«

»Lassen Sie das Jinnah in Lahore machen. Das ist nicht mehr Ihre Sache«, murmelte Mountbatten. »Kümmern Sie sich lieber um Ihren ersten Tag.«

»Das heißt sofort. Wir werden nicht viel schlafen«, sagte Nehru.

»Nicht in dieser Nacht und auch nicht später!« rief Lord Louis.

»Übrigens, mein lieber Premierminister, ich schließe

nicht aus, bald nach Simla zu fahren, um mich auszuruhen.«

»Ah!« sagte Nehru perplex. »So schnell ...«

»Ich möchte nicht, daß es heißt, daß Sie unter meiner Aufsicht regieren; übermorgen werden Sie alle den Verlauf der Grenzen erfahren und sich in aller Freiheit damit arrangieren können«, sagte Lord Louis.

»Aber morgen werden wir die Sonne der Freiheit teilen!« rief Nehru.

Ein Blitz blendete ihre Augen; krachender Donner ertönte, ein Gewitter.

»Der Monsun!« rief Nehru. »Gesegnet sei er ...«

## *Der erste Tag Indiens*

*Delhi, am 15. August 1947*

Die ganze Nacht hatte sich der Regen über der Stadt ergossen, die ganze Nacht hatte eine unermüdliche Horde in den Straßen getanzt und die ersten Stunden der Freiheit und den Beginn des Monsuns gefeiert. Im Morgengrauen irrten immer noch junge Leute durch die Straßen und fielen einander in die Arme. Jungen und Mädchen tauschten, ohne Kasten, Religion oder Bräuche zu beachten, Küsse und Süßigkeiten aus und riefen sich gegenseitig zu: »Frei! Wir sind frei!« Die nassen Körper schienen wie von einer wunderbaren Flüssigkeit verzaubert; man küßte sich, sagte sich irgendwas, schwang Blumengirlanden, schwenkte Fahnen, Regenschirme, Lichter glitzerten auf den Dächern, und das Grollen am Himmel hörte sich an wie fernes Gelächter wohlwollender Götter. Bauern mit ihren abgewickelten Turbanen lagen mit verzücktem Blick unter den Bäumen und bewunderten die angestrahlten Bauwerke, die größer waren als die Tempel ihrer Dörfer. Sie hockten auf dem Rasen der Gärten, vernahmen den Lärm der Autos und atmeten vorsichtig den Geruch des Benzins ein.

Lord Louis war auf sein Bett gefallen und wie ein Klotz eingeschlafen; aber Edwina zog es innerlich zu dem fröhlichen Tumult draußen, und sie konnte kein Auge zumachen. Schon frühmorgens würde Dickie der indischen Regierung seinen Eid schwören, in Durban Hall, am gleichen Ort, wo er fünf Monate früher zum Vizekönig gekrönt worden war; die Throne würden die gleichen sein, die Zeremonie auch, Dickie würde wieder seine hochdekorierte Uniform anziehen, sie selber würde das schwere Diadem auf ihren Haaren balancieren … Aber Nehru würde nicht demütig in der ersten Reihe der Zuschauer sitzen, sondern neben Dickie stehen, in seiner ganz neuen Funktion als indischer Premierminister.

Dickie schlief wie ein Murmeltier. Er versicherte jedem, der es hören wollte, daß ein wirklicher Chef sechs Stunden schlafen müsse, niemals weniger. Edwina fragte sich, welche unsichtbaren Kräfte ihm gestatteten, diese militärische Vorschrift einzuhalten; sie schaffte es nicht. Optalidon, Nembutal, alles hatte sie versucht. Umsonst. Die Qualen der Schlaflosigkeit plagten sie jede Nacht. Außer in dieser.

Die Flügel des Ventilators, der auf höchste Stufe eingestellt war, surrten und verbreiteten eine laue Luft, gemischt mit Schüben stechender Kälte, die auf ihren verschwitzten Hals blies. Jede Nacht zog sie sich das Laken über den Kopf und zerrte es mit einer schnellen Bewegung um sich; dann erstickte sie fast vor Hitze und machte sich wieder frei wie ein in einer Falle gefangenes Tier. Jede Nacht, außer in dieser.

Tierrufe in der Nacht verwandelten ihr Warten in Angst; ein Affe, der oben auf einem Baum schrie, ein Vogel, der plötzlich erwachte, das Muhen einer verirrten Kuh, alle Nächte Edwinas wurden zum Alptraum. Aber diese Nacht …

Sie konnte nicht mehr, lief barfuß zum Fenster und öffnete es trotz der Mücken.

Als ob ihre Ohren sich in heilige Schnecken verwandelt hätten, als ob sie selbst herausginge, um auf den Straßen zu spazieren und zu singen, lauschte Edwina klopfenden Herzens der großartigen, schlaflosen Nacht des freien Indiens. Die Sonne würde sowieso zu früh aufgehen und dieser außerordentlichen Nacht ein Ende setzen ... Dickie schlief immer noch, unerschütterlich und fest. Sie fühlte pulsierendes Leben in sich.

Als der erste Strahl des gewaltigen Augustlichtes in das Zimmer eindrang, sah Edwina den Schimmer ihres langen weißen Brokatkleides, das mit seinen eigenartig leeren Ärmeln sorgfältig auf einem Bügel hing. Sie würde es bei der Vereidigung tragen, bei der Zeremonie im Parlament. Das andere Kleid, leicht und schneeweiß, sollte Edwina um fünf Uhr nachmittags tragen, wenn die Nationalfahne am Gedenkmal der Toten gehißt würde, auf der großen Raj-Pah-Allee. Nach offiziellen Schätzungen erwartete man dreißigtausend Bürger des neuen Indien. Dickie hatte sie gewarnt: Es würde ein harter Tag werden.

*Delhi, am 15. August 1947, 16 Uhr*

Die vier Schwadronen setzten sich in Bewegung, die Fahnen im Wind, gingen sie der schwarzen Kutsche mit dem goldroten Wappen voraus. Bis auf ein paar einzelne Tropfen, die von sonstwoher kamen, als ob sie vergessen hätten, zur richtigen Zeit zu fallen, hatte der Regen aufgehört. Ein verworrenes Geschrei erfüllte schon die ganze Avenue, aber im Hof des Palastes hallten außer den Hufen der Pferde nur noch die feierlichen Befehle der Hauptmänner wider. Hinter der königlichen Kutsche setzte sich die Kapelle in Bewegung.

Lord Louis saß auf einem ausladenden gepolsterten Sitz und biß die Zähne zusammen. Neben ihm saß seine Frau ganz in Weiß, behangen mit Perlen und die Frisur mit schneeweißen Blüten geschmückt. Sie dachte an Karachi, an das offene Auto und ergriff seine Hand.

Kaum hatten sie die Häuserzeile aus rotem Sandstein hinter sich gelassen und waren auf dem höchsten Punkt der Raj Path Avenue angekommen, da sahen sie auf einmal die riesige und stürmische Menge, die auf sie wartete. Überall waren Menschen, gedrängt auf den Wiesen, auf Bäumen; viele wurden von einem eigenartigen Zittern ergriffen, das man sich nicht erklären konnte. Die Schwadronen setzten sich in Bewegung; jeder Reiter hielt seine Lanze fest in der Hand.

Wir werden niemals durchkommen, dachte Lord Louis. Die Lage ist unkontrollierbar. Selbst wenn wir vorwärtskommen, wie sollen wir dann Nehru finden?

Die Kutsche gelangte bis zu den ersten Reihen, Rufe wurden laut. »Jai Hind! Azad, Sahib! Azad, Mem'saab!«

Edwinas innere Spannung ließ nach.

»Sie sind nicht feindselig, sie schreien nur, daß sie frei sind, Dickie«, sagte sie.

»Ja, das höre ich«, erwiderte Lord Louis. »Aber wir sind noch nicht da, meine Liebe. Sehen Sie.«

»Die erste Schwadron war von der Menge blockiert und wurde langsamer. Die Pferde begannen zu wiehern; eins bäumte sich auf. Man hörte einen kurzen Befehl, und die Menge stob auseinander. Der Zug setzte sich schleppend wieder in Bewegung.

»Von hier aus sind es noch gut zwei Kilometer bis zum Triumphbogen von India Gate«, erklärte Lord Louis, »und schon jetzt kommen wir nicht mehr vorwärts. Wir werden viel zu spät sein.«

Die Reiter schwenkten ihre Lanzen; die Offiziere brüllten, um die tobende Menge im Zaum zu halten. Mehr schlecht als recht bahnte sich die Kutsche ihren Weg durch die Menschenflut. Auf dem engen Raum, der kaum mehr Wiese genannt werden konnte, lagen zerrissene Seile herum; bald behinderten die umgeworfenen Sperren das Traben der Pferde.

Die kleine Tribüne am Fuß des Denkmals war endlich zu sehen. Edwina legte ihre Hand an die Stirn; sie erblickte die unscharfe und weiße Silhouette Nehrus. Die Menge wurde dichter und dichter, immer aufgeregter, und doch war sie so fröhlich. An jeder Ecke warf man ihnen ein freundliches Lächeln zu, ein einziger langer Freudenszug. Frauen taumelten mit ihren Kindern auf den Armen; eine von ihnen stieß auf einmal einen furchtbaren Schrei aus, sie wäre fast unter die Räder gekommen. Mountbatten beugte sich herab und zog sie mit ihrem Kleinen hoch in die Kutsche.

Verdutzt zog sie ihr Kind an sich, stammelte einige unzusammenhängende Wörter und hob schüchtern die Augen; eine ganz junge Frau in einem Sari aus orange- und rosafarbener Baumwolle. Edwina lächelte ihr zu und wollte den Kopf des Säuglings streicheln, aber die Frau schlug sofort ein Stück ihres Saris über ihr Gesicht und ließ nur noch ihren Mund hervorschauen, der schüchtern lächelte.

Als der Zug sich der Tribüne näherte, erhob sich die Menge wie eine Welle, als ob sie von einem gewaltigen Windstoß erzitterte. Auf Zehenspitzen und mit weit aufgerissenen Augen begrüßte die Menschenmenge den Generalgouverneur. Die Schwadronen blieben stehen.

»Wir können nicht mehr weiter!« rief Lord Louis. »Ich sehe Nehru auf der Tribüne, er winkt uns zu ... Und wir werden noch nicht einmal aussteigen und zu Fuß weitergehen können! Gut! Wir müssen etwas tun.«

Er erhob sich zu voller Größe, brachte die Kutsche dadurch ins Wanken und rief durch seine zu einem Trichter geformten Hände.

»Nehru! Wir sind blockiert! Hören Sie mich?« brüllte er inmitten der Rufe.

Die Gestalt auf der Tribüne bewegte sich ungestüm.

»Hissen Sie die Fahne!« schrie Mountbatten.

»Und die Musik?« brüllte Nehru von weitem.

»Die Kapelle kann nicht mehr weiter! Los!«

Edwina stand auch auf und nahm die Hand ihres Mannes. Nehru hob den Arm. Am Mast, der den Bogen des India Gate überragte, stiegen langsam die Farben Indiens auf. Safran, Grün und Weiß.

Die Fahne hatte kaum die Spitze erreicht, und sie wehte noch nicht, als endlich wie ein Geburtsschrei der Ruf des Volkes ertönte: »Jai Hind! Pandit Nehru-ki Jai! Mahatma Gandhi-ki Jai!«

Nehru stand mit erhobenem Kopf in seiner schweißgetränkten Tunika da, eine unersättliche Freude überkam ihn.

Edwina drückte Dickies Hand, und er senkte den Kopf, um seine Tränen zu verbergen.

Die junge Frau nahm schüchtern den Zipfel ihres Saris vom Gesicht und hob wachsam die Augen; das Baby fing an zu weinen. Die Fahne hatte sich um den Mast gewunden und regte sich nicht.

Da erhob sich der Wind, wehte die Wolkenmasse davon; ein tiefblaues Band zerteilte den Himmel, und die Fahne begann zu wehen. In diesem Moment erschien ein Regenbogen am Himmel. Die Menge hielt den Atem an und schwieg. Dann erscholl ein Ruf: »Pandit Mountbatten-ki Jai!«

Lord Louis lächelte; denn er war es, den man ausrief. Die Menge wiederholte es im Chor; sofort brach eine hohe Stimme hervor: »Lady Mountbatten-ki Jai!« Bald vermischten sich ihre beiden Namen, während der Regenbogen langsam verschwand. Hand in Hand und vereint in derselben Freude, betrachteten Lord und Lady Mountbatten mit Tränen in den Augen und trunken die Farben, die an das Blau des Himmels stießen, Safran, Grün und Weiß.

*Kalkutta, am 15. August 1947*

Der Mahatma saß auf einer Matte im Inneren von Mansion House und hatte sich entschlossen, den ganzen Tag zu fasten und im Gebet zu verbringen.

Den Journalisten der BBC, die unbedingt eine Erklärung haben wollten, hatte er bloß geantwortet: »Ihr solltet vergessen, daß ich Englisch kann.« Und als ein bengalischer Würdenträger ihm feierlich eine herzliche Botschaft von der indischen Regierung überbrachte, hob er ablehnend die Hand, verweigerte das Papier, das man ihm hinhielt, schüttelte den Kopf und verkündete mit skeptischer Heftigkeit: »Bloß keine Nachricht! Wenn sie schlecht ist, um so schlimmer!«

Zwischen den Gebeten las er seine Post und kämpfte gegen seinen Zorn an. Dieser erste Tag der Unabhängigkeit war der Schrecklichste seines Lebens.

*Neu Delhi, 16. August, kurz nach Mitternacht*

Die Nacht war angebrochen, die zweite Nacht der Freiheit. Im Licht der Dochte hatte sich die Menge unter der Mauer von Lal Qila versammelt, die alte mogulische Festung, deren Namen ›die Rote‹ bedeutet, weil das Rot der Mauern echtem Blut ähnelt. Auf dieser unebenen und matschigen Erdaufschüttung mußten einst die Bären des Himalaya mit Maulkörben zum Rhythmus der Tamburine tanzen, die Yoga-Akrobaten durchstachen sich mit breitem Lächeln mit feinen Nadeln die Wangen, die Brillenschlangen, eingerollt in ihre winzigen Körbe, zeigten unter dem schwülstigen Klang der Flöte ihre tödliche Kapuze; die Zauberer ließen sich unter einem schwarzen Tuch drei Meter in die Höhe heben, mit Hilfe von begabten Komplizen, die ebenfalls in der Luft schwebten und ihrerseits von geschickt versteckten Bambusstäben getragen wurden. Die Stadt hatte sich beruhigt; jetzt war die Stunde der Zerstreuung, der Feste gekommen; die Bauern fuhren auf ihren leichten Wagen, die von schnellen Maultieren gezogen wurden, wieder fort.

Nehru, dessen Kopf schon ganz leer und das Herz überwältigt war, ging endlich schlafen.

Niemals würde er diesen wunderbaren Moment vergessen, als Tausende von Mündern seinen Namen und die Fahne hatten hochleben lassen; niemals mehr würde er einen Regenbogen sehen, ohne an denjenigen zu denken, den ein wohlmeinender Gott durch die Wolken gesandt hatte. Und es gelang ihm nicht, aus seinem brennenden Gedächtnis zu verbannen, wie eine plötzliche Bewegung die Fahne zum Wehen gebracht hatte.

Er hätte zu seinem Auto, das ihn auf den Platz von India

Gate gebracht hatte, zurückkehren sollen, aber er hätte in der Menge untertauchen, dort verschwinden, dort wahrscheinlich ertrinken müssen. Edwina hatte ihm von weitem eine weißbehandschuhte Hand entgegengestreckt, die er leicht mit den Fingern hatte ergreifen wollen, wie Adam seine Eva, wie Shiwa seine Parwati.

Dann, Gott weiß wie, war er vom Podium gesprungen, hatte die lebendigen Mauern überschritten, viele Rücken und Schultern erklommen und, getragen von seinem Volk, hatte er schnell die königliche Kutsche erreicht.

Edwina, Dickie und er, alle drei ganz in Weiß, waren nur dagestanden, die Augen auf die Fahne gerichtet. Ab und zu hatte er der Versuchung nicht widerstehen können und Edwina einen verliebten Blick zugeworfen.

Die junge Inderin im orangefarbenen Sari hatte erstaunt auf die schwarzen Schuhe des Premierministers geschaut, dann hatte sie den Kopf gehoben und ihn mit verzückten Augen angesehen, und mit heiserer Stimme mehrmals »Panditji-ki Jai« gesagt, wie in einem Gebet. Die alte Ordnung hatte mit einemmal nachgegeben; die Jugend hatte unter der indischen Fahne triumphiert, mit einer schnellen Bewegung hatte die junge Inderin ihr schwarzhäutiges Kind genommen und es in ihren ausgebreiteten Armen geschwenkt, wie ein Geschenk für den Pandit, das die Hoffnung verkörperte. Nehru hatte auf das Kind geblickt und gefühlt, wie Begeisterung in ihm aufstieg. Was nun auch immer passieren würde, das Unmögliche war geschehen. Aber was morgen anbelangte …

Am nächsten Tag würde der Generalgouverneur ihm feierlich den Plan des Grenzverlaufes übergeben, den er nicht kannte; die gleiche Zeremonie sollte mit Liaquat Ali Khan stattfinden, der nur deswegen aus Karachi gekommen war. Der Tag war so turbulent gewesen, daß Nehru gar keine Zeit gehabt hatte, darüber nachzudenken; aber als er endlich allein war, war die Freude, die er mit der Menge geteilt hatte, immer mehr verschwunden und hatte einer tauben Angst Platz gemacht. Im großen und ganzen kannte er die neuen Grenzen; aber weder Liaquat Ali Khan noch die Regierung Indiens waren vor den nur scheinbar harmlosen Überraschungen gefeit, von denen Nehru Gefahren befürchtete. Der britische Jurist, der mit der Ausarbeitung des Grenzverlaufes beauftragt worden war, der ehrbare Sir Radcliffe, hatte fast allein gearbeitet, und es war ihm gelungen, jegliche Bittgesuche abzuwehren; er hatte Pandschab sorgsam und nach geheimnisvollen Gesichtspunkten zerschnitten, die Nehru erst entdecken würde, wenn es schon zu spät war. Dafür waren die Unruhen in Lahore der unwiederbringliche Beweis. Eine große Zahl von Hindus wollte Pakistan verlassen, und viele Moslems würden aus Indien fliehen. Nicht einen Augenblick dachte Nehru daran, daß die einen oder die anderen in ihr neues Land ziehen wollten: Die Flucht würde sie auf die Straßen treiben, die Flüchtigen würden Pandschab durchqueren, das Land der Sikhs. Diese waren nobel und mutig, bewundernswerte Krieger, aber zugleich unberechenbar.

Sie waren aber auch redliche Bauern, lebensfroh, einfach und naiv, meilenweit von hinduistischer Strenge und moslemischer Rigorosität entfernt. Nichts war friedlicher als ein Dorf der Sikhs, harmonisch vereint im Kult des *Buches*, und der Granth Sahib, ihr Guru und Gott, war erfüllt von Wohltätigkeit und Gerechtigkeit. Vielleicht würden sie sich auch ruhig verhalten. Aber Nehru fürchtete sich: Oft hatten die Sikhs im Verlauf der indischen Geschichte plötzlich ihre Kampfeslust wiederentdeckt; und diese Kriegstradition nötigte sie zu kämpfen. Wenn nur einer ihrer weißen Tempel angesteckt, wenn jemand einfach im Vorübergehen eine ihrer Frauen berühren würde, dann gäbe es Krieg. Dann würde sich jegliches Kind in ein Raubtier verwandeln, gemäß dem Namen, den der Guru ihnen allen zu tragen befohlen hatte: ›Singh‹, der Löwe.

Es blieb nichts zu tun, als auf die Karte des Pandschab zu warten. Nichts, außer tief durchzuatmen und zu vergessen. Der Premierminister Indiens nahm sich vor, sich in die Nobelste aller Yogastellungen zu bringen: den Sirsana, die Füße nach oben, den Kopf nach unten.

Im Palast des Generalgouverneurs legte man eine Pause ein. Hunderte von Bearern, die Tausende von indischen Kindern bei einer riesigen Jause bedient hatten und außerdem Hunderte von offiziellen Gästen auf dem Abendempfang, schliefen vor Müdigkeit plötzlich ein, ihre Beine trugen sie nicht mehr. In ihrem Zimmer umarmten sich die Mountbattens zärtlich; sie hatten ihre Aufgabe erfüllt.

Zahllose von Nachrichten häuften sich auf dem Tisch. Lord Louis setzte sich schwerfällig hin und begann, sie zu entsiegeln. Edwina fühlte sich leicht und begann allein zu tanzen, die Hände auf den Schultern, ihr gegenüber ein unsichtbarer Tänzer.

»Hören Sie, was unser treuer Oberleutnant schreibt, unser lieber Ismay, Darling«, rief er gerührt. »Ich kann immer noch nicht glauben, daß Sie es geschafft haben. Das ist Ihr größter Triumph und auch der Edwinas. Ein Triumph der modernen Zeit, weit mehr als ein Sieg auf einem Schlachtfeld, noch mehr als ein militärischer Feldzug. Ich gebe zu, daß ich wenig Hoffnung hatte, als ich zu Ihrer Mannschaft stieß; aber ich bin mir sicher, daß niemand anders auf der Welt es hätte schaffen können. Er hat ›niemand anders‹ sogar unterstrichen, wie reizend von ihm ...«

Edwina lächelte, ohne zu antworten und drehte sich feurig im Kreis.

»Ein Telegramm von Attlee ... Mal sehen: ›Mein herzlicher Dank an Sie, an diesem Tag. Jetzt ist eine so schwere Aufgabe vollendet, wie es sie zuvor noch nie eine gab. Die Energie, die Sie aufgebracht haben, um jegliche Hindernisse zu überwinden, ist erstaunlich ...‹ Sie hören mir ja gar nicht zu, Darling.«

Plötzlich blieb sie stehen, und ihr fliegendes Brokatgewand kam zur Ruhe.

»Ich rede mit Ihnen, meine Liebe, hören Sie nicht?« wiederholte Lord Louis.

Sie war wie entrückt und antwortete nicht.

Lord Louis seufzte und öffnete ein anderes Telegramm.

»Wie vorhergesehen, Darling. Ich bin in den Rang des Grafen von Birma erhoben worden; jetzt sind Sie Gräfin!«

»Na schön«, antwortete Edwina trocken und knöpfte ihre langen Samthandschuhe auf. »Sie, die solche Ehrerweisungen lieben, werden zufrieden sein.«

Lord Louis zuckte die Achseln.

»Darling«, sagte er müde, »ich weiß, daß Ihnen die Auszeichnungen auf den Geist gehen, aber zerstören Sie doch nicht den schönen Tag. Habe ich nicht ein wenig Zuneigung verdient, nur für heute abend?«

Edwina atmete tief durch, schüttelte ihre Haare und legte die Arme auf die Schultern ihres Mannes.

»Entschuldigen Sie, Dickie«, hauchte sie, »ich weiß nicht mehr, was ich sage ...«

»Heute in der Kutsche waren Sie sehr schön«, fuhr er fort und drehte sich um. »Sie hatten diesen strahlenden Ausdruck, wie auf unserem ersten Ball ...«

»Als Sie noch in diese Audrey James verliebt waren!« sagte Edwina und lachte laut auf.

»Sie hatten eine Frisur in griechischem Stil, so einen lokkigen Kopf, wie ein Hirte ...«

»Und Sie sahen so aus, als trügen Sie immer eine Uniform«, sagte sie sanft. »Nein, wirklich, eine Sache ärgert mich, Dickie: dieser absurde Adelstitel, dieser idiotische Pomp, den uns die Krone beschert und der alles verdirbt. Weil Sie der Geburt einer Nation verholfen haben, macht man Sie zum Grafen!«

»Das ist die Würdigung unserer gemeinsamen Arbeit, meine Liebe.«

»Ach, schweigen Sie!« rief sie und lief zum Fenster. »Als ob wir den Kampf für die Unabhängigkeit geführt hätten. Denken Sie an die, die immer noch im Regen in ihrer Hauptstadt singen und die fast ein Jahrhundert lang gegen uns gekämpft haben.«

»Daß sie jetzt nur nicht anfangen, sich gegenseitig zu bekämpfen«, murmelte Lord Louis in seinen Bart.

## 7

# Das Blut der Teilung

## *Das Geschenk der Sikhs an Nehru*

*Delhi, am 16. August 1947, 17 Uhr*

Lord Louis seufzte. Flüchtig blickte er auf die ordentlich aufgeräumten Akten und sein Telefon, das etwas von ihm zu erwarten schien, und ging im Büro auf und ab.

Jetzt noch das Komitee der gemeinsamen Verteidigung, dies Militär des Pandschabs und das war's. Fünftausend Mann. Immerhin, fünftausend Mann, dachte er und ballte die Faust, das ist besser als nichts. Sie werden es schaffen. Ich werde es schaffen. Ich muß dieses Massaker stoppen, ich muß ...

Er nahm den Telefonhörer, ließ ihn wieder fallen. Das ist nicht mehr deine Sache, Louis Mountbatten. Du bist nicht mehr verantwortlich, verhalte dich ruhig. Warte, bis man dich anruft. »Warte ...«, wiederholte er leise, den Kopf in die Hände gestützt.

Als er den lebhaften Schritt seiner Frau hörte, richtete er sich schnell auf.

»Wirklich, es war so schön, Dickie«, schnurrte Edwina und ließ sich in einen Sessel fallen. »Ich werde es nie vergessen, Sie auch nicht, oder?«

»Natürlich nicht«, antwortete Lord Louis und räusperte sich.

»Oh! Welch eine Begeisterung!« rief Edwina und reckte die Arme zum Himmel.

»Edwina ...«

»Was, Edwina? Sie haben Sie zur Heldin des Tages der Freiheit gemacht, sie ist die glücklichste aller Frauen«, sagte sie lächelnd.

»Werden Sie das immer noch sein, wenn ich Ihnen erzähle, daß …?« erwiderte Lord Louis, ohne seinen Satz zu Ende zu sprechen.

Edwina sah ihn an. »Sagen Sie es!« »Auchileck hat mich eben aus Lahore angerufen«, murmelte Lord Louis.

»… und alles steht in Flammen«, beeilte Edwina sich zu sagen. »Ich weiß, Jawahar hat es mir erzählt.«

»Nein!« rief Lord Louis. »Sie wissen es nicht! Brennen, das wäre noch gar nichts! Die Sikhs reißen in den Dörfern moslemischen Frauen die Kleider herunter, sie vergewaltigen sie, führen sie nackend herum, bevor sie ihnen den Bauch aufschlitzen, mit …«

»Hören Sie auf!« stammelte Edwina. »Das ist nicht wahr …«

»Doch! Mit ihrem rituellen Säbel. Die Moslems schichten die Leichen der Sikhs in ihren Tempeln auf und zünden sie an. Die Hindus fangen die alten Sikhs, sie begießen ihre Bärte mit Benzin und …«

Edwina senkte den Kopf, Tränen stiegen ihr in die Augen.

»Ihr Glück ist verflogen, meine Liebe«, seufzte Lord Louis. »Ich habe Sie gewarnt. Im Pandschab ist gerade der Bürgerkrieg ausgebrochen.«

»Was werden Sie tun, Dickie?«

»Was der Premierminister von Indien will, von dessen Entscheidung ich abhänge«, antwortete Lord Louis schroff. »Oder ich benütze meine letzte Patrone, das Militär des Pandschab, die noch nicht unter beiden Ländern aufgeteilt worden ist.«

»Tun Sie das, schnell«, sagte Edwina. »Ich flehe Sie an.«

»Ich gebe Ihnen zu bedenken, daß die Premierminister gerade erst Kenntnis vom Verlauf ihrer gemeinsamen Grenzen genommen haben«, entgegnete Lord Louis trocken. »Um zwei Uhr nachmittags. Als ich ihnen die versiegelten Umschläge gab, hatte ich es noch mit zwei verantwortungsbewußten Anführern zu tun; zwei Minuten später waren sie wie verrückt vor Wut. Patel, weil Indien die Hügel von Chittagong verloren hat, und Liaquat Khan wegen Gurdaspur.«

»Und Nehru?« unterbrach Edwina schnell.

»Es ist fünf Uhr«, fuhr Lord Louis gereizt fort. »Ich lasse ihnen die Zeit, die Nachrichten zu hören.«

»Und wenn sie sie nicht erfahren?« fragte Edwina.

Lord Louis warf einen zögernden Blick auf das Telefon ... Es klopfte an der Tür.

»Ja!« schrie Lord Louis und schlug mit der Faust auf den Tisch. »Wer ist das?«

»Ismay, Sir«, sagte der Erste Sekretär und öffnete die Tür. »Der Premierminister verlangt Sie am Telefon, er ist in seiner Residenz. Er wirkte zutiefst erschüttert.«

»Geben Sie ihn mir«, befahl Lord Louis schroff.

»Sehen Sie«, sagte Edwina, »er hat nicht lange auf sich warten lassen ...«

Lord Louis zog an seiner Safarijacke, rückte sie wieder gerade und knöpfte den Zweiteiler auf.

»Lieber Premierminister«, rief er liebevoll ... »Ah! Wie furchtbar ... Nicht ein einziger? Sind Sie sicher? Heute morgen? Also, dann war das geplant? Wie? Ein Geschenk für Sie? Jawarla, ich bitte Sie, beruhigen Sie sich. Ich meine ... entschuldigen Sie. Ich dachte nicht im geringsten ... Nein, man muß nur schnell handeln. Ah, Sie fahren sofort ab. Haben Sie ein Flugzeug? Weil sonst ... Gut. Sie haben recht. Möchten sie, daß ich mitkomme? Nein? Ich verstehe. Ich bin sicher, Nehru. Selbstverständlich. Wir denken an Sie. Ja, sie ist da. Ich sage es ihr. Halten Sie mich auf dem laufenden ... Natürlich, Jawarla. Ich habe daran schon gedacht. Viel Glück.«

Lord Louis legte nachdenklich den Hörer auf, holte ein Taschentuch hervor und wischte sich über das Gesicht.

»Dickie ...«, bat Edwina leise.

»Ein Zug ist gerade im Bahnhof von Amritsar angekommen. Ein Zug mit Passagieren, denen man allen die Kehle durchgeschnitten hat. Mehrere sind enthauptet. Er hat mir gesagt, ich soll es Ihnen ausrichten. Er hat mir auch gesagt ...« Lord Louis stand auf und ging zum Fenster; die Dunkelheit hatte sich im Zimmer breitgemacht.

»Die zweite Nacht der Freiheit, meine Liebe, sehen Sie sie

sich gut an. Auf den ersten Waggon des Zuges haben die Verbrecher etwas in weißer Farbe geschrieben: ›Unabhängigkeitsgeschenk für Nehru‹.«

»Aber wer?« murmelte Edwina und erbleichte.

»Die Säbel, Edwina, die Kirpanen der Sikhs. Sie haben keine Heimat mehr, sie ist zweigeteilt.«

»Und so etwas tun sie den Menschen an!« rief sie. »Wieviele Hindus gibt es in Pakistan?«

»Vier, fünf, sechs Millionen vielleicht, ich weiß nicht recht.«

»Und im indischen Pandschab, wie viele Moslems?«

»Genau so viele!« Lord Louis seufzte. »Ich bin entehrt, Darling. Mein Triumph hat nur einen Tag gedauert.«

»Ihr Triumph? Ah! Dickie, hören Sie auf!« rief Edwina wütend. »Genau darauf kommt es jetzt an. Ist Nehru dorthin gefahren?«

»Ja, mit Liaquat Ali Khan. Sie wollen, daß ich ein Verteidigungskomitee bilde.«

»Gut«, sagte sie und stand auf. »Ich rufe Amrit Kaur an. Jetzt, da sie Gesundheitsministerin ist, ist es ihre Aufgabe hinzufahren; ich werde sie begleiten.« »Zwei Frauen? Sie sind wohl verrückt! Wie wollen Sie sich verteidigen?«

Edwina drehte sich auf der Schwelle der Tür um und knipste das Deckenlicht an.

»Ich habe keine Ahnung, Dickie. Aber ich fahre.«

Die Tür schlug hinter ihr zu.

»Mein Gott«, murmelte Lord Louis, »ich hätte ihr nicht von dem Zug in Amritsar erzählen dürfen. Sie ist zu verletztlich …«

Zögernd nahm er einen Kugelschreiber, ein Blatt Papier und schrieb einen Brief.

»Meine Liebe, ich habe so viele Dankesbriefe geschrieben, an all jene, die mir geholfen haben, die richtige Lösung für Indien zu finden, daß ich derjenigen, die mir am meisten geholfen hat, noch nicht geschrieben habe. Das Telegramm, das ich beilege, hilft mir, mich daran zu erinnern; es ist der Beweis dafür, daß der Premierminister sich keine falsche

Vorstellung über die Rolle macht, die Sie gespielt haben; und ohne Zweifel hat noch kein Ehemann in der Geschichte das große Privileg gehabt, ein Telegramm des Premierministers zu überbringen, das seine Ehefrau in den höchsten Tönen lobt. Ich bin sehr stolz, diese Ausnahme zu sein. Ich bin Ihnen auch zutiefst dankbar dafür, daß Sie mich dazu angehalten haben, den rechten Weg nie zu verlassen, auch wenn ich bei manchen Problemen in Versuchung geriet, davon abzuweichen. Danke, meine kleine Katze, von ganzem Herzen.«

Er entfaltete das Telegramm Attlees, las den letzten Satz und lächelte. Ans Ende der Glückwunschnachricht hatte der Minister der Arbeiterpartei geschrieben: »Meine Danksagung richtet sich auch an Edwina, außerdem an Ismay und alle, die Ihnen geholfen haben.«

*Pandschab, 17. August 1947*

Mit angespanntem Gesichtsausdruck und fiebrigem Blick biß sich Nehru auf die Lippen, die er unter seiner geballten Faust verbarg. Das Auto fuhr langsam durch die Dunkelheit; neben ihm ließ Liaquat Ali Khan seinen Kopf hängen, und seufzte tief, wenn er gegen das Fenster stieß.

In der Ferne blitzten Flammen auf, die aussahen wie ein brennender Haufen Nadeln. Die in Schlaf versunkenen Dörfer schienen von einem unsichtbaren Zittern durchzogen, und manchmal lief ein Schatten aus dem Gestrüpp zu einem Haus und versteckte sich. Auf den Hügeln hatten Familien ihr Nachtlager aufgeschlagen; manchmal durchdrang ein Schrei eines Kindes das Dunkel, gefolgt vom Tuscheln der Frauen; und fortwährend hielt eine aufrechte Gestalt Wache. Außer den Feuern schien alles ruhig.

Ein schweres Rucken schüttelte das Auto und weckte den Premierminister von Pakistan.

»Ich habe geschlafen! Wie ist das möglich?« sagte er und richtete seinen massigen Körper auf der Rückbank auf. »Wieviel Uhr ist es?«

»Bald fünf«, antwortete Nehru. »Wir sind da.«

»Sie haben kein Auge zugedrückt«, sagte Liaquat Ali Khan bitter.

»Sie haben ein besseres Durchhaltevermögen als ich. Es ist furchtbar, Nehru. Was sollen wir tun?«

Nehru wandte den Kopf ab, um seine Tränen zu verbergen.

»Diese Kinder mit aufgeschlitzten Bäuchen, diese Frauen, die in die Brunnen geworfen werden«, murmelte Liaquat Ali Khan, »Schreie von Frauen, ihre aufgeschlitzten Säuglinge ... Überall dieser Gestank von Blut und der von verbrannter Haut ... Und das sollen unsere beiden Völker sein, Jawahar? Geschöpfe Gottes, diese Monster?«

»Ich bitte Sie, Liaquat Ali, reden Sie nicht mehr davon. Verschwenden wir nicht unsere Energie«, mahnte Nehru nervös. »Ich bin erschöpft; und ich werde diese Raubtiere beruhigen müssen, nicht Sie. Helfen Sie mir.«

»Entschuldigen Sie«, murmelte der beleibte Mann. »Ich muß einfach ein bißchen reden, wissen Sie; das ist blöd, aber es tröstet mich ein wenig. Solch ein Leid, wie soll man es sonst ertragen? Wir haben schon zu viele Leichen und Wunden gesehen, zu viele Klagen gehört ... Mir scheint, daß es heller wird, wenn ich rede.«

»Die Helligkeit, dort ist sie«, sagte Nehru und streckte den Finger aus. »Die Sonne wird nicht auf sich warten lassen. Sie werden noch genug Zeit haben zu sehen, was ihr Licht uns offenbart.«

»Denken Sie, daß ...«

»Gar nichts denke ich«, unterbrach Nehru heftig. »Ich denke nicht mehr. Ich weiß es im voraus.«

»Was wollen wir tun, Jawahar?« fuhr der andere seufzend fort.

»Wir wollten zwei Paradiese, und jetzt haben wir die Hölle! Ich werde niemals den Preis unserer Freiheit vergessen.«

»Da ist es«, rief Nehru dem Chauffeur zu. »Halten Sie an!«

Er schlug die Tür zu, die im verschlafenen Morgengrauen einen geradezu apokalyptischen Krach machte. Hinter dem

Auto der beiden Premierminister bremsten die Militärjeeps. Die Soldaten stiegen mit Maschinenpistolen in den Händen aus. Das Dorf schien zu schlafen.

Noch erhellte das Morgenrot kaum die flachen Dächer der Häuser; aber über dem Weiher flogen die Silberreiher schon in den ersten rötlichen Strahlen. Die Büffel im grauen Staub hoben die Köpfe, und eine Frau erschien von weitem, einen Messingkrug auf dem Kopf. Als sie die Autos bemerkte, ließ sie ihn fallen und rannte davon.

»Los«, befahl Nehru dem Hauptmann, »suchen Sie sie. Sie müssen sie unter dem Banyanbaum versammeln, am Ufer des Sees. Ich will sie in einer Stunde alle hier haben und ohne Mätzchen!«

Liaquat Ali Khan kam zu ihm, er war ganz außer Atem; Nehru stand, die Hände hinter dem Rücken verschränkt, da und beobachtete das Dorf.

»Sehen Sie«, sagte er, die Gurdwara haben sich hinter dem Wäldchen versteckt. Da haben sie ihre Waffen, ganz sicher.«

»Meinen Sie, daß sie dieses moslemische Dorf anzünden wollen?«

»Das hinter Ihnen, wo das kleine Minarett der Moschee zu sehen ist.«

»Ein Dorf, das Sie retten, aber wie viele andere werden trotzdem heute massakriert!« klagte Liaquat Ali Khan.

Die Soldaten kamen aus den Häusern heraus und stießen die Männer mit dem Kolben ihrer Waffen vor sich her. Noch ganz verschlafen, mit verrutschtem Turban, mit wirrem Blick und zerzaustem Bart, versuchten sie vergeblich, sich loszumachen, aber sie schrien nicht. Manche unter den jüngsten Männern hatten nicht die Zeit gehabt, ihr langes dunkles Haar zu kämmen, das bis zu ihren Hüften reichte; alle trugen in einer blauen Samtscheide einen riesigen Säbel. Die Frauen hängten sich weinend an ihre Männer, die Soldaten stießen sie mit Fußtritten zurück. Nehru legte seine Faust an den Mund.

Als sie alle unter dem Banyanbaum versammelt waren, ergriff Nehru den Arm Liaquat Ali Khans und ging zum

See. Die Soldaten umringten die Sikhs und richteten ihre Maschinenpistolen auf sie.

Lange musterte der Premierminister mit finsterem Blick die verschlafenen Männer, die ihn wütend und zugleich ängstlich anblickten, ohne ein Wort zu sagen. Er ging auf sie zu und preßte hinter seinem Rücken eine Hand gegen die andere.

»Hört alle her!« schrie er. »Ich habe erfahren, daß ihr das Nachbardorf angreifen wollt, weil es von Moslems bewohnt wird …«

Ein feindseliges Geschrei antwortete ihm. Nehru erhob die Hand, ließ sie aber sofort wieder sinken; seine Lippen zitterten.

»Seid still! Ich will gar nichts hören. Diese Moslems sind eure Brüder; ich bin euer Premierminister, der aller Inder, und ich habe euch folgendes zu sagen. Wenn einer, ein einziger dieser Moslems, hört ihr … Wenn ihr es wagt, einen von ihnen auch nur anzurühren, dann werde ich euch morgen – so wie heute – hier, unter diesem heiligen Banyan, versammeln und euch alle erschießen lassen. Alle!«

In den Augen der Männer spiegelte sich Erstaunen wider.

»Das ist alles!« brüllte Nehru. »Ihr werdet jetzt eure Säbel ablegen. Es ist euch verboten, sie zu tragen; ihr entwürdigt sie. Los!«

Ein Greis stand auf und warf seinen Säbel auf den Boden. Ein weiterer folgte ihm und noch einer. Bald türmten sich die Säbel vor Nehru auf. Nur ein junger Mann mit glänzenden Augen rührte sich nicht. Er preßte seine Waffe an seine Brust.

»Nun?« sagte Nehru zu den Soldaten.

Ein Soldat richtete seine Maschinenpistole auf ihn; der junge Mann zog seinen Säbel aus der Scheide und schrie: »Tod den Moslems!«

Es wurde totenstill.

Nehru warf sich auf den jungen Mann und verdrehte ihm den Arm. Der Junge schrie auf vor Schmerz, und der Säbel fiel zu Boden.

»Sag mir, warum du sie massakrieren willst, sag es mir!« schrie Nehru, ohne den Arm des jungen Sikh, loszulassen.

»Sie haben es auf mein Land abgesehen!« antwortete der Junge weinend. »Man hat es mir erzählt! Sie töten unsere Mütter! Sie vergewaltigen meine Schwestern! Du bist unser neuer Chef und weißt das nicht?«

»Armseliger Idiot!« schimpfte Nehru und ließ seinen Arm los. »Glaubst du alles, was man dir erzählt? Weißt du überhaupt, wer dein erster Guru war, Nanak, der nichts als Harmonie unter seinen Brüdern wollte? Natürlich weißt du das; aber du hast es vergessen. Was für ein Sikh du bist! Verräter des Glaubens!«

Der Junge senkte die Augen.

Die Männer kauerten eng unter dem Banyan zusammen und schwiegen.

»Habt ihr gehört?« rief Nehru ihnen zu. »Ich schwöre, daß ich euch morgen exekutieren lasse!«

Abrupt drehte er ihnen den Rücken zu.

»Kommen Sie, lassen Sie uns keinen Augenblick mehr verlieren«, bedeutete er dem Premierminister Pakistans, der sich abseits hielt.

Schweigend bestiegen sie das Auto. Die Kolonne fuhr los, während die Männer wie versteinert am Ufer des Sees stehenblieben.

»Glauben Sie, daß sie gehorchen werden?« fragte Liaquat Ali Khan.

»Ich hoffe es«, seufzte Nehru.

»Sind sie wirklich bereit dazu, das zu tun, was Sie gesagt haben?«

»Daran brauchen Sie nicht zu zweifeln!« sagte Nehru wütend.

»Sie, der Gewaltlose, Sie, Jawahar?«

»Daran habe ich nicht gedacht, das gebe ich zu«, sagte Nehru. »Ich habe keine Wahl.«

»Ich mache Ihnen ja auch keinen Vorwurf, aber Gandhiji wird es nicht gutheißen und ...«

»Glauben Sie, daß ich das nicht weiß?« unterbrach Nehru und sah ihm direkt ins Gesicht. »Ich bin nicht wie er, ich bin Premierminister!«

Liaquat Ali Khan schwieg. Im Unterschied zur Kongreßpartei hatte die Moslem-Liga der Gewalt nie ganz abgeschworen, manchmal war sie ganz einfach nötig.

Im hellen Licht des Tages glitzerte die Schlange der Flüchtigen, die mit leeren Augen am Rand der Straße auf die Kolonne der Vorbeifahrenden Jeeps und die bewaffneten Soldaten sahen, in der leisen Hoffnung, daß sie sie beschützen würden.

## *Edwina quält sich*

*Delhi, am 29. August 1947*

Edwina hatte ihre Brille aufgesetzt und las immer wieder ihre Notizen. Sie würde kaum eine halbe Stunde Zeit haben, um Nehru ihren Plan darzulegen; auch Dickie würde ihn bei derselben Gelegenheit kennenlernen.

Sie strich sich mit der Hand über ihre Wangen; der Sonnenbrand marterte ihre Haut. Eine lange und tiefe Schürfwunde bildete auf ihrer linken Wade eine Narbe; und auf einem Arm entdeckte sie mehrere blaue Flecken, die sie am Vorabend noch nicht bemerkt hatte.

Diesmal bin ich schön zugerichtet, dachte sie. Ich weiß nicht einmal mehr, wann es passiert ist, seit dieser Expedition habe ich nichts mehr gespürt. Immerhin sind die Kopfschmerzen verschwunden …

Plötzlich öffnete Dickie die Tür, hinter ihm erschien Nehru, der sehr aufgeregt wirkte.

»Oh! Panditji, schon?« sagte sie und nahm ihre Brille ab. »Ich bin bereit.«

»Wir haben nur wenig Zeit«, sagte er und küßte ihr die Hand »Sind Sie nicht zu müde? Ich habe Amrit gesehen, sie scheint erschöpft, und Sie?«

»Das tut nichts zur Sache«, antwortete Edwina. »Unter diesen Umständen hat man keine Zeit, an Müdigkeit zu denken. Ich habe einige Notizen für Sie gemacht; ich werde es Ihnen gleich im Auto erklären.«

»Aber Sie werden nicht mit uns fahren«, unterbrach Dikkie sie streng, »Nehru und ich haben zu reden.«

Während Edwina in das Auto einstieg, erblickte Nehru die Schürfwunde und zog die Augenbrauen zusammen.

»Was ist mit Ihrem Bein passiert?«

»Das? Mein Gott, ich weiß es nicht«, antwortete sie. »Ich glaube, daß ein Kind aus Versehen einen dornigen Ast in meinen Weg gelegt hat. Und die, die ich in meine Arme genommen habe, waren so erschrocken, daß sie mir all diese blauen Flecken beigebracht haben ... Sehen sie!«

Nehru nahm zärtlich ihre Hand.

»Gut!« sagte sie und setzte ihre Brille auf. »Sie wissen, daß Amrit und ich fünf Lager besichtigt haben; sagen wir lieber fünf Zentren von Flüchtigen, denn, o weh, es sind noch keine Lager! Ein moslemisches Lager in Ambala, die Hindu- und Sikhzentren in Lahore, das Zivilkrankenhaus von Sialkot und das Zentrum von Gudjranwala; letzteres ist ein Meer von Schlamm, Panditji, es ist furchtbar.«

»Ich kann doch den Monsun nicht abstellen«, murmelte Nehru.

»Nein! Aber man kann versuchen, Stroh auszulegen, oder ausreichend trockenes Gras. Gehen wir eins nach dem anderen durch. Sie werden in diesen Unterlagen eine Liste mit allem Notwendigen finden; in Lahore überbringen Sie sie sofort ihrem Bevollmächtigten. Es gibt im Krankenhaus von Sialkot keine Desinfektionsmittel mehr und kein einziges Medikament. Sie müssen unbedingt Antiseptika, Aspirin und Medikamente gegen Husten und Angina herbeischaffen. Ebenso Chinin, ein Desinfizierungsmittel für das Wasser und Milch für die Kinder. Ah! Und Betäubungsmittel, dort hat man schon begonnen, ohne irgend etwas zu amputieren. Ich habe angefangen, an Ort und Stelle eine Mannschaft von Freiwilligen zu rekrutieren, eingeteilt in Zehnergruppen, die die Aufgabe haben, für jeweils hundert Flüchtlinge verantwortlich zu sein, sie zu ernähren und zu den sanitären Anlagen zu bringen.«

»Sanitäre Anlagen? Wie haben Sie die denn gefunden?« wunderte sich Nehru.

Edwina seufzte und nahm ihre Brille ab.

»Panditji, überall habe ich nur Leid angetroffen. In Ambala schlafen sie auf der Erde, und nichts schützt sie vor dem Regen; in Gudjranwala dient ihnen ein furchtbarer Matsch zugleich als Bett, Tisch und sanitäre Anlage. Wenn die Freiwilligen nicht sofort etwas unternehmen, wird der Typhus alle umbringen; viele haben schon Durchfall und Malaria, und die Säuglinge sterben an Ruhr. Sie müssen in Lahore weitere Freiwillige finden, die sich um die Sikhs und Hindus kümmern!«

»Und diese sanitären Anlagen?«

»Die Freiwilligen graben etwas abseits Latrinengraben; man muß die Flüchtlinge zwingen, sie zu benutzen. Sie können sich das nicht vorstellen ... Dieses Gemisch von Exkrementen und von Erbrochenem auf ihren elendigen Decken, diese Urinbäche, in denen die Babys plantschen ... Man muß unbedingt eingreifen.«

»Weiter?«

»Außerdem essen sie auf Papier, das zu dünn ist. Dabei geht zu viel Reis und Linsensuppe verloren. Amrit hat schon befohlen, das Papier durch Blätter von Bäumen zu ersetzen, aber wenn es keine Bananenblätter sind, funktioniert es nicht gut.«

»Ich wüßte nicht, daß es im Pandschab Bananenbäume gäbe«, wandte Nehru ein.

»Sie müssen Metallgeschirr herbeischaffen lassen und Becher, Tassen, alles, was Sie finden können. Es werden auch Decken benötigt, sie sind sehr schnell naß und trocknen nicht, die Luft ist zu feucht. Und ...«

»Weiß Amrit das alles schon?« unterbrach Nehru plötzlich.

»Sie hat sogar schon Befehle gegeben. Aber, Panditji, Sie sind der Premierminister ... Man verspricht ihr, alles zu tun, aber die Panik macht alle Organisation unmöglich, und nichts geht vorwärts. Und in Lahore müßte Liaquat Ali Khan die Lager organisieren, sagen Sie es ihm!«

»Wissen Sie, daß die Flüchtlinge bis nach Delhi kommen? Wo werden wir sie hinbringen?« fragte Nehru.

»Wir brauchen gut geschützte Orte, wenn möglich auf Anhöhen, damit die Abwässer abfließen können; außerdem sind Wiesen blanker Erde vorzuziehen, wie wär's mit Purana Qila?«

»Ich habe daran gedacht; das wäre nicht ausreichend. Die Gärten um das Grab des Humayun?«

»Sie sind durch Mauern abgegrenzt; das Grab ist von kleinen Nischen umgeben, gut geschützt ... Ja«, bestätigte sie. »Werden diese Lager von Soldaten bewacht werden?«

»Natürlich«, sagte Nehru. »Wir brauchen auch welche an den Orten, die Sie besichtigt haben.«

»Sie könnten auch nützlich sein, um die Durchgänge freizuhalten, denn jetzt häufen sich die Flüchtlinge einer neben dem anderen, und ich habe drei Tage damit verbracht, über Körper zu steigen.«

»Lebende?«

Edwina schwieg. Manchmal war es schwer, die Toten von den Lebenden zu unterscheiden.

»Eben, Panditji ... Die Freiwilligen müßten sich auch um Beerdigungen und Einäscherungen kümmern.«

»Wo soll man denn das Holz hernehmen, und wie soll es brennen, wenn es die ganze Zeit regnet?« jammerte Nehru verzweifelt.

»Sie müssen Benzin beschaffen«, hauchte sie. »Man muß die Kadaver sehr schnell verbrennen. Ich habe gesehen, wie man sie einfach zur Seite geworfen hat; aber die Kinder laufen davon, die Mütter können sie nicht zurückhalten ...«

Dickie hüstelte. »Hier ist der Militärflughafen, Edwina. Sie müssen jetzt aufhören«, sagte er leise.

»Was ich vergessen habe, werden Sie nachlesen können«, sagte sie und gab Nehru ihre Aufzeichnungen.

Nehru hielt ihre Hände in den seinen und sah ihr in die Augen.

»Edwina, ich weiß nicht, wie ...«

»Scht ... Sagen Sie nichts, Jawahar. Ich bin glücklich«, murmelte sie.

Lord Louis schrak hoch.

»Sie sagt die Wahrheit, Dickie«, sagte Nehru.

Die beiden Männer stiegen aus dem Auto, Nehru winkte und entfernte sich.

Edwina machte es sich auf dem Sitz bequem und ließ ihren Kopf nach hinten fallen. Die Müdigkeit überwältigte sie; Tausende von kleinen schwarzen Händen zogen sie in einen schlammigen und blutigen Abgrund, in den sie ohne Widerstand einsackte; sie wurde von einer furchtbaren Leere ergriffen und schlief ein.

## *Der Rückzug Lord Mountbattens*

»Nun, Nehru, haben Sie sich entschieden?« begann Lord Louis und schloß seinen Sicherheitsgurt.

Nehru blieb stehen und antwortete nicht.

»Ich habe Sie etwas gefragt, Herr Premierminister«, fuhr Lord Louis fort. »Setzten Sie sich hin, wir heben gleich ab.«

»Ich habe mich entschieden, Herr Generalgouverneur«, antwortete Nehru und setzte sich auf seinen Sitz. »Die militärischen Streitkräfte an den Grenzen werden aufgeteilt.«

»Sie wissen, wie sehr ich dieses Vorhaben mißbillige«, sagte Lord Louis.

»Ich weiß«, sagte Nehru zerknirscht. »Aber ich bin der Premierminister.«

Die Propeller setzten sich in Gang; die Motoren surrten; ein ohrenbetäubender Lärm machte sich in der Kabine breit.

»Die Grenzstreitmächte begünstigen Pakistan!« brüllte Nehru.

»Das ist falsch! Jinnah hat genau das Gegenteil gesagt!«

»Was hat Jinnah gesagt? Ich kann Sie nicht hören, es ist zu laut!«

»Warten Sie ein bißchen!« schrie Lord Louis sich fast die Lunge aus dem Hals. »Wir müssen erst an Höhe gewinnen!«

Beide Männer verzogen in ihren Ecken mürrisch das Gesicht; Lord Louis blickte aus dem Bullauge, Nehru ballte die

Fäuste. Das Flugzeug hob mit erstaunlicher Leichtigkeit ab, und die Ruhe kehrte wieder ein.

»Was meinten Sie?« fragte Nehru abweisend.

»Ich habe gesagt, daß Mr. Jinnah die Grenzstreitkräfte bezichtigt, Indien zu begünstigen. Von beiden Seiten die gleiche Anschuldigung!«

»Ich habe Beweise«, brummte Nehru.

»Er auch, Nehru! Wie viele Tote gibt es schon, wissen Sie das?«

»Schrecklich«, sagte Nehru und sein Gesicht verfinsterte sich.

»Jeden Tag Tausende.«

»Und Sie wollen eine fünfzigtausend Mann starke Streitkraft zerteilen, die wunderbar zur Stelle ist?«

»Ich habe nicht gesagt zerteilen, ich habe gesagt aufteilen!« schrie Nehru.

Lord Louis wartete einige Augenblicke.

»Mein lieber Jawarla, hören Sie mir zu«, begann er eindringlich.

»Sie haben an der Seite des alten Gandhi gekämpft mit nur einer Waffe der Gewaltlosigkeit; Sie haben den Gefängnisaufenthalt überstanden, Sie waren bewundernswert. Aber was wissen Sie vom Militärkommando? Nichts. Ich kenne es, es ist mein Beruf. Und ich schwöre Ihnen, wenn Jinnah und Sie sich wirklich dazu entschließen, diese Armee zu teilen, wird sie sich auflösen. Man kann eine Armee nicht schnell neu konzipieren, wenn sie ihre Führer verloren hat.«

»Nehmen wir an, daß Sie recht haben, das würde nichts ändern. Die Entscheidung ist gefallen«, sagte Nehru reserviert. »Dieses Militär wird nichts erreichen; es wird nur noch mehr Unordnung schaffen, wenn das überhaupt noch möglich ist, und außerdem den Haß schüren.«

»Lassen Sie ihnen doch die Zeit zu handeln! Es ist ja kaum zehn Tage her, daß sie eingreifen!« rief Lord Louis.

»Eben, sie verschlimmern den Zustand!« beharrte Nehru verärgert.

»Alles Untergebenengeschwätz!« zischte Lord Louis.

»Das ist nicht das, was mir die englischen Offiziere erzählen!«

Nehru warf ihm einen Blick zu, als wolle er ihn erschießen; Lord Louis senkte den Kopf.

»Immerhin beherrschen sie ihren Beruf«, fügte er leiser hinzu.

»Sagen Sie, Herr Generalgouverneur, wenn man Ihnen jeden Tag versichern würde, daß diese Armee Ihr Land in den Krieg hineinziehen kann, wie würden Sie dann entscheiden?« sagte Nehru langsam.

»Ich würde das Kommando der Truppen übernehmen«, antwortete Lord Louis sogleich.

»Aber das ist ja gerade unmöglich, Dickie. Sie können dieses Kommando nicht übernehmen. Sie sind nicht mehr Vizekönig. Die Streitkräfte werden geteilt.«

»Ich bitte Sie, Jawarla ...«

»Bitte sprechen Sie doch einmal richtig meinen Vornamen aus, oder nennen Sie mich bei meinem Titel!« antwortete Nehru außer sich.

»Entschuldigen Sie«, murmelte Lord Louis. »Aber wirklich ...«

»Insistieren Sie nicht, Dickie«, sagte Nehru leise. »Oder ich werde glauben müssen, daß Sie die Macht gern zurück hätten, die Sie verloren haben.«

Lord Louis wurde über und über rot und schwieg.

Unter den Tragflächen der Maschine zogen Seen, Wälder und Felder vorüber, die durch den Monsun ergrünten. Die ruhigen Dörfer von Hayryana, noch waren sie von der Plage ausgenommen ...

»Gut«, seufzte Lord Louis. »Wenn das so ist, und falls Sie nachher in Lahore nicht Ihre Meinung ändern, dann möchte ich Sie davon in Kenntnis setzen, daß ich mich eine Zeitlang nach Simla zurückziehe, wie gesagt. Ich bin müde und werde Sie dort nicht stören. Sie werden diese Macht genießen können, mein lieber Herr Premierminister.«

»Wie Sie wollen«, entgegnete Nehru.

»Edwina wird natürlich das Gleiche tun«, fuhr Lord Louis fort.

»Selbstverständlich«, sagte Nehru. »Das ist klar.«
Nehru wandte sich zum Fenster.

*Simla, am 31. August 1947*

Lord Louis vernahm Edwinas Stimme aus dem Garten, öffnete ein Auge und stellte fest, daß das Tageslicht den Marmor des Schranks überflutete, er drehte sich mit einem Ruck um und drückte die Nase ins Kissen.

»Ich möchte schlafen«, schimpfte er gedämpft. »Ich weiß nicht, wieviel Uhr es ist, aber es ist zu früh.«

Er streckte seine Beine quer über das ganze Bett aus.

Nichts zu machen; er konnte nicht wieder einschlafen. Lord Louis richtete sich auf, drückte auf die Klingel, bestellte das Frühstück, und während er wartete, träumte er vor sich hin. Es war der erste Ruhetag, seit vier Monaten? Nur vier Monate! Das schien ihm unmöglich. Hatte er nicht einige Jahrhunderte geschuftet? Er hatte Berge aufgerichtet, zwei Länder geboren, Flüsse trockengelegt, den Monsun weggewischt, das alles in ein paar hundert Tagen ... Jetzt war seine Aufgabe erfüllt.

»Er-füllt«, skandierte er wie ein Kind. »Sollen sie doch selbst klarkommen. Es ist ihre Sache. Wenn ich mir Nehru vorstelle, wie er sich auf dem Lande schlägt, und Patel, drapiert in seinen weißen Schal, mit seinem treuen Hundegesicht ... Man wollte meine Dienste nicht mehr? Sehr gut. Ich atme auf. Was macht denn das Frühstück?«

Der Bearer trat eben ein und trug feierlich ein Tablett auf dem Arm. Lord Louis hob vorsichtig den weißgestickten Teewärmer hoch, goß sich eine Tasse Darjeeling ein, atmete den leicht bitteren Geruch und kostete genüßlich die Orangenmarmelade. In Simla war alles in Ordnung. Als er in den ersten Toast biß, kam ihm ein flüchtiges Bild in den Sinn: der alte Mahatma, allein in Kalkutta, der an seiner täglichen Nußration knabberte.

»Jedem das seine. Ich bin kein Heiliger. Auf Ihr Wohl, Gandhiji!« sagte er und hob seine Tasse.

Als er fertig war, stand Lord Louis zufrieden auf, öffnete das Fenster und trat auf den riesigen Balkon. Die Luft war klar wie am ersten Tag; die ruhigen Tannen breiteten ihren Schatten auf die Rhododendronsträucher, an denen noch einige kleine, kaum welke Blüten zu sehen waren. Gefolgt von einer kleinen Gruppe respektvoller Gärtner, inspizierte seine Frau die Rosensträucher, einen nach dem anderen, und erteilte knappe Befehle; ihr folgte Mrs. Banerjee, ihre Sekretärin, die jedes ihrer Worte aufschrieb.

»Edwina!« schrie Lord Louis. »Was machen Sie denn da? Ein Rosenregister?«

»Ich diktiere Mrs. Banerjee meinen Bericht über das Rote Kreuz«, sagte sie und formte die Hände zu einem Trichter.

Lord Louis machte eine abweisende Handbewegung und schloß das Fenster wieder. Sie war von ihren Vorhaben nicht abzubringen, der unsichtbare Faden, der sie mit Nehru verknüpfte, war also nicht abgerissen.

»Nun, ich werde mich meinem Stammbaum widmen, das schwöre ich«, schimpfte er. »Niemand auf der Welt kann mich dabei stören.«

Als er in sein Büro ging, lag ein Stapel von Depeschen auf seinem Schreibtisch. Er griff nach der ersten.

Auchinleck meldete dreitausend Tote, die allein am 30. August im Pandschab massakriert worden waren; im Moment hielt er es für unmöglich, diese geschätzten Zahlen zu überprüfen, die vielleicht etwas niedriger waren, zog man die Toten ab, die vor Erschöpfung auf der Straße starben.

Die zweite kam aus Delhi und berichtete über Plünderungen und Angriffe auf moslemische Läden durch Flüchtlinge. Die Anzahl der Opfer blieb unbekannt.

Lord Louis schüttelte den Kopf. »Und ich habe nicht das Recht, auch nur einen Finger zu rühren«, schimpfte er.

Er nahm besorgt die dritte Depesche aus Kalkutta, sie war vom vergangenen Montag. Auf der riesigen Wiese von Maidan hatten sich eine halbe Million Moslems und Hindus versammelt, um zusammen auf die Ankunft des Mahatmas zu warten, für den man eine kleine Bühne aufgebaut hatte. Jeden Montag schwieg Mohandas Karamchand Gandhi. Eines Tages hatte er sich das vorgenommen, und nie hatte er diesen Wunsch zu schweigen gebrochen. Er kommunizierte, indem er mit schwarzen Bleistiften, die er bis zum Ende abnützte, Botschaften auf gebrauchte Umschläge schrieb.

Am Tage dieser Versammlung war das Fest des Id, das Ende des Ramadan. Der Mahatma hatte darauf bestanden, dorthin zu gehen, und zum erstenmal hatte er sein Gelübde zu schweigen gebrochen. Mit gefalteten Händen, dem *Namasté*-Gruß, hatte er sich verbeugt und dann auf Urdu gerufen: »Allen einen glücklichen Id!«

Lord Louis atmete auf. Der kleine Mann hielt durch. Kalkutta war eine der wenigen Städte im Norden Indiens, in der sich die Gemeinden gegenseitig nicht töteten. Noch nicht.

*Simla, 1. September 1947*

Lord Louis hatte den Befehl erteilt, daß man ihn nicht wekken durfte. Das war es, was der Bearer ängstlich wiederholte, der die Treppe der Residenz hinaufgehen wollte.

»Seine Exzellenz hat mehrmals betont: Niemand darf ihn stören, Sir«, sagte der Bearer und faltete eifrig die Hände. »Es ist mir sehr unangenehm, aber ich muß seinem Befehl gehorchen.«

»Und Ihre Herrin, wo ist sie?« rief der Offizier plötzlich.

»Scht ...«, sagte der Bearer. »Schreien Sie nicht so. Lady Louis ruht sich dort hinten im Garten aus. Sie hat mir keine Anweisungen gegeben«, fügte er erleichtert hinzu.

Der Offizier lief, so schnell er konnte, davon; Edwina saß lesend in einem Schaukelstuhl.

»Mylady, verzeihen Sie mir ...«, sagte der Offizier und schlug die Hacken zusammen.

»Was ist los, Herr Major? Sie sehen so bestürzt aus. Setzen Sie sich, sagte sie liebenswürdig und deutete auf einen Stuhl neben sich.

»Es ist … wir haben eine schlechte Nachricht erhalten, Mylady.«

Edwina schloß das Buch und richtete sich auf.

»Mylady erinnert sich vielleicht an die junge Sarah Ismay …«

»Die Tochter von Lord Ismay? Die Verlobte von Oberleutnant, Moment, Beaumont, ist es nicht so? Gestern sind sie mit dem Zug nach Delhi abgereist …«

»Eben, Mylady. Ihr Zug ist angegriffen worden; hundert Moslems hat man die Kehle durchgeschnitten. Wenty Beaumont ist es gelungen, seinen eigenen Bearer zu retten, einen Moslem, indem er ihn mit seiner Pistole verteidigt hat. So war es, Mylady.«

»Wer hat das getan?« murmelte Edwina. »Sikhs?«

»Hindus. Ihr Bearer wollte Lord Louis nicht aufwecken.«

Edwina stand auf und ging mit schnellem Schritt davon.

»Folgen Sie mir, ich kümmere mich darum.«

Der Offizier ließ sich auf einem Bänkchen nieder und zog seine Mütze aus. Das englische Brautpaar war gerade noch davongekommen; Wenty Beaumont hatte sich wie ein Löwe geschlagen. Er selbst sollte auch bald nach Delhi fahren; würde er ihm nachfolgen?

Edwina legte ihrem Mann die Hand auf die Schulter.

»Dickie!«

»Was ist denn nun schon wieder?« brummte er mit verschlafener Stimme. »Warum wecken Sie mich? Hatte ich nicht gesagt …«

»Das ist mir egal!« rief Edwina. »Der Zug nach Delhi ist gerade angegriffen worden. Hundert Tote; die kleine Sarah war mit ihrem Verlobten im Zug, der seinen Diener gerettet hat«, erzählte sie eilig.

Lord Louis richtete sich auf.

»Ich freue mich, daß sie am Leben sind«, sagte er gähnend. »Das Betragen des jungen Beaumont ist sehr tapfer.«

»Ist das alles?« rief Edwina. »Wollen Sie untätig bleiben? Am Tag Ihrer Ankunft hat Fay Campbell Ihnen doch erzählt, was sie hier mit eigenen Augen gesehen hat, in Simla! Die Frau Ihres Presseattachés, Sie haben es mit Ihren eigenen Ohren gehört! Haben Sie diese Sikhs vergessen, die sich einen Spaß daraus machten, von ihren Fahrrädern herab Moslems zu köpfen – ein paar Schritte von dem Bett entfernt, in dem Sie schlafen? Und die Köpfe, die auf dem Boden rollten?«

»Und was wollen Sie, daß ich tue, Darling? Ich bin nicht mehr Vizekönig«, entgegnete Lord Louis wütend.

Edwina musterte ihn kurz, ging hinaus, und schlug die Tür zu. Der Offizier ging auf Zehenspitzen davon.

Langsam streckte Lord Louis den Arm nach dem Nachtschränkchen und zog eine gefaltete Depesche unter einem Buch hervor.

Sie kam aus Kalkutta.

Eine Bande junger Hindus hatte zwei Moslems am Rande des Hugli angegriffen und sie mit Eisenstangen erschlagen. Am selben Abend hatten eben diese oder auch andere, die Depesche sagte das nicht deutlich, unter dem Fenster Gandhis gebrüllt und mit Steinen geworfen. Der Mahatma war aufgewacht, war auf die Schwelle getreten und hatte sein Leben aufs Spiel gesetzt: Zwei blutüberströmte Moslems hatten bei ihm Unterschlupf gesucht. Er hatte sie aufgenommen, und die jungen Aufrührer hatten sein Haus angegriffen. Die Polizei war gerade zur rechten Zeit eingetroffen.

*Simla, am 3. September 1947*

Entschlossenen Schrittes öffnete Edwina die Tür des Büros. Lord Louis stand vor einem ausgebreiteten Dokument und folgte mit einem Bleistift dem Zweig der Familie Battenberg. Ganz sorgfältig.

»Ich muß mit Ihnen reden, Dickie«, sagte sie.

»Sie sehen doch, daß ich beschäftigt bin«, antwortete er, ohne sie anzusehen.

»Und bis wann werden Sie noch so tun, als ob sie Ferien hätten?« schrie sie plötzlich.

»Ich kann nichts tun, ab-so-lut nichts«, sagte er laut und

beugte sich über den Stammbaum. »Was haben Sie denn wieder erfahren?«

»Gestern abend ist der Sohn des Schatzmeisters in Delhi erdolcht worden ...«

»Ich weiß«, unterbrach Lord Louis. »Warum muß man das immer wiederholen?«

»Weil seine Eltern zum Begräbnis fahren wollten, erinnern Sie sich? Ihr Zug ...«

»Erzählen Sie mir nicht, daß sie tot sind!« murmelte Lord Louis und richtete sich schließlich auf.

»Man hat ihnen die Kehle durchgeschnitten. Ein gemeinsamer Angriff von Sikhs und Hindus. Im ganzen Zug nur Moslems!« schluchzte Edwina. »Dickie, bleiben Sie, wenn Sie wollen; aber ich fahre morgen bei Sonnenaufgang, im Auto. Dieser Wahnsinn macht jeden Tag zur Hölle; ich kann den Gedanken, hier tatenlos und mit hängenden Armen herumzusitzen, einfach nicht ertragen.«

»Wofür werden Sie sie denn benutzen, Ihre Arme?« sagte Lord Louis.

»Flüchtlinge kommen zu Hunderten in der Hauptstadt an«, sagte sie und putzte sich die Nase. »Ich weiß, wie man ihnen helfen kann.«

»Ich muß Ihnen recht geben, meine Liebe«, sagte Lord Louis versöhnlich. »Fahren Sie, aber ich gebe Ihnen eine zuverlässige Eskorte mit für die Reise.«

»Kommen Sie mit mir, Dickie ... Wir können sie nicht im Stich lassen.«

»Wen? Nehru und Patel? Sie sollen sich zum Teufel scheren! Sie wollten meinen Verzicht. Denken Sie etwa, daß ich nach Delhi zurückkehre und ihnen meine Dienste anbiete? Das wäre Selbsterniedrigung, Edwina!«

»Na und?« erwiderte sie. »Und wenn Sie erniedrigt würden, wäre das so schlimm?«

»Es wäre vor allem uneffektiv«, Lord Louis seufzte. »Ich bin kein Monster, Darling, ich bin geduldig und verbeiße mir den Ärger. Man muß mich rufen, verstehen Sie das doch!«

»Nun gut. Tun Sie, was Sie für richtig halten; ich fahre morgen ab!« sagte sie und machte auf dem Absatz kehrt.

»Wollen Sie, daß ich wie der alte Gandhi anfange zu fasten?« rief er, während sie die Tür öffnete. Edwina blieb fassungslos stehen. »Wie? Bapu fastet? Aber warum?« sagte sie leise. »Seit zwei Tagen gerät die Lage in Kalkutta aus den Fugen!« erklärte er. »Oh! Natürlich weniger als anderswo, aber dennoch, so zwei bis drei Tote am Tag, und dann haben sie auch noch den Mahatma selbst angegriffen. Es sind Kämpfer dieser extremistischen hinduistischen Vereinigung, der RSSS, Verrückte, die behaupten, den reinen Hinduismus zu verteidigen, gegen die Moslems! Sie haben ihre eigene Fahne, ein Hakenkreuz ...«

»Das Swastika!« rief Edwina.

»Alles ist ihnen recht, um Gandhi zu zerstören, weil er im Krieg Stellung gegen die Nazis bezogen hat und auch die Moslems verteidigt, so ist es! Das Hakenkreuz wird ihr Emblem.«

»Wird wieder ihr Emblem«, berichtigte Edwina. »Es ist ein sehr altes Symbol.«

»Wissenschaftliche Feststellungen sind mir jetzt gleichgültig! Unterbrechen Sie mich nicht immer!« schimpfte Lord Louis. »Gandhi hat sich entschlossen, nochmals ein Todesfasten zu beginnen, damit wieder Ruhe einkehrt.«

»Wann hat er angefangen?«

»Vorgestern, genau um fünfzehn Uhr. Ich habe seither keine Neuigkeiten. Er ist fast achtundsiebzig, Darling, und wir sind völlig ohnmächtig ...«

»Kommen Sie, Dickie«, flehte sie. »Sie sind dann wenigstens an Ort und Stelle.«

»Nein!« murmelte er. »Nehru würde das nicht gutheißen.«

*Simla, am 4. September*

Mit schnellem Blick inspizierte Lord Louis die Jeeps der Eskorte: Die Soldaten hatten ihre Maschinenpistolen, die Reifen schienen gut aufgepumpt, und die Rückspiegel waren in Ordnung. Edwina packte in ihrem Zimmer ihre Koffer.

Das Telefon klingelte. Leicht beunruhigt spitzte Lord Louis die Ohren, sein junger Sekretär kam aus der Residenz gelaufen.

»Euer Exzellenz, es ist V. P. Menon, der aus Delhi anruft.«

»Der junge Menon oder Krishna Menon? Achtung, verwechseln Sie sie nicht!«

»Nein, Euer Exzellenz, ich vertue mich nicht. Es ist Ihr Menon, der junge«, antwortete der Sekretär außer Atem.

Mit einem Satz war Lord Louis am Hörer im kleinen Salon.

»Hören Sie mich, Menon?« rief er.

»Ja, Euer Exzellenz ... Kommen Sie zurück!« brüllte die entfernte Stimme des jungen Mannes.

Lord Louis setzte sich hin, eine unerklärliche Freude überkam ihn.

»Warum? Wer bittet darum?«

»Hier wütet ein großes Massaker ... Niemand kann etwas dagegen tun! Wenn Sie nicht wiederkommen, wird es ein noch größeres Blutbad geben!«

»Wer hat Ihnen aufgetragen, mich anzurufen?«

»Ich habe mit Patel geredet, Euer Exzellenz. Sie trauen sich nicht, sich an Sie zu wenden, aber ...«

Die Stimme war verschwunden. Lord Louis klopfte ärgerlich auf den Hörer, ohne aufzulegen.

»Kommen Sie wieder ... Kommen Sie sofort wieder ...«, brummte er.

»... es soll nicht so aussehen als ob, mein Vorgehen ist ganz inoffiziell ...«, sagte auf einmal wieder die Stimme.

»Menon? Ich konnte Sie nicht mehr hören. Wiederholen Sie!«

»Patel und Nehru wünschen, daß Sie zurückkommen«, rief der junge Mann und betonte jedes Wort einzeln.

»Sind Sie sicher?«

»Ja!« brüllte Menon. »Ich flehe Sie an ...«

Lord Louis legte auf und eilte die Treppe hinauf.

»Edwina, ich fahre mit Ihnen!« rief er triumphierend.

»Nehru hat mich eben benachrichtigen lassen.«

»Nehru? Aber warum hat er nicht selbst angerufen?«

»Menon hat telefoniert. Inoffiziell. Ich bin bereit.«

»Endlich, Dickie«, seufzte sie und streckte die Hand nach ihm aus. »Ich habe Sie wieder. Was werden Sie tun?«

»Ich werde ein Notstandskomitee bilden, mit allen Befugnissen: Beschlagnahme von Fahrzeugen, die vernachlässigte Ernte neu in Gang bringen, bewaffnete Wachen in den Zügen postieren, Leichen aufsammeln lassen ... Ich habe an alles gedacht. Ich werde es Ihnen im Auto erklären«, stammelte er und zog sie mit sich durchs Haus.

8

# Kampf auf Leben und Tod

## *Das Fasten des Mahatmas*

*Kalkutta, den 4. September 1947*

»Es genügt nicht«, seufzte der Mahatma mit schwacher Stimme.

»Aber sieh doch mal, was zu deinen Füßen liegt, Bapu!« rief ein dunkelhäutiger Mann, dessen Gesicht durch eine helle Narbe entstellt war. »Alles haben wir hergebracht, Messer, Äxte, Dolche, Tigerzähne, wirklich alles! Was willst du eigentlich noch?«

Der alte Mann sah zu Boden und versuchte vergeblich, sich aufzurichten. Mirabehn, seine englische Tochter, trat an sein Lager, um ihm beim Hinlegen behilflich zu sein, während die Aufrührer, die gestern noch plündernd und massakrierend durch Kalkutta gezogen waren und sich heute um ihn herum drängten, sie dabei unruhig beobachteten.

»Es stimmt«, sagte sie leise. »An einigen Waffen klebt sogar noch Blut. Sie lügen nicht.«

Der Mahatma schloß schmerzerfüllt die Augen.

»Und außerdem«, fügte einer hinzu, »du kannst es zwar nicht sehen, aber draußen steht ein ganzer Lastwagen voll Granaten und Gewehren. Sie sind für dich, wir selbst werden sie nicht mehr anrühren! Höre endlich auf, Gandhi. Du übertreibst!«

»Ist denn überall wieder Ruhe eingekehrt?« murmelte Gandhi, ohne dabei die Augen zu öffnen.

»Wir haben es dir doch gesagt!« erwiderte der Mann mit der Narbe und wandte sich seinen Kameraden zu.

»Wie soll ich euch das glauben?« fragte der Mahatma.

Von der Straße her hörte man Lärm, ein Auto hielt, Türen schlugen zu. Eine schmale und hochgewachsene, nervöse

Gestalt in einem langen gefältelten und elegant um den Körper geschlungenen Gewand bahnte sich mühsam einen Weg durch die herumlungernden Gassenjungen.

»Du wirst es gleich sehen«, brummte der Mann mit dem Narbengesicht. »Der da mit seinem vornehmen Gewand und seiner Goldkette ist sicher eine wichtige Persönlichkeit, man braucht ihn nur anzusehen. Ich wette, er bringt dir, was du wissen willst ...«

Der Neuankömmling beugte seine hohe Gestalt über das Bett und hielt dem Mahatma ein Papier hin.

»Bapu«, raunte er ihm zu, »ich bringe Ihnen eine Botschaft des Gouverneurs von Bengalen. In der Stadt ist es friedlich, es besteht keine Gefahr mehr. Lesen Sie selbst! Es ist vom Gouverneur geschrieben.«

»Ich glaube Ihnen«, antwortete der Mahatma und hielt weiterhin die Augen geschlossen. »Aber das genügt nicht.«

»Das darf doch nicht wahr sein!« riefen einige der Rebellen empört.

»Was will er denn noch, dieser alte Starrkopf?« rief eine dünne Stimme. »Sollen wir uns ihm etwa zu Füßen werfen? Sollen wir uns durchprügeln lassen?«

»Was er in Wirklichkeit will, ist sterben!« schluchzte eine Frau hinten aus der Menge. »Ihr dürft es nicht zulassen!«

»Ich wünsche ... eine schriftliche Zusicherung, unterschrieben ...«, sagte der Mahatma und öffnete plötzlich die Augen. »Schreibt sie jetzt gleich.«

Brummend blickten die Rädelsführer einander an, dann bat einer von ihnen schüchtern um Papier, während die anderen sich verlegen am Kopf kratzten.

»Aber nicht nur ihr«, flüsterte Gandhi mit dem Anflug eines Lächelns. »Auch ein Sikh, ein Moslem und ein Hindu sollen unterschreiben. Ganz einfach: ›Wir versprechen, unsere Brüder nicht mehr anzugreifen und bis zum Tode gegen das Gift des Hasses zu kämpfen.‹«

Ein junger, sich sträubender Sikh mit geknotetem Bart und verstörtem Blick wurde nach vorne geschoben.

»Er kann schreiben. Er soll den Text aufsetzen!« rief eine Stimme.

Der Jüngling nahm das Papier und den Stift, die ihm gereicht wurden, und lehnte sich an die Brüstung, um mit großen Buchstaben das Versprechen aufzuschreiben, das der Mahatma forderte.

»Aber wirst du dann den Fruchtsaft trinken?« fragte der Mann mit der Narbe. »Du wirst doch dann nicht wieder etwas Neues verlangen?«

Gandhi blickte ihn sanft an und nickte. Die Anführer unterschrieben das Papier und hielten es der alten, schrumpligen Hand entgegen, die aus dem Gewand hervorsah.

»In Ordnung«, seufzte der Mahatma, ohne den Text zu lesen. »Kalkutta soll das Friedenszentrum ganz Indiens sein. Nur ein einziger Zwischenfall«, fuhr er fort und hob den Kopf, »und überall wird es wieder losgehen. Kalkutta muß aus den Krawallen herausgehalten werden ...« Erschöpft sank er zurück auf sein Lager.

Ein dumpfer Beifall erhob sich.

»Also gut. Trinkst du jetzt etwas?« brummte der Mann mit der Narbe.

Der Mahatma blickte Mirabehn an und winkte mit der Hand. Manu reichte ihr das Saftglas, Mirabehn stützte den Nacken des Greises und führte es an seine Lippen. Unter völliger Stille trank der Mahatma einen Schluck, und während überall Freudenschreie ertönten, sank er auf das Bett zurück.

## *Das Notstandskomitee*

*Delhi, den 5. September 1947*

Lord Louis warf die Autotür zu und rückte sein Jackett zurecht. Seit Simla hatte er selbst am Steuer gesessen und sich nicht einmal die Zeit zum Umziehen genommen. Mit den Händen strich er hastig über seine Haare und betrat dann das Haus von Nehru.

Der Premierminister saß mit sorgenvoller Miene hinter

seinem Schreibtisch, neben ihm stand V. P. Menon und blickte Lord Louis verzweifelt entgegen.

»Mein lieber Nehru, Sie hatten mich gebeten, zurückzukehren. Hier bin ich«, rief Lord Louis und reichte beiden die Hand. »Entschuldigen Sie mein Aussehen, aber ich habe den ganzen Tag am Steuer gesessen, um schneller hier zu sein.« Nehru blieb schweigsam sitzen und Menon begann nervös zu hüsteln.

»Nun, Herr Premierminister, Sie scheinen nicht gerade erfreut darüber zu sein, mich zu sehen«, sagte Lord Louis und runzelte die Brauen. »Was ist los? Sie haben mich doch rufen lassen?«

»Ich habe Sie nicht rufen lassen, Herr Generalgouverneur!« rief Nehru bitter. »Ganz und gar nicht! Aber Sie sind trotzdem gekommen ...«

»Aber wieso denn?« wunderte sich Lord Louis und blickte Menon an. »Waren Sie es denn nicht, der ...?«

»Also ...«, begann Nehru verlegen, »unser junger Freund hat offenbar meine Überlegungen so interpretiert.«

Menon senkte den Kopf. Lord Louis schwieg verdutzt. Schließlich sagte er zögernd: »Haben Sie sich denn nicht mit Patel besprochen?«

»Doch, wir haben darüber gesprochen«, antwortete Nehru langsam. »Vielleicht hätten wir am Ende tatsächlich Kontakt zu Ihnen aufgenommen. Ich weiß es nicht genau.«

»Würden Sie uns bitte allein lassen, Menon?« bat Lord Louis.

Ohne weitere Worte verließ der junge Mann das Zimmer.

»Jawarla, ich bin untröstlich. Nicht eine Sekunde hätte ich geglaubt, daß Menon die Kühnheit besitzen würde ... Also, ich habe angenommen ... Wenn Sie es wünschen, werde ich mich natürlich zurückziehen«, sagte Lord Louis leise. »Sagen Sie mir offen, was Sie wünschen, Jawarla.«

Nehru stand vorsichtig auf und ging auf Lord Louis zu.

»Herr Generalgouverneur, sehen Sie mich an. Seit dem Tag der Unabhängigkeit habe ich nicht mehr geschlafen.

Wie lange kann ein Sterblicher das ertragen? Das Blut fließt in Strömen, und ich kann es nicht verhindern. Ich kann es einfach nicht! Glauben Sie wirklich, Sie wären hier überflüssig? Menon hat die Lage nicht übertrieben, sie ist einfach furchtbar. Purana Qila ist bereits bis zum Platzen vollgestopft, am Grab des Humayun sind die Menschen in den Gärten zusammengedrängt. Ich weiß nicht mehr, wie ich die Tausende von Flüchtlingen ernähren soll – ach, was spreche ich von Tausenden, es sind allein in dieser Stadt fast schon eine Million! Die Plünderer treiben sich in beinahe allen Stadtvierteln herum, und morgen früh werden Sie die Leichen auf den Gehsteigen aufgetürmt sehen. Ich weiß noch nicht einmal, wann man sie fortschaffen kann.«

Lord Louis betrachtete seine rotgeränderten Augen, den verkniffenen Mund und die hohlen Schläfen.

»Das alles ist doch nicht Ihre Schuld, Nehru. Oder zumindest wäre ich dann genauso schuld, ich trage auch einen Teil der Verantwortung. Hören Sie auf, sich so zu quälen, und wenn Sie mir einen Gefallen tun wollen, dann lassen Sie uns handeln!«

»Ich bin der Premierminister, Sie sind nicht mehr für unsere Probleme verantwortlich«, seufzte Nehru. »Sie haben selbst den Wunsch gehabt, sich für einige Zeit zurückzuziehen. Aber vielleicht können Sie uns helfen. Schließlich – im Krieg haben Sie sicher einige Erfahrungen gemacht. Wir wissen einfach nicht mehr, wie man Hilfe organisieren kann. Und noch weniger, wie die Massaker verhindert werden können. Wir irren die ganze Zeit herum, während das Blut unter unseren Füßen hervorquillt!«

»Wir werden das Blutbad beenden, Jawarla. Wir beide zusammen. Das schwöre ich Ihnen«, besänftigte Lord Louis ihn mit fester Stimme. »Schicken Sie Menon nach Hause und versuchen Sie zu schlafen. Ich verspreche Ihnen, morgen ein Notstandskomitee mit allen Vollmachten zu berufen.«

»Auch über den Kopf der Minister hinweg?« fragte Nehru und hob die Schultern. »Versuchen wir es. Sie werden es niemals zulassen!«

»Wir befinden uns schließlich noch im Krieg, Nehru. Keiner darf Ihre Befehle anzweifeln. Sie sind der Chef, und Sie werden es bleiben.«

»Kein Chef der Welt könnte diese Millionen von Fanatikern beherrschen«, murmelte Nehru. »Selbst Sie, Dickie …«

»Wir werden es schaffen!« rief Lord Louis.

»Wir?« fuhr Nehru hoch.

»Sie werden es schaffen«, verbesserte sich Lord Louis. »Verzeihen Sie. Aber Sie haben mich schließlich darum gebeten, Generalgouverneur zu werden. War das also nur eine Farce?«

»Nein«, sagte Nehru mit gepreßter Stimme. »Übertreiben Sie nicht.«

»Das habe ich mir beim Militär angewöhnt«, meinte Lord Louis. »Achten Sie nicht weiter darauf. Ich werde nichts weiter als Ihr ergebener Leutnant sein.« Nehru gelang ein Lächeln.

»Halten Sie mich für so naiv? Ich mache mir da keine Illusionen. Ich weiß genau, daß letztlich Sie die Anweisungen geben werden.«

»Aber mit Ihnen zusammen! Und nicht ohne Ihr Einverständnis!« Nehru wandte sich mit Tränen in den Augen ab.

»Haben Sie Nachrichten von Gandhi?« fragte Lord Louis.

»Er hat gewonnen«, Nehru seufzte. Gestern abend haben die Anführer der Mörderbanden ein Papier unterschrieben, in dem sie versprochen haben, sich still zu verhalten.«

»Hat Gandhi wieder etwas gegessen?« fragte Lord Louis ungeduldig.

»Natürlich nicht«, meinte Nehru und sah ihn erstaunt an. »Wenn man so lange gefastet hat, kann man nicht einfach etwas essen. Man verträgt höchstens etwas Fruchtsaft, sonst versagt das Herz, weil der Körper zu geschwächt ist. Überlegen Sie, dreiundsiebzig Stunden Fasten, und das in seinem Alter …«

»Dann hat er wenigstens etwas getrunken?« fragte Lord Louis lebhaft.

»Einen Schluck Orangensaft. Damit beendet er immer sein Fasten. Er ist gerettet, Dickie.«

»Eine gute Nachricht!« rief Lord Louis erleichtert aus. »Sie sehen, daß wir nicht zu verzweifeln brauchen.«

Nehru ging auf Lord Louis zu und legte ihm die Hand auf die Schulter. »Ist Edwina mit Ihnen zurückgekehrt?«

Lord Louis nickte. »Sie wird die perfekte Hilfe für die Flüchtlinge sein. Lassen Sie sie handeln, sie kennt all dies in- und auswendig.«

»Oh, es ist ja nicht sie, die mich in dieser Angelegenheit beschämt«, meinte Nehru. »Sie sind es, Dickie.«

»Merkwürdig«, sagte Lord Louis leise. »Wissen Sie, gestern unterhielt ich mich mit ihr über Scham. Dabei ging es um mich. Wissen Sie, was sie mir gesagt hat? Sei ruhig einmal beschämt.«

»Wäre das denn so schlimm?« fragte Nehru zum Schluß. »Diesen Satz hat sie auch schon zu mir gesagt.«

Die beiden Männer sahen sich schweigend an.

*Pandschab, nirgendwo und überall*

Der Mann zog das Tier an einem Strick, den er ihm nicht ohne Mühe um den massigen Hals gelegt hatte. Ein schönes schwarzes Schwein mit langen Borsten, das fest auf seinen Füßen stand. Und da es wichtig war, allen Lärm zu vermeiden, ging der Mann vorsichtig, damit das Schwein nicht anfing zu quieken. Er mußte nur noch einen kleinen Hof überqueren, bis er an der nächtlich stillen Moschee anlangte.

Das Tier trottete friedlich dahin und schnüffelte mit seinem Rüssel auf der gestampften Erde herum, um vielleicht Gemüsereste oder Reis zu ergattern. Der Mann hielt vor der Moschee an und schob das Schwein die Treppe hinauf, wobei er ihm half, die Stufen zu erklimmen. Die Nacht war dunkel, die Regenwolken des Monsuns, verdeckten den Mond völlig, und das ganze Dorf schlief. Der Mann wartete, bis das Schwein die Plattform vor dem Eingang erreicht hatte, dann zog er einen Dolch. In dem Moment schnüffelte das Schwein gerade an irgend etwas auf dem Boden, vielleicht die Schale einer Wassermelone. Der Mann stieß mit aller

Kraft direkt hinter den Ohren zu. Das Schwein fiel mit einem dumpfen Grunzen zu Boden.

Geschafft!

»Jai Hind«, flüsterte der Mann. »Tod allen Moslems!«

Er war sich sicher, daß die Moslems, wenn sie am nächsten Morgen dieses ihnen verbotene, unreine Schwein auf der Schwelle ihrer Moschee finden würden, in hellen Aufruhr geraten würden. Alles in allem war es ganz einfach gewesen. Der Mann wischte zufrieden seinen Dolch sauber. Seine Hindu-Freunde hatten ihre Waffen vorbereitet, wenn sich erstmal die Moslems auf der Straße zusammengerottet hatten, bedurfte es fast nichts, vielleicht eines Mädchens, das aufschrie, weil man es in den Arm gezwickt hatte oder eines umgeschubsten Kindes, damit sie angriffen. Die Polizei würde gar keine Zeit haben, einzuschreiten, zumal – mit Ausnahme von zwei oder drei Sikhs – alle Polizisten Hindus waren. Sie würden keinen Finger krumm machen, um den Namen Allahs zu verteidigen. Es war sogar zu hoffen, daß sie sich auf die richtige Seite schlugen und die verletzten Moslems fertigmachten.

Damit würde ihnen nur recht geschehen. Es war höchste Zeit, ihnen eine Lektion zu erteilen, denn erst vor einem Monat hatten sie gewagt, einen Kuhschwanz vor die Stufen des Ramtempels zu werfen. Ausgerechnet Ram! Wie konnte man zulassen, daß sie den Gott des Sieges beleidigten? Der Mann balancierte den Dolch zwischen den Fingern. Der Mond brach plötzlich hinter den Wolken hervor, und er schleuderte den Dolch gegen den Himmel. »Diejenigen, die für dich keine Morde begehen, sind keine guten Hindus, sie sind Feiglinge, o Ram … Wir werden ihre Moscheen zerstören! Wir werden dein Reich säubern, damit es ein Hindureich werde. Kein einziger Moslem soll mehr dort bleiben!«

Der Zug, der in den Bahnhof einfuhr, sah von weitem sehr ungewöhnlich aus. Kein Mensch saß auf dem Dach oder klammerte sich an die Fenster, das passierte eigentlich nur gelegentlich, nämlich in ruhigen Zeiten. Ein friedlicher Zug wie in Friedenszeiten, aber irgendwie gespenstisch. Die

Dorfbewohner beobachteten, wie eine Wache ausstieg, ein Polizist verschwand auf dem Fahrrad, dann kamen Soldaten. Die Dorfbewohner, die nicht näherkommen durften, bildeten kleine Gruppen und rätselten, was es wohl mit dem Zug, der inzwischen auf ein Abstellgleis geschoben worden war, auf sich habe.

Stunden vergingen. Man sah Polizeijeeps vorbeifahren, beladen mit eingeschüchterten Soldaten, die ihre Gewehre mit zitternden Händen hielten. Dann ließ ein indischer Offizier die Dorfleute zusammenrufen und fragte sie, wer ihr Oberhaupt sei. Er flüsterte ihm etwas ins Ohr, und der Dorfvorsteher wandte sich mit Donnerstimme an die Seinen. Dabei war er aber ganz bleich und zitterte.

»Jeder soll alles Holz, das er zur Verfügung hat, herbeischaffen, außerdem Benzin. Man wird euch später alles bezahlen. Ladet alles auf den Lastwagen neben dem Bahnhof. Los jetzt!«

Die Bauern fingen an zu murren, weil sie nicht verstanden, was eigentlich los war. Da wurde der Dorfvorsteher ärgerlich und befahl ihnen zu gehorchen. Es dauerte mehrere Stunden, um den Lastwagen zu beladen. Als es schließlich geschafft war, stiegen die Leute auf die Dächer ihrer Häuser und warteten.

Bald schossen Flammen empor, riesige Feuergarben verdeckten die sinkende Sonne und vermengten sich mit dem Abendrot am Horizont. Und als ein leichter Wind in Richtung Dorf wehte, drang der Geruch verbrannten Fleisches zu den Menschen, die in tiefem Schweigen auf ihren Hausdächern hockten.

Ein junger Mann mit flatterndem Gewand und sorgfältig gewickeltem Turban durchquerte das Dorf auf seinem Fahrrad. Es war ein junger Sikh, der nach Hause zurückkehrte und mit großen unruhigen Augen ständig umherblickte.

Im Dorf war es nicht mehr sicher, vor allem in der Dämmerung. Und es wurde gerade dunkel. Er mußte sich beeilen. Am Vorabend war seine Schwester gerade noch rechtzeitig bis zum Haus gelangt, drei oder vier Moslems hatten sie verfolgt, und man wußte ja, was seit fast einem Jahr mit Mädchen geschah, die in die Hände der Moslem-Liga fielen. Wenn er nur daran dachte, seine kleine Madhu hätte ... Es war einfach unmöglich, sich das vorzustellen, sogar unmöglich, nur daran zu denken! Voller Zorn umklammerte der Jüngling die Lenkstange seines Rades, bis seine Finger ganz taub waren.

Hinter der Ecke eines Hauses huschten plötzlich einige Schatten hervor, die sich langsam näherten und ihm den Weg versperrten. Der junge Mann setzte einen Fuß auf den Boden. Er erblickte Gewehre und sah, wie im Zwielicht eine Axt aufblinkte.

»Allah-o-Akbar!« schrie eine schrille Stimme. »Er trägt einen Turban!«

»Genau das, was wir brauchen«, brummte der Anführer. »Steig ab, Mohammed, oder soll ich dir Beine machen?«

»Mein Vorname ist Khushwant! Ich heiße nicht Mohammed!« rief der Jüngling.

»Aber in einer Stunde wirst du dich so nennen, so, und nicht anders!« brüllte der Anführer ihn an. »Nehmt ihm das Fahrrad weg!«

Der Junge stürzte und wurde von vielen Händen gepackt. Blitzschnell stieß die kleine Gruppe den jungen Sikh in das Haus und in den Innenhof. Er zitterte vor Angst.

»Das ist alles ganz einfach«, sprach der Älteste von ihnen wichtigtuerisch.

»Wenn du den islamischen Glauben annimmst, werden wir dir nichts tun. Antworte!«

Der Jüngling senkte den Kopf und schwieg. Mit einer brutalen Handbewegung riß ihm der Anführer den blauen Turban vom Kopf.

»Es wäre besser, nachzuschauen, ob er nicht seinen Säbel dabei hat. Bei den Sikhs ist man nie sicher, selbst mitten in der Nacht«, warf jemand ein.

»Nicht nötig, dann hätte er sich längst verteidigt. Nein! Er muß nur ja sagen – oder sich weigern, falls er den Mut dazu hat, was, Sardar?« Keine Antwort.

»Zieht ihm sein Gewand aus!« brüllte der Anführer. »Und nehmt ihm den Dolch ab, den er sicher bei sich trägt.«

Sie durchsuchten ihn, der Dolch fiel zu Boden und wurde von einem Jugendlichen aufgehoben, der ihn begehrlich betrachtete. Man zerriß ihm das Hemd, so daß er mit nacktem Oberkörper dastand, aber er schwieg noch immer.

»Du trägst eine Kampfhose, was, wie ein echter Sikh?« sagte eine sanfte Stimme. »Tja, die werden wir dir ausziehen müssen. Wir haben da eine Kleinigkeit zu erledigen.«

Der Jüngling starrte dem Anführer der Bande direkt in die Augen, er blickte ihn wütend an, schwieg aber weiterhin.

»Gut, du bist also einverstanden. Wir werden aus dir einen echten Moslem machen. Zuerst die Haare. Wer hat die Schere?«

»Hier«, ertönte eine Stimme. »Ich komme.«

Sie schnitten ihm den langen Bart ab, um ihm zu zeigen, daß er nicht länger ein Sikh sei und es ihm deshalb künftig nicht mehr verboten war, sein Haar mit einer Stahlklinge zu berühren.

»Den Schnurrbart auch, nur ein Stück … Gut! So sieht es viel besser aus«, stellte der Anführer voller Anteilnahme fest.

»Vergeßt nicht sein Eisenarmband«, brummte jemand. »Solange sie ihr Armband haben, sind diese Schweine immer noch Sikhs.«

»Aber ja! Fast hätte ich es vergessen!« rief der Anführer grinsend. »Also, gib dein Armband her. Nun mach schon!«

Der Jüngling schüttelte energisch den Kopf. Zwei Männer hielten seinen Arm fest und rissen das Armband herunter. Der Jugendliche, der schon den Dolch an sich genommen hatte, trat vor und ließ es in seine Tasche gleiten.

»Na also«, meinte der Anführer. »Kein Dolch mehr, kein Armband mehr, keine langen Haare mehr. Die Hose kommt später, und den Kamm kannst du behalten, du brauchst ihn sowieso nicht mehr. Und jetzt wirst du schön brav ›Allah-o-Akbar‹ rufen.«

Der Jüngling hustete und krächzte mit erstickter Stimme, was man von ihm verlangte.

»Das klingt nicht überzeugend. Lauter. Man soll dich hören!« sagte eine Stimme aus dem Dunkel.

»Und wenn nicht – wer hat die Axt?« fragte der Anführer in aller Ruhe. »Du, Zakir? Halt dich bereit. Und du, sag deinen Spruch, wie es sich gehört.«

»Allah-o-Akbar«, rief der Jüngling schluchzend.

»So ist es recht. Jetzt wirst du uns zeigen, daß du ein guter Moslem bist, Khushwant. Du darfst jetzt Rindfleisch essen, wie du weißt. Schließlich bist du ja kein Sikh mehr. Wer hat das Fleisch?«

»Hier ist es«, meinte jemand und hielt eine weiche Masse hin.

»Ah, ein gutes Stück, roh und voller Blut! Du wirst jetzt den Mund öffnen und brav schlucken, mein Kleiner«, befahl der Anführer und führte das Fleisch an die Lippen des Jünglings, der nicht anders konnte, als den Kopf wegzudrehen.

»Wirst du wohl essen«, drohte der Anführer. »Los, haltet seinen Kopf fest. Mach ihm den Mund auf, Zakir. Hier, du Hurensohn! Mach den Mund auf, du Unrat! Friß!«

Gewaltsam schob er dem Jungen das Fleisch in den Mund, der daran fast erstickte.

»Seht ihr?« triumphierte der Anführer und blickte in die Runde der herumstehenden schattenhaften Gestalten. Ganz einfach! Jetzt bringen wir ihn zum Mullah. Er wird dich beschneiden und später ein nettes Mädchen für dich aussuchen – Sheik Khushwant Mohammed – so heißt du jetzt nämlich.«

Der Mullah fragte streng, warum das Kinn des Jünglings blutverschmiert sei. Sie erklärten ihm, das sei Rinderblut, ein eindeutiges Zeichen für seine Konvertierung.

Der Mullah erklärte, er sei erleichtert, daß kein menschliches Blut geflossen sei, aber bevor er die Beschneidung durchführte, murmelte er noch vorsichtshalber in seinen Bart, es sei nicht gut, einen neuen Glaubensgenossen zu erniedrigen.

Der Anführer der Bande zuckte mit den Schultern:
»Wir haben ihn schließlich nicht umgebracht. Was verlangt man denn noch? Besondere Umgangsformen?«

Gutgelaunt hatte sich Keshav mit seinen Freunden im Zug von Delhi nach Agra niedergelassen. Die Reise würde nicht zu lang dauern, so ungefähr vier Stunden, vielleicht auch fünf, wenn sie das Pech hätten, daß mal wieder eine Kuh auf den Schienen lag. Aber auch das wäre nicht schlimm, die Vorlesungen sollten ja erst am nächsten Tag beginnen. Keiner von den Studenten hatte das Zeichen auf ihrem Wagen bemerkt, ein großes M aus weißer Farbe.

Der Zug war noch nicht in Mathura angelangt, das auf der Hälfte des Weges lag, als er plötzlich ohne ersichtlichen Grund zum Stehen kam.

»Unsere Mutter, die Kuh, ist mal wieder auf dumme Ideen gekommen!« rief Hussein lachend. »Sicher hat wieder eine beschlossen, mitten auf den Schienen eine Siesta zu machen. Wie wäre es, wenn du mal nachsähest, Keshav? Vielleicht gehorcht sie eher, wenn ein Hindu versucht, sie zum Weggehen zu überreden?«

»Ich bin kein Hindu«, brummte Keshav leicht verärgert, »ich bin ein Jaina, das ist nicht das gleiche.«

»Ach was. Deine Sekte verbietet jegliche Gewalt, und du weigerst dich sogar, ein Tier unter Druck zu setzen«, erwiderte Hussein. »Jaina? Das ist sogar noch besser. Dann weißt du ja, wie man mit unserer Mutter, der Kuh, spricht. Also geh schon!«

Der gutmütige Keshav kam der Aufforderung ohne Widerspruch nach und kletterte, ermuntert von seinen Kameraden, aus dem Wagen. Im übrigen machte ihm die unerschütterliche Frechheit der heiligen Tiere immer wieder Spaß. Aber am Zug war weit und breit nichts von einer Kuhherde zu sehen, sondern es herrschte eine ungewöhnliche Stille.

Plötzlich hielt Keshav an, ohne gleich zu verstehen, was er da sah. Entlang dem Schienenstrang wartete schweigend eine Gruppe mit Gewehren und Messern bewaffneter Männer, die wie an einem Festtag mit rotem Puder bestäubt waren. Es waren Hindus. Als sie ihn sahen, rannten sie auf ihn zu, um ihn zu fangen.

»Das ist einer. Das ist der erste, der aus dem Zug kommt. Er kam aus dem Abteil der Moslems. Bringt ihn um, tötet ihn!« schrien sie.

Keshav drehte sich um und kletterte zurück in den Wagen. Er hatte keine Zeit mehr, Alarm zu schlagen. Während seine Kameraden sich noch über seinen verstörten Blick wunderten, drangen die Aufrührer schon in den Wagen ein. Keshav kletterte auf die Gepäckablage und krümmte sich dort zusammen.

Hussein öffnete den Mund, um zu schreien, aber sein Schrei erstickte in Röcheln, mit durchschnittener Kehle stürzte er zu Boden, während das Blut hervorspritzte. Sein Vetter Syed verteidigte sich, bis ihm einer der Mörder den Dolch in den Rücken stieß. Majid, Ali und Mohammed fanden nicht einmal mehr Zeit, sich zu wehren. Dem vor Angst wie versteinerten Keshav gelang es, keinen Laut von sich zu geben. Die Mörder wischten in aller Ruhe ihre Messer an Husseins Hemd sauber.

»So, das sind schon mal fünf weniger«, sagte einer gelassen. »Es lebe das Reich der Hindus!«

»Wo ist denn der erste hin? Der, den wir aus dem Wagen steigen sahen? Er muß uns entwischt sein!« stellte einer der Mörder fest. Er war ein großer Kerl mit tiefliegenden Augen. »Bei denen ist er nicht«, fügte er hinzu und versetzte den Toten Fußtritte.

»Er muß in den Nachbarwagen geflohen sein«, meinte ein Dritter mit befehlsgewohnter Stimme. »Los! Suchen wir ihn!«

Die Mörder verschwanden und kehrten nicht mehr zurück. Keshav bekam keine Luft mehr, er versuchte verzweifelt zu beten, aber die Gebete verstummten vor dem vergossenen Blut. Einige Augenblicke später setzte der Zug, ebenso unerfindlich, wie er zuvor angehalten hatte, sein Reise fort.

Alle Moslems hatten sich in das geräumige neue Haus des Lehrers zurückgezogen, ein Gebäude aus schönen roten

Ziegeln mit großen viereckigen Innenhöfen. Am Vorabend hatten die Hindus angekündigt, daß alle, die nicht verschwänden, umgebracht würden. So waren zuerst die Mütter mit ihren Kindern eingetroffen, später auch die Jugendlichen, und schließlich hatten sich ihnen auch die Männer angeschlossen. Der Lehrer war ein leidenschaftlicher Schüler Gandhis, ein gelehrter Brahmane, der nur die besten Absichten hatte. Irgendwie brachte er alle recht und schlecht unter, in den Zimmern und im Hof zusammengepfercht, ließ Wasser verteilen und befahl seinem Diener, Fladen zu backen.

Dann lief er davon, um die Polizei zu alarmieren, und kehrte beruhigt nach Hause zurück. Die Ordnungskräfte würden nicht mehr lange auf sich warten lassen, ihr Chef hatte ihm seinen Schutz zugesagt. Diese armen Teufel sollten den Rest der Nacht ruhig in ihren Häusern verbringen können.

Tatsächlich hatte der Offizier nicht gelogen, man hörte bereits das Klirren von Waffen.

»Panditji!« ertönte draußen die Stimme des Polizisten. »Sie können ruhig alle herauskommen. Wir haben das Dorf umstellt! Wir werden sie nach Hause geleiten.«

Die Mütter rollten ängstlich mit den Augen, die Männer standen nur zögernd auf.

»Habt ihr gehört?« rief der Lehrer laut. »Ihr seid nicht mehr in Gefahr! Geht nach Hause! Die Polizei wird euch helfen!«

»Aber die Polizisten sind Hindus!« rief ein Junge.

»Sie sind da, um euch zu beschützen! Ich werde euch nach und nach herauslassen ... Macht euch keine Sorgen!« versicherte der Lehrer und schob behutsam eine Greisin voran.

Die Haustür öffnete sich, draußen war es Nacht. Die Tür war schmal und niedrig, davor befanden sich zwei Stufen, die man hinuntergehen mußte. Draußen hatten die Polizisten ihre Hände in einer einladenden Geste ausgebreitet, und der Offizier lächelte freundlich. Die Alte überschritt, um sich nicht zu stoßen, die Schwelle mit eingezogenem Kopf und verschwand in der Dunkelheit. Ein Schrei ertönte.

»Was ist passiert?« rief der Lehrer.

»Sie hat sich den Fuß verrenkt! Nicht weiter schlimm«, antwortete der Offizier. »Wir werden ihr helfen.«

Einer nach dem anderen verließen die Moslems das Haus, während der Lehrer ihnen mit ihren Bündeln half. Er hob die Kinder hoch und reichte sie ihren Müttern, er beruhigte die Ängstlichen und die Alten. Ein ganz kleines Mädchen starrte ihn mit so verschreckten Augen an, daß er sie auf die Schultern nahm und bis zur Schwelle trug.

»Geh, meine Kleine«, sagte er und streichelte ihr die Wange. »Hab keine Angst.«

Als die vierhundert Moslems schließlich sein Haus verlassen hatten, wischte sich der Lehrer den Schweiß von der Stirn.

»Man muß sich einmal vorstellen, daß diese Mörderbanden sie hätten umbringen können!« murmelte er vor sich hin. »In was für Zeiten leben wir eigentlich, o Ram?«

Der Polizeioffizier trat auf den Hof, er sah erschöpft aus.

»Melde gehorsamst, alles erledigt!« sagte er und schlug die Hacken zusammen.

Der Lehrer dankte ihm, der Offizier salutierte und ging schwankend davon.

Plötzlich vernahm der Lehrer ein Wimmern. Das Blut gefror ihm in den Adern, er stürzte nach draußen.

Die Körper lagen in einem wilden Durcheinander, nacheinander waren sie auf einen Haufen geworfen worden. Einer der Mörder wühlte in Taschen, ein Verwundeter hob den Kopf, der Mann erdrosselte ihn und pfiff dabei vor sich hin. Der Lehrer stürzte sich auf ihn, aber es war bereits zu spät. Der Mörder schubste ihn fort und wies auf eine Gruppe Polizisten, die im Dunkeln unter einem Banyanbaum saßen. Sie hatten ihre Waffen vor sich liegen und rauchten in aller Ruhe.

»O Ram!« flüsterte der Lehrer voller Entsetzen. »Warum? Warum bloß?« Der Mann richtete sich auf.

»Das ist aber eine merkwürdige Frage!«

»Aber die Polizei? Sie hat mich betrogen ... Sie hat nichts unternommen!« stieß der Lehrer hervor.

»Natürlich nicht.«

»Aber wer hat das getan?« schrie der Lehrer außer sich.

»Wir, die Freiwilligen der Hindus«, brummte der Mann. »Wissen Sie, wir haben sie genau vor der Tür abgepaßt. Da ist ein Mauervorsprung, groß und solide. Dahinter lagen wir mit unseren Äxten in der Hand. Und wenn sie rauskamen – peng! – ein gezielter Schlag auf den Kopf, und sie fielen um, einer nach dem anderen, ohne einen Ton von sich zu geben. Wirklich gute Arbeit! Wir sind prima organisiert!«

»Ihr habt sie alle getötet!«

»Ich hoffe schon!« erwiderte der Mann mit haßerfülltem Blick. Und wenn Sie nicht Brahmane wären, wären auch Sie dran gewesen. Es gehört sich nicht, diese Bastarde zu beschützen. Verschwinden Sie ins Haus!«

»Nein!« rief der Lehrer und schubste ihn beiseite. »Ich möchte den Offizier sprechen.«

»Den Offizier?« lachte der Mann. »Glauben Sie etwa, wir hätten das ohne ihn gemacht? Der Offizier? Der ist längst schlafen gegangen. Er hat uns sogar geholfen.«

Verstört lief der Lehrer von einem Toten zum anderen und versuchte vergeblich, noch ein Zeichen des Lebens zu finden.

»Was machen wir mit ihm?« rief der Mann den Polizisten zu.

»Ach, laß ihn doch zufrieden! Die sind doch tot, was soll's«, antwortete ein Polizist und räkelte sich. »Wir hauen jetzt ab. Übrigens, wir haben nichts gemacht. Wir haben nur den Befehlen gehorcht.«

In der Morgendämmerung hörte der neben den blutbedeckten Körpern schluchzende und erschöpfte Lehrer plötzlich ganz in der Nähe eine zarte Stimme, die um Hilfe rief. Sie kam vom Dorfteich. Der Lehrer entdeckte dort das kleine Mädchen, das er auf den Schultern getragen hatte. Es hatte sich versteckt und stand bis zu den Schultern im Wasser, den Kopf inmitten der Seerosenblüten. Sie lebte also noch!

Als der Lehrer sie aus dem Wasser zog, sah er, daß die Kleine nur noch ein Bein hatte. Das andere war mit der Axt abgetrennt worden. Offenbar hatte sich das Kind zwischen den Beinen der Erwachsenen versteckt, aber man hatte es trotzdem erwischt.

Die Hügel waren ihnen gnädig gewesen, das kleine Dorf in einem Winkel des Tales war vom Schlimmsten verschont geblieben. Die Unwetter des Monsuns hatten den Fluß nicht über die Ufer treten lassen, keiner war von den Fluten weggerissen worden. Aber die Ältesten unter den Sikhs waren nicht beruhigt, sie überprüften den Wasserstand, um die weitere Entwicklung abzusehen.

Zweifellos waren ein oder zwei Büffel mitgerissen worden, denn die Geier kreisten bereits über dem Fluß, und ein Schakal heulte.

Es waren aber nicht nur Büffel. Die reißenden Fluten transportierten Hunderte von Leichen, alte Männer mit wallenden Bärten, Kinder, die sich noch an ihre Mütter klammerten, deren weiße Gewänder sich im Wasser gelöst hatten. Ein anderes Sikh-Dorf war von den Monsun-Fluten überschwemmt worden.

Plötzlich bemerkten die Ältesten der Sikhs die Verletzungen. Klaffende Kehlen, aus denen noch etwas Blut floß und sich mit dem Wasser mischte, aufgeschlitzte Bäuche, zerhackte Beine und sogar einen Arm, der ganz allein in den Fluten trieb.

Schreiend rannten sie zur Polizeistation und gaben Alarm. Alles Holz, alles Benzin war bereits verbraucht, aber der Offizier befahl, Schaufeln und Hacken zu bringen. Am Nachmittag beobachteten die Dorfbewohner einen Bagger, der langsam in Richtung Fluß rollte, wo die Soldaten den Zugang versperrten. Es war nichts zu sehen, aber man konnte die Geräusche hören, als der Bagger die Erde aufgrub und mit seiner Schaufel die Leichen ergriff, um sie in das Massengrab zu werfen.

Kreuz und quer durch das ganze Pandschab bewegte sich eine endlose Schlange von weißen Zebus gezogenen Karren unter Bäumen dahin, deren Zweige und Blätter vom Wind abgerissen worden waren. Vom düsteren Monsun-Himmel ergoß sich tonnenweise Regen auf die unzähligen Männer und Frauen, die von einem Land ins andere flohen, ohne eigentlich zu wissen, warum. Manche Männer trugen ihre hölzernen *tcharpoi* auf dem Kopf, die wie riesige, wacklige Hüte wirkten und an denen sich die Vorübergehenden stießen. Die Kinder hielten sich mit einer Hand an den Gepäckträgern der überladenen Fahrräder fest und marschierten verzweifelt mit, auf Eselsrücken klammerten sich nackte, magere Kleinkinder mit großen erschrockenen Augen ängstlich an die Jutefetzen, die man dort befestigt hatte, um sie am Herabfallen zu hindern. Die Mütter mit einem Tuch über dem Kopf, das sie vor der feuchten Hitze schützen sollte, ließen die Köpfe der Säuglinge in ihren Armen hin- und herbaumeln, und die alten Frauen, die sich an die Radspeichen der Karren hängten, fielen erschöpft zu Boden und konnten nicht mehr auf die Beine kommen.

Und während die Züge und die Flüsse ihre Ladungen von Toten transportierten, während man sich in den Städten und Dörfern gegenseitig abschlachtete, schien der ganze Norden Indiens unter der Gewalt der Massaker zu zerbrechen, als ob die schreckliche Kali, die große Mutter und Göttin des Todes, ihre Neugeborene und liebste Tochter, das endlich unabhängige Indien, prüfen wolle, indem sie als Blutpreis und Opfer Hunderttausende von Leben forderte.

*Delhi, den 6. September 1947*

Lord Louis sah die Mitglieder des Komitees, die sich um den langen Tisch versammelt hatten, lange an. Sein Blick ruhte auf dem bleichen und übermüdeten Nehru, auf Patel mit seinem eigensinnigen und jähzornigen Gesicht, auf Prinzessin Amrit, deren angestrengter Miene und zerknittertem Baumwollsari man die Mühsal der Nacht ansah, auf Ambedkhar, dem kompromißlosen Führer der Unberührbaren, auf dem gepflegten Lord Ismay, auf der entschlossen wirkenden Edwina mit ihrer Tochter Pamela neben sich, die aufmerksam, einen Stift in der Hand, dasaß. Alle, Minister und hohe Funktionäre, standen unter einer enormen Belastung. Lord Louis gab Nehru ein Zeichen, er bemerkte es jedoch nicht.

»Meine Damen und Herren«, begann Lord Louis, »der Premierminister wird nun die erste Sitzung des Notstandskomitees, das ich auf seinen Wunsch hin zusammenberufen habe, eröffnen. Ich möchte nochmals betonen: Ich folge hiermit dem Premierminister, der mir einfachheitshalber erlaubt hat, diese Versammlung zu leiten. Ich habe meine Tochter Pamela gebeten, als Sekretärin auszuhelfen, meine hier anwesende Ehefrau assistiert der Gesundheitsministerin in Fragen der Flüchtlingslager.«

Nehru erhob sich.

»Ich habe dem Generalgouverneur die Organisation der Hilfsaktionen anvertraut«, sagte er mit fester Stimme. »Er soll uns nun erklären, wie er vorgehen will, danach werden wir darüber beraten. Aber die Entscheidungen müssen noch heute gefällt werden.«

Lord Mountbatten begab sich zu einer riesigen Karte, die an der Wand befestigt und mit kleinen roten Punkten bedeckt war.

»Meine Damen und meine Herren Minister, hier sehen Sie eine Karte des Pandschab. Jede dieser Nadeln mit rotem Kopf stellt einen Flüchtlingszug dar, und wie Sie selbst sehen, gibt es sie überall. Man kann ihre Zahl lediglich schätzen mit ...«

»Dreihunderttausend?« unterbrach Patel.

»Herr Minister des Inneren, etwa zwei Millionen. Jedenfalls zum jetzigen Zeitpunkt.«

Diese Zahl schien die Versammlung förmlich zu erdrükken. Nehru senkte den Kopf, und Patel ballte die Fäuste.«

»Über die Zahl der Toten kann ich keine annähernd realistische Einschätzung abgeben, aber wir wissen alle, daß sie hoch ist. Wir werden schrittweise vorgehen. Zuerst der Lufteinsatz: Sämtliche Piloten werden jeden Morgen starten und den Pandschab überfliegen, um jede Flüchtlingskolonne und eventuell auch vorkommende Angriffe zu melden. Herr Premierminister, ich möchte, daß das Komitee diesem ersten Punkt sofort zustimmt.«

»Keine Einwände?« fragte Nehru in die Runde. »Sie haben das Einverständnis des Komitees.«

»Gut. Würden Sie bitte den Direktor der zivilen Luftfahrt kommen lassen? Weiter. Eine systematische Schutzeskorte für alle Züge.«

»Die gibt es bereits!« warf Patel ein.

»Und wie erklären Sie sich, daß weiterhin Züge attakkiert werden?«

»Um ehrlich zu sein ... es ist nicht so einfach. Die Soldaten zögern, das Feuer auf Leute ihrer Religion zu eröffnen«, gab Patel mißgelaunt zu.

»So ist es!« sagte Lord Louis. »Also, wenn ein Zug angegriffen worden ist, muß man die Soldaten, die ihn beschützen sollten, verhaften, entscheiden, wer seiner Pflicht nicht nachgekommen ist, und ihn standrechtlich erschießen.«

»Das geht zu weit!« schrie Patel. »Das ist eine ungerechte Maßnahme!«

»Herr Premierminister«, Lord Louis wandte sich Nehru zu. »Es ist die einzige Möglichkeit, sie zum Gehorsam zu zwingen. Akzeptieren Sie meinen Vorschlag?«

Nehru sah ihn mit tiefer Traurigkeit an.

»Sind Sie überzeugt, daß das eine gute Lösung wäre?« meinte er mit unsicherer Stimme.

»Vollkommen. Nur so läßt sich Disziplin herstellen. Ihr Einverständnis?«

Nehru erteilte es durch Senken seines Kopfes.

»Gut. Kommen wir zur Verteilung von Lebensmitteln für die Unglücklichen. Wir müssen Lastwagen und Fallschirme verwenden. Es ist Ihre Aufgabe, Herr Minister des Inneren, die Lastwagen zu requirieren.«

»Zivile Lastwagen? Das dürfte schwierig sein ...«, murrte Patel.

»Militärische und zivile Wagen!« rief Lord Louis. »Frau Gesundheitsministerin könnte sich um die notwendigen Lebensmittel kümmern, nicht wahr, meine liebe Amrit?«

»Milch, Reis, Linsen für Suppe, Fett zum Fladenbakken ... Ich werde mich darum kümmern«, antwortete Amrit Kaur.

»Sie kennen sich damit besser aus als ich. Aber ich muß Sie um noch etwas bitten. Ein Teil der Lastwagen wird die Toten wegschaffen, die unter Aufsicht der Armee verbrannt werden sollen. Ich fürchte, es bleibt nicht die geringste Zeit für irgendwelche Bestattungszeremonien.«

Unsicher blickte Lord Louis seine indischen Gesprächspartner an.

»Natürlich müßte man die Toten erst hinsichtlich der Religionszugehörigkeit sortieren«, seufzte Nehru. »Sie haben recht.«

»Diese Befehle habe ich bereits erteilt«, warf Patel ein.

»Aber Sie wissen so gut wie ich, daß sich die Leichen entlang den Gehwegen von Delhi stapeln. Unsere Befehle müssen befolgt werden, vor allem aber bedarf es einer effektiven Kontrolle. Und deswegen schlage ich vor, die Feiertage und Sonntage abzuschaffen.«

»Sie wollen die religiösen Festtage abschaffen?« empörte sich Amrit Kaur. »Damit richten Sie mehr Schaden als Nutzen an. Die Glaubensgemeinschaften werden sich sofort aufregen.«

»Ich schlage das ja nur für die Funktionsträger vor. Wir sind in einer Notsituation, und der Staat darf sich keine Atempause gönnen. Herr Premierminister, ich wünsche Ihr Einverständnis für diesen entscheidenden Punkt.«

»Sie haben es.«

Prinzessin Amrit hob die Hand.

»Was kann man für die Frauen tun, die unterwegs Kinder gebären? Ich habe gehört, daß viele Flüchtlinge berichten, sie würden ihre Neugeborenen aussetzen, wenn sie nicht selbst aus Mangel an Pflege sterben. Es gibt viele Gebärende, denn das Geschüttel in den Karren beschleunigt die Wehen. Wir müssen etwas unternehmen ...«

»Sie haben recht«, meinte Lord Louis. »Lassen Sie mich überlegen …«

»Sollen sich die Offiziere höheren Grades darum kümmern«, schlug Nehru vor.

»Wie stellen Sie sich das vor?« fragte Lord Louis abweisend.

»Nun, es könnte doch jedem Flüchtlingszug ein Lastwagen mit allem Nötigen für eine Entbindung folgen. Ein weiterer übernimmt dann die Mutter und das Kind und bringt sie an einen sicheren Ort.«

»Gibt es dafür genügend Krankenschwestern?« fragte Patel.

»Nein!« rief Amrit. »Sie fehlen überall.«

»Dann nehmen wir eben Beamte des Gesundheitsdienstes. Ich stimme dem Vorschlag des Premierministers zu. Nun zum Ernteproblem. Wenn man sich nicht darum kümmert, wird es eine Hungersnot geben. Ich schlage vor, daß die Armee im gesamten Pandschab die Ernte einbringt.«

»Und wer kümmert sich um die Verteilung?« fragte Patel. »Das ist eine sehr heikle Angelegenheit.«

»Es geht ja erst einmal um die Lagerung. Die Ernte wird von Soldaten eingebracht, die ihrerseits unter militärischer Überwachung stehen. Selbstverständlich dürfen die Soldaten nicht aus dem Pandschab stammen.«

»Und wenn die Soldaten trotzdem anfangen, sich gegenseitig umzubringen?« fragte Patel mit besorgter Stimme.

»Dann müssen die Offiziere sie sofort verurteilen und hinrichten«, unterbrach Lord Louis.

»Sie haben dafür keine Zeit«, murmelte Nehru. »Außerdem würde es Anlaß zu Aufständen geben.«

Am Tisch herrschte Schweigen. Lord Louis hustete.

»Herr Premierminister«, begann er, »was ich Ihnen jetzt sagen muß, ist sehr ernst. Der Gouverneur Auchinleck verwehrt sich gegen jede Einmischung der englischen Armee, mit Ausnahme von Situationen, in denen das Leben britischer Staatsbürger bedroht ist. Ihre Autorität basiert deshalb nur noch auf der Verläßlichkeit des indischen Militärs.«

»Sie machen es sich zu einfach!« warf Patel ein. »Sie haben nicht das Recht, uns auf einen Schlag im Stich zu lassen!«

»Das wird man sehen«, meinte Lord Louis. »Aber ich möchte Sie nochmals daran erinnern, Sardar Patel, daß mein Auftrag ausschließlich vom Premierminister Indiens abhängt. Es steht nicht mehr in meiner Macht, der englischen Armee Befehle zu geben, als Generalgouverneur diene ich allein Indien.«

»Sie könnten aber trotzdem Auchinleck überzeugen!« rief Nehru energisch.

»Habe ich denn gesagt, daß ich es nicht versuchen würde?« erwiderte Lord Louis von oben herab.

Einen Augenblick herrschte eine angespannte Stille.

»Kommen wir zur Ausgangssperre, die man im Fall von größeren Zwischenfällen sofort für vierundzwanzig Stunden verhängen sollte«, nahm Lord Louis den Faden wieder auf. »Keine Einwände? Gut. Nun der Schutz ausländischer Diplomaten.«

»Ist das wirklich nötig?« warf Patel ein. »Wir haben schon jetzt zu wenig Schutztruppen!«

»Selbstverständlicher Verantwortungsbereich der Regierung jedes unabhängigen Landes«, unterbrach Nehru gereizt. »Vergessen Sie nicht, Sardar Patel, daß ich auch Außenminister bin!«

»Das wird nicht allzu schwierig sein«, schaltete sich Lord Louis ein. »Aber die Maßnahmen müssen überwacht werden. Herr Premierminister?«

»Ich bin einverstanden«, sagte Nehru entschieden.

Edwina hob die Hand.

»Ich glaube, man sollte eine Impfaktion gegen Cholera vorbereiten.«

»Aber bis jetzt ist noch kein Fall bekannt geworden!« rief Patel. »Warum soll man gleich an das Schlimmste denken?«

»Herr Innenminister, in den Lagern, die ich besucht habe, gibt es kein Trinkwasser, keine sanitären Einrichtungen, und alle schlafen im Schmutz. Das sind genau die Voraussetzungen für eine Choleraepidemie«, erwiderte Edwina irritiert.

»Lady Louis hat recht«, seufzte Nehru. »Wir müssen vorsorgen.«

»Vor allem müssen wir daran denken, die vorhandene Menge an Penicillin und Wismuth festzustellen. Oh! Und außerdem Opium.«

»Sie werden diese Details mit der Gesundheitsministerin besprechen«, unterbrach Lord Louis lebhaft und wandte sich an Nehru. »Damit kennen Sie meine wichtigsten Vorschläge, Herr Premierminister. Nun müssen sie noch detailliert ausgearbeitet werden, wenn Sie sie akzeptieren.«

Bedrückt blickte Nehru in die Runde der Mitglieder des Komitees.

»Eine riesige Aufgabe«, seufzte er. »Glauben Sie, daß wir sie bewältigen werden?«

Lord Louis setzte sich und faltete die Hände.

»Wir werden Zeit benötigen. Es wird noch weitere Tote geben. Aber wenn wir eiserne Disziplin anwenden und jeder seine Aufgabe erfüllt, habe ich keine Zweifel am Gelingen, Herr Premierminister. Wir werden diese Schlacht gewinnen. Mr. Gandhi hat gerade die seine in Kalkutta gewonnen, er hat uns bewiesen, daß man es schaffen kann.«

Zum drittenmal herrschte Schweigen im Versammlungsraum. Die Mittel, die der Generalgouverneur vorschlug, waren nicht gerade diejenigen, die Gandhi anzuwenden pflegte.

»Unser Mahatma wird übrigens morgen nach Delhi zurückkehren«, sagte Nehru plötzlich.

»Aber er kann unmöglich in Banghi Colony wohnen! rief Amrit Kaur. »Die Flüchtlinge haben alle Häuser besetzt!«

»Ich habe vorgeschlagen, ihn bei Mr. Birla einzuquartieren. Er würde sein Haus in der Albuquerque Road zur Verfügung stellen«, berichtete Nehru.

»Das wird er nicht wollen, es ist ihm viel zu luxuriös«, wandte Patel ein. »Oder man dürfte ihm erst gar nicht die Wahl lassen.«

»Es ist noch viel komplizierter. Gandhi möchte sich in den Pandschab begeben«, fuhr Nehru fort.

»Das können Sie doch nicht zulassen!« rief Lord Louis.

»Ich sicherlich nicht. Aber er … Sie kennen ihn ja!«

»Also, dann überreden Sie ihn, daß er schon genug zu tun hat, wenn er Delhi beruhigen will«, schlug Lord Louis vor. »Wir haben ihn hier sehr nötig.«

*Delhi, den 16. September 1947*

Lord Louis studierte die Berichte über die zivile Luftfahrt, dann erhob er sich, um drei Nadeln auf der Karte umzustekken. Die Flüchtlingszüge näherten sich unaufhaltbar der Hauptstadt.

Nehru öffnete die Tür.

»Treten Sie ein, Jawalar. Die Lage an der Grenze bessert sich ein wenig. Sehen Sie, die Zahl der Nadeln nimmt nicht zu, jedoch, was Delhi betrifft …«

Nehru nahm Platz. Nie würde Dickie es schaffen, seinen Vornamen richtig auszusprechen. Aber das war unwichtig.

»Ich weiß nicht, wie wir zurechtkommen sollen«, seufzte er. »Nichts als Dunkel um uns.«

Lord Louis setzte sich neben Nehru.

»Verlieren Sie nicht den Mut. Ich habe Ihnen gesagt, daß es Zeit braucht.«

»Aber wir erzielen nicht das geringste Ergebnis! Hier, schon wieder deprimierende Nachrichten. Die Fähre auf dem Ravi ist von Flüchtlingen besetzt worden. In dem völligen Durcheinander hat man auf sie geschossen. Es gab ungefähr zwanzig Tote, andere haben sich auf den Kähnen zusammengedrängt und sind ertrunken. Jede Stunde beschert uns neue Tote, Dickie!«

»Es ist einfach noch zu früh! Gerade sind erst die Anordnungen für die Überwachung einigermaßen durchgeführt worden, und selbst da … Noch sind nicht alle Lastwagen requiriert worden, die Armee funktioniert noch nicht richtig. Wir brauchen noch eine Woche, um die Dinge wirklich in die Hand zu bekommen. Haben Sie Geduld, Jawalar.«

»Geduld?« empörte sich Nehru. »Mein Volk krepiert auf den Straßen!«

»Ich wollte sagen, bewahren Sie die Ruhe«, meinte Lord Louis und hob die Arme.

»Es nimmt mich einfach zu sehr mit, Dickie. Ich schaffe es nicht, mich gleichgültig zu geben, Gouverneur. Ah! Ich wollte, dieses Attentat vorhin hätte Erfolg gehabt!«

Lord Louis wurde aufmerksam.

»Was für ein Attentat? Wovon reden Sie?« fragte er lebhaft.

»Ein Verrückter, der sich auf mich stürzte, als ich aus meinem Haus trat. Aber er hat nicht zugestoßen, sondern er ist in die Nacht geflohen und verschwunden. Nicht weiter wichtig.«

Lord Louis griff zum Telefon.

»Ismay? Lassen Sie das Haus des Premierministers von jetzt an bewachen; ja, ab sofort. Und besorgen Sie sofort eine Leibwache. Ja ... genau das. Gerade erst. Ja, es ist wirklich ein Wunder. Verlieren Sie keine Zeit.«

»Aber warum denn, Dickie? Ich sage Ihnen doch, daß es ganz harmlos war«, versicherte Nehru verlegen.

Lord Louis setzte sich wieder und ergriff Nehrus Hände.

»Hören Sie mich an. Wenn Sie ermordet werden, kann ich für nichts mehr garantieren. Sie sind die höchste Autorität in diesem Land. Es ist Ihre Pflicht, auf sich aufzupassen«, sagte er energisch.

»Ich, die höchste Autorität? Also wirklich, Dickie ...«

»Ihr seelischer Zustand hat nichts mit dieser Tatsache zu tun: Sie repräsentieren die alleinige Exekutivkraft in Indien. Ach, lassen Sie mich mit Ihren Zweifeln in Ruhe! Die Bewachung ist Ihnen lästig? Das läßt sich nicht ändern. Zur Not lasse ich Sie gegen Ihren Willen beschützen!«

»Ich wiederhole, daß nicht ich die Autorität darstelle. Das tun einerseits der Mahatma und andererseits Sie«, beharrte Nehru mit ruhiger Stimme. »Der Himmel und die Hölle. Ich weiß es sehr wohl.«

»Jawarla, wenn ich ermordet werden sollte, bleibt das Sicherheitssystem bestehen, und wenn der Mahatma eines

Tages einem Attentat zum Opfer fiele, dann wäre das eine Tragödie für die ganze Menschheit. Aber in beiden Fällen würde Indien überleben.«

»Nein!« rief Nehru. »Ich bin überflüssig.«

»Wenn Sie sterben würden«, fuhr Lord Louis unbeirrt fort, »würde Indien im Chaos versinken. So ist die Situation!«

»Wirklich?« fragte Nehru.

Lord Louis drückte Nehrus Hände.

»Ich bin eine lächerliche Figur«, meinte dieser und zog seine Hände zurück.

»Sie sind unglücklich, das ist alles.«

Nehru hob den Kopf und betrachtete Lord Louis voller Zuneigung. »Ihnen gegenüber kann ich das Herz ausschütten«, sagte er.

»Auch Edwina gegenüber«, betonte Lord Louis.

»Ich möchte sie nicht erschrecken. Wenn sie wüßte ...«, meinte Nehru deprimiert.

»Sie weiß Bescheid, da können Sie sicher sein, Nehru. Die Flüchtlinge erzählen viel.«

»Verliert sie nicht den Mut?« fragte Nehru. »Ich habe sie seit einer Woche nicht mehr gesehen.«

»Den Mut verlieren, sie?« rief Lord Louis. »Sie haben sie offenbar noch nie in einer wirklichen Krise erlebt.«

»Ich glaube nicht«, gab Nehru zu. »Man hat mir darüber berichtet, aber ich habe es nie mit eigenen Augen gesehen.«

»Also gut. Wollen Sie Ihre Zuversicht wiederfinden? Dann besuchen Sie sie in einem der Lager. Dort zählen wir die Toten, aber sie rettet die noch Lebenden.«

## *Purana Qila*

*Delhi, den 17. September 1947*

Als Nehru durch das Stadttor von Purana Qila schritt, konnte er wegen des unerträglichen Gestanks ein Schluchzen nicht unterdrücken, so sehr er es auch versuchte.

Es ist jedesmal dasselbe, ging ihm durch den Kopf. Ich kann es einfach nicht verhindern. Ich erinnere mich noch so gut an die Eröffnung der Panasiatischen Konferenz. Der Tag war damals so schön, der Himmel strahlte, und unsere Herzen waren so voller Hoffnung ... Saronjini war so stolz! Wir waren das fortschrittlichste Land in Asien, und jetzt? Jetzt muß man sich unser schämen.

An der Stelle, wo die große *shamiana* vor den versammelten Delegierten der Panasiatischen Konferenz aufgebaut war, gab es nun nicht einmal Zelte für die Flüchtlinge, gerade mal einige morsche Pflöcke, an denen regenschwere, ekelerregend schmutzige Decken befestigt waren. Die Frauen hatten dort ihre Säuglinge hingelegt, die apathisch Arme und Beine von sich streckten.

Gelegentlich öffneten sie ihre großen, erstaunten Augen und blicken auf die unbekannten Gesichter, die sich über sie beugten. Vergeblich versuchten die Mütter, die Fliegen zu vertreiben, und deshalb hatten sie die Augen der Kleinen mit einem Fetzen Schleier bedeckt. Ihre Pluderhosen klebten ihnen an den Beinen, alte Frauen rührten in der Linsensuppe in schwarzen Kesseln, die selbst über den kleinsten Feuerstellen hing.

Über der zertrampelten Fläche lag der Geruch aus einer Mischung von schmierigem Rauch, aus den feuchten Tüchern steigendem Dunst und verwesenden Exkrementen. An den flachen Pfützen vom letzten Regen kauerten alte Männer, schöpften mit hohlen Händen das schlammige Wasser und wischten sich damit über die Bärte. Überall jammerten verletzte Kinder, einige mit gebrochenen Armen in schlechtsitzenden Verbänden, andere, denen die Füße fehlten, rieben die in blutige Tücher gewickelten Stümpfe. Nehru, dem das Herz übergehen wollte, stieg über die ausgestreckten Körper und streichelte die Köpfe der Babys in den Armen ihrer Mütter, die sich erhoben hatten, als sie ihn erkannten.

»Panditji! Panditji! Beschütze uns!« schrie ein junges Mädchen leidenschaftlich und stürzte sich auf ihn.

Ihre Augen und ihr verzerrter Mund ließen erkennen,

daß sie geistig verwirrt war; mit einer Hand hielt sie ihr Gewand, mit der anderen zerriß sie es, als ob der Stoff ihre Brüste verbrannt hätte. Zweifellos ein Mädchen, dem Schlimmes zugestoßen war.

Nehru drückte sie an sich, als wäre sie seine Tochter Indu, und blickte sich nach den Soldaten um, die entlang der Befestigung Wache halten sollten und die, halb über ihren Maschinengewehren zusammengesunken, aussahen, als ob sie im Stehen schliefen. Irgendwo in diesem Inferno befand sich der Mahatma, aber die Flüchtlingsmenge war überall so dicht, daß er nicht einmal den üblichen Menschenauflauf ausmachen konnte, an dem sich sonst sein Aufenthaltsort erkennen ließ.

»Hast du den Mahatma gesehen?« fragte er das Mädchen.

»Gandhiji?« antwortete es mit einem unsicheren Lächeln. »Den Bapu? Dort«, fügte sie hinzu und deutete vage in Richtung der Befestigung.

Nehru setzte seinen Weg über die liegenden Körper und durch das erbarmungswürdige Elend fort. Plötzlich sah er eine auf verstrubbeltem Haar sitzende Schirmmütze, eine Khakiuniform – eine ihm wohlbekannte, hochgewachsene Gestalt – und ging auf sie zu. Sie war es.

Edwina versuchte gerade, einer beleibten, nach Luft ringenden Frau aufstehen zu helfen, indem sie sie um die Taille faßte.

»Komm schon, meine Schöne, meine Gute, komm ... Du wirst dich auf einem Bett ausstrecken können. Du mußt nicht hier im Schlamm bleiben, du bist krank. O nein!« rief sie plötzlich verzweifelt.

Die in ihre schlammige Hose eingewickelte Frau war ihr aus den Händen geglitten. Edwina richtete sich auf und stütze ihr Kreuz mit den Händen.

»Ich schaffe es nicht, sie ist einfach zu schwer. Wer könnte mir helfen?« murmelte sie vor sich hin.

Da erblickte sie Nehru.

»Sie! Wirklich, Sie kommen gerade richtig. Die Frau da hustet sich die Seele aus dem Leib, sie hat eine Lungenentzündung. Helfen Sie mir, sie hochzuheben, da drüben gibt es Matratzen!« rief sie und deutete auf eine Nische in einem Winkel der Befestigungsanlage.

Nehru ergriff die Frau unter den Achselhöhlen, Edwina nahm ihre Füße. Langsam schleppten sie sie zu der geschützten Stelle und legten sie auf eine Matratze. Sie hatte ein rundes und sanftes, schwarzverschmiertes Gesicht, ihre Augen wanderten in einer Mischung aus Furcht und Resignation von Edwina zu Nehru.

»Memsahib, memsahib, tu mir nichts! Onkel, laß nicht zu, daß sie mich anfaßt«, jammerte sie laut.

Edwina kramte in der Tasche ihrer Khakijacke, holte eine Ampulle und eine Spritze hervor und kniete sich hin.

»Penicillin«, erklärte sie Nehru. »Fassen Sie sie am Handgelenk und drücken sie fest. Noch fester! Sie wird dann nichts spüren.«

Die Frau zog ihren Schleier über das Gesicht und stieß einen kleinen Angstschrei aus, als Edwina die Nadel in ihre Haut stach.

»Mehr kann ich nicht tun«, erklärte Edwina und wischte die Nadel an ihrem Kittel ab. »Helfen sie mir, weitere Kranke zu suchen. Vor der nächsten Spritze brauche ich neues Desinfektionsmittel.«

Sie schob ihre feuchten Haare zurück, die ihr ins Gesicht fielen.

»Ich suche Bapu«, sagte Nehru und hielt sie zurück. »Haben Sie ihn gesehen?«

»Bapu! Ich wußte gar nicht, daß er da ist«, murmelte sie. »Um so besser, aber ich habe noch viele andere Kranke gesehen, die ohne Penicillin sterben werden. Jawahar, ich brauche einen der Freiwilligen aus meiner Mannschaft wegen des Desinfektionsmittels, und bei dieser dampfenden Hitze sieht man einfach nichts mehr.«

Er nahm sie am Arm und half ihr beim Vorwärtskommen. Sie schwankte.

»Sie müssen sich ausruhen, *my Dee* ... Sie können sich ja kaum auf den Beinen halten!« rief er ärgerlich.

»Ach, lassen Sie«, erwiderte sie und zog ihren Arm zurück. »Ich bin sehr zäh und bin es ja gewöhnt, Sie wissen, der Krieg ... Oh, sehen Sie, da ist Gandhi!«

Gandhi saß auf einem Karren, eingehüllt in sein weißes Tuch und mit seiner Brille auf der langen Nase. Er schien eine Art Volksversammlung abzuhalten. Ihm zu Füßen saßen schweigend Abha und Manu. Edwina und Nehru traten näher.

»... ja, und mein Bruder ist verschwunden«, schluchzte der alte Mann mit dem rötlichen Bart. »Vielleicht ist er tot, vielleicht lebt er noch.«

»Fahre fort, Onkel Chhacha«, forderte Gandhi ihn mit leiser, zittriger Stimme auf.

»Und dann meine Tochter, ach meine Tochter!« weinte der alte Mann. »Als sie auf sie zugekommen sind, ist sie fortgerannt. Dann haben sie sie eingeholt, sie ausgezogen und haben dabei gelacht, ich habe es gesehen, die Ärmste, mein Schätzchen. Ganz nackt ist sie bis zum Brunnenrand gelaufen, sie hat sich hinübergebeugt, und ich habe einen langen Schrei gehört! Bapu, sie ist im Brunnen ertrunken!«

Der Mahatma legte dem Alten die Hand auf die Schulter. »Gott möge den Hindus für das gnädig sein, was sie angerichtet haben«, murmelte er. »Hast du auch gekämpft?«

»Ja!« rief der Alte stolz. »Mit meiner Axt. Sieh! Ich trage sie bei mir, unter meinem Mantel«, fügte er hinzu und zeigte eine mit getrocknetem Blut verschmierte Axt. Ich weiß, daß es nicht in Ordnung ist. Aber Bapu, ich habe zugeschlagen, ich habe sie verdroschen!«

»Behalte dieses Mordinstrument nicht, Onkel. Gib es mir«, sagte Gandhi und streckte die Hand aus.

»Aber wenn man mich angreift?« fragte der Mann und drückte die Axt gegen seine Brust.

»Hier bist du nur von Moslems umgeben. Und du könntest aus Unvorsichtigkeit einen von ihnen töten. Gib mir deine Axt, Onkel, im Namen Gottes.«

Der Alte rollte die Augen und reichte Gandhi die Waffe, der laut seufzte.

»Und du?« fragte er einen Jüngling mit hohlwangigem Gesicht, der den Kopf senkte.

»Ich? Oh, mir haben sie nichts getan.«

»Aber du siehst so traurig aus«, beharrte Gandhi.

Der Jüngling hob den Kopf, seine Augen funkelten.

»Sie wollten meine Mutter vergewaltigen, aber ich habe sie gerettet«, sagte er mit einem wilden Ausdruck. »Sie ist hier. Es geht ihr gut. Der einzigen Schwester, die noch lebt, auch.«

»Ah!« sagte der Mahatma ernst. »Du hast also auch gekämpft?«

»Es waren fünf«, sagte der junge Mann. »Sie sind alle tot.«

Der Mahatma blickte den Jüngling lange an.

»Und weshalb kommst du zu mir, mein Kleiner?« fragte er sanft.

»Weil ... ich weiß nicht ... mein Herz ist so schwer!« antwortete der Junge schluchzend. »Weißt du, ich hatte noch niemals jemanden getötet, und ...«

»Und du wirst auch niemals mehr jemanden töten«, sagte Gandhi mit fester Stimme.

»Aber woher weißt du das, Bapu?« fragte der Jüngling zornig. »Wenn man deine Schwester vor deinen Augen angreifen würde, würdest du das zulassen? Und falls man dich töten wollte, würdest du da nichts unternehmen?«

»Ich würde nichts unternehmen, überhaupt nichts«, meinte Gandhi.

»Du bist ja verrückt«, lachte der Jüngling. »Habt ihr das gehört, Leute?« fügte er hinzu und wandte sich der Menge zu, die zu Füßen des Mahatmas saß. »Die Hindus haben recht! Und die Sikhs auch! Wir sind wie die Schafe des Id und halten die Kehle hin, damit man sie uns durchschneidet!«

Ein drohendes Gemurmel erhob sich in der Menge, einige schrien wütend auf, und Nehru ballte die Fäuste. Der Mahatma versuchte zu reden, aber es gelang ihm nicht.

»Jawahar«, flüsterte er, »wiederholen Sie, was ich sage, Wort für Wort, ich habe seit meiner Fastenzeit in Kalkutta keine Stimme mehr. Ich mache keinerlei Unterschied zwischen Hindus und Moslems.«

»Für Bapu gibt es überhaupt keinen Unterschied zwischen Hindus und Moslems!« schrie Nehru so laut er konnte.

»Genausowenig wie zwischen Christen und Sikhs«, fuhr Gandhi fort.

»Auch nicht zwischen Christen und Sikhs«, wiederholte Nehru.

»Wartet, ich bin noch nicht fertig. In meinen Augen sind sie alle gleich«, fügte der Mahatma hinzu.

»Bapu sagt, daß ihr für ihn alle gleich seid«, rief Nehru.

Die Menge schwieg.

»Meinetwegen, aber mein Waffe gebe ich dir nicht, ich werde sie verstecken!« rief der Jüngling und brach in Lachen aus.

»Du hast unrecht, Sohn«, mischte sich der Alte mit dem roten Bart ein. »Bapu steht auf seiten der Moslems, er beschützt uns.«

»Ach ja? Wo war er, als sie meiner Mutter die Kleider herunterrissen? Und als sie meine kleine Schwester an den Füßen packten und gegen die Mauer schmetterten, wo war er da? Uns beschützen? Und warum auch? Ist er nicht ein Hindu wie sie?«

»Ich bin kein Hindu«, sagte Gandhi mühsam, »oder nicht nur Hindu. Ich werde nicht zur Ruhe kommen, solange nicht jeder Moslem in Indien in sein Haus zurückgekehrt ist und dort in Frieden leben kann.«

Der Jüngling zuckte mit den Schultern.

»In Indien, so ein Geschwätz!« spottete er und spuckte auf den Boden.

»Das reicht!« schrie Nehru und schubste den Alten beiseite, um den jungen Mann am Arm zu packen. »Ich bin dein Premierminister, du bist hier in Sicherheit. Es stimmt, daß es hier erbärmlich ist, daß es regnet, daß du unter Zeltplanen leben mußt und alles verloren hast. Aber du wirst alles zurückerhalten, ich werde dafür sorgen!«

»Wirklich, du wirst mir alles zurückgeben?« fragte der Jüngling herausfordernd. »Dann stelle mir sofort ein Papier aus.«

»Er hat recht«, meinte der Mahatma ruhig. »Hier, Nehru,

ich gebe Ihnen eines von meinen Blättern und einen Stift. Unterschreiben Sie. Sag uns deinen Namen, Kleiner.«

»Achmed Sultan, ich stamme aus Neemrana.«

Nehru kritzelte wütend und mit gerunzelter Stirn auf dem Papier.

»So«, meinte er und reichte es dem jungen Mann.

»Ich kann nicht lesen«, stotterte er, zum erstenmal eingeschüchtert.

»Ich habe unterschrieben, daß ich, Jawaharlal Nehru, Achmed Sultan bestätige, daß er für alles, was er verloren hat, entschädigt wird«, erklärte Nehru.

»Was bedeutet das, unterschrieben?« fragte der Jüngling mißtrauisch.

»Das bedeutet, daß ich dafür einstehe«, seufzte Nehru.

»Und entschädigt?«

»Daß man dir Geld gibt!« rief Nehru irritiert.

»Beruhigen Sie sich, Jawahar«, sagte der Mahatma mit erhobener Stimme. »Es bedeutet, daß du so viel Geld bekommen wirst, wie du benötigst, um dort, wo du willst, ein Haus zu bauen oder das deine wiederherzustellen, oder um dir Ziegen zu kaufen.«

»Ziegen! Ich bin Schuster!« spottete der Jüngling.

»Nun gut! Dann eben, um deine Werkstatt wiederaufzubauen«, erwiderte der Mahatma lächelnd. »Achmed, mein Sohn, du siehst doch den Jammer um dich herum. Hast du denn kein Herz mehr? Wie wäre es, wenn du dieser Dame beim Spritzen assistieren würdest?«

Der Jüngling musterte Edwina von oben bis unten, drehte sich um, steckte sein Papier unter das Hemd und lief davon.

Gandhi senkte den Kopf.

»Das alles ist härter als Stein«, meinte der alte Moslem und wiegte den Kopf. »Du hast es wirklich nicht leicht, Bapu.«

Der Mahatma erhob sich, in seinen Augen blinkten Tränen.

»Meine liebe Lady Louis, helfen Sie mir, aufzustehen. Ich glaube, ich werde Ihnen zur Hand gehen, wenn Sie die Spritzen geben. Ich bin sonst nichts mehr wert.«

Edwina eilte sofort zu ihm und half dem alten Mann, der sich einen Moment gegen ihre Schulter lehnte.

»Ich benötige Desinfektionsmittel, Bapu«, raunte sie ihm ins Ohr. »Aber wir müssen erst das ganze Lager durchqueren, um zur Hilfsstation zu gelangen. Außerdem glaube ich, einen Cholerafall entdeckt zu haben.«

»Cholera!« flüsterte Nehru. »Sind Sie sicher?«

»Also machen sie überall ihr Geschäft«, sagte der Mahatma kurz.

»Es gibt hier draußen nur zwei Stellen mit Trinkwasser, und es sind fast zwanzigtausend Menschen«, sagte Nehru. »Ich bin hergekommen, um die Bewachung zu kontrollieren, damit es wenigstens nicht einen Angriff von seiten der Hindus gibt.«

Edwina nickte mit dem Kopf, ohne zu antworten.

»Also gut, gehen wir«, murmelte der Mahatma und hielt mit Mühe die Tränen zurück. »Abha! Manu! Wir brechen auf. Kommen Sie, mein liebes Kind. Sehen Sie, so können wir ihnen unterwegs wenigstens beibringen, daß sie die sanitären Anlagen benutzen müssen.«

Nehru sah ihnen nach. Auf seine beiden Kleinen gestützt und mit seinem Stock in der Hand, blieb der Mahatma vor einer Gruppe Flüchtlinge stehen.

»Wohin geht ihr, um eure Notdurft zu verrichten, meine Freunde?« hörte er ihn fragen. Die Flüchtlinge antworteten alle gleichzeitig und durcheinander und zeigten dabei auf ein nur wenige Meter entferntes Loch.

»Das ist gefährlich! Ihr werdet euch Krankheiten holen. Ich werde es euch erklären ...«

Nehru entfernte sich. Der Mahatma verließ die erste Gruppe und sprach bereits zur nächsten.

»... wenn ihr hier euren natürlichen Bedürfnissen nachkommt, werden eure Kinder krank werden«, hörte er ihn von weitem sagen.

Als er endlich das große Mogul-Tor erreichte, merkte Nehru, wie Edwina sich nach ihm umdrehte und ihm zuwinkte.

Drei riesige überladene Lastwagen fuhren in die Festung

und luden unter den Augen der erschöpften Soldaten Scharen von aus verängstigten Augen blickenden Elenden ab. Sobald Nehru das riesige Tor durchschritten hatte, fand er sich urplötzlich in einer Allee wieder – in einer unheimlichen Stille und Leere. Hinter sich hörte er noch das ununterbrochene Jammern der in Purana Qila Eingeschlossenen, über ihm zogen die schwarzen Wolken des schrecklichen Monsuns dahin.

*Delhi, den 18. September 1947*

»Fahren Sie langsamer!« befahl Edwina dem Chauffeur.

»Haben Ihre Exzellenz etwas gesehen? Es ist inzwischen vollkommen dunkel«, stellte der Chauffeur fest, während er ihrem Wunsch nachkam.

»Ich glaube ja. Setzen Sie vorsichtig zurück.«

Das Auto fuhr langsam rückwärts.

»Da!« sagte Edwina kurz. »Ich habe mich nicht geirrt. Dort unter der Tamariske liegt jemand am Straßenrand.«

»Seien Sie vorsichtig, Exzellenz! Es könnten sich irgendwo die Mörder versteckt halten!« rief der Chauffeur und beugte sich aus dem Fenster.

Sie antwortete nicht, kniete sich auf den Boden, tastete nach der Hand des regungslosen Körpers und fuhr schnell wieder zurück.

»Er ist schon kalt!« rief sie dem Chauffeur zu. »Was sollen wir machen?«

»Vielleicht in den Palast zurückkehren und eine Wachmannschaft herschicken?« schlug der Chauffeur zögernd vor.

»Eine Wachmannschaft? Sie scherzen wohl! Es stehen doch gar keine mehr zur Verfügung … nein.« Sie überlegte.

Aufmerksam blickte sie sich um. Nichts. Die Allee vor dem Polofeld lag verlassen. Sie senkte die Augen und nahm einen dunklen Fleck wahr auf dem Hemd des Toten, eine merkwürdige Vertiefung. Ein Stück weiter warteten einige Krähen mit geöffneten Schnäbeln.

»Reiß dich zusammen«, murmelte sie. »Ich glaube, es gibt keine andere Lösung.«

Sie wandte sich zum Auto.

»Kommen Sie«, forderte sie den Chauffeur auf. »Lassen Sie ihn uns zu den Massengräbern schaffen. Wir dürfen keine Zeit verlieren, die Vögel haben ihn bereits angepickt.

»Euer Exzellenz«, jammerte der erschrockene Chauffeur, »ich kann das nicht tun. Ich gehöre einer der drei heiligen Kasten an, ich bin ein Krieger! Nichts ist unreiner als ein Toter! Wenn ich ihn auch nur mit der Fingerspitze berühre, bin ich für immer aus meiner Kaste ausgestoßen, dann existiere ich einfach nicht mehr. Das können Euer Exzellenz nicht von mir verlangen!«

»Gehen Sie zum Teufel!« schrie sie. »Dann schaffe ich es eben allein.«

»Euer Exzellenz, es tut mir furchtbar leid«, fuhr der Chauffeur fort.

Schon zerrte Edwina die Leiche an den Füßen.

»Sei wenigstens nicht zu schwer, du armer Toter. Laß dich einladen«, murmelte sie und zerrte ihn zum Wagen. Sie öffnete die hintere Tür und hob den Körper an den Schultern hoch.

»So«, sagte sie und kletterte auf den Sitz, um ihn hochzuziehen. »Ich habe es gleich geschafft«, stöhnte sie und packte ihn an den Beinen.

Dann stieg sie auf der anderen Seite wieder aus, schloß vorsichtig die Tür, damit sie nicht gegen den Kopf schlug.

»Sie werden uns jetzt fahren. Wenn nicht ...«, drohte sie dem Chauffeur und setzte sich neben ihn.

»Ja, Madam«, sagte der Chauffeur, ohne zu protestieren. »Es tut mir so leid, Mem'saab. Ich konnte nicht anders.«

Das Auto fuhr langsam bis zum nächsten Krankenhaus. Edwina stieg aus und ergriff den Arm eines Arztes, der gerade den Hof betrat.

»Kommen Sie und helfen Sie mir! Ich habe eine Leiche im Auto! Sie muß in die Grube geworfen werden!« rief sie.

»Ich habe keine Zeit«, antwortete der junge Mann.

»Sie werden mir helfen! Der Premierminister hat befohlen, daß alle Leichen eingesammelt werden, gehorchen Sie also!« sagte sie in einem Ton, der keinen Widerspruch duldete.

Der Arzt blieb stehen und zog sie zu einer Laterne, um sie zu betrachten. »Ihre Bluse ist ganz blutverschmiert, Madam. Sind sie verwundet?«

»Blut? Das kommt von ihm. Beeilen Sie sich, er fängt schon an zu verwesen.« »Ich muß Ihren Namen aufnehmen, Madam, und den Ort, an dem Sie den Toten gefunden haben«, sagte der junge Arzt.

»Lady Mountbatten«, antwortete sie hastig, »in der Allee vor dem Polo-Gelände.«

Der Arzt wich erstaunt zurück. »Lady Louis?«

»Mein Chauffeur sagt, er sei ein Krieger«, berichtete sie.

»Ah! Natürlich. Ich kümmere mich um alles, Euer Exzellenz. Wenn Euer Exzellenz sich waschen wollen ...«

»Nicht nötig«, antwortete sie. »Beeilen Sie sich. Ich würde jedoch gerne ein Glas Wasser trinken.«

## *»Heute habe ich ihn lebend wiedergefunden«*

*Delhi, den 20. September 1947*

Fast jeden Abend besprach die Gesundheitsministerin die Aufgaben des nächsten Tages mit Lady Louis. Diese Besprechungen fanden bei Amir Kaur in ihrem großen Haus mit den weißen Säulen statt, bei Kerzenlicht, wenn die Elektrizität unterbrochen war. Edwina saß neben ihrer alten Freundin auf dem Sofa und markierte mit einem Stift einzelne Stellen auf der Medikamentenliste. »Wismuth ... Morgen sollen wir eine Ladung per Flugzeug erhalten; Bromid, lohnt sich nicht; Opiumtinktur, die Flaschen gehen unterwegs sehr leicht kaputt, wir müssen uns etwas ausdenken, um sie zu sichern. Choleraserum ... dreihundertfünfzig Ampullen sind für das Lager von Humayun eingetroffen. Penicillin. Amritiji, wir haben überhaupt keins mehr«, seufzte sie. Die alte Frau mit dem faltigen Gesicht schlug ihre Beine unter, massierte sich den Hals und beugte sich über die Liste.

»Wir müssen um jeden Preis wieder etwas beschaffen«, murmelte sie. »Das ist zur Zeit das Wichtigste.«

»Gut«, warf Edwina ein. »Ich muß also London anrufen, das ist die einzige Lösung. Aber ich will nicht von hier aus telefonieren, vom Palast aus ist es einfacher.«

»Wie gut sind sie eigentlich informiert?« fragte Amrit Kaur besorgt.

»Senat und Parlament beginnen allmählich, das Ausmaß des Desasters zu begreifen«, antwortete Edwina. »Zumindest soviel, um mir die Medikamente zu bewilligen.«

»Wie werden sie bloß über uns denken«, seufzte Amrit Kaur. »Welche Schande für uns!«

»Das ist nun nicht mehr zu ändern«, antwortete Edwina kühl. »Regen Sie sich nicht darüber auf. Was auch immer die indische Regierung tut, wird kritisiert werden.«

Plötzlich betrat ein Bearer, fast noch ein Kind, das Zimmer, ohne anzuklopfen. Sein Gesicht war verzerrt.

»Mataji! Mutter! Man sagt, der Premierminister sei verschwunden!« rief er. »Man hat ihn sicherlich umgebracht!«

Edwina sprang auf und starrte den Jungen im Halbdunkeln an.

»Wer hat das gesagt!« rief sie. »Antworte!«

»Ich weiß nicht, Mem'saab ... die Nachbarn ... hören Sie! Sie sind alle draußen!«

Edwina lauschte, vor dem Haus hörte man Stimmengewirr. Amrit erhob sich vom Sofa und ging auf den schluchzenden Bearer zu.

»Beruhige dich. Wo ist er?« fragte sie und packte ihn an der Schulter.

»Hinter Lodi Garden, Mataji!« heulte der Diener. Man hat ihn in ein Barackenlager gehen sehen und Schreie gehört. Dann ist er nicht mehr zurückgekommen!«

»Aber woher weißt du, daß er tot ist?« rief Edwina und schüttelte den Jungen. Amrit Kaur fiel ihr in den Arm.

»Er weiß nichts. Wir müssen nachsehen. Kommen Sie mit!« bestimmte sie energisch.

»Und nehmen Sie die Taschenlampe, dort, hinter Ihnen.«

Die Straße war ein einziges wildes Menschengewühl. Die Leute rannten in allen Richtungen durcheinander und gestikulierten mit den Armen. Frauen schwenkten matte Lampen, die die Bäume, die Gehsteige und die schlafenden Hunde beleuchteten. Die beiden Frauen schoben sich wortlos durch die Menge und begannen, in Richtung des benachbarten Parks zu laufen.

»Wo sollen wir ihn bloß suchen?« rief Edwina unsicher. »Wo ist er?«

»Schreien Sie nicht so laut, das ist gefährlich«, sagte Amrit. »Hinter dem Park gibt es eine kleine Moschee, dort wird er zwangsläufig sein.«

»Aber glauben Sie, er ist …?« flüsterte Edwina und beschleunigte ihren Schritt.

»Woher soll ich das wissen?« antwortete Amrit unwirsch. »Schweigen wir lieber und sehen, daß wir vorankommen. Da drüben rechts, den Pfad!«

Ihre Füße stapften den schlammigen Weg entlang, wateten durch Pfützen. Von Ferne ertönte wellenartig ein konfuser Lärm.

»Hören Sie, wie sie dort brüllen?« rief Edwina. »Sicher ist er tot!«

Amrit ergriff ihre Hand und fing mit zusammengebissenen Zähnen an zu laufen.

Hinter einem Dickicht erblickten sie einen Mann in hellem Hemd, der auf einem Holzhaufen hockte und einen Stock in der Hand hielt. Vor ihm drängte sich eine aufgeregte Menschenmenge zusammen, die ihm zuhörte. Im Zwielicht sah man Klingen von Dolchen und Säbeln aufblitzen. Edwina hätte die Stimme unter Tausenden erkannt – er war es!

Langsam näherten sie sich. Amrit hielt Edwina am Arm zurück.

»Lassen Sie sich auf keinen Fall sehen. Geben Sie mir die Taschenlampe«, flüsterte sie.

Edwina preßte die Hand auf ihr Herz, um das starke Klopfen zu beruhigen; eine wilde Freude hatte ihren ganzen Körper ergriffen. Er lebte!

»Ich warne euch!« schrie Nehru und hob seinen langen Stock. »Wenn ihr es wagt, diese Moschee anzugreifen, werde ich euch vernichten.«

Erboste Schreie antworteten ihm, mit vor Wut funkelnden Augen schwang er den Stock, und nach und nach verstummte der Lärm.

»Gut!« sagte Nehru und ließ seine Waffe sinken. »Das genügt. Ihr werdet jetzt ruhig nach Hause gehen und schlafen. Ihr seht sehr wohl, daß euch nichts bedroht, alles ist friedlich. Ich garantiere für eure Sicherheit. Gleich werden unsere Soldaten kommen und euch beschützen. Sobald ich zurückgekehrt bin und die Befehle erlassen habe.«

Die Menge raunte, die Messer verschwanden im Dunkeln, gelegentlich hörte man noch einige Rufe, dann verschwanden die Menschen – einer nach dem anderen.

»Schon gut, meine Freunde, schon gut«, hörte man Nehru unermüdlich sagen.

Als schließlich alle gegangen waren, kletterte er von seinem Holzstapel herunter und hob seine Kappe, um sich die Stirn abzuwischen. Edwina konnte sich nicht mehr zurückhalten, sie stieß Amrit zur Seite und stürzte nach vorne.

»Nehru!« rief sie. »Jawahar, mein Lieber!«

»My Dee, *mere mehboob* ... Sie hier? Mitten in der Nacht?«

»Ich war bei Amrit, man sagte uns, Sie seien tot, und ... es stimmte nicht«, schluchzte sie und legte ihren Kopf auf seine Schulter.

Nehru drückte sie an sich und wiederholte die Worte, mit denen er die Menge beruhigt hatte. »Schon gut«, murmelte er und drückte den Mund auf ihre Haare, »schon gut ...«

Plötzlich machte sie sich los und hatte sich wieder in der Gewalt.

»Amrit ist bei mir«, sagte sie verlegen. »Da drüben.«

Nehru wandte den Kopf, seine Gesundheitsministerin hatte den Zipfel ihres Saris über den Kopf gezogen und lief in einiger Entfernung auf und ab.

»Nun könnt ihr alle beide wieder beruhigt sein«, sagte er väterlich.

Amrit kam eilig näher.

»Wir haben solche Angst gehabt, Nehru!« meinte sie ernst und nahm den Schleier ab. »Sie dürfen sich nicht so exponieren, ganz allein, ohne Eskorte! Das ist Wahnsinn!«

»Ach was«, meinte Nehru und zuckte mit den Schultern. »Ich war eben schneller. Aber haben Sie gesehen? Ich habe sie beruhigt, mit meinem Stock!«

»Hören Sie auf, den Helden zu spielen. Sie kommen jetzt mit uns«, schalt die alte Dame und rückte ihre Brille zurecht.

»Sie waren großartig!« fügte Edwina hinzu. »Jedenfalls lassen wir Sie jetzt nicht mehr allein, jetzt haben Sie zwei Leibwächter.«

Nehru fing an zu lachen und sah sie abwechselnd an. »Da bin ich ja gut geschützt! Meine eigene Ministerin und Lady Louis! Welche Ehre!«

»Stehen wir hier nicht mehr rum!« meinte Amrit und schob ihn energisch vorwärts. »Übrigens sollte Lady Louis längst zurück sein, es ist bald Mitternacht. Ihre Kappe, Jawahar, dort am Boden.«

Er hob sie auf wie ein gescholtenes Kind, klopfte sie ab und setzte sie auf den Kopf. Die Prinzessin ging mit der Lampe in der Hand voran, hinter ihr ergriff Nehru, geschützt durch die Dunkelheit, Edwinas Hand und ließ sie nicht mehr los.

Edwina warf sich angezogen auf das Bett, starrte ins Leere und stützte das Kinn in die Hand.

Wenn er tot gewesen wäre, wäre auch ich gestorben, grübelte sie. Dort draußen, zu seinen Füßen. Er hat meine Hand genommen … Er hat mich im Arm gehalten! Ich habe mich also nicht geirrt, damals in Simla. Er liebt mich und ich, ich! Ich kann nichts dagegen tun, es ist längst zu spät. Jawahar … Jawahar. Was für ein schrecklicher Vorname!

Sie mußte lachen und stützte sich auf den Ellenbogen.

»Ja-wa-har«, sagte sie mit lauter Stimme. »Ich liebe diesen Mann, der sich Jawahar nennt. Und er? Spricht er meinen gräßlichen Namen aus? Ed-wi-na? Lächerlich! Wir sind beide lächerlich.«

Langsam erhob sie sich und knöpfte ihr Kleid auf. Ihr Blick fiel auf ihre Brüste.

»O Gott«, murmelte sie, »ich bin entsetzlich mager. Und schon ganz faltig. Wie sollten wir uns denn lieben?«

Sie setzte sich an ihren Frisiertisch und begrub das Gesicht in den Händen.

So ist es, Mädchen, schäm dich nur. Deine Wangen sind gerötet, dein Körper erhitzt, du lebst auf, Alte! Überall tötet man, überall bringen sie sich gegenseitig um, und du wagst es, an Liebe zu denken? Aber ja, grübelte sie und blickte in den Spiegel, genau das wage ich. Und ich pfeife darauf! Wenn dieser Alptraum erst vorbei ist, dann ...

Sie schob ihre Haare nach hinten.

Ich muß mir jetzt darüber keine Gedanken machen, murmelte sie zwischen den Zähnen. Sonst werde ich noch verrückt. Eine alte Dame in Liebesglut! Ab ins Bett!

Sie zog sich eilig aus und griff nach der Flasche mit Nembutal, die auf ihrem Nachttisch stand.

Nein, dachte sie dann und stellte sie zurück. Ich will jetzt nicht schlafen. Ich habe es jetzt auch nicht mehr nötig, denn ich liebe ihn! Wo ist mein Tagebuch?

Das kleine Heft lag neben dem Schlafmittel. Sie öffnete es und zögerte, den Stift in der Hand.

Wie soll ich bloß dieses Glücksgefühl niederschreiben? fragte sie sich. Sage mir, mein Geliebter, wie soll ich von dieser Nacht erzählen?

Entschlossen schrieb sie schnell sechs Worte. *Heute habe ich ihn lebend wiedergefunden.*

Dann ließ sie sich unter ihre Decke gleiten und küßte den Rücken der Hand, die er so lange in der seinen gehalten hatte.

## *Der Flug über das Pandschab*

*Pandschab, den 21. September 1947*

»Vergessen Sie nicht, sich anzuschnallen!« ermahnte Lord Louis die Passagiere des Militärflugzeugs. »Wir werden in geringer Höhe fliegen, und ich warne Sie, wir müssen damit rechnen, durchgeschüttelt zu werden.«

Brav schnallten sich die Mitglieder des Notstandskomitees an. Alle hatten ernste Gesichter, der Flug über das Pandschab würde keine Vergnügungsreise sein.

»Bevor wir starten, möchte ich Ihnen versichern, wie froh ich bin, daß Sie alle hier sind. Zusammen werden wir versuchen, den Umfang der Flüchtlingszüge einzuschätzen, die derzeit das Pandschab durchziehen und von denen unterwegs Tausende sterben. Was wir sehen werden, wird uns zeigen, wie riesig unsere Aufgabe ist, aber wenigstens sind Sie alle hier und alle noch am Leben. Vergessen Sie nicht, daß Ihr Überleben und Ihre Lebenskraft essentiell für das Gelingen unserer Bemühungen sind.«

Edwina kniff die Lippen zusammen und drehte den Kopf zur Seite, Dickie konnte einfach nicht auf emphatische Reden verzichten.

»Es ist ein Wunder, daß der Regen heute morgen ausgesetzt hat«, murmelte Nehru.

Die Motoren fingen an zu brummen, die Passagiere waren angespannt. Als das Flugzeug vom Boden abhob, hörte man leise Seufzer, bei einigen aus Angst, bei anderen aus Erleichterung, aber nervös waren sie wohl alle.

Der erste Flüchtlingstreck war unter den Tragflächen des Flugzeugs zu erkennen. Er sah aus wie ein riesiger Ameisenzug.

»Da sind sie!« rief Patel. »Dort, auf der linken Seite.«

Die Passagiere in der linken Flugzeughälfte drehten die Köpfe zu den Bullaugen. Man erkannte Karren, beladen mit Bettzeug und Möbeln, daran angebundene Ziegen, obendrauf Kinder oder in sich zusammengesunkene Frauen. Ein Jeep fuhr in schnellem Tempo an der Karawane vorbei, streifte fast die Kamele, die die Karren zogen, und hüllte den ganzen Zug in eine große Staubwolke.

»In zwei oder drei Stunden werden sie die Stadt erreichen«, meinte Edwina.

»Jedenfalls stoßen sie dort auf keine Hindernisse mehr«, stellte Lord Louis fest. »Aber wir befinden uns ja noch nicht über dem Pandschab.«

Kaum hatte er seinen Satz beendet, als vorne jemand einen Ruf ausstieß. »Da, auf dieser Seite, noch eine Kolonne!«

Dieser Trek war viel länger und bewegte sich viel langsamer.

»Sie haben ihre Schafe dabei«, sagte Patel. »Und sogar Büffel. Wie haben sie es geschafft, sie so weit zu treiben?«

»Wir wissen ja nicht, woher sie kommen, und ob es ihre eigenen Herden sind«, meinte Amrit. »Sie versuchen vielleicht nur, einige Tiere zu retten.«

Dann schwieg sie. Etwas weiter entfernt hatte sie noch eine Kolonne entdeckt, die aus einer anderen Richtung heranmarschierte.

»Noch eine«, murmelte sie.

»Jetzt sind wir schon fast über dem Pandschab«, rief Lord Louis. »Jeder soll die Augen offen halten.«

Die Mitglieder des Notstandskomitees beugten sich zu den Bullaugen. Von überallher kamen Flüchtlingszüge und flossen ineinander. Tiere bäumten sich auf, Karren stürzten um, und von oben gesehen schienen die Flüchtlinge wie Insekten im Staub, die ihre winzigen Gliedmaßen ruckartig bewegten. Wenn das Flugzeug über ihnen war, hoben einige den Kopf, aber andere waren so erschöpft, daß sie sich nicht die Mühe gaben aufzuschauen.

»Gerade habe ich gesehen, wie da vorn eine alte Frau von einem Karren gestürzt ist!« rief Amrit. »Wir müssen ihr helfen!«

Nehru öffnete seinen Sicherheitsgurt und ging zu ihr, um über ihre Schulter zu blicken.

»Sie werden ihr schon helfen. Sehen Sie, da steigt schon jemand vom Karren«, murmelte er erleichtert.

»Aber was macht er?« rief Amrit. »Er läßt sie liegen!«

Nehru seufzte.

»Er zieht ihr den Sari über den Kopf. Sie ist tot!« jammerte Amrit. »Sie können sie doch nicht einfach so liegen lassen!«

Entsetzt schwiegen die Mitglieder des Komitees. Edwina wollte aufstehen, aber Lord Louis hielt sie am Arm fest, das Flugzeug schwankte schon gefährlich.

»Aber was soll der Mann denn anderes tun?« meinte er nervös. »Wir wissen doch alle, daß sie sie am Straßenrand liegen lassen. Haben Sie ein Kind neben ihr gesehen? Herr Premierminister, begeben Sie sich nicht in Gefahr, bleiben Sie angeschnallt auf ihrem Sitz, der Wind ist stark.«

»Sie trägt Weiß, sie ist eine Witwe«, seufzte Amrit. »Das heißt, sie war eine ...«

Dieses Flugzeug, das vor ihnen davonfliegt, und wir mit ihm«, stöhnte Nehru. Er setzte sich wieder auf seinen Platz und stützte den Kopf in die Hände.

Lord Louis beugte sich plötzlich nach vorn.

»Schauen Sie, meine Herren und Sie, Madam. Sie auch, Darling.«

Der gesamte Horizont bestand noch aus einer einzigen Staubwolke, die Massen von Kindern, Frauen, Alten, Büffeln, Ziegen, Zebus und Kamelen einhüllte. Menschen und Tiere wirkten unter der Staubschicht alle gleich farb- und hoffnungslos.

In der Kabine herrschte Schweigen.

Das Flugzeug flog immer weiter, aber der Horizont leerte sich nicht.

»O Ram«, seufzte Amrit, »o, Ram ...«

Es war die einzige Stimme im Raum, das Jammern einer alten, gequälten Frau, die weinte, weil sie hier mitten in der Luft in einem Stahlgehäuse gefangen saß und unfähig war, den Ihren zu helfen.

Plötzlich, während die riesigen Menschenmassen weiter Richtung Delhi zogen, erblickten sie eine Kolonne, die in entgegengesetzter Richtung, nach Osten, unterwegs war. Sie bewegten sich gen Pakistan, genau auf die anderen Flüchtlingszüge zu.

»Moslems!« rief Nehru.

»Sie werden auf die Sikhs treffen, die aus dem Pandschab kommen«, sagte Patel. »Sie werden miteinander kämpfen! Ich weiß, wie das ist, ich kenne genug Berichte über Flüchtlingszüge, die aufeinandertreffen. Es genügt, daß ein Karren umkippt, schon werden die Messer gezückt.«

Die endlose Reihe der Moslems näherte sich unabwendbar den Sikhs. Die Spitzen beider Züge trafen sich.

»Sie kreuzen sich«, murmelte Lord Louis, der an seinem Bullauge hing, als ob er gleich herunterspringen wollte.

Die Karren rumpelten gegeneinander, gelegentlich stießen sich die Tiere mit den Hörnern oder schlugen mit aller Kraft aus. Nehru verbarg sein Gesicht in den Händen und stöhnte. Edwina drehte sich um und streckte sinnloserweise ihre Hand aus.

Aber die Menschen marschierten mit gesenktem Kopf weiter, die Frauen auf den Karren hielten, ohne aufzublikken, ihre Kinder im Arm, die Alten stolperten mit gesenkten Köpfen hinterher. Keiner von ihnen schien den anderen Trek auch nur zu bemerken. Vorwärts zogen sie, den Blick zum Boden gewandt, als ob sie von einem unsichtbaren Wind getrieben würden.

Am Horizont zog sich ein dunkler Streifen über den Himmel, bald würde der Monsunregen wieder fallen.

Das Flugzeug machte kehrt.

# 9

# Ruhe nach dem Sturm

## *Atempause*

*Delhi, den 2. Oktober 1947*

Vor dem Tor von Birla House versammelte sich bereits die Menge. Mütter schoben ihre barfüßigen, girlandentragenden Kinder vor sich her, Autos reihten sich entlang der Straße wie eine Ansammlung von grauen Käfern. Man hörte Türen schlagen. Der Mahatma feierte seinen fünfundsiebzigsten Geburtstag.

Edwina ließ sich von einem Offizier den Weg durch die Menge bahnen, und die Reihen der Besucher öffneten sich vor der weißgekleideten Dame.

Der Mahatma saß im Schneidersitz auf dem Boden seines weit geöffneten Zimmers und empfing einen Besucher nach dem anderen, die sich vor ihm niederwarfen, als wäre er eine Gottheit. Als er das weiße Kleid erblickte, erhob er sich und grüßte mit dem *Namasté*, wobei er mit den Augen zwinkerte.

»Ich fühle mich sehr geehrt, Euer Exzellenz«, murmelte er schalkhaft. »Es wäre nicht nötig gewesen, sich zu bemühen.«

Edwina beugte sich nieder, um seine Füße zu berühren, Gandhi strich ihr sanft über die braunen Haare und half ihr liebevoll auf.

»Mein Kind, ich bitte Sie«, sagte er und bedeutete ihr, sich auf den Boden zu setzen. »Ich sehe, daß Sie allein gekommen sind.«

Edwina seufzte, ohne zu antworten.

»Ich nehme an, der Generalgouverneur überwacht seine Anordnungen vom Hauptquartier aus?« fragte er zynisch. »Wandern die Nadeln immer noch über die Karte?«

»Seit den Überschwemmungen in der letzten Woche bewegt sich ein unendlicher Strom an Flüchtlingen auf die Hauptstadt zu«, sagte sie traurig. »Aber Dickie hat mir versichert, daß die Massaker faktisch aufgehört haben.«

»Man hat es mir auch gesagt«, meint der Mahatma. »Ich habe meine Freiwilligen auf Bahnhöfe, die Einfallswege zur Stadt und auf die Hauptstraßen ausgesandt. Sie versichern mir, daß sie seit über einer Woche nicht mehr eingreifen mußten.«

»Und gerade jetzt muß Churchill Dickie angreifen«, meinte sie bitter.

»Winston Churchill kann uns sowieso nicht leiden«, sagte der alte Mann finster.

»Er behauptet, hier herrschten Verhältnisse wie bei wildgewordenen Kannibalen!« rief Edwina.

Gandhi legte seine Hand auf die ihre.

»Wir hätten das Land, unsere Mutter, nicht aufteilen dürfen«, murmelte er. »Jetzt ist es zu spät. Es wird weitergehen. Bestenfalls können wir sie daran hindern, sich wie wildgewordene Tiere aufeinander zu stürzen. Aber die armen Flüchtlinge ... Neulich hat mir in Purana Qila ein schreiender Vater den Leichnam seines Babys in die Arme geworfen. Und ich konnte nichts tun! Hätten sie mich doch lieber ermordet ... Es ist wirklich Zeit, daß sich endlich jemand dazu entschließt!«

»Im Lager von Humayun wissen sie nicht mehr, was sie mit all den Toten anfangen sollen«, seufzte Edwina. »Also werfen sie sie einfach über die Umzäunung.«

»Ohne Begräbnis, und das bei Moslems!« erregte sich Gandhi. »Wir müssen sie trösten und ihnen versichern, daß man sich um ihre Abgeschiedenen kümmern wird.«

»Ich werde hinfahren«, meinte Edwina.

»Gut«, sagte der Mahatma, ohne eine Miene zu verziehen. »Sehen Sie sich das an«, fügte er hinzu und zeigte gen Himmel. »Sehen Sie dieses Dreieck weißer Flügel über dem Garten? Das sind Kraniche aus Sibirien. Um diese Zeit ziehen sie immer hier durch. Und ich, ich werde in das Pandschab gehen.«

»Sie, ins Pandschab? Das wird man nicht zulassen!« rief Edwina verdutzt.

»Wollen Sie etwa behaupten, ich sei dazu zu alt?« fragte Gandhi lächelnd.

»Bapu, ich habe ja ganz vergessen, Ihnen zum Geburtstag zu gratulieren!« sagte Edwina ganz durcheinander.

Der alte Mann sank in sich zusammen.

»Tun Sie es nicht«, murmelte er traurig. »Es wäre besser, mir Ihr Beileid auszusprechen. Sie merken ja, meine Stimme hat heutzutage keine Resonanz mehr. Ich habe allen Willen zum Weiterleben verloren.«

»Das stimmt doch nicht, denn schließlich wollen Sie sich ins Pandschab begeben!« rief Edwina. »Ich habe das Funkeln Ihrer Augen bemerkt.«

»Sie wissen doch, daß es einfach nötig ist«, sagte der Mahatma. »Nehru weiß es nicht, aber Indien ist der Verantwortliche. Die Hindus sind verantwortlich. Ich werde das aussprechen. Und mir bleibt vor meinem Tod noch eines zu tun, und das ist, den Moslems und Sikhs die Entschuldigung meines Landes zu überbringen.«

»Aber warum gerade Sie? Das ist unvernünftig!« meinte Edwina abwehrend.

»Und wer sonst würde sich dazu durchringen?« fragte der alte Mann und richtete seinen langen, dürren Körper auf.

»Aber gerade Sie haben sich nichts vorzuwerfen!« rief sie.

*Amritsar, den 7. Oktober 1947*

Als sie von der kleinen Gangway auf die Landebahn trat, atmete Edwina tief ein. Die Luft war erstaunlich klar, und der Flughafen merkwürdig friedlich.

Dieses Mal wurde sie von ihrer Assistentin Muriel Watson begleitet.

»Der Monsun läßt wirklich nach«, rief sie ihr zu. »Ich sehe fast keine Wolken mehr, sondern nur noch tiefes Blau.

Nicht einmal mehr Rauch. Kein Feuer weit und breit. Das ist wirklich zu schön!«

»Lord Louis behauptet, daß die Massaker nachlassen, Madam. Vielleicht ist es tatsächlich wahr.«

»Von seinem Schreibtisch aus sieht das alles etwas anders aus«, seufzte Edwina. Seine geliebten roten Nadeln auf der Karte des Pandschab sagen nichts über die Unruhen in den Städten aus. Wir werden ja sehen.«

Der indische Kommandant schlug die Hacken zusammen und legte die Hand an seinen beigeroten Sikh-Turban. Seit über acht Tagen hatte es keine Unruhen mehr gegeben, in der ganzen Woche hatte man nicht mehr als drei erdolchte Frauen und zwei alte Männer in den Straßen des Basars gefunden.

»Nur noch Kleinigkeiten, Euer Exzellenz«, behauptete der Kommandant lebhaft. »Wir sind auf dem richtigen Weg. Ihr Jeep erwartet Sie.«

Eingerahmt von zwei Panzerfahrzeugen, fuhr der Jeep vorsichtig um die Schlammlöcher und die aufgedunsenen Tierkadaver mit steif nach oben ragenden Beinen herum. Wie in Delhi hausten auch hier vor den Ruinen verbrannter Häuser unter alten Planen die Armen. Nicht ein Haus war stehengeblieben.

»Sieht die ganze Stadt so aus?« fragte Miß Watson unsicher.

»O nein! Der moderne Stadtteil ist fast unbeschädigt. Und der Tempelbezirk ist auch nicht zerstört, Madam. Das ist schon eine ganze Menge«, antwortete der Kommandant tapfer.

»Wie viele Tote?« fragte Edwina.

»Zehntausend ... Nein, zwölftausend. Ich weiß es einfach nicht mehr, Madam. Es hängt davon ab, ob man die Dörfer der Umgebung mitzählt«, stotterte der Kommandant.

»Gibt es Epidemien?«

»Man hat mir gesagt, es gäbe keine, Madam. Aber das muß man überprüfen, der Monsun bringt ja alle möglichen Krankheiten, da ist es schwer, das auseinanderzuhalten.«

»Wieso? Wenn die Leute wie die Fliegen sterben, ist es doch eine Epidemie!« rief Edwina.

»Aber Euer Exzellenz! Es gibt ganz normale Epidemien und dann solche wie ... Nun, wie eben in diesem Jahr«, antwortete der Kommandant beschämt

Eine Ruine folgte auf die andere, ein Gewirr aus Bauschutt und verbrannten Balken, die Menschen durchwühlt hatten. Gelegentlich reichten die Abfälle zwischen den halb eingestürzten Lehmziegelwänden bis in Dachhöhe, von dem zumeist nichts als einige herabgestürzte Balken übriggeblieben waren. Hier hatten sich massenweise Geier niedergelassen. Gelegentlich schlug einer von ihnen wie bei einer halbherzigen Gymnastikübung mit den Flügeln und öffnete den Schnabel, als ob er gähnen müßte.

»Das ist ja fürchterlich!« murmelte Miß Watson. »Nichts ist erhalten.«

»Amritsar ist die heilige Stadt der Sikhs, Madam«, erklärte der Kommandant. »Es ist nicht erstaunlich, daß hier schwere Kämpfe stattgefunden haben.«

»Aber es ist auch die Stadt, in der General Dyer grundlos auf eine unbewaffnete Menschenmenge schießen ließ«, sagte Edwina. »Dieses fürchterliche Massaker von 1919 hat Amritsar also nicht vor weiteren Blutbädern bewahrt.«

»Seither sind zwei Generationen vergangen, Euer Exzellenz«, antwortete der Kommandant mit einer ausweichenden Geste. »Diese Geschichte beschäftigt nur noch die Alten. Die jungen Leute haben längst vergessen, und da sie jetzt frei sind ...«

»Sie können ihrer Liste noch einen Toten hinzufügen, Kommandant«, sagte Edwina plötzlich. »Sehen Sie!«

Auf einen der Abfallhaufen hatte man den winzigen Körper eines Säuglings geworfen. Der Kommandant ließ den Jeep anhalten, brüllte stumpfsinnig Umherstehenden Befehle zu und ließ den kleinen Körper bergen. Eine Frau brachte einen Schal, um ihn einzuwickeln, und man legte ihn hinten in den Jeep.

»Entschuldigen Sie, Exzellenz«, meinte der Kommandant, »dabei sind die Anordnungen sehr strikt. Aber manchmal, wenn die Familien verschollen sind, weiß einfach keiner, was er mit den sterbenden Säuglingen anfangen soll. Die Leute sind alle so erschöpft, die Scheiterhaufen sind weit entfernt, man müßte hinlaufen …«

»Ich weiß«, unterbrach Edwina ihn kurz angebunden.

»Es ist alles so furchtbar, Exzellenz«, sagte der Kommandant mit zitternder Stimme.

In ihre khakifarbene Uniform gezwängt und mit ihren Orden auf der Brust, verbrachte Edwina den ganzen Tag mit den Verantwortlichen für die zivile und militärische Verwaltung. Es war eine Inspektionsreise, bei der Punkt für Punkt alle verfügbaren Mittel überprüft wurden. In Amritsar herrschte ein erschreckender Mangel an Impfstoffen, es gab überhaupt kein Wismuth mehr, und die Cholera breitete sich immer weiter aus. Aber man hatte sich vergewissern können, daß der Aufruhr ein Ende gefunden hatte. In diesem Punkt stimmten alle Krankenhäuser überein: Seit einer Woche war weder jemand mit Stichverletzungen noch mit Schußwunden eingeliefert worden. Das war schon ein gewaltiger Fortschritt.

Edwina wollte sich genauer umsehen, und verlangte, zu Fuß durch den Basar zum goldenen Tempel zu gehen. Von den Läden war nicht viel übriggeblieben, die Vordächer hingen schief herab, und die Gassen waren fast wie ausgestorben, aber auf dem Platz vor dem Tempel boten Bauern Kürbisse und Melonen an. In einem riesigen Topf kochte Reis, der von Freiwilligen an die schweigende Menge ausgegeben wurde. Sie wollte auch kurz den Ort der englischen Schmach besuchen, den Garten von Jallinawala, dessen Mauern stehengeblieben waren, und auch die Brunnen, in die sich die gewaltlosen Demonstranten geworfen hatten, um den Kugeln des Generals Dyer zu entgehen. Sie betrachtete die eingetrockneten, achtundzwanzig Jahre alten Blutspuren, die keiner hatte wegwaschen wollen. Hier war es gewesen, wo sich der junge Nehru entschlossen hatte, Freiheitskämpfer zu werden. Es war, als wollte der friedliche Garten die neuen Mörder anklagen, alle die, die Gandhi verraten hatten, indem sie auf ihre Brüder schossen. Hier gab es keine Vögel, noch nicht einmal Krähen.

Lady Louis äußerte den Wunsch, ins Innere des Tempels zu gehen, dessen mit Einschußlöchern übersäte Wände von der Heftigkeit der Kämpfe zeugten. Ebenso wie die sie begleitenden Funktionäre zog sie am Haupteingang die Schuhe aus, durchschritt den kleinen Wassergraben, der zur Reinigung der Füße diente, und fand sich plötzlich in einer Insel des Friedens wieder.

Die untergehende Sonne tauchte den Tempel mit ihren letzten Strahlen in ein rötliches Licht, so als ob nichts dieses helle Bild beeinträchtigen könnte. In der Mitte des riesigen heiligen Wasserbassins schien der kleine, mit Gold überzogene Tempel in seiner absoluten Ruhe dem Bürgerkrieg zu trotzen. Von soviel Schönheit wie verzaubert, verharrte Edwina regungslos, bevor sie auf die Tausenden von Gläubigen aufmerksam wurde, die rings um das Becken knieten, die Füße unter dem Körper, um den Tempel nicht zu beleidigen. Sie jammerten leise vor sich hin, so als wollten sie ihren Gott nicht stören.

Er war da, dieser Gott, an allen vier Ecken lag er auf einem Pult: Mit wiegenden Köpfen saßen Priester auf dem Boden und lasen in dem Granth Sahib, dem Heiligen Buch. Um den Frieden zu bewahren, der den ganzen Ort einhüllte, fächelte man dem Buch mit einem Fliegenwedel Luft zu, so wie man es immer getan hatte, seit der letzte Guru den Sikhs dieses Buch hinterlassen hatte, das von da an ihr einziger Lehrmeister und das Bild Gottes war.

Von ihrer Leibwache umgeben, stieg Edwina die Stufen bis zum glänzenden Marmor hinunter. Dann legte sie zögernd die Hände zusammen und betete zu diesem Gott, den sie nicht kannte, der sich in einem Buch manifestierte, hier in diesem goldenen, in Wasser schwimmenden Tempel. Ein Priester näherte sich ihr, ein Mann mit schwarzen Augenbrauen und einem weißen Bart, in der geöffneten Hand bot er ihr respektvoll etwas von dem weißen Brei an, der zu einem kleinen Kuchen gepreßt war. Es gehörte zu den Aufgaben der Diener des Buches, auch die Gläubigen zu speisen, sogar in Notzeiten. Lady Louis beugte den Kopf und aß mit Inbrunst die klebrige und übersüßte Hostie, die an die Felder und die Ernte erinnern sollte.

Einige alte Karpfen, deren Rücken mit Algen bedeckt waren, öffneten ihre Mäuler, um ebenfalls an dem Schmaus teilzuhaben. Bedauernd verließ Edwina diesen friedlichen Ort.

»Na also, Muriel, alles spricht dafür, daß Lord Louis recht hat«, meinte Edwina und ließ sich in einen Sessel fallen. »Amritsar hat viel abbekommen, aber jetzt herrscht Ruhe! Endlich werden wir aus diesem langen Alptraum erwachen.«

Muriel Watson horchte auf, auf der Treppe hörte man Schritte.

»Ein Telegramm für Ihre Exzellenz«, sagte eine Stimme hinter der Tür.

Miß Watson nahm es, reichte es weiter. Edwina wurde bleich und öffnete mit zitternden Händen den Umschlag.

»Mein Gott, Muriel, das ist einfach unglaublich ... ich bin Großmutter! Meine Tochter Patricia ... Die Nachricht kommt aus London! Es ist ein Junge«, fügte sie lachend hinzu.

*Delhi, den 7. November 1947*

Lord Louis nahm den Brief vom Tisch und las ihn nochmals aufmerksam durch. »Ich weiß nicht, warum ich Ihnen schreibe, wenn nicht deshalb, weil ich einfach jemanden schreiben muß, um mein Herz zu erleichtern.«

Der Brief stammte von Nehru.

Ein Wort war angefangen, aber nicht beendet, die große nervöse Schrift brach ab, als ob eine schlechte Nachricht ihn am Weiterschreiben gehindert habe. Lord Louis griff zum Telefon und wählte die Nummer des Premierministers.

»Jawarla? Es ist schon spät ... Sie schlafen noch nicht? Ich habe Ihren Brief erhalten. Entschuldigen Sie sich nicht. Ich verstehe Sie ja ... Aber trotz allem, es sind Fortschritte erkennbar. Nur noch die Seuchen sind ein Problem. Aber der Wahnsinn hat wenigstens aufgehört. Haben Sie schon die Mitteilung gesehen, die ich herausgeben will? Nein? Warten Sie, ich lese Ihnen vor ...«

Lord Louis griff nach einem Schriftstück.

»So. Es ist nicht lang. Endlich hat man damit aufgehört, Moslems aus dem Fenster zu stürzen ... Ich verstehe ja, Nehru, aber wenn Sie den Leuten nicht mitteilen, daß es aufwärtsgeht, werden wir niemals da rauskommen!«

Ungeduldig trommelte Lord Louis mit den Fingern auf seiner Schreibtischplatte.

»Aber ja, die Leute können wieder bedenkenlos Züge benutzen, das wollte ich Ihnen ja gerade mitteilen ... Na ja, nach Kaschmir ... Nein, hören Sie mir bitte zu! Ich werde es Ihnen nochmals wiederholen: Der Maharadscha hat die Beitrittserklärung seines Staates an Indien unterschrieben, die Sikhbataillone sind dort eingetroffen, die Unruhestifter ... Aber nein, keine Eindringlinge, das sind Pathanenstämme, wie Sie sehr wohl wissen! Fangen Sie bloß keinen Krieg an! Endlich ist wenigstens dieses Problem gelöst, und Sie stellen alles wieder in Frage! Ich betone, es ist gelöst, und zwar genau seit dem 28. September. Ja ... Also, Kaschmir gehört zu Indien. Es ist nur noch nötig, das Referendum zu verabschieden ... Was sagen Sie? Wie?«

Vor Staunen ließ Lord Louis den Hörer sinken.

»Halten Sie es wirklich für notwendig, daß ich an dieser Hochzeit teilnehme? Nein, ich habe mich damit noch nicht beschäftigt. Ich weiß sehr wohl, daß Elisabeth Thronfolgerin ist. Und obendrein noch meine zukünftige Nichte ... Glauben Sie, ich könnte das nur einen Moment vergessen ...? Ich verstehe Sie einfach nicht mehr. Sie scheinen völlig verzweifelt zu sein, und dann schicken Sie mich nach London zu einer königlichen Hochzeit?«

Lord Louis malte mit der Hand große Kreise in die Luft. Um sich zu beruhigen, zwang er sich, lauter Linien in ein Heft zu kritzeln.

»Mein Neffe Philip kann sehr gut ohne mich auskommen ... Man wird behaupten, daß ich von meinem Posten geflohen bin ... Ach, meinen Sie wirklich ...? Aber man wird mich nach Zahlen fragen, was soll ich dann bloß sagen? Wissen Sie, wie viele Menschen umgekommen sind? Das ist sehr unangenehm. Ich werde Schwierigkeiten haben.«

Plötzlich schlug er sich mit seiner freien Hand vor die Stirn.

»Hören Sie, Nehru. Ich werde unter einer Bedingung zur Hochzeit der Prinzessin fahren, und zwar, wenn Sie sich bereit erklären, Jinnah zu treffen ... Doch! Sie müssen ihn sprechen, um endgültig diese Kaschmirgeschichte zu regeln. Gut. Ich werde morgen den Generalgouverneur von Pakistan anrufen. Wunderbar!«

Er wollte auflegen und hatte die Hand fast schon auf der Telefongabel.

»Wirklich? Gandhi hat Ihnen das gesagt? Er hat es Ihnen gezeigt? Das ist sehr bewegend. Edwina wird es ein Vergnügen sein, Prinzessin Elisabeth dieses Geschenk zu überbringen ... Ob sie versteht, was es bedeutet? Ich werde es ihr erklären. Ja ... Ich glaube, es ist Zeit, schlafen zu gehen, Jawahar ... Unbedingt, sechs Stunden, nicht weniger, sonst halten Sie nicht durch. Ich bestehe darauf. Gute Nacht.«

Lord Louis erhob sich nachdenklich und ging gemächlich zum Schlafzimmer seiner Frau.

Sie bewegte sich im Schlaf, schien mit der Hand schlechte Träume vertreiben zu wollen und murmelte unverständliche Worte.

»Edwina«, flüsterte er und schüttelte sie an der Schulter. »Edwina!«

»Dickie!« Sie richtete sich auf. »Was ist los?«

»Nichts Schlimmes, Darling«, antwortete er und strich ihr über den Kopf. »Es steht jetzt fest. Wir werden übermorgen früh nach London fliegen.«

»Oh«, meinte sie gähnend. »Das hast du mir doch schon vorgestern gesagt, und dann hattest du deine Meinung geändert.«

»Nehru besteht darauf, daß wir fahren, meine Liebe. Er

meint, ich könnte auf diese Weise eine Pressekampagne gegen uns vermeiden. Und dann hat er sich einverstanden erklärt, sich mit Jinnah zu treffen.«

»Wie du willst, Dickie ... Ich bin todmüde«, seufzte sie.

»Bevor du wieder einschläfst ... Der Mahatma wünscht, daß du Lilibeth sein Hochzeitsgeschenk übergibst. Eine Tischdecke aus Baumwolle, die er selber gesponnen hat.«

»Erzähl mir nicht solchen Blödsinn«, murmelte sie verschlafen. »Es ist wirklich zu spät für Scherze. Laß mich schlafen ...«

## *Königliche Hochzeit*

*London, den 20. November 1947*

In der alten Abtei war das Dröhnen der Orgel verklungen, die trotz der Wandteppiche und Verkleidungen eher einer Galeone im Wind ähnelte. Die Erzbischöfe hatten sich an den Seiten der Apsis niedergelassen, die Priester wandelten feierlich über den Samtteppich, von den königlichen Majestäten, den Prinzen und Lords, die in dichten Reihen saßen, vernahm man kaum das Knarren eines Stuhles. Nun spielte die Orgel sanft und gedämpft, und ein Geruch aus Weihrauch und parfürmierten Nerzen erfüllte den Chor. Weiter vorne das Brautpaar, von dem man nur mehr den Rücken sah. Pamela als Trägerin der langen weißen, mit großen Blumen bestickten Schleppe kam wie die anderen Mädchen würdig ihrer Funktion als Brautjungfer nach. In seiner Eigenschaft als Onkel des Bräutigams hielt sich Lord Louis zusammen mit seiner Frau in der ersten Reihe auf. Der Herzog von Edinburgh, sein Neffe, von dem er nichts als den blonden steifen Nacken sehen konnte, hielt sich bolzengerade.

Lord Louis konnte sich noch so bemühen, sich auf die Feierlichkeit des Ereignisses zu konzentrieren, seine Gedanken schweiften dennoch ab. War es richtig gewesen, eine

Zahl für die Toten im Pandschab anzugeben? Hätte er sich vor den Regierungsmitgliedern im Londoner India House anders verhalten sollen? Er hatte sich vorbereitet, er hatte die vagen Angaben wieder und wieder zusammengezählt. Die indische Presse hatte von einer Million Toten gesprochen, aber das war reine Propaganda gegenüber Pakistan und ein Versuch, die Kaschmirfrage in ihrem Sinne zu beeinflussen. Nein, eine Million waren es nicht, sicherlich nicht. Die Zahlen, die er vor seiner Abreise aus Delhi bekam, schwankten zwischen zwei- und fünfhunderttausend, aber es war einfach noch nicht möglich, sie zu verifizieren. Weil es noch keine Beweise gab und weil es wahrscheinlich nie welche geben würde, hatte Lord Louis einen seiner kühnen Schachzüge gewagt, die ihm bislang immer gelungen waren.

Vor der ganzen Versammlung und einem Saal voller Journalisten hatte er beteuert, daß die Zahl der Toten hunderttausend nicht überschritten habe und daß außerdem die Unruhen nur einen ganz kleinen Teil des Landes betroffen hätten, drei Prozent, nicht mehr. Ein tragischer Zwischenfall.

Und im Grunde stimmt es ja! überlegte er und rutschte auf seinem Stuhl herum. Im Süden war es still, in Bengalen ist fast nichts passiert, das Zentrum blieb ruhig und der Himalaja auch. Ich habe also nicht gelogen …

Trotzdem quälte ihn unaufhörlich ein unbehagliches Gefühl. Nach dem brillanten Auftritt von Lord Louis in India House hatte sich Lord Ismay erregt: »Das ist unwichtig! Hundertausend oder eine Million Tote und drei Prozent des Landes von Massakern heimgesucht. Kommt es darauf an? Das Wichtige ist doch das menschliche Unglück, diese unermeßliche Kette von Leid … Sicher ist doch, daß mehrere Millionen Menschen vertrieben wurden, ihre Existenz ruiniert ist, daß sie ihre Häuser verloren haben, hungern, verdursten und, was noch schlimmer ist, keine Hoffnung, keine Zukunft mehr zu haben glauben!«

Aufgeschreckt durch diesen Ausbruch seines Stellvertreters, dem Treuesten der Treuen, hatte Lord Louis gespürt, wie ihm eine stählerne Hand das Herz abschnürte. Ismay hatte ja recht. Aber jetzt war es zu spät, er durfte sich auf gar keinen Fall selbst widersprechen. Deshalb hatte er entgegen aller Augenscheinlichkeit versichert, daß man die Massaker unter Berücksichtigung der ganzen Größe Indiens beurteilen müßte und daß er ja übrigens, bevor er das Amt des Vizekönigs angetreten habe, Clement Attlee gewarnt hätte.

Die Geistlichen beendeten nach und nach ihr Kommen und Gehen. Der Zeitpunkt der Predigt war herangerückt.

Ich bin nicht verantwortlich, dachte Lord Louis verbissen. Ich erinnere mich, daß ich damals schon vorausgesagt habe, die Inder würden ihre Unabhängigkeit nicht ohne schwere Unruhen und Blutvergießen erreichen. Warum soll ich an allem schuld sein? Sind Nehru und die anderen nicht auch verantwortlich?

Die gegen ihn vorgebrachten Anklagen waren nicht so einfach beiseite zu schieben. Die Presse ging sogar so weit, ihn zu verdächtigen, er habe die Unabhängigkeit Indiens forciert, um schneller seinen liebsten Traum verwirklichen können, nämlich Herr der Meere zu werden, Befehlshaber der Flotte. Man fragte sich immer noch, wie er auf das berühmte Datum vom 15. August 1947 gekommen war, das alle Welt überrascht und das zu einer solchen Katastrophe geführt hatte. Die vagen Erklärungen, die er später abgegeben hatte, hatten ihm nur geschadet, keiner nahm seine Behauptung ernst, daß er den 15. August gewählt hatte, um an seinen Sieg in Asien zu erinnern. Jetzt saß er in der Falle, er mußte nun so lange in Indien bleiben, wie die Unruhen anhielten. Wenigstens durfte er nun, da sein Neffe die Thronfolgerin von England heiratete, auf einen Verbündeten hoffen. Gerade jetzt kündigte sich der feierlichste Akt an. Lord Louis richtete sich auf, versuchte seine Schuldgefühle zu verdrängen, doch gelang ihm nur ein verzerrtes Lächeln. Die Verlobten waren dabei, sich die Treue zu schwören. Philip Mountbatten, sein Neffe und nunmehriger Prinzgemahl, hatte sein Leben mit dem Elisabeth' verbunden, der Tochter von George VI., dem König von England.

Lady Louis, die Herzogin von Birma, versuchte vergeblich, in ihrer starren langen Robe und ihrem Pelz, sich ihre eigene Hochzeit ins Gedächtnis zu rufen. Sie erinnerte sich noch an das Delphinblau der Kleider ihrer sieben Brautjungfern, das sie nach der Farbe ihrer Augen gewählt hatte, die Länge ihrer Schleppe und das Gewicht ihres Schmucks fielen ihr wieder ein, aber nicht, was sie in diesem Moment empfunden hatte. Die Erinnerung an Äußerlichkeiten war geblieben, die an ihre Gefühle jedoch verloren. Doch, an etwas erinnerte sie sich. Bevor sie den Hochzeitskuchen angeschnitten hatten und ihre Hand auf seiner behandschuhten geruht hatte, hatte Dickie eine sehr geschliffene kurze Ansprache gehalten und sie mit großer Zärtlichkeit ›meine Braut‹ genannt. Erst gegen Ende der Flitterwochen in Broadlands, ihrem Haus, hatten sich die Dinge zum Schlimmeren gewendet.

Und wiederum war es in Broadlands, wo von morgen an alles wieder komplizierter würde. Das junge Prinzenpaar würde dort – wie sie damals – seine Flitterwochen verbringen, aber warum hatte Edwina unvorsichtigerweise gerade Malcolm Sargent eingeladen, dort eine Nacht zu verbringen?

Jetzt würde dieser ganze Schlamassel von vorne anfangen.

Sie hatte Malcolm Sargent zum erstenmal 1941 nach einem Konzert getroffen, das er in der Albert Hall dirigiert hatte. Während des Krieges hatte er Konzerte für die Soldaten gegeben, und Edwina war ihm oft in den Camps und Lazaretten begegnet. Weder er noch sie hatten die Zeit gefunden, sich ineinander zu verlieben. Bis zur Kapitulation der Nazis. Da war Lady Louis schon nicht mehr die brillante Dame von Welt, die als freizügig und skandalumwittert bekannt war. Als sie damit begonnen hatte, sich im Krieg nützlich zu erweisen, hatte sie sich gegen große Vorbehalte durchsetzen müssen; sie hatte die Widerstände der karitativen Organisationen überwunden, die diese schwer kompromittierte Frau möglichst schnell wieder loswerden wollten, deren Eskapaden die Skandalblätter mit Genuß ausschlachteten und die wiederholt dem Ruf ihres Mannes und der Monarchie Schaden zugefügt hatte. Nachdem sie aber die anfänglichen Kränkungen überstanden hatte, war sie wegen ihres mutigen Einsatzes uneingeschränkt bewundert worden. Aus der berüchtigten Femme fatale war eine Heldin geworden. Mit dem Frieden war dieses Bild allmählich wieder verblaßt.

Malcolm hatte diese Leere gefüllt. Wenn er dirigierte, gehorchte ihm das Orchester wie eine Armee, er war ein General des Friedens, ein Herrscher, Edwina war seine Sklavin und die Konzerte ihr gemeinsames Band. Dickie hatte sie gewähren lassen: Malcolm konnte Bunny nicht ersetzen, aber er nahm den leeren Platz ein.

Die Abreise nach Delhi hatte die Liebenden getrennt, seit März 1947 hatte Edwina Malcolm nicht mehr gesehen. Sobald sie in London angekommen waren, hatte sie ihn angerufen, erstaunlicherweise hatte er sich gerade nicht auf Tournee befunden. Sie hatte ihm nicht widerstehen können, daher kam es, daß der letzte Liebhaber der Herzogin von Birma sich in Broadland mitten im ehelichen Heim wiederfinden würde, gemeinsam unter einem Dach mit dem Prinzenpaar in den Flitterwochen.

Der Gedanke daran quälte sie. Als sie nach London zurückkam und dort den Frieden, ihre Freunde und das gesellschaftliche Leben wiederfand, war sie in einen regelrechten Wirbelsturm hineingeraten. Eine Vizekönigin, welcher Glücksfall für die Hofschranzen! Vergöttert und hofiert, war sie nicht vorsichtig genug gewesen und hatte sich bald in der Rolle wiedergefunden, die sie vor ihrer Zeit in Indien eingenommen hatte, eine belanglose Society-Dame ohne Vergangenheit und ohne Zukunft, hineingerissen in die Welt der Unterhaltung und der Bälle, eine Frau, die Schlafmittel nehmen mußte, um überhaupt zur Ruhe zu kommen. Sie hatte die Französin Violaine wiedergetroffen, diese komplizierte und bemerkenswerte Erscheinung, die immer wieder ihren und Dickies Weg gekreuzt hatte. Dickie hatte Violaine nach Neu-Delhi eingeladen, denn die Zeit wurde knapp, und in Indien hatten sich die Verhältnisse so beruhigt, daß jetzt, in der schönen Wintersaison, touristische Reisen wieder möglich wurden. Edwina hatte ihrerseits Malcom Sargent wiedergetroffen, verstohlen, sozusagen zwischen zwei Gläsern, jedoch lange genug, um sich nach einem männlichen Körper in ihren Armen zu sehnen und um ihn nach Broadlands einzuladen. Dickie, der ihre Absprachen respektierte, hatte sich nicht eingemischt.

Nun war es nicht zu ändern, Malcolm würde kommen. Wenn sie daran dachte, zog sich Edwinas Herz schmerzlich zusammen: Sie würde nackt neben einem Liebhaber liegen, den sie vielleicht gar nicht mehr mochte, sie würde Nehru betrügen ... Dieser Gedanke war ihr unerträglich, sie fühlte sich als Gefangene einer unausgesprochenen Verbindung. Eigentlich band sie ja nichts an Indien! Hatte sie sich denn irgend etwas vergeben? Nein. Hatte sie etwa versprochen treu zu sein, sie, die es bislang noch niemals fertiggebracht hatte? Nein. War sie also schließlich nicht doch frei, das zu tun, was sie wollte?

Du weißt sehr wohl, daß das nicht stimmt, vernahm sie eine innere Stimme. Du bist nicht mehr frei, aber das ist nicht wichtig ... Noch ist die Zeit nicht gekommen. Geh, folge deinem Weg auf jener Straße, die einmal die deine war ... Wir werden dich später noch erwischen. Geh ...

Ihr Pelz begann zu rutschen, und mit einer automatischen Geste half Dickie ihr, ihn wieder über die Schulter zu ziehen. Malcolm ... wie sie es geliebt hatte, ihn beim Dirigieren zu beobachten, seine vibrierenden Hände, seine sich wie Flügel bewegenden Arme, sein sich plötzlich bei den Pianissimo-Stellen vorbeugender Rücken, und dann die Musik von Elgar, da war er über alle hinausgewachsen ... Diese Musik, diese innere Harmonie ... Was würde von diesen erregenden Nächten noch übriggeblieben sein? Und warum verlor sie sich immer wieder in ihrer Sucht nach den Männern?

Wir werden ja sehen, sagte sie sich leichtfertig. Zur Not werde ich eben eine meiner berühmten Migränen bekommen. Und außerdem, ist diese große Liebe zu jemandem am andern Ende der Welt nicht einfach verrückt? Also gut, ich habe mich entschieden, dieses Kap habe ich umschifft. Ich werde mich von Nehru lossagen.

Die Zeremonie ging weiter, dröhnend setzte die Orgel wieder ein und weckte sie aus ihren Grübeleien. Dickie wandte sich Edwina mit ernstem Gesicht zu, und sie ließ sich von ihm am Arm führen. Aber als ihr Blick den seinen traf, konnte sie plötzlich aus den Augen ihres Gatten seine Gewissensbisse herauslesen, sah den Widerschein der Massaker, der Tausende von Flüchtlingen auf den Straßen, der vergifteten Brunnen, des Schlamms, der Kinder mit leerem Blick und der verlassenen Mütter. Ein Schluchzen schüttelte sie. Was hatten sie beide eigentlich hier zu suchen, während sie doch für all diese ruinierten Leben verantwortlich sein müßten?

»Nehmen Sie sich zusammen, Darling«, murmelte Lord Louis. »Ich muß doch auch immer an sie denken. In einigen Tagen werden wir zurückkehren. Versuchen Sie bitte zu lächeln – denken Sie an die Fotografen. Und vergessen Sie nicht, das ist eine Partie, die ich gewonnen habe. Mit Ihnen zusammen.«

## *Lady Louis' Seelenqualen*

*Delhi, den 27. November 1947*

»Also wirklich, Darling, ich verstehe Sie einfach nicht!« rief Lord Louis mit vor Wut blitzenden Augen. »Sie werfen mir meine Gefühlskälte vor, beschuldigen mich, mich wenig um Sie zu kümmern ... Und sogar, nicht eifersüchtig genug zu sein! Seitdem wir wieder zurück sind, ist es wie in der Hölle! Gehen Sie zum Teufel!«

Edwina verharrte in tiefem Schmollen und beschränkte sich darauf, Fäden aus einer Stickerei zu zupfen, die auf ihrem Schoß lag.

»Nun sagen Sie schon, habe ich auch nur eine einzige Bemerkung über die Anwesenheit von Malcolm in Broadlands gemacht? Nicht ein Wort habe ich verloren, ich habe ihn willkommen geheißen, und Sie haben in aller Ruhe mit ihm zusammensein können. Antworten Sie, stimmt das nicht?« schrie Lord Louis.

»Das ist es ja«, antwortete sie leise. »Es macht Ihnen nichts mehr aus. Sie empfinden einfach nichts mehr für mich. Und Sie selbst sehnen sich in keiner Weise nach meiner Zuneigung.«

»Wollen Sie etwa, daß ich Sie auch noch ausfrage?« empörte sich Lord Louis. »Meine werte und teure Gattin, sagen Sie mir doch bitte, ob Sie Ihren Liebhaber noch lieben ... Ist es das? Lieben Sie ihn nicht mehr? Na und, ich habe genug von Ihren Affären. Stellen Sie sich vor, ich habe wirklich Besseres zu tun. Morgen werde ich das Notstandskomitee auflösen. Gute Nacht!«

Als er ging, stieß er dabei an ein Tischchen, das umfiel.

Edwina begann vor Scham zu weinen. Was war bloß mit ihr los?

Als sie wieder indischen Boden betreten hatte, hatte sie voller Freuden die feuchte und schwere, von tausend Düften nach Pflanzen und Blättern durchtränkte Luft eingeatmet. Dieses liebenswerte und lebendige Grün, der Anblick der Frauen in ihren im Wind flatternden Saris hatte ihr Herz von seinen Flecken reingewaschen. Sie hatte sich wie von Flügeln getragen gefühlt, wie ein Reiher über einem See. Sie hatte sofort wieder ihre üblichen Tätigkeiten aufgenommen und war nach Purana Qila gefahren, um nach ihren Flüchtlingen zu sehen. Die Situation hatte sich allmählich verbessert, nach und nach kehrte Ordnung zurück, bis zu dem Punkt, daß es tatsächlich höchste Zeit war, wieder die gesamte Verfügungsgewalt an die indische Regierung zurückzugeben, deren Ungeduld sie bereits gespürt hatte. Dickie hatte wirklich tausendmal recht.

Aber er hatte ihr auch angekündigt, daß sie, wenn das Notstandskomitee aufgelöst sein würde, reisen müßten, in jedes Fürstentum, in jede Stadt, um dort ausgedehnte und pompöse Feierlichkeiten über sich ergehen zu lassen, neben denen die Hochzeit in Westminster nur eine Bagatelle war. Er war damit einverstanden gewesen, daß sie die Verantwortung für das Flüchtlingskomitee behielt, aber jetzt glaubte sie nicht mehr an diese Möglichkeit, denn wenn Dickie dem indischen Parlament wieder die Verantwortung übergab, wie konnte sie dann noch weitermachen? Nein, das war nichts als eine freundschaftliche Geste gewesen. Ohne eine Aufgabe, zurückgeworfen in ein mondänes Leben, fühlte sie sich unglücklich, und dann kam auch noch ihre gute Freundin Violaine in einer Woche!

Die Migränen, die sie in Broadlands vorgeschoben hatte, um Malcolm aus dem Weg zu gehen, setzten ihr nun in Wirklichkeit zu. Bislang hatte sie Nehru nicht wiedergesehen, obwohl er mehrmals versucht hatte, sie zu treffen, denn sie hatte Angst vor ihm. Und der arme Dickie konnte wirklich nicht für ihre Verzweiflung verantwortlich gemacht werden.

Nun also, ich stehe ganz alleine da, grübelte sie. Keiner mag mich. Malcolm suchte in mir ja nur die Lady, die Herzogin und benutzte mich als Spiegel für seine Eitelkeit, das habe ich genau bemerkt! Ich verachte ihn! Ich bin zu nichts nutze, zwei Wochen hätten genügt, und Amrit wäre auch ohne mich zurechtgekommen und hätte es alleine geschafft. Was soll ich bloß tun?

Indien mag mich nicht mehr. Und Jawahar …

Jawahar rief immer wieder an, stieß aber auf Granit.

Ein Diener trat verstohlen ein und flüsterte ihr ins Ohr: »Ihre Exzellenz, der Premierminister …«

»Am Telefon?« fuhr Edwina auf. »Sagen Sie ihm, ich sei nicht da.«

»Aber er ist hier, Mem'saab, er kommt …«

Hektisch zog Edwina ihr geblümtes Kleid zurecht und wischte sich über die Augen. Die Tusche war sicher verschmiert. Sie lief zu einem Spiegel … zu spät. »Warum sehen Sie sich so kritisch an, *my Dee*«, hörte sie Nehrus Stimme hinter sich. Drehen Sie sich um, damit ich Sie sehen kann.« Er drehte sie zu sich.

»Sie weinen«, sagte er, »und Sie gehen mir seit vier Tagen aus dem Weg. Was ist in London passiert?«

»Nichts, Panditjii«, antwortete sie und machte sich los. »Die Hochzeit war ein großer Erfolg. Die Prinzessin hat das Tischtuch des Mahatmas sehr schön gefunden, wirklich. Es ist alles in Ordnung.«

»Das stimmt nicht, Mira«, sagte er leise. »Ich weiß nicht, warum Sie leiden, aber ich sehe es. Sagen Sie es mir.«

»Ich kann nicht«, meinte sie bitter. »Ich weiß noch nicht einmal, warum Sie darauf bestehen, mich Mira zu nennen? Ich kenne Sie doch noch nicht genug ...«

»Das glauben Sie«, sagte er lächelnd. »Aber wir haben Zeit, *my Dee*. Das ganze Leben lang. Wissen Sie, was Sie tun sollten? Sie sollten den Mahatma besuchen. Sie werden zusammen Tee trinken, er wird seine Baumwolle spinnen, und Sie werden sich besser fühlen. Meinen Sie nicht?«

Plötzlich schöpfte Edwina wieder Hoffnung.

»Glauben Sie wirklich?« fragte sie schüchtern.

Er nahm ihre Hand und drückte sie an seine Lippen.

»Wir haben Sie alle sehr lieb, *my Dee*. Gehen Sie nur und erfahren Sie es.«

*Delhi, den 29. November 1947*

Mehrere Male fuhr Edwina an Birla House vorbei. Von der Straße aus sah man nur die Terrasse und die Pilger, die sich versammelten und auf ihre Audienz warteten. Außer diesem kleinen Gefolge und drei wenig kämpferisch wirkenden Wachen deutete nichts auf die Anwesenheit des Mahatmas. Edwina liebte das kleine, fast leere Zimmer, wo er neben einem spartanischen Bett sein Spinnrad, seine heiligen Bücher und auf einem kleinen Regal seine übrigen Besitztümer, die drei Chinesen aus Elfenbein, seine alte Taschenuhr, sein Brillenetui und seine Tonsäckchen aufbewahrte, die er gegen die Hitze nutzte, indem er sie, in Wasser getaucht, auf seinen rasierten Kopf legte. Die Idee, diesen stillen Ort aufzusuchen, verschaffte ihr Erleichterung.

Sie ließ ihr Auto halten und reihte sich in die Schlange der Wartenden.

»Stellen Sie sich in die Reihe!« ertönte eine Stimme aus einem Lautsprecher.

Um wieder in den Garten zu gelangen, mußte man das große weiße Haus durchqueren. Auf der großen Rasenfläche saßen Frauen und hatten ihre Saris über die Knie gebreitet, Männer, die in einfache weiße oder graue Baumwollgewänder gekleidet waren, standen herum und unterhielten sich leise. Zwischen den Indern waren auch einige Weiße zu sehen, zweifellos amerikanische oder schwedische Journalisten, deren Blick eine Mischung aus Andacht und Geniertheit widerspiegelte. Eine auffällige Milde durchflutete den Garten, ein frühlingshafter Duft erblühter Pflanzen, die Bewegungen der Menschen waren entspannt und ihr Blick voller Freude. Edwina fühlte sich inmitten dieser einfachen Leute wohl. Niemand wurde auf sie aufmerksam, Lady Louis war eine Gläubige unter vielen anderen. Sie blickte sich nach Nehru um, und plötzlich sah sie ihn nahe beim Haus, wo eine Pergola aus rotem Sandstein begann. Auf einen Pfeiler gelehnt, den Kopf in die Hand gestützt, schien er zu träumen.

»Beeilen Sie sich, heute sind viele Besucher da«, meinte er, als er sie erblickte.

»Das sind nicht die gleichen wie in Banghi Colony«, antwortete sie und deutete auf die Menge. »Viele Ausländer.«

»Sein Ruhm ist heutzutage universell, er zieht alle möglichen Leute an, sogar die Reichen«, sagte er lächelnd.

Gandhi drehte sein Spinnrad und hob bei ihrem Eintreten nicht die Augen. »Hier ist meine kleine Schwester. Oder irre ich mich?«

»Woran haben Sie mich wiedererkannt, Bapu?« wunderte sie sich.

»Am Parfüm«, antwortete er schalkhaft. »Die Frauen um mich herum benutzen keines, mit Ausnahme von Ihnen, meine liebe Lady Louis. Erzählen Sie mir, was hat die Prinzessin zu meinem Hochzeitsgeschenk gesagt?«

»Nun … sie fand es schön«, antwortete Edwina geniert.

»Hat sie es nicht ihrer unwürdig empfunden? Einfache Baumwolle …«

»Aber von Ihnen gesponnen, Bapu! Die Prinzessin hat es sogar als eine Auszeichnung empfunden, glaube ich«, sagte Edwina leise.

»Das ist merkwürdig«, stellte der Mahatma nach einem langen Schweigen fest. »Sie sind nicht wie sonst, mein liebes Kind … also, sagen Sie mir, worum Sie mich heute bitten wollen.«

»Nichts, Bapu«, murmelte sie. »Ein wenig Frieden.« Er blickte sie ernst durch seine Brille an.

»Halten Sie mir einen Moment diesen Faden«, bat er und reichte ihr die Baumwolle. »Und jetzt versuchen Sie einmal, zu spinnen.«

Nehru, der im Schneidersitz in einer Ecke saß, beugte sich vor. Edwina legte die Hand auf das Spinnrad und drehte es vorsichtig, dabei verlor sie den Faden.

»Ich schaffe es nicht!« rief sie aus.

»Aber doch«, antwortete Gandhi ruhig. »Man muß nur ein wenig Geduld haben. Halten Sie die Baumwolle zwischen den Fingern und achten Sie auf die Geschmeidigkeit. Nehru, können Sie unserer Freundin helfen?«

Nehru setzte sich neben Edwina und legte seine Hand über die ihre, mit der sie die Baumwolle zupfte. Er ermunterte sie halblaut, drehte mit ihr das Rad und dehnte die lockeren Fasern, indem er sie mit der anderen Hand drehte. Dann ließ er sie allmählich allein gewähren, und der Faden verlängerte sich, ohne zu reißen.

Gandhi lächelte still.

»Bapu, ich habe es geschafft!« rief Edwina glücklich.

»Wir Inder«, erklärte er und räusperte sich, »erraten oft die früheren Leben derer, die uns teuer sind. Ich wundere mich nicht, daß Sie es wie eine richtige Inderin geschafft haben, den Faden zu drehen. Seitdem ich Sie kenne, kleine Schwester, habe ich gewußt, was Sie in Ihrem letzten Leben gewesen sind. Nicht wahr, Nehru?«

»Das stimmt«, sagte Nehru. »Ich habe es mir auch gedacht.«

»Was soll das heißen?«

»Sie waren eine der unsrigen«, murmelte der Mahatma. »Ich glaube sogar, daß auch Sie, wie meine liebe Tochter Mirabehn, Mira geheißen haben. Gleich als ich Sie zum erstenmal erblickte, habe ich das empfunden.«

»Mira? Aber Nehru hat mich schon gestern abend so genannt! Was bedeutet das?«

»Gar nichts«, sagte er und fing an zu lachen. »Sie werden es schon noch herausbekommen, nicht wahr, Nehru?«

Nehru drehte verlegen den Kopf zur Seite, und Edwina errötete.

»Nun, sagen Sie mir, was Sie vorhaben, wo jetzt das Notstandskomitee aufgelöst wird«, bat der Mahatma.

»Dickie spricht von Dienstreisen, Bapu«, seufzte Edwina.

»Nehru, sagen Sie mir, wenn ich unrecht habe«, unterbrach der Mahatma, »unsere Freundin wird doch die Verantwortung für dieses Gremium behalten, wie nannten Sie es doch gleich?«

»Einheitsrat für den Schutz und die Gesundheit der Flüchtlinge«, antwortete Nehru lebhaft. »Ja, das stimmt.«

»Hat das denn Sinn? Stehe ich denn da niemandem im Weg?« fragte Edwina nach einer Pause. »Ich fühle mich derartig überflüssig ...«

»Worauf warten Sie noch, mein Kind?« fragte der Mahatma mit sanfter Stimme. »Die Flüchtlinge brauchen Sie immer noch.«

»Jawahar, Sie haben das alles eingefädelt!« rief Edwina erregt.

»Und wenn schon«, meinte Gandhi. »Was ist denn schlecht daran?«

»Sie geben mir mit dieser Aufgabe ein Almosen ... Ich fühle mich erniedrigt, Bapu!«

»Und wenn Sie erniedrigt würden, *my Dee*«, murmelte Nehru voller Zärtlichkeit, »wäre das denn so schlimm?«

Sie blickte beide wohlwollend an.

»In Ordnung«, sagte sie. »Ich gebe nach und bleibe bei Ihnen. Also, bis zum letzten Tag meines Lebens in Indien?«

»Welcher letzte Tag?« fragte Nehru.

## *Violaine*

*Delhi, 3. Dezember 1947*

Eine wunderbare Ruhe lag über dem Mogul-Park, ein kleiner Vogel mit gelben Beinen stelzte leichtfüßig und grazil am Rande des Wasserbeckens entlang, dessen Springbrunnen abgestellt worden war. Edwina, die in einem Schaukelstuhl ruhte, räkelte sich geruhsam. In einer Stunde würde Violaine die Stille dieses Nachmittags beenden, durch ihre Anwesenheit würde die Vergangenheit abrupt in ihren indischen Frieden einbrechen. Dickie hatte vorgehabt, seine Freundin am Flugplatz abzuholen, und da sie ihre stillen Absprachen respektierte, hatte sie nicht darauf bestanden, ihn zu begleiten. Außerdem hatte sie auch überhaupt keine Lust dazu.

Diese Einladungen, die man in London so lässig ausgesprochen hatte ... was für eine Gedankenlosigkeit! »Indien, warum nicht?« hatten die Freunde ebenso lässig gesagt. »Die beste Jahreszeit? Im Winter, natürlich. Dezember und Januar, wenn die blasse Sonne an einen Spätfrühlingstag in England erinnert. Kommen Sie«, hatten die Mountbattens höflich gesagt, »wir werden uns um Sie kümmern.«

Unter vier Augen hatten Edwina und Dickie zäh verhandelt. Sie hatten so viele Jahre damit verbracht, die Gegenwart der jeweiligen Liebhaber des anderen zu übersehen, daß sie sich einfach daran gewöhnt hatten, sie konnten nicht mehr anders. Dieser Morast! Edwina hatte Dickie Violaines Anwesenheit im Tausch für das Treffen mit Malcom Sargent, dem inzwischen abservierten Geliebten, zugestanden. Zwei oder drei weitere intime Freunde waren auch im Spiel gewesen. Treu wie ein Pudel, pflegte Dickie die Beziehung zu seiner Geliebten Violaine weiterhin, aber sie selbst ... Was bedeutete ihr Malcolm heute noch? Wo war bloß ihre Begeisterung für ihn geblieben? Aber wie stand es mit Violaine, dieser Süßen, mit ihrem zärtlichen Wesen.

Wie lange beeinflußte sie eigentlich schon ihr Leben? Die Jahre vergingen, die Liebhaber von Edwina wechselten, aber Violaine blieb. Sie war in Dickies Leben getreten, als ihm endlich klar geworden war, daß Edwina ihn mit drei oder vier Liebhabern betrog. Erstaunlich war eigentlich nur, daß er es nicht schon früher bemerkt hatte. Dickie hatte Violaine mit Beschlag belegt. Wütend war Edwina Dickie eines Tages in Paris, wo er ein Rendezvous mit Violaine hatte, zuvorgekommen und hatte die junge Frau zu einer Reise quer durch Europa mitgenommen. Unter dem Vorwand, in Wien und Budapest längere Kuren machen zu wollen, hatten sie sich herumgetrieben und die wildesten Nächte verbracht. Länger als ein Jahr hatte Dickie, der auf Malta stationiert war, brav gewartet, bis seine Frau bereit war, ihm seine Mätresse zurückzugeben.

Für Edwina besaß Violaine neben all ihren vielen Reizen auch noch den, zwei wichtige Männer verführt zu haben. Zum einen war sie die Geliebte von Dickie, der gar nicht daran dachte, sie aufzugeben, zum anderen hatte Violaine als sehr junges Mädchen einen eleganten und reichen Mann geheiratet, der dreiunddreißig Jahre älter war als sie. Ihre Tante, eine berühmte französische Schriftstellerin, die für ihre vielen Liebesaffären bekannt war, hatte darüber einen hübschen kleinen und sehr charmanten Roman verfaßt. Violaine hatte große blaue Augen, einen sinnlichen Mund, unendlichen Charme und einen geradlinigen Charakter. Sie tanzte bewundernswert gut und schenkte Dickie die liebevolle Zuwendung, die Edwina nicht zustande brachte. Und im Handumdrehen hatte Edwina sie Dickie abgeluchst, laut protestierend, Violaine sei schließlich frei in ihrer Wahl, und niemals, überhaupt nie habe sie versucht, sie ihm wegzunehmen. Aber das war alles schon lange vorbei; jetzt war Violaine nichts weiter als eine alte Freundin der Familie, aber sie schien noch immer eine nostalgische Erinnerung an die Zeit mit Edwina in ihrem Herzen zu bewahren.

Malcolm Sargent sollte erst im Frühling kommen, aber Violaine würde gleich da sein. Edwinas Blick fiel plötzlich auf ihre Hände: gebräunt von der Sonne, durchzogen von winzigen Falten, und seit der Arbeit in Purana Qila hatte sie zwei abgebrochene Nägel.

Violaine wird das sofort bemerken! sagte sie sich. Ich kann es ihr ja doch nicht erklären …

Sie hatte nichts an ihrem Arbeitsprogramm geändert. Violaine würde ihr nicht in die Krankenhäuser folgen, da müßte schon ein Wunder geschehen. Nein, sie würde sein wie immer, elegant, lieblich, oberflächlich, mit einem Blick wie ein kleiner Vogel, der aus dem Nest gefallen war.

Edwina zählte an den Fingern ihre Reisen in das Pandschab. All die Wochen mit Amrit Kaur, die Besuche in den Lagern, die Inspektionen von Krankenhäusern, die Medikamentenlisten, die Verteilung von Hilfsmitteln für die Blinden, Tauben und vor allem die Amputierten, die ohne Krücken auf dem Boden entlangkrochen. In Delhi beanspruchte das Amt für vermißte Personen ihre halbe Zeit, es gelang ihnen, Kinder zu identifizieren und ihren Müttern zurückzugeben, man führte Familien zusammen, indem man Lager um Lager absuchte, aber noch häufiger mußte man sich um Waisenkinder kümmern oder verzweifelte Eltern trösten. Die Situation in den Lagern hatte sich stabilisiert, in Jullundhur waren die beiden Frauen völlig überrascht auf ein gut organisiertes Lager getroffen, wo weder Nahrungsmittel noch Zelte, noch abseits gelegene sanitäre Anlagen fehlten. Dort starben die Flüchtlinge nicht. Keine ihrer leichtlebigen Freundinnen würde das alles jemals verstehen.

Ein Diener beugte sich diskret zu ihr.

»Ihre Exzellenz, der Gast ist angekommen.«

Edwina erhob sich seufzend.

In den hallenden Gängen klang bereits Violaines oberflächliches Lachen wider.

»Meine Liebste, mein Herz, endlich!« rief sie und fiel Edwina um den Hals.

Automatisch schlossen sich Edwinas Arme um ihre schmale Taille und streichelten die parfürmierten Haare.

Wut gegen diesen Eindringling stieg in ihr auf; mit welchem Recht nahm sie einfach den Platz an ihrer Seite wieder ein?

»Wie lang die Zeit doch war, meine Liebe«, fuhr Violaine fort und bedeckte ihr Gesicht mit Küssen. »Ich habe dich wieder ... ich habe euch beide wieder«, fügte sie hinzu und warf Dickie einen strahlenden Blick zu. »Wartet, laßt euch ansehen ... Ihr habt euch nicht verändert.«

»Warum auch?« warf Dickie lässig ein.

»Ich weiß nicht so recht ... Wegen Indien und all dem Durcheinander«, sagte Violaine lachend. »Und dann seid ihr immerhin nicht mehr Vizekönig und Vizekönigin.«

»Du hast dich auch gar nicht verändert«, murmelte Edwina. »Deine ganze Erscheinung ...«

»Nicht wahr?« rief Violaine und wirbelte herum, daß die Falten ihres hellen Rockes flogen. »Ich habe ihn für dich angezogen, das ist ein Chanel aus der Vorkriegszeit, aber ein Modell, das du noch nicht kennst.«

»Wissen Sie, was unsere Freundin mitgebracht hat, meine Liebe?« fragte Dickie mit geheimnisvoller Miene. »Das werden Sie nie erraten. Einen Pelzmantel!«

»Sie haben mir gesagt, es könnte kalt werden«, erklärte Violaine stolz.

»Das wäre genau das richtige für die Flüchtlinge«, meinte Edwina ärgerlich. »Sie leiden nämlich nachts unter der Kälte. Ich werde dich in deine Zimmer bringen, dann muß ich leider fort.«

»Wie das, du mußt fort?« fragte Violaine bestürzt.

»Eine Besprechung«, meinte Edwina ausweichend. »Dikkie wird es dir erklären. Ich bin in Eile.«

*Delhi, den 6. Dezember 1947*

Auf ein Sofa zusammengekauert schluchzte Violaine, während Edwina aus dem Fenster starrte und ihr den Rücken kehrte.

»Ich bitte Sie, Violaine«, beschwörte sie der an ihrem

Fußende sitzende Dickie, »hören Sie auf zu weinen. Es ist unerträglich!«

»Aber Dickie«, schluchzte sie, »erst ladet ihr mich ein ... ich komme, Sie sind nie da, und Edwina ... wenn ich sie sehe, verachtet sie mich! Und wenn sie nicht gerade beleidigt ist, beschuldigt sie mich ... oder auch Sie. Ich weiß wirklich nicht mehr ...«

»Edwina!« rief Dickie. »Merken Sie denn nicht, in welchen Zustand Sie uns beide bringen? Bitte ...«

»Nein! ich weiß doch ganz genau, daß ich euch nichts bedeute!« rief Edwina, ohne sich umzudrehen. »Seit sie da ist, sehen Sie mich nicht einmal mehr an.«

»Also, das geht wirklich zu weit!« empörte sich Dickie. »Sie sind ständig auf dem Sprung, man sieht Sie gerade mal noch zum Essen, und dann beschweren Sie sich auch noch!«

Edwina drehte sich um. Sie war ganz blaß.

»So ist das also, ich soll an allem schuld sein«, fauchte sie und starrte die beiden wütend an. »Sehen Sie sich doch selbst an, Dickie, wie Sie ihr zu Füßen liegen! Sie machen sich einfach lächerlich, mein Lieber, etwas anderes kann man dazu nicht sagen. Und das für diese Zierpuppe aus Paris!«

»Zierpuppe?« schluchzte Violaine beleidigt, »hast du das gehört? Und ich habe mich so gefreut, euch beide wiederzusehen!«

»Das sagtest du bereits«, unterbrach Edwina trocken.

»Aber erinnerst du dich denn gar nicht mehr an früher?« jammerte Violaine. »All die Zeit, die wir zusammen verbracht haben, die Nächte in Budapest, unsere Reisen, die Klinik in Wien, unsere Kuren, erinnerst du dich denn nicht? Und die Massagen, hast du die vergessen?«

»Ah!« knurrte Edwina. »Genug davon – Ich halte dieses Gejammer nicht mehr aus! Es ist eben nichts mehr so wie davor.«

»Vor was?« fragte Violaine gespannt und schob Dickie beiseite.

»Das kannst du nicht verstehen«, seufzte Edwina entmutigt. »Was ich hier erlebt habe ...«

»Oh! Aber das verstehe ich sehr wohl«, zischte Violaine.

»Madame spielt die Krankenschwester, Madame gilt als die Tugendhafte und möchte gerne ihre wilden Jahre auslöschen ... Nun gut, ich bin aber da Hier zwischen euch. Wagt nicht zu sagen, daß ich euch nichts mehr bedeute!«

»Aber niemals habe ich ...«, protestierte Dickie.

»Ich habe Sie nicht nach Ihrer Meinung gefragt«, unterbrach Edwina. »Es wäre besser, Sie würden sich um den Pelzmantel, die Einkäufe, den Schmuck und solches Zeug kümmern.«

»Du hast dich verändert, Edwina«, sagte Violaine leise. »Du hast Falten um den Mund, dunkle Haut wie eine Eingeborene und abgebrochene Fingernägel. Du bist zänkisch geworden. Eine böswillige, ungeliebte Alte.«

Edwina stieß einen Schrei aus und vergrub ihr Gesicht in den Händen.

»Violaine«, rief Dickie vorwurfsvoll. »Hören Sie auf, sehen Sie denn nicht ...«

»Lassen Sie nur!« schrie Edwina wütend. »Es ist Ihre Schuld! Immer verpfuschen Sie nur alles. Wenn Sie sie nicht unterstützen würden, würde sie mich nicht so behandeln!«

»Edwina«, beschwor Dickie sie. »fangen Sie nicht schon wieder an. Violaine, ich bitte Sie, beruhigen Sie sich.«

Die beiden Frauen sahen sich zitternd vor Wut an. Violaine wandte die Augen ab und begann wieder zu weinen.

»Also gut!« sagte Edwina heftig und setzte sich. »Und was nun?«

Sie schwiegen. Dickie erhob sich und ging auf und ab. Edwina biß auf ihren Nägeln herum. Violaine schneuzte sich geräuschvoll und streckte die Beine aus.

»Seit wie vielen Jahren spielen wir eigentlich dieses Stückchen?« murmelte sie schließlich. »Wir lieben uns, und wir zanken uns. Ich bin zu Besuch hierhergekommen«, sie warf einen Blick über die Terrasse, »und genau hier, in diesem wunderbaren Palast zerfleischen wir uns gegenseitig. Ich kann einfach nicht mehr!«

»Violaine, ich habe alles getan, damit ...«, begann Dickie.

»O nein, keine Entschuldigungen!« unterbrach ihn Violaine energisch. »Wir haben alle nicht genug getan, keiner von uns. Edwina, meine Liebe, es ist wohl das beste, wenn ich abreise.«

»Du wirst nicht abreisen«, sagte Edwina schluchzend. »Ich ... diese Migränen sind schuld. Ich bin sehr jähzornig, weißt du. Du kannst nichts dafür.«

»Doch«, meinte Violaine störrisch. »Ich bin hier einfach überflüssig.«

»Komm«, seufzte Edwina, »sei nicht so stur. Bleib, und ich verspreche dir, daß ich mir mehr Zeit nehmen werde. Und dann wirst du doch nicht Jaipur verpassen wollen! Das Fest des Maharadschas, die Elefanten und die Parade! Dikkie wird Polo spielen, so schlecht wie immer. Du wirst dich amüsieren, du amüsierst dich doch so gerne ...«

»Bevor du nach Indien gingst, hast auch du das Leben genossen, Edwina«, sagte Violaine leise. »Du bist nicht mehr die gleiche ...«

»Ja!« warf Edwina erregt ein. »Es stimmt, ich kann es nicht ändern. Dickie hat sich nicht verändert, genieße es.«

»Nun also, keine dummen Eifersüchteleien mehr, meine Liebe«, mischte sich Dickie leichtsinnigerweise ein.

Edwina blickte ihn an, als wolle sie ihn ermorden.

»Dickie«, sagte Violaine entmutigt. »Sie kapieren aber auch niemals, worum es geht!«

»Sehen Sie«, meinte Edwina ironisch, »Sie haben es immerhin geschafft, uns zu vereinen, und zwar gegen Sie. Mein Glückwunsch!«

»Nun ja«, sagte er tapfer, »wenigstens das hat sich nicht verändert.«

## *Das Fest des Maharadschas*

*Jaipur, den 15. Dezember 1947*

Die Dämmerung sank über die rosafarbene Stadt, die untergehende Sonne erleuchtete die tausend Fahnen, die auf den Dächern des Palastes und sogar am Horizont wehten – auf den Zinnen des Schutzwalls, der sich im Bereich der alten Festung von Amber den Berg hochrankte. Die Menge flanierte genüßlich innerhalb der Einfriedung und wartete auf die Nacht, die bald kommen würde.

Vier Monate nach der Unabhängigkeit feierte der Maharadscha Man Singh von Saipur das Fest des Silbers in Anwesenheit seiner Frauen: Die ältere, Ihre Hoheit die Erste, hatte von der jüngeren, Ihrer Hoheit der Zweiten, den Beinamen ›Jo Didi‹ erhalten. Die jüngere, Ihre Hoheit die Zweite, die schöne Gayatri Devi, war eine begeisterte Anhängerin des Modernismus. An den Festlichkeiten nahmen vierzehn weitere Fürsten der wichtigsten Staaten Indiens mit ihren Maharanis teil, außerdem der Generalgouverneur Lord Mountbatten und Lady Louis mit ihren persönlichen Gästen, darunter eine hübsche Französin.

Ihre Hoheit die Zweite hatte erfahren, daß diese Dame einstmals die Heldin eines Romans gewesen war, dessen Titel merkwürdig indisch anmutete: Jiji oder Gigi, sie wußte es nicht genau. Die Autorin sollte eine Frau von ziemlich losen Sitten gewesen sein, Violaine war ihre Nichte. Ihr wesentlich älterer Gatte hatte sie nach diversen romantischen und orientalisch anmutenden Episoden geheiratet, offenbar unter skandalösen Umständen, die Ihre Hoheit nicht so recht verstand, denn in Indien war ein derartig unausgewogenes Altersverhältnis ganz gewöhnlich. Aber was sie sicher wußte, war, daß man darüber munkelte, die charmante Violaine sei seit langem die Mätresse des Generalgouverneurs.

Lady Mountbatten schien diese Situation völlig unberührt zu lassen, sie tolerierte Violaine offensichtlich, wie auch Jo Didi Gayatri Devi akzeptierte. Ihre Hoheit die Zweite wußte genug über die komplizierten Eifersüchteleien monogamer Bindungen, um sich über Lady Louis' Einstellung zu wundern. In Indien erforderte die Tradition, daß unter den Frauen der Radschas eine familiäre Atmosphäre herrschte und daß alle die, die in der *Zenana*, dem den Frauen vorbehaltenen Bereich, lebten, sich wie Schwestern verstanden, doch sie wußte auch, daß dies im Abendland anders war. Aber vielleicht hatte die Frau des Generalgouverneurs zu der kleinen Französin ein Verhältnis, wie es in der Zenana auch üblich war. Die junge Maharani ließ sich nichts entgehen und erfüllte ihre Pflichten als Gastgeberin mit einer unmäßigen Neugier.

Die Feierlichkeiten dauerten wochenlang, sie würden am folgenden Tag ihren Höhepunkt mit einem Staatsbankett im Palast von Rambagh finden, dessen unzählige gelb bemalte Säulen wunderschön mit Teppichen und Blumen geschmückt waren.

Es war so, daß sich die Dinge sehr verändert hatten seit dem Jahr, in dem die kleine rundliche Königin Viktoria, die große Kaiserin von Indien, erklärt hatte, sie respektiere die Rechte, die Würde und die Ehre aller indischen Prinzen wie die ihre. Das war 1858 gewesen, nachdem fast alle Maharadschas während der Revolte von Cipayes im Vorjahr 1857 der sehr weit entfernten Majestät die Treue gehalten hatten. Hundertundacht Fürsten hatten ihren Sitz im Oberhaus, als die Entwicklung zur Unabhängigkeit begann. Für den Mahatma waren die Prinzen Kreaturen des Britischen Empires, und der Sardar Patel, der Innenminister, hatte seit dem 15. August offen gegen sie polemisiert. Zuerst hatte er ganz einfach gefordert, daß der Zentralregierung die alleinige Verantwortung übertragen werde für die Verteidigung, die Außenpolitik und den Verkehr. Bald darauf hatte er die Regionalfürsten einen nach dem anderen, sei es aufgrund seiner Überredungskünste, sei es durch den Einsatz seiner Autorität, dazu gebracht, ihre Reiche der großen indischen Nation einzuverleiben, wobei ihnen natürlich ihre Privilegien sowie ihr Besitz und ihre Stellung garantiert werden sollten. Der Vizekönig hatte diese Anordnungen des *Sardar* Patel mit wohlwollendem Druck gegenüber den Maharadschas unterstützt, von denen er viele seit etlichen Jahren persönlich kannte. Bis auf Nizam Musulman von Hyderabad, der sich übervorteilt fühlte und schlechte Zeiten voraussah, den moslemischen Herrscher von Junagadh, der sich immer noch nicht entschlossen hatte, und den Maharadscha von Kaschmir, der zwar selbst Hindu war, aber über ein Volk von Moslems herrschte und sich nicht zwischen Indien und Pakistan entscheiden konnte, hatten alle nachgegeben.

Der Maharadscha von Jaipur, zu dessen berühmten Vorfahren auch der General des Kaisers Akbar zählte, hatte während des Krieges auf seiten der Engländer gekämpft. Man hatte ihn nicht verdächtigt, Sympathien für die Unabhängigkeitsbewegung zu hegen und hatte ihm 1937 den Befehl erteilt, den Mahatma Gandhi bei seiner Reise durch den Staat Jaipur festzunehmen, und nur durch Zufall war es nicht dazu gekommen. Der Zug hatte einfach nicht an der Stelle gehalten, wo der Maharadscha ihn erwartete. Der kleine Mann hatte es dem Fürsten nicht nachgetragen und beschränkte sich darauf, ihn bei jedem Treffen damit aufzuziehen: »Ach ja, sind Sie nicht der Bösewicht, der mich damals verhaften wollte?«

Seine Hoheit Man Singh hatte sich als flexibel erwiesen und seine Zugehörigkeit zu Indien bereits am 12. August 1947 erklärt, dabei war es selbstverständlich, daß er Herrscher in seinem Reich geblieben war.

Im übrigen hatte man den uralten Brauch beibehalten: In Anwesenheit seiner Beamten wurde der Maharadscha, der auf einer riesigen, zu diesem Zweck hergestellten Waage saß, in Silber aufgewogen. Seinen beiden Frauen stand das gleiche Recht zu, wenn auch in einem beschränkten Zuschauerkreis: dem der Hofdamen in ihren langen mit Gold bestickten Musselinkleidern und mit Schleiern aus dem gleichen Stoff, die sie ganz einhüllten. Das dazu benötigte Silber, das aus den Vorräten der Krone stammte, wurde anschließend feierlich an die Armen von Jaipur verteilt.

Die schöne Gayatri Devi, zweite Maharani des Königreiches, erklärte dem gerade aus Indien eingetroffenen Generalgouverneur, wie die Festivitäten ablaufen würden. Seine Gattin Edwina, die den Maharadscha Man Singh 1921 kennengelernt hatte, erinnerte sich an ihn als an einen charmanten jungen Mann, aber das war er längst nicht mehr. Sie hörte auch kaum auf die Reden von Gaystri Devi, sondern hatte die Augen auf die Wandverkleidungen gerichtet und schien zu träumen. Die kleine Französin hingegen mit dem großen lächelnden Mund fiel öfters mit erstaunten Ausrufen ins Gespräch, von denen die junge Maharani nicht mehr verstand, als daß es sich zweifellos um Französisch handelte und daß diese Dame, wenn sie auch sehr berühmt sein mochte, es doch sehr an Zurückhaltung ermangeln ließ. Aber es wäre ja auch ganz unmöglich gewesen, die reich geschmückte Stadt nicht zu bewundern. Das Fest war prächtig, von den Hügeln wehte ein leichter Wind, der in den Saris und Schleiern spielte, in der Rosenstadt ertönten Trommeln und Flöten, und die Maharani konnte stolz auf die perfekte Darbietung sein, für die sie verantwortlich war.

Plötzlich war die Stadt in ein Meer von Lichtern getaucht. Auf allen Dächer wurden kleine weiße Laternen entzündet, und ihr Licht hob die Verzierungen und Arabesken hervor. Der Palast der Winde, dessen vielgliedrige Fassade nun nicht mehr wie früher dazu diente, hinter seinen Fenstern die Hofdamen zu verbergen, wirkte wie eine riesige Torte mit Tausenden von Kerzen. Die Menge jubelte vor Freude, Violaine gab lautstark ihrer Begeisterung Ausdruck, während Dickie sie lächelnd beobachtete, nur Edwina wandte den Kopf ab.

Das Abendessen sollte auf einer riesigen, von großen Fackeln erleuchteten Terrasse serviert werden. Auf die Mandel- und die auf goldenen Blättern servierten Pistazienpasteten folgten die vielfältigen Currygerichte dieser Region, natürlich waren die großen Platten, die als Teller dienten, ebenfalls aus Gold und die Schalen und Becher aus massivem Silber. Ein Orchester spielte während des Mals auf traditionellen Instrumenten. Die Musiker von Jaipur zählten zu den besten ganz Indiens, und die einfachen, aber grazil ausgeführten Tänze begeisterten die Gäste. Übrigens zögerte Ihre Hoheit die Zweite nicht, sich unter die Tänzerinnen zu mischen, denn diese bäuerlichen Rundtänze verlangten keine besondere Kunstfertigkeit. Es kam darauf an, grazil und beweglich zu sein. Alles verlief prächtig.

Am nächsten Tag verlieh der Generalgouverneur dem Maharadscha den Orden mit dem Stern von Indien, der ihn in den Rang eines Oberkommandierenden erhob. Diese Zeremonie erfolgte im Stadtpalais mit den Paradeelefanten, die nun, da sich die Zeiten geändert hatten, nicht mehr als Kampftiere verwendet wurden. Die Elefantenführer hatten mit gelbem, grünem und weißem Puder Voluten und Kreise auf die riesigen Stirnen, Rüssel und Ohren der Tiere gemalt. Für die folgenden Tage hatte die Maharani Picknicks in der Umgebung geplant und außerdem eine Entenjagd für die Jagdlustigen organisiert. Die unzähligen geladenen Maharanis statteten einander ständig Höflichkeitsbesuche ab, kurz, die Gäste des Maharadschas langweilten sich nicht.

Die anmutige Gayatri Devi plauderte charmant mit den Gästen, ohne etwas von der quälenden Unruhe erkennen zu lassen, die sie von Zeit zu Zeit überfiel. Trotz allem, überlegte sie, die Fürsten haben bei dieser Sache etwas eingebüßt. Was ist, wenn morgen die Regierung beschließt, uns unser Land wegzunehmen? Wir wären ruiniert! Was soll aus unseren Palästen, unseren Dienern und unserem Schmuck werden? Was für Garantien haben wir diesem Staat gegenüber, der so mächtig zu werden scheint? Vorsicht ist geboten!

Aber sie war viel zu gut erzogen, um ihre geheimen Gedanken öffentlich zu äußern.

Gayatri Devi war die Tochter des Maharadschas von Cooch Behar in Bengalen, war westlich erzogen worden und hatte eigentlich den außergewöhnlichen Namen Ayesha. Ihre Mutter, die Maharani Indira, war fasziniert von dem Schriftsteller Rider Haggard und hatte sie nach der Heldin seines berühmten Romans *Elle* benannt, der unsterblichen afrikanischen Königin, die den Tod fand, weil sie sich ins Feuer warf, wie die Inderinnen, die lebendig zusammen mit ihren toten Ehemännern verbrannt wurden. Die junge Ayesha hatte mit großem Erfolg im Ausland studiert und war berühmt für ihr Lachen, ihre Art, das nachtschwarze Haar zu schütteln, und die Lebhaftigkeit, mit der sie die Konversation pflegte. Sie war die umschmeicheltste aller Prinzessinnen, und nichts deutete darauf hin, daß sie sich je den polygamen Verhältnissen an einem indischen Fürstenhof unterwerfen würde. Aber sie hatte den Verführungen des Maharadschas von Jaipur nicht widerstehen können, und nach einer langen Zeit des Flirtens hatte sie gegen den Rat ihrer Mutter die undankbare Rolle einer dritten Ehefrau übernommen. Damals hatte sie ihren Namen geändert, nur ihre Freunde nannten sie noch Ayesha.

Der Herrscher von Jaipur hatte als Jüngling zuerst eine Prinzessin von Jodhpur geheiratet, eine nicht mehr ganz junge Frau, die einige Wochen vor dem Jubiläum verstorben war. Mit seiner zweiten Frau, Jo Didi, die jetzt Ihre Hoheit die Erste war, war er verheiratet worden, als diese erst fünf Jahre zählte, und als Entschädigung hatte er sich in die dritte, die seit dem Tod der ersten Ihre Hoheit die Zweite war, verliebt. Die beiden lebenden Maharanis, zwischen denen nur drei Jahre Altersunterschied bestand, verstanden sich untereinander wie Schwestern, deshalb auch der Beiname ›Didi‹, Große Schwester, den Gayatri Devi der älteren gegeben hatte. Diese Verhältnisse waren charakteristisch für die alten Bräuche der Rajpoutes des Rajasthan. Es wäre unangenehm aufgefallen, wenn Gaystri Devi ihrer Rolle als offizielle Gastgeberin nicht nachgekommen wäre, die ihr ihr königlicher Gatte unter Umgehung des Protokolls eingeräumt hatte. Es wäre auch nicht schicklich gewesen, sich in die Unterhaltungen der Männer einzumischen, die sie versehentlich mitangehört hatte: Da ging es um Massaker, Flüchtlinge, Untaten – immer wieder die gleichen Worte. Die Männer von Rajasthan hielten sich für die besten und einzig wahren Krieger. Viel zu erleichtert darüber, daß sie nicht in die Zenana eingesperrt war, hütete sich die hübsche Gayatri Devi, ungebührliche Fragen zu stellen. Die Morgenzeitungen, die alles über diese menschlichen Gemetzel berichteten, genügten ihr.

Aber sie konnte es nicht verhindern, daran zu denken, daß ihr königlicher Gemahl, den sie privat ›Jai‹ nannte, jeden Abend in einem offenen Jeep und nur mit einem seiner Offiziere als Chauffeur, einem Moslem, durch die Stadt fuhr. Ein Drittel der Bevölkerung des Staates waren Moslems, unter den Dienern im Palast waren sie sogar in der Überzahl. Jai hatte seiner Lieblingsfrau am Vorabend erzählt, daß der Offizier befürchtete, seinem Herrscher Schwierigkeiten zu bereiten, weil er als Moslem ihn bei der Patrouille in einer Hindustadt begleitete.

»Und was haben Sie ihm gesagt?« hatte Gayatri gefragt.

»Ich habe ihm klargemacht, daß er nicht so idiotisch sein soll!« hatte der Maharadscha geantwortet. »Du bist der lebende Beweis, daß ich keinen Unterschied zwischen Hindus und Moslems mache, habe ich ihm geantwortet.«

Schon in wenigen Wochen sollte sich das königliche Paar von Jaipur in das Königreich Cooch Behar begeben, wo Bhaiya, der Bruder der jungen Maharani, Herrscher war. Auch er feierte sein eigenes Fest. Die Nachrichten aus Bengalen waren nicht die besten, zumal sich die moslemische Bevölkerung fragte, ob es nicht sinnvoller sei das ›Land der Reinen‹ zu vereinen. Der Staat, über den Bhaiya herrschte, lag an der Grenze zum östlichen Teil Pakistans und war dadurch gefährdeter als Jaipur. Der Maharadscha des Königreichs Bengalen hatte aber dennoch beschlossen, mit dem Bau einer modernen Landwirtschaftsschule zu beginnen und die Grundsteinlegung seinem Schwager aus Jaipur zu übertragen. Der Tradition entsprechend hatte er außerdem für die besten Schützen Indiens eine gigantische Tigerjagd vorgesehen.

Warum brauchen wir einen neuen Staat, um eine Ordnung einzurichten, die die Maharadschas so selbstverständlich bewahren? überlegte die Maharani und überprüfte den Sitz ihres Ohrgehänges. Um seine Freiheit zu erlangen, hatte Indien einen hohen Blutpreis bezahlen müssen; die Hindus und die Moslems, die trotz ihrer religiösen Meinungsverschiedenheiten bis jetzt durch die gemeinsame Verehrung der Maharadschas, ihrer lebenden Götter, vereint gewesen waren, fingen jetzt an, separat zu denken und sich zu streiten. Wie schädlich das für die Staaten war. Aber sie durfte sich nichts anmerken lassen.

Morgen beim Fest des Silbers würde Jai seine weiße Uniform anziehen, sein Zeremonialschwert gürten, den Turban mit dem riesigen Familiendiamanten und dem Federbusch tragen, der schon Jahrhunderte alt war, und den Hals mit Girlanden aus Rosenblättern schmücken, die einen wunderbaren Duft verströmten. Lord Mountbatten würde wie gewöhnlich mit Orden bedeckt sein, und seine Frau würde ihr Diadem tragen, das der Krone von Jaipur würdig war. So würde der Augenschein gewahrt bleiben.

Man hatte es positiv vermerkt, daß Lady Louis darauf bestanden hatte, das Krankenhaus zu besichtigen und damit ihr Interesse für die progressive Politik der königlichen Familie gezeigt hatte.

Aber warum machte diese Französin mit ihren Spatzenaugen so ein Theater um die Frage, ob sie bei der Entenjagd ihren Pelzmantel tragen sollte?

*17. Dezember 1947*

Am Morgen des Staatsbanketts hatte Ihre Königliche Hoheit die Zweite Lady Mountbatten und ihre französische Freundin zu einem Ausflug ins Bernsteinschloß eingeladen, das in der Nähe der Rosenstadt lag. Sie hatte einen Elefantenritt geplant, einen Imbiß und Tanzvorführungen. Die Tiere waren bereits bei Sonnenaufgang mit den Elefantentreibern aufgebrochen, während die Damen mit Gefolge im Rolls des Maharadschas fuhren.

Am Ufer des Sees hatten sich Bäuerinnen in roten Voilekleidern mit silbernen Sternen aufgestellt und verbeugten sich mit zusammengelegten Händen vor den vorbeifahrenden Autos. Violaine freute sich über alles, bewunderte die Paläste mitten im See und die wie zufällig aufgestellten kleinen Gebäude mit ihren Kuppeln, vor denen sich die Vorübergehenden verbeugten. Den Wagen begegneten unterwegs zwei oder drei Fakire mit geflochtenen Bärten und eine Gruppe Bärenführer, deren Tiere mit Maulkörben versehen waren. Sie erblickte eine Menge lebhafter Affen, und oben auf der Böschung einige prächtige Pfauen, die über das Quäken der Autohupen empört schienen. Am Eingang zum Ort, der unterhalb des Forts lag, hatte man einen Triumphbogen aus schweren Bambusstämmen errichtet, der mit gefälteltem Stoff behangen war und wie ein riesiger, mit Blumen gesäumter Unterrock wirkte. Kleine Mädchen erwarteten Ihre Hoheiten mit den unvermeidlichen Girlanden.

Ihre Königliche Hoheit die Zweite beobachtete, wie Lady Louis, die sich in den Gebräuchen auskannte, ihren Blumenkranz flüchtig küßte, bevor sie sich ihn mit einer eleganten Bewegung um den Hals legte. Violaine mußte natürlich das kleine Mädchen, das ihr die gelben Blumen um den Hals legte, mit kleinen Begeisterungsrufen und großem Aufwand umarmen, und als sie die aufgezäumten Elefanten mit ihren zierlichen Sänften aus Elfenbein und Samt auf den Rücken erblickte, jubelte sie so laut, daß Lady Louis ihr auf die Schulter klopfen mußte. Die kleine Französin konnte sich gar nicht mehr beruhigen.

Plötzlich wurde sie auf die leprakranken Bettler aufmerksam. Der erste stand auf einem Bein und hielt seinen eiternden Stumpf, der zweite hatte keine Nase mehr. Violaine stieß einen leichten Schrei aus und versteckte sich hinter Edwina.

»Die Lepra ist nicht so ansteckend, meine Liebe«, sagte Edwina. »Du brauchst keine Angst zu haben.«

Die Maharani konnte eine irritierte Geste nicht unterdrücken, sie schüttelte pikiert ihr Haar, nahm sich aber gleich darauf wieder zusammen und schlug den Damen vor, die riesige gewundene Rampe hochzusteigen, die zum Fort führte.

Die Elefanten knieten sich schwerfällig nieder, indem sie zuerst das eine Bein und dann das andere einknickten. Die Elefantentreiber halfen den Damen, die etwas Mühe hatten, in die Sänften zu klettern. Man mußte auf die Tiere steigen, über die Holzwände klettern und man schwankte erheblich, wenn sich die riesigen Tiere aufrichteten. Aber als sich dann die Elefanten mit schweren Schritten in Bewegung setzten, ertönten begeisterte Rufe aus den Sänften. Ihre Hoheit die Zweite erlaubte es sich, sich über die Spontaneität der französischen Dame zu amüsieren.

Das Fort beherrschte die Täler, weiter, als das Auge blikken konnte, zogen sich die Mauern bis zu den Gipfeln der Berge hin. Die Luft war klar, der Palast, der weniger oft benutzt wurde als der in der Stadt am See, wirkte einsam und verlassen, obwohl er extra für das Fest gründlich gereinigt worden war. Vor den großen Türen, wo die Elefanten anhielten, setzten die Hofmusiker, die in höhergelegenen Nischen verteilt standen, ihre rituellen Trompeten an, um die Besucherinnen willkommen zu heißen.

Die Erfrischungen wurden im Pavillon der Spiegel serviert, dessen vier Wände im Licht von Tausenden in Ton gebetteten Splitter widerstrahlte. Die Diener in leuchtendroten Gewändern brachten in silbernen Bechern Tee mit Milch und dazu alle möglichen Süßigkeiten. Ihre Hoheit die Zweite überwachte alle Vorkehrungen. Es fehlte nichts, weder bei den Saranghi-Spielern, die mit ihren Bögen über die Saiten strichen noch bei den Tänzerinnen, die ihre Fußreife überprüften, so daß man deren Glöckchen hinter den Türen läuten hörte, noch bei den Dienern, die mit großen Fliegenwedeln bewaffnet waren. Die junge Maharani konnte sehr zufrieden sein, die Stimmung war wunderbar und der Glanz unvergleichlich.

»Ich würde Ihnen gerne eine Frage stellen, Hoheit«, sagte die kleine Französin und leckte sich graziös die Finger ab. »Diese merkwürdigen Türmchen in der Gegend, sind das Tempel?«

»Nicht ganz«, antwortete Ihre Hoheit die Zweite. »Das sind Stelen, die in Erinnerung an die Satis errichtet worden sind. Die Satis, Frauen, die sich entschlossen haben, sich lebendig auf die Scheiterhaufen ihrer Gatten zu werfen, werden zwölf Tage später zu Göttinnen.«

»Mein Gott!« rief Violaine mit weit aufgerissenen Augen. »Ich glaubte, solche Scheußlichkeiten gäbe es heute nicht mehr. So was kommt doch nur noch in Romanen vor, oder?«

Lady Louis warf ihr einen vernichtenden Blick zu.

»Das ist doch wirklich barbarisch!« regte sich die kleine Französin auf. »Findest du nicht, Edwina?«

»Diese Sitte ist doch schon lange nicht mehr üblich, nicht wahr, Ayesha?« fragte Edwina geniert.

»Ihr habt es verboten«, sagte Ihre Hoheit die Zweite. »Das heißt, ich meine damit die englische Verwaltung. Oh! Ehrlich gesagt, diese Sitte schmückt unsere Religion nicht gerade. Dennoch wird dieses freiwillige Opfer in unserer Gegend noch sehr verehrt, und diese alten Stelen sind auch jetzt noch in einen Kult eingebunden.«

»Aber Ihre Hoheit, Sie werden sich doch sicherlich nicht auf den Scheiterhaufen werfen, ich meine ...«, murmelte die Französin verwirrt.

»Aber Violaine!« rief Edwina wütend.

»Lassen Sie sie nur«, meinte die junge Maharani lächelnd. »Diese Fragen stellen die Ausländer ständig. Werde ich eines Tages Sati sein? Ganz sicher nicht! Aber ich respektiere alte Traditionen, was sie auch sein mögen. Ich habe übrigens gehört, daß in Ihrem Land eine Heilige verbrannt worden ist, nicht wahr?«

»Das ist aber nicht das gleiche!« rief Violaine sichtlich empört.

»Sie haben uns vorhin Tänzerinnen angekündigt, meine liebe Ayesha?« Lady Louis wechselte abrupt das Thema.

Ihre Hoheit die Zweite klatschte erleichtert in die Hände. Gleich darauf erschienen in einem einzigen rosa- und goldfarbenem Wirbel die Tänzerinnen, die Stäbe balancierten und sie zart aneinanderschlugen, wobei die Glöckchen an ihren Fesseln läuteten.

Violaine applaudierte ihnen aus vollem Herzen, Lady Louis war erleichtert, und Ihre Hoheit die Zweite dachte an die alten Maharanis der Familie von Jodphur, die mit derjenigen von Jaipur verwandtschaftlich verbunden waren. Unter ihnen befanden sich, wie sie wohl wußte, zweifellos die eine oder andere altmodische Fürstin, die erwog, sich eines Tages in die Flammen zu werfen, um ihren Mut und ihre Fähigkeit, dem Tod zu trotzen, zu beweisen. Wer konnte ein solches Verhalten verstehen? Jedenfalls nicht eine Touristin aus Paris. Dazu gehörte königliches Blut, ein Sinn für Heldentum und ein Geschichtsbewußtsein. Lady Louis würde vielleicht, obwohl sie aus eher unbedeutenden Verhältnissen stammte, diese Geheimnisse begreifen können.

Die Tänze gingen zu Ende. Edwina seufzte, erhob sich und ging zur Balustrade. Ein lebhafter Wind ließ die Fahne von Jaipur flattern, die Schatten auf den ausgetrockneten Hügeln zeichneten violette Schluchten. Auf einem Haufen Steine stelzte gravitätisch ein Pfau umher, ganz wie im Garten des Grabes von Humayun. Weit, sehr weit hinter diesen Tälern, lag die Hauptstadt von Indien, und in der Stadt Delhi war der Mann, dessen dunkle Augen sie nicht losließen, Nehru mit den eleganten Händen und der weichen Stimme. Nichts konnte weiter von Nehru entfernt sein als diese dem Untergang geweihte Welt, in der man Maharadschas auf riesigen Waagen mit Silber aufwog, wo man die Frauen, die sich lebendig verbrennen ließen, für heilig erklärte. Aber dennoch hätte nichts Nehru so verletzt wie die naiven Bemerkungen dieser oberflächlichen Französin.

Indien brauchte diese Fürstentümer, die es sich am Ende einverleiben würde; aber es war notwendig, mit den Maharadschas auszukommen, deren Einfluß und Autorität nicht von heute auf morgen verschwinden würden. Ansonsten konnten sie gefährlich werden.

Zu ihrer großen Überraschung fühlte sie sich innerlich viel mehr mit dieser prächtigen Maharani verbunden als mit ihrer Freundin. Violaine hatte einfach keinen Platz, weder in Indien noch in ihrem Leben.

## *Spannungen*

*Delhi, den 20. September 1947*

Der Generalgouverneur hatte einen wunderbaren Tag verbracht; seitdem in die aufgebrachten Provinzen wieder Ruhe eingekehrt war, konnte er ohne schlechtes Gewissen seinen Lieblingsbeschäftigungen nachgehen. Bei Sonnenaufgang machte er mit seiner Tochter Pamela lange Ausflüge zu

Pferd, er spielte Golf, gelegentlich versuchte er sich ein wenig in Polo, kurz, das Leben normalisierte sich wieder. Und seitdem Violaine nach Frankreich zurückgekehrt war, verbrachte Edwina ihre meiste Zeit damit, wie eine Verrückte und ohne sich eine Pause zu gönnen, durch die Krankenhäuser und Flüchtlingslager zu ziehen. Nehru hatte sie seit mehreren Wochen nicht gesehen, als ob sie ihm aus dem Weg gehen wollte. Das gleiche tat sie mit ihrem Mann, dem sie in ihrer Freizeit nicht mehr solch unerträgliche Szenen machte. Alles war also einigermaßen in Ordnung.

Dennoch belastete Lord Louis das Verhalten des amerikanischen Botschafters. Der ausgezeichnete Mister Grady erfüllte nur seinen Auftrag, er sollte der Regierung der jungen indischen Nation ungeahnte wirtschaftliche Perspektiven vorführen und sie zu einer vorwiegend von Amerika gesteuerten Industrialisierung verlocken. Seit September hatte Lord Louis sich um eine Gruppe britischer Experten bemüht, die Indien ein Wirtschaftsprogramm vorschlagen sollten. London hatte jedoch angesichts der Probleme Zurückhaltung bewahrt. Aber seit dem Ende der Massaker zeigte sich der amerikanische Botschafter offensiver, und London blieb unbeweglich. Grady hatte sich bei seiner Regierung über das antiamerikanische Verhalten Lord Mountbattens beschwert, dessen ›kommunistische‹ Ansichten in der englischen Presse zitiert wurden. Die Beschuldigung war nicht neu, Edwina verheimlichte nicht ihre progressive Einstellung, und die Journalisten übertrieben.

Aber das war noch nicht das Wichtigste. Jeden Moment konnte Indien, wenn es die Vereinigten Staaten zum Partner nahm, sich der Einflußsphäre des Commonwealth entziehen, und dieser Gedanke beschäftigte Lord Mountbatten unablässig. Die Vereinigten Staaten halfen dabei, Europa wiederaufzubauen, und nichts hielt sie davon ab, die Situation zu nutzen, um England den bedeutendsten seiner Märkte wegzunehmen. Ihr Vermögen schien unerschöpflich, sie waren die wirklichen Sieger des Krieges und preschten überall im selben triumphalen Tempo vor. Indien den Vereinigten Staaten überlassen? Niemals!

Nehru sollte jeden Moment auftauchen, um mit ihm die Frage der Industrialisierung zu erörtern, und Lord Louis wurde nervös. Er konnte seinen indischen Freund kaum von seinen sozialistischen Ansichten abbringen. Denn auch wenn er resolut gegen den Kollektivismus sowjetischer Prägung war, so wollte Nehru doch im Gegensatz zu Patel die ökonomische Entwicklung seines Landes unter strenge staatliche Kontrollen stellen. Zwischen dem Sardar Patel und Nehru hatten sich die Beziehungen verkrampft.

»Also, Jawarla«, begann Lord Louis, »wo wollen wir anfangen? Ich würde gerne mit Ihnen über das Commonwealth reden, wie Sie wissen.«

»Das steht bei mit derzeit nicht im Vordergrund«, sagte Nehru mit verschlossenem Gesicht.

»Ich weiß, die Erarbeitung der Verfassung beschäftigt sie derzeit, aber ...«

»Darum kümmert sich Doktor Ambedkhar«, entgegnete Nehru. »Keiner ist für diese Aufgabe geeigneter als er.«

»Er ist kein sehr zugänglicher Mensch«, bemerkte Lord Louis.

»Sind Sie jemals von einem Unberührbaren angesehen worden, Dickie?« fragte Nehru. »Nein! Sie haben sicher noch nie ihre Augen gesehen, denn seit Jahrtausenden dürfen sie niemandem ins Gesicht sehen. Aber wenn der Unberührbare erst einmal verstanden hat, wie ungerecht er behandelt wird, wenn er endlich in die Gemeinschaft seiner Mitmenschen aufgenommen worden ist, wird er noch eingebildeter als Sie selbst, Dickie, und rebelliert ununterbrochen. Ambedkhar ist der Führer der Unberührbaren, er ist selbst einer, und er hat Hunderttausende Unterdrückter in Indien befreit. Nein, er ist nicht sehr zugänglich. Und ich, der Brahmane, versichere Ihnen, daß er recht damit hat.«

»Nun gut, Nehru«, gab Lord Louis zu. »Ihr werdet die Gleichheit der Menschen proklamieren, ich weiß. Aber das genügt nicht. Was werdet ihr für die Unberührbaren tun?«

»Ambedkhar schlägt vor, in der Verfassung eine Quote von Verwaltungsposten für sie und die übrigen Kasten festzuschreiben, die kaum weniger unterdrückt werden. Das ist nur gerecht, ich werde es durchsetzen! Es wird Zeit, daß man merkt, wer ich bin!«

Nehru begann mit blitzenden Augen wie in Rage das Zimmer zu durchmessen, und als er an einem kleinen Tisch vorbeikam, fegte er mit der Hand einen Aschenbecher zu Boden.

»Ich nehme an, Sie denken an Patel«, sagte Lord Louis langsam.

»Dieser verfluchte Sardar!« antwortete Nehru düster. »Er läßt mich einfach nicht regieren. Wissen Sie, daß er mir eine schriftliche Protestnote zukommen ließ, unter dem Vorwand, ich hätte einen Abgesandten ausgeschickt, um die religiösen Unruhen in einer besonders bedrohten Stadt untersuchen zu lassen? Die öffentliche Ordnung sei seine Sache, behauptet er. Aber schließlich bin ich der Premierminister!«

»Das ist keine Frage«, sagte Lord Louis phlegmatisch. »Wie kann er dagegen angehen?«

»Er behauptet, daß der Premierminister nichts weiter als der Erste unter Gleichgestellten ist! Daß mein Programm das eines Diktators sei, daß ich die Demokratie untergrabe ... Ich!« erregte sich Nehru.

»Das wird sich schon geben«, meinte Lord Louis. »Sie haben keine andere Wahl.«

»Glauben Sie wirklich?« fragte Nehru mit blitzenden Augen. »Ich will, daß er sich anpaßt, oder daß er geht!«

»Wenn Sie Ihr Amt mit Streitereien beginnen, sind Sie verloren!« riet Lord Louis mit fester Stimme. »Patel kann Ihnen sehr nützlich sein, ohne ihn hätten die Fürstentümer die Vereinigung des Landes platzen lassen, vergessen Sie das nicht.«

»Lassen Sie uns darüber reden. Er möchte in die Verfassung eine Klausel einbringen, daß alle Fürsten lebenslang eine riesige Apanage erhalten, eine unglaubliche Summe!« schrie Nehru. »Das würde unser Budget unsagbar belasten, wir haben so viele Arme, daß ich das für verrückt halte!«

»Indien hat den Fürsten Versprechungen gemacht, Jawarla«, antwortete Lord Louis ruhig.

»Ich weiß!« rief Nehru und schlug mit der Faust auf seinen Sessel. »Aber ich sehe, daß wir die Unterdrückung fortsetzen, die wir doch bekämpfen wollten. Patel will davon nichts hören.«

»Er hat recht«, seufzte Lord Louis. »Und ich glaube, das betrifft auch den Privatbesitz, den er zurecht verteidigt.«

»Aha«, brummte Nehru. »Alles in allem kann ich also nichts selbst entscheiden, und Sie unterstützen auch noch den Sardar gegen mich!«

»Sie können sich beispielsweise zwischen England und den Vereinigten Staaten entscheiden, mein lieber Premierminister«, sagte Lord Louis wie beiläufig. »Der Botschafter Grady schlägt Ihnen einen Plan für die Industrialisierung vor. Gehen Sie nicht darauf ein.«

Nehru lehnte sich in seinen Sessel zurück und zündete sich eine Zigarette an. »Sie haben mir eine englische Expertengruppe versprochen, die nicht eintrifft.«

»Kommen wir doch zu den Fakten, Jawarlar«, entgegnete ihm Lord Mountbatten. »Das eigentliche Problem ist das Commonwealth.«

»Ich wünsche keinerlei formelle Beziehungen, Dickie«, sagte Nehru entschieden. »Dank Ihnen, und nur Ihnen, ist eine freundschaftliche Verbindung zwischen Indien und England möglich. Das ziehe ich dem Commonwealth vor. Aber es ist nicht richtig, daß ich Ihnen den ganzen Verdienst zuschiebe, auch unsere Edwina hat einen Anteil.«

»Bei dem Wort ›unsere‹ mußte Lord Louis lächeln.

»Ich danke Ihnen«, antwortete er beherrscht. »Aber es ist nicht wegen des Überlebens des britischen Imperiums, daß ich den Anschluß Indiens an den Commonwealth befürworte, es ist in unser aller Interesse ... Sonst werden Sie vom Dollar abhängig!«

»Keine Gefahr«, antwortete Nehru trocken und drückte energisch seine Zigarette aus. »Was den Commonwealth betrifft, so ist das auf jeden Fall unmöglich. Wir sind eine

Republik, Sie werden doch nicht von uns verlangen, uns mit der Krone zu verbünden. Dieses Hindernis ist unüberwindbar, insistieren Sie also nicht.«

»Glauben Sie wirklich unüberwindbar?« murmelte Lord Louis.

Nehru, der immer noch sehr wütend war, antwortete nicht. Auch Lord Louis schwieg.

»Wie geht es Edwina?« fragte Nehru nach einer langen Pause.

»Soviel ich weiß, recht gut«, antwortete Lord Louis uninteressiert. »Wissen Sie, ich sehe sie nur noch bei Empfängen und Zeremonien. Sie engagiert sich mit einem Feuereifer!«

»Ich habe sie nicht mehr gesehen seit … ja, seitdem Sie in Jaipur waren!« rief Nehru aus.

»Ich auch nicht, Jawarl«, antwortete Lord Louis mit einem Lächeln. »Sie geht uns aus dem Weg, nicht wahr?«

»Mein Vorname spricht sich Jawa-har-lal aus«, seufzte Nehru. »Weder Jawarl, noch Jawalar.«

»Ach ja, entschuldigen Sie!« sagte Lord Louis und schlug sich an die Stirn. »Übrigens«, fuhr er hüstelnd fort, »da ist noch etwas, worüber wir noch nicht gesprochen haben. Kaschmir.«

»Unsere Truppen sind an den Grenzen plaziert«, sagte Nehru. »Das ist nicht Ihre Sache.«

»Sie haben dennoch vor nicht langer Zeit akzeptiert, daß ich Jinnah dort traf, zusammen mit Ismay und ohne Begleitung!« antwortete Lord Louis gereizt.

»Ja, und Sie werden die Schliche von Mr. Jinnah mal wieder verstehen! Hat er nicht versprochen, die eindringenden Pathanen zu verjagen? In Wirklichkeit bedient er sich ihrer! Wissen Sie, wie die Pakistani das Vorgehen dieser Guerilla aus Kaschmir nennen? Dschihad! Jinnah weiß das genau, er ist unaufrichtig!«

»Sie könnten dieses Problem vielleicht dem Sicherheitsrat der Vereinten Nationen unterbreiten.«

»Trauen Sie dem etwa?« fragte Nehru bitter.

»Eine internationale Instanz, sehr progressiv, ausschließlich der Erhaltung des Friedens und dem Recht der Menschen auf Selbstbestimmung verpflichtet, und das, wo wir gerade einen mörderischen Krieg hinter uns haben ... Ja, Nehru, ich habe Vertrauen«, sagte Lord Louis engagiert. »Seien Sie der erste von beiden, der sich an die Vereinten Nationen wendet, Ihre Chancen könnten dann gar nicht besser stehen.«

»Und was könnte der Rat vorschlagen?« fragte Nehru unruhig.

»Ich weiß nicht«, meinte Lord Mountbatten vorsichtig. »Das Referendum überwachen? Eine Friedenstruppe an die Grenze zwischen beiden Ländern entsenden?«

»Und was ist mit unserer Unabhängigkeit?«

»Jawarlar, es darf einfach nicht zum Krieg kommen!«

»Wenn Pakistan nicht aufhört, Pathanen in das Territorium von Kaschmir zu schicken, und das heißt nach Indien, werde ich gezwungen sein, auf das Territorium von Pakistan vorzudringen«, erregte sich Nehru.

»Die Vereinten Nationen arbeiten nicht unter dem Druck von Drohungen, glauben Sie das ja nicht!«

»Oh, wenn sie überhaupt was tun,« erwiderte Nehru. »Erinnern Sie sich an den Völkerbund? Wir waren dort lange genug Mitglied, und was hat es uns genützt?«

»Aber Sie sind es doch, die ständig Verhandlungen wollen und an das Völkerrecht appellieren, Sie, Nehru, der die Anwendung von Gewalt ablehnt, Sie, der Hauptideologe einer internationalen Ethik! Nicht ich!« erregte sich Lord Louis.

»Hoffen wir, daß nicht die Amerikaner die neuen Machthaber dieser bewundernswerten Institution sind«, seufzte Nehru und stand auf. »Sie sind wirklich sehr beharrlich, Dickie. Ich werde mich mit der Regierung besprechen.«

*Delhi, den 25. Dezember 1947*

»Jawahar, ich bin nicht einverstanden«, sagte der Mahatma mit seiner klaren Stimme. »Die Vereinten Nationen sind nicht das, was man Ihnen vormacht. Es handelt sich um ein Gremium, in dem die großen Mächte ihre Interessenskämpfe austragen, und Sie werden überhaupt keine Chance haben, dort die Schlichtung zu erreichen, die Sie suchen. Denn das haben Sie ja wohl vor, nicht wahr?«

»Ja, so ist es, Bapu«, brummte Nehru mit geschlossenen Augen. »Mein Entschluß steht fest, darüber ist lange genug diskutiert worden.«

»Könnten Sie nicht unparteiische Inder und Pakistanis für eine freundschaftliche Einigung gewinnen, statt sich an dieses manipulierte Komitee zu wenden? Ich könnte Ihnen Engländer nennen, wenn Sie wollten, beispielsweise jemanden wie Philip Noel-Baker, den unabhängigen und unparteiischen Forschungsreisenden. Sie müßten auch das Referendum vorbereiten, mein Sohn.«

»Bapu, ich bin nicht wegen dieser Sache zu Ihnen gekommen«, seufzte Nehru. »Glauben Sie wirklich daran, daß man eine Aufteilung Kaschmirs zwischen Indien und Pakistan akzeptieren sollte?«

»Natürlich nicht!« sagte der Mahatma empört. »Sie haben Indien geteilt und haben gesehen, wie das Blut geflossen ist, und jetzt werden Sie doch nicht wieder anfangen!«

»Das habe ich gewußt«, murmelte Nehru. »Nun sagen Sie mir, Bapu, sollen wir unsere Truppen an die Grenze schicken, um den Feind zurückzudrängen?«

Der Mahatma senkte den Kopf.

»Ich bitte Sie«, Nehrus Stimme klang schmerzvoll, »ich muß einfach Ihre innere Einstellung kennen.«

»Ihr werdet sie hören«, antwortete der Mahatma ernst und blickte ihm in die Augen. »Ich habe vor, noch heute abend im Radio zu sprechen. Und folgendes werde ich sagen: Ich lehne die Idee einer Teilung ab, unterstütze aber Ihre Entscheidung, Truppen an die Grenze zu entsenden.«

»Ach, Bapu, ich danke Ihnen«, rief Nehru erleichtert.

»Aber ich plädiere für sofortige Verhandlungen, ohne Hilfe der Vereinten Nationen – haben Sie verstanden, Jawahar? Ich werde besonders hervorheben, wie wichtig es ist, daß sich Pakistan und Indien wieder vollkommen vertragen. Und übrigens habe ich die Absicht, selbst nach Pakistan zu gehen«, schloß der Mahatma energisch.

»Wie Sie wünschen«, meinte Nehru resigniert. »Ich nehme an, Sie wollen selbst den Vermittler spielen.«

Der alte Mann lächelte.

»Übrigens, haben Sie jemals darüber nachgedacht, daß unsere Bauern, wenn sie ihre Kühe schlecht behandeln, sich selbst um die Wohltaten bringen, die diese Tiere bescheren?« fragte er plötzlich ganz lebhaft. »Ich werde mich von morgen an in den Dörfern mit diesem Thema beschäftigen.«

## *Abscheu vor der Vergangenheit*

*Delhi, den 16. Januar 1948*

Sie waren alle im Palast eingetroffen, Bunny mit seiner jungen Frau und vor allem Peter Murphy. Mit ihren nichtssagenden Sprüchen und ihren gestelzten Bemerkungen, heraufgestiegen aus dem Sumpf verflossener Liebesabenteuer, aus ihrem, Edwinas Sumpf.

Bunny war ihr Geliebter gemäß ihres Paktes mit Louis gewesen. Wohin auch immer Edwina sich begab, folgte ihr der elegante Bunny. Unendlich scheinende Jahre voller Reisen und der Verzauberung, mitunter sogar Momente der Ekstase unter dem Sternhimmel des Pazifiks, auf Inseln unter Kokospalmen, eine Reise durch China und immer wieder das Meer, ihre gemeinsame Liebe. Am Ende hatte sich Bunny verheiratet. Und nun hatte er seine Frau nach Delhi mitgebracht.

Aber schlimmer war noch: Murphy. Peter Murphy war der älteste Freund von Dickie. Dieser lebhafte, hochgewachsene Mann mit seinen extrem liberalen, angeblich sogar kommunistisch angehauchten Ansichten, hatte niemals aufgehört, sich in ihr Leben einzumischen. Kam es durch Murphys Anwesenheit? Jedenfalls hatte Dickie sie noch mehr als gewöhnlich vernachlässigt, hatte sie grob angefahren und sich mit Bunny, seiner Frau Gina und natürlich mit Peter beschäftigt. Da war Edwina explodiert.

Edwina hatte sich in ihr Zimmer zurückgezogen. Sie konnte nicht mehr weinen. Mit trockenen, geröteten Augen, Schmerzen in Brust und Magen und einem Schweregefühl in den Beinen gab sie sich ihrer Empörung hin.

Ich bekomme eine Migräne ... ich spüre es bereits, grübelte sie. Das sind nicht nur die Wechseljahre, das ist zweifellos etwas Bedenklicheres. Tuberkulose? Krebs? Also Mädchen ... Du und krank? Nein, das ist es nicht! Seit wieviel Monaten habe ich nicht mehr mit einem Mann geschlafen? Zehn Monate? Ich trockne aus! Nein! Das sind scheußliche Gedanken – ich erkenne sie wieder, wie ich sie hasse! Jawahar ... ich würde es niemals wagen. Er, nach alledem in meinen Armen? In unserem Alter? Ich war verrückt, an diese Liebe zu glauben. Wie sollte ich ihm jemals mein Leben beichten? Man kann nicht aus der eigenen Haut schlüpfen – das gibt es nicht. Mit den anderen war es so einfach. Ich bin da reingerutscht, habe mich reingleiten lassen, der Rest kam dann von selber. Sie wollten, und ich habe es geschehen lassen. Dieser leichte Ekel am Morgen, diese Hoffnungslosigkeit, wenn man die Augen öffnete, dieses üble Katergefühl und diese nichtigen Versprechungen. Dickie ist stur wie ein Gaul, dem macht es nichts aus, er hält sich bewundernswert. Und ich? Das ist ihm wie immer egal. Ich hatte recht, ihm diese Beleidigung an den Kopf zu werfen, das dürfte ihn für einige Stunden erschüttert haben. Wer macht sich schon Gedanken um mich? Jawahar? Werde ich das eines Tages mal erfahren? In sechs Monaten werde ich ihn nicht mehr sehen. Kein Liebesgeständnis, keine Küsse ...

Sie drückte den Kopf in ihr Kissen, aber die Tränen wollten nicht kommen. Jemand klopfte an der Tür.

»Nein«, rief sie mit erstickter Stimme.

»Edwina, ich bin es, Peter«, sagte Murphy und schob energisch die Tür auf. »Laß mich in Ruhe!« jammerte sie. »Ich habe Migräne!«

»Mit mir läuft das nicht, meine Liebe«, sagte Murphy und setzte sich auf ihren Bettrand. »In unserer fünfundzwanzigjährigen Freundschaft habe ich Ihre unzähligen

Krankheiten genau kennengelernt. Ich habe alles miterlebt, Rückenschmerzen, Geschwüre – was sage ich, Abszesse, Hämorrhoiden, Migränen, nicht zu vergessen die Fehlgeburten, um es aus Respekt Ihnen gegenüber so zu nennen, Lady Louis. Wenn Sie jetzt krank sind, dann einfach deshalb, weil Sie gerade mal keinen Liebhaber zur Hand haben. Sie müssen eben die Ankunft des Maestro abwarten, dem letzten in der Serie.«

»Hören Sie auf, Sie sind gräßlich«, tönte Edwinas Stimme.

»Nicht mehr als Sie! Unser beider Beziehungen war nicht immer einfach, aber im Grunde mag ich Sie gerne, trotz Ihrer Verrücktheiten. Ich hatte gerade ein langes Gespräch mit Dickie. Er ist sehr unglücklich.«

»Um so besser!« rief sie wütend und schüttelte ihr Kissen. »Wenigstens leiden wir dann beide!«

Murphy sah sie melancholisch an und wartete das Ende des Gewitters ab. Nach und nach beruhigte Edwina sich.

»Er benimmt sich, als existiere ich gar nicht«, murmelte sie ins Kissen. »Wenn wir zusammen sind, blickt er unaufhörlich auf die Uhr, er macht Termine, ohne mich zu fragen, er ... er ...«

»Das weiß er, Edwina«, sagte Murphy sanft. »Es tut ihm leid. Aber Sie, Sie lassen ihm ja keine Ruhe. Er ist eben sehr schnell, er entscheidet alles, er ist davon besessen, die Dinge zu planen. So ist er nun mal, und Sie haben überhaupt keine Geduld.«

»Warum sollte ich, bitte sehr, auch welche haben?« fragte sie und schob das Kissen zur Seite.

»Weil Sie immer noch die große Liebe seines Lebens sind, meine Beste. Nein! Regen Sie sich nicht auf. Ich war an seiner Seite, als er Sie das erstemal bei den Vanderbilts gesehen hat, ich habe ihn auf Sie aufmerksam gemacht und ihn dazu gebracht, mit Audrey James zu brechen, die Ihnen nicht das Wasser reichen konnte. Ich kenne Sie alle beide schon zu lang. Ich habe an Ihrem Leben teilgenommen, ich bin Ihnen auf all Ihren Reisen gefolgt, ich habe die guten und vor allem die schlechten Tage miterlebt. Ich kann bezeugen, daß er niemals, ganz eindeutig niemals, die loyale Bindung, die er Ihnen gegenüber empfindet, verraten hat, und Gott weiß, Edwina ...«

»Ich weiß«, unterbrach sie. »Aber wir haben einen Pakt abgeschlossen. Ich bin eine freie Frau, Peter!«

»Tsss!« Peter Murphy pfiff durch die Zähne. »Ich spreche nicht von dieser gesegneten Periode, es war die glücklichste in Ihrem Leben, und für Ihre Freunde ein unvergleichlicher Frieden. Ich denke an die Jahre vor diesem Pakt, erinnern Sie sich? Niemals weniger als drei Geliebte gleichzeitig, unendliche Lügen, mit diesem Ungarn, Antiirgendwas, Spatzari, glaube ich, und dann ... Sehen Sie! Es waren so viele, daß ich sie einfach vergessen habe. Und während dieser Zeit hielt sich der unschuldige Dickie für verantwortlich, glaubte an Ihre Leiden, verehrte Sie wie eine Madonna ...«

»Sie sind unerbittlich, Peter!« rief sie.

»Aber nein!« sagte er sanft. »In der Rolle von Lady Chatterley zeigen Sie tatsächlich Klasse. Ich habe ja nichts gegen diese modernistischen Touren, das wissen Sie wohl, aber mein bester Freund leidet darunter. Eines Tages ist Dickie brutal aufgeweckt worden, hat endlich Ihre Untreue durchschaut, und Sie haben diesen Handel vorgeschlagen. Nur Sie haben diesen Pakt erfunden. Sie hatten Bunny, er hatte Violaine – zumindest, nachdem Sie sich bereit erklärt hatten, sie ihm zurückzugeben! Sie liebten sich im Quartett in Europa, oder Sie fuhren mit Ihrem lieben Bunny auf Ihrem Schoner durch die Welt, während Dickie mit dieser Französin glücklich war. Es mußte ja passieren, daß nach zehn Jahren ausgewogenem Viererverhältnis dieser dämliche Typ, dieser miserable Bunny sich entschied, Sie sitzenzulassen und zu heiraten, und prompt fängt das ganze Theater wieder von vorne an!«

»Schweigen Sie«, seufzte sie niedergedrückt. »Ich habe die kleine Gina auf die Idee gebracht, Bunny zu heiraten.«

»Dieser Hase! Er hat sich auf Ihr Anraten hin betören lassen? Ich glaube kein Wort davon! Sie sind einfach zu eingebildet, Sie erfinden dieses Märchen!«

»Glauben Sie, was Sie wollen, Peter«, murmelte sie begütigend. »Das Häschen fing an, sich mit mir zu langweilen.«

»Wäre es nicht komisch, wenn es Dickie nicht ähnlich ginge, Edwina? Es ist also nicht Bunnys Anwesenheit, die Sie in diesen Zustand versetzt hat?«

»Sicher nicht«, knirschte Edwina. »Das ist vorbei.«

»Dann haben Sie wirklich keine Entschuldigung. Mein Freund Dickie ist immer geradezu modellhaft tolerant gewesen. Jeder andere hätte sich scheiden lassen, Dickie hat es wegen seines Ehrgefühls nicht getan. Auf seine Art liebt er Sie immer noch.«

»Was wissen Sie denn davon, Peter? Was wissen Sie über die Liebe von Mann zu Frau?« rief sie heftig.

Peter Murphy biß sich auf die Lippen und senkte seinen mächtigen Kopf.

»Selbst wenn mein Geschmack mehr auf Knaben ausgerichtet ist, weiß ich auf jeden Fall mehr davon als Sie, Edwina«, antwortete er kalt. »Hätte ich ihn sonst zu Ihnen geführt?«

»Wer weiß, ob Sie es nicht absichtlich getan haben«, warf sie boshaft ein. Peter Murphy verlor die Geduld und sprang auf.

»Sie wissen ja nicht mehr, was Sie sagen! Legen Sie sich doch einen neuen Liebhaber zu, dann sind Sie beschäftigt, und Dickie hat seine Ruhe.«

»Ach, hören Sie doch auf! Sehen Sie denn nicht, daß ich zu alt dafür bin?« schluchzte sie unglücklich.

Murphy setzte sich wieder neben sie und streichelte beruhigend ihre Hände.

»Endlich werden Sie mal ernst«, murmelte er. »Hören Sie mir zu. Ich weiß eine Menge über euch beide. Dickie ist nicht sehr an Sex interessiert, das wissen wir ja, er ist eher ein sentimentaler Typ. Aber Sie sind es auch nicht!«

»Aber Peter, das ist nun wirklich absurd! Wieso habe ich denn dann mein ganzes Leben lang ...«

»Liebhaber gesucht? Aus Blasiertheit und als Sport. Was Sie nicht wissen, meine Liebe, ist, daß Dickie mir wiedererzählt hat, was Sie ihm sagten. Eines Abends haben Sie endlich gewagt ihm zu sagen, daß Sie es hassen, mit jemandem ins Bett zu gehen.«

Edwina drehte sich abrupt um und barg den Kopf in den Kissen.

»Sehen Sie«, meinte Murphy ruhig, »Sie streiten es nicht ab. Sie haben Ihre Energie verschwendet, um Männer in Ihr Bett zu bekommen, und vor allem, um Sie unter Ihren Einfluß zu bringen und vorzeigen zu können. Man hat Ihnen das ja zur Genüge vorgeworfen, nicht wahr? Erinnern Sie sich an den farbigen Sänger Paul Robeson und die Pressekampagne gegen Sie, diese Diffamierungen und das ganze Theater? Woher soll das wohl gekommen sein, wenn nicht durch Ihre Freizügigkeit?«

»Peter, Sie haben damals selber gesagt, daß es eine rassistische Kampagne war«, empörte sie sich.

»Ja, weil Robeson schwarzer Hautfarbe war, übrigens war er ja erstaunlicherweise nicht Ihr Liebhaber«, gab Murphy seufzend zu. »Aber das ändert nichts an Ihrem Verhalten. Und dann, jedesmal wenn Sie Ihre Energie für humanitäre Zwecke eingesetzt haben, war Schluß mit den Liebhabern! Männer wurden unwichtig. Sie waren endlich Sie selbst ... bis zum Ende des Krieges. Anschließend sind Sie wieder in Langeweile verfallen, und da haben Sie sich Malcolm Sargent geangelt.«

»Das stimmt«, murmelte sie beeindruckt. »Aber Malcolm interessiert mich nicht mehr.«

»Das habe ich mir schon gedacht«, brummte Murphy. »Ihre sagenhafte Energie hat hier, während der indischen Unruhen, wieder Beschäftigung gefunden, aber damit ist jetzt Schluß. Die Unruhen sind beendet, und sofort werden Sie krank wie zu Ihren besten Zeiten. Aber Sie sind nicht mehr so jung, Edwina.«

»Und wie sollte ich Ihrer Meinung nach leben?« fragte sie und sah ihm direkt ins Gesicht.

»Nun ja«, brummte er, »jetzt, wo Sie älter sind und sich von der ewigen Sorge befreit haben, neue Liebhaber finden und vorführen zu müssen, können Sie in aller Ruhe an Dikkies Seite alt werden. Sie werden eine prächtige Großmutter abgeben, lebhaft und brillant, und Sie werden mit den Streitereien aufhören. Edwina, es gibt eine Zeit für die Liebe und eine für die Freundschaft.«

»Niemals!« rief sie. »Niemals werde ich mich damit abfinden, ohne Liebe zu leben!«

»Nun gut, wen also?« fragte Murphy mit einem zynischen Lächeln. »Werden Sie sich den Scharen alter Frauen anschließen, die sich mit jungen Männern umgeben, so wie ihre schlaffe Haut mit Schmuck? Ehrlich gesagt, meine Liebe, das ist nicht Ihr Stil. Und anderenfalls – wo wollten Sie die große Liebe finden, nach der Sie immer gesucht haben und die Dickie Ihnen nicht geben konnte?«

Sie antwortete nicht. Mit abwesendem Blick klopfte Murphy seine Pfeife in der Hand aus und wartete gespannt. Edwina überkam plötzlich eine unheimliche Wut.

»Lassen Sie mich in Ruhe, Peter!« schrie sie und richtete sich auf. »Danke für die Lektion. Sie beschreiben eine Art von Leben, die nichts für mich ist, mein Lieber. Verschwinden Sie!«

# 10

## »Das Licht, das unser Leben erleuchtete, ist erloschen«

### *Die letzte Großtat des Mahatmas*

*Delhi, den 12. Januar 1948*

Der Mahatma ließ sich nicht davon abbringen, nach Pakistan zu reisen.

Diese Nachricht hatte die extremistischen Hindus irritiert. Wie konnte er nur! Mitten in den angespannten Beziehungen, wo die feindlichen Eindringlinge an den Grenzen lagerten und wo allgemein bekannt war, daß Pakistan auf Biegen und Brechen das Geld verlangte, das Indien ihm schuldete und ohne das es nicht existieren konnte, wollte dieser kleine Mann eine solche Provokation unternehmen?

Aber nichts und niemand konnte den starrköpfigen Greis überzeugen, denn in seinen Augen gab es immer noch zahlreiche Gründe für Konflikte, auch wenn die Massaker inzwischen vollständig aufgehört hatten. Seine Reise nach Pakistan würde Jinnah und den Premierminister Liaquat Ali Khan beruhigen. Je länger der Mahatma darüber nachdachte, um so mehr war er von der Richtigkeit seines Vorhabens überzeugt.

An diesem Tag war Nehru nach Birla House gekommen und versuchte, den Alten davon zu überzeugen, das Projekt aufzugeben. Ein merkwürdiges und ungewohntes Lächeln erhellte das Gesicht des Mahatmas.

»Sie sind heute sehr fröhlich, Bapu«, bemerkte Nehru leicht beunruhigt.

»Aha! Mein Sohn fängt an, etwas zu verstehen«, murmelte der Mahatma. »Tatsächlich, Jawahar, denn ich habe einen Entschluß gefaßt. Die Erleuchtung ist wie ein Blitz gekommen«, fuhr er mit fester Stimme fort. »Bevor ich mich nach Pakistan aufmache, werde ich fasten.«

Nehru sah ihn verstört an.

»Nicht schon wieder ein lebensgefährliches Fasten!« hauchte der bleich gewordene Nehru.

»Aber ja«, antwortete ernst der Mahatma.

»Aber warum denn?« fragte Nehru bedrückt. »Die Situation ist fast ruhig, wir fangen endlich wieder an, Luft zu schnappen! Das Problem des Kaschmir-Konflikts liegt inzwischen in den Händen der Vereinten Nationen. Sie werden alles wieder aufwühlen.«

»Es genügt mir nicht, daß die Unruhen in Delhi beendet sind«, erklärte der Mahatma, »dieses Mal möchte ich eine vollständige Versöhnung zwischen den beiden Ländern. Ich habe Ihnen bereits gesagt, daß ich Ihren Appell an den Sicherheitsrat der Vereinten Nationen nicht richtig finde.«

»Aber die Massaker haben doch vollständig aufgehört!« rief Nehru.

»Ich werde den Generalgouverneur aufsuchen, um ihn zu informieren«, sagte Gandhi mit erhobener Stimme. »Er wird mir zustimmen,« fügte er mit vorwurfsvollem Blick hinzu.

»Was wollen Sie denn nun genau, Bapu?« seufzte Nehru.

»Sie wissen es sehr wohl«, antwortete der Mahatma. »Ich will, daß die Regierung, der sie vorstehen, die fünfhundertfünzig Millionen Rupies, die sie Pakistan schuldet, bezahlt.«

»Woher wissen Sie die genaue Summe?« fragte Nehru abrupt. »Weder Patel noch ich haben Sie Ihnen genannt!«

»Aber der Generalgouverneur hat mir viel davon erzählt«, antwortete Gandhi ruhig. »Übrigens ist er es, der mich antreibt.«

»Ach!« stöhnte Nehru und erhob sich. »Sie verraten uns, Bapu. So geht Kaschmir verloren! Wie sollen wir denn Jinnah unter Druck setzen, wenn wir sofort zahlen? Wir werden unser Kaschmir verlieren! Sie haben nicht das Recht dazu!«

»Ich habe ein ganzes Jahr gewartet, und ich sehe, daß der

Geist des Mordens regiert, antwortete ruhig der Mahatma. »Als ich mit meinen Kräften am Ende war, habe ich meinen Kopf in Gottes Schoß gelegt, und er hat mir die Idee eingegeben zu fasten. Dieses Mal werde ich auch wegen Pakistan fasten.«

»Bapu, Sie riskieren Ihr Leben: Ihr letztes Fasten liegt erst so kurz zurück«, murmelte Nehru.

»Gott möge, daß ich nicht so viel darüber nachdenke«, antwortete der alte Mann und wandte sich seinem Spinnrad zu. »Aber ich ziehe es auf jeden Fall vor zu sterben, als den Anblick dieser Feindschaft zwischen den Ländern zu ertragen.«

»Dann muß ich wohl gehen und diesen verfluchten Patel aufsuchen«, antwortete Nehru resigniert. »Er muß davon überzeugt werden, daß wir zahlen müssen. Sie wissen ja, wie stur er ist.«

»O ja«, sagte Gandhi lachend. »Das ist nun mal Ihre Aufgabe. Meine ist es zu fasten. Ich werde unseren lieben Lord Louis heute nachmittag aufsuchen. Die Fastenzeit werde ich morgen beginnen, genau um Mittag. Und Sie wissen sehr wohl, daß Sie nachgeben müssen, mein Sohn. Sie und Patel werden sich endlich wieder vertragen, es sei denn, Sie wünschen meinen Tod.«

»Also habe ich keine Minute zu verlieren. Ich gehe«, sagte Nehru bewegt.

»Wissen Sie, daß ich sehr froh bin, seit ich meine Entscheidung getroffen habe«, sagte Gandhi und betrachtete ihn liebevoll.

Manu und Abha traten leise ein und halfen dem alten Mann, sich zu erheben. Die Stunde des Gebets war gekommen.

Gandhis Augen leuchteten, er gürtete den Lendenschurz fest, ergriff seinen Stock und verließ mit lebhaften Schritten den Raum, wie ein Krieger auf dem Weg zum Friedenskampf. Im Garten hörte man ein gedämpftes Raunen, die Gläubigen drängten sich um ihren Mahatma, der die Hände zusammenlegte und lächelnd alle Anwesenden begrüßte. Seine beiden Nichten schoben behutsam diejenigen, die sich zu dicht herandrängten, beiseite, halfen den Frauen auf, die sich ihm zu Füßen warfen, und bahnten ihm mühsam einen Weg zu dem Podest unter dem weißen Baldachin, wo er sich wie immer niederließ, um zu predigen.

*Delhi, den 17. Januar 1948*

Der Mahatma hatte am 13. Januar zu fasten begonnen.

Diesmal war es im Garten vollkommen still, in kleinen Gruppen sitzend oder einzeln betend, auf dem Boden kniend oder liegend, harrten Menschen schweigend aus. Weiß oder schwarz verschleierte Moslemfrauen hockten unbeweglich auf dem Rasen bei den Rosenbüschen, deren Blüten sich gerade zu öffnen begannen, Sadhus meditierten, ihre Stirn war kohlegeschwärzt; und Sikhs rollten ihre großen traurigen Augen, während sie verzweifelt die stumme Fassade der großen Villa betrachteten, die von einem Kordon Getreuer bewacht wurde.

Der Mahatma hatte drei Kilo verloren, er wog jetzt nur noch achtundvierzig Kilo. Sein Puls war kaum noch zu fühlen, und im Schlaf fantasierte er. Seine Ärztin, eine junge Frau, die seine Regeln der Naturmedizin befolgte, fürchtete, er könne endgültig ins Koma verfallen. Die Nieren arbeiteten nicht mehr ausreichend. Seit vier Tagen hatte er nur warmes Wasser mit ein wenig Bikarbonat zu sich genommen.

Die Limousine des Gouverneurs überholte eine große Gruppe von Demonstranten, die sich ebenfalls in Richtung Birla House bewegten. Die erste Reihe trug ein Transparent mit der Aufschrift ›Rettet Gandhi‹.

Am zweiten Tag des Fastens hatte die indische Regierung ihre Schulden an Pakistan bezahlt, aber das genügte dem starrsinnigen alten Mann nicht, denn er hatte einen Erlaß zum Schutz der Moslems gefordert. Zwischen zwei seiner tiefen Schlafphasen hatte Gandhi seinem Sekretär Pyarelal die Punkte diktiert, die dieser Erlaß enthalten sollte. Nichts war vergessen worden, weder die Rückgabe der Moscheen, die man zweckentfremdet hatte, noch der Schutz der Moslems in den Zügen, noch die Einstellung des Boykotts moslemischer Geschäfte in Delhis altem Stadtteil Chandi Chowk. Alle Politiker und Religionsvertreter hatten diesen Erlaß unterzeichnet, aus Pakistan waren Hunderte von Botschaften ›an den Erzengel der Barmherzigkeit‹ gesendet worden, aber es fehlten immer noch zwei Unterschriften, und zwar diejenigen der beiden extremistischen Hindubewegungen, die für die Massaker verantwortlich und entschlossen waren, alle Moslems zu vertreiben, egal, zu welchem Preis.

»Die gesamte Stadt marschiert nach Birla House«, sagte Lord Louis verblüfft. »Man hat mir berichtet, daß alle Geschäfte geschlossen worden sind und überall gebetet wird. Nehru weicht nicht von Gandhis Lager, die Handlungsfähigkeit der Regierung hängt offensichtlich von seinen Urinwerten ab.«

»Und wenn er stirbt?« fragte Edwina besorgt.

»Er stirbt nicht«, sagte Lord Louis energisch. »Er darf einfach nicht sterben. Die Lage wäre unkontrollierbar.«

»Erkennt er uns?«

»Das ist nicht sicher. Vielleicht schläft er ja.«

Die Menge wich vor dem Auto zurück. Sie betraten den Garten, wo man sie flüsternd beobachtete.

Zusammengekauert wie ein Fötus und in seinen langen weißen Schal eingehüllt, ruhte der winzige Körper des Mahatmas auf seinem Lager. Er schlief nicht, aber er war auch nicht wach, sondern schien von einer Welt in die andere zu schweben, ohne zu leiden, so als ob er in den Schoß seiner Mutter zurückkehrte. Seine tief umschatteten Augen öffneten sich kaum, und um seine Lippen sah man Spuren eingetrockneten Speichels. An seiner Seite wachte seine Ärztin und befeuchtete die elfenbeinfarbene Stirn mit einem Tuch. Neben ihm saß Nehru und hielt seine Hand. Mirhabehn, Manu und Abha schoben die aufgeregten Besucher beiseite und besänftigten sie nach besten Kräften. Die Mountbattens näherten sich auf Zehenspitzen. Gandhi hatte die Augen geschlossen.

»Wie geht es ihm?« flüsterte Edwina Nehru ins Ohr.

Er beschrieb mit der Hand eine ausweichende Geste und begann zu weinen.

»Hat man schon etwas wegen der noch fehlenden Unterschriften gehört?« fragte Lord Louis mit gesenkter Stimme.

»Noch nicht, Prasad kümmert sich intensiv darum«, antwortete Nehru. »Die Führer der Hindubewegung wollen nichts davon wissen. Achtung ...«

Als er das Flüstern an seinem Bett vernahm, öffnete der Mahatma die Lider.

»Wer ist da?« murmelte er mit kaum vernehmbarer Stimme.

»Der Generalgouverneur, Bapu«, antwortete Nehru.

»Ah!« sagte Gandhi und versuchte vergeblich, sich aufzurichten.

»Bewegen Sie sich bloß nicht, Bapu«, rief Lord Louis und trat näher. »Wir sind gekommen, um Ihnen zu Ihrem Mut zu gratulieren.«

»Wir?« fragte der alte Mann und schloß die Augen. »Meine kleine Schwester ist also auch hier?«

»Ich bin hier, Bapu«, sagte Edwina und berührte seine Wange.

»Das ist gut. Ich freue mich, daß Sie gekommen sind, Lord Louis«, flüsterte der Mahatma angestrengt. »So braucht es also ein Fasten, damit der Berg zur Maus kommt?«

Plötzlich öffnete er lebhaft die Augen und brachte ein Lächeln zustande.

»Bapu, wann hören Sie mit dem Fasten auf?« fragte Lord Louis und beugte sich über den alten Mann.

»Erst wenn die beiden Unterschriften unter dem Edikt stehen«, sagte Nehru erregt.

»Und wenn ...«, unterbrach Gandhi mühsam, »wenn sie alle versprochen haben ... für den Frieden zu arbeiten ... in beiden Ländern ... dann ja.«

Nehru und Lord Louis blickten sich an. Der Mahatma sprach schon wieder eine neue Bedingung aus.

»Sie müssen ihn jetzt ruhen lassen«, befand die junge Ärztin. »Das Sprechen strengt ihn furchtbar an.«

Edwina brach eine Rosenknospe ab, öffnete sie und ließ ein Blütenblatt nach dem anderen auf den Körper des Mahatmas fallen, der sie schon nicht mehr wahrnahm. Sie wandte sich schluchzend ab, und Lord Louis nahm sie in die Arme.

Als Nehru die Mountbattens hinausbegleitete, schrien die Demonstranten im Garten enthusiastisch: »Wir wollen Gandhi retten! Wir versprechen es! Er soll aufhören!«

»O mein Gott«, rief Nehru und ging ihnen entgegen. »Sie sind fähig, ihn zu töten, ohne es zu wollen!«

Er begab sich zu dem hölzernen Podest, das für die Gebete vorgesehen war, und ergriff das Mikrofon. Die Barrieren hatten nachgegeben, die Blumen der ausgerissenen Pergola hingen von den zerbrochenen Zweigen.

»Brüder, Freunde, bleibt stehen!« rief Nehru. »Bapu geht es sehr schlecht. Die kleinste Aufregung kann das Ende seiner Kräfte bedeuten. Ihr habt recht daran getan, herzukommen und ihn zu unterstützen, er hört eure Versprechungen. Bapu wird nicht sterben, die Erde unseres Vaterlandes, die einen solchen Menschen hervorgebracht hat, wird ihn nicht aufgrund unserer Schuld hingehen lassen ... Er allein kann uns retten!«

»Es lebe der Mahatma Gandhi! Rettet ihn!« schrien die Sikhs, Arm in Arm mit den Moslems.

»Ja, ja, ja, er soll uns so zusammen sehen!« fügten die anderen hinzu und schwenkten ihre Transparente.

»Laßt ihn sterben!« ertönte eine Stimme. »Tod Gandhi!«

»Wer hat das gesagt?« brüllte Nehru mit blitzenden Augen. »Wo versteckst du dich? Töte zuerst mich!«

Und er rannte los, wobei er alle, die ihm in den Weg kamen und die vor ihm zurückwichen, mit der Hand beiseite schob.

»Wo bist du, du Vatermörder?« schrie Nehru verstört, und die stumme Menge schob sich hinter ihm wieder zusammen.

Lord Louis holte ihn ein und hielt ihn energisch fest.

»Sie werden ihn nicht finden, Nehru. Es ist sinnlos.«

»Er wird nicht durch das Fasten sterben«, murmelte Nehru bedrückt. »Irgendwann wird einer der unsrigen ihn endgültig umbringen.«

## *Die Nacht senkt sich über Indien*

*Delhi, den 30. Januar 1948*

Lord Louis tätschelte seinem Pferd den Hals. Es war ein rassiges und schönes Vollblut, und der Ausritt war wunderbar gewesen.

Die Januarsonne war so schön, wie sie in Delhi überhaupt nur sein kann, kein bißchen Dunst, keine Wolke, ein transparentes Blau über den Ruinen der Festung und über den Hügeln, ein unendlicher Frieden. Seitdem der Mahatma endlich mit dem Fasten aufgehört hatte, schien Indien von seinen Dämonen befreit, keine Messerstecherei mehr, nicht ein einziger Überfall, denn Brüderlichkeit war offenbar populär geworden, und es wurde Frühling. Ein Frühling der Versöhnung. Der Generalgouverneur hatte die Anzahl der Wachen vor Birla House verdoppeln lassen, man hatte noch rechtzeitig eine Verschwörung gegen den Mahatma aufgedeckt, der aber nun, so gut bewacht, nicht mehr in Gefahr war.

»Schade, daß dieser Nachmittag vorbei ist, nicht wahr?« sagte Lord Louis zu seinem Vollblut.

Plötzlich runzelte er die Brauen. Vor den Ställen wartete eine Gruppe von Leuten in Anzügen und mit ernsten Gesichtern. Mountbatten trieb sein Pferd an.

»Der Mahatma! Ermordet!« rief Campbell-Johnson von weitem.

Lord Louis fühlte sich plötzlich von allen Kräften verlassen. Hastig stieg er von seinem Pferd.

»Er ist tot?« fragte er leise.

»Ja. Sein Körper ist völlig durchlöchert. Der Wagen wartet.«

»Wer? Ein Moslem oder ein Hindu?«

»Keiner weiß es. Nehru ist dort. Schnell!«

Schneller, noch schneller, dachte Lord Louis im Auto und biß sich auf die Lippen. Wenn der Mörder ein Moslem ist, muß die Armee eingreifen, die Flüchtlingslager beschützen und Purana Qila schließen. Wenn es ein Hindu ist ... ein Hindu oder ein Moslem? Es muß einfach ein Hindu sein, es muß! Aber was macht der Chauffeur? Man kommt ja gar nicht mehr voran ... Hoffentlich hat sich die Nachricht noch nicht verbreitet. Der Mahatma tot! Ich habe es gewußt. Das konnte ja nicht anders enden. Es mußte einfach sein, daß er sein Blut für sein Land vergoß. Das war vorbestimmt ...

Eine riesige Menge drängte sich vor Birla House. Die Nacht sank bereits hernieder. Mountbatten bahnte sich mit den Ellenbogen einen Weg und erblickte Nehru im Eingang stehend.

»Tot den Moslems!« schrie eine Männerstimme. »Sie haben Gandhi getötet!«

Mit einem Satz war Mountbatten bei Nehru und wandte sich der aufgeregten Menge zu.

»Schwachkopf! Das war ein Hindu, der den Mahatma getötet hat! Kein Moslem!« brüllte er.

»Woher wissen Sie das?« flüsterte Nehru an seiner Seite. »Man hat ihn gerade erst verhaftet.«

»Es ist also tatsächlich ein Hindu? Gott sei Dank!« seufzte Lord Louis.

*Madras, den 30. Januar 1948*

Der Arbeitstag von Edwina ging endlich zu Ende. Besuche in den Ambulatorien, Händeschütteln, Visitationsgänge in Begleitung des Gouverneurs, Treffen mit diversen Komitees und Frauenvereinen ... Mit der für sie typischen Effizienz hatte sie das ganze Programm erledigt.

Nun kam die herrliche Zeit, in der sie sich ausruhen und träumen konnte. Die Zeit, wo sie mit sich selber sprechen und die Wunden vergessen konnte, die Dickie so oft in ihre Seele schnitt, daß sie es kaum mehr schaffte, sie zu verwinden. In dieser einsamen und erholsamen Stunde konnte sie nichts mehr belasten.

Mechanisch drehte sie an dem Knopf des Radios neben ihrem Bett und begann, ihr Kleid auszuziehen. Madras war eine heiße und staubige Stadt, sie fühlte sich schmutzig. Das Wasser würde den Staub abwaschen. Ein durchdringender Gesang erfüllte das Zimmer, eine schwere und volle, mütterliche Frauenstimme, unterbrochen von den knackenden Geräuschen des schlecht eingestellten Senders. Die Musik war nicht von besonderer Qualität, aber es war ein Stück Indien, das eine beruhigende Wirkung auf sie ausübte. Ganz plötzlich brach die Musik ab.

»Der Mahatma Gandhi ist heute nachmittag um 17 Uhr 17 in Neu-Delhi umgebracht worden«, berichtet eine ernste und traurige Stimme. »Sein Mörder ist ein Hindu.«

Edwina ließ ich aufs Bett sinken.

»Das kann nicht wahr sein!« murmelte sie. »Er ist nur verletzt, das weiß ich sicher. Radio India hat sich geirrt ... Ich kann das einfach nicht glauben. Man wird ihn ins Krankenhaus gebracht haben, man wird ihn operieren, er ist sicher nicht tot.«

Fiebrig ergriff sie den Telefonhörer und verlangte die Nummer des Palastes in Delhi.

»Schnell! Es ist eilig! Ich muß den Gouverneur sprechen ... Dringendes Dienstgespräch!«

»Yes, Madam«, ertönte die Stimme des Telefonisten. »Sofort, Madam.«

Mach, daß es nicht passiert ist, lieber Gott, mach, daß ich falsch verstanden habe ..., stöhnte sie und ballte die Fäuste. Nach seinem Fasten war er so zufrieden, er sagte: ›Ich werde hundertdreiundreißig Jahre alt werden‹, er war glücklich, er kann nicht sterben ... Umgebracht! Wie? Mit einem Dolch, einer Bombe? Einem Revolver? Unmöglich, alles ist bewacht. Keiner konnte sich ihm ohne vorherige Kontrolle nähern. Und dieser Anruf, der nicht kommt …

Wieder griff sie zum Telefon. »Haben Sie Delhi verlangt?« rief sie wütend in den Hörer.

»Ja, Sir. Ich versuche es die ganze Zeit, Sir«, sagte der erschrockene Telefonist ganz verwirrt.

»Versuchen Sie es weiter!« rief sie und legte auf.

Du weißt sehr wohl, daß er nicht mehr ist und daß sein Geist schon über der Welt schwebt, flüsterte eine ruhige Stimme in ihr Ohr. Warum noch kämpfen? Er ist doch glücklich. Hat er nicht das Ende gefunden, das er wollte, und du mußt dich schon wieder dagegen auflehnen? Komm, fasse Mut! Er hat es dich doch gelehrt. Nun hat er seinen Frieden, du hast ihn nicht verloren …

Ihre Hände entkrampften sich, sie begann zu weinen. Das Telefon klingelte.

»Dickie? Ich habe Radio gehört!« rief sie. »Was ist passiert?«

»Während … Gebeten …irla House«, quäkte eine schwer verständliche Stimme, die von Störgeräuschen unterbrochen wurde. »Ein Gläubiger unter … anderen … einer … mit … Revolver … drei Kugeln in … sofort … kommst du zurück …«

»Rede lauter!« schrie sie. »Wer? Moslem?«

»Hindu … zum Glück … sofort«, war Dickies Stimme zwischen dem Telefonrauschen zu hören.

»Ist er wirklich tot?«

»… ohne zu leiden. Nimm … Flugzeug … für die Feierli… morgen.«

»Morgen? Schon?«

»… Sitte von … Verbrennung … erwarte dich … umarm…«, tönte es, dann wurde eingehängt.

Langsam legte sie den Hörer auf und warf sich aufs Bett.

»Freunde und Kameraden«, sprach jemand mit unterdrücktem Schluchzen im Radio, »das Licht, das unser Leben erleuchtete, ist erloschen, und überall sehe ich nur Dunkelheit. Ich weiß nicht, was ich euch sagen soll, und wie ich es …«

Edwina erhob sich abrupt. Nehru! Seine Stimme war unverwechselbar.

»Unser geliebter Führer, Bapu, wie wir ihn nannten, der Vater der Nation, ist nicht mehr. Ich habe zweifellos unrecht, so zu reden, aber ihn, den wir so oft in langen Jahren erleben durften, werden wir nie mehr sehen. Wir können nie mehr zu ihm gehen, damit er uns tröstet und belehrt. Was für eine schreckliche Tat! Nicht nur für mich, sondern für Millionen und Millionen von Indern, für unsere ganze Nation, und alles, was ich oder andere auch sagen mögen, es ist nicht mehr rückgängig zu machen.«

Edwina weinte und krampfte die Hände ineinander. Bapu war tot, Nehru erlitt Qualen, und sie war so weit fort, ohnmächtig und verzweifelt.

»Das Licht ist erloschen«, habe ich gesagt, »aber es stimmt nicht. Es war ja nicht ein gewöhnliches Licht, das uns Jahr um Jahr leuchtete. Noch lange Zeit, noch in tausend Jahren wird es unzähligen Herzen Trost spenden …«

»Höre nicht auf, mein Geliebter«, flüsterte Edwina, »rede weiter …«

## *»Der Mahatma ist unsterblich«*

*Neu-Delhi, den 31. Januar 1948*

Ohne daß irgend jemand einen Befehl dazu gegeben hätte, hatte sich der Trauerzug langsam in Bewegung gesetzt. Eine wogende, schweigende Menschenmenge drängte sich bis an die knarrenden Räder. Der Premierminister hielt sich mit zusammengepreßten Lippen an dem blumenbedeckten Leichenwagen fest. Hunderte von Marineinfanteristen marschierten mit gesetztem Schritt auf dem Raj Path.

»O Ram!« flüsterte Nehru versunken. »Du bist entschwunden, Vater, und wir mit dir. Beschütze deine Kinder, die sich um dich drängen und erdrücke sie nicht auf ihrem Weg.

Er blickte nach allen Seiten und drehte sich ständig um, aus Angst, die riesige Menge könnte jemanden zertrampeln. Hinter dem Leichenwagen bewegte sich langsam der lange Zug der Würdenträger. Im zweiten Glied, hinter den Frauen, befand sich Lord Louis in seiner Uniform, seine Tochter Pamela, Edwina in einem Mantel und mit einer weißen Kopfbedeckung, die Augen hinter ihrer dunklen Brille verborgen. Neben ihr ging Prinzessin Amrit Kaur in einem prächtigen Trauersari und hielt ihre Hand.

Du würdest die Marineinfanteristen nicht haben wollen, du würdest die Lanzenreiter ablehnen, Vater, ich weiß, nichts davon würdest du gewollt haben, dachte Nehru und warf einen Blick auf den erhöhten Katafalk. Ich höre bereits deine Stimme, wie du mir wie gewohnt Vorhaltungen machst. Du weißt genau, daß mir mal wieder keine andere Wahl bleibt ... Wie sollte ich dich der Inbrunst deiner Söhne entziehen? Sie haben dich geliebt, du bist ihr Indien, kann ich Indien den Indern stehlen? Mit einer unsicheren Geste rückte er seine weiße Kappe zurecht.

Die Menge war auf die Bäume und die Laternenmasten geklettert. Die, die es nicht mehr geschafft hatten, irgendwo hinaufzuklettern, reckten den Hals, mit ernstem Blick, gefalteten Händen und ohne einen Laut nahmen sie Abschied. Die Journalisten hatten sich auf den dicksten Ästen der Bäume niedergelassen. Ein weinendes Mädchen stürmte auf den Wagen zu und kletterte mit einer gelben Rose in der Hand wie eine kleine Ziege hinauf. Patel schrie vergeblich auf, die Kleine beugte sich bereits über das Gesicht des Mahatmas und legte ihm ihre Blume auf den Mund.

»Für dich, Bapuji«, schluchzte sie und drückte ihm einen Kuß auf. Der Sardar zog sie an ihrem langen Zopf und hieß sie herunterzusteigen, was sie widerspruchslos tat. Einen Moment sah sie aus wie eine fliegende Heuschrecke, dann verlor sie sich in der Menge, und man sah sie nicht mehr.

Siehst du, fuhr Nehru fort und unterdrückte ein Lächeln, siehst du, du bist ihr Gefangener. Dieses Mal entkommst du ihnen nicht mehr. Du kannst dich nicht mehr alleine in einen Winkel der Stadt zurückziehen und mir schreckliche Sorgen bereiten, die mich am Schlafen hindern. Kein Fasten mehr, Bapu, keine sonstigen Mätzchen ... Du bist ihr Gott. Jetzt, wo du tot bist ...

Plötzlich liefen ihm die Tränen über die Wangen. Jetzt, wo der Vater tot war, würde er nie mehr die Angst ausstehen müssen, ihn im Blut liegen zu sehen, denn das war ja nun bereits geschehen. Er müßte nie mehr Rechenschaft ablegen, würde keine Schuldgefühle mehr haben, er würde nach eigenem Entschluß handeln, würde nie mehr wütend auf ihn oder verbittert sein, jetzt, da sein Vater tot war. Jetzt.

O Ram, ich bete ja, ohne es zu merken, murmelte der Premierminister und wischte über sein Gesicht.

»Achtung!« schrie Patel.

Ein Mann stürzte auf den Wagen zu und hielt irgend etwas in seiner Hand. Ein Moslem mit weißer Kopfbedeckung.

»Jawahar, da, links!«

Nehru wandte den Kopf und sah, wie der Mann einen Fliederstrauß mit aller Kraft von sich schleuderte. Instinktiv zog er den Kopf ein. War zwischen den Blättern eine Bombe verborgen?

Aber nichts explodierte. Die Zweige fielen auf den Wagen und glitten, ohne Schaden anzurichten, zu Boden. Im Gesicht des Moslems sah man inmitten der Tränen ein Lächeln. Um ihn herum zogen sich die Leute automatisch zurück, keiner versuchte, ihn zurückzuhalten, keiner unterstützte ihn, er wurde kaum beachtet. Jeder war frei, so zu trauern, wie er es für richtig hielt, und wenn jemand den Mahatma auf diese einfache, diese ärmliche Weise ehren wollte, so stand ihm das zu. Nehru fragte sich, ob man nicht auch noch, wie für einen Gott, Süßigkeiten streuen würde.

Er blickte zu Edwina. Sie ging mit gesenktem Kopf und hatte nichts bemerkt.

Unentwegt kreisten ihr die Ereignisse durch den Kopf, die man ihr berichtet hatte. Es war zu der Stunde passiert, als der Mahatma inmitten seiner Anhänger zu seinem Podium schritt. Ein junger Mann war ihm in den Weg getreten, der die Hände zu einem ehrfurchtsvollen Gruß zusammengelegt hatte. Gandhi war lächelnd stehengeblieben, doch Manu hatte den Gläubigen sanft beiseite geschoben, denn der Mahatma hatte sich zu seiner Gebetsstunde bereits verspätet. Da hatte der Mann seinen Revolver hervorgezogen, den Arm ausgestreckt und in aller Ruhe aus nächster Nähe drei Schüsse abgegeben. Gandhi war in sich zusammengesunken und hatte dabei ›O Ram‹ gemurmelt. Sein Blut hatte die weiße Kleidung verfärbt. Er war sofort und ohne leiden zu müssen gestorben. Nehru war sehr schnell zur Stelle gewesen, gefolgt von Dickie, der der Menge geistesgegenwärtig mitgeteilt hatte, daß der Mörder ein Hindu sei. Nehru hatte Dickie eine Schale voll Rosenblätter gereicht, die er über den blutverschmierten Körper gestreut hatte. Patel war auch dagewesen und hatte in einer Ecke wie ein Kind geweint. Mountbatten hatte erkannt, daß die Stimmung günstig war, um den Wunsch des Mahatmas zu erfüllen: Er hatte jeden der beiden Männer am Arm gefaßt und aufeinander zugeschoben. Nehru und Patel hatten sich weinend umarmt. Dann, während die Frauen den Toten wuschen und zurechtmachten, hatte der Generalgouverneur den Leichenzug organisiert und für die militärische Bewachung gesorgt. Von überallher waren die Bauern in Massen gekommen, die ganze Nacht über waren in Birla House Menschenströme an dem Toten vorbeidefiliert.

Das Licht war in Indien für eine lange Nacht erloschen, als Zeichen der Trauer hatte niemand auch nur das kleinste Feuer entzündet.

Nehru und Patel hatten wie treue Hunde neben dem toten Mahatma weinend über die Menge Wache gehalten.

Aber was hat er empfunden, als er starb? überlegte Edwina und marschierte mit langsamen Schritten auf der Straße weiter. Hat er verstanden, was geschah? Hat er sich darüber gefreut? Wie kann die Seele eines solchen Mannes sich verflüchtigen? Dickie hat recht, er ist tatsächlich Jesus und Buddha gleichzusetzen. Die Schritte, mit denen ich dir heute folge, Bapu, werden nie ans Ziel gelangen.

Alles in allem kam der Zug zwar langsam, aber stetig voran. Beruhigt stieg Nehru auf den Leichenwagen und betrachtete das erloschene Gesicht des alten Mahatmas. Über dem Lächeln der leicht geöffneten Lippen schien der Schnurrbart wie eingetrocknet, und am Hals hatten sich unter dem einfachen weißen Baumwollkragen blaue Flecken gebildet. Die Januarsonne begann langsam zu stechen.

Nehru streichelte die kalte Wange.

Der Leichenzug war am Fluß angelangt, dessen Ufer während des Winters mit grünen Pflanzen bewachsen war. In einem riesigen Durcheinander hielten alle an.

»Ich weiß nicht, wie ich Ihnen diese Prüfung ersparen sollte«, sagte Lord Louis zu seiner Frau. »Pammy hätte ja notfalls nicht mitzukommen brauchen, aber Sie ...«

Edwina wandte den Kopf zur Seite, damit ihr Mann sie nicht weinen sah. Es war wirklich eine Prüfung für sie.

»Hoffen wir, daß kein Kind zertrampelt wird«, meinte Lord Louis besorgt, »und daß kein Terrorist die Gelegenheit ausnutzt. Diese Menschenmenge ... sehen Sie sie nur an. Wie viele werden es wohl sein?«

»Sie meinten vorhin eine Million, Dickie.«

»Wie soll man es wissen? Die ganze Stadt ist da. Dann das Pandschab. Und dann die von überall herbeigeströmten Bauern. Sehen Sie mal diese Turbane und diese flachen Hüte. Die sind nicht von hier. Vielleicht aus Bengalen?«

»Aus Gwalior«, sagte Edwina seufzend.

»Aus Gwalior? Sie kennen dieses Land besser als ich.«

Sie ergriff seine Hand.

»Hilft Ihnen das heute nicht ein bißchen?«

»Eine Menge«, brummte er. »Sicherlich.«

Lord Louis runzelte die Stirn, ein Zeichen dafür, daß ihn etwas sehr bewegte.

»Er liebte Sie sehr, Darling.«

Sie schrak auf. Wer liebte? Wieso benutzte er die Vergangenheit? Von wem sprach er?

»Wenn er Sie erblickte, machte er ein entzücktes Gesicht

wie ein Kind. Oh, der Alte war nicht unempfänglich für weiblichen Charme, glauben Sie bloß nicht, daß Sie die einzige waren, die ihn faszinierte. Aber Sie hat er geliebt.«

»Ich glaube, das stimmt, Dickie«, sagte sie. »Er mochte Sie auch sehr, wissen Sie?«

»Sein Lächeln, wenn er Sie erblickte ...«

»Sie nannten ihn Ihren ›armen kleinen Sperling‹, erinnern Sie sich?« fragte sie.

Aber ihre Stimme war belegt, sie klang beinahe unecht. Keine Worte vermochten ihrem Kummer Ausdruck zu verleihen. Kein Wort ihrer Sprache, kein Wort ihrer Kaste. Um Gandhi zu beweinen, mußte sie sich in diese geheime Seele zurückziehen, deren Existenz nur Nehru kannte.

»Ihre indische Seele«, hatte er ihr eines Tages gesagt und sie auf den Mund geküßt, so als wolle er sie ganz in sich aufsaugen.

Edwina legte ihre Hände zu einem letzten *Namasté* zusammen.

»Für dich, Vater, für dich, Bapu, diese unbeweglichen Hände, für dich, mein entwurzeltes Leben, für dich, diese verbotene Liebe, sie gehört dir. Du hast davon gewußt, du hast ihre Entstehung erlebt, du hast sie gewollt, o Bapu, Bapu ...«

»Wir werden jetzt in die Einfriedung gehen, Darling«, sagte Lord Louis ernst. »Ich habe Ihnen schon gesagt, daß die Ordnung wohl nicht aufrechterhalten werden kann, seien Sie vorsichtig und bleiben Sie bei mir. Wenn etwas passiert, werfen Sie sich hin, stehen Sie auf keinen Fall auf. Ich weiß nicht, wie lange die Einäscherung dauern wird.«

»Zwei bis drei Stunden, das hängt vom Wind ab ... und von Ram«, flüsterte Edwina.

»Der uns beschützen möge, meine Liebe. Also los«, sagte Lord Louis und trat vor.

Ein dicker Mann näherte sich zögernd, stotterte »Your Excellency«, verbesserte sich dann zu »Your Royal Highness« und deutete mit einer fließenden Handbewegung die Weite und Unendlichkeit an. Hinter ihm trat ein englischer

Offizier vor und geleitete die Mountbattens zu einem Platz in der ersten Reihe.

Der Scheiterhaufen wartete. Ein großer und mächtiger Stapel aus Sandelholz. Neben ihm psalmodierten bereits Pujaris in orangefarbenen Gewändern vedische Gebete, und ringsherum erwarteten die Honoratioren auf dem Boden sitzend die Ankunft des Mahatmas. Auf Holztürmen standen Journalisten und sprachen in ihre Mikrofone, an ihrem Verhalten konnte man ablesen, daß der Leichenzug sich näherte. Dazwischen hörte man das Klagen der Menge, die man sicherlich nicht daran hindern konnte, in die Einfriedung einzudringen. Die Kameramänner rückten an ihren Kopfhörern und stellten ihre Apparate ein in Erwartung des entscheidenden Moments. Die berittene Polizei wartete am Rande. Keine Sitzplätze waren für diese Zeremonie aufgestellt worden, es gab nicht einmal die üblichen Matten, was hätte man angesichts einer solchen Menge auch vorbereiten können?

Eingehüllt in eine Staubwolke, erblickte Edwina oben auf dem Wagen die weiße Kopfbedeckung Nehrus. Dann sah sie nichts mehr. Die Bahre wurde in einem unbeschreiblichen Tumult vom Wagen heruntergelassen, schrille Stimmen kreischten zum Himmel. Edwina glaubte Nehrus Arm und ein Stück seines weißen Gewandes erkennen zu können, und plötzlich erblickte sie ihn, wie er mit Patel, dem Maulana Azad und dem großen Pathanen Ghaffar Khan die Bahre trug. Die letzte Etappe der langen Reise.

Jetzt ging alles schnell, augenblicklich wurde der steife Leichnam von seinem Leichentuch befreit, auf den Scheiterhaufen gelegt und mit Blumen bedeckt. Seitlich davon stellte man senkrechte Holzscheite auf, deren Flammen den Körper umhüllen sollten, und fügte Stroh hinzu. Vom Mahatma war nichts mehr als der Kopf zu sehen, der in der Sonne glänzte. Nehru hielt ihn lange mit beiden Händen. Das leise Murmeln der Menge konnte der Stille nichts anhaben.

»Sie wissen, daß Gandhis ältester Sohn, dieser Säufer, verschwunden ist. Ich habe keine Ahnung, wer den Ritus vollziehen wird, und ich habe nicht daran gedacht, zu fragen … Nehru?« flüsterte Lord Louis Edwina ins Ohr.

Sie antwortete nicht. Devadas Gandhi, der jüngere Sohn, war da. Er hatte das Recht auf diese letzte, der Familie vorbehaltene Handlung.

Nein, der Premierminister würde den Scheiterhaufen des Mahatmas nicht anzünden. Nehru ging mit langen Schritten auf Indu in ihrem weißen Sari zu. Jetzt war er nur drei Schritte von Edwina entfernt und sah sich nach ihr um.

Als er sie erblickte, fixierte er sie lange, so als ob er seine Trauer in ihr Herz versenken wollte. Die Zeremonie begann, der jüngere Gandhisohn umschritt siebenmal den Scheiterhaufen, siebenmal grüßte er die tote Hülle des Mahatmas, er goß heiliges Wasser über den Körper und legte ein Stück Sandelholz zu Füßen seines Vaters. Dann gab ihm einer der Punjari eine Fackel.

»Ram, Ram!« rief Devadas mit erstickter Stimme. »Ram, Ram …«

Der Moment war gekommen. Es wurde still. Die Kameras surrten. Lord Louis nahm den Hut ab. Feierlich steckte Devadas Gandhi die Fackel ins Stroh. Die ersten Flammen hüllten den Leichnam ein und fielen dann in sich zusammen, aber die unteren Scheite brannten bereits.

Beim Anblick der ersten Flammen drängte die Menge, die sich bis dahin ruhig verhalten hatte, nach vorne. Wie von einer riesigen Geburtswehe ergriffen und mit einem ungeheuren Schmerzgestöhn brachen sie in das Einäscherungsgelände ein. Die Polizisten trieben ihre Pferde mitten in den Tumult, sie zogen ihre Lathis und ließen Schläge niederregnen. Bald konnte die vorderste Reihe dem Druck von hinten nicht mehr standhalten, zur gleichen Zeit schlugen die Flammen hoch in den Himmel und wurden bedrohlich.

»Alle hinsetzen!« brüllte Lord Louis. »Schnell!«

Er ließ sich zu Boden fallen und kreuzte die Beine. Wie Marionetten, die nicht mehr geführt werden, sanken Pamela und Edwina neben ihn, Nehru und Indira taten das gleiche, dann alle anderen in der vordersten Reihe. Die Menge hielt an.

»Beinahe wären wir mitverbrannt!« rief Lord Louis.

Zur gleichen Zeit wie du, Bapu. Das wäre schön gewesen, dachte Edwina. Da erhob sich das dünne weiße Leichentuch aus dem schwärzlichen Brandherd. Gandhi war im Flammenmeer nicht mehr zu erkennen. Die Punjaris sangen ein wenig lauter. Gandhis Sohn stand wartend da und schüttete gelegentlich flüssige Butter über den Körper seines Vaters. Die Hitze war so groß, daß sein Gesicht hinter dem schwirrenden Dunst zu zittern schien.

Vom Kopf her ertönte ein knackendes Geräusch. Das war das Zeichen. Gandhis Sohn hatte den Schädel seines Vaters mit dem rituellen Hammer geöffnet, damit die Seele endlich aufsteigen konnte. Nehru fuhr sich mit der Hand über die Augen.

»Der Mahatma Gandhi ist unsterblich!« heulte die Menge.

Die Flammenwand hüllte den brennenden Körper vollständig ein. Eine verkohlte Hand erhob sich plötzlich über den Haufen und verschwand wieder. Keiner bewegte sich. Die Hitze wurde unerträglich.

Lord Louis beobachtete seine Frau. Unbeweglich fixierte sie unter ihrem weißen Hut das Feuer. Nehru ebenso. Sie waren verbunden durch den gleichen konzentrierten Blick, die gleiche schmerzerfüllte Wachsamkeit, an der er nicht teilhaben konnte. Lord Louis bemühte sich zu erkennen, was von seinem ›kleinen Sperling‹ übriggeblieben war, aber der Rauch drang ihm in die Augen. Er wischte sich den Schweiß ab und hob den Kopf. Über dem Brandplatz, sehr hoch am Himmel, kreisten die Geier von Delhi.

»Also, sogar er …«, murmelte er.

Mit diesem schwärzlichen Häuflein, das alles war, was von dem Mahatma übriggeblieben war, starb, durch die Flammen verzehrt, Indien, das er, der letzte Vizekönig, befreit hatte. Ohne diesen wunderbaren Partner hatte seine Aufgabe keinen Sinn mehr, jetzt galt es die Ordnung mit den Leuten seiner eigenen Generation aufrechtzuerhalten. Nehru und Edwina waren tief in ihre gemeinsam empfundene Andacht versunken, und Lord Louis fühlte sich allein. Churchills Bild ging ihm durch den Kopf, als ob der berühmte Alte mit seiner Zigarre im Mundwinkel grinsend von weitem der bizarren Transformation seines ewigen Feindes zusah, dieses halbnackten Fakirs. ›Sehen Sie, Dikkie‹, hörte er innerlich die rauhe Stimme des alten Löwen, ›er ist vor mir gestorben, dieser ewige Gegner.‹

Als Lord Louis aus seinen Grübeleien erwachte, bemerkte er, wie Nehru Edwina kurz, aber intensiv ansah. Ein Blick voller Unruhe und Zärtlichkeit. Und als ob sie es gefühlt hätte, drehte Edwina ihren Kopf in Richtung Premierminister, nahm ihre dunkle Brille ab und lächelte ihn ruhig an. Lord Louis hatte das merkwürdige Gefühl, daß alles in Ordnung sei und ihm die Seele des Mahatmas sein Herz erleichtern würde.

Die Einäscherung dauerte fünf bis sechs Stunden. Das Feuer prasselte gleichmäßig und verzehrte sich allmählich, so als ob es all seine Kräfte ausgeschöpft hätte. Lord Louis streckte seine verkrampften Beine und half seiner Tochter auf. Es war Zeit zu gehen. Aber Edwina bewegte sich nicht.

Lord Louis wartete, ging hin und her und unterhielt sich mit den Trauergästen, die sich ebenfalls erhoben hatten. Aber auch der Premierminister rührte sich noch nicht.

Schließlich legte Lord Louis seiner Frau die Hand auf die Schulter, und sie erhob sich sofort. Nehru blickte auf, sein Gesicht verkrampfte sich, dann senkte er den Kopf und blickte angestrengt zu Boden.

»Wir gehen«, murmelte Lord Louis. »Kommen Sie, ohne sich zu verabschieden, wir wollen sie nicht stören.«

Als sie schließlich im Auto saßen, schwiegen sie alle drei. Der Wagen kämpfte sich mühsam und im Schrittempo durch die Menschenmassen.

Plötzlich drückte sich eine Nase an die Scheibe, ein Gesicht, zwei schwarze Hände, ein riesiger Mund. Edwina stieß einen leisen Schrei aus.

»Bewegt euch nicht und habt keine Angst. Ihr seid es doch gewohnt. Pammy, schau nicht dorthin«, sagte Lord Louis schnell.

»Ich habe keine Angst, das wissen Sie doch, Dickie«, meinte Edwina und sah zum Fenster.

Das Auto hatte angehalten. Der Mann öffnete die Lippen, grinste, und zeigte dabei seine bräunlichen Zahnstummel. Dann streckte er die Zunge heraus und leckte an der Scheibe, so daß eine feuchte Spur zurückblieb.

Edwina lächelte zurück und legte die Hand auf die Scheibe, dort, wo sich der Mund befand.

»Was machen Sie denn da, Mummy!« rief Pamela.

»Das ist doch nur ein armer Verrückter. Seht ihr diesen buntscheckigen Turban? Das ist ein Fakir, ein Verwirrter. Er ist nicht bösartig.«

»Er kann es aber werden!« sagte Lord Louis. »Ganz Indien läuft heute Gefahr, den Verstand zu verlieren. Glauben Sie, Sie wären vor Verrückten sicher?«

»Er will mir nichts Böses. Er zeigt uns sein zahnloses Lächeln, das sehen Sie ja.«

»Sein zahnloses Lächeln?«

Lord Louis hob die Augenbrauen. Was für ein zahnloses Lächeln? Ach natürlich. Das berühmte Lächeln des Mahatmas. Er hatte nicht mehr daran gedacht. Seine ganze Aufmerksamkeit war auf die Menschenmassen gerichtet, die aus einem unbekannten Grund das Auto angehalten hatten. War etwas passiert? Lord Louis seufzte. Nach der Einäscherung würden die Massaker wieder anfangen.

Der Fakir hatte sich langsam zurückgezogen. An seiner Stelle erschien das winzige Gesicht eines kleinen, neugierig blickenden Jungen, der die weißgekleidete Dame ernst ansah, bis ein Frauenarm mit Reifen aus rotgefärbtem Elfenbein ihn vom Fenster losriß. Das Auto fuhr wieder langsam an.

»Ich werde morgen bei Sonnenaufgang zurückkehren«, entschied Edwina, als sie im Auto wieder unbelästigt waren.

»Morgen? Was geschieht morgen hier?« fragte Lord Louis.« Die Asche wird doch erst in zwölf Tagen nach Allahabad gebracht werden, und Sie wissen, daß Sie da nicht hinfahren.«

»Morgen werden die Verwandten des Mahatmas die Asche rings um den Scheiterhaufen aufsammeln.«

»Aber Sie gehören doch nicht zur Familie!«

»Ich will mich ja auch nicht beteiligen, ich will nur da sein.«

»Wird Nehru auch dort sein?« fragte Lord Louis lebhaft.

»Ich weiß nicht. Ist das denn so wichtig?« antwortete Edwina. »Es war nicht Jawahar, den sie heute eingeäschert haben, sondern Gandhi, und wegen ihm werde ich morgen früh wiederkommen!«

Edwina war den Tränen nahe.

»Sie sind übermüdet«, sagte Lord Louis sanft.

»Hören Sie bitte auf«, murmelte Edwina. »Das ist einfach nicht Ihre Welt.«

Louis Mountbatten spürte, daß seine Frau recht hatte.

Edwina nahm seine Hand, schließlich konnte er nichts dafür, daß er nicht wie ein Inder empfand. Ein großes Mitleid für diesen aufrechten Mann ergriff sie, für diesen Soldaten, der neben dem Scheiterhaufen verharrt hatte, ohne den tiefen Sinn des Rituals begriffen zu haben, und der seinen toten Freund aufrichtig beweinte.

»Da sind schwarze Spuren auf Ihrem Kleid«, sagte Lord Louis und hüstelte. »Auf Ihren Haaren auch«, fügte er hinzu und schnippte etwas Asche vom Kopf seiner Frau. »Ich frage mich, wie Nehru fortgekommen ist«, fuhr er nach einer Pause fort. »Er ist ganz plötzlich verschwunden.«

»Er ist nicht fortgegangen«, widersprach Edwina lebhaft. »Er wird bis zum Ende bleiben. Die Polizei hat auf die Menge eingeschlagen, und das bei der Einäscherung des Mahatmas! Das könnte sogar seine verbrannten Reste zum Weinen bringen! Nehru dürfte sehr unglücklich sein. Ist alles für die Zeremonie der Versenkung im Ganges vorbereitet?«

»Das Schiff wartet schon, und der Zug steht auf dem Bahngleis, man muß nur noch versuchen, die Menge bei der Abfahrt auf dem Bahnsteig zurückzuhalten. Ich kenne Allahabad nicht, angeblich soll der Ganges dort sehr reißend sein, es gibt da Strudel … Aber das Schwierigste ist schon überstanden. Wir werden uns an diesen Abend erinnern, nicht wahr, meine Liebe?«

Edwina dachte an die Bäume von Allahabad. An die riesigen Pappeln, die Nehrus Geburtshaus umstanden. An dieses Land, das sie so gut kannte, als hätte sie es im Geiste entworfen, mit seinen breiten Flüssen, mit den kleinen Blumenschiffchen bei Einbruch der Nacht, wie sie sie eines Abends von einem Schiff aus in Benares gesehen hatte, in der Nähe der Scheiterhaufen …

»Trotz allem, diesen Leichnam brennen zu sehen und diese Butter, mit der sie ihn übergossen haben, diese ganze heilige Zeremonie … Ich verstehe, daß die ersten Forschungsreisenden es faszinierend fanden«, bemerkte Lord Louis, als er die große Treppe hinaufstieg.

»Shanti«, wiederholte Edwina auf dem Platz der Einäscherung, der von der Dunkelheit verhüllt wurde.

Die Morgendämmerung hatte kaum eingesetzt, und schon trugen alte Frauen in weißen Saris behutsam die Asche des Scheiterhaufens zusammen. Sie konnte sie kaum erkennen, wie sie sich da schweigend im Dunkeln niederbeugten, als ernteten sie Getreide. Gelegentlich sprang ein Funken wie eine Sternschnuppe auf und verlosch sogleich wieder. Über den Bäumen wurde ein rosiger Streifen sichtbar, und der erste Papagei zerriß die kühle Luft mit einem Schrei.

»Shanti«, murmelte Edwina, ohne sich zu bewegen. Wenn sie sich nur trauen würde … Damit man sie nicht erkannte, hatte sie sich wie eine Moslemfrau gekleidet, mit Tunika, Pumphosen und weißem Schleier über dem Kopf. Sie hatte das Auto fünfhundert Meter entfernt unter den dunklen Mauern der roten Festung halten lassen und hatte sich in ihren Sandalen eingereiht in die Schlange indischer Frauen, die durch den Staub marschierten. Keine hatte den Kopf gedreht, keine sie belästigt.

»Shanti«, sagte sie etwas lauter und hob den Kopf. Von überallher kamen Geier und schwebten fast unbeweglich in konzentrischen Kreisen, um ihrer Aufgabe als Aasfresser gerecht zu werden, einige hochgeschreckte Milane kamen ihnen in den Weg, wenn sie sich anschickten, zu Boden zu stoßen. Dann ging die Sonne auf, das Leben kehrte zurück. Edwina folgte dem Weg, den Gandhis Seele nahm, nun glücklich von allem befreit und wie neugeboren.

Wo bist du jetzt, Bapu? Du hast deinen Tod so herbeigesehnt. Wo bist du? In der Unterwelt, so wie die vollkommensten Gestalten Indiens, oder aufgegangen in der Glückseligkeit oder Wiedergeboren? O nein …

Eine freche Krähe pickte an den Ascheresten vor ihren Füßen und krächzte.

»Nein, laß das! Respektiere den Mahatma, du wildes, unreines Geschöpf, verschwinde!« schrie Edwina und wedelte mit den Händen.

Der Zipfel ihres Schleiers glitt auf ihre Schultern, ihr blonder Kopf war unbedeckt. Eine Alte hinter ihr schrie überrascht auf und redete laut und mit ausladenden Gesten auf ihre Begleiterinnen ein. Sogleich kreisten sie Lady Louis ein und blickten sie vorwurfsvoll an.

»Nai Bharati! Nai Bharati! Angrez! Chelo!« schrie die Alte und machte eine Handbewegung, um sie zu vertreiben.

Edwina bedeckte ihren Kopf mit zitternder Hand. Die Frauen kamen näher. Es gab keinen Ausweg, sie mußte sich zu erkennen geben, Englisch reden, zeigen, daß sie eine Fremde war, ihren Titel nennen … O nein!

»Ich bin …«, begann sie verlegen.

Aber die Frauen drehten sich eilig um und verbeugten sich vor einer Gestalt, die in ein weißes Gewand eingehüllt war.

»Pandit Nehru, ki jai!« murmelten sie respektvoll.

Er trat einige Schritte auf sie zu. Alle legten ihre Hände zusammen und begrüßten ihn feierlich. Der Premierminister trug in der Hand einen Strauß roter Rosen. Er faßte Edwina am Arm und geleitete sie zu dem großen Kreis aus weißem Staub, kniete nieder und legte die Blumen auf den Boden.

»Später werde ich keine Blumen mehr auf das, was von dir noch da ist, legen können, Bapu«, murmelte er. »Bald wird man sie nur noch in den Ganges werfen können.«

Dann nahm er einen winzigen Topf aus seinem Gewand, ging bis zu dem geheiligten Bereich und nahm eine Handvoll Sand auf.

»Asche ist leider nicht möglich. Aber der Sand vor dem Scheiterhaufen, den möchte ich dir geben. Ich habe nicht gedacht, dich hier zu treffen, *my Dee*«, sagte er und hielt ihr das Töpfchen hin. »Du warst schwer zu erkennen. Nimm es, es ist für dich.«

Er wischte seine Hand an dem Gewand ab.

»Nimm es, keine Sorge … Ich begehe damit kein Sakrileg. Bapuji gehörte der ganzen Welt«, sagte er und schloß, von der Sonne geblendet, die Augen.

*Nimm es,* flüsterte der Wind um sie herum, *nimm mich,* murmelte eine betörende Stimme an ihrem Ohr. *Ich bin nicht mehr Ich. Ich bin Nichts mehr.*

»Nun komm schon«, sagte Nehru. »Sieh, die Frauen warten. Weise nicht ein Geschenk vom Premierminister des freien Indien zurück. Das darfst du nicht«, sagte er im Befehlston.

Edwina nahm das noch warme Gefäß und verbeugte sich vor diesem Mann, den sie schließlich doch zu akzeptieren beschlossen hatte. Nehru half ihr beim Aufstehen und ergriff ihren Arm.

»Komm, du kannst hier nicht bleiben. Laß diese Frauen ihre Pflicht erfüllen, du hast die deine getan. Wenn ich auf dem Schiff sein werde, von dem aus man alles, was von ihm übrig ist, hinabstreuen wird, werde ich in deinem Namen Blüten ins Wasser schweben lassen«, sagte er sanft.

Nehru war in Eile. Als sie das Einäscherungsgelände verließ, erblickte Edwina Wachen mit Maschinenpistolen im Anschlag – die Weltgeschichte ging weiter. Die Krähe hüpfte neugierig hinter ihnen her. Und Edwina fragte sich, ob der alte Mahatma nicht aus Schelmenhaftigkeit die Gestalt dieses grauen Vogels angenommen hatte, um sie wieder in die Außenwelt zu geleiten.

*Delhi, den 13. Februar 1948*

»Mem sa'ab, Ihre Exzellenz, der Premierminister, ist am Telefon«, flüsterte ein Diener ehrfürchtig. »Er möchte Sie sprechen, und ...«

»In Ordnung«, unterbrach Edwina. »Ich nehme das Gespräch hier entgegen.« Sie holte tief Atem und nahm den Hörer ab.

»Sie sind es ..., ja, ich habe ihn erwartet. Dickie hat mir von der Zeremonie der Ascheversenkung erzählt. Eine riesige Volksmenge, ich weiß. Viel Trubel? Hat es Ihnen nicht schrecklichen Kummer bereitet, zu sehen wie ... wie die Asche ... Ja, so ist es. Ich verstehe, Jawahar. Das muß wirklich ein großer Frieden sein. Mein Gott! Warum sagen Sie mir so was? An der gleichen Stelle? Aber Sie werden nicht sterben, zumindest jetzt noch nicht! Wie?«

Ganz bleich geworden setzte sie sich nieder.

»Ihre Asche in den Fluten des Ganges? Aber woher wissen Sie, daß ich nicht vor Ihnen sterbe, Jawahar? Reden wir nicht mehr davon. Haben Sie meinen Brief bekommen? Oh, ziemlich unbeholfen, ich habe einfach nicht die richtigen Worte gefunden ... Es tut mir so leid für Sie, Jawahar. Sie wissen sehr wohl ... Ach ja! Wir haben ein erschöpfendes Programm von Dienstreisen vor uns, wie Sie wissen ... Wann? Sobald ich ein wenig Zeit habe. Oh, das verspreche ich Ihnen! Aber nein ... wie sollte ich es vergessen? Bis bald ...«

Sie legte langsam den Hörer zurück und öffnete seufzend ihren Terminkalender. Kampur, Kalkutta, Kuttak, Puri, Kapurthala, Travancore, Cochin, Udaipur, Mysore und Ootocamundy, Dehra Dun ...

Und danach würde Malcolm Sargent kommen. Im Februar blieb ihr überhaupt keine Zeit. Der März war auch nicht günstig, es sei denn, Malcolm würde sich entscheiden, Indien früher als geplant wieder zu verlassen ...

Edwina erschauerte. Die Tage, die sie noch von Nehru trennten, würden ihr von jetzt an nichts mehr bedeuten.

*Delhi, den 14. Februar 1948*

»Ich habe Sie schon ungeduldig erwartet, mein lieber Nehru«, sagte Lord Louis. »Ich habe mit Ihnen einen Tag verbracht, der mir unvergeßlich bleiben wird. Glücklicherweise ist die Zeremonie ganz ordnungsgemäß verlaufen, und es hat trotz der Menschenmenge keinen Zwischenfall gegeben.«

Nehru setzte sich und verschränkte in seinen Ärmeln die Arme übereinander.

»Ich kann mir vorstellen, was Sie empfinden«, fuhr Lord Louis in sanfterem Ton fort. »Sie müssen mir erklären, was die Menge tat, als die Asche den Fluten übergeben wurde. Ich habe es nicht richtig verstanden.«

»Sie haben die Veda gesungen, sie sind ins Wasser gestiegen, ihre Stirn war mit Asche bedeckt, sie haben gebetet und, wie es der Kult verlangt, heiliges Wasser getrunken«, antwortete Nehru. »Sie konnten ja das Ufer sehen, ich hatte meine Augen woanders.«

»Diesen Moment werde ich niemals vergessen«, meinte Lord Louis. »Ramdas Gandhi, der jüngere Sohn des Mahatmas, hat zuerst eine Urne mit Gangeswasser und Milch gefüllt und dann ...«

Nehru wandte den Kopf ab, und Lord Louis legte ihm freundschaftlich die Hand auf die Schulter.

»Und dann«, fuhr Nehru mit unsicherer Stimme fort, »habe ich Rosenblüten auf dieses Wasser- und Milchgemisch gestreut, und Bapu ist auf dem Fluß davongetrieben, hinaus aufs Meer. Eines Tages wird es mir auch so gehen. Derselbe Ort, das heilige Zusammentreffen, der Sangam von Allahabad, der Stadt, wo ich zur Welt gekommen bin. Die Unendlichkeit.«

»Ich habe Sie nach der Zeremonie am Ufer gesehen, wie Sie da mit den Händen in den Manteltaschen standen. Sie schienen nicht von dieser Welt zu sein«, sagte Lord Louis vorsichtig.

Das Büro von Louis Mountbatten hüllte sich in Schweigen, das er nicht zu unterbrechen wagte.

»Dennoch müssen wir weiterarbeiten«, entschied Nehru schließlich. »Ich habe den Befehl gegeben, alle extremistischen Hinduvereinigungen, die den Mord schließlich provoziert haben, zu verbieten. Diese verfluchten Zerstörer der nationalen Einheit! Man hat dreitausend verhaftet. Um das Gleichgewicht zu wahren, habe ich auch die extremistischen Moslemgruppen verbieten lassen. Die Maharadschas von Alwar und Bharatpur haben voll Entsetzen festgestellt, daß ihre Regierungen beteiligt waren, Pech für sie. Ihre Königreiche sind nun uns zugefallen.

»Ich weiß, daß man einen der Komplizen des Mörders, dieses Nathuram Godse, noch am Ort des Geschehens verhaftet hat. Wie viele waren es insgesamt?«

»Acht, wenn man den Diener mitzählt. Für diese Tat werde ich nicht von meinem Begnadigungsrecht Gebrauch machen. Man wird sie aufhängen.«

»Die Polizei hat gut gearbeitet«, stellte Lord Louis fest. »Wenn sie gleich beim ersten Alarm so schnell gewesen wären, könnte der Mahatma noch leben.«

»Oh«, meinte Nehru, »das glaube ich kaum. Er hat so oft davon gesprochen, sein Leben zu opfern ... Es wäre ihm nur recht gewesen. Aber was soll ich ohne ihn anfangen?«

»Sie werden der Landesvater sein«, meint Lord Louis energisch. »Sie sind der Entscheidungsträger.«

»Selbst wenn wir verschiedener Meinung waren, haben seine Gedanken mich beeinflußt«, sagte Nehru schmerzerfüllt. »Wer wird mich jetzt leiten?«

Lord Louis schwieg.

»Aber mir bleiben meine Kameraden!« rief Nehru und hob den Kopf. »Alle die Freiheitskämpfer!«

»Sie werden vielleicht Meinungsverschiedenheiten mit ihnen haben«, fuhr Lord Louis fort, »aber das, was Sie vereint ...«

»Gemeinsam stellen wir die Regierung von Indien dar«, unterbrach Nehru. »Ich bin nicht allein. Bapus Tod wird uns enger zusammenschweißen.«

»Ich frage mich vor allem, wer Sie beschützen soll«, meinte Lord Louis mit ernstem Gesicht. »Jawarla, Sie können nicht in der York Road bleiben, das ist viel zu gefährlich. Kommen Sie und wohnen Sie bei uns. Das ist die einzige Möglichkeit, Ihre Sicherheit zu garantieren.«

»Hier? In diesem Palast?« rief Nehru. »Nein!«

»Aber warum denn nicht?« fragte Lord Louis. »Wir sind doch Ihre Freunde!«

»Ich danke Ihnen wirklich für das Angebot, Dickie«, sagte Nehru. »Aber ich muß ablehnen, ich gehöre nicht hierher.«

»Sie haben unrecht«, widersprach Lord Louis. »Der erste hergelaufene Attentäter wird Sie umbringen, Sie haben dort überhaupt keinen Schutz.«

»Es wird keine Attentate mehr geben«, beteuerte Nehru eindringlich. »Nicht ein einziges mehr, Sie werden schon sehen. Ich kenne mein Land, nach der Explosion folgt Ruhe. Durch sein Opfer hat Bapu Indien gereinigt. Wenn ich in der York Road bleibe, werde ich dies verdeutlichen, und genau das werde ich heute abend auch im Radio sagen. Wenn ich dagegen hierher käme, würde ich wie ein Feigling aussehen!«

»Sie und Feigling?« sagte Lord Louis. »Eher ein Hitzkopf, viel zu mutig!«

»Ich bin eben ein wildes Tier, Dickie«, sagte Nehru reserviert. »Versuchen Sie nicht, mich zu zähmen. Lassen Sie mir meine Freiheit.«

»Sperren wir Sie denn ein?« rief Lord Louis.

»Es gibt auch andere Methoden als das Gefängnis«, murmelte Nehru.

## *Edwina befreit*

*Delhi, den 24. März 1948*

Edwina trat auf die Terrasse, warf ihren Hut auf einen Stuhl und blickte suchend in den Garten. Malcolm Sargent wanderte mit gebeugtem Rücken und die Hände auf den

Bauch gepreßt jämmerlich zwischen den Rosensträuchern umher.

Wie ärgerlich! dachte sie. Es geht ihm nicht besser, er wird weiter jammern, sich beklagen und ein riesiges Theater um seinen armseligen Durchfall machen … Er hätte erst gar nicht kommen sollen … Wie konnte ich nur in diesen Mann verliebt sein? Das ist doch nicht möglich!

»Edwina!« rief er und winkte schwach mit der Hand. »Ich fühle mich miserabel.«

»Kommen Sie und legen Sie sich hin!« rief sie.

Er kam schwankend und mit schmerzverzerrtem Gesicht näher und küßte ihr die Hand. Seine Lippen waren heiß.

»Sie haben Fieber«, stellte sie fest. »Kommen Sie, mein lieber Malcolm, ich werde einen starken Tee bestellen.«

»Das ganze Elend wegen eines jämmerlichen Glases Wasser!« seufzte er und ließ sich auf eine Liege sinken. »Mein armer Schatz, ich mache Ihnen eine Menge Ungelegenheiten.«

»Aber nein, überhaupt nicht«, sagte Edwina abwesend und blickte auf einen Geier, der sich im Garten niederließ. »Sie müssen sich nur vernünftig verhalten, damit Sie Ihre Konzerttournee weiterführen können.«

»Glauben Sie, das wird wieder möglich sein?« fragte er deprimiert.

»Der Arzt hat es mir versichert. Ich werde Sie noch zehn Tage behalten«, sagte sie und zwang sich zu einem Lächeln. »Ist das nicht wundervoll?«

»Ich habe Sie kaum gesehen, und schon bin ich krank geworden, hänge hier herum, und Sie finden das wundervoll! Edwina, Sie lieben mich nicht mehr!«

»Ich?« sagte sie entrüstet. »Sie fantasieren, das kommt vom Fieber, mein Lieber.«

»Bereits bevor diese unangenehme Sache passiert ist, sind Sie mir aus dem Weg gegangen«, murmelte er. »Ich habe es gemerkt.«

»Malcolm, wie können Sie nur? Habe ich Sie nicht immer sehr verehrt?«

»Sie waren für mich ein Engel, geliebte Edwina«, sagte er

und ergriff ihre Hand. »Aber was ist aus unserer Leidenschaft geworden, die wir nach meinen Konzerten empfanden? Hier bin ich ein Nichts, ich dirigiere kein Orchester, ich bin nichts weiter als ein Gast mit einer entwürdigenden Erkrankung, ich gehe Ihnen auf die Nerven …«

»Armer Malcolm«, beruhigte sie ihn. »Ich liebe Sie sehr.«

»Aber Ihr wirkliches Leben sieht ganz anders aus, Edwina«, seufzte er. »Sehen Sie doch selbst, wieviel Zeit Sie diesmal mit mir verbringen können!«

»Sagen Sie keine Dummheiten. Eine reichliche Viertelstunde«, erwiderte sie. »Anschließend habe ich leider einen Termin in einer Schule.«

Er drückte seine Lippen auf ihre Hand, die er immer noch festhielt.

»Ich möchte Sie einen ganzen Abend lang haben, meine Liebe. Ich bitte Sie darum … sobald ich gesund bin.«

»In Ordnung«, seufzte sie erleichtert. »Wenn es Ihnen wieder gutgeht, ich verspreche es.«

Wie bei den anderen, dachte sie. Der Spiegel ist zerbrochen. Und nichts bleibt übrig, alles ist abgestorben, wie bei den anderen … Was bin ich bloß für eine Frau? Ich erinnere mich kaum noch an unsere gemeinsamen Nächte, an seine Haut, seine Stimme am frühen Morgen … Ich habe ihn bewundert, habe ihn für ein Genie gehalten, ich bin in seiner Musik aufgegangen, und jetzt? Noch nicht mal ein beschleunigter Herzschlag.

»Ich würde viel darum geben, Ihre Gedanken lesen zu können, meine Liebe«, murmelte Malcolm. »Worüber grübeln Sie?«

»Ach, nichts Besonders«, sagte sie. »Über uns.«

Wie oft war ihr das schon passiert? Dickie, dann Laddie, Douglas, Anti, Ted, Bill, Bunny …, überlegte sie angewidert, ich weiß es nicht mehr, es waren zu viele … Ekelhaft! Ihre Arme sind wie Fesseln. Nie mehr so etwas … nie mehr!

# 11

# Ein ungeahntes Glücksgefühl

## *Die Erkenntnis, die einem den Atem raubt*

*Delhi, den 3. April 1948*

»Endlich!« rief Edwina und rannte die Treppen, vier Stufen auf einmal nehmend, hinauf.

Malcolm war endlich abgereist, sie kam vom Flugplatz zurück. Er hatte sie mit gesenktem Kopf verlassen, noch ein wenig gebeugt von den Schmerzen, die in seinem Bauch wüteten. Kurz bevor er abreiste, hatte sie es noch geschafft, ihm Tänzerinnen vorzuführen, die ihm sehr gefallen hatten, und eines Abends hatten sie in Purana Qila, das inzwischen die Flüchtlinge verlassen hatten, bei Fackellicht an einem Musikspektakel teilgenommen, das er wunderbar gefunden hatte. Endlich! seufzte sie und stieß die Tür zu ihrem Zimmer auf. Wenn ich daran denke, daß er nicht ein Wort des Mitleids gefunden hat, als ich ihm das Lager von Purana Qila beschreiben wollte ... mein Gott, dabei ist es erst drei Monate her!

Jetzt bin ich frei, dachte sie. Mein Versprechen ... er wartet, es muß sein. Wo ist das Telefon?

Sie wählte die Nummer der York Road 17.

»Residenz des Premierministers«, sagte eine emotionslose Stimme. »Lady Mountbatten. Bitte verbinden Sie mich.«

»Yes. Madam. Sofort ... Einen Moment bitte«, antwortete man ihr eilfertig. Plötzlich ertönte seine Stimme.

»Kann ich Sie besuchen, Jawahar?« fragte sie, ohne ihn erst zu begrüßen.

»Jetzt? Ja.«

Aufgeregt legte sie auf und machte sich eilig zurecht.

Nein, sagte sie sich, wischte das Rouge von ihren Wangen. Nicht zu viel. Ein wenig Tusche auf die Wimpern, das reicht. Ein weißes Kleid … nein, ein geblümtes.

Einen Moment später war sie fertig und stieg eilig die Treppe hinunter. Der Chauffeur hatte Anweisung bekommen, sich bereitzuhalten, die York Road war nur wenige Minuten entfernt. Die Hitze war unerträglich.

Auf der Veranda ging er nachdenklich hin und her, die Hände auf dem Rücken, das Käppi auf dem Kopf. Er war so tief in seine Gedanken versunken, daß er weder das Motorengeräusch noch das Schlagen der Tür, noch die Stimmen der Diener hörte, die Edwina in den Garten führten.

Sie blieb stehen, um ihn zu betrachten und wartete. Mit einemmal hob er den Kopf und erblickte sie. Er ging nicht auf sie zu, hielt ihr nicht die Hand hin, öffnete nicht seine Arme, sondern blieb unbeweglich vor ihr stehen. Nur seine hinter dem Rücken zusammengelegten Hände öffneten sich. Sie betrachteten sich, ohne etwas zu sagen.

»Warum drücken Sie ihre Handtasche mit solcher Kraft an sich?« fragte er endlich »Kommen Sie, wir wollen uns setzen.«

Edwina machte einen Schritt und ließ ihre Tasche fallen.

»Nun, bleiben Sie bei dieser Hitze bitte nicht stehen, *my Dee*« sagte Nehru und berührte ihre Taille. »Ich weiß, es ist ein wenig schwierig.«

Sie setzte sich auf die Kante eines Sessels wie eine Dame auf Besuch.

»Sie sind gekommen«, begann er ein wenig geniert.

»Wie Sie es gewünscht haben, Jawahar«, antwortete sie mit erstickter Stimme.

»Ich habe ständig daran gedacht und mich gefragt, was Sie abgehalten hat.«

»Ich habe es Ihnen doch gesagt«, meinte sie schüchtern. »Reisen, Freunde, die uns besuchten …«

»Ihre Kinder.«

»Ja, natürlich«, bestätigte sie. »Meine Tochter und mein Schwiegersohn.«

»Und natürlich Dickie«, meinte er.

Edwina schwieg.

»Sie sehen so unglücklich aus, *my Dee*«, sagte er langsam »Dennoch ist es nötig, von Dickie zu reden, nicht wahr?«

»O nein! Bitte nicht jetzt!« bat Edwina. »Noch nicht ...«

»Ich werde Sie niemals zwingen«, sagte er. »Sie haben rötliche Flecken auf den Wangen. Haben Sie jemals einen Arzt aufgesucht?«

»Ich? Nein ... Ich fühle mich oft nicht wohl, wissen Sie ... schreckliche Migränen ...«

»Das wußte ich gar nicht«, sagte er und runzelte die Stirn.

»Wenn Sie da sind, sind sie weg«, sagte sie schnell.

Er lächelte und ergriff ihre Hand.

»Ich mache mir Sorgen um diese Flecken wegen der Tuberkulose ... Es gibt sie hier noch sehr häufig.«

»Ich weiß. Ihre Frau ist daran gestorben, nicht wahr?« fragte Edwina verlegen.

»Ach, wissen Sie, das ist schon so lange her. Aber es stimmt. Von Zeit zu Zeit kommt der alte Kummer an die Oberfläche. Ich mache mir häufig Sorgen um Sie. Sie haben eine so feine und zarte Haut, man sieht alles, die kleinste Verletzung ...«

»Meine Großmutter und meine Mutter sind an Tuberkulose gestorben«, sagte Edwina erregt.

»Aha!« meinte Nehru beunruhigt. »Sie sind also vorbelastet.«

»Ich weiß, daß man es heute heilen kann«, fuhr sie fort, »aber manchmal habe ich Angst. Ich erinnere mich an den Kummer in meiner Kindheit, als meine Mutter Maudie so plötzlich verschwand, für eine lange Reise nach Ägypten, und dann, eines Tages ... Sie ist nie mehr zurückgekommen. Ich war damals noch ein Kind.«

»So hat Sie also Ihr Vater aufgezogen«, bemerkte Nehru. »Ein wenig so, wie ich und meine Indu, zumindest dann, wenn ich nicht im Gefängnis war.«

»Mein Vater hat sich wieder verheiratet«, seufzte Edwina. »Mit einer Frau, die von meiner Schwester und mir verlangte, sie Madre zu nennen.«

»Madre«, wiederholte er. »Welche Sprache ist das?«

»Italienisch. Aber das war nur Snobismus, diese Rabenmutter, eine große blonde Frau, hieß in Wirklichkeit Molly. Sie hat mich sehr schikaniert.«

»Mein armes, kleines Mädchen ... Man hat Sie nicht sehr liebgehabt, das spüre ich«, sagte er und beugte sich zu ihr.

»O, das sind banale englische Geschichten«, sagte sie und warf den Kopf zurück. »Ich bin nicht daran gestorben, wie Sie sehen. Das hat mich nur gestärkt.«

»Sind Sie tatsächlich Engländerin? Sie haben mir mal erzählt, daß Sie Deutsche seien«, sagte Nehru lächelnd.

»Meine Mutter war die Tochter eines deutschen Bankiers«, erklärte sie, »und Wilfrid, mein Vater, stammte von einer aztekischen Prinzessin ab. Ich bin also gar keine richtige Engländerin. Nichts da von einer Mem'sahib!«

»Eine Deutsche, sagen Sie«, meinte Nehru nachdenklich. »Dickie ist auch deutscher Herkunft, nicht wahr? Das haben Sie also gemeinsam.«

»Aber Dickies Vater war ein Prinz und kein Jude!« rief Edwina.

»Ihr Großvater war Jude? Das wußte ich nicht«, meinte Nehru. »Keiner hat mir das erzählt, nicht einmal Saronjini, die doch Ihre Mutter gut kannte.«

»Hat Mrs. Naidu Ihnen viel über mich erzählt, Jawahar?« fragte Edwina besorgt.

Nehru hob den Kopf und tat so, als betrachte er den blasser werdenden Himmel.

»*My Dee*«, sagte er liebevoll. »Die Leute reden viel, ich höre gar nicht erst zu. Unsere alte Freundin Sarojini erzählt viel, das weiß jeder; sie liebt das Tratschen. Das, was ich von Ihnen weiß, ist identisch mit dem, was ich selbst gesehen habe, die Mutige, Großzügige, Unermüdliche ...«

»Hören Sie auf. Sie kennen mich nicht«, murmelte Edwina und errötete. »Sie wissen nichts über mein Leben.«

»Ich erinnere mich an ein Foto in einer alten Illustrierten«, meinte er nachdenklich »Es ist schon Jahre her ... Sie trugen ein ägyptisches Gewand mit Ärmeln, die aussahen wie goldene Skarabäen.«

»Ach ja, ich erinnere mich«, antwortete sie lächelnd. »Das war die Eröffnungsfeier für die Ausgrabung des Tutench-Amuns. Einer dieser jugendlichen Einfälle.«

»Damals war ich aus dem Gefängnis entlassen und stand vor der nächsten Verhaftung«, sagte er halblaut, »und ich fragte mich, wie eine Adlige so viel Geld für ein einfaches Abendkleid ausgeben konnte ... Das war dumm.«

»Das war nicht dumm, Jawahar«, sagte sie. »Jawahar ...«

»Sie sind so unruhig ...«

»Ich muß Ihnen etwas sagen«, murmelte sie und ließ seine Hand los.

Er sah sie aufmerksam an, ihr Gesicht wirkte eingefallen.

»Sagen Sie es nicht, *my Dee*«, meinte er ruhig. »Es ist nicht eilig. Sie wirken wie ein Schuldner, der seine Sünden beichten will ... Das ist nicht die Vorstellung, die ich von Ihnen habe. Sie können mir später davon erzählen, wenn wir uns besser kennen werden.«

»Wirklich?« fragte Edwina mit frohem Blick.

»Endlich sind Sie wieder Sie selbst!« sagte er. »Ihr strahlendes Lächeln, Ihre klare Stimme ...«

In einem Baum knackten Zweige, eine Palmenratte fiel ihnen zu Füßen und blickte sie erschrocken an. Die Sonne versank allmählich hinter den Bäumen, plötzlich erhob sich im Garten mit einem großen Federschwirren eine Schar Papageien.

»Es wird Nacht«, sagte Edwina und senkte die Stimme. »Um diese Zeit, in der Dämmerung, sind die Papageien wie schwarze Pfeile. Aber wenn ich am Morgen die Augen öffne, sind ihre Flügel grün wie unreife Zitronen.«

Sie schwiegen. Die Papageien kreischten laut.

»Wo hast du den kleinen Topf mit Sand hingestellt?« murmelte er.

»Auf meinen Nachttisch«, sagte sie. »Manchmal bilde ich mir ein, Bapu würde mit mir sprechen, aber es ist nur der Wind. Es kommt vor, daß ich ihn plötzlich im Körper eines Tieres erblicke, zum Beispiel in dieser winzigen Ratte, die uns beobachtete. Das ist nicht mehr die gleiche Trauer wie nach der Beerdigung.«

»Man traut sich gar nicht, darüber nachzudenken, was mit einer Leiche in ihrem Grab geschieht«, sagte Nehru. »Wenn man sich vor Augen führt, was da in der Erde passiert, erschaudert man. Dagegen sieht man beim Verbrennen, was geschieht. Alles ist ganz einfach. Die Seele steigt im Rauch auf, unsere Augen sehen sie.«

»Ich dachte, Sie wären Atheist, Panditji!« sagte sie mit einem flüchtigen Lachen.

»Nicht so weit, daß ich nicht über den Tod nachdenken würde, *my Dee*«, antwortete er. »Meine Seele wird davonfliegen, von Funken umgeben. Aber wie ist es mit der deinen? Wird sie eingesperrt werden inmitten der ... Ich kann mir das gar nicht vorstellen.«

»Versuchen Sie es erst gar nicht!« sagte sie und schloß seine Lippen mit ihrer Hand. »Wofür soll das gut sein?«

Er küßte ihre Finger und hielt die Hand fest.

»Um dich mache ich mir tausend Ängste, *my Dee*«, flüsterte er und blickte zum Himmel. »Ich weiß nicht mehr, an welchem Tag es war, als mir plötzlich die Kraft bewußt wurde, die uns aufeinander zutreibt. Das war eine blitzartige, eine erschütternde Erkenntnis, wie ein Schleier, der plötzlich zerreißt ... Du bist meine Schwester, ein Ozean, mein Licht, und wenn der Tod eines Tages diese zarte Haut verunstaltet, werde ich darunter leiden ... Da, der erste Stern, sieh!«

»Ich muß gehen«, flüsterte sie. »Panditji ich muß in den Palast zurückkehren.«

*Delhi, den 9. April 1948*

Fünf Tage! Seit fünf Tagen hatte sie ihn nicht mehr gesehen. Die Kaschmir-Krise hatte ihn ganz mit Beschlag belegt, die von den Kommunisten angezettelten Aufstände hatten sich auf mehrere Regionen des Landes ausgedehnt, und er war immer erst spät in der Nacht zurückgekehrt, zu erschöpft, um noch einen Gedanken an sie zu verwenden. Zerstreut, zwischen zwei Gedanken, hatte er zur Kenntnis genommen, daß sie wieder eine Inspektionsreise in ein Flüchtlingslager unternahm, aber er wußte nicht, in welches. Die Trockenheit ließ die Massaker wieder auflodern, der Haß schien mit der Hitze anzuschwellen, und Nehru machte sich ernsthafte Sorgen wegen Edwinas Reisen.

Sie würde aber heute abend kommen, daran zweifelte er nicht.

Die erste große Hitzewelle lähmte Indien, das sich wie üblich in sich selbst zurückzog, und erleichtert empfand Nehru den merkwürdigen Zustand einer wachsenden Ermüdung, die er im Jahr 1947, dem Jahr der Befreiung und der Massaker, so nicht gekannt hatte. In diesem April des Jahres 1948 erstarrte alles wieder wie im Schlaf, dem normalen Zustand für diese Jahreszeit. Die Ruhepausen im Lebensrhythmus wurden unvermeidlich, so war es auch für Edwina. Nehru begann sich zu fragen, warum er sich so sicher war, diese Engländerin zu treffen, wo es doch in keiner Weise abgestimmt war.

Eine einzige Frau zählte wirklich für ihn: seine immer aufmerksame Gefährtin in seinem Hause, die er geformt und erzogen hatte, der er so viel geschrieben, so viel beigebracht hatte und die im Laufe der Jahre sein weibliches Ebenbild geworden war, seine geliebte Tochter Indira. Die Grazilität von Indu, ihre schmale Gestalt, ihre zarte, leise Stimme, alles war dazu angetan, daß der Vater seine Tochter mit seiner ganzen Kraft und ohne Kompromisse zu beschützten trachtete. Während seiner Jahre im Gefängnis hatte er ihr hundertzwanzig Briefe geschrieben, in denen er versucht hatte, ihr Urdu beizubringen, die Philosophie, die Wissenschaften und die Literatur. Er war ihr Beschützer und ihr Lehrer gewesen, und seitdem er Premierminister geworden war, führte sie seinen Haushalt. Wenn Indu da war, entging nichts ihrem Adlerblick, aber zur Zeit war sie ins Gebirge gefahren, damit ihre Kinder der Hitze entgingen. Nehru war nicht in der Lage zu sagen, ob er die Aufmerksamkeit und Fürsorge seiner Betreuerin vermißte, oder ob er endlich aufatmete, wie ein Jüngling, der seine Freiheit gefunden hatte.

Edwina würde gleich kommen, da war er sich sicher.

Jedesmal wenn er nach Hause kam, war sofort Indira zur Stelle, aufrecht und unaufdringlich, um ihm jeden Wunsch zu erfüllen. Mit ihrer ruhigen Stimme berichtete sie ihm dann von den Vorkommnissen des Tages. In Indus Gegenwart entspannte er sich ein wenig, während dieses Kind von seinem Fleisch ihn umsorgte, als wäre sie seine Frau, die er so früh verloren hatte. Nicht ein Schritt in den Gängen, ohne daß er ihre schmale Gestalt im Sari erblickte, mit ihrem großen Raubvogelkopf und der Hakennase, die er ihr vererbt hatte, den lockigen und unbezähmbaren Haaren, dem vollen, lebhaften Mund und dem eisernen Willen. Indu hatte um ihn eine Privatsphäre geschaffen, die durch nichts gestört werden durfte, allenfalls sie und die Kinder hatten da Zutritt, nicht aber ihr Mann Feroze. Indiras beide kleine Jungen erfreuten sein großväterliches Herz, Rajiv, der Ältere mit seinem schönen ruhigen Blick und seiner Ernsthaftigkeit, und Sanjav, der Jüngere, dieses Quecksilber, so lebhaft und unorganisiert, worin er seiner Mutter ähnelte. Aber in keiner Hinsicht konnte diese Zuneigung mit der glühenden Liebe verglichen werden, die den Vater und seine Tochter, seine ›Carissima‹, miteinander verband. Die beiden bildeten eine Einheit in einer Welt ohne Makel. Und dennoch konnte Nehru sich in Indiras Gegenwart nicht wirklich gehenlassen.

Wem konnte er seine schrecklichen Zweifel offenbaren? Die Freiheit hatte einen so hohen Blutpreis gekostet … Aber Indira hatte längst zuviel Verantwortung in der Politik, es ging um die Partei und immer wieder die Partei, und er ermutigte sie unentwegt, besessen von der Idee, ihr nicht mit seiner Unsicherheit den Aufstieg zu verbauen. Um ihr eine ihr würdige Zukunft zu bereiten, mußte er fest wie ein Stein und nicht weich wie Lehm sein. Aber die junge Frau schien sowieso unbezwingbar. Während der Zeit, in der ihr Vater im Gefängnis gewesen war, hatte sie eine harte Schule durchlaufen, und gelegentlich hatte man den Eindruck, sie besäße kein Herz. Er allein wußte um die heimliche Verzweiflung ihrer bedrückten Seele. Indu war noch zu jung, zu verletzlich. Sie war eine engagierte Mutter, aber sie war nicht glücklich. Manchmal erlebte er, wie sie von extremen Ängsten heimgesucht wurde, von ununterdrückbaren aggressiven Stimmungen oder tiefen Depressionen.

Er blickte verstohlen zur Tür hinter sich, hatte nicht ein leichter Schritt den Boden des Korridors kaum wahrnehmbar erzittern lassen? Indu? Wäre sie zurückgekommen, ohne ihn vorher zu benachrichtigen? Aber nein, es war nichts als ein verirrter Spatz, der dicht am Boden entlangflog. Nehru ging auf ihn zu, hob ihn auf, setzte ihn vorsichtig auf einen Tisch und sah nach, ob nicht vielleicht ein Flügel gebrochen war.

Der Spatz wehrte sich ein wenig und sperrte den Schnabel angstvoll auf. Nehru legte ihn zwischen seine langen Hände, um ihn zu beruhigen.

»Nun, mein Kleiner, beruhige dich«, flüsterte er, »ich will dir ja nichts Böses tun. Je mehr du dich aufregst, um so eher beschädige ich dein Gefieder. Laß mich sehen, was dich verletzt hat. Hier.«

Der Vogel hielt ganz still und blickte den Mann mit seinen kleinen runden und schwarzen Augen an. Dann schlossen sich die Augen plötzlich, und er sank in sich zusammen.

»Doch nicht etwa tot!« seufzte Nehru erschrocken und legte den Spatz auf den Tisch.

Aber sobald er losgelassen wurde, öffnete der Vogel seine Flügel und entfloh auf einen Mangobaum. Nehru begann herzhaft zu lachen.

»Warum lachen Sie?« ertönte Edwinas Stimme hinter ihm. »Sie waren so beschäftigt, daß ich nicht gewagt habe, Sie zu stören.«

»Sehen Sie diesen Spatz auf dem unteren Ast? Er muß gegen ein Fenster geflogen sein, ich dachte, er sei verletzt, und wollte ihn untersuchen ...«

»Und als Sie ihn für tot hielten, ist er davongeflogen, nicht wahr?« sagte sie und setzte sich.

»Tun Sie mir das niemals an, *my Dee,*« sagte er. »Fliegen Sie nicht plötzlich davon.«

»Sehe ich wie ein verletzter Vogel aus?« fragte sie erstaunt.

»O ja!« seufzte er. »Ich weiß nicht, durch wen und wieso, aber Ihre Flügel sind gebrochen worden. Wie bei diesem Vogel, den ich durch mein Streicheln geheilt habe, und … geben Sie mir Ihre Hand.«

»Jawahar«, sagte sie ein wenig wegrückend, »warum wollen Sie mich heilen? Ich bin unheilbar.«

Er führte Edwinas Hand an den Mund und streichelte sie lange mit seinen Lippen. Edwina schloß die Augen.

Plötzlich hielt er inne. »Erinnern Sie sich an den Tag, an dem ich im kleinen gelben Saal des Palastes so erschöpft war? Ich bat sie um ein wenig Stille. Sie sind dageblieben, ohne etwas zu sagen, und ich bin eingeschlafen … Es war wundervoll. An diesem Abend war ich der Spatz und Sie die streichelnden Hände. Heute bin ich es. Schon so lange habe ich das Gefühl, daß es Ihnen nicht gutgeht.«

»Woher wissen Sie das?« fragte sie. »Ich habe es Ihnen niemals gezeigt.«

»Ihre Augen«, sagte Nehru und folgte mit einem Finger der Linie ihrer Wimpern, »Ihre Augen sind manchmal umschattet wie die meinen, manchmal blitzen sie schmerzerfüllt auf … Diese Linien um den Mund, zwei tiefe Furchen, und Ihr Rücken, der sich in einem Jahr gebeugt hat.«

»Um so besser!« sagte sie und richtete sich auf. »Ich bin sowieso zu groß für Sie. Gebeugt habe ich mich auf Ihre Höhe.«

»Aber Ihrem Wesen nach sind sie aufrecht, *my Dee*«, antwortete er. »Sagen Sie mir, was Sie belastet. Eine solche Last auf so schönen Schultern.«

»Panditji, hören Sie auf!« rief sie. »Sie haben lange Zeit im Gefängnis verbracht, Sie haben unerläßlich gekämpft, Sie haben Ihre Frau verloren, Sie leben allein, Sie werden von Ihrer Arbeit erdrückt, Sie haben gelitten, und Sie sind es, der mich tröstet? Nein!«

»Halten Sie mich für blind?« fragte er. »Erzählen Sie mir von Dickie und Ihnen. Ich habe gesehen, wie haßerfüllt Ihr klarer Blick gelegentlich sein kann. O ja, ich kenne Dickies

Fehler, er ist jähzornig, hochmütig, vorschnell, gelegentlich gefühllos, aber er ist auch großzügig, das weiß ich, davon habe ich oft profitiert, aber Sie lieben ihn nicht!«

»Sie haben mir versprochen, mich nicht zu zwingen, darüber zu reden, Jawahar«, bat sie leise.

»Ja, das stimmt«, murmelte er. »Ich hatte es vergessen. Aber wie soll ich das verstehen? Weiß ich denn, wie eine Frau wie Sie in Wirklichkeit ist?«

»Sie waren selbst verheiratet«, sagte sie lebhaft und zog ihre Hand zurück.

»Das ist nicht dasselbe, my Dee«, sagte er. »Mein Vater hatte Kamala für mich ausgesucht, als sie erst dreizehn Jahre alt war. Sie stammte aus einer Brahmanenfamilie in Kaschmir wie ich auch. Sie war zu Hause erzogen worden und sprach kein Englisch. Als sie siebzehn war, hat man uns mit großem Gepränge in Delhi verheiratet. Mein Vater ließ unzählige Zelte aufstellen mit dem Spruchband: ›Zeltstadt für die Hochzeit Nehru‹. Ich hatte da nichts mitzureden. Ich war ein Träumer, vielleicht ein wenig ein Rebell, aber doch dem Willen meines Vaters unterworfen. Eine typische indische Vernunftehe. Bei uns sehen die Ehemänner während der Hochzeitszeremonie ihre Braut nur verschleiert und durch einen Spiegel, den sie auf den Knien halten. Wir Inder kennen die Liebesheirat nicht, das ist von euch Europäern erfunden worden.«

»Aber Sie haben sie gern gehabt, oder nicht?«

»Zweifellos«, sagte Nehru zurückhaltend. »Am Anfang – nun, Sie müssen sich vorstellen, *my Dee,* daß ich gerade aus Harrow zurückkam und sie nur Hindi und Urdu sprach – also, da habe ich mich wenig um sie gekümmert. Sie war ernsthaft, traurig und sehr traditionsgebunden. Dann hat sie zusammen mit meiner Mutter Salz geschmuggelt und hat sich 1931 tapfer aus ehelicher Pflicht verhaften lassen. Das Gefängnis – ihr einziger Ruhm – hat uns einander nähergebracht. Als sie krank wurde, habe ich sie verehrt, für eine wahre Liebe aber war es schon zu spät. Ich liebte Kamala in gewissem Sinne, ich war an sie gebunden, habe sie als ein frommer Hindu als Ehefrau in Ehren gehalten. ›In einem ruhigen gemeinsamen Frieden, in dem zwei Seelen zueinander finden‹, wie es in einem unserer heiligen Texte heißt. Aber dafür hätte ich länger mit ihr zusammenleben müssen, doch war ich ja im Gefängnis. Es war nicht das, was Sie Liebe nennen würden. Das nicht.«

Er schwieg.

»Was wollen Sie damit sagen?« fragte sie unruhig.

»Nichts. Ich dachte daran, daß Dickie Sie frei gewählt hat, und daß Sie ihn liebten. Ich stellte mir das Entstehen einer Zuneigung vor, die Freiheit, das Davonfliegen, so wie dieser Vogel vorhin.«

»Und Sie haben in meinen Augen gelesen, wie unglücklich ich bin!« rief sie bitter. »Ein schönes Ergebnis ...«

»Wer von Ihnen hat den anderen verletzt?« fragte er.

»Oh, keiner, oder alle beide! Wir waren einfach nicht füreinander gemacht, das war alles!« antwortete sie heftig. »Was wollen Sie noch wissen?«

»Nur ruhig, *my Dee*«, murmelte er und ergriff abermals ihre Hand. »Beruhigen Sie sich. Ich möchte alles über Sie wissen. Über Sie und all jene, die sich hinter diesen niedergeschlagenen blauen Augen verbergen.«

»Sie werden mich verachten«, seufzte sie.

»Sie sind nicht nur Lady Mountbatten, Gräfin von Birma, Sie sind meine Mira«, sagte er zärtlich. »Keiner kennt Sie so, nur ich.«

»Ich bin Ihrer nicht würdig!« rief sie und wandte den Kopf zur Seite.

Er erhob sich plötzlich und zwang sie ebenfalls dazu, aufzustehen.

»Sagen Sie das nie mehr«, meinte er ernst und nahm ihr Gesicht in seine Hände. »Das sind würdelose Worte. Glauben Sie denn, ich wäre Indiens würdig?«

»Lassen Sie mich!« rief sie und versuchte, sich loszureißen. »Sie verstehen das nicht. Ich bin eine schlechte Frau, eine ...«

»Nicht weiter!« unterbrach er sie und umarmte sie. »Haben Sie keine Angst. Ich werde Sie nicht so wie die anderen umarmen. Ich möchte Sie nur beschützen, das ist alles.«

Sie lehnte sich an seine Schulter und weinte wie ein Kind.

»Möchten Sie, daß ich Sie in Ruhe lasse? Sie sind frei«, fügte er hinzu und öffnete die Arme. »Fliegen Sie davon wie der Vogel vorhin.«

Sie bewegte sich nicht und hielt den Atem an.

»Wissen Sie überhaupt, was ich von Ihnen will?« fragte er und drückte sie wieder an sich.

*Delhi, den 15. April 1948*

Ich kann nicht mehr ohne sie, dachte er und beobachtete, wie sich der Himmel verdunkelte. Meine Lippen haben noch nicht die ihren berührt, ich habe sie nicht genommen. Wir reden nur, wir reden unaufhörlich, und ich kann mir ein Leben ohne diese Frau nicht mehr vorstellen! Dabei habe ich die Liebe bereits kennengelernt. Ein- oder zweimal habe ich mich gierig ins Leben gestürzt, während der kurzen Momente der Freiheit, so wie man den Saft einer Mango genießt oder sich tötet … aber jetzt ist es anders. Sie ist weißer Hautfarbe, sie war die Vizekönigin des Reiches … Ein leeres Gehäuse, ein abgeworfenes Kleidungsstück – sie gehört nicht mehr zu England, sie hat niemals dorthin gehört. Hier wird ihre Seele Frieden finden, in alle Ewigkeit ist ihr Geschick mit dem meinen verbunden, es gibt dafür genügend Hinweise, wir begegnen uns über die Jahrhunderte hinweg, und wir haben bereits andere Leben gemeinsam verbracht … Sie war meine Begleiterin, und ich könnte nicht mehr ohne sie leben! Sie muß an meiner Seite bleiben, aber es ist unmöglich … Sie wird mich verlassen. Es gibt keine Wahl. Aber sie wird zurückkehren, ich werde sie davon überzeugen. Ich werde sie zwingen. Wenn ich nur wüßte, was sie so verzweifelt vor mir verbergen will? Sarojini erzählt so viel … Aber sie muß sich verändert haben. Sie gehört mir, jemand hat sie zu mir geführt, wie hätte ich es sonst wagen können? Wer hat mir dieses Geschenk bereitet? Bist du es, Bapu? Ich hatte niemanden außer Indu, und jetzt spüre ich diese Süße, diese zarte Zuneigung … und sie sollte mich verlassen?

Edwina hatte von ihrer Kindheit erzählt, von den Tricks, mit denen sie ihre Stiefmutter ausgespielt hatte, von den Mädchenpensionaten, den Bällen und Tanzveranstaltungen, von Hollywood und Charlie Chaplin und dem Film, den sie zusammen gemacht hatten. Ausführlich und mit leuchtenden Augen hatte sie über Mary Pickford und Douglas Fairbanks gesprochen. Ohne daß er sie danach gefragt hätte, hatte sie mit vorsichtigen Worten die schwierige Freundschaft beschrieben, die lange Zeit zwischen Dickie und seinem Cousin David geherrscht hatte, als dieser noch Prinz und ein unbekümmerter, freundlicher Dandy gewesen war.

»Als er damals nach Indien reiste, befand ich mich zum erstenmal im Gefängnis«, Nehru lächelte etwas bitter. »Wir mochten weder ihn, noch die anderen Windsors.«

Edwina hatte nach Entschuldigungen gesucht. David hatte sich sehr verändert, und nachdem er unter dem Namen Eduard VIII. König geworden war, hatte er sich in Wallis Simpson verliebt und ihretwegen abgedankt.

»Ich erinnere mich«, meinte Nehru trocken. »Er behauptete, nicht ohne die Frau, die er liebte, leben zu können.«

David hatte in aller Stille in einem französischen Schloß geheiratet, und Dickie hatte nicht den Mut gehabt, an der Hochzeit teilzunehmen. Sie hatte seufzend die bedrückenden Verhältnisse in der königlichen Familie geschildert, die von der Königinmutter beherrscht wurde. »Eine hochmütige und raffgierige Welt ohne Herz und Mitleid«, hatte sie gesagt.

»Es sind eben nur Könige«, hatte Nehru verächtlich bemerkt.

Edwina hatte lachen müssen.

Jedesmal, wenn er sich ihr näherte, machte sie eine abwehrende Geste, als ob er sie, wenn er sie berührte, umwerfen könnte. Sie war fast fünfzig Jahre alt, und auch ihr Körper alterte, ihr betont jugendliches Auftreten rief sein Mitleid hervor. Gelegentlich stellte er sich vor, wie Indiras Augen sie sehen würden: ernst, ironisch, abweisend, fast grausam. Eines einzigen solchen Blickes hätte es bedurft, um sie beide niederzuschmettern.

Seit zwei oder drei Tagen schenkte ihm Edwina mehr Vertrauen. Er hatte von Violaines Existenz in Dickies Leben erfahren, aber wenn sie von der Französin sprach, spielte um Edwinas Lippen ein boshaftes Lächeln, das er nicht verstand. Widerwillig hatte sie ihre Beziehung zu Malcolm zugegeben und auf die Flüchtigkeit dieser Liaison hingewiesen. Über die Affären auf ihrem Schoner, in denen Sarojini Naidu voller Genuß schwelgte, hatte sie noch nichts erzählt.

»Aber alle Zeitungen haben darüber berichtet, Jawahar!« hatte Sarojini ihm im Garten des Palastes erzählt. Er tat so, als hätte er nichts gehört. Das war nicht wahr, es konnte einfach nicht stimmen. Und selbst wenn, dachte er wütend, was stört mich das? Damals war sie noch nicht meine Mira.

Er fragte sie nicht weiter aus. Aber Dickie beschäftigte ihn. Manchmal hatte Nehru das merkwürdige Gefühl, sich in beide verliebt zu haben, er und sie unentwirrbar miteinander verbunden. Er hatte in Dickie den besten Freund gefunden, der ihm in der tiefsten Verzweiflung Mut machen konnte. Dickie hatte ihn nicht gedemütigt, und selbst ihre Zwistigkeiten hatten sie einander nähergebracht. Dickie hatte ihn beschwichtigt, aufgerüttelt, angetrieben und ihm geholfen. Dann, nach den Unruhen, hatte Dickie sich zurückgezogen, als ob seine Beziehungen zu Indien nichts weiter als eine kleine Episode gewesen seien, früher oder später würde er sich die Uniform eines Herrschers der Meere anziehen. Doch in Edwina würde Nehru auch ein wenig den verlorenen Freund finden. Vorausgesetzt, sie würde sich ihm nicht entziehen.

»Jawahar, da bin ich endlich!« ertönte Edwinas freudige Stimme. »Tut mir leid, daß ich so spät bin, aber ich habe eine Idee!«

»Welche denn?« fragte er erfreut.

»Also, das Thermometer steigt schrecklich schnell, bald werden wir hier nicht mehr atmen können. Darum dachte ich, daß wir nach Simla fahren könnten. Oder vielmehr nach Mashobra, da ist es noch angenehmer.«

»Alleine?« fragte er, und sein Herz schlug schneller.

»Nein!« meinte sie lachend. »Mit Dickie natürlich. Wie denn sonst?«

Er sah sie verdutzt an, ihre Augen waren voller Unschuld, sie konnte einen wirklich irre machen.

»Aber wir brauchen sein Einverständnis!« rief er.

»Ich habe gerade mit ihm darüber gesprochen. Er ist begeistert von meiner Idee, Jawahar. Wir werden am 8. Mai fahren, haben also noch einige Tage Zeit, so daß Sie alles vorbereiten können.«

»Sie haben ... Dickie ist einverstanden ... Das kann doch nicht wahr sein!« murmelte Nehru.

Sie nahm seine Hände und zwang ihn, sich zu setzen.

»Was ist denn daran so schlimm?« fragte sie todernst.

»So etwas tut man hier in Indien nicht«, sagte er, ohne zu überlegen. »Das heißt, *my Dee* ...«

»Wer wird sich schon aufregen, wenn wir beide zusammen wegfahren? Sind Sie nicht schon mit uns in Simla gewesen?« unterbrach sie leichthin.

»Erinnern Sie sich an die drei Tage im Mai?« warf er ein. »An jenen Morgen im Garten?«

»... und an die Aufgabe, die Dickie mir anvertraut hatte«, fuhr sie fort. »Denken Sie doch, Jawahar. Dickie will nur mein Bestes.«

»Das kann nicht sein«, meinte er dickköpfig.

»Hören Sie zu«, sagte sie. »Schon vor langer Zeit haben Dickie und ich eine Abmachung getroffen. Sonst würden wir uns gegenseitig zerreißen oder hätten uns schon längst getrennt. Wir haben es aber vorgezogen, uns gegenseitig die größte Freiheit zu lassen. So, nun wissen Sie es, Jawahar. Es ist die Wahrheit.«

»Ich habe verstanden«, sagte er leise. »Können Sie mir versprechen, daß Dickie nicht darunter leidet?«

»Nicht im geringsten.«

»Daß er nicht gedemütigt wird?«

»Und selbst wenn, Jawahar«, sagte Edwina geradeheraus, »wäre das so schlimm? Er ist doch viel zu eingebildet.«

»Schweigen Sie, das dürfen Sie nicht sagen«, warf er ein.

»Aber Sie sind doch nicht mein Liebhaber!« rief sie. »Was ist denn schlecht daran? Dickie ist Ihr Freund, ich bin es auch, das ist alles! Wir lieben Sie beide!«

Nehru machte eine abwehrende Geste, als wollte er ein Insekt verscheuchen, dann erhob er sich von seinem Stuhl und lief auf und ab. Sein verschwitztes Hemd klebte ihm am Körper, er senkte den Kopf, dann hob er ihn wieder, atmete heftig und verschränkte mit zornigem Blick die Hände auf dem Rücken. Edwina schloß die Augen.

»Panditjii«, murmelte sie traurig.

Er antwortete nicht. Edwina erhob sich mit schmerzerfüllter Miene.

»Reden Sie mit mir!« rief sie.

Daraufhin drehte er sich wütend um und ergriff sie an den Armen, als wolle er sie erdrücken.

»Niemals werde ich dein Liebhaber sein, Mira!« sagte er mit leiser Stimme.

»Niemals«, flüsterte sie.

»Es gibt keine Worte, die unsere Beziehung ausdrücken könnten, *meri janam.* Weißt du, was das bedeutet?«

»Kein Wort in keiner Sprache, mein Liebster.«

»Es gibt kein gemeinsames Leben in dieser Welt für uns, *my Dee,* niemals.«

»Ich weiß«, flüsterte sie.

»Und dennoch wird uns nichts trennen, weißt du das auch?«

»Ja«, antwortete sie. »Vielleicht der Tod.«

Er ließ sie los und empfand ein leichtes Schwindelgefühl.

»Der Tod ist mir ein Freund«, sagte er. »Ich werde ihm nicht ausweichen.«

In seinem Kopf drehte es sich, er ließ sich in einen Stuhl fallen.

»Jawahar? Jawahar?« hörte er von weitem Edwinas Stimme.

»Es ist nichts weiter. Nur ein so starkes Empfinden.«

»Ich bin ja da«, sagte sie und legte ihre Hand auf seine Stirn. »Ich liebe Sie.«

»Nein«, meinte er und verzog schmerzhaft das Gesicht. »Kein Wort, in keiner Sprache. Wie oft und wem alles haben Sie das schon gesagt?«

»Ja, das stimmt!« rief sie schluchzend.

»Weine nicht. Wir sind alt, ich werde kahl und habe graue Haare, sieh mich an«, flüsterte er und reichte ihr die Hand. »Meine Lippen reden zu dir, ohne etwas zu sagen, ich kenne deine Sprache nicht. Sei wie Mira mit Krishna, ihrem Gott; tanze und singe, aber sprich nicht diese Worte aus, die nicht zu Indien gehören. Was ich möchte, ist deine indische Seele. Ich werde mit Dickie reden.«

»Nein, bloß nicht!« rief Edwina erschrocken. »Er würde es nicht verstehen.«

»Ich werde mit Dickie reden«, wiederholte Nehru und runzelte die Stirn. »Das ist meine Sache.«

*Simla, den 13. Mai 1948*

Der große ochsenblutfarbene Talbot fuhr majestätisch vor dem Eingang der Residenz vor, wo die Dienerschaft mit weißem Turban in Reih und Glied wartete.

»Da sind wir endlich!« rief Lord Louis und wischte sich die Stirn. »Ich bin froh, hier zu sein, selbst mit offenem Verdeck war die Fahrt anstrengend.«

»Sie sind großartig gefahren«, versicherte der im Fond sitzende Nehru. »Und jetzt kann ich auch wieder meine Kappe aufsetzen. Der Wind hat sie heruntergeweht. Endlich kann man wieder atmen nach der Hitze.«

Lord Louis stieg aus und betrachtete das Auto. Ein feiner Staub hatte sich auf den roten Lack gelegt, so daß der Talbot wie ein Militärfahrzeug aussah. »Also gut, lassen Sie das Gepäck herausnehmen und das Auto möglichst schnell waschen!« rief er dem Verwalter zu und trat ins Haus.

Edwina sah Nehru an, der verschmitzt lächelte. Dickies alte Ungeduld wurde schon wieder spürbar. Sie stiegen ebenfalls aus. Trotz ihres Kopftuches waren Edwinas Haare wie die Wagenkarosserie staubbedeckt. Sie strich vorsichtig mit einem Finger über Nehrus Wange und zeichnete eine Linie auf der Staubschicht.

»Also gut, dieser Typ hier muß ebenfalls schnell gewaschen werden!« scherzte sie.

Er führte sie zu den Rosenbüschen.

»Ich habe jetzt einfach keinen Sinn für Komik«, sagte er bewegt. »Es ist gerade ein Jahr her, *my Dee*. Ich fühlte mich noch wie ein Gefangener und war mißtrauisch, argwöhnisch, irritiert.«

»Und jetzt sind Sie Premierminister, und bald werden Sie hier als hoher Gast absteigen, als der berühmteste von ganz Indien«, sagte sie. »Es stimmt, Sie haben sich verändert.«

»Finden Sie?« fragte er erstaunt.

»Sie halten sich gerader, Sie sind sicherer geworden, Sie tragen Ihr Gewand ohne Scham. Ja, Jawahar«, sie betrachtete ihn mütterlich, »Sie benehmen sich wie ein Sieger.«

»Sieger!« sagte er bitter. »Edwina, wie können Sie mich nur so falsch beurteilen? Früher waren wir Kämpfer, jetzt sind wir Politiker. Was ist aus den Werten geworden, für die ich mein ganzes Leben gestritten habe? Meine Minister bekämpfen sich gegenseitig, die Regierung streitet sich mit den Ministerien von Bihar, die Sozialisten wollen sich abspalten, die Kommunisten zetteln überall Revolten an, ich lebe in einer Welt voller Berechnung und Neid und weiß nicht mehr, wo die Demokratie geblieben ist.«

»Bapu ist tot«, murmelte Edwina. »Suchen Sie nicht anderswo die Gründe für Ihren Kummer.«

»Ich frage mich tatsächlich ständig, wie er reagieren würde«, seufzte Nehru. »Ich muß lernen, ohne ihn zu leben, aber ich hätte nicht gedacht, daß es so schlimm sein würde.«

»Sie werden es schaffen.«

»Das schon«, sagte er nachdenklich. »Aber wo ist unser Elan? Wo ist der Friedenswille? Und wo sind die sozialistischen Ideale geblieben?«

Die Nacht war hereingebrochen. Nach dem Essen plauderten die drei Freunde auf der Terrasse über den Schnee, die Blumen, besonders die Orchideen, die man am nächsten Tag besichtigen wollte, über ein Picknick an der Straße nach Tibet, dem berühmtesten Ausflugsziel in der Umgebung. Sie waren übereingekommen, schwierige Themen zu vermeiden. Das war nicht so einfach. Nehru hatte Patel erwähnt, mit dem er ständig irgendwelche Spannungen hatte, Lord Louis hatte sich zu einigen Gedanken, die Ausarbeitung der Verfassung betreffend, hinreißen lassen, nur Edwina hatte es geschafft, den Frieden des Abends nicht zu zerstören.

Nehru verwöhnte sie ohne Unterlaß, achtete auf das kleinste Anzeichen von Ermüdung. Als sie diskret hinter vorgehaltener Hand gähnte, sagte er sofort: »Edwina sollte schlafen gehen, glaube ich. Ich werde übrigens auch nicht mehr lange aufbleiben.«

»Sehr gut!« meinte Lord Louis. »Ich auch nicht. Edwina, meine Liebe, seien Sie so lieb und geben Sie das Signal zum Aufbruch.«

Sie erhob sich mit einem freundlichen Lächeln. Aber als sie die Schwelle überschritt, hörte sie, wie Nehru sagte: »Noch einen Moment, Dickie, ich muß mit Ihnen reden.«

Ihr Herz hörte auf zu schlagen, langsam ging sie auf die Treppe zu, hielt an der untersten Stufe inne und lauschte. Die Glastür war nicht geschlossen, Edwina setzte sich auf die Stufe und legte den Kopf auf die Knie.

»Kann das nicht bis morgen warten?« fragte Dickie ungeduldig. »Ich bin todmüde, Jawarla.«

»Es ist dringend, Dickie«, antwortete Nehru eilig. »Ich wollte mit Ihnen über Edwina reden.«

»Edwina?« wunderte sich Dickie. »Sie ist doch nicht etwa krank?«

»Nein«, seufzte Nehru. »Es ist wegen Edwina … und wegen mir.«

Es herrschte Schweigen, nur durch das leichte Klirren eines Glases unterbrochen. Edwina hob den Kopf.

»Ich weiß überhaupt nicht, was Sie meinen, mein Lieber«, ertönte endlich Dickies gelangweilte Stimme.

»Ach, Dickie, helfen Sie mir doch!«

»Womit soll ich Ihnen helfen? Ich verstehe Ihre Anliegen nicht.« Er ließ ein deutliches Gähnen vernehmen.

»Sie verstehen nichts?« fragte Nehru verblüfft.

»Überhaupt nichts!« erwiderte Dickie müde. »Ich kann mich nicht mehr auf den Beinen halten. Gute Nacht, Jawarla.«

Er ging hinaus und öffnete dabei weit die Tür.

»Ach, Sie sind noch da, Edwina? Warten Sie, ich helfe Ihnen die Treppe hinauf.«

Nehru blieb allein auf der Terrasse. Die Sterne funkelten am kühlen Gebirgshimmel, noch nie war der Duft der Rosen so stark gewesen. Von oben hörte man geschäftige Geräusche aus dem Schlafzimmer, als ob jemand Möbel rückte.

Er will einfach nichts wissen, dachte Nehru. Das ist so klar wie die Nacht. Er weiß also Bescheid. Vielleicht hat er es sogar vor uns gewußt. Wenn ich auf eine Aussprache bestehe, werde ich beide verlieren, denn dann muß er der Tatsache ins Gesicht sehen, daß ich Inder bin, und sie wird sich verraten fühlen. Das ist wohl das Schicksal von uns dreien: Nichts wird ausgesprochen, aber alles ist eindeutig.

Er ging einige Schritte durch das Gras und rezitierte mit leiser Stimme:

Dieser starke Duft
Diese Wiederkehr des Frühlings!
Seht, ihr, die ihr im Staube herumwühlt
Grün, grün, alles ist grün
Sogar der Schaum des Wassers ist grün geworden …

Dieses persische Gedicht, das er wie so viele andere im Gefängnis gelernt hatte, beruhigte ihn, und er begab sich ebenfalls zur Ruhe.

## *Die Zypressen und die Taube*

*Simla, den 14. Mai 1948*

Der Tag war wunderschön gewesen. Edwina und Nehru waren mit Pamela zu Fuß durch die Straßen der Stadt gestreift. Die Inder, die voller Vergnügen in den Bezirken, die den ›Eingeborenen‹ verboten gewesen waren, umhergingen, hatten sich ungläubig nach der bekannten Gestalt umgedreht. Ein Junge hatte sich Nehru in den Weg gestellt und ihn gefragt: »Bist du der Premierminister?« Nehru hatte schallend gelacht, und die Menge war zusammengelaufen. Der Spaziergang hatte sich in einen Triumphzug verwandelt, begleitet von Trommelschlägen, nach deren Rhythmus Nehrus junge Anhänger tanzten.

»Ihre Bewunderer«, hatte Edwina begeistert gemeint.

Der Schnee auf den Bergen war noch nie so leuchtend, der Himmel noch nie so klar gewesen, und das Picknick wurde ein Vergnügen. Dann war die Sonne allmählich herabgesunken, sie hatten im Garten Tee getrunken, und anschließend hatte sich Dickie zurückgezogen, um an seinem Stammbaum zu arbeiten. Edwina wollte einige Briefe schreiben. Nehru erklärte, er wolle die Einsamkeit genießen und in seinem Schaukelstuhl vor sich hin träumen.

Alles war so wunderbar, daß er keine Ruhe hatte. Nach einigen Minuten stand er auf, ging einige Schritte, pflückte eine Rose und steckte sie in das dritte Knopfloch seines Hemdes. Dann hielt er es nicht mehr aus, lief auf die Residenz zu und stieg, vier Stufen auf einmal nehmend, die Treppe hinauf.

Sie war dort, hinter dieser Tür, die er nicht zu öffnen wagte. Er rief sie leise, aber sie hörte nicht. Er klopfte, einmal, zweimal, noch immer keine Antwort. Da drückte er die leise quietschende Türklinke und trat auf Zehenspitzen ein. Edwina saß über ihre Papiere gebeugt und tauchte ihre Schreibfeder in ein großes viktorianisches Tintenfaß.

Nehru hielt den Atem an, betrachtete sie einen Moment und wollte sich dann zurückziehen. Aber er konnte es nicht und ging auf sie zu.

Edwina sah überrascht auf, stieß einen leisen Schrei aus und wollte sich erheben. Die Feder glitt ihr aus der Hand. Mit einer ungeschickten Bewegung stieß sie das Tintenfaß um.

Die Tinte lief überall hin, auf die Briefe, das Parkett, den Teppich, das Hemd von Nehru und das weiße Kleid von Edwina. Große Spritzer in der Farbe des Himmels über den schneebedeckten Bergen. Nur die Rose blieb unbefleckt.

Nehru blieb peinlich berührt stehen und hörte gar nicht mehr auf, sich zu entschuldigen. Edwina hielt ihren Rock am Saum fest, die Tinte floß die Falten entlang und bildete am Saum große Flecken. Sie blickte Nehru an und mußte lachen.

»Sie haben sogar Tinte auf der Mütze! Prächtig sehen wir aus!« Sie ließ ihren Rock fallen. »Ich werde einen Diener rufen.«

»Nein!« rief er und hielt sie fest. Es ist meine Schuld, ich werde es aufwischen.«

»Lassen Sie doch«, meinte sie leichthin. »Die Diener werden es schon erledigen, gehen wir lieber uns umziehen.«

»Die Diener, die saubermachen, sind Unberührbare, Edwina«, sagte er ernst. »Es ist eine Frage des Prinzips: Ich, der Brahmane, werde an ihrer Stelle putzen. Aber womit?« fügte er verlegen hinzu und blickte sich um.

Edwina verschwand und kam mit einer Serviette zurück, die sie ihm reichte. Tapfer machte sich der Premierminister daran, abzuwischen, was möglich war, und das war wenig, nämlich der Tisch und das Parkett. Sie wollte ihm helfen, kniete lachend nieder und begann, den großen Buchara-Teppich aufzurollen.

Mit wirren Haaren, von der Anstrengung rosigen Wangen, verschmiertem Kleid, tintenbespritzten Händen und tausend kleinen Lachfalten um die Augen war sie so schön, daß es ihm einen Stich versetzte. Langsam ließ er sich neben sie sinken. Beide spürten den Atem des anderen. Sie wandte den Kopf, und ihre Lippen berührten sich.

Er legte sanft seine Wange gegen die ihre.

»Nein. Gehen Sie und ziehen Sie sich um, *my Dee*«, murmelte er. »Schnell.«

*Simla, den 16. Mai 1948*

Sie trafen sich täglich zweimal. Am Morgen nach Sonnenaufgang und am Abend, wenn die Sonne hinter den Bäumen versank. Der Rest des Tages verging mit ausgedehnten Wanderungen durch die Berge. Dickie genoß die gute Luft, war strahlender Laune, und die Stimmung war sehr familiär. Am nächsten Tag mußte Nehru in die Hauptstadt zurückkehren.

»Unser letzter Abend«, sagte Edwina traurig.

»Der letzte für dieses Mal«, verbesserte er sie. »Sie werden Indien erst in einem Monat verlassen.«

»Reden Sie nicht davon«, meinte sie nervös. »Am 8. Juni Besuch von Lord und Lady Triveni, am 9. Abschiedsempfang für die indische und ausländische Presse, am 10. Geburtstagsdiner zu Ehren Ihrer Majestät, am 14. eine Blitzreise nach Baroda, um den Maharadscha zu besuchen, am 15. ein letzter Besuch in den Lagern des Pandschab … Ich werde keine Zeit mehr für unser Zusammensein haben!«

»Keine Termine am 11. und am 13. Juni?« fragte er lebhaft. »Ich werde Sie nach Nainital mitnehmen.«

»Warum das?«

»Dort verbringt Sarojini Naidu mitten in den Bergen den Sommer. Diese alte Freundin Ihrer Mutter wäre sehr glücklich, Sie zu sehen. Sie sind ihr diesen Besuch schuldig, *my Dee*.«

»Mrs. Naidu? Haben Sie mir nicht erzählt, daß sie dem Tratsch sehr zugetan ist?«

»Ich werde das schon verhindern«, sagte er lächelnd.

»Übrigens verbietet ihr ihre eigene Vergangenheit, auch nur den geringsten Kommentar zu wagen. Also, Sarojini ...«

Er schwieg plötzlich.

»Wie bitte?« fragte sie.

»Sie werden in Nainital sicher die Tochter von Sarojini kennenlernen, Padmaja, die ich schon als kleines Mädchen kannte. Wir nennen sie »Bee-Bee«, Sie wissen ja, wie das in Indien mit Spitznamen ist. Es wäre möglich, daß Padmaja ...«

»Das darf doch nicht wahr sein!« rief Edwina entgeistert.

»Ich fürchte, daß wir mal so etwas wie eine Liebesaffäre hatten«, gab Nehru geniert zu.

Edwina blieb die Luft weg. Dieser Schmerz! dachte sie erschrocken. Ich muß ruhig bleiben. Ich darf mir nichts anmerken lassen.

Aber die Eifersucht stieg in ihr hoch wie ein übler Wind und glitt an ihrem Rücken, an ihren Armen entlang bis in den Kopf, ein Taifun der Rache, ein jäher Windstoß ...

»Edwina?« sagte Nehru und wandte sich ihr zu.

Sie drehte sich zur Seite, um seinem Blick zu entgehen. Er ergriff ihre Hand, sie glühte. Sie atmete unregelmäßig. Er nahm ihren Kopf in seine Hände und drehte ihn zu sich, dann sah er die Wut in den Augen.

»Sie sind eifersüchtig«, meinte er und runzelte die Stirn.

»Tödlich eifersüchtig«, flüsterte sie. »Schon immer. Seitdem meine Mutter gestorben ist.«

Er hielt ihre Hände in den seinen fest.

»Mir ist nicht gut«, murmelte sie. »Haben Sie später auch noch ...«

»Nun, es ist siebzehn Jahre her, daß Kamela gestorben ist«, seufzte er. »Und ich habe kein Keuschheitsgelübte abgelegt wie Bapu. My Dee, Sie müssen nicht glauben, daß ich seitdem keine Frau mehr in den Armen gehalten habe. Ich habe Padmaja geliebt. Es ist jetzt schon zehn Jahre her. Und ich war nicht der einzige in ihrem Leben, Netaji war auch ...«

»Was schert mich Netaji! Die Vorstellung von Ihnen mit einer anderen!« rief sie.

»Nur Indien steht mir näher als Sie«, sagte er. »Indien wird immer meine erste Geliebte, meine Mutter und meine Last sein. Nur Indien hat einen Besitzanspruch an mich. Was das übrige angeht, Edwina …

Wer hat ein Recht auf den Garten?
Die Zypressen und die Taube streiten sich darum.
Wem gehört er?
Bald wird der Herbst das Urteil fällen.
Immer wieder
zeigt uns das unendliche Schicksalsrad
wer ein Recht hat auf Marv
und auf Badhaskhan oder Tatarstam …«

»Ja«, murmelte sie, »ich verstehe. Sie sind dieser Garten, und ich die Taube. Aber wer ist die Zypresse? Ihre Tochter«, schloß Edwina ernst.

»Indu ist ein Teil von mir, sie ist ich!« rief Nehru.

»Dann verstehe ich das Gedicht nicht«, seufzte Edwina.

»Sie haben nicht daran gedacht, daß Sie für mich auch ein Garten sind, *my Dee*«, sagte er und streichelte ihre Hand. »Ich bin die Zypresse und Dickie die Taube. Bald wird der Herbst das Urteil fällen. Der Herbst und das Schicksal.« Edwina erschauerte und zog ihre Hand zurück.

»Aber …«, begann sie mühsam. »Sie verstehen das nicht. Dickie und ich haben ein Arrangement getroffen. Wir waren Feinde, wir haben uns bekämpft, dann haben wir einen Friedensvertrag geschlossen und unterhalten nun gute diplomatische Beziehungen. Deshalb sind Sie nicht Dickies Rivale.«

»Sie reden wie über England und Indien«, sagte Nehru. »Sie wären dann die Revolution.«

»Nun ja, ich habe mir meine Freiheit erkämpft!« rief sie. »Hätten wir denn unsere Beziehung zerschlagen und uns scheiden lassen sollen? Das wollten wir nicht. Zusammen haben wir an Ihrer Seite gekämpft, Panditji!«

»Sie reden so, wie Dickie über das Commonwealth spricht, *my Dee*«, murmelte Nehru.

»Was ist denn das Commonwealth anderes als ein familiäres Arrangement?« fragte sie lachend. »Sagen Sie mir, wer hat dieses Gedicht verfaßt?«

Nehru war zu verwirrt, um zu antworten. Diese Frau und England, Dickie und Indien, alles wirbelte in seinem Kopf durcheinander. Müdigkeit, Schwindel, diese Hände, die sie ihm entzogen hatte ...

»Woran denken Sie?« fragte sie leise. »Sie sind mir nicht mehr nahe.«

»Der Dichter war Perser«, sagte er sanft, »er hieß Hali. Im Gefängnis habe ich Urdu studiert, die Sprache der indischen Moslems, so süß wie Honig und vollkommen. Vollkommen wie die Rose. Hören Sie ...«

Seine Stimme gab den Klang der Sprache wunderbar wieder, der Schmerz verschwand aus Edwinas Herzen. Es war das erstemal, daß bei ihr ein Anfall von Eifersucht so schnell vorüberging wie eine vom Wind fortgeblasene Wolke. Tief holte sie Luft.

»Es ist vorbei, Jawahar«, sagte sie lächelnd. »Ich leide nicht mehr.«

»Aber wir werden wieder von Indien sprechen«, versicherte er ihr. »Wenn wir erst in Nainital sind.«

*Simla, den 17. Mai 1948*

Er sollte um sieben Uhr abreisen, um halb sieben stand sie auf. Am dunklen Himmel zeigten sich die ersten rosa Streifen. In dem riesigen schlafenden Haus schienen die leisen Schritte und das Flüstern der Diener, die ihre Herrschaften nicht wecken wollten, sich mit der Stille verbunden zu haben, um die Morgenröte nicht zu stören. Edwina hatte Nehru nichts davon gesagt, daß sie ihn nochmals sehen wollte.

Sie wartete im Garten, in dem nicht eine Zypresse wuchs

und keine Taube flog. Nur die Spatzen waren bereits munter, hüpften überall herum und pickten emsig. Edwina dachte daran, daß sie nun eine Woche getrennt sein würden, daß dies unerträglich sei und sie Nehru in einem Monat für immer verlassen mußte. Nur der Gedanke, England wiederzusehen, erleichterte sie etwas.

»Sie sind schon wach!« rief er, als er sie erblickte. »Und das um diese Zeit!«

»Ich wollte Sie nicht gehen lassen, ohne Ihnen auf Wiedersehen zu sagen«, erwiderte sie mit leiser Stimme. »Alle schlafen noch.«

»Wenn Sie zurückkehren, Edwina ...«

»Ich werde Sie dann sofort anrufen.«

»Je öfter wir uns unterhalten, je mehr haben wir uns zu sagen«, flüsterte er, »auch wenn uns gelegentlich die Worte fehlen.«

»Aber wir sagen uns doch alles, nicht wahr, Jawahar?« fragte sie unruhig. »Ohne Einschränkungen? Sonst wäre es schrecklich ...«

Er umfing ihren Mund mit einem Kuß, der so flüchtig war, daß sie kaum seine Lippen spürte.

Dann war er verschwunden.

Als sie in ihr Zimmer zurückkehrte, dämmerte der Morgen. Edwina fühlte sich wie verwandelt, eine schmerzhafte Erregung, ein irgendwie beglückendes Leiden, ein Gefühl der Leichtigkeit und der Leere hatte sie ergriffen. Sie setzte sich an den Tisch, der immer noch blaue Tintenspuren aufwies, und tauchte ihre Feder in ein neues Tintenfaß.

Ich fand es schrecklich, heute morgen Ihr Auto fortfahren zu sehen, ich wollte nicht, daß Sie einfach abreisen. Aber Sie haben mich mit einem merkwürdigen Wohlgefühl zurückgelassen. Vielleicht habe ich in Ihnen das gleiche hervorgerufen?

Es war ein träumerischer, emotionsgeladener Brief. Sie schloß den Umschlag, ging in den Garten und übergab ihn dem Chauffeur, der regelmäßig zwischen Delhi und Somal hin- und herfuhr, um Lord Louis seine Post zu bringen. Er fuhr gegen acht Uhr ab.

Am gleichen Abend brachte ein anderer Chauffeur eine Nachricht vom Premierminister an Lady Louis. Ihre Briefe hatten sich gekreuzt.

»Das Leben ist eine einsame Angelegenheit«, schrieb Nehru an Edwina, »aber wenn uns das Glück ereilt, ist es so großartig, daß uns der Atem stehenbleibt. Die Freude mischt sich mit Traurigkeit, denn heute erscheinen mir die Schatten, die mich umgeben, dunkler als sonst.«

Von Edwina getrennt, gab sich Nehru ganz der Trauer hin, die ihn durch Gandhis Tod befallen hatte. Wie lange lag die Zeit ihrer Jugend zurück, als das ganze Land seiner Stimme im All-India-Radio lauschte ... Sie war vorbei, diese wunderbare Einheit der Nation im Kampf um ihre Unabhängigkeit. Mit der Ermordung des Mahatmas war eine Legende erfüllt, sein Tod war in gewissem Sinne ein Triumph, aber damit war der Kreis vollendet. Die ritterliche Ehre, auf die der Mahatma so oft verwiesen hatte, gab es nicht mehr.

Der alte imperialistische Feind hatte sich nun in einen väterlichen Freund verwandelt, den man zwar immer noch des Kolonialismus verdächtigen konnte, aber mit dem man inzwischen auf diplomatischem Wege verkehrte. Und der andere Feind, der der Zukunft, der Indien bedrohte, war namenlos. Nehru hatte das Gefühl, daß es mit Pakistan und Indien so wie mit der Feindschaft zwischen den beiden großen Clans des Mahabharata, dem Urepos der indischen Geschichte, stand: ein unentwirrbares Gefühlsgemisch aus Bruderkrieg, Zuneigung, Neid, ehrenvoller und geheimer Komplizenschaft. Alle diese Merkmale waren bereits spürbar, die Kriegsgefahr war immer präsent, gelegentlich kam es zu Kämpfen, doch nie sehr lange. Diese beiden Staaten, hervorgegangen aus derselben Mutter, waren zu einem mißtrauischen Frieden verdammt. Für den Versuch, diese verfeindeten Vettern zu versöhnen, wie es in der alten Legende von Mahabharata geschah, hatte Gandhi sein Leben gelassen.

Indien befand sich noch in seiner Aufbauphase. Fernab von der Trunkenheit und den Massakern und ganz ohne Heroismus arbeitete Nehru an seinen großen Projekten: Staudämme, Wissenschaftszentren, Kunstakademien, Organisation der Armee ... Nehru hatte die Grundsteine dafür gelegt, hatte mitgeholfen, sie wie Schiffe einer Flotte zu Wasser zu lassen, hatte sich dafür entschieden, neue Städte in Orissa und Chandigarh zu errichten, verhandelte mit den diversen Botschaftern und wurde nicht müde, das Land zu bereisen. Aber wenn ihn auch die begeisterte Menge wie eh und je feierte, war doch die frühere Kampfeskraft erloschen. Dennoch ging der Kampf nun zwischen den Indern weiter. Zuerst war es Patel gewesen, dann die sozialistische Partei und außerdem stifteten überall die Kommunisten Unruhe. Bapu, von einem Inder ermordet, war nicht mehr da, um diesen Aufruhr zu ersticken.

Als der Premierminister schließlich mit schwerem Herzen zu Hause in der York Road Nr. 17 anlangte, wurde er plötzlich von der Erinnerung an diese Frau überwältigt, die er auf seinem Lebensweg getroffen hatte und die noch nicht einmal Inderin war. Aber was war denn schon Indien? Ein Schmelztiegel, in dem sich das Drawidische und das Europäische mischten, der Hindu und der Moslem, der Sikh und der Buddhist, und aus dem schließlich als Blüte der Mahatma hervorgegangen war. Jeder fand hier seinen Platz. Edwina hatte sich spontan diesem Indien geöffnet, bevor sie noch ihren Platz in Nehrus Herzen fand. Ihre Arme in den Flüchtlingslagern geschunden, ihre unfrisierten Haare während der langen, schrecklichen Nächte, ihr Mut und der feste Wille, der aus ihren Augen strahlte; zuerst hatte sie sich Indien hingegeben. Für Edwina war er Indien. Und so wollte er sie auch haben: weder deutsch noch englisch, noch jüdisch, sondern indisch, eine Frau für sich allein.

Lord Louis setzte sich an seinen Schreibtisch, wo ihn seine ewige Ablenkung erwartete, der Stammbaum seiner Familie. Als das Haus schlief, griff er zu Papier und Feder und berichtete seiner Tochter Patricia über ihre Mutter. Für diese geheimen Briefe an seine älteste Tochter, seine Vertraute, sein Trost, bedurfte er der nächtlichen Stille.

Behalte dies unbedingt für Dich«, schrieb er, »aber sie und Jawarla sind wirklich köstlich anzusehen, wenn sie zusammen sind. Sie sind völlig ineinander vernarrt, sie sind einzigartig, und Deine Schwester und ich tun alles, um sie taktvoll zu unterstützen. Deine Mutter ist unglaublich liebenswürdig geworden, wir sind eine so glückliche Familie …

Er beendete seinen Brief und schloß schnell den Umschlag, ohne die unmögliche Schreibweise von Nehrus Namen zu überprüfen. Wie dem auch sei, dachte Lord Louis, diesesmal hat sie eine Wahl getroffen, die unserer würdig ist.

# 12

# Das Versprechen

## *Ein Boot auf dem Fluß*

*Delhi, den 11. Juni 1948*

»Kommen Sie«, rief Nehru und zog Edwina zu seinem Auto. »Es wird bald Nacht. Sie haben wie vereinbart Sandalen an, das ist gut.«

»Wohin fahren Sie mich?« fragte sie und setzte sich in den Fond der Staats-Limousine.

»Ans Flußufer«, sagte er kurz.

»Dahin, wo Bapu verbrannt wurde?« fragte sie erstaunt. »Dickie und ich hatten vor, »am letzten Tag dorthin zu fahren.«

»Er hat es mir erzählt. Heute sind wir allein dort.«

Der Abend war gekommen und brachte ein wenig Erleichterung von der drückenden Hitze. Entlang der großen Straße, die zur Altstadt führte, gingen die Leute spazieren. Der Wagen hielt am Straßenrand, Nehru ließ den Kofferraum öffnen und entnahm ihm ein Paket.

»Girlanden«, meinte er. »Fahren wir weiter.«

Die Dämmerung lag über dem Platz, der von einer Palisade aus dünnen Bambushölzern umgeben war. Neben Gruben zeugten umherliegende Spaten und Schaufeln vom Fortgang der Arbeiten bei der Errichtung eines Denkmals für den Mahatma. Dort, wo sich sein Scheiterhaufen befunden hatte, zeigte sich noch eine schwärzliche Verfärbung.

»Das Denkmal wird bald fertig sein«, erklärte Nehru. »Aus schwarzem Marmor, umgeben von einem Mäuerchen; ein gepflasterter Zugang für die Pilger und ein Rasenplatz. Wenn Sie wiederkommen, wird es vollendet sein.«

»Wenn ich wiederkomme!« rief Edwina aus.

»Wir werden morgen in Nainital darüber reden«, sagte

er und öffnete sein Paket. »Nehmen Sie ihre Girlande, es sind nur jämmerliche Blüten, das, was man in dieser scheußlichen Jahreszeit bekommen kann.«

Dann küßte er die Blumen und warf sie zu den verwelkten in die Mitte. Edwina machte es ihm mit einem Seufzer nach. Nehru hatte immer noch das halbgefüllte Paket unter dem Arm.

»Jetzt zum Fluß«, murmelte er und ergriff ihren Arm. »Sehen Sie diese schwarzen Wolken am Horizont? Schwer zu sagen, ob es der Monsun ist oder nur die Nacht.«

Sie mußten durch dorniges Gestrüpp klettern. Einige Leute hatten sich dort niedergelassen, Flüchtlinge oder Bauern, die in die Stadt gekommen waren, oder auch Pilger, es war schwer zu sagen. Im trockenen Gras ausgestreckt, blickten sie kaum nach den beiden Silhouetten, die schnell in Richtung Fluß zu fliehen schienen, offenbar Liebende oder Diebe. Ein Kind jammerte im Schlaf, eine Ziege hüpfte ihnen in den Weg, aber schließlich gelangten sie ans Ufer und ließen sich dort nieder. Das langsam fließende Wasser spiegelte die Lichter der Stadt wider, deren Geräusche man von ferne hörte.

Nehru öffnete nun das Paket vollständig, entnahm ein Schiffchen aus geflochtenen Blumen, mit Rosenblättern gefüllt und eine Kerze, die er in die Mitte der Blüte setzte.

»Man läßt diese Boote am Abend schwimmen als Zeichen des Respekts für die Göttin aller Flüsse, Ganga«, erklärte er.

Schwungvoll stieß er das zerbrechliche Gefährt in die Fluten.

»Du bist diese Kerze, die in mein Herz gepflanzt ist«, sagte er, und wandte sich zu Edwina. »Wie sie flackerst du … Wenn sie ausgehen würde …«

Das kleine Boot entfernte sich langsam, nur der winzige Lichtpunkt der Kerzenflamme war noch zu sehen, bis auch er in der Dunkelheit verschwand. »Du wirst nicht verlöschen«, sagte er. »Wir werden Frieden finden, *my Dee*. Mein Boot wird den Jamna bis nach Allahabad hinunterfahren, dort in den Ganges und schließlich ins Meer gelangen. Morgen werde ich dich um fünf Uhr abholen, das Flugzeug geht eine halbe Stunde später. Wir werden gegen sieben in Bareilly sein und mit dem Auto gegen Mittag in Nainital eintreffen. Madame Naidu erwartet uns. Unsere erste gemeinsame Reise!«

## *Das mitreißende Trommeln des Tambours*

*Nainital, den 12. Juni 1948*

In der Tür am oberen Treppenende der riesigen Sommerresidenz der Gouverneurin von Lucknow stand Madame Naidu. In ihren blauvioletten Sari gehüllt, die Arme über ihrem majestätischen Bauch zusammengelegt, erwartete sie ihre berühmten Gäste. Der Premierminister in einem Anzug mit rohseidener Weste trat auf wie ein Jüngling, während Lady Louis ihm schüchtern mit großen Schritten folgte.

»Herzlich Willkommen! Ein herzliches Willkommen, Ihnen, Premierminister und Ihnen, Lady Louis«, sagte Sarojini Naidu, ohne sich zu verbeugen. »Ihr Flugzeug ist, wie ich sehe, rechtzeitig gelandet, und die Fahrt verlief ohne Zwischenfälle. Ich bin froh, Sie empfangen zu dürfen, mein Kind«, fügte sie hinzu und betrachte Edwina eingehend. »Dich auch, lieber Premierminister, mein Jawaharlal.«

Die alte Dame setzte ihr freundlichstes Lächeln auf, aber ihre lebhaften Augen waren erstaunlich traurig. Edwina ging auf sie zu, um sie zu umarmen, Nehru ergriff überschwänglich ihre Hände, die sie ihm reichte, ohne ihre Tränen zu verbergen. Hinter ihr stand eine hübsche Frau mit rabenschwarzen Haaren wie ein treuer und wachsamer Schatten. Nehru erblickte sie, stieg die letzten Stufen mit einem Satz hinauf und lief auf sie zu.

»Da ist ja unsere Bee-Bee, unsere Padmaja, von der ich Ihnen so viel erzählt habe, Edwina«, sagte er betont munter.

»Guten Tag«, sagte Edwina höflich und streckte ihre Hand aus. »Ich bin froh, Sie kennenzulernen, Sie sind genau, wie der Premierminister Sie beschrieben hat.«

Padmaja neigte leicht den Kopf und zog ein schmollendes Gesicht.

»Kommen Sie herein, Ihre Zimmer sind vorbereitet«, unterbrach Sarojini lebhaft. »Lady Louis neben dem Badezimmer und du, Jawahar, dort ganz oben. Es ist zwar nicht sehr geräumig, aber du hast dort deine Ruhe. Dort ist auch ein Tisch, falls du zufällig Akten studieren mußt. Es ist halt nur ein Haus in den Bergen, liebe Freunde, aber hier hat man herrliche Luft. Natürlich findet man hier nicht ganz den Luxus wie in der Residenz des Vizekönigs in Simla, aber es ist trotzdem eine Ihnen würdige Unterkunft. Sie waren erst kürzlich in Simla, nicht wahr?«

»Der Premierminister hat uns erst im letzten Monat die Ehre eines kurzen Besuches erwiesen«, antwortete Edwina. »Er hat darauf bestanden, mich auch hierher zu begleiten, Mrs. Naidu. Ich konnte doch Indien nicht verlassen, ohne mich von Ihnen zu verabschieden.«

»Das müssen Sie mir alles später in Ruhe erzählen«, brummte Sarojini. »Sicherlich wollen Sie sich erst einmal etwas erfrischen.«

Die Diener kümmerten sich um das Gepäck. Nehru ließ Edwina vor sich gehen und berührte dabei wie üblich flüchtig ihre Taille, als wollte er sie tragen.

Padmaja hob leicht die Augenbrauen, und Sarojini seufzte tief.

Also, da gibt es keine Zweifel mehr, überlegte sie. Es ist passiert, ich sehe doch, wie sie zueinander sind. Ganz allein, ohne Lord Louis ... Nehru sieht viel jünger aus, und Edwina sieht aus wie ein junges Reh ... Niemals waren ihre Augen blauer. Wie sie strahlen! Was habe ich Jawahar bloß alles über sie erzählt? Ich erinnere mich einfach nicht. Meine arme Padmaja! Jawahar schrieb ihr doch solche begeisterten Briefe, verglich sie mit der unsterblichen Prinzessin auf den Fresken von Ajanta ... Alle ihre Hoffnungen sind zunichte.

Aber Edwina reist in einigen Tagen ab. Wir werden ja sehen. Alles andere ist jetzt unwichtig.

Mit schweren Schritten stieg sie die Stufen hinab und ließ sich in einen Sessel fallen. Nehru und Lady Louis traten in lebhafter Unterhaltung vertieft aus dem Haus.

»Wie schön die Berge sind!« rief Edwina und setzte sich. »In Lucknow war es vor Hitze nicht mehr auszuhalten.«

»Ja«, seufzte Sarojini. »Alles ist von einer unglaublichen Reinheit, die Berggipfel, die Bäume, der Dunst am Horizont, die Stille ... Man könnte glauben, in Indien sei nichts passiert. Die Natur macht sich keine Gedanken über Massaker oder über den Tod des Mahatmas, sie geht darüber hinweg. Das letztemal, daß ich dich gesehen habe, Jawahar, war in Allahabad, als seine Asche in den Fluß gestreut wurde.«

»Du erwartetest den Leichenzug am Flußufer«, murmelte Nehru. »Ich bin zu dir gegangen, bevor noch die Urne eingetroffen war. Es waren mehr als zwei Millionen Menschen dort, und du wirktest sehr bleich und angegriffen. Ich erinnere mich an das Interview, das sie am nächsten Tag in *The Leader* veröffentlicht haben: Es war eine der spektakulärsten und großartigsten Feierlichkeiten in der Weltgeschichte, diese letzten Riten für den ... Ich habe den Rest vergessen.«

»... für den, dessen Name für immer die Geschichte der Menschheit erleuchten wird, mit dem Licht seines engelsgleichen Gesangs über Menschenliebe, Wahrheit und Friedfertigkeit«, schloß Sarojini.

»Und Ihr Vortrag im All-India-Radio«, fuhr Edwina fort. »Es ist gut, daß seine Einäscherung in Delhi stattfand, wo auch die Könige verbrannt wurden, denn er war der königlichste von allen.«

»Das ist nicht alles, meine Liebe«, antwortete Sarojini, »aber es ist nicht wichtig. Das Wichtigste in diesem Vortrag war das Ende: Vater, gib keine Ruhe! Ich war so unglücklich, so verzweifelt ... Aber Sie kennen ja die Rede.«

»Seit diesem Tag geht es Mama nicht mehr gut«, meinte Padmaja. »Das Gefühl, krank zu sein, ein Bein, das ihr weh tut.«

»Ach was«, brummte Sarojini. »Ich hätte ihn nicht überleben sollen, meine arme Mickey Mouse.«

»Aber du trägst noch immer deine herrlichen Saris«, warf Nehru ein.

Die alte Dame lächelte leicht und wandte den Kopf ab.

»Ich bin zu alt, um damit fertig zu werden«, murmelte sie. »Aber ich will eure Reise nicht mit den Miseren dieses alternden, müden Körpers verderben. Wann werden Sie abreisen, liebe Lady Louis?«

»Am 20. Juni«, antwortete Edwina, und Nehru sagte gleichzeitig: »In zwölf Tagen«.

Sarojini betrachtete sie lange. Ihre plötzliche Betroffenheit war so deutlich, daß es ihr das Herz abschnürte.

»Bee-Bee, geh mir bitte meine Pillen holen«, wandte sie sich an ihre Tochter.

»Ich habe sie irgendwo liegenlassen. Du wirst sie schon finden.«

Padmaja verschwand im Haus und schlug die Türen zu.

»Sie werden Ihre Familie in London wiedersehen, und vielleicht auch den Regen, dieses feine Nieseln im Sommer, das die Rasenflächen grün hält«, nahm Sarojini leicht ironisch den Faden wieder auf. »Ich hoffe, Sie sind etwas betrübt, uns zu verlassen.«

Edwina blickte zu Nehru, der den Kopf senkte.

»Sie können es ruhig verzweifelt nennen, Mrs. Naidu«, murmelte sie. »Ich weiß nicht, wie ich danach weiterleben soll.«

»Meine liebe Kleine«, sagte Sarojini träumerisch, »als ich fünfzehn Jahre alt war, habe ich ein Prosagedicht geschrieben. Damals war ich auch verzweifelt. Mein Geliebter hatte mich verlassen, es war ein junger Arzt. Hören Sie:

Dennoch muß ich dorthin gehen, wohin die laute
Welt mich ruft
Und der mitreißende Trommelschlag des Schicksaltambours
Weit entfernt vom Schlaf eurer erleuchteten Dome

Weit entfernt vom Traum der Wälder
Um mich mitten in die Menge zu stürzen, in den Tumult
In den Krieg der süßen Liebe gegen Irrtum und Dummheit ...«

»Mit fünfzehn Jahren, Sarojini!« rief Nehru. »Und was ist aus dem jungen Mann geworden?«

»Er hat mich geheiratet«, sagte Sarojini mit einem winzigen Lächeln. »Aber das ist nicht das Wichtigste. Man heiratet, oft nicht einmal willentlich, und erst später lernt man richtig zu lieben. Das Wesentliche war, daß ich weiter Gedichte schrieb, dieses Verlassenheitsgefühl wurde dadurch wie ein sanfter Traum. Verstehen Sie, mein Kind?«

Edwina wandte sich fragend an Nehru.

»Der mitreißende Trommelschlag des Tambours, *my Dee*«, sagte er und beugte sich zu ihr.

Padmaja kehrte mit einem Fläschchen in der Hand zurück. Sie sah, wie die beiden sich einander zuneigten und wie ihre Mutter sie nachdenklich betrachtete. Das Fläschchen fiel ihr aus der Hand und rollte zu Boden. Sie drehte sich um und ging weinend davon.

»Sarojini, ich muß mit dir über die entführten Frauen reden«, wechselte Nehru ungerührt das Thema.

»Entführt?« fragte die alte Dame erstaunt. »Ach, ich verstehe. Während der Massaker. Du meinst wohl vergewaltigt?«

»Vergewaltigt, zwangsvermählt oder wie Gefangene in Häuser eingesperrt, Sarojini ... Wir haben im April begonnen, das Ausmaß dieses Problems abzuschätzen. Anfang Mai habe ich eine öffentliche Aktion begonnen, um die Entführer dazu zu bringen, ihre Opfer freizulassen. Du bist die führende Frauenrechtlerin des Landes und außerdem Gouverneur. Du mußt etwas unternehmen.«

»Ich werde es selbstverständlich tun«, antwortete Sarojini. »Weißt du, was für Frauen es sind. Moslems oder Hindus?«

»Beides. Seit gestern liegen die ersten Schätzungen vor. In beiden Ländern sind es wohl mehr als zwölftausend.«

»Du kennst also auch die Zahlen aus Pakistan«, sagte Sarojini lebhafter werdend. »Bapu wäre zufrieden. Was hast du von Jinnah gehört?« fügte sie wie nebenbei hinzu.

»Du fragst nach diesem widerlichen Fuchs!« rief Nehru wütend. »Nichts weiß ich von ihm, ich rede nur mit seinem Premierminister.«

»Du hast unrecht, mein Kleiner«, sagte Sarojini ernst. »Ich habe es dir schon früher gesagt, daß Jinnah ein großer Staatsmann ist. Übrigens habe ich es nicht nötig, dich zu befragen, um zu wissen, wie es ihm geht. Er bewegt sich auf den Tod zu, ganz wie ich.«

»Aber Mrs. Naidu!« rief Edwina vorwurfsvoll.

»Was denn?« antwortete Sarojini und drehte sich ihr schwerfällig zu. »Meine Generation hat ihre Aufgabe erfüllt; Bapu ist als erster gegangen, dann wird Jinnah folgen, und dann bin ich dran. Jetzt müßt ihr handeln.«

»Aber du erfüllst doch deine Aufgabe so unverzagt!« rief Nehru bewegt. »Man berichtet mir voller Bewunderung über dein Auftreten in Lucknow, man spricht sogar ganz ernsthaft von ›der Hof des Gouverneurs‹, wie bei einer Begum aus früheren Zeiten. Man rühmt deine Gedichte, deine Lieder, den unnachahmlichen Stil, in dem du dich den Dingen widmest.«

»Alles ist nur Illusion, ein Schleier zwischen uns und der Wirklichkeit, Maya«, murmelte Sarojini und blickte zum Himmel. »Ich habe keine Freude mehr am Leben. Das überlasse ich euch.«

*Nainital, den 12. Juni 1948*

Mrs. Naidu kümmerte sich ausgezeichnet um sie. Auf die Bitte des Premierministers ließ sie zwei Vollblüter der als umgänglich bekannten Rasse Marwari kommen, zwei Pferde mit glänzendem Fell und halbmondförmigen Ohren, die in der Kälte der Morgendämmerung leicht zitterten.

»Ja«, antwortete sie mit leiser Stimme.

»Also, nun ist Ihre Abreise kein Abschied mehr, *my Dee*«, stellte er entzückt fest, sondern der Beginn eines neuen Lebens.«

Er ließ ihren Zügel los und trieb sein Pferd an. Die Sonne wurde immer heißer.

»Die Tiere sind zu erhitzt! Wir müssen sie einen Moment in den Schatten bringen«, sagte er und tätschelte sein Pferd.

Sie sprang leichtfüßig zu Boden und führte ihr Pferd unter die Nadelbäume. Er folgte ihr, der Wald um sie herum war völlig still. Die abgesattelten Pferde ruhten sich aus, nur gelegentlich wehrten sie sich gegen die Fliegen.

Sie setzten sich auf eine Böschung, Nehru nahm seine Kappe ab und drehte sie nervös in den Händen.

»Ich bin froh über dieses Versprechen. Es ist so schwierig, aber ich kann dich nicht in meine Arme nehmen, Mira.«

»Ich muß zuerst einmal abreisen, nicht wahr?« fragte sie.

Zärtlich nahm er Edwinas Kopf zwischen die Hände und küßte voller Verlangen ihre Lippen. »Ja«, sagte er zwischen zwei Küssen, »wenn du wiederkommst, *meri janam,* wenn wir frei sein werden, wenn du nur für mich wiederkehrst, my love, dann ja.«

Als sie zum Haus von Mrs. Naidu zurückkehrten, begann die Sonne bereits unterzugehen. Im Gegenlicht erblickte Padmaja auf einem Hügel ihre Silhouetten, sah, wie er mit der Hand über die Täler wies und beide ganz ineinander aufzugehen schienen. Sie ist noch nicht einmal Inderin, dachte sie. Ich dagegen bin die Prinzessin von Ajanta. Ich gebe mich nicht geschlagen. Ich hasse sie! Ich hasse diese Engländerin, die ihn mir weggenommen hat.

## *Der Bote des Monsuns*

*Delhi, den 13. Juni 1948*

»Da sind Sie ja endlich!« rief Lord Louis. »Ich hatte mir schon Sorgen gemacht. Es ist schon sieben Uhr abends! Es hätte nicht viel gefehlt, und das Flugzeug wäre in die Dunkelheit geraten.«

»Gibt es Probleme mit dem Nizam von Hyderabad?« fragte Nehru lebhaft.

»Genau das«, sagte Lord Louis und zog ihn mit sich fort. »Diese Banden von fanatischen Moslems, die die Hindus terrorisieren, reden jetzt von Krieg mit Indien. Es wird ernst!«

»Seit dem 7. Februar, also seit gut vier Monaten, habe ich alle extremistischen Vereinigungen verboten!« rief Nehru. »Sowohl bei den Hindus als auch bei den Moslems. Ihre Anführer sitzen im Gefängnis.«

»Die wachsen nach wie Unkraut«, meinte Lord Louis. »Und sie sind gewalttätig. Wo ist der Innenminister?«

»In Dehra Dun, ganz am anderen Ende des Landes«, sagte Nehru. »Ohne ihn können wir nichts entscheiden. Unmöglich, mit ihm in Kontakt zu treten, es sei denn, wir suchen ihn dort auf. Gleich morgen früh.«

»Gut«, sagte Lord Louis schnell. »Sie halten es nicht für unangebracht, wenn ich dabei bin?«

»Keineswegs«, sagte Nehru entschieden. »Lady Louis und die Gesundheitsministerin werden uns begleiten.«

In der Flugzeugkabine hatte sich Lord Louis neben Amrit Kaur niedergelassen, etwas entfernt saßen Edwina und Nehru. Am Flugplatz erwarteten sie zwei Autos, um sie durch das Hügelland nach Dehra Dun zu bringen. Lord Louis stieg mit Amrit in ein Fahrzeug ein, und Edwina fand sich mit Nehru allein.

»Es sind noch keine zwei Tage, daß wir durch das Gebirge fuhren«, meinte Edwina »Aber heute – diese Hitze, dieses

Durcheinander, diese Diskussionen bei der Ankunft, all das weltliche Chaos.«

»Kämpfen Sie nicht dagegen«, antwortete Nehru. »Lassen Sie sich nicht beeinflussen. Entspannen Sie Ihren Rükken und lassen Sie ihren Geist schweifen, das ist die einzige Möglichkeit.«

»Sie reden vom Geist«, murmelte Edwina. »Wenn Sie Indien heraufbeschwören, erwachen die Götter zum Leben. Und Sie behaupten, Atheist zu sein! Das verstehe ich nicht.«

»Ohne den Geist existiert nichts«, warf Nehru ein. »Wenn Indien der Welt eine Weisheit vermitteln kann, dann diese. Wir verstecken den Geist unter unzähligen Gottheiten, die aber alle von uns abstammen.«

»Es ist einfach zu heiß«, stöhnte sie. »Wie fühlen Sie sich?«

Er strich ihr sanft über die Stirn.

»Mit den Jahren werden Sie sich daran gewöhnen, *my Dee* ... Kein Regen wird fallen, bevor nicht der Wolkenvogel gesungen hat.«

»Was für ein Vogel?«

»Ich werde Sie schon auf seinen Gesang aufmerksam machen.«

»Wann?« fragte Edwina bedrückt.

»Ein kleiner schwarzweißer Vogel, der sich aufplustert, wenn es Regen gibt. Das ist seine Aufgabe, man nennt ihn den Boten des Monsuns.«

Edwina antwortete nicht. Nehru seufzte. Sie schwiegen.

»Und wenn Sie in Indien blieben und ihre Arbeit bei den Flüchtlingen fortsetzten?« fragte er plötzlich.

»Unser Versprechen«, sagte sie plötzlich lebhaft. »Erinnern Sie sich, Jawahar, es war doch erst gestern.«

»Sie haben recht«, seufzte er erneut. »Ich empfinde nur einen solchen Schmerz, wenn ich an den Abend des 20. Juni denke. Sie werden Tausende von Händen schütteln und dann wegfahren.«

»Um wiederzukommen«, sagte sie sanft.

»Weder Dickie noch Sie können Ihrem Schicksal entgehen, und auch ich nicht dem meinen«, meinte er tief bedrückt. »Sie werden mich verlassen, ich bleibe hier und kann nicht ohne Sie sein. Ach, wenn der Moment kommt, wo Sie fort sein werden, werde ich wie ein Vagabund umherirren.«

»Davor werden wir uns aber noch adieu sagen«, antwortete sie.

## *Die dreifachen Adieus der Liebenden*

*Delhi, den 17. Juni 1948*

Im Rosengarten des Generalgouverneurs herrschte Stille, die auch das Tschilpen der Spatzen nicht zu stören vermochte. Edwina hob den Kopf und hielt vergeblich nach einem Papagei Ausschau. Die Bäume boten kaum Schutz vor der Sommerhitze, die Erde schien zu glühen.

»Es ist nicht die richtige Zeit«, sagte Nehru mit gesenktem Kopf.

Sie blickte schnell auf ihre Armbanduhr.

»Wir haben noch ein wenig Zeit.«

»Ich weiß. Das meinte ich auch nicht. Du blicktest nach den Papageien, sie fliegen aber nur morgens und abends, nicht jedoch mitten am Tag.«

Er erriet alles. Sogar ihren Wunsch, einen Papagei zu sehen. Wer würde künftig so einfühlsam ihre Gedanken und Empfindungen erraten können? Und wann würde sie die grünen Vögel vor dem bleichen Himmel wiedersehen?

»Sag nichts«, fuhr er fort und blickte noch immer zu Boden. »Hier gehörst du nicht mehr zu mir, Your Highness. Vizekönigin von Indien, jetzt reist du ab!«

Sie erinnerte sich plötzlich an Durbar Hall, an den großen Saal, dessen Decke mit Elefanten und Rosen bemalt war, wie er da aufrecht vor dem Thron des Vizekönigs gestanden und sich nach allen Seiten umgeblickt hatte, intensiv auf den Moment konzentriert, der die Übergabe der

Macht bringen würde. Sie sah ihn wieder vor sich, wie er sie in Singapur betont höflich und reserviert begrüßt hatte. Und nun schien er auf einmal wieder so wie damals zu sein. Sie streckte den Arm aus, um seine Hand zu ergreifen, hielt dann aber inne.

»Mach keine Dummheiten, hinter jedem Busch kann ein Diener stehen, deshalb faß mich nicht an«, sagte er erschöpft und stieß mit dem Fuß nach einer abgestorbenen Blume.

»Also, ich soll Indien verlassen!« rief sie voller Bitterkeit und Wut.

»Jawohl! Verlasse Indien, *my Dee*, denn es muß so sein. Gehen Sie«, sagte er erregt.

Nehru beobachtete den gelblichen Himmel über dem Park, auf einem Ast hatte ein Geier sein Nest gebaut. So ging es einfach nicht, alles klang falsch, die Liebe verblaßte. Wer war eigentlich diese Frau da neben ihm, dieses leere Gesicht, dieser kantige Körper, diese nicht mehr junge Figur? Sie würde ja doch fortgehen, diese Engländerin, und er, er liebte sie? Nein! Das war nur eine Illusion, er würde erwachen, er wäre dann endlich frei, ach, wenn sie doch nur verschwände!

»Wie schwer es ist, sich zu verabschieden«, sagte sie.

Der Abschied einer englischen Hoheit von einem indischen Premierminister, dachte sie mit schwerem Herzen. Das gab doch alles keinen Sinn, warum befanden sie sich bloß hier, mitten in dieser Stille? Er trug immer noch seine weiße Gefangenenkappe, ein weißes, verschwitztes Baumwollhemd und einfache Sandalen, seine weißen Haare glänzten in der Hitze, er runzelte die Stirn, dieser alte, lächerliche Knabe.

»Sehr schwer«, brummte Nehru. »Die Verhandlungen in Hyderabad sind unterbrochen, in Kaschmir herrscht Aufruhr, Dickie ist wegen irgendwelcher Dummheiten ans Bett gefesselt, und Sie haben jeden Abend Empfänge. Ich hasse diesen Moment.«

Sie schwiegen. Edwina blickte auf die Uhr. Noch eine Viertelstunde. Ihr traten die Tränen in die Augen, die sie gewaltsam zurückhielt. Plötzlich bemerkte sie, wie er sich die Augen wischte.

»Sie weinen.«

»Das ist die Hitze. Der Premierminister von Indien weint nicht vor einer Frau!« rief Nehru. »So ist es doch in deinem Land, nicht?«

»Lassen Sie mich mit England in Ruhe!« schrie sie zurück. »Ich habe genug davon!«

»Aber du weinst nicht«, sagte er und blickte ihr zum erstenmal ins Gesicht. Sie hielt seinem Blick stand, zeigte ihm ihr verschwitztes Gesicht. Er streckte die Hand aus, um ihre Wange abzuwischen. Aus einem Augenwinkel tropfte eine Träne und rollte langsam zum Mundwinkel.

»Nicht, Jawahar ...«

»Laß nur. Die Diener werden sicherlich darüber schwatzen«, meinte er und zog sein Taschentuch heraus. »Sie werden überall erzählen, daß die Vizekönigin von Indien geweint hat, als sie sich von Nehru verabschiedete. Edwina, dieser Garten ist unmöglich. Triff mich morgen bei Sonnenaufgang.«

»Wo?« fragte sie aufgeregt.

Ja, wo bloß? Am Grab des Humayun? Dort gab es immer noch einige Flüchtlinge. In seiner Residenz? Zu viele morgendliche Bittsteller. Am Einäscherungsplatz des Mahatmas? Da befanden sich ständig Pilger. Sie brauchten einen einsamen Platz für diesen Abschied. Plötzlich wußte er es.

»In Tughlakabad«, sagte er und wischte sich über die Stirn. »Um fünf Uhr. Um sechs fängt mein Arbeitstag an. Dort oben auf der rechten Seite, bei den Ruinen. Paß auf die Affen auf, wenn du die Treppen hochsteigst.«

Das war wieder die vertraute Stimme. Edwina fiel ein Stein vom Herzen. Es kam nur von diesem Garten, von diesem verfluchten Palast, der sie einander mehr entfremdete als Kontinente und Welten. Sie lächelte ihm zu.

»Um fünf Uhr. Ich werde kommen.«

Nehru blieb vor einem vertrockneten Rosenstrauch stehen. Der nächste Monsun würde diese Rose zum Blühen bringen. Er bückte sich und tat so, als pflücke er eine Blume.

»Für dich«, sagte er, und streckte die Hand aus.

»Nein, für dich«, antwortete sie kopfschüttelnd. »Laß sie mich an dein Hemd stecken.«

»Jeden Wintermorgen, wenn ich eine Rose pflücken werde, werden meine Hände die deinen sein, *my Dee*. In London wirst du in Gedanken jeden Morgen eine dieser Rosen pflücken, und ich werde jeden Morgen ihre Farbe erraten«, antwortete er.

Sie standen sich gegenüber, eine Frau befestigte eine imaginäre Rose am Knopfloch des Mannes, den sie liebte, und nichts stand mehr zwischen ihnen. Ihre Augen waren sich begegnet und ließen einander nicht mehr los, ihre Hände berührten sich kaum, ein Spatz tschilpte zu ihren Füßen. Die Ewigkeit ging wie ein Stern auf, wie das Licht, den Nehru an einem friedlichen Abend für sie in den Jamna-Fluß hatte gleiten lassen.

»Du bist in meinem Leben wie eine brennende, im Luftzug zitternde Flamme. Du schwimmst auf dem Wasser, du wirst nie mehr verlöschen … Shanti!« hatte er gemurmelt, als der das zierliche Gefährt mit den Rosenblättern ins Wasser ließ.

Plötzlich betrat ein Diener mit einem Tablett diskret den Rasen.

»Wünschen Ihre Hoheiten eine Tasse Tee?« flüsterte er respektvoll.

Nehru warf dem Unwillkommenen einen Blick zu.

»Sieh einfach nicht hin, *my Dee*. Wir werden uns ganz höflich die Hand geben. Es ist Zeit.«

»Der Abschied des Premierministers von der Vizekönigin Indiens«, sagte sie lachend.

»Auf Wiedersehen, Eure Hoheit«, sagte er und legte die Hand auf das Herz.

»Bis morgen«, flüsterten sie, und ihr Lachen erfüllte den vertrockneten Rosengarten, als sie unter dem unbewegten Blick des Dieners, der ihnen mit seinem Tablett folgte, davongingen.

*Delhi, den 18. Juni 1948*

Er ließ das Auto halten, denn es war noch zu früh. Ein gelblicher Dunst hing zwischen den Bäumen, am Rand des Platzes schlich unendlich langsam ein Schatten einem Gespenst gleich, und er hörte das Echo eines nicht enden wollenden Hustens. Über ihm erhoben sich die massigen und dunklen Ruinen der Befestigung, die Silhouetten lebhafter Affen zeichneten sich vor dem ersten Tageslicht ab.

»Gibt es überhaupt einen einsamen Platz in meinem Land?« seufzte Nehru.

Das Husten nahm zu. Weitere Laute waren aus einem Dorf zu hören. Dieser Husten in den Dörfern! Im Winter frieren sie, und es gibt nicht genug Decken, um sie zu schützen. Und selbst in dieser Hitze husten sie noch. Der Husten von Kamala. Es fehlt einfach an medizinischer Versorgung. Aber wo bleibt sie nur? Lächerlich! Ich bin fast sechzig, Indien steht in Flammen, und hier warte ich wie ein Fünfzehnjähriger!

Er lief nachdenklich mit den Händen auf dem Rücken auf und ab und starrte zu Boden. In einem Jahr werde ich sie mit in meine Residenz nach Simla nehmen, die bis gestern noch ihr gehörte. Dann gehen wir nach Orissa, das sie noch nicht kennt. Ich denke nur an sie! Ach, da fängt dieser Bauer wieder an zu husten. Was würde Bapu machen, wenn er noch lebte?

Eine Hupe ertönte, und eine schwarze Limousine fuhr vor. Sie war wie gewöhnlich weiß gekleidet. Sie fuhr sich mit den Händen über die Haare. Diese feuchten Wangen, diese Linien um den Mund, dieser klare, ewig wache Blick … an dieses Bild von ihr wollte er sich erinnern. Er lächelte ihr zu.

»Komm«, sagte er, ohne sich die Zeit zu nehmen, sie zu begrüßen.

Wie üblich trug er seine Kappe, dazu Sandalen und eine rote Nelke im dritten Knopfloch seines langen Hemdes. Er lächelte und entsprach in seinem Aussehen ganz dem Bild, das sie so sehr liebte.

»Ich bin spät«, sagte sie etwas verlegen.

Nehru zuckte mit den Schultern, ergriff Edwinas Hand und führte sie vorsichtig zu den Stufen.

»Achtung ... noch ein Dutzend Schritte ... paß auf deinen Kopf auf!«

Zu spät. Mit wildem Geflatter umgab sie eine Wolke von Fledermäusen. Edwina verteidigte sich und versuchte mit den Händen, ihre Haare zu schützen. Ein unangenehmer Geruch breitete sich aus.

»Wie scheußlich!« beschwerte sich Edwina, als sie durch die Dämmerung stolperte. »Sie haben nichts von Fledermäusen gesagt.«

»Ich war auch lange nicht mehr hier. Sehen wir zu, daß wir weiterkommen, man kann hier ja nicht mehr atmen!« Er bedeckte ihr Gesicht mit seiner Hand. »Komm, es ist schon überstanden. Sieh nur.«

Am Ende der Stufen umgaben die Mauern der alten Ruine eine Plattform voller Bougainvileen. Vor ihnen lag das schlafende Dorf, dahinter erstreckte sich eine dunstige Sandfläche. Man hörte, wie die Menschen langsam erwachten. Der Morgen kam, und damit die Hitze. Edwina musterte den Horizont und erblickte auf der anderen Seite der Straße ein ganz in Licht getauchtes Marmorgrabmal und dunkle Flecken wie von getrocknetem Blut. Um sie herum befanden sich halbverfallene Bögen, von denen herab einige Affen sie mit ihren winzigen Augen anstarrten. Er schlang von hinten seine Arme um sie, ihr wurde unerträglich heiß.

»Es braucht Jahrhunderte, bis man gelernt hat, diese Tage vor dem Monsun durchzustehen«, sagte er ihr ins Ohr. »Dein Volk weiß nichts davon. Aber wir, wir wissen es.«

»Fangen Sie nicht wieder mit England an.«

Er lachte.

»Du bist keine Engländerin, *my Dee*. Mit deiner weißen Haut könntest du ebensogut ein Mädchen aus Kaschmir sein. Weißt du wenigstens, wo wir sind?«

»Die Stadt Tughlakabad wurde von den ersten moslemischen Eroberern Hindustans errichtet«, rezitierte sie.

»Und das ist alles, was von den Eroberern Indiens übrig ist, *my Dee*«, sagte er emphatisch. »Alle sind sie untergegangen. Was blieb von Tughlak Sultan? Nichts weiter als Fledermäuse in den Ruinen einer zerstörten Stadt. Wenn du beim Überschreiten dieser Steine nicht aufpaßt, wirst du auch noch einige Kobras aufschrecken. Beweg dich nicht, meine Liebe, laß uns hier verweilen. Ich weiß, daß dir heiß ist, aber ich lasse dich nicht aus meinen Armen. Betrachte den Horizont, der Monsun kündigt sich an.

»Vielleicht morgen?« fragte sie erschöpft.

»O nein! Dafür ist noch zuviel blauer Himmel vorhanden.«

»Blau? Aber er ist gelb. Nicht ein Eckchen blauer Himmel!« jammerte Edwina und wehrte sich schwach.

»Er kommt nicht, ehe alles ganz schwarz ist. Wenn der Regen beginnt, werde ich hinausrennen und für dich Wasser trinken. Dieses Jahr wird der Monsun Gutes bringen.«

Das wird er, wiederholte Edwina bei sich.

Aber sie würde vor dem Monsun gehen müssen, ihre verdurstende Seele würde nicht mehr diesen Freudentag Indiens erleben, nicht mehr die vielen schwarzen, freudig geschwenkten Regenschirme sehen. Nein, sie würde in ihrem Land nur den feuchten englischen Sommer vorfinden!

Ein Muezzin begann das Morgengebet zu singen. Ein anderer fiel ein, dann noch einer, schließlich ertönten die Tempelglocken. Eine Äffin sprang mit ihrem Jungen auf dem Rücken von der Mauer.

»Ach«, meinte Nehru und blickte auf die Uhr.

»Es ist Zeit«, murmelte Edwina.

»Sei still. Erst wenn die Papageien auffliegen, muß ich gehen. Unser vorletzter Morgen, Edwina.«

Er seufzte. Mit der Sonne stiegen Wolken auf, und ein heißer Windstoß ließ ihn die Augen schließen.

»Wann wirst du wiederkommen?« fragte er.

»Wenn du Zeit haben wirst.«

Wo würde er die Zeit finden? Plötzlich erfaßte ihn eine

Wut auf dieses Indien, das ihn zu verschlingen drohte. Er würde es nicht zulassen, daß seine Mutter seine Liebe zerstörte!

»Nun, nach dem Monsun«, sagte er feierlich.

»In drei Monaten! Da wird es in Kaschmir noch Krieg geben, und die Moslems werden immer noch Unruhe stiften. Die Aufstände sind noch nicht zu Ende.«

Er unterbrach sie. »Die Aufstände! Die wird es immer geben. Sie können einfach nicht damit aufhören, sich umzubringen. Ich werde es nie schaffen, *my Dee*.«

Er drückte sie noch fester an sich. Sanft befreite sie sich aus diesem festen Griff.

»Lassen Sie mich Sie betrachten. Ich will Sie im ersten Sonnenlicht sehen«, sagte sie mit einer Stimme, die fremd in seinen Ohren klang.

Er ließ sie los. Sie drehte sich um und nahm seine beiden Hände. Ein Papagei flog hinter ihm auf, aber er sah es nicht. Der Sand zwischen ihnen trübte ihren Blick, drang unter ihre Wimpern und verfing sich in ihren Haaren. Die Äffin starrte sie intensiv an.

»Sie gewinnen. Ich liebe Sie.«

Er schloß ihren Mund mit einem Kuß.

»Nein«, flüsterte er. »Niemals diese Worte.«

»Sogar jetzt nicht?«

»Ach was. Es ist ja nicht einmal ein Abschied.« Er runzelte die Stirn, als wenn er wütend wäre.

»Und wenn ich sterbe?«

»Du kannst nicht sterben«, brummte er. »Du hast Angst um mich, ich weiß es wohl. Aber auch ich werde nicht sterben. Wir haben noch viele Jahre vor uns.«

Edwina rechnete im stillen vor sich hin. Zehn Jahre, vielleicht auch zwanzig – würden sie nur noch zwanzig Jahre zusammen sein können? Und was, wenn irgendwo ein Dolch zustieß? Im Parlament ein Revolverschuß oder eine Bombe …

»Wenn ich sterbe, soll meine Asche ins Meer geworfen werden«, sagte sie.

»Hör auf!« rief Nehru. »Jetzt beginnt unser Leben erst

richtig. Noch kennst du Indien nicht, ich werde dich nach Konarak mitnehmen, nach …«

»Und ich werde nichts anderes tun können, als an Sie zu denken«, sagte sie und begann zu schluchzen. »An die heißen Tage, die zu kurzen Nächte, an das eisgekühlte Wasser neben Ihrem Bett, an den Mörder hinter Ihrem Rücken …«

»An die Rose, die du jeden Morgen für mich pflücken wirst, *my Dee*. An den Winter, wenn wir uns wiedersehen werden. Ich werde nach London kommen. Kannst du unser Schicksal nicht hinnehmen? Hör auf zu weinen, du bringst mich damit um«, fügte er hinzu. »Soll ich dir ein Gedicht von Sarojini vorsagen?

Auf Wiedersehen, meine Geliebte! Ein letzter Kuß,
dann geh
Solange ein Funke Kraft mich aufrecht hält
Geh, Geliebte! Es ist unser Schicksal,
Gelegentlich werden wir uns treffen
Und die zitternden Lippen, die noch einen Kuß
verlangen,
den Geschmack von Zucker
und heiße Worte der Liebe.«

Edwinas Schluchzen verstummte. Sie rieb sich mit den Händen über die Wangen.

»Nun hat sich meine Königin verschmiert«, konstatierte Nehru und zog sein Taschentuch hervor. »Du bist ganz schwarz im Gesicht, laß es mich wegwischen.«

Edwina begann zu lachen. Nehru säuberte sie behutsam, folgte der Linie ihrer Nase und schielte dabei leicht. Dickie hätte sich damit begnügt, ihr einfach sein Taschentuch zu reichen. Sie wünschte sich, für immer von diesen zarten Händen gereinigt zu werden.

Als er fertig war, wollte sie das Taschentuch einstecken. Aber die Äffin sprang plötzlich hinzu, schnappte es und entfloh.

Nehru brach in Lachen aus. Jetzt war es die Äffin, die ihr Kleines säuberte.

»Siehst du, wie ich zu dir bin? Wie eine Mutter!« sagte er lachend.

Dann wurde er plötzlich ernst und entsann sich wieder der Uhrzeit. Ein Papagei stieg auf, dann war es plötzlich eine ganze Schar. Sie begannen zu pfeifen ... Es war Zeit. Nehru stieß einen tiefen Seufzer aus.

»Es muß sein«, sagte er. »Mach die Sache nicht noch schlimmer ... Ich bitte dich, Mira.«

Sie stützte sich auf ihn, als sie schweigend die Stufen hinunterstiegen durch das Geflatter der Fledermäuse. Bald würde sie ihn nicht mehr sehen, so wie in wenigen Minuten die brennende Junisonne die Erde ersticken würde.

Die Chauffeure näherten sich. Nehru führte Edwinas Hand an seine Lippen, die Limousine, deren Tür der Chauffeur offenhielt, erwartete sie. Als sie Platz genommen hatte, beugte er sich zu ihr und streifte ihre Wange.

»Nun geh«, murmelte er. »Wir sehen uns morgen früh bei dem offiziellen Abschiedsbesuch, *my Dee*, mit Indu und Pammy, unseren Töchtern, und vor dem abendlichen Bankett.« Er ließ die Tür zufallen.

Bevor ihr Wagen noch abfahren konnte, hatte er schon den seinen bestiegen. Die Kolonne setzte sich in einer Staubwolke in Bewegung. Edwina erblickte seine weiße Kappe und den Schatten seines Gesichts, dann war er verschwunden.

Alle Diener des Palastes hatten sich am Abend des Abschieds in ihrer Galauniform mit dem roten goldbestickten Wappen auf der weißen Tunika aufgereiht. Die Mountbattens hatten sie vor dem offiziellen Empfang zusammengerufen. Keine weiteren Gäste, nur das Personal. Mehrere hundert Bedienstete. Hinter ihnen standen ihre Frauen, die schüchtern das Gesicht hinter einem Schleier oder einem Zipfel ihres Saris verbargen. Als Wäscherinnen, Büglerinnen oder Schneiderinnen hatten sie sich bislang niemals in den Wirkungsbereich ihrer Herren gewagt. Die Männer gaben sich Mühe, nicht in ihre Richtung zu blicken. Entgegen aller Tradition hatte die Mem'saab die Anwesenheit der

Frauen gewünscht und sie damit aus einer Isolation herausgeholt, die nach dem Willen ihrer Männer seit Jahrhunderten ihr Schicksal war. Sie zitterten alle.

Ein Orchester aus Musikern von Rajasthan mit schmetternden Trompeten und seufzenden Geigen spielte, und die besten Trommler aus dem Süden begleiteten sie mit energischem Dröhnen. Tänzerinnen mit hennaroten Fußsohlen drehten sich mal stürmisch und dann wieder graziös, mal melancholisch, mal übermütig, und unter den furchterregenden Schnurrbärten der Rajpoutes zeigte sich ein Lächeln. Es gab Berge von Reis mit Karotten und Rosinen, es gab Mangos, deren Saison gekommen war, Hammel in Joghurtsoße und in rotem Öl gebratene Fische. Tausende weibliche Hände – die Handflächen waren wie bei einer Hoheit mit Voluten bemalt – streckten sich der Mem'saab entgegen, um ihre Hände oder den Saum ihres Kleides, der auf dem Boden schleifte, zu berühren. Die Männer legten grüßend die Hand an die Stirn und unterdrückten gelegentlich ein Schluchzen oder einen Seufzer. Eine Sängerin saß mit ausgestreckten Armen neben einem tragbaren Harmonium und ließ ihre Stimme durch den Saal schallen, den der Architekt Luytens 1922 für die ewige Herrschaft des britischen Empires geschaffen hatte.

Magier zauberten Tauben hervor, die sogleich davonflogen, und die Mem'saab seufzte traurig.

Schließlich kam der Moment, wo sie, nach allen Seiten dankend, in die Nacht davongingen. Es war der vorletzte Abend.

*Delhi, den 19. Juni 1948*

Edwina blickte auf die Uhr.

»Seien Sie nicht so nervös. Nehru kommt in fünf Minuten. Haben Sie an die Rosen gedacht?« fragte Lord Louis.

»Mein Gott, das habe ich ganz vergessen.«

»Sie sind wirklich pflichtvergessen, meine Liebe. Jetzt ist es zu spät, selbst wenn ich den Chauffeur schickte.

Nicht eine Rose aus Bombay für unseren Freund, das ist wirklich ...«

Lord Louis wirkte ärgerlich und ging mit den Händen auf dem Rücken hin und her, als wollte er Nehru imitieren.

»Ich glaube ... ich glaube, ich muß noch ein Dokument unterschreiben«, murmelte Lord Louis verlegen.

»Ein Dokument? Sind Sie noch nicht fertig? Aber wir reisen doch morgen früh schon ab, Dickie!«

»Ich brauche dazu nicht lange«, erwiderte Dickie mit erhobener Stimme.

Edwina unterdrückte ein Lächeln. Das war typisch Dikkie. Auf diese Weise ermöglichte er für sie ein Stelldichein, ohne dabei das Gesicht zu verlieren.

»Danke«, flüsterte sie sanft. »Sie denken an alles.«

»Ich weiß nicht, was Sie damit sagen wollen, meine Liebe«, meinte Lord Louis und drehte ihr den Rücken zu.

Ein Diener öffnete feierlich die Tür und trat zurück, um dem Premierminister Platz zu machen.

Lord Louis näherte sich mit großen Schritten und öffnete die Arme.

»Mein lieber Nehru, bester Freund, ich kann mir gar nicht vorstellen, Sie nicht mehr zu sehen.«

Nehru umarmte Lord Louis und machte dann vor Edwina eine tiefe Verbeugung.

»Setzen Sie sich hierher, Jawahar«, sagte Edwina. »Sie kennen ja Ihren Platz.« Verlegen setzte sich Nehru. Es herrschte Schweigen.

»Ich werde ohne sie beide auskommen müssen, das kann ich mir gar nicht vorstellen«, sagte er langsam und blickte von Lord Louis zu Edwina. »All diese Monate haben wir Seite an Seite gekämpft ... Sie haben mich zivilisiert und menschlicher gemacht. Diese Menschlichkeit nehme ich gerne an, aber was die Zivilisation angeht, frage ich mich, ob Sie nicht zu viel getan haben.«

»Eine erstaunliche Bemerkung«, sagte Lord Louis und zog die Brauen hoch.

»Ich habe Ihnen schon gesagt, daß ich ein wildes Tier bin

und daß ich manchmal zu entkommen versuche«, murmelte Nehru. »Als ich noch schüchterner war, war ich freier als heute. Damals war ich wie eine Flamme, die die anderen und sich selbst verzehrte, ohne irgendwelche Rücksicht zu nehmen. Aber nun ist sie im Qualm erstickt. Wo ist bloß der Funken geblieben, der mich am Leben hielt.«

»Nun, er ist nicht weit weg«, sagte Lord Louis und blickte auf seine Frau. »Die Regierungsmacht wird ihn wiederbeleben.«

»Dickie«, sagte Nehru leidenschaftlich, »in Wirklichkeit haben wir beide zusammen regiert. Ohne Sie ...«

»Oh, ohne mich wird auch alles gutgehen, Sie werden sehen«, meinte Lord Louis und streckte seine langen Beine aus. »Das Schlimmste ist überstanden.«

»Indien wird uns fehlen«, unterbrach Edwina. »Wir haben viel von uns hiergelassen, nicht wahr, Dickie?«

»Sicherlich. Sehr viel. Es ist ein wenig unsere Heimat geworden, Nehru«, sagte Lord Louis bewegt.

Nehru richtete sich auf.

»Was Sie für Indien getan haben, Dickie, und Sie auch, meine liebe Edwina, wird unser Land im Gedächtnis behalten. Ich lade Sie beide ein, kommen Sie, wann Sie wollen, Sie sind hier zu Hause«, sprach er feierlich.

»Ich danke Ihnen, Jawarla«, murmelte Louis und reichte ihm die Hand. »Ich weiß nicht, ob unsere Wege sich hier noch einmal kreuzen werden, aber ich werde Sie sicherlich in England sehen. Sie werden bald einen offiziellen Besuch abstatten, denn Sie sind ja im Commonwealth verblieben. Als erster Regierungschef des freien Indien wird England Ihnen einen entsprechenden Empfang bereiten.«

Die beiden Männer standen sich gegenüber und hielten sich bei den Händen. »Ich weiß nicht ...«, begann Nehru mit leiser Stimme.

»Ich auch nicht«, unterbrach Lord Louis sanft. »Wir haben uns fast alles gesagt, lassen wir es dabei bewenden. Meine Liebe, haben Sie die Geschenke für unseren Freund? Ja, nicht wahr? Ich fürchte, ich habe in meinem Büro ein

Dokument vergessen, das ich noch unterschreiben muß, dann komme ich zurück.«

Er verließ schnell und mit langen Schritten den Raum.

»Er hat garantiert nichts vergessen«, brummte Nehru.

»Nein, er will uns einen Moment Alleinsein gönnen.«

»Indu wird auch etwas später kommen. Ich habe sie nicht darum gebeten! Aber sie mußte noch ...«

»Indu umsorgt Sie, und das ist gut so«, meinte Edwina mit leuchtenden Augen. »Sind Sie wirklich so wild?«

Nehru seufzte.

»Sag mir noch mal, daß ich nichts zwischen uns zerstört habe, Mira.«

»Nichts.«

»Sag mir, daß du zurückkehren wirst, *my Dee*.«

»Nach dem Monsun.«

Er schwieg und breitete die Arme aus.

»Ich möchte dich in meine Arme nehmen, my love, deine Lippen küssen. Gib mir die Geschenke.«

Edwina nahm drei Schachteln vom Tisch und hielt sie ihm schweigend hin.

»In Indien pflegt man Geschenke erst später zu öffnen«, sagte Nehru düster. »Aber heute muß ich wohl eine Ausnahme machen.«

Er öffnete die größte Schachtel. Eine bemalte Tabakdose, mit kleinen Perlen besetzt.

»Für meinen Tabak? Das ist nett«, bedankte sich Nehru ohne ein Lächeln. »Sie ist alt – achtzehntes Jahrhundert, glaube ich. Eine Kostbarkeit.«

Die zweite Schachtel enthielt einen schweren Ring mit einem Smaragd.

»Ich sehe, daß du meinen Lieblingsstein nicht vergessen hast!« rief Nehru. »Er wird mich beschützen. Das war doch nicht seine Idee, nicht wahr?«

»Öffnen Sie die dritte. Ihr Inhalt stammt nicht aus Indien«, sagte Edwina gespannt.

Die dritte und kleinste Schachtel enthielt eine Medaille, die Nehru nach allen Seiten drehte.

»Was ist das?«

»Es ist der heilige Christopherus«, murmelte Edwina verlegen. »Er beschützt die Reisenden.«

Nehru sah sie zärtlich an.

»*Mere mehboob* ...Was möchtest du, daß ich damit mache? Soll ich sie um den Hals tragen? Und was wird Indien sagen, wenn ich mich mit einem christlichen Symbol behänge?«

»Aber Sie sind doch sowieso nicht gläubig, Jawahar ... Tragen Sie es mir zuliebe«, bat Edwina.

»Der Himmel verbietet es«, sagte er und gab ihr den Heiligen Christopherus zurück.

Es ist egal, dachte Edwina. Ich werde es ihm vom Flugplatz aus schicken.

»Haben Sie die Geschenke von Dickie erhalten?« fragte sie mit unbekümmerter Stimme.

»O ja. Zwei herrliche Porträts von Ihnen und Dickie. Und eine Schachtel, in die mein Name eingraviert ist, übrigens völlig falsch.«

»Das darf doch nicht wahr sein!« rief Edwina konsterniert.

»Er hat es nie geschafft, meinen Vornamen richtig auszusprechen, das wissen Sie doch«, meinte Nehru lachend. »Und erst recht nicht, ihn zu schreiben. Aber ich freue mich über diese Fehler, sie werden mich immer an Dickie erinnern.«

Die energischen Schritte von Lord Louis erklangen auf dem Korridor. Der Diener öffnete mit aufwendiger Geste die Tür. Lord Louis blickte durch den Raum, alles war in Ordnung.

»Gefallen Ihnen Ihre Geschenke, Jawalar?« fragte er.

»Aber ja, natürlich«, antwortete Nehru traurig.

Es wurde still. Lord Louis betrachtete seine Frau und seinen Freund. Edwina hielt die Augen gesenkt, und Nehru drehte die Tabakdose in seinen Händen.

»Ach«, sagte er plötzlich. »Ich habe ja auch Geschenke, das habe ich ganz vergessen.«

Er verließ das Zimmer und kam mit drei Paketen zurück, die er Edwina in den Schoß legte. Lord Louis blickte aus dem Fenster und drehte ihnen den Rücken zu.

»Ein sehr altes Geldstück, ein Exemplar meiner Autobiographie ..., meinte er geniert. »Und ein Korb mit Mangos.«

»Wie am Tag unserer Ankunft?« fragte sie bewegt. »Wie damals am Palam Airport?«

»Sie erinnern sich also!« rief er. »Du hast es nicht vergessen.«

Lord Louis drehte sich ihnen zu.

»Wenn du den Korb öffnest, sieh unter die Früchte«, flüsterte Nehru Edwina ins Ohr. »Vergiß es nicht.«

Die Tür öffnete sich leise, und Indira betrat mit leichten Schritten das Zimmer. Die Stille ließ sie zögern, sie blieb mit zusammengelegten Händen auf der Schwelle stehen und blickte mit besorgten Augen von einem zum anderen.

»Also, sagen wir uns auf Wiedersehen«, sagte Lord Louis ein wenig grob. »Jetzt, wo Indu da ist, sind wir vollständig und haben keine weitere Entschuldigung mehr. Ich muß gestehen, unsere Edwina hat das Wichtigste vergessen. Ich wollte, daß Sie Ihnen eine Rose aus Bombay für Ihr Knopfloch bringt, aber sie hat es vergessen! Können Sie sich das vorstellen?«

»Vor dem Monsun gibt es sowieso keine Rosen«, sagte Nehru und erhob sich.

»Sie sind also nicht beleidigt? Es ist demnach nur eine imaginäre Rose, die Sie Ihnen schenkt, mein lieber Freund«, sagte Lord Louis mit einem leichten Lächeln. »Das sind aber die schönsten.«

Edwina zitterte.

Lord Louis nahm seine Frau am Arm. Indira ging zu ihrem Vater und stellte sich wie ein kleiner Soldat neben ihm auf.

»Bis heute abend auf dem Bankett«, sagte Nehru und schob Indira zur Tür.

## *Möge der Tag wiedererwachen, und möge er ein Ende finden*

Am letzten Tag wollten die Mountbattens noch einmal den Einäscherungsort des Mahatmas aufsuchen, und die Kunde davon hatte sich in der Stadt verbreitet, aber keiner hatte damit gerechnet, den Generalgouverneur im offenen Wagen auf der Avenue durch das alte Delhi fahren zu sehen. Es war bekannt, daß kein britischer Beamter dort mehr entlangfuhr, seitdem 1912 der Vizekönig in diesem Teil der Stadt einem Attentat zum Opfer gefallen war. Sie mußten die Mauern der roten Zitadelle umfahren, dem in Ruinen liegenden Palast, wo man in den weißen Marmor eingelassen immer noch Lapislazuli, Karneole, Onyxe und Jaspisse finden konnte. Von dort aus waren die Kuppeln der als Perle bekannten Moschee zu sehen und die großen ehemals englischen Kasernen, die jetzt vom indischen Militär besetzt waren und den Blick verdeckten. Dann ging es vorbei an den verfallenen Ruinen des Mogulreiches und durch die Elendsquartiere der Stadt.

Lächelnde Menschenmassen, Babys mit riesigen Augen, Kinder mit lachenden Mündern, Moslemfrauen mit nackten Füßen und Edelsteinen in den Nasenflügeln, die durch die Schlitze ihrer schwarzen Schleier blickten und ihnen die hellen Handflächen wie bittend entgegenstreckten. Jünglinge, die respektlos pfiffen, alte Männer mit rötlichen Bärten und erhobenen Händen, Krüppel mit offenen Mündern und verrutschten Turbanen, die sich, so schnell es mit ihren Stümpfen ging, vorwärts bewegten, junge Mädchen mit dunklen Zöpfen und Löckchen, die sich in die Wangen kringelten, alte Frauen in weißen Saris und zahnlosem Lächeln …

Edwina hoffte auf eine Bombe, eine Explosion, die ihr Schicksal verändern, ihr Leben verkürzen würde.

Aber nichts passierte bei diesem letzten öffentlichen Auftritt, bei dem die Ärmsten der Armen sie bis zu der verbrannten Stelle begleiteten, an der damals Nehru seine Girlanden niedergelegt hatte. Überhaupt nichts.

Und nun blieb nichts mehr als das abendliche Bankett.

Im riesigen königlichen Speisesaal empfing der britische Generalgouverneur zum letztenmal Gäste. Hinter jedem der Stühle mit hohen Lehnen stand ein Diener mit rotem Familienwappen und weißen Handschuhen. Die gesamte Regierung war zu der offiziellen Verabschiedung versammelt. Der Nachfolger von Louis Mountbatten, Mr. Rajagopalachari, ein zierlicher und zurückhaltender Mann mit Gandhibrille, der allgemein nur C. R. genannt wurde und im Mai ernannt worden war, trat an diesem Abend sein Amt an. Im blütenweißen Dhoti, in makellos gebügelter Tunika aus weißen Leinen, mit Rubinen in den Knopflöchern, die durch goldene Ketten miteinander verbunden waren, und mit einem bestickten Schal über den Schultern saßen die Minister an dem polierten Holztisch, unterhielten sich leise, aßen wenig und zeigten sich eingeschüchtert von diesem Zeremoniell, das noch nicht das ihre war. Nur Prinzessin Amrit in ihrem hellen, mit winzigen Sternen verzierten Sari und ganz ohne Schmuck bewahrte jene natürliche Eleganz, die ihr zu eigen war.

Dickie hielt eine Rede, wie üblich brillant und aus dem Stegreif. Dann war Nehru an der Reihe, der sich so langsam erhob, als wolle er die Zeit anhalten.

»Sir, als Sie hierherkamen, ging Ihnen bereits ein großer Ruhm voraus, aber viele berühmte Männer sind schon an Indien gescheitert. Sie haben hier eine Zeit der Probleme und Krisen erlebt, aber Sie sind bemerkenswerterweise Ihrem Ruhm gerecht geworden. Heute morgen sind Sie überschwenglich gefeiert worden, und ich frage mich, wie es kommt, daß ein Engländer wie Sie und eine Engländerin in Indien in so kurzer Zeit so beliebt werden konnten.«

Dickie, der in seinem schwarzen Spencer noch eleganter als sonst wirkte, griff, um die Fassung zu bewahren, zu einer Zigarre, zündete sie aber nicht an.

Edwina senkte den Kopf, um ihre innere Erregung zu verbergen.

»Weder ich noch irgendein anderer an diesem Tisch kann Ihr Werk ermessen, denn wir sind zu sehr mit den jüngsten Ereignissen beschäftigt«, fuhr Nehru fort.

»Vielleicht haben Sie und ich Fehler gemacht, das werden künftige Historiker zu beurteilen haben. Aber was wir auch richtig oder falsch gemacht haben sollten, wir haben unser Bestes gegeben ... Unsere Verfehlungen werden uns sicherlich vergeben, ebenso wie unsere Irrtümer.«

Edwina konnte ihre Tränen nicht zurückhalten und nahm ein Tuch aus ihrer Abendtasche.

»Sie werden sicherlich viele Geschenke erhalten, Hunderte von Gaben, aber keine ist kostbarer als die Zuneigung des indischen Volkes. Und Sie selber, Sir, und Sie auch, Madam, haben die Kraft dieser Liebe, die es Ihnen entgegenbringt, heute erleben können.«

Seine Rede war zu Ende, er hob den Kopf. Alle Blicke hatten sich auf Lady Mountbatten gerichtet. Ihre Schultern zuckten, das unnütze Taschentuch hielt sie in den Händen. Sie weinte, ohne sich dessen zu schämen.

Nach dem Bankett gab es noch einen riesigen Empfang mit siebentausend Gästen, die sich in den Wohnräumen und im Garten verteilten. Wie Nehru es vorausgesagt hatte, schüttelte Edwina Tausende von Händen, blickte zerstreut in unzählige bekannte Gesichter, lächelte hier, machte dort Konversation, ohne wirklich zu hören, was gesagt wurde. Und wie er es vorausgesagt hatte, fühlte Nehru sie immer weiter von sich fortgleiten, mit jeder Stunde, jeder Minute, jeder Sekunde.

Gegen vier Uhr morgens leerte sich der Palast allmählich, um fünf Uhr waren alle gegangen. Lord Louis half Edwina die Treppe hinauf zu ihrem Zimmer, wo sogar schon das Gepäck verschwunden war. Er legte sich sofort hin und schlief wie gewohnt sogleich ein.

Edwina lehnte ihre Stirn gegen das Fenster, das wegen der Moskitos geschlossen war. Voller Nostalgie lauschte sie dem Brummen der Ventilatoren, die sie so verabscheut hatte, und die ihr jetzt so fehlen würden. Es blieben nur noch zwei Stunden, bis sie Indien verlassen würden.

Zwei Stunden wie eine Taube in ihrem Käfig.

Als sie den Korb mit den Mangos geöffnet hatte, hatte sie unter den reifen Früchten einen vierfach gefalteten Zettel gefunden. Nehru hatte einige Verse aus einem Gedicht aufgeschrieben und darunter vermerkt: ›Auf ewig‹.

Sie entfaltete das Papier, das sie ständig bei sich trug, und las noch einmal die Verse, die sie längst auswendig kannte:

Herrlich sind die Wälder, tief und dunkel
Aber ich muß mein Versprechen halten
Es ist noch ein langer Weg bis zum Schlafengehen
Ein langer Weg bis zum Schlafengehen.

Um Viertel vor sechs klingelte das Telefon. Lord Louis, der ebenso schnell, wie er einschlief, hellwach war, nahm den Hörer.

»Ach, Sie sind es«, brummte er. »Aber sicher, Jawar. Sie fehlen mir auch. Nein, ich glaube, sie schläft nicht. Ich gebe sie Ihnen.«

Er hielt seiner Frau schweigend den Hörer hin. Edwina setzte sich zitternd auf den Bettrand.

»Ich denke auch an Sie«, flüsterte sie. »Ich habe nichts vergessen. Ich leide ebenso, Jawahar. Schrecklich. Danke ...«

Langsam legte sie den Hörer zurück und brach in Tränen aus. Auch dies, seine Stimme, so nah durch das Telefon, würde aus ihrem Leben verschwinden.

## *»Und die zitternden Lippen, die sich nach einem letzten Kuß sehnen ...«*

*Delhi, den 21. Juni 1948, sieben Uhr morgens*

Es war Zeit, die langen Flure zu durchqueren. Soldaten standen vor jeder Tür Wache und blickten mit ihren großen Augen starr auf die gegenüberliegende Wand. Die Ehrengarde war in prächtiger Uniform und mit rotweißen Fähnchen an den Spitzen ihrer Lanzen aufgezogen. Die schwarze Kutsche mit dem roten Wappen hielt vor den Stufen. Sieben schwarze Pferde und drei Kutscher mit langen Schnurrbärten und goldbetreßten Uniformen. Der kurze Befehlsruf des Hauptmanns auf dem Hof. Unmengen Fotografen, die verschiedenen Posen für die offiziellen Bilder mit Nehru in der Mitte, bleich, mit gezwungenem Lächeln, Edwina, die ihre Augen wischte, und Dickie, majestätisch und ausgeglichen.

In ihrem weißen, schwarz gesäumten Kleid, mit einem dunkel blumenbestickten Schleier auf dem Kopf und Handschuhen aus Ziegenleder war Edwina so schön wie nie. Überwältigt sah Nehru zu, wie diese Fee, die er so sehr liebte, abreiste.

Um Viertel nach sieben setzte sich der Zug in Bewegung. Die Gurkhas von den Grenzen des Himalayagebiets feuerten fünfundsechzig Salven ab. Die Blaskapelle spielte *God save the King* und die neue indische Nationalhymne *Jana Gana Mana,* deren Text und Musik von Tagore stammten.

Gelbe und violette Büschel in den Baumwipfeln, unendlich viele Frauen im Sari, die begeisterte indische Menge, die letzten Hochrufe, Blumen, die man auf ihren Weg streute. Kinder mit erstauntem Blick, Rischkafahrer, die zwischen den Radstangen ausruhten. Der Triumphbogen und der Thron aus rotem Sandstein, von dem die Statue des Vizekönigs entfernt worden war, um Platz für die des Mahatma Gandhi zu machen. Indische Truppen entlang dem ganzen Weg. Die Avenuen, die Straßen, die Vororte, der Sand, der Wind, die von ihren Kindern umgebenen Frauen unter ihren Zeltdächern und überall die Flüchtlinge.

Palam Airport.

Das diplomatische Korps im Ehrensaal. Händeschütteln. Alle Minister aufgereiht, Sardar Patel, der seine Ergriffenheit hinter der ewig mürrischen Miene verbarg, Prinzessin Amrit mit ihrem schönen, traurigen Blick.

Umarmungen, Köpfe, die sich abwandten, um die hervortretenden Tränen zu verbergen, und Nehru, der mit den Händen auf dem Rücken und zugeschnürter Kehle hin und herlief.

Die Landebahn in der Sonne, das Flugzeug, das in der Hitze zu vibrieren schien. Die letzte Ehrengarde. Die indische Luftwaffe, die als letzte Ehrenbezeigung den Flughafen überflog. Dreiunddreißig Kanonenschüsse, dreiundreißig traurige Echos im Herzen eines jeden.

Nehru mit der Hand über den Augen, um einen letzten Blick zu erhaschen, und Indira, sehr aufrecht, wie kampfbereit.

Vom Ende der Gangway grüßten Lord Louis und seine Frau Nehru und seine Tochter. Dann schloß der Pilot die Flugzeugtür.

»Ich liebe Sie sehr, Edwina«, murmelte Lord Louis. »Winken Sie durch das Bullauge, solange noch Zeit ist.«

Nehru hatte eine Hand über den Augen, die andere hielt seine vom Wind bedrohte Kappe. Das letzte Bild.

Hinter einem dünnen Staubschleier das Gesicht von Edwina unter ihrem schwarzen Tüll und ihre Hand an der Scheibe des Bullauges. Adieu.

»Acht Uhr zwanzig«, bemerkte Lord Louis. »Wir haben Verspätung.«

Das Donnern der Motoren. Die Leere des Himmels.

# Epilog

## *Ein langer Weg bis zum Schlafengehen*

An einem kalten Wintermorgen verließ die englische Fregatte Wakeful den Hafen von Portsmouth und steuerte aufs offene Meer. An Bord befand sich der Sarg von Lady Mountbatten, Gräfin von Birma, dessen Inhalt auf ihren Wunsch im Meer versenkt werden sollte. Etwas entfernt begleitete die indische Fregatte Trishul Edwinas letzten Weg. Ihre sterblichen Überreste waren in einen Sack gehüllt und wurden unter den Segenssprüchen des Erzbischofs von Canterbury ins eisige Wasser gelassen. Nehru war zu alt, um an der Fahrt teilzunehmen, aber auf seine Anordnung hin ließ der Kapitän der Trishul an der Stelle, wo der Körper seiner Geliebten in den Wellen versunken war, eine Girlande aus gelben und orangefarbenen Blüten ins Wasser werfen, die lange auf der Oberfläche trieb. Es war der 25. Februar 1960.

Die Liebe, die nie beim Namen genannt werden durfte, hatte zwölf Jahre gewährt.

In dem Flugzeug, das sie im Juni 1948 von Delhi nach London brachte, gelang es Lord Louis trotz aller Mühe nicht, das Schluchzen seiner Frau zu beschwichtigen. Unbeholfen machte er sie darauf aufmerksam, daß sie Pakistan überflogen, dann Afghanistan, Lahore, den Kyberpaß, Peschawar, Orte, die dem Empire noch irgendwie nahestanden. Als sie den Iran überflogen, entfernten sie sich immer weiter von Indien. In Malta machten sie eine Zwischenlandung, dort erwartete sie Edwinas uralter und kränklicher Hund.

Schon seit langem konnte sie sich nicht dazu durchringen, ihn töten zu lassen. Sie hatte sogar mit Nehru darüber gesprochen, der an ihrer Stelle entschied, und ihr erster Treueakt bestand nun darin, den Hund einschläfern zu lassen. Wenigstens kann ich jetzt offen weinen, dachte sie und drückte den noch warmen Körper an sich.

Die Rückkehr nach London stürzte sie in eine tiefe Depression. Ihre Freunde und Verwandten umgaben sie mit hilfloser Zuneigung, versuchten, so natürlich wie möglich zu sein und freundliche Zurückhaltung zu wahren. Mit ihrer blassen Haut, ihren hellen Augen, ihrem dünnen Lächeln und ihren Gesten ohne Charme, fand Edwina sie unterkühlt und gefühllos und verbarg ihren Kummer hinter Teilnahmslosigkeit. Das Leben kam ihr absurd, leer und einsam vor, zur Ruhe kam sie nur in Broadlands, ihrem Haus inmitten der blühenden Junilandschaft, zwischen den Bäumen und dem Fluß, der verglichen mit den indischen Strömen armselig wirkte. Aber auch das half ihr nicht, sie reiste nach Irland und dann mit Violaine und ihrer Schwester in die Provence. Die Zeit war zu ernsthaft für private Zänkereien, denn in Europa war das Leben ärmlich, Lebensmittel waren rationiert, nur der Schwarzmarkt blühte, und die auf Zuteilungsscheine erhältlichen Lebensmittel waren jämmerlich.

In Delhi wurde Nehru immer verdrießlicher und zerstreuter, seine Freunde merkten es und ließen ihn in Ruhe. Nur eine alte Freundin wagte es einmal, das verbotene Thema anzusprechen, aber als sie leise »Edwina?« fragte, drehte sich Nehru, nachdem er den Kopf geschüttelt hatte, abrupt um und ging davon, ganz wie der Vagabund, der er zu sein angekündigt hatte.

Diese Momente der Verzweiflung waren nicht allzu auffällig, denn durch die viele Arbeit, die jedes vernünftige Maß überstieg, war es kein Wunder, wenn Nehru niedergedrückt schien. Aber jede Nacht, wenn er gegen zwei Uhr das letzte Schriftstück weglegte, schrieb er noch an Edwina.

Jeden Morgen ging Edwina durch den Park zu ihrem Büro, wo sie einen Brief vorfand, der durch Krishna Menon, den indischen Botschafter, an sie weitergeleitet wurde. Nehru ließ sie von Anfang an wissen, daß er nicht frei schreiben konnte, denn der Postweg sei nicht sicher, zu viele Leute konnten die Briefe öffnen und ihren Inhalt benutzen, um einen Skandal anzuzetteln. Nehru hatte die Gewohnheit, sich seine privaten Briefe mit dem Vermerk ›für ihn persönlich‹ zuschicken zu lassen. Indira wußte das ebenso wie Edwina, die immer eine Indiskretion fürchtete. Aber auch wenn Nehrus Briefe zwangsweise zurückhaltend waren, begeisterten sie sie doch täglich. Er lebte nun im Palast, aus dem jede Spur der englischen Vorgänger verschwunden war, aber als er ihr schrieb, er spüre ihre Anwesenheit dort ›wie ein Parfum in der Luft‹, war sie den ganzen Tag so glücklich, daß sie den Nieselregen, London, Dikkie und seine Marine vergaß.

Wenn einmal die Briefe ausblieben, wurde ihr der Tag unerträglich und ihre Migräne ließ nicht lange auf sich warten. Nach zwei bis drei Tagen wagte sie dann, zum Telefonhörer zu greifen.

»Rufen Sie den Premierminister in seiner Residenz in Delhi für Lady Mountbatten in einer dringenden Staatsangelegenheit an«, sagte sie dann.

Anschließend dauerte es Stunden, ehe die Verbindung über all die Länder und Grenzen zustande kam, und wenn es dann endlich klappte, hörte Edwina zuerst, wie der Vermittler von Poona an den in Bombay weiterleitete, der sie nach Delhi weitergab an Nehrus Sekretariat, bis endlich seine geliebte Stimme durch ein Wirrwarr von Geräuschen zu ihr drang, als käme sie von einer anderen Welt oder als sei sie die eines Phantoms. Sie mußten schreien, manchmal geradezu brüllen, hörten das Echo ihrer eigenen Stimmen, wurden manchmal mitten im Satz unterbrochen oder hörten, wie eifrige Telefonisten die zerhackten Worte wiederholten: »Der Premierminister läßt fragen, ob Sie gut schlafen … Lady Mountbatten möchte die Farbe der heutigen Rose wissen.«

Jedesmal endete das Gespräch mit einem Gefühl des Scheiterns, einer inneren Leere, einer Zerrissenheit zwischen Glück und Hoffnungslosigkeit, Lachen und Verzweiflung.

Im Juli begann Nehru, sich auf seinen ersten offiziellen Besuch in England vorzubereiten.

Im Oktober sollte in London die Konferenz des Commonwealth stattfinden, dem Indien immer noch angehörte. Der Druck von seiten der beiden Mountbattens hatte Nehrus Widerstand gebrochen; dann war von Februar 1948 an zwischen London und dem Premierminister von Indien ein Streit um juristische Fragen entbrannt. Und wie durch ein Wunder hatte jemand festgestellt, daß dem Commonwealth zwei Sorten von Mitgliedsstaaten angehörten, die Provinzen, die der Krone zur Treue verpflichtet waren, und die Republiken, darunter Irland, die den König als Symbol der Einheit anerkannten. Indien gehörte nun zur zweiten Kategorie, und deshalb nahm sein Premierminister an der Konferenz teil.

Seit mehr als dreißig Jahren, mit Ausnahme einer Reise nach Spanien zur Unterstützung der Republikaner während des Bürgerkriegs und einiger Besuche in London, hatte Nehru den Khadi getragen, die Kleidung aus handgewebter Baumwolle, die durch Gandhi zum Symbol des Widerstands gegen die Engländer geworden war. Nun mußte er sich Gedanken über seine Kleidung während des Aufenthalts in London machen.

Er, der während seiner Studienzeit in England entschieden seine heimische Kleidung abgelegt hatte, befand sich jetzt wieder in einer ähnlichen Situation. Statt nackter Füße in Sandalen würde er schwarze Lederschuhe tragen. Seine weiße Gefängnismütze, das berühmte ›Gandhi-Käppi‹ wollte er auf keinen Fall ablegen, aber da es kalt war, würde er einen Mantel über seinem dunklen Anzug tragen müssen und Indira einen über ihrem Sari. Dazu gehörte außerdem ein Hut. »Ich werde aussehen wie Charlie Chaplin«, seufzte er in seinen Briefen.

Edwina sprach dagegen hauptsächlich von der Rose in seinem dritten Knopfloch.

Im August 1948 drohte die Regierung von Pakistan damit, ihre Armee in Kaschmir einfallen zu lassen, dessen Schicksal trotz der Intervention der Vereinten Nationen noch immer offen war. Aber am 11. September erlag Mohammed

Ali Jinnah in Karatschi seinem Lungenleiden. Bis zur letzten Sekunde war er bei vollem Bewußtsein und weigerte sich, sich von seinem Arzt eine Spritze gegen die Schmerzen geben zu lassen.

Schon seit einigen Monaten hatte er nur noch Tee und Kaffee getrunken und viel geraucht. Zu seiner Schwester, die sich ständig um ihn kümmerte, hatte er gesagt: »Fatima, das Leben interessiert mich nicht mehr. Je eher ich sterbe, um so besser.« Manchmal hatte er auch gesagt: »Was hat es schon für eine Bedeutung, ob ich lebe oder tot bin?« wobei ihm die Tränen über die Wangen liefen. Diejenigen, die ihn gut kannten, waren alarmiert: Wenn er feuchte Augen bekam, hatte er vor zu kämpfen.

Am Tag seines Todes hatte der Krankenwagen, der ihn nach Karatschi bringen sollte, eine Panne, wodurch eine ganze Stunde verlorenging. Die ganze Strecke entlang zogen sich die erbärmlichen Unterkünfte der Flüchtlinge. Die Frauen waren mit ihrer Wäsche beschäftigt und merkten überhaupt nicht, daß in diesem stehengebliebenen Auto der Vater Pakistans im Sterben lag. Lastwagen hupten, Busse rumpelten vorbei, das Leben ging ungestört weiter, und niemand kam ihm zur Hilfe. Als schließlich ein anderer Krankenwagen auftauchte, war Jinnah eingeschlafen. Er öffnete seine Augen ein letztes Mal und sprach ein einziges liebevolles Wort: »Fatima.«

Er wog nicht mehr als fünfunddreißig Kilogramm. Um den unbezähmbaren Jinnah zu schlagen, hatte es eines Lungenkrebses, einer Tuberkulose und einer Lungenentzündung bedurft.

Der Quaid-I-Azam hatte schließlich doch den Kampf gegen seine Krankheit verloren, aber noch die Zeit gehabt, die Geburt seines Pakistans zu erleben. Man konnte ahnen, daß er seit langer Zeit von seiner tödlichen Krankheit wußte, man spürte, daß dieser alte Mann im Kampf um das Ideal eines neuen Staats auch gegen seinen eigenen Tod gekämpft hatte. Selbst Nehru gestand sich ein, daß Jinnah ein trauriges und einsames Leben ohne Liebe gehabt hatte. Zweifellos war die einzige, die ihn in Indien betrauerte, Sarojini

Naidu, aber sein Tod war nur ein zusätzlicher Kummer für sie, und er überraschte sie nicht.

Am 13. September marschierte die indische Armee in den Staat von Hyderabad ein, um die dortigen Unruhen zu beenden. Lord Louis konnte sich nicht zurückhalten und mischte sich in Dinge ein, die ihn nichts mehr angingen, als er diesen Akt in einem Brief an Nehru verurteilte. Edwina war verstimmt und gab Indien recht. Es war das erste Mal, daß sie die Heimat ihres Herzens gegenüber der englischen Außenpolitik in Schutz nahm.

Im Oktober sollte Nehru mit seiner Tochter Indira, die ebenfalls als ›offizieller Gast‹ betrachtet wurde, in London eintreffen. Edwina war voller Ungeduld: seit drei Monaten hatten sie sich nicht mehr gesehen oder miteinander gesprochen! Unter dem Eindruck ihres Abschieds in Delhi wollte Nehru Edwina nicht inmitten einer Menschenmenge wiederbegegnen, aber sie so schnell wie möglich sehen. Sie merkte, daß er etwas Unmögliches vorhatte, und am Tag seiner Ankunft wartete sie in Begleitung von Pamela und Dickie in ihrem Wohnzimmer auf ihn. Sie spürte, daß er nicht weit war, daß er jeden Moment überraschend eintreten könnte.

Um Mitternacht kam er tatsächlich direkt vom Flugplatz. Am nächsten Morgen nahm Edwina mit Dickies Einverständnis Nehru mit nach Broadlands; er hielt ihre Hand, drückte sie und sprach vorsichtig in ihr Ohr, denn die Dienerschar war nicht weit. Im Park nahm er sie verstohlen wie ein Jüngling in die Arme. Aber sie waren nicht in Indien, er blieb nur einen Tag und kehrte dann nach London zur Konferenz der Premierminister zurück. Während des offiziellen Essens war Nehru nur einer der vielen Delegierten des Commonwealth und kam sich ein wenig verloren vor. Edwina öffnete ihre Handtasche, nahm einen Stift und schrieb eilig auf die Rückseite ihrer Menükarte: »Sie werden hier sicher besser speisen als in Delhi, aber dort haben Sie immer eine volle Ration an Zuneigung und Bewunderung.«

Dann ließ sie die Karte von Hand zu Hand bis zu ihm wandern und erhielt als Antwort seinen strahlenden Blick.

Bald wurden sie wieder getrennt, denn Dickie wurde zum Kommandanten des ersten Mittelmeergeschwaders ernannt und brach mit Edwina nach Malta auf. Nehru reiste weiter nach Paris. Als er nach Delhi zurückkehrte, fand er dort ein ganzes Paket mit Briefen von Edwina.

Dickie hatte ebenfalls geschrieben, Nehrus Vornamen wie üblich falsch buchstabiert.

Über den Premierminister Indiens ranken sich einige wundersame Legenden, wie sie sonst nur von Gottheiten oder göttergleichen Helden bekannt sind. So heißt es, eine himmlische Abgesandte in einem safranfarbenen Kleid, Shradda Mata, sei seine Geliebte geworden, hätte von ihm ein Kind bekommen und sei dann wieder verschwunden.

So verging das erste Jahr.

Das zweite Jahr, 1949, begann unter einem schlechten Stern.

Edwina zögerte, nach Indien zu reisen, denn sie fürchtete, dort nicht mehr die Situation vorzufinden, in der ihre Liebe erblüht war. Wie würde sich Nehru ihr gegenüber benehmen? Ihre Rückkehr nach London hatte ihr die erschrekkende Eitelkeit ihrer Freunde, ihre Hinterhältigkeit und die Oberflächlichkeit einer Welt vor Augen geführt, zu der sie fast dreißig Jahre gehört hatte. Edwina, die ständig unter der Regenbogenpresse und dem Tratsch am Hof zu leiden gehabt hatte, fürchtete, daß nun auch Nehru Opfer solchen Klatschs werden könnte. Sollte sie ihn wirklich wiedersehen? Im Januar hatte er ihr ein Kunstbuch geschickt, in dem die berühmten erotischen Skulpturen des Sonnentempels von Konarak abgebildet waren. Auch für das weniger geübte Auge waren ineinander verschlungene menschliche Körper, Gesten der Liebkosung und Gesichter mit ekstatischem Lächeln zu erkennen. Nehru hatte sogar betont, daß ihm bei diesen Bildern einen Moment der Atem weggeblieben war. »Ganz schön deutlich«, hatte er geschrieben und dann über die Freizügigkeit im alten Indien philosophiert. Aber Edwina war widerspenstig geblieben.

Nehru blieb beharrlich. In seinem Herzen hatte er den Zeitpunkt ihres Treffens bereits festgelegt. So reiste sie schließlich.

Übrigens war die Flüchtlingsfrage ja immer noch nicht geklärt, und außerdem begleitete Pamela ihre Mutter wie eine Anstandsdame. Natürlich lud der neue Generalgouverneur, der kleine Mr. Rajagopalachari, bekannt als C.R. oder, seitdem er seine ehrenvolle Position innehatte, auch als Rajaji, Lady Louis in den Palast ein. Nehru hatte keine Mühe, ihn davon zu überzeugen, daß die frühere Bewohnerin der Residenz sich als Gast dort nicht mehr wohlfühlen würde und es deshalb vorzuziehen sei, sie in der neuen Residenz des Premierministers, in Teen Murti House unterzubringen, einem eindrucksvollen Gebäude aus der Kolonialzeit mit Säulen, einem schönen Park und herrlichem Baumbestand. Rajaji ließ sich nicht lange bitten. Zum erstenmal schlief Edwina deshalb unter dem Dach ihres Geliebten.

Er nahm sie mit nach Allahabad, um ihr den Ort seiner Kindheit zu zeigen, die riesigen Pappeln und den Zusammenfluß der beiden Ströme. In Kalkutta erblickte sie den Ganges mit seiner trichterförmigen Mündung, dem Hugli, dann besuchten sie das Pandschab, das sie schon gut kannte. Sie weihten zusammen einen Krankenhausneubau ein, besuchten eine Schule oder besichtigten Flüchtlingslager. Auf Nehrus großen Baustellen aßen sie mit den Arbeitern zusammen Nüsse, und überall legte man ihnen Girlanden aus Mohn mit seinem bitteren Geruch um. In den Bergen führte man ihnen tanzende Bären vor, und einmal bot man ihnen auch zwei Bärenjunge an. Edwina trug hohe Schuhe und immer einige Blumen im Haar wie die indischen Tänzerinnen. Und wenn die Menge zu dicht wurde, nahmen sie sich lachend bei der Hand, ohne daß irgend jemand etwas dabei gefunden hätte.

Es war nun so, wie Nehru sich ihr Leben vorgestellt hatte. Sie war zurückgekommen, um eine Weile an seiner Seite zu leben. Die Tage dauerten ewig, und sie wären vollkommen glücklich gewesen, wenn nicht die alte Madame Naidu eines Abends beschlossen hätte, es sei nun Zeit, diese Welt zu verlassen.

Trotz ihres sich verschlechternden Gesundheitszustandes war Sarojini nicht davon abzubringen, in die Hauptstadt zu reisen, um der Zentralregierung Bericht über ihr Amt zu erstatten. Bei ihrer Rückkehr nach Lucknow bekam sie schreckliche Kopfschmerzanfälle und sollte deshalb eine absolute Ruhepause einlegen. Aber wie gewöhnlich hielt sie sich nicht an die Anweisungen der Ärzte. Sie bekam keine Luft mehr, und man mußte ihr Sauerstoff verabreichen.

Als sie noch ein Kind gewesen war und Angst vor der Dunkelheit gehabt hatte, war sie absichtlich in ein dunkles Zimmer gegangen und hatte ihr Lieblingslied angestimmt: »Jesu, Geliebter meiner Seele.« Nun war die Dunkelheit zu ihr gekommen.

Deshalb hatte die alte Dame ihre Krankenschwester gerufen und sie gebeten zu singen.

»Man soll nicht mehr mit mir sprechen«, hatte sie noch hinzugefügt.

Dann hatte sie die Augen geschlossen, und ihre Seele hatte beim Gesang des jungen Mädchens ihren Körper verlassen.

Um fünf Uhr morgens weckte Nehru Edwina; Sarojini sei gestorben. Am nächsten Tag flogen sie zur Einäscherung nach Lucknow. Zur Beerdigung kamen fast so viele Menschen wie damals beim Mahatma, den die Verstorbene so sehr geliebt hatte. Der Leichenzug begann um sechzehn Uhr, Sarojini Naidus Körper war in eine Fahne mit den Farben Safran, Grün und Weiß gehüllt und wurde von Nehru selbst auf einen kanonenbestückten Wagen gehoben. Dann fuhr er ans Ufer des Flusses Gomati, wo später ein Denkmal für sie errichtet wurde. Edwina erlebte, wie die Flammen den Körper verzehrten, wie die schwarzen Qualmwolken aufstiegen und die schreckliche und zugleich süße Stille am Scheiterhaufen eintrat. Die Seele, die lange Zeit in einen massigen und häßlichen Körper eingesperrt gewesen war, diese poetische Seele der indischen Nachtigall, war endlich wieder in den Himmel zurückgekehrt. Zweifellos hatte Edwina bei dieser Gelegenheit Nehru an ihr eigenes Begräbnis erinnert und daran, daß man sie im Meer versenken sollte. Und ebenso sicher hatte er ihr mit einem Gedicht geantwortet, wie er es oft zu tun pflegte.

Er hatte ihr vier Tage Ferien in Orissa versprochen, und so reisten sie ab, begleitet von einer Armee weiblicher Anstandsdamen, der Tochter und den Nichten des Premierministers. Aber während langer Spaziergänge am Strand im Mondschein und dem Schwimmen vor Sonnenaufgang waren sie allein. Nehru war begeistert von dem Tempel, einer Art Wagen, der in Konarak nicht weit vom Meer errichtet worden war. Die Bedeutung der Skulpturen oben auf den Friesen war unschwer zu erraten. Edwina lauschte ihm, bis ihr schwindlig wurde, und schließlich fieberte sie. Der hinzugezogene Arzt empfahl dringend, die Rückreise nach England zu verschieben. Die ans Bett gebundene Edwina genoß ihren Zustand wie nie zuvor, wunderbare Schwere des Kopfes, beglückende Steifheit des schmerzenden Rükkens; Nehru kümmerte sich um sie. Die Sonne, Orissa und der Tempel hatten ihre Sache gut gemacht.

Der erste Brief, den er ihr schrieb, als sie nach London zurückgekehrt war, war voller Traurigkeit. Er hatte die Nacht im Garten unter Edwinas Zimmer verbracht, das nun verlassen war. »Die Dunkelheit ist gekommen, mein Licht ist verschwunden, die Lebenskraft ist entflohen und hat mein Herz in einer Wüste zurückgelassen.« Am Morgen hatte er keinen Appetit, sein Koch servierte ihm würdevoll ein spezielles als ›Gräfin Mountbatten‹ bezeichnetes Geflügelgericht, aber Nehru rührte es nicht an.

»Sie haben mir alles, was ich auf der Welt wünschte, geschenkt«, schrieb Edwina, »Wohlgefühl, Ausgeglichenheit und auch Kummer. Wir kennen die Ursache, aber wir werden nichts daran ändern. Das Leben ist mächtig.«

Sie hatten sich in einer glücklicheren Situation als je zuvor wiedergefunden, und in den folgenden Jahren ließen sie keine Gelegenheit zu einem Rendezvous aus.

Edwina hatte keine wahre Heimat mehr, England wurde für sie zum Exil und Indien das Land ihrer Seele. Sie wurde sich dessen bewußt, als sie eines Tages in einem kleinen Flugzeug über Cornwall flog. Die englische Julisonne beleuchtete die Wiesen und Häuschen, die brav geschnittenen Hecken am Rand der Felder, die Gärten und die Rosen. Plötzlich erinnerte sie sich, wie sie über das Pandschab geflogen waren, in diesem furchtbaren August kurz nach der Teilung Indiens, als dort im Staub Tausende von Flüchtlingen entlangzogen, von der einen Seite der Grenze auf die andere getrieben, die ein Engländer gezogen hatte. Sie erinnerte sich an die Vorgebirge des Himalaya, ausgetrocknet und mit Gestrüpp bewachsen, und an die grünen Teegärten im Norden Bengalens. Von oben sah diese englische Landschaft schrecklich ordentlich aus, gepflastert und gereinigt durch Jahrhunderte bürgerlichen Fleißes. Sie bekam Sehnsucht nach den ausgetrockneten Ebenen, den Dörfern mit ihren ungepflasterten Straßen, den Büffeln im Schlamm der Gewässer und dem Durcheinander in den Städten. Die Liebe, die man nicht beim Namen nennen durfte, war in diesem Durcheinander entstanden, im Schlamm, neben vergossenem Blut, sie war aufgeblüht an den friedlichen Flüssen und unter der Schönheit des unendlichen Himmels, den bei Morgendämmerung die Papageien durchflogen. Nehru hatte sie an Indien gebunden wie ein Zicklein an einen Pfosten und sie heimatlos gemacht.

Das Flugzeug flog langsam über das Land, das ihr Großvater Cassel als Heimat gewählt hatte, England, eine Nation ohne Risikofreude und Begeisterung. Sie schrieb an Nehru: »Dieses ernste, ruhige und solide England geht mir auf einmal auf die Nerven.«

Wie früher begann sie durch die Welt zu reisen, überall dorthin, wo in Revolutionen und Kriegen Blut floß, und wohin man sie als Vertreterin des Roten Kreuzes, der St. John Ambulance oder der Vereinigung ›Rettet die Kinder‹ rief.

So war sie überall und nirgends zu Hause, aber immer machte sie auf ihren Reisen Station an dem einzigen Ort, der ihr etwas bedeutete, in Indien, bei Nehru, beide untrennbar miteinander verwoben.

All die zwölf Jahre tickte ihre Uhr nach indischer Zeit. In den Straßen Londons ließen der geringste Geruch nach Gewürzen, ein schwarzer Zopf, eine enge Gasse, ein dunkles Gesicht ihr Herz schneller schlagen, und in jedem Geräusch vernahm sie das Klingen der Saiten einer Sitar. In London verpaßte sie keines der Bankette indischer Studenten, kein Schauspiel und keine Aufführung klassischen indischen Tanzes. Überall umgab sie Indien. Indien war ihre Seele.

Eines Tages schickte Nehru ihr sein Porträt, eine sehr dunkle Aufnahme, auf der nur das Profil, die weiße Kappe und die hellen Hände, die in einem Buch blätterten, zu erkennen waren. Sie hatte das Gefühl, sich selbst zu sehen, hatte den Eindruck, sie begannen einander zu ähneln, wie alte Eheleute, die sich so aneinander gewöhnt haben, daß sie den gleichen Gesichtsausdruck und das gleiche Lächeln annehmen. Dennoch, während sie im Laufe der Jahre bleicher wurde, hatte Nehrus Blick nichts von seiner dunklen Samtigkeit verloren, dafür waren Edwinas Augen nach wie vor so hell wie das Nordmeer. Und wenn auch die Reisen ihren Teint etwas gebräunt hatten, war ihre Haut immer noch so zart wie damals, als sie den jungen Louis Mountbatten auf der Yacht Vanderbilt so beeindruckt hatte. Aber die Ähnlichkeit zu Nehru war trotzdem vorhanden, denn im Laufe der Jahre entwickelte sich zwischen ihnen ein viel innigeres Verhältnis als das, was sie an ihren Mann band. Die Liebenden aus den so weit entfernten Teilen der Erde alterten gemeinsam und gingen im gleichen Schritt, sie ließ ihre schönen Schultern nach vorne hängen und bekam einen gebeugten Rücken, er entwickelte ein Bäuchlein und ein Doppelkinn, aber nichts konnte das Leuchten in ihren Blicken verlöschen lassen oder das innere Zusammengehörigkeitsgefühl stören, das die alte Sarojini vor ihrem Tod bemerkt hatte.

Wenn sie nicht in Indien war oder zufällig nicht in einer

humanitären Angelegenheit umherreiste, fand sich Edwina ruckartig in ihrem gemeinsamen Leben mit Dickie wieder. Lord Louis veränderte sich nicht, er übte passioniert seinen Beruf aus und hatte seine Zeit immer sinnvoll und gut organisiert, wobei er seine Frau mit ins Getriebe zog, wenn sie sich gerade bei ihm befand. Edwina hatte es nie ausstehen können, lediglich eine Zeile in einem Protokoll darzustellen. *Lord Mountbatten und Lady Louis, Graf und Gräfin von Birma ...*, eine stumme und lächelnde Statistin, gerade gut genug, um Hände zu schütteln, Einweihungen vorzunehmen, freundlich zu lächeln und die Zeit vergehen zu lassen. Dickie mußte sie drängen, ihn gelegentlich zu begleiten, aber wie üblich warf sie ihm vor, sie zu vernachlässigen. Wie üblich schrieb sie ihm dann unendliche Entschuldigungsbriefe und kam ständig auf ihre mißlungene Ehe zurück. Mal beschuldigte sie sich, egoistisch und mißlaunig zu sein, dann ging es wieder um die Auflistung der diversen Seitensprünge, eine Geliebte gegen einen Liebhaber, so wie in alten Zeiten.

Im zweiten Jahr, 1949, gab es zwei Monate nach Edwinas Rückkehr aus Indien eine ihrer großen Auseinandersetzungen. Sie hatte ihren Mann in Malta getroffen, und ganz nebenbei hatte Dickie ihr mitgeteilt, daß er zum Vizeadmiral ernannt worden sei, und dabei so wichtigtuerisch ausgesehen, daß Edwina einen ihrer alten Wutanfälle bekam. Später schrieb er ihr von seinem Schiff auf einem Blatt mit dem einfachen Briefkopf ›Auf See‹ und beichtete ihr darin seine ewige Unbeholfenheit Frauen gegenüber. Der alte Kuhhandel begann von neuem. Eines Abends war er überraschend in Broadlands eingetroffen und hatte dort Nehru vorgefunden. Edwina hatte ihm dies übelgenommen. Als er seinerseits wünschte, einige Tage mit Violaine zu verbringen, wurde sie so aufgebracht, wie seit ihren schlimmsten Jahren nicht mehr. Dickie beschwerte sich, daß er ihr ja niemals verboten habe, mit Malcolm und Jawahar zusammenzusein. Dieses ›und‹ versetzte sie in tiefsten Zorn. Sie erlitt einen hysterischen Weinkrampf und beklagte sich brieflich bei Nehru.

Nehru selbst hatte Probleme mit Padmaja Naidu. Sie hatte

ihn nicht aufgegeben. Als Nehru von der York Road 17 in die riesige Residenz Teen Murti umgezogen war, war Padmaja eingetroffen, um den Haushalt nach ihren Vorstellungen zu organisieren. Sie war davon überzeugt, daß Nehru zu ihr zurückkehren und sie vielleicht auch heiraten würde. Im Laufe der Jahre hatte sie sich neben Indira den Platz einer zweiten Mutter erobert. Padmaja, mit ihrem Spitznamen Bee-Bee, gehörte längst zur Familie. Und schließlich war die Fremde ja endlich abgereist. Padmaja fühlte sich als Hausherrin.

Mit ihrem Schlafzimmerblick und ihrem kokett gesenkten Kopf ließ sie gerne den Sari von ihren nackten Schultern gleiten. Sie hatte Nehrus Brief nie vergessen, und obwohl seit ihrer Affäre schon zwanzig Jahre vergangen waren, benahm sie sich immer noch wie die Prinzessin von Ajanta. Sie sorgte dafür, daß sich ihr Schlafzimmer neben Nehrus befand. Eines Tages betrat sie in seiner Abwesenheit sein Zimmer und erblickte dort neben dem Bett zwei Fotos von Edwina.

Als er abends zurückkehrte, fand er die Bilderrahmen zerschlagen am Boden liegen, und gegenüber von seinem Bett hing ein Porträt von Padmaja, das Nehru erzürnt entfernte.

Bevor Edwina in Nehrus Leben getreten war, hatte Sarojini ihren Freundinnen erzählt: »Wissen Sie, dieser Mann hat kein Herz.« Und wenn sie das nicht glaubten, fuhr die alte Dame fort: »Meine Tochter hat sich ganz für ihn geopfert. Und trotzdem hat er keine Zeit für sie, nicht mehr als für seine Frau Kamala, die er so schlecht behandelt hat. Sie war schüchtern und sensibel, aber sehr klug. Ich bin sicher, daß er durch seine Kälte ihr Leben verkürzt hat.«

Padmaja kannte diese schweren Anschuldigungen ihrer Mutter. Sie hatte von ihr zwar nicht die poetische Begabung, aber die Fähigkeit zur Auflehnung und Übertreibung geerbt und übernahm ihr Urteil in leicht veränderter Form: »Jawahar ist einfach nicht der Mann für eine einzige Frau.« Als Edwina nach Delhi kam, wurde Padmaja unerträglich, sie drohte sogar damit, sich umzubringen. Niemals akzeptierte sie Edwinas Rolle in Nehrus Leben. Aber da er nun einmal nicht der Mann für eine einzige Frau war, war Edwina eben die weiße und sie die dunkelhäutige. Übrigens waren sie gleich alt.

Edwina wollte sie kennenlernen, aber Padmaja weigerte sich. Nehru kümmerte das nicht weiter.

Die Aufgabe, die größte Demokratie der Welt zu errichten, nahm seine ganze Zeit in Anspruch, so daß er sich nicht auch noch um eifersüchtige Frauen kümmern wollte. Die Kaschmirfrage war immer noch nicht gelöst, es galt, eine große Industrie aufzubauen, diplomatische Beziehungen zur Sowjetunion und zu den Vereinigten Staaten aufzunehmen und dabei neutral zu bleiben. Im Oktober nahm Nehru Trumans Einladung an und besuchte die Vereinigten Staaten. Er wurde dort so gefeiert, daß ein Journalist sich über diese plötzliche Indophilie der Amerikaner wunderte. Nehru kehrte zufrieden zurück, aber er wiederholte oft den zweideutigen Satz: »Man sollte niemals zum erstenmal in die Vereinigten Staaten reisen.«

Bei einer Pressekonferenz in New York sagte er voll tiefer Ironie: »Die engsten Beziehungen sind diejenigen, die gar nicht existieren.«

Am 15. November 1949 wurde Nathuram Godsé, der Mörder des Mahatma, erhängt, nachdem Nehru sich, wie angekündigt, geweigert hatte, ihn zu begnadigen. Der Mörder wollte nicht, daß man seine Asche in den Ganges schüttete. Er verlangte, daß sie aufgehoben und eines Tages in den Indus, den Strom Pakistans, geschüttet würde, und zwar dann, wenn es einem neuen Hindureich angehören würde.

Im dritten Jahr, 1950, machte Edwina während des indischen Winters auf der Reise nach Malaysia in Delhi Station.

Zu diesem Zeitpunkt wurde der Schweizer Architekt Le Corbusier von der Regierung des Pandschab als Berater ernannt, denn man wollte eine neue Hauptstadt errichten, um den Verlust von Lahore, das nun eine pakistanische Stadt war, wettzumachen. Es sollte eine moderne und menschliche Stadt werden. Nehru nahm Edwina mit, um den Platz in Chandigarh zu besichtigen, eine leicht hüglige Stelle, an der der berühmte Architekt bereits mit seiner ganzen Autorität wirkte.

Nehru hatte sich angewöhnt, bei offiziellen Anlässen eine Taube aufsteigen zu lassen, und als er jetzt seine Hände öffnete, um sie zu befreien, wurde der Vogel des Premierministers von einem ganzen Schwarm grauer und rosafarbener Schwingen begleitet, denn diese symbolische Geste gefiel der Menge sehr.

Die von Dr. Ambedkhar vorbereitete Konstitution war am 26. Januar verkündet worden. Indien erhielt den Namen Indische Union und wurde offiziell eine Republik mit freien Wahlen, zwei parlamentarischen Kammern und Religionsfreiheit. Nehru hatte diese Aufgabe absichtlich dem Führer der Unberührbaren übertragen. Ambedkhar war verständlicherweise für das Verbot der ›Unberührbarkeit‹, aber das genügte noch nicht. Diese am stärksten unterdrückten Bürger Indiens gehörten noch nicht einmal zu dem Kastensystem, sie galten als Untermenschen ebenso wie die Abkömmlinge der Ureinwohner des Landes. Um ihr schweres Los zu mildern, erließ Nehru eine Quotenreglung für ihren Anteil an offiziellen Ämtern. Einer der ersten, die von dieser Regelung profitierten, war ein Student namens K. R. Narayanan, den sein englischer Lehrer dem Premierminister als seinen brillantesten Schüler empfahl, obwohl er aus einer der niedrigsten Kasten stammte. Nehru ernannte ihn zum Diplomaten.

Es wurde beschlossen, daß der 26. Januar künftig der Nationalfeiertag würde, und von nun an sollte alljährlich ein großer Aufmarsch mit Militärparaden, Musikkapellen, geschmückten Wagen und fahnenschwenkenden Kindern erfolgen. Das änderte nichts daran, daß die Kongreßpartei drohte, sich aufzuspalten, denn die Auseinandersetzungen zwischen Nehru und Patel waren unerbittlicher denn je. Patel spielte skrupellos die antimoslemischen Gefühle der Hindus aus, er betonte ständig die Notwendigkeit, die Moslems zur Loyalität gegenüber Indien zu zwingen, als hege er Zweifel daran. Offensichtlich sah er darin eine Möglichkeit, die beiden Staaten wieder zu vereinigen. Nehru haßte diese Einstellung; da er selbst nicht religiös gebunden war, führte er die friedliche Linie des toten Mahatma fort. Als im Frühjahr wiederum Unruhen zwischen Hindus und Moslems einen Krieg mit Pakistan befürchten ließen, zwang Nehru Patel gewaltsam, zurückzutreten. Die Spannungen nahmen aber erst mit dem plötzlichen Tod Vallabhbhai Patels im darauffolgenden Dezember ein Ende.

Inzwischen war im Juni der Koreakrieg ausgebrochen, und im Oktober hatte die Volksrepublik China Tibet besetzt. Nehru bemühte sich, eine schwierige Freundschaft mit dem großen chinesischen Nachbarn aufrechtzuerhalten, um einen zweiten Grenzkonflikt zu vermeiden.

Gegen Ende des Jahres gab es in England ein symbolträchtiges Ereignis. Marschall Smuts starb.

Smuts war der erste Gegner des jungen Rechtsanwaltes Gandhi gewesen, als es um die Rechte der indischen Bevölkerung in Südafrika ging. Aber dieser alte Feind, der ihn damals ins Gefängnis gebracht hatte, hatte ihm nach seiner Ermordung eine ehrenvolle Rede zuteil werden lassen. Nach seinem eigenen Tod war nun sein Lehrstuhl in Cambridge vakant.

Mit unwiderstehlichem Enthusiasmus beschlossen die jüngeren Professoren, Nehru zu seinem Nachfolger zu berufen. Es gab bereits siebzig Ja-Stimmen für diese Wahl. Man wies den indischen Premierminister offiziell darauf hin, daß er, sollte er die Wahl nicht gewinnen, in der indischen Öffentlichkeit an Ansehen verlieren würde, und Nehru ließ sich mit Bedauern dazu überreden, seinen Namen von der Kandidatenliste zurückzuziehen. Der geistige Sohn des Mahatma trat also nicht die Nachfolge von dessen englischem Gegner an.

Nehru reiste im Frühjahr zu einer weiteren Commonwealth-Konferenz nach London und verbrachte mit Edwina einige Tage in Broadlands. Die Säulen erinnerten ihn an die Gebäude aus der Kolonialzeit in Indien und an den Eingang des Palastes von Delhi, in dessen Nähe ebenso ein Teich lag, wenn er auch in Broadlands nicht von Wasserbüffeln belebt wurde. Nehru trug dunkle Jacketts, helle Hosen und sogar einen Schlips. Es gab im englischen Frühling weder Rosen noch Hibiskus noch Jacarandas, aber die Hyazinthen und Primeln entzückten ihn ebenso. Dann mußte Nehru den offiziellen Teil seiner Reise antreten, und Edwina flog nach Malta. Aber als Nehru im Oktober in die Vereinigten Staaten flog, machte er auf der Hin- und Rückreise jeweils drei Tage lang Station in Broadlands.

Broadlands und Delhi, in beiden Welten hatten sie einen Garten, mal trafen sie sich unter Mandelbäumen, mal unter Eichen, mal umgeben von Papageien, mal von Tauben.

Aber die politischen Probleme in Asien beschäftigten Nehru so, daß er nur noch ein- bis zweimal pro Woche nach London schrieb.

1951 hatte Nehru nach Patels Tod mit anderen Gegnern zu kämpfen, die sowohl für die Regierung als auch für seine Position als Premierminister bedrohlich waren. Die Preise stiegen rasant, die Reformen zogen sich hin und wurden durch innere Auseinandersetzungen gebremst. In den indischen Dörfern war die Lage so schlecht wie eh und je, vielleicht sogar schlechter, und die Bodenreform kam nicht voran, da die Großgrundbesitzer im Parlament saßen.

Im Frühjahr 1951 erschien ein neuer Gandhi. Wie der Mahatma nur mit einem einfachen Pilgerstab bewehrt, wanderte Vonova Bhave, einer der treuesten Schüler des Bapu, durch Andra-Pradesh und verlangte von den Grundbesitzern, ein Sechstel ihres Landes abzugeben. Viele, besonders die weniger Reichen, gaben nach. Die kommunistische Guerilla, die von der Misere der Bauern profitierte, wich vor der Bewegung dieses neuen Gandhi zurück, die er ›Bhudan Yagna‹, ›Opfer der Erde‹ genannt hatte. Nehru bot dem Weisen militärische Begleitung an, aber er lehnte ab.

Vonova Bhave unterschied sich nur in einem von Gandhi: Trotz seiner schwarzen Haare trug er einen weißen

Bart, der, wenn er an der Spitze seiner Friedenstruppe entlangschritt, im Wind wehte.

Nehru gewann die politischen Auseinandersetzungen im Kongreß und fand sich im August als Führer einer Partei wieder, die endlich ihre Zwistigkeiten beendet hatte. Die Zeit war reif für seinen ersten Fünfjahresplan. Er schrieb immer noch regelmäßig an Edwina, aber nur noch einmal pro Woche.

Für Edwina wurde 1952 ein schreckliches Jahr.

Lord Louis war in seiner Karriere so weit fortgeschritten, daß er seinem Traum, Herr der Meere zu werden, immer näher rückte. George VI. starb, und Lilibeth wurde zur Königin gekrönt. Einige Tage später, nach einer schweren inneren Blutung, wurde Edwina ins Krankenhaus eingeliefert und operiert. Vor dem Eingriff verfaßte sie ihr Testament und drückte darin den Wunsch aus, dem Meer übergeben zu werden. Ihrem Mann schrieb sie einen sehr ungewöhnlichen Brief.

Zweifellos fürchtete sie, während der Operation zu sterben, vielleicht wollte sie aber auch die Situation nutzen, denn sie war normalerwiese keine ängstliche Frau. Nehrus Briefe, die sie in einer immer voller werdenden Tasche aufbewahrte, trug sie stets bei sich. Sie hielt Dickie für den einzigen, dem sie sie während der Operation anvertrauen konnte.

»Sie wissen«, schrieb sie ihm, »daß einige dieser Briefe eine schwere Bedrohung für Jawaharlal darstellen und andere aus historischen Gründen von großem Interesse sind. Die übrigen sind Liebesbriefe – zumindest in gewissem Sinne, denn Sie kennen ja unsere merkwürdige, hauptsächlich platonische Verbindung. Jawahar bedeutet mir seit einigen Jahren sehr viel, und ich glaube, umgekehrt verhält es sich ebenso. Unsere Treffen sind selten und kostbar gewesen, aber wir verstehen uns so gut, wie es zwei Menschen vermögen. Vor allem, wenn sie wie wir Tausende von Kilometern voneinander entfernt und unter völlig unterschiedlichen Bedingungen leben.

Vielleicht mögen Sie eine Auswahl daraus veröffentlichen, so als ob sie an uns beide geschrieben worden wären, oder noch besser, an niemanden, wie ein Tagebuch. Es wäre zu egoistisch, diesen Schatz an Gedanken der Öffentlichkeit vorzuenthalten.

Es ist wunderbar, daß meine Zuneigung, mein Respekt, mein Vertrauen und meine Liebe für Sie so tief sind, daß ich es vorziehe, Ihnen diese Briefe anzuvertrauen. Sie werden weder schockiert noch verletzt sein, eher im Gegenteil. Wir verstehen uns gut, auch wenn wir uns oft gestritten und getrennt haben. Sie waren mir sehr lieb, und wir waren immer gute Partner. Meine Bewunderung und Zuneigung sind Ihnen sicher. Alles in allem hatte ich ein erfülltes und glückliches Leben – das habe ich Ihnen zu verdanken. Gott segne Sie, in ewiger Liebe, Edwina.«

Edwina starb nicht, Nehrus Briefe blieben an der Stelle, die sie ihrem Mann angegeben hatte und begleiteten sie dann wieder auf ihren Reisen. Und da Edwina überlebt hatte, reagierte Lord Mountbatten nicht auf diesen Brief. Zumindest nicht zu diesem Zeitpunkt.

Im Februar 1952 zeigten sich in England indirekt Folgen der Liebe, die ihren Namen nicht preisgeben durfte. Ein gewisser Ulius Amossos schrieb einen sensationellen Artikel in einer internationalen Zeitschrift. Dabei ging es zwar nicht um Nehru, aber um den schädlichen Einfluß von Lady Louis, den sie, unterstützt von Lord Louis, auf ihren Neffen, den Herzog von Edinburgh, ausübte, und über ihn wiederum auf seine junge Frau, die Königin von England. Der Artikel trug die Überschrift: ›Eine rote Aura umgibt die Mountbattens.‹

Es war nicht das erstemal, daß man sie beschuldigte, rot angehaucht zu sein, aber von ›rot angehaucht‹ war man diesmal eindeutig zu ›rot‹ übergegangen. Lord Louis, so munkelte man, sei in Wirklichkeit Kommunist; er verberge auch in keinster Weise seine Ablehnung gegen den amerikanischen Expansionismus und die militärische Vorherrschaft der Vereinigten Staaten; und zudem sei sein Freund Peter, angeblich sein Sekretär, aber in Wirklichkeit seine graue Eminenz, sogar Parteimitglied. Edwina wurde als seine ›Weggefährtin‹ bezeichnet. Man kramte wieder die berühmte Affäre mit dem schwarzen Sänger Paul Robeson hervor, wobei niemand genau wußte, ob sie eine reine Erfindung der Presse gewesen war oder tatsächlich stattgefunden hatte. Man ging sogar soweit, in Lord Louis einen künftigen marxistischen Herrscher unter dem Namen Louis von England zu sehen. Edwina erholte sich um diese Zeit in Delhi von ihrer Operation, gerade als Yehudi Menuhin dort sein erstes Konzert vor einem begeisterten Publikum in einem Saal des Wissenschaftszentrums gab.

Edwina schrieb Dickie, wenn sie in Indien war, nur selten, aber dieses Mal griff sie zur Feder; sie habe ihn schon oft vor der Gefahr gewarnt, in die er durch Peter mit seinen linken Ideen geraten könnte. Dickie bat sie seinerseits, den Vorurteilen der Amerikaner nicht noch Nahrung zu geben, die sie auf ihrer Reise nach Korea streng überwachen würden.

»Machen Sie, was Sie wollen«, antwortete sie gereizt, »ich kümmere mich ausschließlich um medizinische und humanitäre Angelegenheiten – man kann ja doch nichts dagegen unternehmen, daß sich die Leute sinnloserweise aus politischen Gründen die Köpfe einschlagen. Mich interessieren nur humane Belange.« Was so nicht ganz stimmte, wie das Jahr 1953 erweisen sollte.

Ganz zu Beginn jenen Jahres, als sich Edwina gerade bei Nehru in Indien befand, hatte Dickie sich plötzlich entschlossen, auf den berühmten Brief zu antworten, mit dem Edwina ihm vor ihrer Operation die handgeschriebenen Briefe Nehrus anvertraut hatte. Er schrieb:

»Ich kenne tatsächlich den besonderen Charakter Ihrer Beziehung zu Jawaha, ich habe es schon immer gewußt, und ich bin froh darüber. Für mich war es um so einfacher, da ich ihn liebe und bewundere. Gott hat mir viele Fehler gegeben, aber glücklicherweise nicht die Eifersucht hinzugefügt. Ich habe nur einen Wunsch, und das ist Ihr Wohlergehen. Deshalb habe ich Ihre Treffen immer zu begünstigen versucht, aber ich habe sehr darunter gelitten, daß Sie sich mir niemals anvertraut haben. Wenn ich die Dauer unserer Beziehung bedenke, meinen Stolz auf Ihre außergewöhnlichen Erfolge, dann bin ich traurig und besorgt über unsere unzähligen Auseinandersetzungen. Ich weiß, daß ich ein Egoist und schwierig bin, aber das ändert nichts an meiner tiefen Liebe zu Ihnen. Sie waren mein Ausgleich, meine Inspiration und ein echter Partner für mehr als die Hälfte meines Lebens.«

Immer noch fehlte ein Buchstabe bei der Schreibweise von Nehrus Vornamen. Seitdem war Edwina Dickie gegenüber viel gelassener und ertrug sogar Violaines Besuche, denn sie hatten ihre Probleme zumindest einmal angesprochen, wenn auch längst nicht ganz ausgesprochen.

Am 2. Juni sollte die Krönung der jungen Königin Elisabeth stattfinden. Am 1. Juni empfing die zukünftige Herrscherin die Premierminister des Commonwealth im Buckingham-Palast. Unglücklicherweise traf Edwina dort den Kolonialminister, der sich abfällig über Indien äußerte, worüber sie sich sehr aufregte, zumal er sie bat, es an Nehru weiterzugeben. Nehru seinerseits regte sich öffentlich über die Brutalität der englischen Polizei in Kenia auf, das von den Mau-Mau-Aufständen gebeutelt wurde. Da er sich bereits energisch auf die Seite der afrikanischen Länder gestellt hatte und plante, eine afrikanisch-asiatische Interessensgruppe zu gründen, sagte er dem britischen Minister unverhohlen seine Meinung. Edwina war auch nicht gewohnt, mit ihren Ansichten hinter dem Berg zu halten, und unterstützte ihren Geliebten.

»Diese ständige Gewaltanwendung, diese Verbissenheit und dieser Haß!« rief sie laut in Gegenwart des Ministers. Daß bereits eine Untersuchung der Vorfälle in Kenia im Gang war, wußte sie nicht.

Der Kolonialminister geriet in heftigen Zorn. Edwina versuchte das Thema zu wechseln, aber es war zu spät. Als sie nach Hause kam, war sie vorsichtig genug, ein Protokoll des Vorfalls anzufertigen. Es war der Vorabend der Krönung, Edwina war tief verletzt, Nehru außer sich, und selbst Dickie war diesmal wirklich beunruhigt.

Der Kolonialminister zögerte nicht, dem englischen Premierminister Lady Louis' Aussagen weiterzugeben. Die englische Polizei sei ärger als die Mörderbanden, habe ihre Hoheit zu äußern gewagt, diese Linksabweichlerin, deren antienglische Einstellung doch wohlbekannt sei!

Lord Mountbatten, der gerade eine Staatsvisite in die Türkei antreten sollte, erhielt die Anweisung, in England zu bleiben.

Edwina schickte ihr Memorandum an den Kolonialminister und dazu einen empörten Brief.

Wenn humanitäre Aktionen als linkslastig galten, dann seien das viele Leute mehr. Wenn der Glaube an die Gleichheit der Menschen als antibritische Haltung diffamiert würde, dann bekenne sie sich dazu und könne nur stolz darauf sein. Das alles, schloß sie, ähnelte den Praktiken, die hinter dem Eisernen Vorhang üblich seien. Sie schickte ihr Memorandum auch an den Außenminister und fügte die Stellungnahme Nehrus hinzu. Obwohl Lady Louis die Grenzen ihrer medizinischen und humanitären Aufgaben entschieden überschritten hatte, wurde die Angelegenheit vom Buckingham-Palast wieder ins Lot gebracht. Fünf Tage später erhielt Lord Louis die Anweisung, in Begleitung seiner Frau abzureisen.

Im folgenden Jahr 1954 setzte die Presse ihre Angriffe fort. Peter gelang es, seinen Freund Dickie zu überzeugen, nicht darauf zu reagieren. Edwina reiste unter ihrem Mädchennamen Mrs. Ashley nach Indien. Aber das half nichts, und bald kamen wieder Gerüchte auf, die diesmal ins Schwarze trafen. Der Premierminister von Indien habe zu Lady Louis eine spezielle ›freundschaftliche Beziehung‹.

Edwina und Nehru hatten beschlossen, diesen Tratsch zu ignorieren. Dickie verhielt sich ebenso, und schließlich verstummten die Gerüchte.

Nehru schloß mit China einen Freundschaftsvertrag, Chou En-Lai legte auf einer Reise nach Genf einen vielbeachteten Zwischenstopp in Delhi ein. Der Chinese bemühte sich sehr um Indien, die beiden Politiker beschworen gemeinsam eine Ära des Friedens, den man um jeden Preis in Südostasien bewahren wollte, trotz der Stacheln an ihren jeweiligen Grenzen, Tibet und Kaschmir. Im Oktober stattete Nehru Peking einen Besuch ab und wurde von einer jubelnden Menge begrüßt. Er traf Mao, der einen Atomkrieg für unvermeidlich und sogar für willkommen hielt, auch wenn er viele Menschenleben kosten sollte. Sie sprachen hitzig über Quantität und Qualität von Massenvernichtungswaffen. Mao behauptete, mit der Atombombe würde sich nur die Zahl der Opfer ändern, während Nehru sich über die Schrecken dieser Waffe ausbreitete. »Nun ja«, meinte Mao, »es dürfte schwierig sein, ganz China in den Ozean zu spülen, und dasselbe gilt für Indien, ganz egal, wie hoch die Zahl der Toten sein wird.«

Während des Sommers hatte Nehru in einem Moment der Verzweiflung an Edwina geschrieben, er wolle zurücktreten, denn es fehle ihm jeglicher Antrieb, er sei erschöpft, und er vermisse sie. Er trat nicht zurück, verfaßte freilich sein Testament und reiste anschließend nach Simla und von dort nach Mashobra.

»Sechs Jahre, jetzt ist es gerade sechs Jahre her, fast auf den Tag«, schrieb er ihr. »Die Luft, die Zimmer, die Korridore, überall spüre ich das Flüstern der Vergangenheit. In den fünf Jahren, in denen ich hier lebe, habe ich die Gegenwart und die Ereignisse der Vergangenheit ständig durcheinander gebracht.«

1955 wurde Lord Mountbatten endlich zum Admiral ernannt. Der Herr der Meere hatte sein Traumziel erreicht, aber Edwina, ›traurig wie ein Tier in einem Käfig‹, langweilte sich unendlich. Nehru schrieb nur noch alle vierzehn Tage.

Sie wagte sich darüber zu beschweren, aber nur ein wenig. »Sie sagen mir, daß Sie täglich auf einen Brief warten, der nicht eintrifft«, antwortete er verlegen. »Höchstens einmal ein eiliges oder offizielles Wort über das internationale Büro von Air India in Genf. Es tut mir leid. Von jetzt an werde ich Ihnen einmal pro Woche schreiben, am Sonntag oder vielleicht am Montag. Wenn ich in Delhi bin, ist das nicht so schwierig, aber auf Reisen ist es nicht einfach, den Rhythmus einzuhalten.«

Eine Woche später schrieb er triumphierend: »Hier kommt mein Sonntagsbrief!«

Aber dann vergingen wieder zehn Tage. »Ich habe es am Sonntag nicht geschafft und schreibe Ihnen heute, am Donnerstag.«

Im Februar hatte Edwina erreicht, was sie schon lange geplant hatte: eine Visite des britischen Premierministers in Indien. Sie hatte Anthony Eden während einem von Nehrus Besuchen nach Broadlands eingeladen und sich diplomatisch in die Außenpolitik eingemischt. Als die Edens schließlich in Teen Murti empfangen wurden, beneidete Edwina sie, wußte sie doch, daß sie in ihrem Zimmer wohnen würden.

»Eden erscheint mir sehr zerstreut«, schrieb Nehru.

»So außergewöhnlich, so charmant, aber auch so schwach«, antwortete Edwina.

Im März hörte Edwina zufällig im Radio, daß der Premierminister von Indien einem Attentat zum Opfer gefallen sei. Wie damals im September 1947 setzte ihr Herzschlag aus, es dauerte Stunden, bis sie mit der Residenz von Teen Murti verbunden wurde. Nehrus Stimme war trotz der Störungen zu vernehmen.

Der Attentäter hatte sich dem Wagen mit einem Dolch genähert, aber alles war harmlos abgelaufen. Nehru war nicht einmal verletzt worden. Erschrocken von ihrer Gefühlsaufwallung, beschloß Edwina vernünftig zu werden, und beklagte sich nie mehr über die Unregelmäßigkeit seiner Briefe. Hauptsache, er lebte! Selbst wenn er nicht schrieb, schließlich trafen sie sich ja mindestens zweimal pro Jahr.

In jenem Jahr fand im April die afroasiatische Konferenz von Bandung statt, an der vierundzwanzig afrikanische und asiatische Staaten teilnahmen. Für Nehru war es ein persönlicher Triumph, denn seinem Einfluß war die große Teilnehmerzahl zu verdanken. Winston Churchill, dessen Gedächtnis nicht nachgelassen hatte, hatte ihm vor der Konferenz diese schmeichelhaften Worte geschrieben: »Ich hoffe, Sie denken an den Satz ›Das Licht Asiens‹. Ich glaube, daß Sie Indien das bieten können, was bislang keiner schaffte, Autorität über ganz Asien auszuüben – zumindest in geistiger Hinsicht –, basierend auf den Idealen der persönlichen Würde, und daß Sie dadurch die kommunistische Partei in Schach halten können.«

Die vierundzwanzig Staaten, von denen sechzehn ehemalige Kolonien waren, verkündeten zehn Prinzipien, die später die Grundlage wurde für den Zusammenschluß der Blockfreien, der von Moskau und Washington unabhängigen Staaten. Die Anerkennung der Menschenrechte und der Charta der Vereinten Nationen war das erste, Gerechtigkeit und internationale Verpflichtungen das letzte Prinzip. Das sechste beinhaltete die Verweigerung der Teilnahme an militärischen Aktionen der Supermächte.

Aber während dieser Konferenz nutzte der lächelnde Chou En-Lai das freundschaftliche Entgegenkommen des ahnungslosen Nehru aus, um seinen Einfluß auf die arabischen Staaten und auf Pakistan auszubauen.

Im August fand Edwina, die unglücklich in England geblieben war, ein wenig Trost in der außergewöhnlichen Hitze dieses Sommers, die sie etwas an Indien erinnerte.

Im Oktober begab sich Nehru nach Moskau. »Unsere Stimme ist nicht laut«, erklärte er im Kreml, »wir reden mit sanfter und leiser Stimme, denn so will es die indische Tradition.«

Zu Beginn des Jahres 1956 unternahmen der Admiral und seine Gemahlin einen Staatsbesuch in Indien und Pakistan.

In Pakistan empfing der Premierminister Muhammad Ali die Mountbattens am Flugplatz. Die einflußreichste Zeitung in Karatschi bezeichnete in einem Artikel den Besucher als Schlange. »Ein Mann wie Mountbatten«, schrieb der Verfasser, »an dessen Händen das Blut von Tausenden von Moslems klebt, ist nichts weiter als der Feind Pakistans.«

Muhammad Ali beeilte sich, dafür eine Entschuldigung nach London zu adressieren.

Was Indien betraf, hatte Nehru Edwina angekündigt: »Dickie wird als ehemaliger Generalgouverneur mehr geschätzt werden als als Admiral.« Und wie acht Jahre zuvor hörte man in den Straßen Neu-Delhis die gleichen Jubelschreie: »Lord Mountbatten ki jai! Lady Mountbatten ki jai!«

Zur gleichen Zeit brachen die Suez-Krise und der Ungarn-Aufstand aus. Nehru erließ an seine Diplomaten die Weisung, sich nicht einzumischen, dann bemühte er sich, Nasser davon zu überzeugen, an den Friedensverhandlungen teilzunehmen. Anthony Eden sah in Nasser einen Diktator und versicherte sich gleich zu Anfang, daß die britische Flotte jederzeit bereit war, aus Malta auszulaufen. Lord Louis gelang es nicht, die Kriegslüsternheit seines Premierministers zu dämpfen, der seine Bedächtigkeit verloren zu haben schien.

Der Admiral teilte nicht die Ansicht, daß Nasser nichts als eine Strohpuppe der Kommunisten sei. In seinen Augen war er ein schlecht beratener Patriot und nicht mehr, keinesfalls jedoch ein künftiger Hitler, wie Anthony Eden meinte. Aber es war sinnlos.

Als er sah, daß Eden zum Krieg bereit war, schrieb Lord Louis einen Brief, um sein Mißfallen auszudrücken, den er unter seinem Namen, aber auf dem Dienstweg über den Admiral, also sich selbst, abschickte. Aber auch das änderte nichts. Die Vereinten Nationen griffen ein, durch den Einfluß Dag Hammarskjölds, des Generalsekretärs der Organisation, nahmen sie sich der Angelegenheit an, aber Eden hatte neue geheime Pläne. Im Oktober stellten England und Frankreich Ägypten ein Ultimatum, und die israelische Armee griff an.

Nehru schrieb Eden einen dringenden Brief: Jetzt könne Indien nicht mehr neutral bleiben. Lord Louis, der zwischen seinen Ansichten und den Anordnungen des Premierministers in die Zange genommen wurde, mußte zu seiner Abscheu militärische Anweisungen geben, die er ablehnte.

England wurde von allen Seiten unter Druck gesetzt und zog schließlich die Kriegsdrohung zurück. Im November reiste der unglückliche Eden, der inzwischen einen Nervenzusammenbruch erlitten hatte, für drei Wochen zur Erholung nach Jamaika und trat dann im Januar zurück. »So außergewöhnlich, so charmant und so schwach«, hatte Edwina ihn beschrieben. »Es ist eine Art Tragödie«, schrieb sie Nehru nach seinem Rücktritt.

Dann reiste sie nach Wien, wo sich ungarische Flüchtlinge drängten.

Ihr Arzt hatte sie jedoch gewarnt: Ihre chronische Halsentzündung konnte gefährlich für sie werden, und die Reisen taten ihr nicht gut. Mehrmals blieb ihre Stimme weg, und sie bekam eine schlimme Angina. Der Arzt wurde ärgerlich. Wenn sie ihre Aktivitäten nicht reduziere, wäre sie in drei Jahren tot.

Edwina antwortete, in Indien würde sie schon wieder gesund werden, und nahm ihre üblichen Medikamente: Optalidon gegen die Migränen und Nembutal für die Schlaflosigkeit.

In Indien folgte auf den ersten der zweite Fünfjahresplan. Die industrielle Entwicklung machte gute Fortschritte.

Im folgenden Jahr, 1957, als Edwina im Januar Nehru in Delhi besuchte, begannen die ersten richtigen politischen Kampagnen gegen ihre ›Freundschaft‹. Die Gerüchte wurden eindeutiger, ein Sohn des Gouverneurs schwor, die Liebenden in Nainital erwischt zu haben, als er versehentlich die falsche Tür geöffnet habe. Er habe sie einen Moment lang zusammen im Bett gesehen. Man glaubte ihm nur halb, das klang doch zu sehr nach Aufschneiderei. Aber das war nicht das eigentliche Problem.

Kaschmir wurde trotz der Einsprüche von England und Amerika wieder mit Indien vereint. Die englische Regierung hatte fest vor, Nehru dies nicht zu verzeihen. Jeden Tag stieg die Spannung zwischen London und Delhi, und die öffentliche Meinung in Indien hätte nichts dagegen gehabt, wenn ihr Premierminister aus dem Commonwealth ausgetreten wäre. Nehru war in Indien so beliebt, daß man ihm den Spitznamen ›Onkel‹ gegeben hatte, wie den alten und weisen Bauern, die für den Frieden in den Dörfern sorgten. In England brachte die BBC eine Reportage aus Pakistan. Demonstranten hatten dort eine Figur, die Nehru darstellte, verbrannt. Dann ließ sich der Kommentator über den Besuch Lady Mountbattens in Indien aus. Sie habe an der offiziellen Parade am 26. Januar zum ›Tag der Republik‹ teilgenommen und zwischen Nehru und dem russischen Marschall Schukow gesessen. Aber man wisse ja schon lange, daß Lady Louis eine antienglische und prosowjetische Einstellung habe.

Lord Louis, der nun nicht mehr Admiral war, schlug Alarm. Wie schon 1952 geriet Edwina in Wut. »Natürlich habe ich an der Parade teilgenommen, ebenso wie die Regierungshäupter von sechzig Ländern und wie mehr als eine Million Menschen! Ich zeige mich mit Jawahar weder in Madras noch in Poona, noch irgendwo anders im selben Auto, sondern halte mich mehrere Kilometer entfernt. Was soll ich denn noch tun, um mich vor der Presse zu schützen?« Der neue Admiral schlug seinem Vorgänger vor, seine Frau bei ihrer Rückkehr beschützen zu lassen. Edwina lehnte das ab und kehrte mutig nach London zurück.

Am 12. März feierte Nehru den zehnten Geburtstag ihrer Liebe durch einen Brief, der so rechtzeitig geschrieben worden war, daß er sie am 22. März erreichte, dem Jahrestag ihrer Landung auf dem Palam Airport 1947. Eine merkwürdige Feier dieser geheimen Verbindung, deren Bedeutung weder Himmel noch Erde kannten, von der nur die wußten, die an diesem Tag getrennt waren. Nehru verlieh in diesem Brief seinem Erstaunen darüber Ausdruck, daß sie sich in jedem Jahr etwas weniger schrieben.

»Zehn Jahre«, schrieb er mit einer Art besorgter Verwunderung. »Ich bin Ihre Briefe durchgegangen, die sorgfältig in großen Ordnern abgeheftet sind. Jedes Jahr ist in einem, teilweise übervollen Ordner. Der erste stammt von 1948, und obwohl er nur sechs Monate umfaßt, ist er einer der dicksten. Der nächste von 1949 ist auch noch umfangreich, aber schon schmäler. Nach und nach werden diese Ordner dünner und enthalten weniger Briefe. Genauso ist es natürlich mit meinen Briefen an Sie. Ist aus der Poesie Alltag geworden? Nein! Vor neun Jahren hat mich die Neuheit dieser wunderbaren Entdeckung aufgewühlt und bestimmt. Dies konnte nicht von Dauer sein, denn der Mensch gewöhnt sich an alles, selbst an Überraschungen und Wunder. Aber das Ereignis war großartig genug, um uns aneinander zu binden, auch wenn wir weit voneinander entfernt leben und uns nur selten sehen. Es war stark genug, um immer wieder diese Erfahrung zu suchen und das tiefe Gefühl neu zu empfinden, dieses Wunderbare, was dem Leben Sinn gibt. Mein Leben war ereignisreich und hat mich ausgefüllt. Ich habe mit aller Kraft die Liebe des indischen Volkes gesucht und ihm gedient. Und Sie sind gekommen, Sie haben an meiner Arbeit teilgenommen, ohne sie jemals zu behindern. Dafür bin ich Ihnen unendlich dankbar.«

»Zehn Jahre«, antwortet Edwina leidenschaftlich. »Zehn Jahre, die so einen Einfluß auf unser persönliches Leben hatten. Alles, was geschehen ist, all die ungewöhnlichen Ereignisse, sind für mich kostbare Erinnerungen.«

Als Nehru diesen Brief erhielt, erblickte er in den Bäumen Delhis die blauen Blüten der Jacarandas, die bereits unter der ersten Hitze litten, während Edwina in Broadlands den Duft der Veilchen und Krokusse einsog, die trotz der Frühlingskälte schon blühten.

Sie hatte schon wieder eine Halsentzündung.

Merkte sie, daß Nehru, vielleicht erschöpft durch den ständigen Druck, von ihrer Liebe bereits in der Vergangenheitsform sprach? Sicher nicht, versunken in die Zuneigung, die sie für ihn empfand, konnte sie ihn nur wie eine indische Gläubige als die von ihr erwählte Gottheit anbeten, in ständiger Erwartung eines Briefes oder Besuches. Diese so wenig moderne Einstellung bestimmte sie ganz, ohne daß sie weiter darüber nachdachte. Nehru, der als einziges Ende ihrer Liebe den Tod gesetzt hatte, wußte das wohl. Sei es ihr oder sein Tod.

Das Jahr 1958 war ein anstrengendes für Nehru. Bei den Wahlen von 1957 hatten die Kommunisten in dem kleinen Staat Kerala, im Südwesten Indiens, gesiegt. Nehru hatte sich mit dem Ergebnis dieser demokratischen Wahl abgefunden und nichts gegen die Konstituierung einer kommunistischen Regierung in diesem Landesteil unternommen. Aber nach einigen Monaten spannte sich die Situation in Kerala an, was nicht so schlimm gewesen wäre, wenn nicht gleichzeitig der große Nachbar China seinen Druck auf Tibet verstärkt hätte. Als Nehru im Januar vom Dalai-Lama in das besetzte Tibet eingeladen worden war, hatte Chou En-Lai ebenfalls eine Einladung ausgesprochen, wußte er doch, daß der indische Premierminister für eine moderate Lage eintrat und eher eine Autonomie als eine Unabhängigkeit Tibets befürwortete. Aber als es darum ging, den Termin festzulegen, hatte die chinesische Regierung auf unbestimmte Zeit Nehrus Besuch aufgeschoben, denn es gab Truppenbewegungen an den Grenzen und diverse Geplänkel. Was Pakistan anging, war die Situation nicht besser, ständig trafen Flüchtlingsströme von Hindus, die aus Ostpakistan geflohen waren, im indischen Teil Bengalens ein. Dort wie auch im westlichen Teil Pakistans begann man von einem Heiligen Krieg zu sprechen.

Nehru dachte wieder an Rücktritt.

Edwina riet ihm, sich auszuruhen, und im Mai verließ er Delhi, um einen Monat lang im Kulutal am Rande des Himalayas in Begleitung seiner Tochter Indira zu wandern. Sein Arzt hatte ihm Ausflüge empfohlen, er sollte jedoch nicht große Höhen ersteigen, über zweitausend Meter sei es gefährlich. Als er nach Delhi zurückkehrte, schrieb er Edwina begeistert, er sei bis viertausend Meter aufgestiegen.

Aber er sprach immer noch davon, sich ganz zurückzuziehen, so wie ein indischer Flüchtling, der alles, was ihn mit der Vergangenheit verband, hinter sich ließ.

Edwina geriet in Panik. »Sagen Sie mir, ob ich Ihnen weiter schreiben soll«, verlangte sie in einem Brief. »Ich würde nur zu gut verstehen, wenn Sie mir sagten: kein Wort in den nächsten Monaten.«

Nehru wurde durch diesen Brief sehr deprimiert. Als darüber hinaus im Juni 1958 die Sowjets Imre Nágy durch eine ungarische Junta hinrichten ließen, war er verzweifelt. An Krishna Menon schrieb er, daß sein alter Traum zerplatzt sei »wenigstens einer Generation Frieden zu bescheren«. Und was Edwina anging …

»Was habe ich gesagt, geschrieben oder gemacht, um dies zu verdienen?« antwortete er ihr voller Schmerz. »Ich bin durch Ihren Vorschlag verletzt. Und wie, glauben Sie, soll ich die nächsten Monate ohne einen Brief von Ihnen überstehen? Wissen Sie denn nicht, was Ihre Briefe für mich bedeuten?«

Sie hatte sehr wohl verstanden, aber sie wußte genug über Indien, um sein Bedürfnis, alles hinter sich zu lassen, richtig zu verstehen, dieses Gefühl, das schon viele Weise hatte aufbrechen lassen. Nehru alterte, lange schon hatten seine Haare die Farbe des Schnees im Himalaya angenommen, sein Blick schweifte in die Ferne wie der des Buddhas bei der Meditation, er ging immer gebeugter, trotz Gymnastik, Schwimmen und Yoga. Edwina war auch weiß geworden, ihre Haut ähnelte Krokodilleder, wie sie lachend meinte, und ihre Halsentzündungen ließen nicht mehr nach. Im Herbst bekam sie ein Geschwür im Gesicht, das entfernt werden mußte. Sie wirkte dadurch so entstellt, daß man eine Zeitlang glaubte, sie habe einen Schlaganfall gehabt. Davon berichtete sie Nehru aber erst im folgenden Jahr, 1959.

Der Tod war ihr nahe und würde sie einholen, aber Nehru wußte davon nichts. Edwina hätte der Ruhe bedurft, aber sie lachte über ihre Beschwerden, die sie mehr und mehr befielen. Ihr ganzes Leben über war sie eine vielbeschäftigte Frau gewesen. Schon vor ihrer Zeit in Indien war sie voller Unrast gewesen, zu Lande und zu Wasser immer unterwegs mit ihren Geliebten und Freunden, hatte sie sich dem überflüssigen, luxuriösen Nomadenleben der Reichen hingegeben. In dieser Beziehung hatte sie sich nicht geändert, sie reiste durch die Welt, und keiner konnte sie daran hindern. Die unzähligen kleinen Beschwerden, die sie schon immer geschwächt hatten, besserten sich nur, wenn sie in Indien war, daran hatte sich jeder, auch sie selbst gewöhnt. Aber ihre Wege waren auf zwei Ziele ausgerichtet: die Bekämpfung von Not, wo immer sie auch auftrat, und das Zusammensein mit dem Geliebten in Indien. Wenn sie einige Wochen mit ihm verbrachte, stand die Zeit still, wenn sie sich verließen, stürzte sie sich mit einer solchen Energie in ihre Aufgaben, daß Zeit keine Rolle mehr spielte. Und wenn sie zufällig in England war, wie ein fröstelnder Vogel, dessen Flügel den Glanz verloren haben, war sie gereizt, öffnete den Schnabel zum Angriff und war mit der Muse unzufrieden. Ruhe? Lieber sterben! Sich erholen? Aber damit würde sie ja zugeben, daß sie nicht länger reisen konnte! Das würde eine Trennung von Nehru bedeuten.

Außer ihren humanitären Aufgaben und Nehru war nichts mehr für sie von Bedeutung. Nichts? Doch. Die Hochzeit ihrer Tochter Pamela, die Anfang 1960 stattfinden sollte. Aber noch blieb Edwina Mountbatten ein Jahr, ein Jahr dieses erfüllten und zugleich leeren Lebens, vereint und getrennt.

Im Januar 1959 steckte sie sich bei einem ihrer Enkelkinder mit Windpocken an. Sie verbrachte die Zeit der Genesung bei Nehru in Indien; manchmal hätte man sogar meinen können, daß sie sich wünschte, krank zu werden, um sich zu ihm flüchten zu können, wie damals bei ihrem Fieber in Orissa in jenem denkwürdigen ersten Jahr 1949. Dickie, der inzwischen Chef des Generalstabs geworden war, schrieb heimlich an Nehru und bat ihn, sie zur Ruhe zu zwingen. Sie kehrte fast genesen nach London zurück.

Im März setzte China Tibet massiv unter Druck. Seit langem hatte der Dalai-Lama davon gesprochen, nach Indien zu fliehen, aber Nehru hatte ihn hingehalten. Jetzt empfing er ihn mit offenen Armen und ließ es ihm am 19. März mitteilen. Am 21. März verließ der Dalai-Lama seinen Palast in Lhassa und überquerte zu Fuß die Grenze, wo er am 31. März ankam und ein Exil antrat, das noch immer andauert. Zwischen China und Indien gab es zwar keine Kämpfe, aber die offizielle freundschaftliche Beziehung war vorbei.

Im Oktober reiste Edwina mit Dickie für zwölf Tage in die Vereinigten Staaten, eine ›mörderische Reise‹, wie sie Nehru schrieb. Als sie nach London zurückkehrte, gönnte sie sich nicht eine Minute Pause. »Sehr glücklich, aber atemlos«, schrieb sie. Die Hochzeit ihrer Tochter stand bevor.

Sie fand am 13. Januar 1960 statt, in Anwesenheit von dreihundert Gästen und dem Herzog von Edinburgh. Jedem fiel an diesem Tag Edwinas Schönheit auf, die lebhaft und ätherisch wirkte und vor Wohlwollen strahlte. Danach reiste Gräfin Mountbatten fast sofort nach Indien zu Nehru und dann weiter auf eine ihrer humanitären Missionen nach Malaysia und Borneo. Ihre Ärzte warnten sie: Ihre Angina habe sich verschlimmert, und diesmal sei sie ernstlich bedroht. Sie gaben ihr noch drei Monate zu leben, aber Edwina schüttelte den Kopf und reiste ab.

Sie trafen sich zum letztenmal, wußten es aber nicht; das heißt, vielleicht wußte sie es, vielleicht glaubte sie sich aber auch wie eh und je durch ihre Liebe zu Indien geschützt. Nehru wurde siebzig, und inzwischen war Indira Präsidentin der Kongreßpartei geworden.

Über dieses letzte Treffen ist wenig bekannt. Edwina war zur gleichen Zeit wie der Präsident der Sowjetunion, Woroschilow, eingetroffen, und man fotografierte sie, während Nehru sie dem Regierungschef vorstellte, aber warum hatte Nehru sie bislang nicht offiziell vorgestellt, wo sie doch so oft an seiner Seite war? Wie gewöhnlich bauschte die Skandalpresse diesen Vorfall auf, aber das blieb jetzt ohne Wirkung. Der junge Präsident Kennedy übernahm die amerikanische Regierung, eine leichte Entspannung machte sich bemerkbar, und der Kalte Krieg wurde zur reinen Routine.

Ihr Leben als Paar in Indien verlief wie gewöhnlich; Nehru arbeitete den ganzen Tag, frühstückte mit ihr im großen Garten, wo man den Rasen mit einer Maschine mähte, die von zwei weißen Zebus gezogen wurde, und wo die neugepflanzten Mandelbäumchen ihre Porzellanblüten öffneten. Sie trafen sich am Abend wieder, wenn die letzten Papageien flogen. Schon seit einigen Jahren reisten sie, wenn sie zusammen waren, seltener durch die einzelnen Landesteile.

Was man über den Besuch weiß, entstammt einem Bericht von Tara Ali Baig, der Frau des Protokollchefs, die mit Edwina an einem Programm zur medizinischen Betreuung von Kindern arbeitete. Sie erzählt, wie plötzlich Nehru das Zimmer betrat, wo sie über ihre Berichte gebeugt saßen.

Als er Tara erblickte, blieb er abrupt stehen und runzelte die Stirn.

Edwina stand schnell auf, mit der Grazilität, die ihr immer noch eigen war, und wischte zart über Nehrus Oberlippe, wo einige goldene Zuckerkrümel hingen. »Ihre Bewunderer haben Sie schon wieder mit Süßigkeiten überhäuft«, murmelte sie.

Dann bat sie Tara Ali Baig, ein wenig zu warten. »Ich möchte einen Moment mit ihm durch den Garten gehen.«

Sie verließ Nehru und Indien am 5. Februar um fünf Uhr dreißig, noch vor Sonnenaufgang. Nach ihrem Aufenthalt in Malaysia ging es nach Borneo. Am 18. und 19. fuhr sie, statt sich zu erholen, in den Dschungel, vor dem offiziellen Essen am Abend taumelte sie und mußte sich an einem Geländer festhalten. Am nächsten Morgen fühlte sie sich krank.

Der Arzt ordnete völlige Ruhe an, aber schon am Abend inspizierte sie Einheiten der St.-John-Brigade. Ihre Stirn glühte. Man brachte sie in die Residenz ihres Gastgebers, des Gouverneurs Turner, zurück und schlug vor, den Empfang zu ihren Ehren abzusagen. Sie lehnte ab.

Als sie aus ihrem Zimmer kam, wollte man sie beim Herabsteigen der Treppe stützen, aber mit erhobenem Kopf schob sie alle beiseite und betrat allein den Saal, wo die Gäste warteten. Gegen neun entschuldigte sie sich, zog sich zurück und brach erschöpft zusammen. Am nächsten Tag sollte sie nach Singapur weiterreisen.

Sie kam nicht mehr nach Singapur, wo sie Nehru zum erstenmal gesehen hatte. Am Morgen fand man sie tot in ihrem Bett. Auf ihrem Kopfkissen fand Miß Irene Checkly, eine Mitarbeiterin des Generalstabs, einen Stapel geöffneter Briefe, die sie vorsichtshalber einsteckte.

Edwina hatte sich nach ihrem Schwächeanfall um zehn Uhr hingelegt und wie jeden Abend Nehrus Briefe nochmals gelesen. Gegen zwei Uhr morgens hatte ihr Herzschlag ausgesetzt.

In Teen Murti nahm Rashid Ali Baig, der Protokollchef und Gatte von Tara, als gegen Mittag das Telefon klingelte, den Hörer ab. »Mein Gott!« rief er. »Lady Mountbatten ist in Borneo gestorben!« Es war seine Aufgabe, es dem Premierminister mitzuteilen.

Mit feierlichem Ernst verkündigte Jawaharlal Nehru diese Nachricht im Parlament, und man erhob sich spontan für eine Schweigeminute.

Man erinnerte sich daran, daß 1951, als Edwina an einer internationalen Konferenz teilgenommen hatte, jemand sie gefragt hatte, welches Land sie verträte. Ihr Tischnachbar hatte sie plötzlich erkannt und ausgerufen: »Aber Sie sind ja Lady Louis, natürlich, Sie vertreten uns alle!« Da war ein anwesender Inder in Wut geraten und hatte laut gebrüllt: »Vielleicht ist sie eine Weltbürgerin, aber in erster Linie gehört sie zu uns, den Indern!«

Der alte Nehru zog sich ganz in sich zurück und verfiel in Schweigen; seine Tochter Indira begann sich darüber zu beklagen, daß ihr Vater zu Hause fast nicht mehr mit ihr spräche.

In sein Tagebuch hatte Dickie mit großen Buchstaben TRAGÖDIE hineingeschrieben.

Am 21. Februar, einem Sonntag, lud man den mit einer

Fahne der St.-John-Brigade bedeckten Sarg in ein Flugzeug. Edwinas Körper wurde für die Begräbnisfeierlichkeiten nach England zurückgebracht, dann übernahm ihn in Portsmouth die Fregatte Wakeful und brachte ihn ins Nordmeer, um ihn dort zu versenken.

Dickie schrieb an Nehru, um ihm Edwinas letzte Reise zu schildern. Er berichtete von der Ankunft der Toten in Broadlands, der Trauer der kleinen Hündin, die am Sarg mit dem Schwanz wedelte, und die Versenkung des Körpers, »eine Ehre, die sonst nur Herrschern zuteil wird«, meinte Dickie. Langsam flutete die safranfarbene Blumengirlande, die der Geliebte vom anderen Ende der Welt geschickt hatte, in den Wellen.

Man hatte Lord Louis die Briefe von Nehru übergeben, er zog es vor, sie seiner Tochter Pamela anzuvertrauen.

Nehru fuhr mit seiner Arbeit fort, bedrückt vom Alter und von seiner Trauer. Einige Monate nach dem Tod seiner Geliebten traf er in London den schwarzen Sänger Paul Robeson. Der Premierminister betrachtete aufmerksam das Gesicht dieses Mannes, der als Edwinas Geliebter gegolten hatte, aber sie war nun nicht mehr da, um mit ihm darüber zu sprechen.

Im Jahr von Edwinas Tod besuchte Nehru ein College, wo er früher studiert hatte. Die Studenten ehrten ihn mit einer Rede, in der er als ›führender Philosoph, Agnostiker, Sozialist, Demokrat und Nationalist‹ bezeichnet wurde, ›gleichzeitig ein Rousseau, ein Robespierre und ein Napoleon des neuen Indien‹. Aber ohne daß man wußte warum, war Nehru schlechter Laune, und der Besuch verlief nicht sehr erfreulich.

Schließlich brach der Krieg zwischen Indien und China aus und endete 1962 mit einer schnellen und schweren Niederlage. Gedemütigt, erschöpft, politisch und körperlich geschwächt, faltete der alte Führer Indiens seine Flügel zusammen und bereitete sich auf den Tod vor. Im Schatten ihres großen Vaters begann sich Indira immer stärker zu profilieren. Keiner hatte vermutet, daß sie jemals eine politische Laufbahn antreten würde, so sehr war sie nur die Tochter ihres Vaters gewesen und hatte sich bewußt hintangestellt, obwohl ihre Autorität mit dem Schwächerwerden des alten Mannes ständig zunahm.

1963 fand der Premierminister jedoch die Kraft, die Welt aufzufordern, mit den Atomversuchen aufzuhören.

Trotz seiner Niederlage blieb er für sein Volk eine hochverehrte Persönlichkeit. Im Laufe der Jahre waren seine Backen geschwollen, die Augen waren nur noch zwei kleine leuchtende und ernst blickende Punkte, und er ähnelte immer mehr einem alten Buddha. Man nannte ihn immer noch Onkel, und jeder wußte ihm Dank, hatte er doch zahllosen Indern ›Reis, ein Dach über dem Kopf und ein Buch‹ verschafft. Sein Schneider, ein Moslem, hatte über seinem Laden mitten in der alten Moslemstadt ein Schild angebracht, auf dem zu lesen stand: ›Schneider des Premierministers.‹ Man sagte über ihn und rollte dabei das ›r‹, er sei ein weltweiter ›best-sellerrr‹, und war sehr stolz auf ihn.

Und bis in die Dörfer Zentral-Indiens feierte man ihn wie einen König. Denn der Herrscher ist ›derjenige, der das Korn gibt‹. Einige Pandits mit langen weißen Bärten, die sich früher durch den entschiedenen Atheismus ihres Premierministers verletzt gefühlt hatten, nickten mit dem Kopf und murmelten: »Er erinnert an die großen Könige unserer Sagen.« Die Frauen hatten nicht auf dieses Urteil der Brahmanen warten müssen, um überall im Land Nehrus Loblied zu singen:

Nehruji hat Kanäle ziehen lassen  
Die fruchtbare Erde, er hat sie uns geschenkt  
Uns alle  
hat er mit kostbarem Wasser bedacht.

Im Januar 1964, während einer Sitzung der Kongreßpartei in Bhubaneshwar, der Hauptstadt von Orissa, wo er 1949 mit Edwina die einzigen wirklichen Ferientage seines Lebens verbracht hatte, erlitt Nehru einen kleinen Schlaganfall, der die linke Körperseite beeinträchtigte. Er erholte sich fast vollständig, und seine Tochter half ihm beim Gehen. Wieder gab es Aufstände in Kalkutta. Indira ließ sowjetische Ärzte kommen, die ihm aber nicht helfen konnten. »Sollen sie doch zum Teufel gehen!« erregte er sich. »Wenn ich mich auch nur eine Woche ins Bett lege, weiß ich, daß ich mich nicht mehr erheben werde.«

Als er einmal seine Notizen aus der Zeit im Gefängnis las, verfiel er in Nostalgie: »Wie viele Mondwechsel habe ich erlebt«, schrieb er daraufhin, »wie viele illusorische, unerbittliche und erhabene Sterne! Wieviel von meiner Jugend ist in diesen Gefängnissen begraben.« Manchmal erschienen ihm Geister aus jenen toten Tagen, die, wie er sagte, ihm ins Ohr flüsterten: »Nichts ist wirklich«.

Auf seinem Schreibtisch, neben den zerfetzten Ball, den er nach den Massakern von Amritsar aus dem Garten von Jallinwala mitgenommen hatte, neben eine Bronzehand und seine Lieblingsbüsten des Mahatmas, Abraham Lincoln und Buddha legte er ein Blatt. Vier Verse waren mit der Hand darauf geschrieben, vier Verse, die er vor Augen haben wollte und für jedermann sichtbar.

Herrlich sind die Wälder, tief und dunkel
Aber ich muß mein Versprechen halten
Es ist noch ein langer Weg bis zum Schlafengehen,
Ein langer Weg bis zum Schlafengehen.

Am 27. Mai während der großen Hitze überraschte ihn der Tod an seinem Tisch – vor ihm dieses Gedicht aufgeschlagen. Ein Astrologe behauptete, daß er den Todestag bereits vor fünf Jahren vorhergesagt habe.

Man bettete seinen Leichnam auf eine schräg stehende Platte unter der indischen Fahne und umgab ihn mit Eis, um ihn vor rascher Verwesung zu schützen. Sein Kopf ruhte auf einem weißen Kissen, als er zum Ufer der Jamna ganz in die Nähe des Denkmals gebracht wurde, das den Verbrennungsort des Mahatmas kennzeichnete, während die Hubschrauber der indischen Armee Rosenblüten niederregnen ließen. Am Scheiterhaufen waren die Regierungschefs und weitere wichtige Persönlichkeiten versammelt, unter denen sich auch Lord Louis Mountbatten, letzter Vizekönig von Britisch-Indien, befand. Nehru wurde unter den adlerscharfen Blicken seiner Tochter Indira im schneeweißen Trauergewand auf die Sandelholzstämme gehoben. Sie blieb lange Minuten schweigend neben ihrem Vater stehen, ehe sie heiliges Wasser über seinen Körper goß, und anschließend entzündete ihr jüngster Sohn, Sanjay, den Scheiterhaufen. Die Flammen umhüllten den alten müden, mit grünem und weißem Safran bedeckten Körper mit ihren Funken, dann verzehrte ihn ihre Glut, und schließlich blieb nur noch Asche übrig.

Die Menge schrie: »Nehru ist unsterblich!«

Ein mit Girlanden geschmücktes Schiff brachte eine riesige Urne auf einem mit Blumen verzierten Sockel, Ventilatoren kämpften gegen die unerträgliche Hitze auf dem weißen Baumwollteppich, und zwei Marinesoldaten hielten Wache. Seine beiden Enkel, Rajiv und Sanjay Gandhi, faßten die Urne an ihren Henkeln und schütteten feierlich die Asche, der einmal der Körper des geliebten Jawaharlal Nehru gewesen war, in den Ganges, während seine Tochter mit einer Hand auf dem Herzen und gesenktem Kopf zusah, wie sich die sterblichen Übereste ihres Vaters in den dunklen Wogen auflösten.

»Als letztes Zeugnis, als letzte Würdigung indischer Überlieferung wünsche ich, daß eine Handvoll meiner Asche in Allahabad in den Ganges gestreut wird, um in das riesige Meer geschwemmt zu werden, das Indiens Küsten umgibt«, hatte er in sein Testament geschrieben.

Am 27. August 1979 ging gegen elf Uhr Lord Mountbatten in Begleitung von sechs Personen an Bord seiner Yacht Shadow V, um Hummernreusen aus dem Meer zu fischen. Die Bombe explodierte, als das Boot langsamer wurde.

Die IRA veröffentlichte eine Mitteilung, in der sie ihren Sieg bekanntgab und behauptete, die Ermordung habe den Zweck, ›die Imperialisten und Sentimentalen zum Weinen zu bringen‹. Etwas entfernt von den Trümmern fand man

Dickies zerfetzten Körper, mit dem Gesicht nach unten im Wasser treibend.

Die Regierung Indiens, die schon seit über einem Jahr nicht mehr von seiner früheren Premierministerin Indira Gandhi regiert wurde, rief eine Woche der Staatstrauer aus.

So löste sich alles, was von den dreien auf dieser Erde geblieben war, im Wasser auf.

»Lächelnd und tanzend bei Sonnenaufgang, ernst, träge und geheimnisvoll unter den Schatten des Abends, ein schmales Band und gemächliches Flüßlein im Winter, donnernd und wild während des Monsuns: weit dem Meer geöffnet, dem er mit seiner zerstörerischen Kraft ähnelt, ist für mich der Ganges das Symbol und die Erinnerung an Indiens Vergangenheit und Gegenwart, die ins große Meer der Zukunft münden wird.«

Diese eindrucksvollen Worte hatte Nehru in seinem Testament dem Ganges gewidmet. Man kann sich die lange Seereise vorstellen – vom nördlichen Meer bis zum Golf von Bengalen –, die zurückgelegt werden mußte, bis Edwinas Reste mit der Handvoll Asche vereint war, gewiegt von den Wellen der Liebe.

# *Quellen und Kommentar*

## 1. Zur Teilung Indiens

Dem ersten gebührt die Ehre: Das erste Dokument, das auf französisch die Geschichte der Unabhängigkeit Indiens von 1947 erzählt, war der Bestseller von Dominique Lapierre und Harry Collins, *Cette nuit la liberté* (*Gandhi. Um Mitternacht die Freiheit.* München 1990). Das Buch bleibt unerreicht, wegen seiner zahlreichen Interviews mit Lord Mountbatten und vielen anderen Zeitzeugen. Einzigartig ist es sicher auch aufgrund der starken Zuneigung, die die Autoren Indien entgegenbringen.

Die Berichte aus der indischen und der internationalen Presse, die in den englischen Archivsammlungen *Keesing´s Contemporary Archives* und dem *Weekly Diary of World Events* Woche für Woche zusammengefaßt sind, haben mir ebenfalls als Leitfaden durch die Jahre 1944–48 gedient. Mit dem Einverständnis des Autors Khushwant Singh habe ich mich von dem Roman *Train to Pakistan,* erschienen 1956 bei Grove Press, inspirieren lassen, eine der wichtigsten Quellen über die Zeit der Massaker, sowie von dem Buch *Tamas (Die Dunkelheit)* von Bisham Sahni, das 1988 von Jai Ratan aus dem Hindi ins Englische übertragen wurde. Dieser Roman wurde verfilmt, 1988 in Indien gezeigt und gab Anlaß zu zahlreichen, teils besorgten, teils polemischen Kommentaren. Es war das erstemal, daß für das Fernsehen dieser Abschnitt indischer Geschichte dokumentiert worden war.

Aber vor allem hatte ich 1987 und 1991 auf meinen Reisen in Indien die Gelegenheit, viele Zeitzeugen zu befragen. Unter anderem hat mir der 1990 verstorbene Randir Singh die Zustände in den Flüchtlingslagern von Delhi beschrieben, Ashis Nandy hat mir seine Kindheitserinnerungen an den ›Tag der direkten Aktion‹ in Kalkutta wiedergegeben. Dann habe ich Keshav Kothari, dem ehemaligen Direktor der Sangeet Natak Academy, für die Erlaubnis zu danken, die schreckliche Episode nachzuerzählen, die ihm im Zug von Delhi nach Agra widerfahren ist. Die Geschichte von den vierhundert Moslems, die sich in ein Haus geflüchtet hatten und beim Verlassen an der Tür von Hindus in Komplizenschaft mit der Polizei niedergemetzelt worden waren, hat sich 1990 in dem kleinen Dorf Chanderi bei Bihar zugetragen. Es ist die Wiederholung der blutigen Ereignisse, die sich vierunddreißig Jahre zuvor abgespielt hatten. 1990 bildete sich im Norden Indiens eine gefährliche fundamentalistische Hindubewegung, die unter dem Vorwand einer religiösen Erneuerung eine Serie von Morden beging, die immer noch andauert und deren Opfer in erste Linie Moslems sind. Die anglophone indische Presse, die man in diesem Zusammenhang wirklich loben muß, hat energisch dagegen protestiert und die Massaker von Chanderi mit denen von My-Lai verglichen, die die amerikanischen Truppen im Vietnamkrieg anrichteten.

Schließlich hat Hélène Cixous ein wunderbares Theaterstück über die Geburt Indiens und Pakistans geschrieben, *L'Indiade ou l'Inde de leurs rêves*, das 1987 vom Théâtre du Soleil aufgeführt und von Ariane Mnouchkine inszeniert wurde. Unsere Gespräche darüber haben vieles für dieses Buch ergeben.

## 2. Über die Hauptpersonen

### 2.1 *Jawaharlal Nehru*

Neben der ausführlichen und akademischen Biographie von Gopal ist die beste bislang erschienene Untersuchung die von M. J. Akbar, *Nehru, the Making of India*, Viking-Verlag 1988.

Ich habe mich auch auf das 1962 in London erschienene Buch *The Nehrus, Motilal and Jawaharlal* von B. R. Nanda (*Die Nehrus, Motilal und Jawaharlal*, Bremen 1986) sowie auf *Nehru* von B. N. Pandey, Macmillan London Limited 1976, gestützt. 1989 wurde anläßlich von Nehrus hundertstem Geburtstag von der Sri Lanka-India Society in Colombo unter dem Herausgeber Lakhan Lal Mehrotra das Werk *Vignettes from Nehru* publiziert. Damals lebte ich in Indien und wurde Zeugin der unzähligen Veröffentlichungen zu diesem Anlaß. Nehrus Enkel Rajiv Gandhi war zu dieser Zeit Premierminister, ich möchte an dieser Stelle seiner gedenken.

Die Korrespondenz zwischen Nehru und seiner Tochter während seiner Gefängniszeit ist 1992 von Sonia Gandhi unter dem Titel *Two Alone, Two Together* veröffentlicht worden, ein sehr bewegender Briefwechsel. In diesem Buch findet man die Gedichte, die Nehru seiner Tochter schickte, auf Urdu, Englisch und Französisch. Seine Liebe für die Gedichte von Verlaine rührt aus der frühen Zeit im Gefängnis her. Die Gedichtzeilen, die er auf seinem Schreibtisch liegen hatte, stammen dagegen von Robert Frost.

Die wunderbare Biographie über Nehrus Tochter, *Indira, A Biography* von Pupul Jayakar, 1992 im Viking-Verlag erschienen, war mir eine große Hilfe.

Auf Französisch sind die von Monique Morazé übersetzten und ausgewählten Texte, die sie 1986 unter dem Titel *Nehru, la promesse tenue* in der Édition L'Harmattan veröffentlichte, von besonderem Interesse.

Der Text des Liedes über Nehru wurde von dem bedeutenden Ethnologen Jean-Luc Chambard in dem Dorf Piparsod, wo er seit 1957 tätig ist, gehört. *(Das Lied Nehrus: von Ram bis Nehru, was Frauen eines indischen Dorfes über ihre Könige denken,* Vortrag auf einer Unesco-Konferenz vom September 1989, gehalten in einem internationalen Seminar mit dem Thema ›Nehru, der Mensch und Visionär‹. Einem dieser jüngst erschienenen Artikel verdanke ich auch meine Informationen zu den Selbstmorden von Frauen, die sich in Brunnen stürzten (*Gewalt in einem indischen Dorf und der Freitod von Frauen in Madhya Pradesh,* in *Violence et non-violence en Inde,* Paris, Edition de l'EHESS, Purusartha, Juni 1993).

Schließlich das wiederum auf Französisch geschriebene Buch von Max Jean Zins, *L'Histoire politique de l'Inde indépendante* (PFU, Politique d'aujourd'hui 1992), das eine meiner Hauptquellen für die jüngste Geschichte wurde.

Das gleiche gilt auch für das Werk *Les Nationalistes Hindous* von Christophe Jaffrelot (Presse de la Fondation Nationale des Sciences Politiques 1993).

Der junge Diplomat, den Nehru förderte, weil er ein begabter Unberührbarer war, K. R. Narayanan, ist seit 1992 Vizepräsident von Indien.

### *2.2 Lady Mountbatten*

Janet Morgan veröffentlichte 1991 bei Harper Collins eine Biographie über Edwina Mountbatten, *A Life of Her Own*, ein wunderbares Buch mit Auszügen aus der Korrespondenz zwischen Edwina Mountbatten und Jawaharlal Nehru und zahlreichen wertvollen biographischen Details, die authentisch sind. Weiter sind zu nennen *Edwina Mountbatten, Her Life in Pictures* von Majorie Minna Jenkins, Gräfin von Brecnock (London Mac Donald 1961); *Edwina, Countess Mountbatten of Burma* von W. Morrow, 1984; *Edwina, the Biography of the Countess Mountbatten of Burma* von Madeleine Masson (White Lion Publisher 1975).

Auf Französisch war meines Wissens nach François Ducout der erste, der in einem langen Artikel die Geschichte der Liebe zwischen Edwina Mountbatten und Jawaharlal Nehru erzählt hat (*Elle*, August 1992).

Aber wenn man beurteilen will, in welchem Ruf der Extravaganz Edwina stand, muß man beispielsweise die Churchill-Biographie, die William Manchester verfaßte (Robert Laffont, 1985), zu Rate ziehen. Dort heißt es: »Zur Zeit als Lord Louis Mountbatten Vizekönig in Indien war, handelte er die Bedingungen für die indische Unabhängigkeit aus. Sie wurde durch die intimen Beziehungen, die die Vizekönigin mit Wissen ihres resignierten Mannes zu Jawaharlal Nehru unterhielt, sehr erleichtert. Vor dieser Zeit war sie noch viel ungestümer gewesen. Einmal war sie für vier Monate aus der Londoner Gesellschaft verschwunden. Louis gab seinen Freunden nur sehr vage Auskünfte, wenn sie ihn in Park Lane danach fragten, wo seine Frau sei. In Wirklichkeit wußte er es nämlich nicht. Schließlich erfuhr er, daß Edwina sich auf einem 50-Tonnen-Schoner eingeschifft hatte und als einfacher Matrose in die Südsee gereist war. Die Nächte, in denen sie zwischen den südlichen Inseln kreuzte, verbrachte sie in den Armen ihrer Reisegefährten.« Man wird verstehen, daß ich dieser Art, Edwina Mountbattens Persönlichkeit zu begreifen, nicht folgen wollte.

### 2.3 *Lord Mountbatten*

Philip Ziegler ist der Autor einer umfangreichen Biographie über Lord Mountbatten, *Mountbatten, the Official Biography* (Collins 1985). In diesem Buch (S. 473–475) habe ich zum erstenmal einen eindeutigen Beweis für die Liebe gefunden, die den Pandit Nehru mit Lady Edwina Mountbatten verband. In Indien hatte ich oft davon reden hören, doch mehr in Form einer fantastischen Legende. Aber der Austausch von Briefen im Jahr 1952 zwischen Edwina und ihrem Mann und Edwina und Nehru bezüglich dieser Verbindung ließ keinen Platz für Zweifel. Hier sind Auszüge der Briefe auf den Seiten 529f und 531 wiedergegeben.

### 2.4 *Mahatma Gandhi und seine Generation*

Unter den unzähligen Werken über den Mahatma ist das 1952 von Louis Fischer geschriebene *The life of Mahatma Gandhi* (*Gandhi.* München 1983) ein unverzichtbarer Klassiker. Ebenfalls herangezogen wurde von Suzanne Lassier *Gandhi et la Non-Violence,* 1983 erschienen in der Reihe »Maîtres spirituelles«.

Was Mohammed Ali Jinnah anbelangt, habe ich mich auf das 1985 in der Oxford University Press erschienene Buch von Stanley Wolpert, *Jinnah of Pakistan* gestützt.

Die großartige Gestalt Sarojini Naidu ist Protagonistin mehrere indischer Bücher, deren Titel alle ihrem Namen entsprechen: 1980 erschien in Bombay bei Bharatiya Vidya

Bhavan eine Biografie von Abbas, 1960 ebenda im Asia Publishing House das Werk von Padmini Sengupta und vor allem 1974 die Veröffentlichung von Tara Ali Baig, New Delhi, Publication Divisions. 1993 wurden ausgewählte Gedichte und Auszüge aus Reden unter dem gleichen Titel von Makarand Paranpaje herausgegeben und bei Harper Collins, Indien, veröffentlicht.

Ich hatte das Privileg, von Tara Ali Baig in ihren beiden letzten Lebensjahren ihre Erinnerungen an Sarojini Naidu erzählt zu bekommen ebenso wie mehrere Begebenheiten aus Nehrus Leben, die sie 1986 unter dem Titel *Portraits of an Era* bei Roli Books in New Delhi veröffentlichte. In diesem Buch erhält man auch ein eindrucksvolles Bild von Gayatri Devi, der Maharani von Jaipur, die selbst ein in Indien sehr bekanntes Buch veröffentlicht hat, *A Princess Remembers*. Die ›Rajmata‹ (Mutter des Königreichs) Gayatri Devi widmete sich der indischen Politik und wurde 1962, 1967 und 1979 Abgeordnete. Sie gehörte der Swatantra-Partei an, die später mit der Hinduistischen Volkspartei, den Hindu-Nationalisten, vereinigt wurde. Seit 1978 beschränkt sich ihre Arbeit auf die Ressorts Erziehung und humanitäre Angelegenheiten.

Gelegentlich wird noch erzählt, daß eine Maharani aus Jodhpur noch 1953 beschloß, Sati zu werden, und sich mit dem Leichnam ihres Mannes verbrennen ließ.

## 3. Fotografien und Filme

Die Fotothek der Nehru Memorial Library enthält zahlreiche Fotos über die gesamte Zeitspanne der Unabhängigkeit und Ablösung Pakistans sowie von Premierminister Nehru. Ich danke den Bibliothekaren herzlich, die mir über lange Wochen geduldig geholfen haben. Oft sagen diese Fotos mehr als Geschichtsbücher.

Der berühmte Film *Gandhi* von Richard Attenborough erzählt das Leben des Mahatmas auf einzigartige Weise.

Schließlich hatte ich dank Peter Dusek und den perfekt

organisierten Archiven des Österreichischen Rundfunks Zugang zu Dokumentarfilmen über Indien und Lady Mountbatten.

## 4. Heutiger Zustand der erwähnten Orte

Der Palast des Vizekönigs in Delhi, der 1922 von dem Architekten Luytens erbaut worden ist, ist heute Präsidentenpalast. Abgesehen von einigen Änderungen im Inneren, sind er und der zugehörige Garten unverändert. Auch die Uniformen der Wache und das Protokoll sind unverändert, die schwarzen Kutschen, die Pferde und die Lanzenreiter sind heute noch zu sehen, wenn ausländische Botschafter offiziell empfangen werden.

Teen Murti, die offizielle Residenz von Nehru, ist heute ein Museum für die Geschichte der Unabhängigkeit, einige Zimmer sind so geblieben wie zum Zeitpunkt von Nehrus Tod, ausgestattet mit sehr einfachem Mobiliar. In diesem Museum ist etwas sehr Merkwürdiges zu betrachten: Ein Foto zeigt den Moment, in dem am 15. August 1947 erstmals die indische Fahne aufgezogen wurde. Man sieht Nehru in der roten Festung auf einem Podium vor einer ordentlich aufgestellten Menge. Die Bibliothekare der Nehru Memorial Library, wo die tatsächlichen Fotos vom 15. August, aufgenommen am Indian Gate, aufbewahrt sind, haben mich auf diese ›Fälschung‹ aufmerksam gemacht. *Dieses Foto in der roten Festung ist erst zwei Jahre später aufgenommen worden.* Aber längst gilt es in Indien als die Dokumentation für das erste Aufziehen ihrer Flagge.

Birla House, wo der Mahatma am 30. Januar 1948 ermordet wurde, ist heute ein Museum über Gandhi und wird täglich von unendlichen Schlangen braver Schüler besichtigt. Das Zimmer des Mahatmas ist unverändert. Mit roter Farbe hat man die letzten Schritte Gandhis gekennzeichnet, ebenso wie seine Matte, auf der er sich für die tägliche Predigt niederließ.

Der Ashram von Sabarmati in Ahmedabad, wo Gandhi

1922 zum erstenmal verhaftet wurde, ist heute ein so verehrter und besuchter Platz geworden, daß man sich den Mahatma inmitten der modernen Gebäude kaum noch vorstellen kann, denn nur der Fluß blieb unverändert.

Am Einäscherungsort des Mahatma Gandhi befindet sich ein riesiges Denkmal, das *Raj Ghat* genannt wird. Direkt daneben wurden 1964 Nehru, 1985 Indira Gandhi und 1991 Nehrus Enkel Rajiv Gandhi verbrannt. Nehrus Einäscherungsplatz heißt heute *Shanti Vana,* Wald des Friedens.

Der Baldachin, unter dem sich die Statuen der Vizekönige erhoben, wartet noch immer auf jene des Mahatma Gandhi, aber bislang ist noch keiner der Entwürfe ausgewählt worden. Viele plädieren dafür, daß der Platz so bleiben soll, wie er ist, nämlich leer.

Purana Qila, das alte Fort, ist ein gepflegter Garten, in dem manchmal Konzerte gegeben werden. Die Umgebung des Grabes des Humayun ist unverändert. Tughlakabad ist inzwischen fast völlig verfallen, bewohnt von Fledermäusen und derartigen Mengen von Affen, daß man sie vor einigen Jahren dezimieren mußte, um die Ruinen zu schützen.

In Lucknow findet man nur mit Mühe das schlecht gepflegte Denkmal an der Stelle, wo Sarojini Naidu eingeäschert wurde.

In Amritsar, im Garten von Jallinwala, wo General Dyer ohne Vorwarnung auf die unbewaffnete, eingeschlossene Menge schießen ließ, hat man absichtlich nichts verändert. Man sagt sogar, die Blutspuren seien noch zu erkennen, und tatsächlich kann man lange braune Streifen im Inneren der großen Brunnen ausmachen. Als Erinnerung an die Opfer wurde dort ein Denkmal errichtet.

Der goldene Tempel, der zweimal während der Auseinandersetzungen angegriffen worden ist, ist noch unversehrt, aber die Einfassung des Beckens hat sehr gelitten. Als Folge der ersten Erstürmung (Operation Blue Star 1984) wurde Indira Gandhi von zweien ihrer Sikh-Leibwächter ermordet. Einige Tage zuvor war in Kaschmir die große

Schutz-Platane der Familie Nehru an Wassermangel eingegangen.

In Simla ist der Sommerpalast des Vizekönigs inzwischen ein Versammlungsort für Künstler geworden.

In Jaipur sind mit Ausnahme eines Palastes, der in ein Hotel umgewandelt wurde, die Besitztümer des Maharadschas erstaunlich gut erhalten. Ein Teil des Hauptpalastes ist wie die Bernsteinfestung Museum geworden.

## 5. Schluss

Um die Lektüre zu erleichtern, wurden die in Sanskrit, Hindi oder Urdu verwendeten Akzente weggelassen und weitgehend die englische Schreibweise übernommen.

Schließlich ist zu betonen, daß alle Unterhaltungen und Briefe authentisch sind. Man darf mir glauben, daß alles – auch die noch so erstaunlichsten Aussagen, dichterischen Passagen, fantastisch anmutenden Episoden, leidenschaftlichen Bekenntnisse und grausamen Urteile – echten Dokumenten entnommen ist.

## 6. Danksagungen

Maureen Bion-Paul; Jean-Christophe Brochier, J. P. Das; Lyane et Olivier Guillaume; Sudhir Kakar; Ila Lumba; Jean-Paul Phellipeau; Anton und Sheika Prohaska; Rajesh Sharma; Raphaël Sorin; Françoise Verny, Francis Wacziarg und natürlich A. L.